KB190278

있어야 할 곳

마리포사

신여리 장편소설

IV

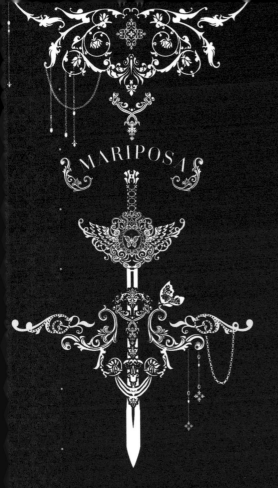

있어야 할 곳

마리포사

신어리 장편소설

IV

D&C BOOKS

외전

철의 왕좌
(El Trono de Hierro)

외전. 철의 왕좌

북부 모든 왕국들의 시초가 된다 일컬어지는 전설은 공통적으로 삼 왕좌 신화의 초기 왕 비네노, 이예로, 세니자에서 비롯된다.

이야기의 갈래는 수십 가지가 넘을 만큼 다양했고, 각국마다 다른 근거로 비네노와 이예로 그리고 세니자를 맞붙이는 통에 결국은 아무런 의미도 없어진 북부 신화의 단상이다. 하지만 이 신화로 인해 명백한 규율이 되어 작금까지 내려오는 것들이 있다.

가장 충직했던 가신의 여인을 취해 왕국을 세웠다 알려진 초기의 왕 이예로의 설화가 팽배하게 퍼져 있던 어느 북부에서 시작된 관습. 한때 북부에서는 그러한 관습들—소위 약탈혼이라 불리는 신부 빼앗기—이 전염병처럼 번지던 시절이 있었다.

척토에서 살아남은 무지몽매하고 거칠었던 북부의 사내들은 스스로의 욕심을 감출 줄 몰랐으며 용맹하게 스스로의 것을 쟁취하는 일을 미덕 삼았다. 그들은 검을 치켜들고 창을 던져 누군가의 신부를 빼앗아 취하는 것을 자랑스러워했다. 하여 형제의 부인을 빼앗고, 이웃의 부인을 빼앗았으며, 아비의 부인을 빼앗았다. 사내들 간의 믿음은 사라지고, 칼 든 자들은 매일같이 서로를 죽였다. 수많은 암사자를 거느린 수사자처럼 수많은 여자들을 빼앗아 차지한 이들만이 영웅이 되었다.

그리 악질적으로 수없이 자행되던 관습은—현재는 악습이라 지칭되는— 고시대 어떤 왕국의 멸망에 이르러서야 금지되었다. 이런 기록이 있다.

이름 모를 농부의 부인을 빼앗기 위해 영주는 농부를 죽였다.

영주의 부인을 빼앗기 위해 기사가 영주를 죽였다.

기사의 부인을 빼앗기 위해 왕은 기사를 죽였다.

왕의 부인을 빼앗기 위해 왕의 조카가 왕을 시해했다.

왕의 조카의 부인을 빼앗기 위해 왕자는 왕의 조카를 죽였다.

왕자의 부인을 빼앗기 위해 광대가 왕자를 죽였다.

광대의 부인을 빼앗기 위해 이름 모를 농부가 광대를 죽였다.

그리하여 농부와 기사와 영주와 왕실이 멸망하자 홀로 남은 여인은 고고한 뱀이 되어 사라졌다.

죽은 성의 주인 자리에 앉은 떠돌이 시인이 기쁨에 차 노래하기를.

"다른 이의 여인을 탐하는 자, 혈육의 여자를 탐하는 자는 피로써 죄를 씻으라."

"뮈아드로의 동부 별장에 단벌의 미망인이 살고 있다."

그 소문은 이 년 전부터 많은 사람들의 입에 오르내리고 있었다. 소문의 주인공은 비셰트 올로랑스다. 그녀는 한때 남부 영수 버젠타리아의 딸이었으며 또 한때는 라르크의 왕비 자리에 올랐던 여자였다.

오늘도 칙칙한 잿빛 상복을 입은 비셰트는 테라스에 서서 뺨을 할퀴는 바람을 고스란히 맞았다. 하얀 눈이 내리는 날이면 저택 안에 스스로를 가두고 꼼짝 않는 것은 그녀의 일상이었다.

창백한 피부와 붉은 입술. 올린 뒷머리로 드러난 목덜미가 야위었다. 말아 묶은 적발이 구불구불 흘러내리자 시녀들이 다가와 수선을 피웠다.

"비셰트 님, 또 이렇게 밖에 서 계시면 감기 드세요."

"바람이 너무 센걸요."

"따뜻한 차를 준비해 두었어요."

그들에게 희미한 미소만 보답하며 비셰트는 정원으로 들어서는 한 무리의 사내들에게 시선을 옮겼다.

"웬일로 손님이 오셨구나."

그녀가 중얼거리자 비로소 시녀들이 눈을 휘둥그레 뜨고 목을 쭉 빼 바깥을 내다보았다. 손님이라니! 근 석 달 만의 방문객이었다.

"그간 평안하셨습니까."

짙은 갈색 머리칼이 인상 깊고 상록처럼 짙푸른 녹안이 청청한 중년의 남자가 그녀의 손등에 입을 맞추었다. 남자는 테른도크와 긴밀한 관계에 있는 체사 백작 가문의 주인, 루가크였다. 체사 백이라고 하면 뮈아드로의 남서부에 위치한 옥토의 주인, 대범하고 성격이 좋기로 유명했다.

구면인 탓도 있었지만 체사의 유명 때문에 비셰트는 루가크가 그녀를 아는 것 이상으로 그에 대해 잘 알고 있었다.

"앉으세요. 두 해 만인가요?"

"예. 그렇게 됐군요. 그간 바빠 찾아뵙지 못했습니다."

"바쁘신데도 찾아와 주신 데에 제가 감사를 드려야겠지요. 여전히 변함이 없으시네요."

"살이 많이 찌지 않았습니까?"

"전혀요. 더 듬직해지셨어요."

그녀는 다정하게 말을 받으며 상석에 앉았다.

체사 백 루가크는 그녀의 건너편에 편안히 앉아 웃었다.

요즘 살이 쪘다는 부인 헬레느의 면박에 서러움을 느끼던 차였다. 빈말이라도 그리 말해 주니 고맙기 그지없다.

물론 그는 머리끝부터 발끝까지 질박한 그녀의 옷차림을 살피는 것도 잊지 않았다. 설마설마하였는데, 그녀가 입고 있는 소매가 넓고 몸 선이 적나라하게 드러나는 질박한 재색 드레스에는 이젠 잊혀져 버린 왕의 죽음이 짙게 물들어 있었다. 상복이라는 말이다.

그러나 루가크가 그에 대해 말을 꺼내 볼 새도 없이 '체사 백! 체사 백이 오셨어!' 하며 문 밖에서 요란을 떠는 시녀들의 조잘거림에 염탐전과 같던 분위기는 깨졌다. 겸연쩍은 표정을 하던 루가크는 비셰트의 사슴 같은 온후한 눈동자를 마주 보고 웃었다.

"이번에 라르크에 좋은 일이 생겼다는 이야기는 들으셨을 겁니다."

"둘째 왕손을 순산하셨다는 이야기는 저 또한 들었습니다. 경하할 일입니다."

"예. 하여 폐하께서 기쁘게 비셰트 님께서도 좋아하실 만한 패물들과 몸종들을 하사해 주셨습니다. 내일 중 도착할 겁니다."

"폐하의 은덕이 하늘과 같습니다. 참으로 고마운 마음 씀씀이입니다."

의례적이고 상투적인 대화를 얼마간 주고받은 후 루가크가 헛기침을 하며 뒤늦은 안부를 물었다.

"흠흠, 그간 어찌 지내셨습니까?"

"보시는 바와 같습니다. 소일거리를 하는 것으로 시간을 보내고 있지요."

비셰트는 은으로 장식된 작고 아담한 찻잔을 매만지며 말했다. 한결같은 표정에 한결같은 어조였다. 잘 교육받은 영수의 딸답게 한때 왕비였던 여자로서의 기품을 잃지 않는 모습이었다.

그러나 알아주는 이 없는 고고한 기품이라 생각하면 조금은 안쓰러웠다. 그녀의 미색을 가리는 누추한 잿빛 드레스도 못내 루가크의 마음을 불편하게 했다.

비셰트가 이 동부 별장에 거처를 얻게 된 지.어언 이 년이 넘었다. 들리는 소문에 의하면 외출이 잦은 것도 아니라 거의 이곳을 떠나지 않는다고. 아마도 사실인 듯했다.

얼마간 그녀를 물끄러미 응시하던 루가크가 넌짓 말을 꺼냈다.

"워낙 소식이 뜸하시니 폐하께서도 걱정이 많으십니다. 예 이리 계시지만 말고 간혹 왕궁에 들러 주신다면 그보다 보기 좋을 수 없을 겁니다."

비셰트가 희미하게 웃으며 화두를 돌렸다.

"그나저나 이리 오셨는데 식사라도 함께하시겠어요? 그렇지 않아도 오늘 순록을 한 마리 잡았다고 하던데, 좋아하시나요?"

"……좋아는 합니다만 다음 일정이 있는지라."

"식사 후에는 제가 직접 만든 다과도 대접해 드리고 싶었는데 아쉽게 됐군요."

대답을 피하는 그녀에게서 왕궁에 대한 그리움은 그다지 느껴지지 않았던지라 조르기도 민망한 분위기였다. 루가크는 씁쓸한 기분에 미간을 긁적이며 웃었다.

"그러게 말입니다. 아쉽게 됐습니다."

◈┄◈

"여전하십니다."

테른도크는 어두운 방 한가운데의 의자에 누워 있었다.

왕의 턱 언저리에 하얀 거품을 문지르는 시종은 섬세하게 면도칼 끝을 움직였다. 사각사각 면도칼의 날카로운 옆면이 피부를 한 번 긁어 낼 때마다 테른도크의 턱은 눈에 띄게 깨끗해졌다.

테른도크가 누운 채로 입술만 살짝 여닫아 답했다.

"생각보다 고집이 길어."

"두 해가 넘도록 단벌로 지내시는 분입니다. 고집이야 뭐, 말로 할 수 있겠습니까. 아무래도 왕성으로는 다시 발 디디지 않으실 듯한데."

테른도크는 고개를 저으며 손을 들어 올렸다. 시종이 당황해 속삭였다.

"폐하, 움직이시면 다치실 수 있습니다."

테른도크는 다시 자세를 바로잡고 허공을 향해 말했다.

"아무리 그래도 평생 별장에만 처박혀 있지는 않을 테지."

"어차피 왕궁에 좋은 기억이 없으신 분 아닙니까."

"나쁜 기억도 없지 않나."

왕궁에 한 해도 채 머물지 않았으니 나쁜 기억이라 할 만한 것도 없을 것이다. 그 속이야 모르겠지만.

선왕인 파이투스 2세의 젊은 시절, 전대 브류나크였던 바예투스가 윈로스와의 항쟁을 위해 거병한 죗값으로 스스로 목숨을 내놓은 후부터 많은 일들이 불편해졌다.

파이투스 2세는 바예투스의 처형 사건으로 들고 일어나는 팔란 당 소속 가문들의 비위를 맞추기 위해 고심하게 되었다.

그런 상황에서 테른도크의 친어머니인 첫 번째 왕비는 당시 노골적으로 반트의 역성을 들었다. 한창 예민할 시기였다.

팔란의 일부 귀족들의 격렬한 반감을 산 그녀는 추락했고, 얼마 지나지 않아 두 번째 왕비가 들어왔으나 몇 해 버티지 못하고 죽었다.

비셰트 올로랑스 버젠타리아는 파이투스 2세의 두 번째 왕비가 죽자마자 반트 당이 기를 쓰고 밀어 넣은 세 번째 왕비였다.

한미한 가문 출신으로 어떻게 줄을 댄 것인지는 모르겠으나, 앞선 두 왕비의 자리를 꿰어 찬 여자이며 한때 제 어미의 자리에 대신 앉았던 여자. 공식적으로는 테른도크의 새어머니이기도 하다.

비셰트는 테른도크와 연배조차 얼마 차이 나지 않는 젊고 아름다운 여자였다. 양처럼 조용한 성정으로 기억되고 있다. 겸양과 조용함의 미덕을 갖춘 그녀는 무난히 왕비로서의 삶을 영위했다.

상황이 바뀐 것은 비셰트가 파이투스 2세의 세 번째 왕비가 된 지 반년쯤 지났을 때였다.

파이투스 2세가 갑작스러운 죽음을 맞았다.

자연사로 드러났지만 석연찮은 구석이 여럿 있었다. 하지만 당시 왕위를 계승하는 과정에서 테른도크는 선왕의 죽음의 비밀을 파헤치는 대신 수도의 혼란을 불식시키고 입지를 단단히 하는 데에 심혈을 기울였다. 새어머니뻘이었던 비셰트가 뮈아드로의 동부 별장으로 떠난 것도 그 직후다.

그 후로 한동안 테른도크는 비셰트를 완전히 잊고 지냈다. 동부 별장에 단벌의 미망인이 살고 있다는 소문이 들리기 전까지는.

"그래도 가끔 들러 봐. 어느 정도 예우는 갖추는 게 좋지 않겠나. 어쨌든 수고했네."

단벌의 미망인이라. 꽤나 시적이지 않은가. 소문에 조금 귀를 기울여 보니 비셰트는 국상이 끝난 후에도 잿빛 상의를 벗지 않고 있다는 이야기였다.

꽤나 제 부왕을 사랑했던 모양이지, 웃어 넘겼던 테른도크는 선왕의 죽음에서 이 년이 훌쩍 지난 지금까지 이어지는 그녀의 고집에 관심이 생겼다.

루가크가 농담조로 대꾸했다.

"제가 그 예우에 적합한 자란 말입니까?"

"애초에 내기에서 진 건 그대가 아닌가? 체사 백, 재미없게 이럴 건가?"

"끝났습니다."

때마침 그의 턱을 깔끔하게 면도를 마친 시종은 종종걸음으로 물러났다.

"아니, 뭐…….."

루가크가 내미는 수건을 받아 든 테른도크는 팔걸이를 짚고 상체를 일으키며 수건으로 맨 턱을 닦아 냈다.

"그나저나 상복은 지겹지도 않다던가? 언제까지 상복만 입고 지낼 듯하던가?"

테른도크가 놀리듯 물으며 일어서자 루가크는 자연스럽게 코트를 테른도크의 어깨 위에 걸쳤다.

"그냥 저는 그분의 뜻을 존중하고 싶을 뿐입니다, 폐하."

호탕하고 짧게 웃던 테른도크는 별안간 떠오른 생각을 툭 뱉었다.

"내기 하나 더 하겠나?"

루가크의 도톰한 눈썹이 흥미로 꿈틀했다.

테른도크와 루가크는 제법 죽이 잘 맞아 온갖 이유를 갖다 대어 종종 체스나 투환이나 혹은 다른 이를 두고 놀고는 했다. 대부분은 테른도크의 승리였지만 간간이 루가크가 테른도크로부터 커다란 것을 얻어 가기도 했다.

"이번에는 어떤 내기를 말입니까?"

"내가 그 여자의 상복을 벗기는 것을 두고 하는 내기."

"맙소사, 폐하."

"지금은 아무도 신경 쓰지 않지만 그래도 한때 왕가의 여자였다. 언제까지 그 꼴로 세간에 회자되도록 놔둘 수도 없는 노릇이지. 그리고 어머니라 부르기는 너무 젊지만 이상한 생각하는 거 아니니 그리 짐승 보듯 보지 말아 주겠나?"

"아무리 그래도."

"그대는 어디에 걸겠나?"

루가크가 고개를 절레절레 저으며 웃었다.

테른도크는 어슬렁어슬렁 어두컴컴한 세면장을 벗어나 복도로 향했다. 문 앞에서 대기하던 시종들이 일제히 허리를 숙였다. 그의 등 뒤로 줄줄이 따라붙는 시종들을 제친 루가크는 반걸음 뒤따라 걸었다.

"이번에는 무얼 걸어 볼까. 이미 그대의 아들에게는 작위도 내렸고 둘째는 아직 어리고 그대 역시 모자랄 것 없이 풍족하니…… 이리할까? 그대가 딸을 하나 더 보는 거지. 그러면 이번에 태어난 둘째와 약혼을 시켜 줄까?"

"대단히 감사한 제안입니다만, 이겨 봐야 제가 딸을 못 보면 소용없는 내기가 아닙니까."

테른도크가 뒤도 돌아보지 않고 혼잣말처럼 말했다.

"아니면 땅? 아니지, 가뜩이나 체사가 옥토를 다 차지하고 있다고 불만들이 많다던데. 아, 그렇다면 나중에 체사 백이 내 심기를 거슬렀을 때 죄를 한 번 사해 주는 면책권이라거나."

제가 폐하의 심기를 거스를 만한 일을 무얼 하겠습니까. 헛헛한 웃음 아래 루가크는 계산을 이어 나갔다.

"만일 제가 지면 저는 무엇을 내놓아야 하는 겁니까?"

"내 심부름꾼 노릇을 한 번 더 하는 거지. 어떤 심부름이든 간에."

머리를 굴려 혹시나 있을지 모를 함정을 탐색해 보았지만, 결국 손해 볼 것 없는 내기였다.

❖❖❖

테른도크의 집무실은 늘 라벤더와 솔방울들로 인해 달고 싸한 내음이 풍겼다. 왕비인 미네사가 매일 채워 놓은 것들이다.

라벤더는 마음을 편안하게 하는 효과를 위해, 솔방울을 북쪽 벽에 매달아 두는 것은 설산 너머의 콰트라 갈리아우가 내쉬는 찬 숨결을 막는데 특효라는 미신이 있었기 때문이다. 미네사의 신심을 떠올리면 크게 이상할 일도 아니었던지라 테른도크는 그러라 내버려 두었다.

잔무의 마지막으로 두루마리를 둘둘 말아 밀랍 녹인 붉은 촛농으로 압인을 남긴 테른도크가 일어섰다. 집무실 문 앞에는 낯익은 얼굴이 고두하고 있었다.

테른도크는 그대로 그를 스쳐 지나며 짤막하게 명했다.

"보고하라."

"오늘도 아무것도 하지 않으시고 방에만 계셨습니다. 구슬 꿰기나 책 읽기를 하시면서요. 나흘 전부터 어제까지는 감기에 걸리셔서 이틀 정도 누워 계셨는데 그것 말고는 특이할 것 없이 평소와 같습니다. 그리고 지난달에는 여벌의 옷을 지으시고 술을 담그시는 일을 직접 하셨습니다."

한두 달에 한 번, 그녀가 머무는 거처에 하인으로 위장 잠입해 있는 낮 늑대로부터 보고가 들었다. 도무지 이해가 안 가는 그녀의 근황을 살피기 위해 낮 늑대 하나를 동부 별장에 심었는데, 그리한 지가 어언 일 년이 넘었다.

"여전히 심심하게 지내시는군. 방문객은?"

"지난주에 체사 백이 들르신 것이 전부입니다. 이번 주에는 아무도 없었습니다."

솔직히 테른도크는 그녀를 의심한 적도 있었다.

부왕 파이투스 2세의 죽음에는 분명 의아쩍은 구석이 있었던 탓이다. 파이투스 2세의 치세 때 반트와 팔란의 극심했던 긴장감을 생각하면 설산의 버젠타리아라 불리는 남부 영수의 딸인 그녀를 의심해 보는 것도 이상하지 않았다. 얌전한 삶이 강단에 먼저 올라간다고 했으니까.

그러나 쭉 지켜본 바, 그녀는 귀족들과 그다지 긴밀한 관계는 아닌 듯했다.

한때나마 왕비였던 비셰트를 찾는 이들은 한 해에도 손에 꼽았다. 심지어 그녀의 부친은 제 딸이 왕비의 자리에서 밀려난 것을 기점으로 뮈아드로로의 발걸음을 뚝 끊었다.

테른도크는 얼굴이 잘 기억나지 않는 새어머니를 떠올려 보았다.

—폐하의 뜻대로.

다만 맹세컨대, 그를 사로잡았던 기묘한 힘을 지닌 그녀의 눈동자에 미망인의 슬픔은 도사리고 있지 않았다. 때문에 테른도크는 왕의 미망인이 이 년이 넘도록 부왕의 상처를 하고 있다는 것을 곧이 믿지 않았다.

왕비 궁 서가에는 사제들이나 읽을 법한 성경이 많이 꽂혀 있었다. 벽에는 비늘 뭉치처럼 늘어진 검은 솔방울들이 가느다란 씨실에 걸려 있었다. 왕비인 미네사는 미신을 믿는 편이었다. 특이한 강박으로 벽난로마저도 노송나무 장작이 아니면 태우지 않겠다고 해 방 안은 온통 솔향기로 가득했다.

테른도크가 방 안에 들어갔을 때, 미네사는 아기에게 젖을 물리고 있었다. 한 달 만에 찾아온 테른도크를 맞이하는 미네사의 뺨에 연한 홍조가 피어올랐다.

"오셨습니까?"

미네사는 키가 크고 단정한 얼굴을 한 전형적인 북부 여자였다. 눈동자는 남부에서 난다 전해지는 칠엽수의 농익은 열매처럼 맑은 황토색이었으며, 길게 땋아 내린 머리칼은 진갈색이었다. 화려한 것보다는 질박한 것이 더 어울리는 그런 여자였다.

테른도크는 선왕이 붕어하기 직전, 어마어마한 지참금을 가지고 온 벵센 가문의 장녀인 그녀와 혼인을 했다. 부친의 결정으로 성사된 결혼 생활에 큰 애정을 가지고 있지는 않았지만 테른도크는 미네사를 적당히 대우하는 것을 잊지 않았다.

"바쁠 때 왔나?"

"아닙니다, 폐하."

얼마 전 태어나 이름조차 결정하지 못한 둘째는 미네사를 꼭 빼닮았다. 아기는 조그마한 입술을 오물거리며 미네사의 젖을 빨고 있었다. 테른도크는 곧 아기에게서 시선을 떼고 주위를 두리번거렸다.

"테지스는?"

첫째 아들인 테지스는 그를 닮은 파란 눈의 아이였다. 솔직하게 둘 다 제 자식이라 해도 더 정이 가는 건 저를 닮은 첫째일 수밖에 없었다.

"시끄럽게 울어 이 아이를 자꾸 깨우는 통에 유모가 데리고 나갔습니다."

"그랬군."

"테지스는 힘이 넘치는 것이 폐하를 꼭 닮은 듯합니다."

"그래, 그리고 이 아이는 그대를 꼭 닮았네."

테른도크는 젖을 문 채 통통한 손을 바동바동 뻗쳐 올리는 아기를 내려다보았다. 딱히 안아 보고 싶은 생각도, 가슴 깊이 끓어 넘치는 부성애도 없었다. 다만 흡족했다. 이제 아들이 둘이니 그의 기반 역시 견고해졌음이다.

테른도크가 그녀의 건넌 자리에 등을 기대고 앉았다.

"아, 그러고 보니 그대의 사촌이 혼인을 한다더군."

"제브니가 말입니까?"

"아니, 뱅센 경 말이야."

미네사의 얼굴에 모처럼 혈색이 돌기 시작했다. 테른도크는 그런 그녀를 힐끔 바라본 후 턱을 삐딱하게 기울이며 심드렁하게 말했다.

"만약 원한다면 올여름에 있을 그들의 혼인식에 그대도 다녀와도 좋다. 요 근래 고생도 했으니 바람을 쏘이고 오면 좋겠지."

"혼담이 오가고 있다는 이야기는 들었는데 이번 여름으로 결정된 건가요? 말씀만으로도 감읍한 이야기입니다."

"뱅센 후에게는 내가 사람을 보내 놓지. 깐깐하니까 절차대로 해야 할 거야."

벵센 후작은 나이가 환갑이 넘어서도 가문의 통솔권을 놓지 않고 있는 고지식한 자였는데, 테른도크는 가끔 그 벵센 가문의 특유의 고집과 자긍심이 불편했다.

용건을 마친 사람처럼 몸을 일으키는 그를 올려다보는 미네사의 눈에 아쉬움이 어렸다.

"저, 폐하."

"왜?"

미네사는 입술을 잠깐 오므렸다 열었다.

"한 달이나 되었는데 아직 아이의 이름을 지어 주지 않으셨습니다."

테른도크의 낯 위로 아주 잠깐 귀찮은 기색이 스쳐 지났다. 첫째인 테지스 때와는 판이하게 다른 그의 태도에 미네사는 조금 가련한 눈으로 둘째 왕자를 바라보았다.

"까맣게 잊었군. 영 정신이 없어서."

"……그리도 다망하십니까?"

"그래. 작년도 흉작이었던 동부에서 말이 많은 데다가 북서쪽에서는 갈카마가 움직이고 있다 해 신경 쓸 거리가 많았다. 이름 건은…… 곧 리제예스 총관을 보내지."

테른도크는 뒤도 돌아보지 않고 떠났다. 덩그러니 홀로 남은 미네사의 한숨이 길게 이어졌다.

얼마 지나지 않아 찾아온 여름의 계절에 라르크 또한 연둣빛이 곳곳에 싹틔웠다. 여름의 한복판에 이르기 직전, 미네사는 테른도크의 배려를 사양하지 않고 둘째 왕자 빌리안을 데리고 남부 고향으로 내려갔다.

그날따라 유독 게으름을 피고 싶은 충동이 강했다. 창가에 기대어 술을 홀짝이며 이런저런 잡생각을 이어 나가던 테른도크는 문득 근 두 달 정도 잊고 있던 루가크와의 내기를 떠올렸다.

눈이 아파 다시 일을 하기는 싫고, 그렇다고 좋아하는 마상 경기를 하고 놀자니 남아 있는 문제들이 마음에 걸리고.

테른도크는 결정을 내렸다. 한 번도 걸음한 적 없는 뮈아드로의 동부 별장에 방문하기로 한 것이다. 루가크와의 내기는 장난에 가까우니 차치하고, 제 새어머니의 위치에 있는 비셰트를 언제까지고 방치할 수도 없었다.

결단을 내리니 실행도 빨랐다.

비셰트와 별장 시종들은 별장 입구에 나와 부산스레 그를 맞이했다. 거의 삼 년 만에 처음 있는 왕의 방문이라며 다들 들뜬 모양새였다.

덩치 좋은 준마에 앉은 테른도크는 넓은 정원이 딸린 하얀 벽돌 별장 입구로 당당하게 들어섰다. 잘 조경된 정원이 한눈에 들었다. 응달은 이제 막 녹기 시작한 눈 무덤으로 별처럼 반짝이고, 양지는 움트기 시작한 새싹들과 되살아나는 연노랑 빛의 잔디로 찬란했다. 왕궁 정원과 달리 작위적이지 않은 아름다움이 꽤 마음에 들었다.

테른도크는 긴 적발을 한쪽으로 땋아 동그랗게 머리 위로 감아 올린 담갈색 눈동자의 여자 앞에 멈춰 섰다. 하마터면 시녀와 헷갈릴 만큼 수수한 차림이다. 하지만 소매가 긴 수수한 재색 드레스도 미색과 기품만큼은 가릴 수 없었다.

"어서 오십시오, 폐하."

비셰트는 정숙하게 예를 갖춰 보였다.

"갑작스레 찾아와 미안한 일입니다. 어머니."

"조금 그렇군요. 사과 받아들이겠습니다."

예의상의 인사에 진지한 대꾸가 되돌아왔다. 테른도크는 내심 당황스러웠다.

"다음번 방문하실 때는 미리 알려 주셨으면 합니다. 그리고 그냥 비셰트라 불러 주십시오."

지나치게 갑작스러운 방문이긴 했으니 일침은 타당했다. 테른도크는 짐짓 불편한 체해 보았다.

"그 정도로 내가 정중하지 못하고 예의 바르지 못했습니까?"

비셰트는 빙그레 웃으며 고개를 끄덕였다.

"여성에게 몸단장을 할 시간을 주는 게 도리가 아닙니까, 폐하."

"잠깐의 방문입니다만 이렇게 힐난하실 줄이야."

"단 일각이라도 폐하를 맞이하기 위한 단장의 시간이 필요합니다."

"단벌의 미망인께서 어떤 치장이 필요하시기에?"

그의 조롱 같은 농담에도 아랑곳 않고 비셰트는 깊숙이 고개를 조아리며 미소 지을 뿐이었다.

"우선 안으로 뫼시겠습니다."

잠깐이라지만 왕비 노릇을 했던 여자였다. 하지만 정말 잠깐이었기에 테른도크는 조금 우스울 따름이었다. 그는 비셰트와 나란히 별장 안으로 들어갔다.

비셰트의 별장은 생각만큼 넓지 않았다. 얼핏 보는 것으로도 내부의 구조가 다 눈에 들 정도였다. 그녀에게 이곳을 하사해 준 것이 본인이건만 정작 테른도크는 한 번도 와 본 적이 없었던지라 그는 모든 것을 관심 있게 살폈다.

끝이 분명한 복도 저편에서 호들갑스레 뛰어다니는 하인들과 시녀들의 발소리가 작게 울렸다. 힐끔 고개를 돌려 비셰트의 우아한 콧날을 내려다보던 테른도크가 운을 뗐다.

"내가 왜 찾아왔는지 궁금하지 않습니까?"

"않을 리가요."

"왕궁으로 한 번 뫼시고 싶어 몇 번이고 초대를 드렸던 걸로 기억하는데."

"공교롭게도 몸이 자주 좋지 않았습니다."

이미 거짓인 것을 뻔히 알고 있었던지라 테른도크는 말꼬리를 잡는 대신 화두를 돌렸다.

"홀로 지내는 것이 적적하지는 않습니까?"

"폐하께서 신경 써 주신 덕에 편안히 만족하며 지내고 있습니다. 요즘은 찾아 주시는 분들도 계시고요."

"누가 찾아왔습니까?"

"얼마 전에는 폐하의 명을 받잡고 찾아와 주신 체사 백이 계셨고, 오늘은 이리 폐하께서 귀한 걸음을 주셨지요. 폐하께서는 어떠신가요?"

테른도크는 고개를 비스듬 기울였다.

"나는?"

"적적하지 않으신가요?"

테른도크는 활기 넘치는 사람들 사이에 둘러싸여 살아왔다. 대귀족들이 그의 발치에 고두했고, 눈에 넣어도 아프지 않을 자식이 있었고, 크게 사랑하지는 않지만 모자라지 않은 부인이 있었다.

비셰트가 한 발 물러섰다.

"무례한 질문이었다면 용서하세요. 부군이셨던 선왕과 돈독한 관계는 되지 못했지만 그분의 곁에 섰던 시간 동안 왕궁이 꽤나 외로운 곳이라 생각했습니다. 다만, 외로움이란 상대적인 것일 터이니

날 때부터 그곳을 둥지 삼아 오신 폐하와 저의 감상은 다를 테지요."

'둥지라.'

문득 드는 호기심에 테른도크가 툭 뱉듯 물었다.

"당신의 둥지는?"

"이곳이지요."

"이곳 말고. 그대에 대해 한번 말해 보시지요."

왜 그런 물음을 하느냐 반문할 줄 알았는데 그녀는 순순히 답했다.

"저는…… 성곽 도시인 기욘에서 태어났지만 올란도에서 자랐습니다. 남부의 명지인 에스란드와 지근거리에 있는 남부의 땅입니다."

"버젠타리아가 아니었습니까?"

"제 명적만 부친의 본령에 올라 있지요. 나길 이리 조용한 탓에 지기가 많지 않았습니다. 얌전하게 모친께서 지어 주시는 옷을 입고 부친의 평안을 바라는 마음으로 살았습니다. 저보다 나이가 많았던 언니는 엘더스로 시집을 갔고, 저는 제 차례를 기다리며 나이를 먹어 가다 과분히 북부의 왕관을 쓰게 되었지요. 아주 잠시였지만 제게는 과분한 자리였습니다."

"나보다도 많은 곳을 경험하셨습니다."

"폐하께서는?"

"뮈아드로를 떠나 본 기억이 손에 꼽습니다. 뮈아드로 밖에 세상이 있기는 한 겁니까?"

테른도크의 농담조의 대꾸에 비셰트가 소리 내어 웃었다. 듣는 이의 귀까지 즐거운 웃음소리였다.

테른도크가 턱을 매만지며 말을 이어 나갔다.

"그러고 보니 들어 본 적 있는 것 같군요. 자매 되는 분이 잘다의 칸니아^{상아} 장미라 불리는 엘더스 백작 부인이 맞습니까?"

"맞습니다. 좋은 배필을 만나 잘 지내고 있지요."

가볍게 대꾸한 비셰트가 화두를 돌렸다.

"그나저나 얼마 전 왕비 전하께서 왕손을 순산하셨다 들었습니다. 직접 찾아뵙고 경하 드리지 못한 것이 못내 죄송스러울 뿐입니다."

"비록 자리는 잃으셨으나 당신은 선왕의 부인이었습니다. 구태여 전하라 칭하지 않으셔도 됩니다."

"몸에 익기도 전에 물러난 자리입니다. 이게 편합니다, 폐하."

테른도크는 그녀의 목소리에 귀가 기우는 스스로를 발견했다. 갈라진 땅에 스미는 빗물처럼 막을 수 없는 것이었다.

미네사와는 많이 다른 여자였다.

침묵하는 그를 말끄러미 돌아보는 눈동자가 아름다웠다. 문득 그는 그녀의 미색을 덮은 수수한 옷 안의 그림을 그려 보았다. 이상하게 가슴 안쪽이 싸한 기분에 테른도크는 그녀의 눈길을 모른 체했다.

그날 테른도크는 좋은 시간을 보냈다. 긴 시간은 아니었다. 겨우 두어 시간 이야기를 나누고 눈을 나눈 것뿐인데 계속해서 머릿속을 떠나지 않는 그녀 탓에 이만저만 곤란한 게 아니었다.

식사를 할 때도, 지나는 궁정 시녀들을 볼 때도, 심지어 창밖의 관목들을 볼 때마저도 그녀가 먼저 떠올랐다. 시종은 갑자기 산만해진 그의 건강을 염려하는 기색을 내비치며 몸에 좋은 것들을 해 올리라 왕궁 요리사들을 다그쳤지만 테른도크는 이미 알고 있었다. 지금 제 상태는 그런 것으로는 해결되지 않는 종류의 것이었다.

결국 일주일 후, 테른도크는 비셰트를 왕궁으로 초대했다. 이번에도 변명을 대며 거절할까 우려했던 것과는 달리 비셰트는 초대에 응했다.

이틀 후, 비셰트는 왕궁에 이르렀다.

막 재상 라페로바한과 칼키스의 요란한 논쟁 속에 파묻혀 있던 테른도크는 소식을 들은 즉시 자리를 박차고 일어나 그녀를 마중하러 나갔다. 이상하리만치 강렬한 기대심을 다른 이들에게 감추기 위해 애쓰는 것이 그가 할 수 있는 전부였다.

멀리서 봐도 그녀의 수수한 차림은 눈에 띄었다.

처음 봤을 때와 별반 다를 바 없이 적발을 땋아 한쪽으로 둥글게 올려 말고 얇은 외출용 외투를 걸친 그녀의 무릎 아래로 재색 치마가 흔들거렸다. 눈이 마주쳤다. 그녀가 빙그레 웃었다. 테른도크의 입가에도 절로 웃음이 걸렸다.

사계절 내리 따스한 장미의 정원에서 그들은 간단히 차를 나누었다. 장미 정원은 공가 브루나크의 사저에 위치한 수국의 정원을 본 따 만든 온실 정원이었다. 진한 꽃 내음 속에 파묻혀 있노라면 라르카드단이 부럽지 않다. 그는 그리 생각해 왔다.

하지만 지금은 사실 꽃 따위는 하나도 신경 쓰이지 않을 만큼 온 신경이 눈앞의 여자에게만 집중되었다.

비셰트가 아쉬운 기미를 담아 말했다.

"왕비 전하께서도 계셨더라면 인사 올렸을 텐데요."

"지금 남부에 내려가 있습니다. 시기가 공교롭군요. 다음에 한 번 더 들르십시오."

인사치레 같은 말을 꼬투리 잡아 또 한 번 그녀를 왕궁으로 불러들일 계획이었다. 말을 하고도 스스로의 간사함에 기함했다. 하지만 생경하게 뛰는 가슴은 그로서는 겪어 본 적 없는 특별한 것이었다. 자꾸만 웃음이 나고 별것 아닌 말 몇 마디가 즐거워 시간이 어찌 흐르는 줄도 모를 정도였다.

"아, 그리고."

미소 지은 얼굴로 테른도크는 우아한 미망인을 바라보았다. 그녀는 갑자기 대동했던 시녀를 손짓했다.

"이 다과는 제가 직접 만들어 가져와 보았는데, 괜찮으시다면 맛보시겠어요?"

시녀로부터 작은 주머니를 건네받은 비세트는 다과 접시 한쪽에 납작하고 마른 정방형의 과자를 몇 조각 내려놓았다. 그다지 손이 가게 생긴 모양은 아니었다.

함부로 먹어도 될까 싶은 미처 떨치지 못한 의문이 잠깐 스쳤으나, 테른도크는 아무렇지도 않게 과자를 입에 넣는 비세트를 따라 과자 하나를 입에 넣었다. 맛은 생각보다 좋았다.

"……직접 이런 걸 만드십니까?"

"입에 안 맞으시나요?"

"그게 아니라, 한두 번 해 본 솜씨가 아닌 듯한데."

비세트의 입가에 잔잔한 미소가 번졌다.

"사람이 아무것도 하지 않고 살 수 없지 않겠습니까. 다행스럽게도 제게는 시간이 참 많습니다. 그리고 방문해 주시는 귀한 분들께 손수 대접할 수 있다는 것도 나름의 만족이 되는걸요. 저를 위해 하는 거죠."

참 이상했다.

단순히 잿빛 옷을 걸친 것만으로도 이리 빛이 날 수가 있나?

그녀와 이야기를 나누고, 그녀의 음성을 귀에 흘려 넣을수록 마치 농익은 술을 마신 듯 취하는 기분이었다. 왜 예전에는 알지 못했을까.

테른도크의 기억 속 그녀는 말수가 없고, 차분하며 속을 알 수 없는 사람이었다. 그러나 지금은 그녀가 너무나도 잘 보였다. 비세트가 자신과 이야기하며 얼마나 즐거워하는지, 얼마나 진심으로 그에게 마음을 열고 조잘거리는지, 얼마나 외로웠는지.

간간이 높이 터지는 웃음소리가 새소리처럼 아름다웠다. 얼마간 집중해 그녀의 이야기를 듣던 테른도크가 툭 뱉듯 물었다.

"……왜 아직도 상복을 입고 계십니까?"

두서없는 질문에 꺼려 할 거라 생각했던 그녀는 외려 미소 지었다.

"폐하께서만 알고 계실 건가요?"

"제게 당신의 비밀을 나누어 주신다면."

비셰트가 치맛자락을 살짝 쥐어 느리게 흔들어 보였다.

"이 옷을 입고 있으면 많은 이들이 저를 기억해 준답니다. 그러면 간간이 손님들이 찾아오고, 저는 그분들과 꽤 즐거운 시간을 보낼 수 있지요."

거짓말인 것이 빤히 눈에 보이건만, 그녀의 손짓에 흔들리는 치맛자락처럼 그의 가슴은 쉽게도 흔들거렸다. 눈을 마주친 것뿐인데 순간 갑자기 목과 가슴 사이 어딘가가 감전된 듯 저릿저릿하게 떨렸다.

"아, 그리고 하나 더 있어요. 제나, 그 실 주머니도 좀 가져오렴."

비셰트가 시녀로부터 건네받은 작은 주머니에는 가는 구멍이 나 있는 매끄러운 청석과 실이 담겨 있었다.

"그게 뭡니까?"

"별돌입니다."

"별돌?"

"따뜻한 햇살을 머금으면 그 온기가 오래 간다는 이야기가 전해 내려오는 별돌이요."

그게 무엇인지는 안다. 다만 비셰트의 의도가 짐작이 가지 않았다.

"제 언니가 뮈아드로의 추운 날씨를 염려해 왕왕 보내 주었던 것들인데 폐하께 선물해 드리고 싶어서요."

선물. 뜻밖의 단어가 테른도크의 귀에 콕 박혔다. 얼간이처럼 목이 떨려 소리도 나오지 않았다. 혹시나 우스꽝스러워 보일까 봐 숨도 참았다.

"널리고 널린 건 아니지만 역시 폐하께 진상하기엔 몹시 약소하지요?"

성에 안 차 할 것이 걱정스러운지 무의식적으로 입술을 오므리는 것이 환장하도록 귀엽게만 보여 테른도크는 허겁지겁 양 손바닥까지 내저어 보였다.

"아니, 귀한 물건이라 아는데."

"엘더스와 에스란드는 가깝고 교류가 많은 모양이더군요. 언니가 보내 준 별돌이 제법 많습니다. 아시다시피 엘더스는 부유하니까요. 낮에 볕이 드는 창가에 매어 두시면 반나절은 따뜻합니다. 불에 던져 넣었다 빼도 되지만 그리하면 안에 꿰인 실이 타 버리는 데다가 자칫 귀한 몸 데이실 수 있으니……."

테른도크는 그녀의 손바닥에 다소곳이 올라앉은 진청색 돌들을 바라보았다.

별돌은 에스란드의 거꾸로 오르는 폭포와 근방의 남부 지역에서만 채집되는 것으로 알려져 있었다. 겉보기에는 일반 푸른 옥석과 그다지 구분이 되지 않았다. 구분하는 방법은 해 저문 차가운 밤 시간에 만져 보아 열기를 품었는지 아닌지를 판가름하는 것뿐이다.

그러나 바위나 동굴 깊숙한 곳에 산재되어 있어 햇살을 받지 못하는 것들이 많아 그마저도 운이 좋아야 한다고.

간혹 뮈아드로에 세금 대신 올라오는 질 좋고 커다란 별돌이 있긴 하지만 보석류에 그다지 관심이 많은 편이 아니라 대부분은 왕궁 재산으로 방치되곤 했다.

비셰트의 손에 쥐여진 별돌들은 그가 보았던 그 어떤 보석보다 작고 초라한 푸른색을 하고 있었다. 하지만 우습게도 그 어떤 별돌보다 따뜻해 보였다.

"제가 직접 실을 꿰어 드려도 괜찮을까요?"

"직접?"

"예."

"……원하시는 대로."

비셰트의 고운 손끝이 구슬을 쥐고 실 끝을 세웠다.

물끄러미 그녀를 바라보는 테른도크의 손이 느릿느릿 주먹을 쥐었다. 저를 위한 손놀림이며 노고였다. 그에게 바쳐지는 것들이 수많았지만 저처럼 의미가 크게 느껴진 것은 처음이었다.

이기적인 욕심이 고개를 들었다. 저 여자에게 삿된 감정을 품는 것이 옳지 않다는 것을 알지만 그게 무슨 상관인가 싶었다. 저릿하게 온 신경을 지배하는 지금의 감정을 놓아 버리고 싶지도 않았다.

어느새 제각기 굴러다니던 수 알의 푸른 돌들이 꿰여 둥근 팔찌의 모양새를 갖추었다. 그녀는 완성된 팔찌를 내밀며 무겁게 운을 뗐다.

"실은……."

"……."

"폐하께서도 저를 의심하고 계신다고 믿었습니다. 때문에 상의를 입는 건 제가 보일 수 있는 최대한의 결백이었습니다. 이번에 초대에 응한 것은 이리 다정히 대해 주시는 폐하를 뵈오니, 송구하여 사죄드리고 싶은 마음에서입니다. 이 별돌들이 폐하의 아름다운 눈과 꼭 어울리지 않는가 싶어."

"……."

"……당신만 못한 아름다움이지만 부디 저를 용서해 주시기를."

다른 말은 죄 귀 밖으로 흘러나가고, 그녀를 의심했단 사실조차 잊혔다. 머릿속에 남는 것은 저 한마디였다.

당신만 못한 아름다움이지만 부디.

비셰트의 손바닥 위에 놓인 푸른 팔찌를 내려다보던 테른도크는 그녀의 손을 깍지 껴 쥐었다. 미온이 남은 푸른 돌들이 그들의 손바닥 사이에 갇혔다. 도망치지 못하고 붙잡힌 가느다란 손가락이 테른도크의 커다란 손가락 사이에서 오므라졌다.

"······폐하."

테른도크는 그치지 않고 그녀의 손목을 끌어당겨 손가락 끝에 입술을 가져다 댔다. 그리고 그도 모르게 입술을 벌려 그녀의 손끝을 살짝 물었다.

"왕에게 아름답다는 말은 그다지 어울리지 않는다고 생각하는데."

욕망으로 갈라진 목소리가 새 나왔다.

"아름다움은 신분과 상관없이 그 자체로 아름다운 것이라 여겼습니다."

"나보다는 그대에게 더 어울리는 말이 아닌가?"

"폐하, 그보다 손을······."

오므라지는 손끝이 도망치지 못해 갇혔다. 테른도크의 입술이 비셰트의 손끝에 긴 입맞춤을 남겼다.

더욱 세게 그녀의 손을 움켜쥔 테른도크가 의자를 밀어 일어섰다. 비셰트의 눈동자가 흔들거렸다. 말없이 눈을 마주치고 있는 것만으로도 가슴은 이미 터질 듯이 뛰고 있었다.

테른도크는 그녀의 흘러내린 머리칼을 귀 뒤로 쓸어 넘겼다. 그의 손끝이 귓덜미를 스칠 때마다 비셰트의 호흡이 조금씩 빨라졌다.

"자리를 옮기는 건 어떤지?"

어느새 드레스로 꽉 조여진 그녀의 흉강이 크게 오르내리기 시작했다. 붉어진 그녀의 얼굴이 비껴 돌자 수수한 장식을 한 귀가 보였다. 귓바퀴마저 사랑스러워 견딜 수가 없다.

이성이라 불리우는 것이 도려 나간 듯 본능만이 남은 열락이었다. 눈을 마주치는 것만으로도 가슴이 뜨거워지고, 저절로 귀 기우는 신음 소리에 테른도크는 숨조차 제대로 쉴 수 없었다.

그녀의 재색 치마를 찢어발기듯 벗겨 내자 드러난 하얗고 하얀 살결이 그를 아득하게 했다. 매끄럽고 가느다란 다리와 그의 다부진 다리가 엉켰다. 젖은 입술과 뜨거운 입술이 서로를 찾아 헤매는 동안 어느새 테른도크도 헐벗은 나신이 되어 있었다. 나동그라진 옷가지를 발끝으로 밀어내며 그녀의 안에 제 것을 파묻었을 때 그는 끔찍한 행복에 사로잡혔다.

아비의 것이 숱한 흔적을 남겼을 그녀를 취한다는 사실로 인해 드는 배덕감이 그를 더욱 미치게 만들었다.

아래를 뜨겁게 조여 오는 것이 마치 목을 조르는 것처럼 적나라하게 숨통을 막는 기분이었다.

미네사의 얼굴도 아주 잠깐 뇌리로 떠올랐다. 그러나 그럴수록 돌아오는 기쁨은 더욱 커졌다.

코에 익은 솔나무의 향기 대신 퍼지는 살 내음을 몇 번이고 코를 비벼 들이키고 그녀의 곳곳에 제 체취를 남기며 그는 몇 번이고 그녀에게 그를 남겼다.

그러나 그날 후로 테른도크는 비세트를 만날 수 없었다.

남은 것은 정오의 햇살을 받아 반짝반짝 빛나는 푸른 별돌 팔찌뿐이었다. 한밤의 꿈 같은 시간을 잊을 수가 없어 그는 매일 그녀를 곱씹는 것으로 시간을 보냈다. 그녀 역시 마찬가지일 것이라. 그날의 일은 결코 실수가 아니었다. 단순히 후사를 보기 위한 행위 이상의 어떤 교감이었다.

결국 며칠 견디지 못하고 테른도크는 그녀에게 정중히 사람을 보냈다. 그러나 그녀는 처음 그러했듯 다양한 변명거리를 내세워 사람을 돌려보냈다. 서신을 보내면 아주 의례적이고 상투적인 인사만 되돌아올 뿐이었다.

그녀라는 사람이 녹아 있지 않은 의미 없는 단어의 나열. 하지만 테른도크는 그 안에서 분명한 애정을 찾았다.

물론 그것만으로는 만족할 수 없어 남몰래 찾아가기도 했다. 하지만 비셰트는 그가 찾아갈 때마다 별장을 떠나고 없었다. 결국 테른도크가 들을 수 있는 그녀의 소식은 간자로 심어 두었던 낮 늑대의 몇 마디 보고가 전부였다.

그리 한 달 보름쯤 온 애간장을 녹였을까. 남부로 내려갔던 미네사가 되돌아왔다.

궁으로 되돌아와 여느 때와 다를 바 없이 온후한 미소를 지어 보이는 미네사를 마주하자 차츰 현실이 되돌아왔다.

근 다섯 달 만에 미네사의 침소를 찾은 이튿날 아침, 테른도크는 비셰트의 별장에 심어 두었던 낮 늑대에게 내린 명령을 철회했다.

비셰트가 알고 있듯, 그 역시 알고 있었다.

결국 그녀는 선왕의 비였다.

테른도크가 스물한 살의 청년왕으로 발돋움한 그해의 짧았던 가을은 브류나크의 계절이라 해도 이상하지 않았다. 물론 그 브류나크는 왕실이 아닌 공가였다.

브류나크 공 칼키스는 붉은 늑대의 아들로서 그를 가장 충실히 따르는 종을 자처하고 있었다. 안 좋은 소식들이 끊임없이 들려오는 시대 속에서 테른도크는 칼키스를 따르는 이들에게 힘을 실어 줄 때가 되었음을 강요받았다. 그럴 때 가장 편리한 것은 작위와 빈 땅을 내려 주는 것이다.

테른도크는 기울어지는 검 끝에 맞닿은 소년의 어깨를 내려다보았다.

"오늘부로 방계 브류나크의 유일한 후계, 파사드 칼란독 브류나크는 정식 기사로 임명되었다. 또한 칼란독 경은 어퀸 성의 새로운 주인임과 동시에 노테블룸의 웬터발트 후작이 되었다는 것을 선포하는 바이다. 이것으로 봉작과 서임식을 마무리한다. 일어서라."

잠들어 있던 노르테 홀의 곳곳에서 갈채가 울려 퍼졌다. 엄숙하게 내뱉은 명령에 무릎을 꿇고 있던 검은 머리칼의 소년이 몸을 바로 세웠다.

소년은 다음 대의 브류나크 공작이 되어 두고두고 테른도크를 보좌할 파사드였다. 테른도크는 기쁜 기색 하나 없이 작위와 서품을 하사받은 소년을 내려다보았다.

제 아비와는 달리 워낙 속 모를 소년이라 가끔은 묘한 기분이 들기도 했다. 같은 핏줄에서 난 두 늑대인데 참으로 다르다. 그런 생각으로.

"칼란독 경, 귀공의 앞날에 축복이 있기를."

간결히 서임식을 마무리하고 노르테 홀을 빠져나온 테른도크는 인적 드문 복도를 가로질렀다.

문 밖에서 기다리고 있던 옐크버드가 기다렸다는 듯 그를 뒤따랐다. 옐크버드는 뮈아드로의 행정부를 총관리하는 자였다. 그가 즉각 처리하지 못하고 안고 오는 문제들은 퍽 귀찮은 것들이 많아 테른도크는 노골적으로 피곤한 얼굴을 했다.

"무슨 일인가?"

"에스란드 쪽에서 낌새가 있습니다."

"그런가? 뭐, 새삼스럽지도 않은 얘기군. 해서?"

이미 석 달쯤 전부터 심상찮다는 이야기를 밤 늑대들을 통해 전해 들었다. 테른도크는 놀란 기색 없이 중얼거리며 걸음을 계속했다.

일을 가볍게 보는 건 아니었다. 사실 오히려 테른도크는 꽤 오래 전부터 그 일에 대해 고심하고 있었다. 옐크버드는 큰 키에 비해 월등히 짧은 다리를 움직여 쿵쾅쿵쾅 그를 뒤쫓아 왔다.

"양당 회의를 소집하올까요?"

"오늘 같은 날은 좀 참지그래. 아직 보고가 올라오지 않은 걸 보면 확실한 물증을 잡은 것도 아닌 듯한데."

"그리하시면 일이 너무 커지는 게 아닐까 저어됩니다. 이 일은 다른 지역의 반기에 기름을 붓는 일이 될 수도 있습니다. 이미 선왕께서는 라인과 베르트의 독립을 부득불 인정하셨고, 그 때문에 허튼 생각을 하는 이들이 많아지고 있는 것도 사실입니다."

"알아. 아직 공론화된 것은 없으니 섣불리 움직이지 말게. 차라리 두각을 드러냈을 때 배후까지 한꺼번에 일망타진하는 게 나아. 회의 소집은 미뤄 두고, 우선 내일 재상과 작위 공만 조용히 불러들이게.

일을 키워서라도 이참에 그자들을 제대로 뿌리 뽑아 강경하게 대처할 테니까."

제 멍청한 아비는 이미 라인과 베르트의 독립을 허락하는 것으로 브류나크의 왕권을 땅에 떨어뜨렸다. 이 상황이 그를 바로잡을 수 있는 기회라면 기회였다.

에스란드를 필두로 한 봉기는 얼마 지나지 않아 작위 공 칼키스와 퇴역을 앞두고 있던 윈포드 경, 그리고 카바인의 장수들에게 진압당했다.

지원했던 배후도 속속 밝혀졌다. 엘더스, 크로켄트 그리고 투엘라르.

테른도크는 그간 에스란드에 대해 제가 느꼈던 기묘한 위화감의 정체를 알아차렸다.

그들의 사건에는 라르크의 대귀족들이 대거 관여되어 있었다. 대귀족들의 연루가 드러나며 사태는 지나치게 커져 당장의 수습만으로도 벅찰 지경이 되었다.

날조된 문서들은 어디서부터 어디까지가 조작된 것인지 분간할 수 없이 넘쳤다. 자칫 큰 분열이 일어날 위기였다. 설상가상 사건의 발단이 되었던 에스란드의 수괴까지 자결을 해 자세한 내막을 전할 수 있는 이가 없었다.

하루빨리 이를 해결해야 한다는 빗발치는 간언들로 왕궁이 술렁였다. 결국 투엘라르 가문을 비롯해 에스란드 봉기와 연루되었다 알려진 영주들은 증거가 드러나는 족족 약식 군사재판을 받아 처형되었다. 그리고 그들 일가의 목은 모두 라르크의 법에 따라 귀자로 성벽 아래 보란 듯이 내걸렸다.

그들 중에는 비셰트가 스치듯 제 언니의 가문이라 말했던 엘더스가 있었다.

테른도크는 엘더스령의 백작 부인의 얼굴을 귀자로의 성벽에서 처음으로 보았다. 비세트의 자매라 하였다. 그녀와는 그렇게 닮지 않았구나, 그런 생각을 했다.

가슴이 괴괴하게 우그러지는 기분이었다. 펄럭펄럭 휘날리는 깃발 소리에 마음이 성큼 멀어지는 소리가 들렸다.

그날 후로, 비세트로부터 되돌아오는 서신은 단 한 통도 없었다.

에스란드의 봉기 후로 두 해, 반트 당과 팔란 당의 갈등은 정점을 찍었다.

팔란 당원들은 호시탐탐 반트 당원들의 목덜미를 노리며 칼을 갈았고, 반트의 당원들 역시 그들을 적대하는데 주저함이 없었다.

그 와중, 에스란드의 잔당들로 인한 또 다른 사건까지 벌어져 또한 번 젊은 영식들을 내치는 일까지 있었다. 가장 안타까운 것은 할드로프가였다.

매일같이 서로를 모함하고 매도하는 이들 사이에 선 테른도크는 닳아 없어지는 정신을 견딜 수가 없었다. 한동안 잊었던 제 곁에서 날아가 버리듯 사라진 여자를 떠올리는 날이 많아졌다.

얼마 후, 사태의 심각성을 알아차린 양당의 수뇌들은 타협을 결의했다. 팔란 숄고의 아들인 파사드와 반트 숄고의 어린 딸인 엘히엔이 약혼을 하는 것이 그 합의였다.

테른도크는 단순 정략을 환영하지는 않았다. 파사드는 이미 북부의 나이로 성인인데 반해 라페로바한의 딸 엘히엔 데비는 이제 막

옹알옹알 떠들기 시작한 어린아이였던 것이다. 열 살이 넘는 나이 차는 둘째 치고 혹여라도 저들의 약혼이 깨지게 된다면 그 이후에 벌어질 사태는 보다 끔찍할 것이 자명했다.

그러나 달리 도리가 없기도 했다. 그들의 약혼은 그의 의지와는 상관없이 성사되었다.

뮈아드로에도 평화가 찾아온 듯했다.

"그간 무탈하셨는지요. 바쁘셨습니까?"

수개월 만에 체사의 루가크가 그를 방문했을 때, 테른도크는 집무실에 앉아 미네사가 새로이 달아 두고 간 솔방울들의 수를 세고 있었다. 이게 뭐하는 짓인가 싶었지만 머릿속을 비우기에 그만치 좋은 소일거리가 없었다.

테른도크가 건너편의 빈자리를 턱짓하며 몸을 바로 했다.

"오랜만이군. 한동안 브리옴에 머물고 있었다던데?"

테른도크는 반쯤 차 있는 제 잔만 채운 후 술을 치웠다. 브리옴은 할드로프 가문에게 하사되었던 작은 땅으로, 가주인 에반부르 팔다고 할드로프가 영지 관리를 내팽개치고 외부를 떠도는 탓에 지금은 나이 어린 영주가 홀로 남아 지키는 땅이었다.

테른도크 역시 젊은 장수의 충성심을 높이 사는 바. 다만 그들 가문을 쫓아다니는 죄로 인해 달갑게만 들을 수 없는 이름이었다.

"예. 브리옴에 흉년이 들어 도적 떼가 기승을 부리더군요."

"체사는 정도 많고 호기심도 많지. 그래, 어린 영주는 잘 지내던가?"

"예. 후계 수업도 곧잘 따라오는 영특한 분이십니다. 아, 그나저나 일전에 올렸던 윙거의 각찰 보고문은 확인하셨습니까?"

"한참 전의 얘기를 하는군."

"하하, 나이가 먹으니 시간이 어찌 가는 줄도 모르겠습니다."

북서부에 도사린 갈카마들이 자꾸만 남하하는 탓에 오래전 대륙 밖으로 떨어져 나간 시친과 수교를 시작한 지도 어언 이 년이 되었다.

윙거 운하라 이름 붙일 예정인 남서쪽 해협의 중요성이 더 커진 것도 그때부터였다. 그곳은 쥬비상트 해협과 이어져 라르크와 모르가나의 영해를 끼고 남대륙 랑스 강까지 이어지는 지류였다. 시친의 켈레티 올다와도 거리가 가까워 삼국이 맞닿은 경계라 해도 과언이 아니다.

토목 공사는 큰 자금을 요하는지라 발이 넓은 루가크와 장남 카라제시가 남부의 부유한 영지를 각찰하고 투자를 끌어내는 임무를 받았다.

파이투스 2세의 두 번째 왕비가 죽은 후 뮈아드로와 거의 줄이 끊기다시피 한 갈라부아 연합의 윙거 가문이 자금 지원을 지속한 것에는 체사가 중간에서 잘 조율해 준 덕이 컸다.

자연스럽게 테른도크와 루가크는 두 개의 모래시계와 체스판을 사이에 두고 마주 앉았다. 먼저 폰을 두 칸 전진시킨 루가크가 그의 모래시계를 눕히고 테른도크의 모래시계를 세우며 불쑥 물었다.

"그나저나, 내기는 어찌 되었습니까?"

"내기?"

"예전에 제게 내거셨던 비셰트 님에 관한 내기 말이지요."

테른도크는 말없이 폰을 옮긴 후 그의 모래시계를 옆으로 눕혔다. 루가크가 체스판을 내려다보며 중얼중얼 말했다.

"거의 이 년이 넘은 것 같은데. 날짜의 기한은 두지 않았지만 슬슬 마무리하는 게 낫지 않겠습니까?"

"……아아."

그때 했던 내기를 문자 그대로 해석하자면 테른도크는 이미 그녀의 알몸을 보았으니 이긴 것과 다를 바 없었다. 그러나 동침했다는 것을 떠벌릴 수는 없는 일이었다.

"일전, 폐하께서 제게 당부하신 것이 떠올라 오는 길에 동부 별장을 들렀습니다. 여전히 비셰트 님은 상의를 입고 계시더군요."

테른도크는 체스판의 모서리를 힘주어 쥐었다 놓으며 무심한 체물었다.

"그때 무얼 걸었지?"

"그때, 체사에 면책권을 주신다시며 저를 꾀셨지요."

체스 말을 옮기다 말고 루가크는 고개를 들었다. 심심할 정도로 쉽게 인정해 버리는 테른도크가 의아쩍었다.

테른도크는 그의 모래시계를 옆으로 뉘인 후 무심한 투로 물었다.

"그래서 그녀는 어찌 지내고 계신가?"

"잘 지내고 계십니다. 아, 그런데 이번에 어린아이 한 명을 거두어 기르시는 듯했습니다. 사연을 물으니 부모 없는 것이 딱해 손수 데려오셨다더군요."

잘 지내는가.

"왕도 만나지 못하는 여자를 체사 백은 잘도 만나는군."

"예?"

"아니, 혼잣말이네."

테른도크는 서늘히 끓어오르는 감정을 웃음으로 덮어 가렸다.

그리고 이듬해, 그를 쏙 빼닮았던 첫째 왕자 테지스가 일곱 살을 채우지 못하고 죽었다. 잔병치레가 많은 둘째 왕자와 달리 건강했던 테지스의 죽음은 뮈아드로의 활기를 죄 앗아 가고 말았다.

미네사는 첫정을 주었던 아들의 죽음에 식음을 전폐했고, 테른도크 역시 내색하지 않았지만 큰 실의에 빠졌다.

미네사는 한 달을 매일 밤 울며 테른도크의 침실로 찾아들었다.

아이 잃은 어미의 공허한 가슴이 온기를 요한다는 걸 알았지만 테른도크 역시 자식을 잃은 아비였다. 폐하, 폐하. 간절히 그에게 매달리는 미네사를 달래고 보듬는 것은 그 자체로 간신히 버티는 테른도크를 무너뜨렸다.

결국 한밤중, 테른도크는 미련의 조각을 좇아 홀린 듯 궁을 나섰다. 발길이 멈춘 것은 동부의 별장에서였다.

테른도크와 비셰트 사이에는 깨끗한 마음일 수 없는 일련의 사태들이 있었고, 그 역시도 한때의 열병같이 찾아왔던 그 감정을 어느 정도 추슬렀다고 생각했다. 하지만 그녀를 마주하고 서는 순간 애써 버텼던 시간들은 허사가 되었다.

"야심한 시각에 어쩐 일이십니까?"

비셰트는 한밤중 찾아온 불청객에도 놀라지 않았다.

거의 사 년 만이었다.

그녀의 앞에 서니 마치 오래전의 그때로 되돌아간 기분이었다. 그만큼 비셰트는 마지막 보았을 적과 별반 다르지 않았다. 여전히 아름다운 적발, 여전히 우미한 이목구비. 다만 덤덤히 그를 올려다보는 시선과 그의 손을 피해 모아지는 고운 손만이 다름이었다.

멀었다.

테른도크는 그녀가 더 이상 그에게 서신을 돌려보내지 않더라도 이해했다. 매번 그의 초대를 거절하고 그의 방문을 피한다 해도 이해했다. 비셰트는 부왕의 비였고, 그는 그녀의 누이를 처형했다.

하지만 몇 년 만의 해후가 반갑지도 않은지. 가슴이 떨리는 건 저 혼자뿐인지.

"……오랜만이군."

침묵은 비참하게 테른도크를 집어삼켰다.

테른도크는 그녀의 뒷머리를 끌어당겨 바짝 얼굴에 댔다. 그녀의 긴 적발이 치렁치렁 흘러내려 어깨를 가렸다.

"왜 나를 그리 봐, 왜."

그리 겁먹은 눈으로.

밤잠도 자지 못하고 새벽녘 뮈아드로의 거리를 달려온 사내의 붉게 충혈된 눈동자를 코앞에서 마주하는 비셰트의 눈에 형언하지 못할 복잡한 심경이 어렸다.

비셰트는 무례하지 않게 테른도크의 몸을 밀어내며 거리를 벌렸다.

"폐하, 이제 그만두어 주십시오. 제게 서신을 주시는 것도 사람을 보내는 것도, 이리 저를 찾아오시는 것도."

그녀의 말은 한겨울 갈리아우 산맥의 북풍보다 더 차가웠다.

테른도크는 가만 그녀의 눈을 들여다보았다.

맑은 담갈색의 눈동자에는 웬 정신 나간 사내가 한 명 서 있었다. 그 안으로 추레한 미네사도 드리워졌다. 많은 것이 일순간 스쳐 지났다. 그녀의 눈에 비치는 제 얼굴을 홀린 듯 응시하던 테른도크가 그녀의 손을 거세게 낚아챘다.

"폐하."

"네 침실로 가자."

"폐하!"

테른도크는 그녀를 끌고 복도 끝의 침실로 향했다. 멀찍이서 그를 지켜보던 시녀들은 놀라 발만 동동 구르며 울 것 같은 소리를 냈다.

불그스름하게 타오르는 벽난로를 지나쳐 넓은 침대 위로 그녀를 내동댕이친 테른도크가 입고 있던 두툼한 코트를 벗어 아무 데나 던졌다. 비셰트는 갑작스레 포악해진 테른도크를 크게 당황한 눈으로 올려다보았다.

"폐하, 갑자기 왜 이러십니까."

테른도크는 침대 위에 주저앉은 그녀를 강제로 밀어 눕힌 후 그 위에 올라탔다. 그러고는 화장기 하나 없는 분홍빛의 부드러운 입술이 열리기 전, 참았던 입맞춤을 퍼부었다.

깔려 발버둥 치는 비셰트의 손이 테른도크의 어깨를 세게 쥐어 밀었다. 그러나 건장한 사내를 떨쳐 낼 만한 힘 따위 있을 리가.

테른도크의 손이 그녀의 침의를 찢듯 벗겼다. 그의 입술로부터 도망쳐 고개를 돌린 비셰트가 숨을 헐떡이며 말했다.

"폐하, 폐하…… 그만두어 주십……."

"당신도 내가 그리웠잖나."

그만 그녀를 사랑한 게 아니었다.

왕비 없는 왕궁에서 있었던 배덕한 열락은 교감으로써 완성된 것이다. 테른도크는 분명하게 그 사실을 믿었다. 이를테면 그들이 한 것은 진정한 사랑이라고.

"안 됩……."

그녀와 자신이 사랑을 나누었다고, 그리 믿고 싶었다.

"당신은 내 부왕의 여자였고 나는 부왕의 것을 전부 물려받았다. 그러니 당신을 내가 차지하는 게 뭐가 이상한가?"

소리 내면 소리 낼수록 가슴의 공극孔隙은 더욱 더욱 커져만 갔다.

비셰트의 거부를 입술째로 삼켜 버린 테른도크는 한 손으로 그녀의 허벅지 안쪽을 움켜 벌렸다.

그때였다. 비셰트가 경악한 목소리로 작게 소리쳤다.

"폐하, 이 방엔 저 혼자가 아닙니다! 폐하, 그만⋯⋯!"

테른도크는 움직임을 멈추고 고개를 들었다. 그녀의 가슴은 숨 가쁜 새처럼 떨리고 있었다.

정적이 찾아왔다.

이런 이슥한 밤에 그녀가 혼자가 아니라면 누구와 함께 있었다는 건가?

테른도크의 벽안이 서늘히 어두운 사방을 훑기 시작했다.

사람으로 보이는 그림자는 어디에도 없었다. 창은 닫혀 있었고 그녀의 침실은 숨을 곳도 여의치 않아 보였다. 숨어 있을 곳이라고는 짙은 어둠뿐이다. 테른도크가 자리에서 일어나 타오르는 벽난로의 부지깽이를 집어 들었다.

"폐하, 그게 아니라⋯⋯!"

테른도크의 노여움으로 갈라진 음성이 낮게 깔렸다.

"나와라."

그가 막 불 꺼진 기름 등에 불을 붙이려는 순간이었다. 어디선가 '흐에에엥' 하는 어린아이의 울음소리가 났다.

어두운 방 안이 순식간에 울음소리로 가득 찼다. 테른도크는 제가 죽은 테지스의 아이 울음소리를 듣는가 싶었다.

비셰트는 침대 옆 창가와 벽 사이에 놓여 있던 자그마한 침대로 달려갔다.

"로지투스, 아가. 쉬이이, 괜찮아. 쉬이."

그녀가 한 아이를 자연스럽게 안아 들고 있었다. 테른도크는 뒤늦게야 루가크가 했던 말을 상기했다. 그녀가 한 아이를 거둬 기르고 있다 했다.

"쉬이. 괜찮아, 괜찮아."

비셰트는 별안간 울며 매달리는 아이를 달래는데 여념이 없었다. 그에게는 눈길조차 주지 않는 그녀는 잔혹한 성녀였다. 비틀거리는 자존심을 부여잡고 선 테른도크가 등불을 들고 다가갔다.

얼마간 다가가던 그의 걸음이 멈추었다.

뒤늦게 비셰트가 몸을 돌리려 했으나 늦었다.

아기는 저와 같은 새파란 눈동자를 하고 있었다. 죽은 테지스를 닮아 있음으로 그를 닮아 있었다. 다른 것이라고는 비셰트를 빼닮은 적색 머리칼뿐.

그날이었다.

그를 미치게 했던 그날 잉태된 또 다른 브류나크였다.

이튿날 아침 왕궁으로 되돌아온 테른도크는 결정을 내렸다.

왕궁으로 비셰트 올로랑스를 되돌리겠다. 테른도크의 뜻은 금세 발 없는 말처럼 달려 온 왕성을 휘돌았다. 그녀는 본디 선왕의 부인 이었으므로 그녀가 왕궁으로 거취를 옮긴다는 데에 대놓고 반대를 표하는 이는 없었다.

다만 당사자인 비셰트만이 격렬히 거부했다. 그러나 비셰트는 별 장으로 들이닥친 라르크 왕실 근위대의 강제를 피할 수 없었다.

의문하는 이들만 늘어 갔다. 왜 테른도크는 구태여 거부하는 비셰 트를 강제로 왕성으로 불러들인 것인지, 왕의 미망인이 데리고 나타 난 아이는 어떻게 된 것인지. 사실에 가까운 소문이 퍼져 나가기 시 작했지만 진위 여부는 누구도 알지 못했다.

희부연 거울을 들여다보며 미네사는 죽어 갔다. 먹지 못해 양 볼이 푹 꺼진 탓도, 간헐적으로 숨이 막히는 호흡곤란 증세 탓도 아니었다. 밤잠을 이루지 못하고 의식이 깨어 있는 시간이 길어질수록 그녀의 죽음은 점점 더 깊어 갔다.

비셰트가 데리고 온 아이는 꼭 테지스처럼 보였다. 처음에는 제가 헛것을 보나 하였다. 밤낮 가리지 않고 테지스를 돌보았던 그녀는 아직도 어제처럼 첫째 아이의 어린 시절을 기억하고 있었다.

테른도크와 비셰트 사이에 모종의 사건이 있었다는 것은 이미 오래전에 알았다. 비의 귀는 왕의 귀만큼이나 밝았고, 왕궁 곳곳에는 늘 서로 다른 주인을 둔 간자들이 넘쳐 났으므로.

다만 그게 끝인 줄 알았다.

테른도크는 모든 율법을 무시하고 여인에 모든 것을 쏟을 만큼 열정적인 이가 아니었고, 비셰트는 스스로의 위치를 잘 알고 있는 여자였다.

그러나 모두가 잠든 시각, 홀로 밤잠을 설치는 미네사는 알고 있었다. 테른도크가 매일 밤 찾아가는 침전이 누가 기거하고 있는 곳인지. 어찌 모르랴.

테른도크의 적막한 침실에 선 미네사는 섥은 소리로 웃었다. 아무도 없으니 책망할 이도 없었다. 웃음과 함께 떨어지는 눈물은 귀한 카펫 위로 스며들어 흔적도 없이 사라졌다.

미네사는 테른도크의 침실 창에 걸린 별돌 팔찌를 멀거니 응시했다. 손끝으로 온기가 만져졌다. 테른도크는 그녀가 눈에 띄지 않는 벽 한구석에 솔방울 몇 개 달아 두는 것만으로도 못내 못마땅한 얼굴을 했던 이였다.

오늘도 다른 곳에서 주무시려는가.

미네사는 그의 체취가 배인 침대맡에 웅크려 주저앉았다.

비세트가 왕궁으로 되돌아온 지 석 달째 되던 날, 미네사는 노르테 홀의 융단을 딛고 섰다. 몇몇의 귀족들과 테른도크가 윙거 운하의 자금 문제로 논의를 하던 중이었다. 미네사를 발견한 이들이 멈춰 섰다.

테른도크와 이야기를 나누던 이들은 모두 다섯 명으로 루가크와 그의 장자인 카라제시 란센 체사, 반트 솔고인 재상 라페로바한, 팔란 솔고인 젊은 공작 파사드 칼란독 브류나크 그리고 자파인 후였다.

미네사는 이들과 개인적인 교류는 적었지만 어떤 이들인지는 잘 알고 있었다. 그들은 테른도크를 가장 가까이서 따르는 자들이었다. 가장 먼저 그녀를 알아차린 카라제시가 공손히 물러섰다. 그다음으로 까만 머리칼과 까만 눈동자를 한 청년도 그녀를 알아보고 가볍게 목례했다.

'공도 오셨는가.'

미네사는 젊은 나이에 무거운 짐을 짊어진 파사드를 몹시 안쓰러이 여겼다. 희미한 미소로 그의 인사에 답한 그녀는 이어 루가크와 재상 라페로바한, 자파인 후와 차례로 눈인사했다.

"미네사?"

가장 늦게 그녀를 알아본 테른도크가 자리에서 일어섰다.

미네사는 근 두 달 만에 얼굴을 마주하는 테른도크를 한참이고 바라보다 단상의 붉은 융단 위에 무릎을 꿇고 고두했다.

"폐하."

홀을 울리는 목소리는 텅 비어 처연했다.

"북부의 늑대, 라르크의 제일 기사, 가장 존엄한 폐하께 한 가지 청이 있어 이리 찾아왔습니다."

테른도크는 좋지 않은 예감을 알아차리고 다른 이들에게 명령했다.

"나가들 있게."

파사드가 물러나자 자파인 후와 재상 라페로바한이 따라 나섰다. 루가크와 카라제시는 마지막까지 그들을 힐끔거리다 가장 늦게 밖으로 나갔다. 테른도크가 고개를 절레절레 저었다. 저 집안은 참 호기심이 많았다.

이윽고 황량한 노르테 홀에는 두 사람밖에 남지 않았다.

단상 위 왕좌에 앉은 테른도크와 단상 아래 융단에 무릎을 댄 미네사의 사이를 가로막는 장애물은 아무것도 없었다. 테른도크가 자리에서 일어나 단상 아래로 내려가 그녀의 어깨를 감싸 쥐었다.

"무슨 일인지는 모르겠지만 우선 일어나시게. 그리고 시간이 귀한 이들과의 용무를 방해할 정도로 중한 일이 있는 건가?"

미네사는 잠잠히 숨을 들이키는가 싶더니 더욱 깊숙이 머리를 숙였다.

"중한."

"……"

"중한 일입니다, 몹시."

"……요즘 신경 써 주지 못해 못내 마음에 걸리던 터이니, 무엇이든 거리낌 없이 말하라."

이윽고 울음을 참아 내는 듯한 목소리가 홀의 벽을 때렸다.

"부디 청컨대 사원으로의 귀의를 허락해 주십시오. 저는 모든 것을 뒤로하고 누아단의 사원의 사제가 되고자 마음을 굳혔습니다. 이미 부친과 사원지기에게는 아뢰었습니다. 남은 것은 폐하의 윤허뿐입니다."

작디작아 귀를 기울여야 할 정도로 힘없던 목소리는 말미로 갈수록 더욱 커지고 또렷해졌다.

테른도크는 그녀의 어깨를 잡아 일으키려던 시도를 멈추고 그녀를 내려다보았다. 자그마치 칠 년이 넘는 시간을 함께해 온 사람이었다. 그녀가 온 마음을 다해 미신과 신화를 맹신한다는 것을 알았지만 이런 극단적인 행동을 할 줄은 몰랐다.

"뭐라고?"

기가 막힌 요구에 말문이 막혀 그녀를 노려보고 있으니, 미네사의 뺨 위로 구슬 같은 눈물이 떨어져 내렸다.

"부사취모와 형사취수는 이미 오래전 금기시된 일입니다. 폐하께서 지으신 죄, 제가 대신 사해 달라 신께 용서를 구하겠습니다. 그러니 부디 저를 보내 주십시오."

특별한 문제가 생긴 이혼도 아니고 사별도 아닌데 왕의 비라는 자리를 내버리고 도망칠 수는 없는 일이었다. 테른도크는 강경히 거부했다. 하지만 단 한 번도 그와 갈등을 빚은 적 없던 미네사 역시 이번만큼은 뜻을 굽히지 않았다.

―절대 불가하다.

―부디 보내 주십시오.

그리 매일 전쟁 같은 언쟁이 이어졌다. 그러나 끝없을 듯하던 논쟁도 넉 달을 채 가지 못했다. 상황을 알게 된 벵센 후가 직접 나선 것이다. 벵센가는 미네사의 친정으로 라르크의 유력 가문 중 하나였다.

미네사로부터 무슨 이야기를 들은 것인지, 아니면 단순히 제 자식이 망가지는 꼴을 참아 볼 수 없었던 것인지 벵센 후는 온 힘을 다해 테른도크의 윤허를 떠밀었다.

결국 테른도크는 미네사가 지참금을 돌려주지 않는다는 것과 다시는 결심을 번복하지 않겠다는 것을 맹세받은 후 왕실을 떠나는 것을 허락할 수밖에 없었다. 이례적인 사건이었다.

그리고 미네사는 미련도 없이 머리칼을 잘라 냈다. 북부 여자들에게 머리카락이란 여성성 그 자체를 상징하는 것으로, 머리카락을 자른다는 건 여자임을 잊겠다는 것과도 같았다. 늘 수수하게 묶어 올렸던 그녀의 머리칼이 숭덩숭덩 잘려 나가는 모습을 테른도크는 뜬 눈으로 지켜보았다.

집무실에는 더 이상 라벤더가 피지 않았고 그의 침실 역시 더는 솔 냄새가 나지 않았다.

왕자의 죽음과 왕비의 하야는 라르크 왕실에 큰 소요를 일으켰다. 설상가상 둘째 왕자인 빌리안마저 몇 날 며칠을 울고불고 어미를 찾다 실어 증상을 보이기 시작했다. 결국 테른도크는 차남의 병세가 호전되기를 기도하며 아이를 안정시킬 수 있도록 어미가 있는 라르크 동부의 누아단 사원으로 보내야 했다.

그녀가 떠나고 보름 후, 테른도크는 알레타르 달테가 있는 회색 사원에 발 디뎠다. 그리고 한참이나 넋을 놓고 유구한 영광의 왕관의 무덤을 올려다보았다.

재위에 오르기 전부터, 그리고 재위에 오른 후로도 세상은 쭉 그가 바라지 않는 방향으로 흘러갔다.

밖으로는 양당의 갈등이 더더욱 심해졌다. 매해 가을, 북서쪽의 갈카마는 그들을 침략해 겨울을 지낼 식량들을 약탈해 갔고, 남부 대제국의 착취 역시 시간이 지날수록 거만해졌다.

안으로는 그의 첫 아들이 죽었으며 둘째는 어찌 될지도 모르는 데다가 미네사마저 떠나갔다.

테른도크가 바랐던 유일한 것은 초기 왕 중 한 명인 이예로가 그랬듯 누구도 넘보지 못하는 강철 같은 왕좌였다. 그것 하나뿐이었다.

테른도크는 왕궁으로 되돌아갔다. 그러고는 몇 개의 복도를 가로지르고 몇십 개의 계단을 올라 어느 커다란 문 앞에 멈춰 섰다.

북부에는 그런 이야기가 있었다. 다른 자의 여인을 탐하지 말라. 그리하면 피로써 값을 치르게 되리라. 불현듯 떠오르는 이야기에 테른도크의 몸이 떨렸다. 이 모든 것이 제 부덕함의 결과인 듯 숨이 막혔다. 그러나 지금 당장에도 그가 바라는 것은 단 하나였다.

문을 열면 그녀가 환하게 웃으며 그를 맞이해 주기를 바랐다.

"대체 무얼 어쩌려는 겁니까. 대체 무얼 어쩌하시겠다는 겁니까. 로지투스를 세상 사람들이 보는 곳에 끌어다 던지고 모두의 의심을 받게 하고 대체 무얼 어쩌시겠다는 겁니까!"

힐난의 말이 아니라.

"저와 제 아이를 돌려보내 주십시오, 폐하."

너와 나의 탓이 아니라고.

"폐하, 부디…… 제발."

그러니 괜찮다고.

몇 날 며칠을 애원하던 비셰트도 끝내 왕궁을 떠났다.

뮈아드로의 왕궁에는 강철처럼 차게 언 북부의 왕좌와 그 주인만이 남았다.

테른도크는 최근 라벤더와 솔방울을 시녀들을 시켜 들이게 하고 있었다. 매일같이 새 왕비를 들이라 뻐꾸기들이 극성을 부릴수록 오기가 생겼다.

어느 늦가을의 정오였다.

테른도크는 고대의 서적들이 넘쳐 나는 왕궁 서가에 들어, 오래전부터 전해 내려오는 민담들이 기록된 책장을 넘기고 있었다. 수도의 일들을 정리하고 영지로 내려갈 준비를 한다 알려진 자파인 후가 찾아올 때까지 쭉 그의 눈은 한 장의 서책 면에 머물러 있었다.

이름 모를 농부의 부인을 빼앗기 위해 영주는 농부를 죽였다.

영주의 부인을 빼앗기 위해 기사가 영주를 죽였다.

기사의 부인을 빼앗기 위해 왕은 기사를 죽였다.

왕의 부인을 빼앗기 위해 왕의 조카가 왕을 시해했다.

왕의 조카의 부인을 빼앗기 위해 왕자는 왕의 조카를 죽였다.

왕자의 부인을 빼앗기 위해 광대가 왕자를 죽였다.

광대의 부인을 빼앗기 위해 이름 모를 농부가 광대를 죽였다.

그리하여 농부와 기사와 영주와 왕실이 멸망하자 홀로 남은 여인은 고고한 뱀이 되어 사라졌다.

죽은 성의 주인 자리에 앉은 떠돌이 시인이 기쁨에 차 노래하기를.

"다른 이의 여인을 탐하는 자, 혈육의 여자를 탐하는 자는 피로써 죄를 씻으라."

자파인 후는 즐비하게 늘어선 책장 사이에 선 테른도크를 바라보며 자리에 앉았다. 테른도크 역시 들고 있던 책을 덮어 책장에 다시 꽂은 후 그의 건너편에 앉았다.

"만일 그대는 내가…… 부사취모를 한다고 하면 무어라 답하겠나?"

자파인 후는 오래전부터 말을 가리지 않는 것으로 유명했던지라 테른도크가 조언을 구하기 좋은 상대였다. 그가 바랐던 대로 자파인 후는 꾸며 말하는 법 없이 답했다.

"불가하다 말씀드릴 겁니다."

"미네사가 떠났고 비 자리는 공석이다."

"이미 온 라르크가 아는 사실을 굳이 제게 일러 주실 필요는 없습니다, 폐하. 라르크의 법전에 불가하다 쓰여 있습니다. 하지만 그는 명분이고 다른 이유가 있기 때문이라는 것 잘 아시지 않습니까?"

테른도크 역시 불가함을 모를 리 없었다. 그러나 비셰트에게는 그가 포기하지 못할 로지투스가 있었다.

로지투스. 그녀와 나란히 마주 보고 웃었던 그 시절이 그에게 안겨 준 자식이다.

잠자코 테른도크의 표정을 살피던 자파인 후가 턱수염을 손끝으로 당겼다 놓으며 말했다.

"기실 선인들 중에도 부사취모를 한 이들이 적잖습니다. 브류나크 왕가에서는 찾을 수 없지만 라르칼리아 왕조의 기록을 찾아보면 한때 위명 높았던 예이건의 란시아도 그보다 열일곱 살이나 많은 모친을 취했고, 라르칼리아의 초기 왕들 중 한 명이었던 9대 왕 벤두트 역시 새어머니뻘인 왕비를 가졌지요. 많은 이들의 반대를 무릅쓰고."

"……"

"그 결과가 어땠는지, 제가 구태여 말씀드리지 않아도 폐하께서는 잘 아시지 싶습니다."

한때 라르크의 유일 공작가였던 예이건가의 란시아는 제 친모를 탐한 죄로 기형의 아이만을 낳았다. 결국 가문은 그의 동생이 물려받았다. 왕 벤두트는 많은 이들의 반대를 무릅쓰고 새어머니였던 왕비를 탐했다. 그는 왕비의 치마폭에 둘러싸여 모든 정사를 뒤로하고 사치를 부리다 인접국과의 전쟁에서 패배해 전사했다.

"예이건의 란시아는 그야말로 저주라 할 수밖에 없겠습니다마는, 라르칼리아의 벤두트 왕은 지지자를 얻지 못하고 스스로를 다잡지 못해 무너진 걸 테지요. 그 또한 저주라면 저주겠습니다."

"……후는 저주를 믿나?"

"믿을 필요는 없지만 구태여 찜찜한 것을 안고 갈 이유는 없지 않겠습니까. 선왕의 비였던 비셰트 님이 낳은 자식을 염두에 두고 계신 거라면 지금 당장의 폐하에게는 불가능한 일입니다."

테른도크도 비셰트와 자신의 관계에 대한 소문이 암암리에 퍼져 나간 것을 알고 있었다. 다만 저렇게 선뜻 말 꺼낼 줄은 몰랐던지라 평정을 가장해야 했다.

"남부는 그들의 황제가 모든 것을 자유롭게 결정하지."

"해서 부정부패가 만연한 것 아니겠습니까. 이미 남부에도 독재는 멈춰야 한다 떠드는 세력들이 존재합니다."

"아니, 부정부패는 그들의 저열한 천성 탓이라. 그리고 남부 황제가 제 스스로 조장하는 것도 무시하지 못할 터다. 나는 그리 두지 않아."

관심 없단 듯 내리깔려 있던 자파인 후의 눈꺼풀이 느리게 들렸다. 자파인 후의 연륜으로 깊이 침잠한 고동빛 눈동자가 뚜렷이 테른도크에게 향했다.

"어찌 되었건 저는 이미 물러난 퇴물입니다. 제 조력은 그다지 중요치 않은 상황이라 봅니다. 작위 공에게는 의중을 내보이셨습니까?"

"만나 보았지만 그는 아직 어리다. 담대하지 못해. 또, 파사드가 뮈아드로 안의 상황에 크게 관심 두지 않고 있다는 건 그를 대신해 이곳에 있는 그대가 더 잘 알겠지."

"제 수고를 폐하께서라도 알아주시니 감읍할 뿐입니다."

"하면 그대가 날 위해 그를 설득해 줄 수 있겠나?"

"세상에 그 옹고집인 작위 공을 말로써 설득할 수 있는 자가 있습니까? 그 어린 녀석, 아, 실언했습니다. 작위 공께선 고집이 이만저만이 아닙니다."

자파인 후는 다소 과장해 말한 후 뱃속 간지러운 웃음을 터뜨렸다. 테른도크의 미간이 좁아졌다.

"농으로 사안을 가볍게 하지 마라. 우리는 만족이라는 위선을 뒤집어쓰고 이백여 년이 넘는 시간 동안 라르크를 유지해 왔다. 우리는 부족한 것을 어찌 채우는지 알고, 추운 겨울을 무사히 견디는 법을 배운 북부 민족이라는 자부심에 만족하지. 하지만 여전히 옥토는 부족하고 적들은 나날이 강성해 간다. 눈만 감았다 뜨면 벌어지는 내분은 우리를 산산이 찢어 놓지. 이 모든 게 안으로 단합되지 않는 작금의 폐단이 아닌가? 브류나크를 위한 길이 라르크를 위한 길이다."

웃음을 그친 자파인 후는 생각보다 진지한 테른도크의 표정에 슬슬 난처한 기색을 드러냈다. 칼키스가 죽은 이래 한동안 평화롭다 싶었다.

"맞는 말이지만 저는 일선에서 물러나 이젠 힘없는 퇴물입니다, 폐하. 칼키스와 약조한 것도 있고 하니 슬슬 귀향하여 평온한 여생이나 즐겨야겠지요."

농담처럼 말을 맺기는 했지만 자파인 후는 이미 오랫동안 라르크의 진창에서 살아왔고, 살아남았다.

지금 라르크는 팔란과 반트의 결합으로 장장 백여 년 만에 거짓 평화를 누리고 있었고, 이 이상의 화합이란 없을 것이었다. 어떤 형태로든 그 위에 분란이 끼얹어지기를 바라지 않았다.

자파인 후는 한결 진중해진 음성으로 몇 마디 조언을 더 이었다.

"……폐하의 바람은 이백여 년 전 마지막 폭군이 라르크를 무너뜨릴 뻔한 이유로 모든 북부인이 경계하는 체제입니다."

"역사상 딱 한 번 그와 같은 폭군이 나왔을 뿐이다. 마지막 라르칼리아가 갈기갈기 찢어놓은 유산을 지금 내가 이어받은 것뿐이지."

"……분명 남부는 여전히 독재 체제를 무난히 이끌어 가고 있는 것으로 보이지만, 앞으로도 평탄하리라는 보장은 없습니다. 독재자가 자칫 잘못된 결정을 내렸을 때, 그를 막을 길이 없다는 건 정말 끔찍한 일일 겁니다. 물론 폐하께서 남부 황제와 같은 권력을 지닌다 해도 그와 같은 일을 자행하실 리 없음을 굳게 믿지만…… 후대가 그러지 않으리라는 것을 보장하실 수는 없는 법이지요."

"……."

"기실 저 역시 귀족들의 분열이 지긋지긋한 사람으로서 통합이 이루어지기를 바라는 마음이 적잖습니다. 그러나 폐하께서도 아시다시피 에스란드 사건 이후로 많은 팔란의 귀족들이 반트를 주시했습니다. 꼬리가 잡힌 이들도 여럿 있지요. 하지만 왜 그들이 가만히 있었겠습니까. 지금의 이 거짓 평화가 가장 합리적이라는 것을 알았기 때문입니다. 더해 지금의 작위 공 브류나크는 왕실이 바란 조화의 희생양이 되는 것을 이미 수긍했습니다. 희생한 자는 희생한 만큼의 대가가 돌아오길 바라는 법입니다. 무턱대고 통합하려 하신다면 이는 새로운 혼란을 야기할 것이고 그 혼란의 화살은 폐하에게로 향하게 될 겁니다. 그리고 지금의 유일 공작 각하께서는 제가 아는 한 가장 극단적인 선택을 하지 않을 사람입니다. 그는 구태여 폐하 한 사람을 위한 위험을 무릅쓰지 않을 겁니다."

"그는 브류나크에 충성을 다하는 사람이다."

자파인 후는 다부진 입술을 당겨 웃었다.

어린 믿음이었다. 반지가 더덕더덕 끼워진 제 열 손가락을 죄 걸고 맹세하건대, 파사드는 결코 테른도크의 생각에 찬동할 인물이 아니었다.

파사드는 분란을 조장하는 이가 아닌 분란을 억압하는 자였다. 대의를 위해 스스로를 포기하고 평화를 위해 바라지 않은 선택을 하는 것도 서슴지 않는다.

"다른 이들은 바라지 않되 폐하께서만 바라는 것을 쌓아 올리고 싶으시다면, 누가 흔들어도 흔들리지 않을 만큼 단단한 것 위에 올리셔야 합니다."

"어찌해야 하겠나?"

"저인들 알겠습니까?"

"그대가 파사드를 설득해라. 그는 너무 겁이 많다."

테른도크의 단정적인 어조에 자파인 후는 그저 웃고 말았다.

"겁이 많아 그런 것이겠습니까? 전쟁터에서 직접 검을 들고 앞서 달리는 자가 겁쟁이라면 세상에 용감한 자는 아무도 없을 겁니다."

"……."

"작위 공은 모험을 감행할 만큼의 가치가 부여되기 전엔 움직이지 않을 터입니다. 폐하께서 듣고 싶으신 답이 아닌 것은 압니다만…… 저는 그에게 이 평화를 저버릴 만큼 우월한 영향을 발휘하는 것이 생길지 의문입니다. 작위 공에게는 지금의 평화가 태양이며 이 라르크를 유지시키는 햇살입니다."

"……."

"그리고 그는 평온을 위해 가장 평화롭지 않은 곳에서 싸우는 투사입니다. 때문에 폐하의 원대한 뜻마저 그에게는 분란을 야기하는 어떤 것에 불과하게 느껴질지 모를 일입니다."

"……만일."

자파인 후는 테른도크가 간신히 꺼낸 말마디마저도 너무나도 쉬이 간파했다.

"만일 그에게 이 평화마저 저버릴 만큼의 가치를 지닌 무언가가 생긴다면, 물론 저는 전혀 상상이 가지 않습니다만. 언젠가 그런 날이 온다면 폐하께서 그를 기회 삼으시는 게 유일한 방법이 아니겠습니까. 그저 그때가 오거든 폐하와 그 뜻이 상충하지 않기를 바랄 뿐입니다."

테른도크가 침잠한 음성으로 되물었다.

"……오지 않는다면?"

자파인 후는 나른히 등받이에 등을 기댔다.

서가의 벽면에 촘촘이 난 창밖의 세상이 맑았다. 구름이 걷혔는가. 북부의 하얀 태양으로부터 내리쪼이는 햇볕이 잘 접은 서신처럼 반듯하게 탁자 위로 미끄러져 들어왔다.

자파인 후의 고동빛 눈동자가 느릿느릿 미끄러져 창가로 향했다.

"그리된다면 적어도 폐하의 치세는 평화롭지 않겠습니까?"

하얀 태양을 매단 하늘, 뭉친 은 구름은 물감 번진 듯 아름다웠다.

어느새, 겨울.

또다시 눈이 오려는 모양이었다.

4부

있어야 할 곳

1장

1장

덴작은 다른 라르크의 기사들과 함께 화장되었다. 낯선 땅의 영주 성에 위치한 메마른 정원에 피어오르는 연기를 올려다보며 군사들은 고개 숙여 묵념했다. 유달리 그의 죽음을 기억하는 이들이 많았던 이유는 시신이 되돌아온 방식 탓이었다.

수많은 이들이 성벽에 올라 그의 귀환을 맞이했던 날, 만류를 뒤로한 채 달려 나갔던 파사드가 안고 돌아온 여자. 그리고 덴작의 싸늘한 주검을 이끌고 울음 삭이며 돌아오던 다른 기사들. 브류나크의 임시 페넌을 지녔던 여기사가 죽은 덴작을 등에 업고 모르가나의 주둔지로부터 도망쳐 나왔다는 사실은 금세 파다히 퍼졌다.

"우리 앞에 놓인 시련은 끝나지 않았다. 각자의 위치로 돌아간다."

소산식이 끝난 후 흩어지는 군사들의 가슴엔 기묘한 의문과 존경심이 매듭 없는 실타래처럼 뒤엉켜 있었다.

그러나 그들이 공통적으로 깨달은 분명한 한 가지가 있다. 그들은 어느 때고 포기하지 않는 북부의 용맹한 정신을 이어받은 자들이라는 것이다.

회전 일시에 대한 협의는 만장일치로 마무리가 되었지만 그렇다고 해서 모두가 그 결론을 반긴 것은 아니었다. 더해 언제 눈이 올지도 모르는 판국이었다. 다가올 회전이 '남부의 첫눈이 내리는 날'이라는 두루뭉술한 시기인지라 기사들은 하루에도 수십 번씩 하늘을 올려다보는 게 취미가 되었다.

다행스러운 건 감옥에 갇혀 있는 이른의 영주가 그들이 조금만 협박을 하면 '히이익!' 하는 괴상한 비명을 지르며 아는 것을 술술 불어 재낀다는 것이다. 또 테른도크의 명령으로 내려온 에제트 역시 남부의 지형과 지리에 대해 이른의 영주만큼이나 잘 알고 있었다. 대체 저자의 정체가 무어냐는 수런거림도 암암리에 이어졌다.

남부는 따스한 만큼 눈 내리는 시기가 늦었다. 이미 한겨울이었지만 약간의 오차를 감안해도 보름 내지 스무 날은 더 여유가 있을 것으로 전망되었다.

라르크인들은 북부인이라 불리기도 하는 만큼 눈구름에 예민하다. 때문에 대충의 시기만 가능할 수 있다면 충분한 방비가 가능했다.

"론가 근방을 선택하면 적들의 수비 범위가 좁아지는 대신 공격 범위가 넓어져 우리의 퇴로가 요원합니다. 이샤스 쪽으로 되돌아가 그곳에서 일전을 치르는 것 역시 위험부담이 크지요. 큰 체사 경께서 말하시기로 톨프의 군사들이 국경선을 따라 내려와 쌍둥이 절벽 근처에서 발견되었다고요."

"적 측의 제기는?"

"여기서 얼마 떨어지지 않은…… 이곳. 여깁니다."

올베빈이 나서서 지도 위로 손가락을 그렸다. 여전히 회전지에 대한 협의는 마땅히 정리되지 않은 채였다.

"그런데 정말 시친의 해병들을 합류시키는 겁니까?"

가만 듣던 벵센 경 타라엣이 툭 뱉어 물었다. 카헤이아의 인상이 일그러진 건 당연한 수순이었다.

"또 시작이군. 그리 간덩이가 작아 밤잠은 어찌 자나? 날이 추워 네놈의 간도 쪼그라들었나?"

"말 다 하셨소?"

"그만들 하십시오. 지금은……."

이른의 영주 성 일 층 방에 마련된 사령부는 오늘도 와자했다.

여전히 시친을 믿어선 안 된다 하는 이들과 독설을 퍼부으며 싸우는 카헤이아의 고함, 그를 말리는 올베빈, 적들이 또 의전을 어기는 건 아니냐는 의심에 찬 세반과 타라엣까지 가세하니 난장판도 이런 난장판이 없었다.

"애초에 이리 말하셨을 거라면 그때 말하셨어야 하는 것 아닙니까."

"생각해 보니 그렇지 않소. 의전 어기는 걸 지나가던 벌레 밟아 죽이는 것만큼이나 쉽게 생각하는 무도한 작자들이오."

여기저기서 날아드는 감정 실린 목소리들에 파사드는 지끈거리는 미간을 매만졌다.

가뜩이나 지지부진한 논의가 언짢던 차였다. 설상가상 논의 이상의 설전으로 넘어가니 도저히 참아 넘길 수가 없었다. 인내가 바닥에 이르러 파사드는 신경질적으로 말했다.

"……다들 입 닫도록."

목에 핏대를 세우며 그럴듯한 고상함으로 포장한 논쟁을 벌이던 이들이 일시에 말을 멈추었다. 조용해진 지휘 기사들을 조롱하는 카헤이아의 코웃음만이 유일한 소리였다.

파사드는 카헤이아를 짧게 흘긴 후 기사들을 한 명 한 명 돌아보며 말을 꺼냈다.

"대체 이게 며칠째 이어진 반복인가?"

"……."

"지금 적들을 앞에 두고 그리 쓸데없는 논의로 내 시간을 낭비하나? 나의 시간뿐인가? 경들이 낭비하는 건 군사들의 시간이며 경들의 시간이기도 하다."

조금 전까지만 해도 산만하게 서로를 향해 얽혀 있던 수 쌍의 눈동자들이 각자의 발끝으로 떨어졌다.

"이제 모두가 합심해도 모자랄 겨울이다. 적들과 적당한 회전지에 대한 협의를 끝마친 후 그에 따른 전략을 세우는 것이 우선이다. 이미 결정된 것을 두고 왈가왈부하는 것 또한 월권이다."

"……."

"마지막으로."

파사드는 노골적으로 한숨을 내쉰 후 날카롭게 결론 지었다.

"다시 한 번 정리하겠다. 투헤인 뵈르게트를 볼모로 시친은 라르크를 향한 우의를 증명했다. 그들은 이른 수복에 많은 역할을 했으며, 또한 지금 선적을 풀어 라르크의 군사들을 돕고 있다. 의심스러운 특정 행동이 발견되기 전까지 이 이상의 의혹은 삼가도록. 그리고 적들이 먼저 회전 날짜를 제안해 왔다. 이미 전적이 있으므로 그들이 의전을 어디까지 수호할지는 충분히 의심스러운 일이기는 하지만, 현재 남부 태자가 그곳에 있다. 남부의 태자는 허례허식과 약조를 중요시한다는 것을 이미 스스로 라르크에 증명한 바 있다. 물론 그를 전적으로 신뢰하지 않고 일정한 간격으로 파수병들을 지속적으로 파견하고 있으며, 시친의 새끼 군선 역시 거듭 강줄기를 따라 움직여 주위를 살피는데 도움을 주고 있으니, 당장은 정비를 마무리하고 다음 회전지 조율에만 집중하도록. 해가 저물면 저녁 점호가 있기 전 다시 회동한다. 해산."

"예, 예……!"

기죽은 대답과 함께 기사들이 한 명 한 명 사령부 회의장을 빠져나갔다. 마지막까지 파사드의 눈치를 보는 건 잊지 않았다.

카헤이아는 목에 핏대를 세우고 그녀를 반대했던 타라옛의 뒷모습을 끝까지 노려보다가 기척이 사라지자 양피지들을 챙겨 옆구리에 꼈다. 그녀가 막 뒤돌아 나가려는데, 파사드의 손이 그녀의 팔뚝을 세게 움켜쥐었다.

카헤이아가 고개만 살짝 돌려 파사드를 응시했다.

"카헤이아, 당신도 적당히 해라. 투헤인 뵈르게트가 순순히 볼모로서 라르크 군사들의 감시하에 놓이겠다 순종한 것이 모르나 황제에게 후일 변명거리 삼으려는 것임을 이쪽도 짐작하고 있다. 그러니 아국의 지휘 기사들과 맞부딪쳐 봐야 시친 너희에게도 득될 것 없는 일이다."

카헤이아의 입가에 잔웃음이 어렸다.

"그때의 그 꼬맹이가 이렇게 내게 손대다니. 오래 살고 볼 일이지."

카헤이아는 파사드의 팔을 툭 쳐 낸 후, 도톰한 코트 바람을 일으키며 회의장 밖으로 나갔다. 그녀의 족적을 좇는 파사드의 눈빛에 극심한 피로가 어렸다.

매번 어린 시절의 이야기를 거들먹거리며 그를 깔보는 카헤이아는 문제였다. 그 역시도 카헤이아는 입지로도 개인적인 이유로도 함부로 하기 어려웠던 데다 동질감 탓에 그도 모르게 져 주게 되는 경향이 드러나는 것이다.

불편하다.

몇몇 눈치 빠른 기사나 카라제시는 시친 유학 시절에 무슨 일이 있었는지 주워 듣고 싶어 하는 기색이었지만 파사드는 개인적인 과거사를 종알종알 떠들어 댈 생각은 추호도 없었다.

밖으로 나온 파사드는 대기 중이던 테레어드를 발견하고 물었다.

"듀사크 경 휘하의 군사 재배치는 아직 마무리되지 않았나?"

"예. 소산식이 바로 어제 끝나 내일 오후 즈음이면 인계가 끝날 것 같습니다."

"에제트가 돌아오면 바로 내게 찾아오라는 명을 전하도록."

에제트 역시 신경이 쓰인다. 테른도크가 아무 이유 없이 그를 보냈을 리 없으니.

"예. 아, 그리고."

막 그를 지나쳐 가려는 파사드의 뒷덜미로 테레어드의 목소리가 걸렸다.

"그 여자가 깨어났다고 합니다."

내내 그를 예민하게 하던 것들이 일시에 꺼져 들어갔다.

잠잠해졌던 가슴 안쪽이 크게 박동했다.

그 어느 때보다도 크게.

르옌은 닷새 만에 정신을 차렸다. 눈 감았다 뜨니 세상이 바뀐 기분이었다. 정면으로는 화려한 문양들이 천장을 빽빽이 채운 낯선 광경이 보였고, 곁눈으로는 침대의 지붕 대로부터 떨어지는 얇은 휘장이 보였다.

그녀는 한참이나 상황을 이해하려 애써야 했다.

몇 날 며칠을 죽음의 문턱에서 달리고 달렸다. 마지막 기억은 파사드를 조우한 것이다.

'그다음에 어찌 되었지.'

일어나 보려 했지만 어째서인지 복부가 뻑뻑하고 힘이 들어가지 않아 옆으로 고꾸라지는 게 고작이었다. 그러자 언제부터 옆에 있었는지 모를 볼레트 군의관이 잔소리를 늘어놓기 시작했다.

"닷새 만에 정신을 차린 겁니다. 당장 움직이기는 힘들 수도 있어요. 혼절한 사이에 이곳 식솔들을 시켜 씻기고 치료해 두었습니다. 데투아 경, 당최가 말입니다. 무슨 정신으로 되돌아갔다가……."

골이 울린다.

고개를 침대 위에 처박은 르옌의 눈에 비친 건 붕대에 꼼꼼하게 묶인 양손이었다. 힘을 주어 본 그녀는 붕대 안에 감각이 살아 있다는 것을 깨닫고 한숨을 삭였다. 잘려 나가지는 않았다. 동상 탓에 죄잘려 나갔다면 그만치 난처한 일도 없었을 것이다. 두려움보다는 곤란함이었다.

한참 후, 가까스로 정신을 수습한 그녀가 물었다.

"제가 지금 어디에 와 있는 겁니까?"

"남부 장원 이른입니다. 어딘지도 모르고 오셨습니까? 이 아가씨, 정말 안 되겠구먼."

말과는 달리 다정한 손길로 그녀의 뒷목을 잡아 준 볼레트 군의관이 미지근한 물이 담긴 잔을 건넸다. 르옌은 경계하듯 물잔을 노려보다가 바짝 마른 목 안을 축이며 머릿속을 정리했다.

"아, 일어났으니 붕대도 다시 봅시다."

볼레트 군의관의 말에 르옌은 대답 대신 상체를 들어 일으켰다. 볼레트 군의관이 무어라 하기도 전 그녀는 입고 있던 상의를 느릿느릿 벗어 내린 후 복부를 단단히 감고 있는 피 묻은 붕대를 내려다보았다.

"이 상처는 뭡니까."

"그걸 내게 물으면 어쩝니까. 밧줄에 쓸려 살이 파였습니다. 심하게 다친 건 아니지만 살갗이 다 까졌으니 한동안은 좀 따끔거릴 겁니다. 흉도 질 거고."

최대한 가볍게 설명을 이어 나가는 볼레트 군의관의 목소리에는 감추지 못한 착잡함이 배어 있었다.

한동안 그것이 무엇 때문일까 가늠하던 르옌은 떨어지지 않는 입술을 열어 물었다.

"……듀사크 경은."

"……오늘 오전 중에 듀사크 경은 따로 화장되었습니다. 전쟁이 끝나면 가문으로 돌려보내질 겁니다. 덕분에."

힘없이 입술을 그러문 르옌의 시선이 느리게 아래로 떨어졌다. 입가로 붕대 감긴 손등을 옮겼지만, 그마저도 힘이 모자라 축 늘어지고 말았다.

지난 수일의 기억이 등줄기로 들러붙었다. 얼굴로 달려들던 얼어붙을 듯한 바람, 끝없을 듯하던 평야와 억새 숲, 등 뒤에서 죽어 가던 몸뚱이, 호흡이 잦아들고 체온이 식어 돌처럼 굳어지던 긴박했던 순간순간을 그녀는 아주 느린 과정처럼 겪어야 했다.

"칼란독 경께서 오셨습니다."

문밖에서 울리는 소리가 끝나기 무섭게 문이 발칵 열렸다.

파사드와 테레어드, 올베빈 그리고 셰반이 찬 바람을 일으키며 차례로 방 안으로 들어섰다. 그다지 좁지 않은 공간이었음에도 무장한 기사 네 명이 들이닥치니 꽉 찬 듯했다. 붕대를 단단히 감기 위해 르옌의 허리를 감아 안고 있던 볼레트 군의관이 일어섰다.

"오, 오셨습니까?"

파사드의 뒤에 선 올베빈과 셰반이 슬그머니 눈을 돌리며 헛기침했다.

르옌의 상반신이 적나라했다. 머리칼이 짧은 여자는 본디 여성성을 잃은 것과 진배없다는 것이 일반적인 북부인들의 통념이지만, 그래도 머리칼과 함께 가슴까지 잘려 나간 건 아니었다.

르옌은 그들에게 까닥 목례로 대신 예를 다했다.

"상태가 이래서 일어나지는 못하겠습니다."

평소와 다름없는 투다. 파사드의 미간이 서서히 좁아졌다. 어쩐지 침묵과 함께 짙어지는 기묘하게 불편한 공기를 깨달은 볼레트 군의관이 다시 자리에 앉아 허둥대며 손을 놀렸다.

볼레트 군의관이 르옌의 허리를 잡아 붕대를 고정시키는 것을 바라보던 파사드의 콧잔등이 미세하게 찡그려졌다.

"뭐라도 가리고 할 수는 없는 건가?"

셰반과 올베빈의 입장에서는 느닷없이 보게 된 여자의 반라가 당황스럽긴 했지만 불쾌할 정도는 아니었다. 그런데 파사드는 어쩐지 불쾌해 보였다.

'하, 하이고.'

볼레트 군의관은 어색하게 웃으며 붕대를 꽈악 매듭짓고 그녀의 몸에 이불을 칭칭 두른 후 일어섰다. 그 바람에 르옌의 표정이 잠깐 구겨졌다.

"아픕니다."

"잘 참잖소. 다 됐습니다."

힐끔 오만상을 쓰고 있는 파사드를 돌아본 볼레트 군의관이 도망치듯 밖으로 나갔다.

"저는 내려가 식사라도 올리라 할 테니 일들 보십시오!"

정말 눈 깜빡할 사이였다. 꼬랑지에 불이 붙은 쥐 새끼 같았다. 덩치 큰 군의관이 그리 움츠러들 만큼 파사드의 불쾌감은 르옌에게도 여실히 와 닿았던지라, 르옌은 흘러내린 이불로 몸을 덮으며 툴툴거렸다.

"뭐, 대단한 실례라고 그리 야단이십니까."

닷새간 정신을 차리지 못하고 죽은 사람처럼 누워 온 애를 녹인 여자는 이전과 꼭 변한 게 없었다. 어떻게 그들로부터 도망쳤는지는 모르나 그녀는 시신을 등에 업고 이곳까지 왔다. 조금쯤은 우울해하거나 의기소침해지지는 않았을까 예상했던 것과는 전혀 달랐다. 그녀라는 사람의 본질이 그러한지도 모른다.

"새삼스레 처음 본 것처럼."

올베빈과 셰반은 데구르르 눈빛만 주고받았다.

'이게 무슨 소리요?'

'모릅니다. 저도 처음 듣는 얘기입니다만.'

"계속 그리 서 있을 겁니까?"

곧 파사드가 침대 맡으로 의자를 끌어다 앉았다.

"몸은 괜찮은가 보군. 불편한 건 없나?"

르옌은 기다렸다는 듯이 붕대로 칭칭 감긴 손을 내보였다.

"이거 불편합니다. 손 정도는 자유롭게 쓸 수 있도록 해 주면 좋겠는데."

"동상을 입었다 했다."

"잘라 낼 정도로 심각한 게 아니라면 괜찮습니다. 안 죽습니다."

"전장에 나선 지 반년도 지나지 않아 팔다리, 몸통, 어디 하나 빼놓지 않고 넝마가 됐는데도 입만 살아 있군."

"전장에서 상처 하나 입지 않는다면 어디 그게 참전했다 말할 수 있겠습니까. 사지 멀쩡히 붙어 있는 것만으로도 감지덕지할 일이지요."

두 사람은 자연스럽게 날카로운 농을 주고받았다. 올베빈과 셰반에게는 몹시 뜻밖이었다. 르옌은 엄연히 평민이었다. 어쩐지 친밀해 보이기도 해서 올베빈과 셰반은 끼어들 새를 찾지 못했다.

지금 그들의 방문 목적은 르옌 데투아가 이곳까지 돌아오게 된 경위에 대해 듣기 위함인데, 단순히 병문안 같다는 느낌을 지울 수가 없었다.

'이게 뭐요?'

'뭐요, 지금 이 상황? 저한테만 이상해 보입니까?'

'저 여자, 작은 체사 경의 그거 아니었소?'

올베빈이 볼 수 있도록 슬그머니 새끼손가락을 들어 올려 까딱까딱 거리던 셰반은 문득 고개를 돌린 파사드와 눈을 마주치고는 황급히 손가락을 숨겼다. 파사드는 어색하게 웃어 보이는 올베빈에게까지 도매급으로 못마땅한 눈길을 준 후 천천히 의자에 등을 기댔다.

"막 정신을 차려 황망할 테지만 지체할 수 없으니 경위부터 설명해라. 그날 어떻게 되었는지."

그날이라 함은 르옌이 로델라를 파사드에게 내어 주고 홀로 남았던 날이었다.

"너는 어떻게 살아 돌아온 건지에 관해 조금 더 소상히 할 필요가 있다. 네가 타고 왔던 말은 모르가나의 안장을 얹은 말이었고, 듀사크 경은 응급처치나마 제대로 배운 자에게 치료되어 있던 상태라고 볼레트 군의관이 말하더군. 또한 모르가나의 수통에 식량까지 구비했던 것으로 추정하는데, 맞나?"

시시각각 이상한 표정을 짓는 올베빈과 세반을 향해 한 번씩 시선을 준 르옌이 얕은 한숨을 내쉬었다.

참 피곤하게도 군다. 꼭 그런 얼굴이라 괜스레 파사드가 역정을 낼까 싶어 기사들의 등줄기에만 힘이 들어갔다. 그러나 요 며칠 노골적으로 화를 내고 예민함을 감추지 않았던 파사드는 화를 내거나 하지는 않았다.

르옌도 순순히 설명했다.

"……황태자에게 사로잡혔습니다. 그들은 라르크 기사들을 발견하고 도망친 이들이 있다는 걸 파악하자마자 모르가나의 주둔지로 출발했습니다. 이미 그때는 저와 마찬가지로 사로잡힌 라르크 기사들이 제드 경과 듀사크 경 외에 두 명이 더 있었습니다. 그러나 모르가나의 주둔지로 이르는 동안 듀사크 경과 저를 제외한 나머지는 모두 죽었고 저는 듀사크 경과 함께 모르가나 주둔지의 포로 막사로 이송되어 감금당했습니다."

올베빈은 새삼스러운 눈길로 르옌을 바라보았다.

남다르다는 것을 알았지만 그런 상황을 겪은 것이 바로 얼마 전일 것이다. 다시 기억을 더듬어 설명을 하면서도 한 치의 감정조차 섞이지 않은 목소리는 단조롭기까지 했다.

마치 남 일을 이야기하는 것처럼.

"황태자가 나타나고 모르가나 주둔지의 내부에 문제가 인 듯했습니다. 덕분에 틈이 생겼지요. 감시가 소홀한 것을 기회 삼아 새벽녘, 듀사크 경을 업고 말 한 필을 훔쳐 도망쳤습니다. 파수병의 것이었는지 장기 순찰을 나가려 했던 말인지는 모르겠지만 운 좋게 먹을 것이 있었습니다. 그리고 잡혀 있는 동안 라르크 군이 이동했다는 소식을 들었기에 헤매지 않고 이곳으로 찾아올 수 있었던 겁니다. 점령에 성공했을 거라고까지는 생각지 못했고, 적어도 근방에서라도 마주치면 다행이다 싶었습니다."

셰반은 조금 다른 감상이었다.

'저렇게 운이 따라 줄 수가 있는 건가?'

"이 이상의…… 부가 설명이 더 필요합니까?"

르옌은 셰반과 올베빈까지 쭉 돌아본 후 마지막은 파사드를 바라보며 말을 맺었다.

올베빈이 물었다.

"모르가나의 황태자를 직접 만났습니까?"

라인하르는 제국의 유일한 후계자였다. 라르크의 기사들에게도 황태자라는 이름이 주는 의미는 컸다. 그러나 르옌은 길거리의 돌멩이라도 조우한 양 심드렁히 고개를 끄덕였다. 파사드가 물었다.

"그는 어떤 자였나."

"키는 카바인 경보다 손가락 한 마디 정도 작았고…… 눈대중으로도 무인이라 보기는 어렵지만 어느 정도 검은 잡아 본 적 있는 자였습니다. 실전이 아닌 개인 대련이나 해 봤을까 싶은데. 얼마나 민첩한지는 보지 못해 모르겠지만 적어도 직접 싸우는 자는 아닙니다. 그리고 왼 손바닥 안쪽에도 굳은살이 박인 걸 보면 양손잡이일 겁니다."

"양손잡이?"

"걸을 때 왼 다리에 힘이 더 들어가는 것으로 보면 오른손으로 검을 쥐기도 한다는 말인데, 실제로 사로잡힐 당시 오른손으로 검을 쥐고 있기도 했습니다. 황제의 이야기를 할 때 태도를 보니 적잖이 황제에게 기가 눌려 있더군요. 어쨌든 금색 멘테를 두른 황실 근위 기사단의 수까지 헤아릴 정신은 없었지만 이백을 넘기지는 않는 것 같았으니, 그들 대부분은 교전이 벌어지면 전선에 뛰어드는 대신 황태자의 엄호에 집중할 겁니다. 애초에 황태자가 앞서 나설 것 같지도 않았지만."

이 정도까지의 자세한 설명을 예상한 이는 아무도 없었다.

셰반은 파리가 들어가도 모를 만큼 크게 입을 벌리고 멍하게 이야기를 듣고 있었다. 그녀가 영리하다는 것을 짐작하고 있던 테레어드와 올베빈도 입이 벌어졌다. 파사드만이 묵묵히 이야기를 듣고 있을 뿐이었다.

"그리고…… 자긍심이 과연 귀족들의 정점에 있는 자라 하기 걸맞고, 젊은 탓인지 혈기가 넘쳐 그만큼 용감하지만 영민한 것 같지는 않았습니다. 제법 싹수가 노랗던데, 겉보기를 중시하고 조금 단순한 면도 있었던 것 같고……."

잠깐 간격을 두고 그녀를 응시하던 파사드가 물었다.

"마리포사의 주도권은 보존될 듯한가?"

"그야 모르지요. 다만 마리포사를 그다지 좋아하지 않는 것 같더군, 요."

올베빈이 목을 앞으로 빼며 표정을 찡그렸다.

"아니……."

올베빈과 셰반의 눈에 의구가 떠오르는 것을 알아차린 르옌이 귀찮은 일이 생기기 전에 부연을 더했다.

"한밤중에 그의 막사에 불려가 개인적인 시간을 좀 가질 기회가 있었습니다."

잠깐 주먹을 쥐었다 편 파사드가 되물었다.

"라인하르와? 무슨 일이 있었나."

"그때……."

이번엔 르옌이 말을 멈추었다. 노골적으로 찡그려진 파사드의 눈빛에서 무언가를 읽어 낸 탓이다. 그녀는 곧 그의 시선이 훤히 드러난 제 어깨 위 어딘가에 머물고 있다는 것을 깨달았다. 선명하게 상처가 남은 목덜미였다.

왠지 그 눈길이 불편해 르옌은 붕대가 감긴 손을 들어 목덜미를 슥슥 문지르며 화두를 돌렸다.

"……그냥 이야기를 나눈 것뿐입니다."

"문초가 아니라?"

"……어쨌든 그날 제가 보았던 그의 태도로 보건대 모르가나 내부에도 적잖은 갈등이 있을 걸로 예상하고 있습니다. 아, 아까 전 정신이 없을 때 볼레트 군의관께서 하신 말을 들은 것도 같은데 회전 일시에 관한 통문이 왔다고. 맞습니까? 언제입니까."

그러나 그다지 신통하지는 않았던 모양이다. 파사드가 셰반과 올베빈에게 명했다.

"카바인 경은 들은 것을 전부 지오타르 경과 공동으로 공중하라. 나가 봐도 좋다. 그리고 키하이프 경도 나가 대기하도록."

올베빈과 셰반은 얼결에 고개를 끄덕인 후 물러났다. 파사드는 꼼짝도 않고 그녀의 침대맡 의자에 앉은 채였다.

말끄러미 파사드를 바라보고 있자니 달갑지 않은 기억이 되감겼다. 그를 보자마자 혼절한 것이 그녀에게는 못내 민망한 일이었다. 치부를 드러낸 불편한 느낌과도 닮았다.

침묵은 늘 대화의 주도권을 쥐게 하는 첫 번째 수라는 것을 알고 있었지만, 이런 분위기 속에서 파사드를 이길 수 있을 것 같지는 않았다. 결국 그녀가 뱉어 물었다.

"왜."

르옌의 퉁명스러워진 말투에도 파사드는 언짢은 기색 없이 같은 질문을 반복했다.

"어떻게 도망쳐 나왔나."

"말했잖나."

"무슨 일을 당했나."

"아무 일도."

'아, 정말 피곤한 작자.'

내심 입안으로 중얼거린 르옌은 파사드의 시선을 피해 고개를 돌렸다. 파사드는 포기하지 않고 등받이에 등을 기대며 말했다. 그 역시도 적잖이 피곤한 음조였다.

"마리포사 백에 대해서는 할 말이 없나?"

올베빈과 셰반이 있을 적에 르옌이 부러 마리포사의 언급을 피한 것을 그가 모를 리가 없었다. 그러나 피한 시선을 되돌리지 않는 것으로 르옌은 대답하지 않을 의사를 더욱 확고히 했다.

리오낙을 가지고 돌아와 준 것은 몹시 고마운 일이었고, 살아 돌아온 것만으로도 대단히 그를 감명 깊게 한 것이 사실이었다. 하지만 파사드는 지금 저 비밀스럽고 고집스러운 여자에게 슬슬 화가 났다.

단순히 그녀가 눈 뜨기를 기다린 것은 닷새 남짓이지만, 그는 보다 오랫동안 그녀로 인해 감정적 소모를 했다. 카라제시가 이상타며 대놓고 물을 정도였으니 스스로가 얼마나 어수선했던 건지는 물을 것도 없었다.

"데투아."

파사드는 완전히 입을 다물어 버린 르옌을 강제하기를 포기했다. 해서 처음 방에 들어왔을 때부터 거슬렸던 다른 화두를 언급했다.

"그 상처는?"

깨끗이 씻겨진 그녀의 목덜미는 희었다. 그 탓에 목덜미에 난 상처가 유독 선명히 눈에 띄었다. 아무리 봐도 잇자국이었다.

"……발로이드의 짓인가?"

묵묵부답이었다. 그간 겪어 본 바, 대개 이런 질문에 그녀가 보이는 침묵은 긍정이었다.

저 정도의 멍이 들고 상처가 났을 정도라면 진심으로 물어뜯은 게 분명했다.

언젠가 라르크의 주둔지에 혈혈단신 들이닥쳐 그녀를 잘 모시라는 둥의 헛소리를 지껄여 놓고, 저리 물어뜯어 놓는 애정이라. 우습지도 않은 이율배반이었다.

한편, 얼결에 축객당한 올베빈과 셰반은 멀뚱멀뚱 문 앞에 섰다.

이래저래 바쁜 시기였지만 아무래도 발이 쉬이 떨어지지 않았다. 테레어드를 뚫어져라 바라보던 셰반은 각진 턱을 매만지며 의심스러운 표정을 해 보였다.

마침 볼레트 군의관이 작은 접시에 담긴 묽은 수프를 가지고 돌아왔다.

"어, 용무 끝나신 겁니까?"

"아니, 아직 칼란독 경께서 안에 계시오."

"예?"

막 문을 두드리려던 볼레트 군의관이 우뚝 멈춰 섰다.

"데투아 경과 두 분만 남으신 겁니까?"

"안 될 게 뭔가. 칼란독 경이 따로 하실 말씀이라도 있는 모양이지."

그리 말했지만 셰반도 영 찜찜한 표정을 해 보였다.

볼레트 군의관은 수프를 든 채로 이러지도 저러지도 못하고 머뭇거렸다. 이미 일종의 상열지사를 두 눈으로 똑똑히 목도했던지라 안 될 게 뭐냐 대수롭잖게 말하는 셰반이 부러울 지경이었다.

"일단 키하이프 경, 먼저 실례하지요."

올베빈은 문 옆을 지키고 선 테레어드에게 간단히 인사를 마친 후 먼저 발걸음을 돌렸다. 셰반이 뒤따라 나란히 걸으며 중얼거렸다.

"저게 말이 되는 건가?"

"뭐가 말입니까?"

"운이 저렇게 따라 줄 수 있냐는 말이네. 모르가나의 주둔지에서 이곳까지 돌아오는 동안 입은 부상이라고는 동상과 자잘한 상처뿐이네. 예닐곱 일을 적들에게 붙잡혀 있었는데 자잘한 문초의 흔적도 하나 없어? 게다가 내가 알기로는 저 여자는 할드로프 경의 마지막도 지켜봤다고 하지 않았나."

"뭘 의심하시는 겁니까?"

"지나치게 운이 좋지 않은가 이 말이지. 만일 진짜라면 저 여자는 전쟁터에서 화살도 비껴 갈 운명이겠군."

훈련받은 군인들도 심심찮게 죽어 나가는 곳이 전장이다.

셰반의 냉철한 의심을 전해 듣고 나서야 올베빈 역시 약간의 의문이 생겼다. 그녀가 입은 상처는 먼 곳에서 차가운 바람을 뚫고 달려오며 쌓인 여독과 작은 부상뿐. 파사드가 그녀를 전적으로 신뢰하여 리오낙까지 맡겼다는 소문이 파다하게 퍼진 지금, 딱히 의심하고 싶지는 않았음에도 이상하긴 했다.

"그리고 저 여자는 작은 체사 경이 끼고 돌던 것 같은데."

눈만 데굴데굴 굴리며 멀어지는 두 사람을 응시하는 볼레트 군의관은 입이 간지러워 미칠 지경이었다. 올베빈과 셰반은 그런 볼레트 군의관의 애처로운 심경도 모른 채 복도 끝으로 멀어져 갔다.

"그러고 보니 작은 체사 경이 요즘 안 보입니다? 그날 엉덩이에 불이라도 붙은 것처럼 달려가시더니."

"큰 체사 경이 온 이후로 몸 사리는 게지. 귀엽긴."

"그런 말투 좋지 않습니다, 지오타르 경."

"뭐 어떤가. 내 눈에는 카바인 경 그대도 귀엽다네."

"누가 들으면 저보다 갑절은 더 사신 줄 알겠습니다."

이른 성의 후미에는 작은 정원을 끼고 있는 별채가 있었다. 지금 레이리스는 그곳에 감금된 채였다. 지하 감옥보다는 훨씬 나은 환경이었지만 어두컴컴한 창고와 같은 방에 손발이 묶인 채 지내야 한다는 사실은 변함이 없었다. 매일을 추위에 떨며 모포를 주워 당겨야 하는 일이 사라지고, 식사 수준이 조금 더 나아져 마죽을 면한 것이 개선되었다면 개선된 점일까.

라르크의 군사들이 이른으로 이동할 당시 대부분의 포로는 기존의 바위산 둔치에 내버려졌다. 레이리스 역시 자신이 내버려져 동사할 것을 기대했다. 그러나 자칼린은 그녀를 부득불 이곳까지 끌고 들어왔다.

라르크의 깃발이 꽂힌 이른의 성벽을 보는 순간의 기분이란. 그다지 제국에 대한 애국심이 없는 레이리스에게도 심란한 감상을 불러일으켰다.

그녀는 어둠 속에 웅크린 채 바깥의 소리에 귀를 기울였다. 얼마 지나지 않아 잠겨 있던 문의 쇠사슬 푸는 소리가 나기 시작했다. 절그럭 절그럭, 끼이익. 문이 열렸다.

"네 식사도 좀 챙기라고 했는데, 배는 잘 채웠냐?"

'또, 또 왔다.'

지긋지긋한 연두색 눈동자의 청년이 옥 안으로 들어서는 순간, 레이리스의 미간은 이보다 더 심할 수 없을 만큼 구겨졌다. 청년은 자칼린 엔도 체사였다.

적대감을 지우지 않는 레이리스를 알면서도 자칼린은 창고 안의 상자를 끌어다 엉덩이를 붙였다. 처음 레이리스는 그가 자신에게 더 씻을 수 없는 치욕을 주고 싶어 죽지도 못하게 끌고 다니려는 것이 아닌가 생각했다. 거의 매일을 찾아와 빈정거리는 꼴만 봐도 그러했다.

"눈알 빠지겠다."

레이리스 엘폰느.

모르가나의 중앙 15개 가문 중 하나인 제일리아르 가문의 핏줄이었다. 마리포사에 의탁한 지 어언 십 년을 훌쩍 넘긴 그녀에게는 후천적인 장애가 있었다. 그녀에게는 혀가 없었다. 하여 예전부터 그녀는 입이 가볍지 않다는—가벼울 수 없다는— 사실로 인해 많은 이들의 하소연을 들어 왔다. 당해 보지 않은 사람은 모를 테지만 끝없는 하소연을 들어야 한다는 건 참 피곤한 일이었다.

그런데 대체 이 미친놈까지 제게 왜 이러는 걸까. 그는 심지어 그녀를 포로로 잡은 라르크의 기사였다.

자칼린은 아예 팔베개를 하고 양다리를 쭉 뻗은 채 어김없는 혼잣말을 이어 나갔다.

"진짜, 진짜. 그래, 모르는 사람이 누가 있겠냐. 우리 형이 발도 넓고 성격도 좋고 이것저것 못 하는 게 없으니까 미덥겠지. 내 일까지 대신 도맡아 하는 거 나야 편한 게 사실이니까 좋긴 한데, 아무리 그래도 형이라고 단점이 없겠어?"

'그래서 뭐.'

"나보다 조금 더 잘난 게 전부면서 젠체하고. 그래, 아니 좀 설렁설렁하면 좀 좋아? 왜 다들 그렇게 인생 빡빡하게 사는지 모르겠다니까. 파사드 형님도 나한테 뭐라고 안 하는데. 나보다 늦게 와 놓고 왜 이래라 저래라 하는지. 하여간 통제광이야."

'대체 어쩌라고.'

가만 보면 하루 종일 쌓아 둔 이야기를 제게 찾아와 죄 토로하는 것 같았다. 새로운 고문 방법이라면 고문 방법이었다. 차라리 전황에 관한 이야기라면 좋겠지만 저 영악한 놈은 그녀에게 전황에 관한 것은 단 한 마디도 언질 주지 않는 치밀함까지 보였다. 하는 말 족족 개소리라는 말이다.

"너 그거 아냐? 우리 영지 조금 떨어진 곳에 구상나무랑 눈측백 나무들이 많이 자라는 작은 숲이 있는데, 우리 형이 거기를 얼마나 무서워했는지? 귀신이 나올 것 같다나 뭐라나. 겁 은근히 많다니까?"

'닥쳐 줄래.'

"그러고 보니 그 숲에 작은 샘이 하나 있는데 희한하게도 따뜻한 물이 솟아. 가끔 하늘 흐린 날, 샘 위로 하늘이 비치면 꼭 네 눈 같은 회색빛이 돌더라, 아마."

'대체 이놈은 내게 왜 이러나.'

"어쨌든, 뭐 이게 중요한 게 아니라. 스이센만 해도 그래. 아무리 그래도 그렇지 미주알고주알 다 일러바치고 그러냐. 어릴 때부터 나만 따라다녔으면서. 만나면 아주 그냥 거하게 싹붙여 주려고 했는데 요즘 형 옆에 붙어 있어서 기회가 없단 말이야."

처음에는 이 정도는 아니었다.

자칼린이라는 청년 기사 역시 아예 속이 없는 건 아닌지라, 특별한 용건 없이는 말도 붙이지 않았다. 뭔가 달라졌다 느낀 것은 카라제시라는 자가 거론되기 시작하면서부터였다.

처음엔 성질을 부리다가, 그다음엔 구시렁거리더니, 급기야 며칠전부터는 별 쓸모없는 소리를 늘어놓는데 듣는 그녀의 속만 끓었다. 묶여 있으니 귀를 막을 수도 없잖은가?

"아, 솔직히 우리 형 인맥 빨도 무시 못 하거든. 형 작위랑 서품도 거의 날로 먹은 거라고. 아마? 어쨌든 확실한 건 나는 기사 수행까지 다 마치고 정식 기사가 된 거란 말이야. 물론 우리 형이 나보다 조금 더 잘나긴 했지만. 아아아! 진짜 짜증 나 죽겠네. 어, 근데 이거 비밀이다. 인맥 빨이라고 한 거. 뭐, 네가 우리 형한테 이를 거 같지도 않고. 이르지도 못하겠지만."

레이리스의 재색 눈동자에 노골적인 피로가 어렸다. 그녀가 한편에 놓인 싸구려 종이와 펜을 턱짓하자 자칼린은 꼼짝도 않고 앉아 발끝으로 종이와 펜을 그녀의 묶인 손 앞에 밀어 주었다.

가.

그녀가 묶인 양손을 한데 움직여 최대한 간결하게 의견을 피력했다.

"야, 솔직히 생각해 봐. 너 같으면 여기까지 와서 그냥 돌아가겠냐? 아니, 본인은 무관 체질이 아니라고 행정 총관이 될 거라고 그렇게 고집을 부려 대면서. 그리고 늦게 온 건 본인이잖아. 왜 나를 보내려고 해. 순서상으로 여기 더 오래 있던 건 난데."

'아니, 네가 내 눈 앞에서 꺼지라고.'

레이리스는 신경질적으로 자칼린을 등지고 웅크렸다. 아마도 어쩌면 저 체사 가문의 어린 기사 덕에 포로로서 이미 수차례 당했던 험한 꼴을 당하지 않게 된 것일지도 모른다. 그러나 그게 정신 고문을 마땅히 감당해야 한다는 의미는 아니었다.

포로 윤간이나 고문 같은 것은 마리포사들 사이에서도 비일비재한 일이다. 마리포사들은 그런 것을 배운다.

내가 적을 죽이려 할 때, 적도 우리를 죽이려 할 것이다.

마리포사들이 포로들에게 하는 짓과 라르크 기사들이 포로들에게 하는 짓은 크게 다를 바가 없었고, 레이리스는 이미 포로가 된 상황을 인지했다. 무슨 짓을 당하건 감내했을 것이다.

아니, 어쩌면 이런 어중간한 대우를 받는 것보다 차라리 난폭한 대접을 받는 게 더 나은지도 모른다. 아이만 생기지 않는다면.

자칼린이 말이 없어졌다. 그 한 사람 입을 다무니 좁은 방이 고요해졌다. 바람 굴러가는 소리까지 들릴 정도로 짙은 적막이 찾아왔다.

얼마 후, 그가 툭 뱉듯 말했다.

"발로이드가 쫓아다니는 여자, 너희 주둔지에서 살아 돌아왔다는 거 얘기했나?"

"……."

"걔도 진짜 대단한 게, 아니 걔라고 함부로 불러도 되는지 모르겠지만."

"……."

"몇 날 며칠을 죽은 기사를 업고 달려왔더라고."

늘상 그가 무슨 말을 하건 시종일관 무반응으로 대처하던 레이리스가 고개를 갸우뚱 기울였다. 자칼린은 기지개를 켜 등허리에서 우드득 소리가 날 때까지 몸을 풀었다.

누군가에게는 별것 아닌 사실일 테지만 자칼린에게는 잠깐 떠올리는 것만으로도 콧잔등이 찡해지는 일이었다.

"영락없이 죽었겠구나 하고 찾을 생각도 않았거든. 근데 살아 돌아왔더라. 아, 내가 너한테 이 얘길 왜 하고 앉았는지 모르겠다."

자칼린은 본디 포기가 빠른 성격이다.

실종이 열흘을 넘겼다는 이야기를 들었을 때 어김없이 포기했다. 그녀에게 대체 리오낙은 왜 내준 건가. 내심 파사드를 지탄할 정도로. 그래서 최근의 인내심 좀 키우라는 카라제시의 잔소리가 더욱 가슴에 박히는 모양이다.

덴작이 르옌을 얼마나 싫어했는지, 르옌이 덴작을 얼마나 짜증스러워했는지는 지휘 기사들 사이에서는 모르는 이가 없었다.

군사들의 얼굴을 기억해야 한다고 말하는 여자. 처음 그녀에게 졌던 심사전이 떠올랐다. 먼저 그녀에게 손을 내밀었던 그는 사실 그녀만큼의 각오가 되어 있지 않았다.

그러니 인정할 수밖에.

그저 나타난 것만으로도 수많은 군사들을 울린 르옌이 자랑스러운 북부의 기사라는 걸 부정하는 이가 나타난다면 용서하지 못할 것이다.

"웃차, 어쨌든."

자칼린이 좌우로 허리를 풀기 시작한 순간, 레이리스가 그의 얼굴을 향해 묶인 팔을 휘둘러 쳤다. 쿠당탕탕. 소리가 나며 자칼린이 상자 옆으로 엉덩방아를 찧었다. 그에게서 검을 빼앗으려던 레이리스는 숱했던 시도와 다를 바 없이 좌절당했다.

레이리스의 양 손목을 한 줌에 움켜쥔 자칼린은 게슴츠레 뜬 눈으로 비웃었다.

"너도 참 징하다. 포기를 모르네, 포기를."

저도 모르게 침을 삼킨 레이리스는 잠깐 입술을 벌렸다 닫았다. 자칼린이 엷게 웃었다. 그 웃음은 레이리스에게는 조금 기묘해 보였다. 오랫동안 봐 온 것은 아니라지만, 어쩐지 능글대는 적의 얼굴이 어른스러워 보였다.

저를 향해 맺힌 레이리스의 의아한 시선을 알아차린 자칼린이 벌어진 그녀의 입술을 바라보며 물었다.

"근데 너 혀가 없으면 키스는 어떻게 하냐?"

레이리스는 조금 전 어른스럽다는 느낌을 받은 자신을 지탄했다.

밤의 노체여, 저 미친 자식을 죽일 수 있는 기회를 주십시오.

❖·❖

며칠 전부터 월경까지 겹쳐 몸 상태가 영 아니었다. 하지만 언제까지 침대에만 누워 있을 수도 없는 일인지라, 조금의 기운을 차린 즉시 르옌은 밖을 둘러 보기로 결심했다.

지난밤, 고집을 부려 붕대를 푼 손등은 여전히 딱딱하게 갈라져 있는 채였다. 덕지덕지 발려 있는 고약 냄새가 그야말로 고약하다.

없는 입맛으로도 꾸역꾸역 배 속을 채운 르옌은 볼레트 군의관이 두고 간 코트와 미리 준비되어 있던 옷가지들을 주섬주섬 입었다.

바깥은 눈에 띄게 추웠다. 하늘은 높고 구름 한 점 없었다.

'남부의 첫눈이 내리는 날이라 했던가.'

하늘을 올려다보는 것은 그녀에게도 당연한 일이 되었다.

새어 나온 하얀 입김이 정오의 햇살에 흩어졌다. 찬 바람이 옷 사이로 스며들었다.

성문 앞에 멈춰 선 그녀는 한참이나 가만히 주위의 풍경을 돌아보앉다. 낯선 성은 흙빛 낮은 담장에 둘러싸여 있었다. 그 너머로 지나다니는 라르크의 병사들이 보였다. 낯익지 않은 복식을 한 구릿빛 피부의 장정들도 서넛씩 무리 지어 다니기도 했다.

'……그러고 보니.'

시친의 제독이 개입했다는 이야기는 르옌도 들었다. 저들이 시친인인가 하며 기묘한 감상에 잠겼다. 그녀가 기억하는 시친 유목민들과 참 많이 달랐다. 격세지감이라.

르옌은 우선 마구간을 찾아 걸었다. 두꺼운 코트와 후드로 전신을 가리다시피 했음에도 군사들은 쉬이 그녀를 알아보았다. 일부는 꽤나 감격한 얼굴로 말을 붙이기도 했고 기사에게 하듯 예를 갖춰 보이기도 했다.

임시 페넌이나마 가지고 있었기에—지금은 잃어버렸지만— 예우가 이상할 것은 없었지만 여태까지의 태도와는 달랐다. 르옌은 단조롭게 그들의 인사를 받아 주었다.

그들 중 지나친 친절을 발휘하는 한 병사 덕에 그녀는 성의 후미진 곳에 위치한 마구간을 쉬이 찾아냈다. 병사가 가리킨 곳을 향해 얼마간 걸으니 말똥 냄새와 건초 냄새가 진하게 풍겼다. 바람 속에 말 투레질하는 소리도 들리는 듯했다.

마구간 입구에 놓인 횃불을 하나 들고 안으로 들어섰다. 마른 건초 냄새나 말들의 살 내음, 오물 냄새가 났다. 그녀가 자라 왔던 고향의 냄새였다.

어두운 마구간 울타리 앞에 선 르옌은 우리 옆에 마련된 횃불 걸이에 횃불을 꽂았다. 그리고 조용히 울타리를 열었다. 끼이이익. 구석진 곳에 웅크리고 앉아 있던 백마가 긴 다리로 일어섰다. 커다랗게 까만 눈동자가 끔뻑끔뻑 그녀를 바라보았다.

이히힝. 작게 울었다. 르옌이 빙그레 웃으며 덮고 있던 후드를 걷어 내렸다.

"로델라."

로델라가 그녀의 뺨에 고개를 비볐다. 르옌은 간지럽게 핥아 대는 혀를 피해 고개를 돌렸다. 무사하다는 이야기는 들었지만 눈으로 보고 있으니 마음이 한결 놓였다.

"명마에게나 주어지는 것이 이름인데, 그 말에게도 이름을 지어 주셨습니까?"

낯선 목소리가 그녀의 뒷덜미로 스며들었다. 다정하고 친근한 어투였다. 르옌은 고개를 돌렸다.

등 뒤에는 언제 다가온 건지 모를 연갈색 눈동자를 한 진한 갈색 머리칼의 남자가 서 있었다. 전쟁터와는 어울리지 않는 화려한 성장을 갖춘 차림새였다. 복식은 명백히 북부의 것으로 평범한 이들이 입을 만한 옷이 아니었다.

'참전한 북부인 중 저런 꼴로 다니는 멍청이가 있었던 건가.'

"전쟁터에서 내 몸을 맡길 전우인데 이름 지어 부른다 해서 흠이 됩니까."

"그렇지는 않습니다. 그냥 귀한 이름이다 싶은 생각에. 그나저나 죽었다 살아나셨다고요."

상대는 르옌을 아는 기색이었다. 르옌은 바투 경계심을 세우고 물었다.

"……누구십니까?"

"통성명은 천천히 하고, 지금 할 일이 없어 산책이나 하려던 길이었는데 괜찮다면 에스코트해도 되겠습니까?"

"보시다시피 용무가 있습니다."

"잠깐이면 됩니다."

"브류나크의 명입니까?"

"명령을 받고 찾아온 게 아니라……."

군령과 관계된 것이 아니라면 상대할 가치도 없다. 르옌이 매정하게 외면했다. 사내는 말 냄새가 불편한지 한 손으로 코를 막고 물었다. 그탓에 조금 우스꽝스러운 코맹맹이 소리가 났다.

"제게 시간을 내주실 수는 없으십니까? 저는 참전을 위해 남부로 내려온 게 아니라 순전히 개인적인 이유로 이곳에 왔습니다."

"차림새를 보니 그래 보입니다."

사내는 다정한 미소를 덧그리며 한마디 더 했다.

"저는 브리옴에서 온 에반부르 팔다고 할드로프의 아들, 레작 오웬이라 합니다."

뚝 움직임을 멈춘 르옌의 고개가 느리게 돌아 할드로프의 아들에게로 고정되었다.

마구간 밖의 공기는 안과 달리 몹시 맑았다. 청량한 공기가 폐부를 가득 채웠다.

레작은 이곳에서 시간을 죽이며 근방을 속속 돌아다녀 보았다고 말하며 그녀에게 이른 성 밖을 한 바퀴 돌자는 제안을 했다. 르옌은 얼결에 그를 따라 밖으로 나가는 길이었다. 그들은 두어 걸음 정도의 거리를 두고 차게 마른 땅을 디뎠다.

르옌의 시선은 처음부터 끝까지 레작의 뒷머리에 있었다. 에반부르가 젊었을 적의 모습이 저랬을까?, 하는 감상에 젖어 들기에는 그렇게 많이 닮지는 않았다.

"어째서 할드로프의 주인이 지금 이곳에 와 계신 겁니까?"

"저도 신기합니다. 사실 저는 이샤스 인근에서 잠깐 제 용무만 보고 다시 국경 이북으로 돌아갈 생각이었습니다."

"……말 내리십시오."

"아니, 얼마 전 당신이 보인 것은 충분히 존경받아 마땅한 북부의 기사 정신이었습니다. 지금 많은 군사들이 당신의 이야기로 떠들썩합니다. 저 역시 몹시 감동받았습니다."

르옌은 레작이 거론하는 일이 무엇인지 알았다. 그러나 그녀에게는 딱히 좋은 기억이 아닌지라 치하받는다 해서 기분 좋을 것도 없었다.

"별것 아닌 일이었습니다."

"겸손하기까지 하시군요."

낮은 건물들 사이를 지나치는 동안, 간간이 이른의 주민들이 눈에 띄었다. 장원의 민가 사이의 반듯한 길을 걷는 내내 레작은 몸에 밴 다정함으로 몇 번이나 그녀에게 몸은 괜찮은지, 지치지는 않는지를 물었다.

"당신이 돌아오던 날, 저는 저 앞에 있었습니다."

레작은 굳게 닫힌 이른의 성벽 동문의 아치문을 가리키며 말했다. 르옌은 묵묵히 듣기만 했다.

"그 후, 저 앞의 광장에서 합동 화장식이 있을 때 저도 참석했지요. 제대로 된 절차는 밟지 못했지만 그럴듯한 소산식이었습니다. 비록 고국의 땅이 아니더라도 떠난 이들도 조금은 이해해 주겠지요."

르옌은 말이 없었다.

"당신이 제 아버지의 마지막을 지켜보신 분이라지요."

"예."

"제 육친 되시는 에반부르 팔다고 할드로프 전 백작께서는 폐하의 은혜로 뮈아드로의 류가 호수에 뿌려지실 겁니다. 아마도 내년 봄을 지나 호수가 충분히 녹을 여름 즈음에. 어쨌든 다음 해에 말이죠."

르옌은 다소 딱딱한 음조로 말했다.

"호의는 고맙습니다만, 이곳은 위험한 곳입니다."

그때였다.

어디선가 자잘한 황토 덩어리가 날아와 르옌의 어깨와 등과 옆머리를 때렸다.

자연히 레작과 르옌의 대화는 중단되었다. 흙가루가 떨어졌다. 두꺼운 코트에 맞았는데도 돌덩이에 맞은 것처럼 둔한 아픔이 밀려왔다. 그녀의 등을 가리는 레작의 팔을 무례하지 않게 밀어낸 르옌이 뒤돌았다.

남부의 어린 꼬맹이들이 골목에 숨어 그들을 바라보고 있었다. 뒤늦게 골목에 숨은 아이들의 소란을 알아차린 중년의 여자가 뛰어나와 아이들을 끌어안고, 뒷덜미를 쥔 채 겁먹은 눈으로 그들을 향해 연신 고개를 굽실거리더니 사라졌다.

영문 모를 돌팔매에 화가 나기는커녕 갑자기 마음이 심란해졌다.

레작은 썩 불편한 기분으로 근처를 지나던 병사를 멈춰 세우려 했다. 그가 무얼 하려는지 알아차린 르옌이 고개를 저었다.

"두십시오. 괜찮습니다."

왜 하필 제게 돌을 던졌는지 영문이야 알 수 없지만 할드로프의 아들을 눈앞에 둔 지금, 연유가 중할까 싶었다. 완전히 걸음을 멈춘 르옌이 물었다.

"제게 어떤 용무가 있으십니까."

못마땅한 표정으로 아이와 어미가 사라진 골목 저편을 바라보던 레작이 르옌과 눈을 맞추었다. 레작의 입가에 미소가 그려졌다.

"저는 브리옴의 영주로서 오래도록 자리를 비울 수 없는 입장입니다. 이는 부친께서 제게 남긴 가문의 일이니까요."

"예."

"하지만 부친도 중합니다. 제 아버지가 어떤 사람을 지키다 돌아가신 건지, 마지막을 함께했다는 이를 만나 보고 싶었습니다. 솔직히, 솔직히 말할까요."

"예."

"당신이 일개 평민이라는 이야기를 들었을 때 사실 조금은 화가 나기도 했습니다. 지휘 기사를 죽게 두는 군 제대가 어디 있나, 평민 때문에 지휘 기사를 잃는 것이 말이 되나. 조금 그런 생각도 했습니다. 하지만 공교롭게도 당신과 만날 때까지 제게는 생각을 할 시간이 아주 많았습니다. 처음에는 당신이 주둔지에 없었고, 나중에는 혼절해 있지 않았습니까."

아닌 체 웃어도 부모를 향한 그리움은 지울 수가 없는 법이었다. 르옌은 느려지는 그의 목소리를 귀 안에 담았다. 그녀에게도 에반부르는 슬퍼할 가치가 있는 사람이었다.

찬 바람에 그녀의 짧은 머리칼이 흐트러졌다. 레작의 손이 그녀의 도톰한 가죽 장갑 낀 손을 끌어 쥐었다.

"……브류나크의 기사에게 숙녀를 향한 이런 예법이 옳지 않다는 건 알지만 저는 기사가 아닙니다. 당신에 대한 지금 제 감상을 표현할 길이 이뿐이니 너그럽게 봐주십시오."

레작이 그녀의 손등에 입 맞추었다. 위대한 기사의 아들이 죄많은 여자에게 속삭였다.

"당신과 같은 용맹한 북부의 기사를 지키다 돌아가신 제 아버지가 자랑스럽습니다. 할드로프를 대표해 감사를 표하는 바입니다."

르옌은 눈물이 날 것 같은 것을 참았다. 하지만 그도 오래지 않아 이어지는 뒷말에 끝내 잔웃음이 터졌다.

"이런 미인을 지키다 떠날 수 있어 마지막까지 그리 웃으며 가셨던 모양입니다."

"이리 예의가 바르시니 아가씨들 속 꽤나 끓이시겠습니다."

"의외로 그렇지는 않습니다."

짧게 웃은 르옌은 까마득히 오래전, 몸에 익었던 기억을 떠올렸다. 르옌은 턱을 살짝 추켜 당기고 그를 바라보았다. 르옌의 무릎이 조용히 구부려졌다 펴졌다.

"저야말로 만나 뵙게 되어 영광입니다, 할드로프."

에반부르, 그대에게는 해 주지 못했던 말이었다.

이른 성으로 되돌아온 르옌과 레작은 담백하게 작별했다. 극구 방까지 바래다주겠다는 호의를 거절한 르옌은 느린 걸음을 옮겼다.

그러나 하필이면, 정말 하필이면 볼레트 군의관이 성문 입구에 서 있었다. 그는 독특한 하얀 털 코트를 입은 시친인들과 함께였다.

절로 연상되는 그의 잔소리에 르옌의 걸음은 더더욱 느려졌다. 그때였다. 성의 오른편 모퉁이를 돌아 걸어오는 익숙한 청년 기사가 눈에 띄었다. 상대 역시 르옌을 발견했다. 자칼린이었다. 무심코 그녀를 스쳤던 자칼린의 연두색 눈동자가 다시 되돌아와 그녀에게로 고정되었다.

오랜만에 보니 썩 반가웠다. 때마침 그에게도 용건이 있었던 터라 르옌이 먼저 그를 향해 발끝을 돌리며 아는 체했다.

"체사 경."

분주히 지나다니는 다른 군사들의 시선을 의식하기라도 한 듯, 자칼린이 더딘 걸음으로 다가왔다.

"여, 이제 돌아다닐 정도는 되는 거야? 어디 다녀와?"

"조금 전 할드로프 백과 이른을 돌아보고 온 참입니다."

"아, 그랬나. 할드로프 백을 만났어."

자칼린의 시선이 슬그머니 그녀를 비꼈다. 어쩐지 태도가 의아쩍어 고개를 갸우뚱하던 르옌은 용건을 물었다.

"그보다, 제 짐들도 다 챙겨 오신 겁니까?"

"무슨 짐?"

"제 개인적인 무기나 마구들."

"아, 다 챙겨 왔어."

"단검도 가져왔습니까?"

콕 집어 묻는 그녀에게 잠깐 시선을 주었던 자칼린이 고개를 끄덕였다.

"어디 있습니까? 제가 찾으러 가지요."

"나중에 내가 갖다 줄게. 환자가 뭘 그렇게 돌아다니려고 해."

"요즘 왜 이렇게들 징그럽게 구는지 모르겠습니다. 적응 안 되게."

징그럽다는 말에 자칼린이 자라처럼 목을 뒤로 빼며 투덜거렸다.

"내가 언제 징그럽게 했냐?"

그러나 자칼린의 눈은 여전히 사선을 향해 있었다. 저 녀석이 왜 저런담? 르옌이 툭 물었다.

"죄라도 지었습니까?"

아무리 봐도 자칼린은 이상해 보였다. 르옌은 금방이라도 도망칠 기세의 자칼린을 답싹 붙잡았다.

"어딜 도망가려고요?"

"야야야야야아, 손 안 놔? 어디 외간 남자의 손을 함부로 잡아?"

"남자는 무슨."

자칼린이 눈썹 사이를 좁히며 반박하려다가 사실과 크게 다르지 않은 말이란 걸 깨닫고 입술만 벙긋거렸다.

"무슨 사고라도 쳤습니까."

"나 참, 아니 왜 나만 보면 맨날 사고를 쳤냐고 묻는 거야?"

"체사니까?"

"체사가 뭐!"

"내가 말을 섞어 본 체사가 다섯 정도 되는데, 물론 네가 다섯 번째 고. 대부분 다 하나같이 뒤에서 이상한 짓을 많이 하더란 말이지……."

"야, 너 진짜 미쳤냐. 그런 말 함부로 할래?"

화들짝 놀라 주위를 둘러보는 자칼린의 노파심에 르옌이 심드렁히 웃었다.

'귀엽긴.'

르옌은 자칼린의 천진함을 꽤나 마음에 들어 했으므로 사실 그가 무슨 사고를 저질렀다 해도 그러려니 넘길 요량이었다. 어차피 그녀와는 상관없는 일일 터이기도 하고.

그 순간 큼지막하게 코평수를 넓힌 한 남자가 두 사람의 틈을 뱀처럼 가르고 나타났다. 볼레트 군의관이었다.

"여기서들 뭐하십니까아?"

화들짝 놀란 자칼린이 성큼 한 걸음 물러섰다.

"으악! 놀랐잖습니까!"

"허허허허, 데투아 경, 누구 마음대로 밖을 돌아다니십니까? 언제 나온 겁니까? 그리고 남들 보는 눈도 많은데 체사 경이랑 이러시면 안 되지 않습니까?"

"뭘 했다고 그러십니까."

뻔뻔한 르옌의 대꾸에도 굴하지 않고 볼레트 군의관은 평소보다 과민하게 눈을 번뜩거리며 말을 늘였다.

"그리 다정하게 부둥키고 계시면 소문만 안 좋아집니다."

"아, 체사 경께서 이상하게 도망가려고 하시기에 본능적으로."

르옌은 지저분한 것이라도 쳐 내듯 붙잡고 있던 자칼린의 손을 툭 놓았다.

"내가 뭐 죄인이냐! 뭘 포획 본능을 일깨우고 그래?"

"수상했잖습니까."

자칼린은 얼굴을 벌겋게 한 채로 빽빽거렸다.

"아, 진짜. 너 완전 어이없어!"

성문 앞은 금세 소란스러워졌다.

야영하지 않고 찬 바람을 막아 줄 성벽이 있는 곳에 머문다는 것은 다행스러운 일이었다. 그러나 라르크의 기사들은 여전히 온 촉각을 곤두세운 채였다. 영주 성을 탈취한 지휘 기사들의 거처 대부분이 낮은 층에 있다는 것이 그 예였다.

이 층의 접견실에 마주 앉은 카라제시와 타라옛은 머리를 맞대며 두런두런 이야기를 나누었다. 그들의 차림은 비교적 간소해져 있었다. 여전히 타라옛은 무장한 채였지만 그나마도 가벼운 가죽 갑옷 정도였다. 카라제시는 갑옷이 아닌 평상복이었다. 목깃부터 은 단추가 두 줄로 촘촘히 달린 상아빛 상의와 품이 일정한 긴 하의 차림은 성 밖의 분위기와는 퍽 괴리감이 느껴졌다.

"……중에 대충 눙쳐 넘기려는 기색이 역력했습니다. 지오타르 경에게 말했다간 더 반감만 살 듯해 입을 다물긴 했는데 말입니다."

카라제시는 타라옛의 이야기를 전해 들으며 한숨을 내쉬었다. 시친을 믿어야 할지 모르겠다는 것이 타라옛의 요지였다.

"……뭐, 나도 딱히 제독을 의심하는 건 아니지만 확실히 수상하긴 하군요. 함선 구조 도면에 대해서는 저쪽의 기밀이라니까 제공할 수 없다는 것도 납득은 간다지만, 벵센 경이 2차로 승선해 확인하셨지요?"

"예. 분명 5단 함선이라는 설명을 들었는데 우리가 실제로 확인할 수 있었던 건 4단뿐이었소이다. 그에 대해 설명을 요한다는 공문을 보냈습니다만…… 아직까지 응답이 없습니다. 아마 저들끼리 무언가 쑥덕이고 난 후에야 우리에게 답을 주겠지요."

"투헤인 뵈르게트는 여전합니까?"

"그 역시 한 마디도 않고 있습니다. 그냥 제독 쪽을 찌르는 게 더 빠를 겁니다."

완벽한 피해자의 입장을 고수하는 투헤인의 저의는 그다지 은밀하지 않았다. 실제로 은밀하다 하더라도 라르크 군의 선택지와 시친의 선택지는 외길이다. 주둔지 내의 모든 실황을 아는 시친인들을 임의로 제한다는 건 그만큼의 위험을 더 감수해야 한다는 말과 같으므로.

사기가 떨어질까 내색이야 않지만 이미 그들은 충분히 버거웠다. 타국의 영내에서 주위 장원들의 동태를 살피고 모르가나의 군 제대를 살피는 것만으로도 신경이 갈려 나갔다.

"일단 저도 조금 더 알아봐 줄 수 있는 자가 있는지 따로 찾아보겠습니다. 그리고 시친과의 당장의 난제는 신뢰 관계 회복이 우선일 듯하니, 한 번……."

말을 잇던 카라제시가 설명을 멈추고 창가를 돌아보았다.

"……칼란독 경, 우리 말 듣고 있습니까?"

파사드는 걷힌 커튼 너머의 창밖을 내다보고 있었다. 도톰한 회색 코트가 그림처럼 멈춘 상태였다. 파사드는 차가운 외벽에 한쪽 어깨를 기댄 채 그들을 돌아보지 않고 말했다.

"듣고 있다."

답이야 즉각 돌아오긴 했지만 카라제시와 타라옛은 파사드가 지금 꽤나 산만하다는 것에 내심 동의하고 있었다. 지금 이 회의는 세 시간 후 있을 사령부 회의에서 시친에 대한 노선을 정하기 위해 모인 자리다. 시친에 관한 것은 단 하나의 가능성도 흘려 넘기기 어려운 중대사였다.

"피곤하시면 잠깐 쉬었다 다시 하올까요."

타라옛이 며칠째 면도하지 못한 턱수염을 매만지며 물었다. 파사드는 아까 전부터 그들의 논의에서 한 발 물러나 한 마디도 않고 창밖만 바라보며 서 있었다.

문득 바깥이 꽤 소란스럽지 싶었다. 까랑까랑 울리는 목소리가 어쩐지 체사의 망나니의 것과도 닮은 듯한 건 착각이려니. 카라제시가 고개를 갸웃하며 자리에서 일어나 파사드의 곁에 다가가 섰다.

"자칼린 목소리가 들리는데."

파사드는 카라제시를 피하듯 반걸음 물러나 창밖에서 시선을 뗐다. 몸을 돌린 파사드가 말했다.

"시친의 함선에 관한 의문은 내가 직접 그녀에게 요청하겠다. 그리고 뵈르게트의 배들은 독자적으로 개발된 만큼 우리에게 제대로 설명하지 않는 것도 당연하다. 해가 되지 않는 선까지의 비밀은 허용할 수밖에."

"……제독께서 칼란독 경에게라도 솔직하게 말한다면 다행이지만."

카라제시가 부러 관심 없는 체 창밖을 내다보며 중얼거렸다. 체사 중 가장 점잖다는 평을 받고는 있지만 체사의 피에는 그런 말이 흐른다. '흥미로운 것은 그냥 지나치지 마라.'라는.

이윽고 카라제시의 진녹색 눈동자가 해 그을음이 드리워지기 시작한 창 아래에 이르렀다. 조금 전부터 목소리가 들린다 싶었는데 과연 자칼린이 있었다. 자칼린은 볼레트 가문의 차남인 기브란트, 볼레트 군의관과 체구가 작은 한 여자와 함께였다. 그 여자는 지난번 이른으로 되돌아오며 라르크 군사들의 가슴에 불을 지핀 유명 인사였다.

카라제시가 불쑥 물었다.

"그런데 그 제독이랑은 어떻게 아는 사이인지는 끝까지 얘기 안 해 줄 거야?"

"사생활이다."

"대충 둘러대기만 해도 안 물어볼 텐데 너무 꽁꽁 싸매니까 더 궁금해지네."

대화가 끊긴 건 당연한 수순이었다.

카라제시는 사람 좋은 미소를 지으며 소파로 되돌아왔다. 팔짱을 끼고 앉은 타라옛은 묘하게 흐르는 기류를 의식하곤 헛기침했다. 못내 불편한 표정으로 서 있던 파사드도 자리로 되돌아와 앉았다.

논의는 곧 재개되어 저녁 시간에 이를 때까지 지속되었다.

❖·❖

친애하는 나의 누이 예타, 일리리안의 자작 부인.

누님, 나는 지금 남부의 전장에 이르러 있습니다. 평온했던 영주 성을 떠
나, 매일같이 분주한 기사들 사이에 있습니다.

이곳에서 저는 그다지 유용하지 않은 인사입니다. 할 일이 그다지 많지
않습니다. 그래서 지금 펜을 듭니다.

남부로 내려가겠다 드렸던 제 서신에 누님이 급히 보내신 답신은 잘 받
았습니다. 아마 제가 그 답신에 답을 되돌리지 않아 누님은 제게 화가 나셨
을지도 모르겠습니다.

결론부터 말하자면 저는 무사히 남부 전선에 이르렀습니다. 내려오는 길
에 우리의 길목을 막으려는 톨프의 기사들을 조우했고, 최고사령관의 주둔
지에 합류하기 전에는 임시 거처에 머물렀습니다. 그리고 지금은 아국이
정복한 제국의 어느 작은 장원에 몸을 숨기고 있습니다. 조그마한 승리라
고는 하지만 가슴이 감격으로 떨리는 것은 막을 수가 없습니다. 역사상 유
래 없는 남침이 아닙니까.

이곳은 춥습니다. 남부도 추운 곳이라는 것을 이번 기회에 알게 되었습
니다. 북부에 비견할 수 없을 듯싶지만 그래도 늘 코트와 장갑과 털 장화로
무장을 하고 다녀야 합니다. 아직 눈은 내리지 않았습니다. 하늘이 맑아 그
런가 합니다. 얼어붙지 않은 겨울 강물 소리가 지척에서 울립니다. 남부의
겨울 숲에서는 새소리도 나는 것 같습니다.

그리고 누님, 저는 우리를 대신해 아버지의 임종을 지킨 기사를 조우했
습니다. 놀랍게도 저보다 어린 숙녀분이었습니다. 머리가 짧아 여성이라 칭

하기 저어됨이 분명히 있음에도 아름다운 여성이었습니다. 이렇게만 설명한다면 누님께서는 웬 여자가 전쟁터에 있느냐며 경박하다 말하실지 모르겠습니다만, 그녀는 몹시 이곳에 어울리는 용맹한 사람입니다.

사실 저도 무슨 생각으로 이곳까지 내려오겠다 마음먹었는지 모릅니다. 다만, 오는 내리 어릴 적 누님이 해 주셨던 이야기가 제 마음을 추스르는데 많은 힘이 되었습니다. 아버지만의 죄겠느냐. 그런 형제를 두었고, 그런 아버지를 둔 우리 역시 죄인이라시며 어쩔 수 없는 일이라 하셨지요.

누님, 아마 우리는 자만했던 것일지도 모릅니다. 어찌 우리가 아버지를 판가름할 수 있다 믿었는지 이제는 모르겠습니다. 저는 전쟁을 모르는 한낱 영주이고, 누님은 전쟁을 모르는 귀한 할드로프의 딸이라는 것을 잊은 건지도 모릅니다.

저는 화려한 벽 장식과 귀한 펜과 양피지에 파묻혀, 누님은 아름답고 풍성한 소매가 달린 드레스에 둘러싸여 잊어버린 모양입니다.

내심 아국이 패배하여 부친께서 후회를 안고 브리옴으로 돌아오길 바랐던 마음이 부끄럽습니다. 가문의 일로부터 벗어나고 싶다 말했던 제가 부끄럽습니다. 이곳은 치열하게 살아가는 이들로 넘쳐 납니다. 가장 앞에서 적들과 싸워 부상을 입고 죽어 가는 이들이 곳곳에서 신음합니다.

체사 백께서 아버지를 대신해 우리 남매를 그리 가르쳐 오셨지요. 세상에는 아직 우리가 모르는 것들이 많고 죽을 때까지 알 수 없을 것들로 충만할 것이라고. 당신도 알지 못하는 것들이 많아 늘 많은 게 궁금한 것이라고.

그래서일까요? 누님, 저는 여전히 궁금합니다.

기사들의 보호를 받으며 편안한 의자에 앉아 있는 와중에도 가슴이 두려움으로 뜁니다. 그런데 앞서 싸우는 이들은 어떻게 제가 갖지 못한 용기를 가지고 있을까요. 아니, 검을 잡지 않기 때문에 저만 이리 두려운 것일까요. 검을 배웠다면 두렵지 않았을까요? 저보다 나이 어린 평민 여자가 어째서 그리도 경이로워 보였던 걸까요.

어쩌면 큰 형님도 어쩌면 그런 용기를 지닌 자는 아니었을까. 그런 생각을 하게 됩니다. 해서 누님께서는 바라지 않을 선택을 하기로 했습니다. 저는 조금 더 저의 책임을 미루려 합니다. 당장 이들을 등지고 되돌아갈 마음이 들지 않습니다. 제게 주어질 역할조차 없지만 조금 더 이들의 삶을 헤아려 볼 기회는 되지 않겠습니까.

곧 태어날 둘째 조카의 순산을 기원하고, 다시 만날 날을 기약하겠습니다.

사랑을 담아 브리옴의 영주,
자랑스러운 기사의 아들 레작 오웬 할드로프 백작으로부터.

잉크가 묻은 손끝을 닦아 낸 레작이 자리에서 일어섰다. 그리고는 한참 전부터 방문 앞에 서 있는 사내에게 다가가 서신을 내밀었다.

"검열을 거쳐도 좋으니, 국경 너머의 리간까지만 전해 주면 되네. 검열하지 않아 준다면 더 좋겠지만."

에제트는 제게 내밀어진 서신을 표정 없이 바라보았다. 전쟁터 한복판이니 모든 서신들이 검열당해야 하는 것은 사실이지만 엄밀히 말해 에제트의 몫은 아니었다.

"저는 할드로프의 심부름꾼이 아닙니다. 폐하의 명을 받잡아 이곳의 또 다른 브류나크를 살피고 돕기 위해 내려온 것입니다."

에제트는 팔짱을 낀 채로 꼼짝도 하지 않았다. 때문에 서신을 쥔 레작의 손은 한참이나 허공에 떠 있어야 했다. 그러나 레작은 화를 내거나 무례하다 폄하하지 않았다.

귀족의 손을 무안하게 하는 것은 크나큰 실례지만, 브류나크의 늑대들은 어떤 계층에도 속하지 않고 오직 왕가의 손만 탄다 알려진 자들이었다. 밤 늑대라는 종자를 실제로 가까이서 만나 본 것이 이번이 처음이기도 해서 레작은 자신이 어떤 태도를 취해야 할지도 알지 못했다. 왕의 심복인 밤 늑대를 심부름꾼으로 사용하려 한다는 건 외려 그의 무례일 수도 있다.

"혹시라도 무리해 기발을 올려 보냈다가 브류나크께 폐를 끼치게 될 것 같아 그러네. 구태여 지금 당장 급한 서신은 아니니 폐하께 또 다른 보고를 전할 적 국경까지만 부탁하네."

겸손한 어조의 청탁마저도 내키지 않는 눈빛을 하던 에제트가 공손히 물었다.

"아는 바로 브리옴에 있는 할드로프의 어린 후계자는 이제 겨우 다섯을 넘겼다 했습니다. 당신께 변고가 생긴다면 길라브르의 영주가 브리옴에 손을 뻗칠 것이고, 길라브르의 영주는 한때의 윈로스와 맞닿아 있던 자입니다. 폐하께 그다지 충성스러운 자가 아니므로 저는 당신께서 마음을 바꾸시는 것이 더 현명하다 사료됩니다."

물처럼 흐르는 권유였다. 조금 기가 차서 레작이 엷게 웃으며 되물었다.

"그는 지금 내게 할 말이 아니라, 가장 앞서 검을 쥐고 나가시는 이곳 사령관께 올려야 할 말이 아니던가?"

"붉은 늑대의 아들이신 파사드 칼란독 각하 역시 브류나크. 또한 그는 폐하께서 직접 내린 출정 명령을 행하는 중입니다. 제가 그분께 귀환을 권유하는 것은 폐하의 뜻에 위배됩니다."

레작은 새삼 저런 자들을 수십이나 둔 테른도크가 부러워졌다. 지켜본 바 그들은 단순히 명령만 수행하는 것이 아니라 몇 수 앞서 테른도크를 위해 움직이는 박학한 자들이었다.

레작은 조금 기운이 빠졌다.

"정녕 안 되겠나?"

물끄러미 잉크 얼룩이 남은 레작의 손끝을 바라보던 에제트가 말없이 서신을 건네받았다.

"폐하께서는 관대하십니다."

볼레트 군의관의 눈이 가재미눈이 되었다.

"어째 사람이 그렇습니까? 음식은 사람이 영위할 수 있는 삼대 쾌락 중 하나인데. 아무리 퍽퍽한 전쟁터고 오늘내일이 어찌 뒤집힐지 모른다지만……. 아니, 그러니 오히려 그러니 지금을 즐겨야 하는 겁니다. 제대로 씹기는 하는 겁니까? 그러다 체합니다."

묵묵히 수저를 놀리던 르옌이 온도 없이 그의 말을 받아쳤다.

"군의관께서 말만 안 걸면 충분히 즐길 수 있을 듯합니다. 그리고 전쟁터에서 누가 맛으로 음식을 먹는답니까. 바랄 걸 바라야지."

"아니, 지금 데투아 양이 다른 병사들과 같답니까. 그리고 내가 언제 미식가 노릇이라도 하라 했습니까? 최대한 꼭꼭 씹어 먹고 정신적으로 여유도 가지면서 즐겁게 몸과 정신을 환기시켜야 빨리 낫는 법입니다. 아직 눈구름은 보이지도 않습니다. 내일 당장 적들이 쳐들어오는 것도 아닌데, 여유가 있을 때라도 좀 편히 지내십시오."

애석하게도 같은 말을 구관조처럼 반복해도 그다지 소용은 없어 보였다.

르옌은 음식을 무작정 배 속에 욱여넣고 있었다. 이렇다 할 말 한 마디 없이 꾸역꾸역 목 안으로 밀어 넣기만 하는 모습에 '저 여자는 정말 어디다 내놔도 안 죽겠다.'는 생각이 절로 들었다.

처음에는 허기가 져 그런가 했는데 그게 아니었다. 아무리 봐도 섭식을 몸을 쓸 수 있도록 보강하는 용도로밖에 생각하지 않는 자의 모습이었다.

한동안 르옌이라는 여자를 지켜본 볼레트 군의관은 알면 알수록 알쏭달쏭하다 싶었다. 그녀의 성정은 변화의 폭이 참 컸다.

기사들과 곧잘 장난도 친다. 병문안을 오는 병사들과도 퍽 사교적으로 이야기를 나눈다. 가끔 살살 눈웃음도 치는데 그 탓인지 병사들 중에는 르옌을 흠모하는 이도 생겼다. 또 반대로 차분할 때도 있었다. 말본새가 건방질 때도 있다. 출신 성분을 생각하면 납작 엎드려도 모자랄 판에 꼬박꼬박 말대꾸라니. 게다가 잠깐 혼자 내버려 두거나 별다른 용건이 없을 때면 무뚝뚝하기가 곰 같다.

그때그때 보호색을 띠는 짐승처럼 느껴진다 말하면 실례가 될 테지만 그런 느낌을 부정할 수 없을 만큼 묘한 매력이 있는 아가씨였다.

르옌의 식사가 끝난 후, 볼레트 군의관은 따뜻한 물을 넓은 양동이에 들여와 그녀의 손을 담그고 한참 불린 후 정성껏 씻어 냈다. 그러고는 이틀 만에 붕대를 풀어 복부에 난 상처 위로 살살 고약을 바른 후 새 붕대를 꺼내어 들었다.

이번엔 혹시나 또 다른 누군가가 들이닥칠까 그녀에게 양손으로 상의의 아랫단을 들어 올리고 있게 했다.

"잘 잡고 계십시오. 귀한 약입니다."

식사를 그리하고도 배는 푹 꺼져 보였다. 깡마른 것이 아니라 근육 탓이다. 붕대를 빙빙 둘러 감으며 볼레트 군의관은 무심한 체 물었다.

"원래 기사가 되려 훈련을 했습니까? 몸이 제법 잘 잡혀 있는데."

"말 팔이의 딸이었습니다. 하루 온종일 말만 타고 다니면 이 정도 근육쯤은 저절로 생깁니다."

"검은?"

"대충 배웠습니다."

"활도 잘 쏘신다고?"

"어쩌다 보니."

"거 죽자 사자 훈련하는 기사들 맥 빠지는 소리요."

"재능이 없는데도 포기하기 싫다면 악바리 같은 근성이라도 있어야 하니 죽자 사자 해야지요. 누굴 탓합니까."

맞는 말이기는 한데 거 참, 냉정하다 해야 할지 성격이 나쁘다 해야 할지.

"자, 됐소."

볼레트 군의관이 손을 탁탁 털며 몸을 바로 세웠다. 그러자 턱 위까지 들어 올리고 있던 옷자락을 내려 정리한 르옌이 느릿하게 말을 꺼냈다.

"저 말고도 돌볼 사상자들이 많을 텐데요."

"당연하지. 한둘인 줄 압니까?"

"그런데 왜 제 옆에만 붙어 계십니까?"

순간 볼레트 군의관은 르옌이 덧붙이지 않은 말을 그녀의 눈동자에서 읽어 냈다.

'귀찮게.'

딱 저거다. 고맙다는 말은커녕 혹 취급을 당하니 왠지 좀 억울해졌다.

"내가 언제 붙어 있었다고. 하루 세 번 오는 걸로 되게 끈질긴 놈팡이 취급을 하십니다?"

"이 정도로 치료해 줬으면 충분합니다. 애초에 초기 소독만 제대로 해 파상풍이나 염증만 피하면 알아서 붙는 별것 아닌 상처로 귀한 시간 빼앗는 듯해 그럽니다."

"말은 잘 하십니다그래. 그리 내 귀한 시간이 아까우시거든 몸 간

수나 좀 똑바로 해 주십시오. 등짝, 손, 발, 팔, 다리부터 배때기까지 성한 데가 없어, 성한 데가."

말미는 거의 혼잣말이었다.

르옌은 이번엔 말대답 대신 수포가 올라오기 시작한 푸른 손등을 내려다보았다. 약의 효과가 뛰어난 탓에 통증은 거의 없었지만 간간이 저리거나 쑤시기는 했다.

"그나저나 데투아 경, 괜한 오지랖 부리기는 싫습니다만."

"싫으면 부리지 마십시오."

르옌이 칼같이 대꾸했다.

'어찌 저런 정 없는 여자가 다 있는지.'

볼레트 군의관은 섭섭한 표정으로 르옌을 말끄러미 바라보았다. 눈빛이 부담스러워 르옌은 마지못해 일단 들어나 보겠다 덧붙였다.

"그러니까…… 브류나크 각하와는 무슨 관계입니까? 체사 경은 위장이지요? 아무한테도 말 안 할 테니 허심탄회하게 나한테 털어놔 보십시오."

느닷없는 의문을 드러내는 볼레트 군의관을 향해 눈을 끔뻑끔뻑거리던 르옌이 작게 웃었다. 코 평수가 잔뜩 넓어진 얼굴로 몹시 궁금해 미치겠다 하는 눈빛을 보내는 것이 우스운 탓이다. 이유가 전혀 짐작 가지 않는 바는 아니었다.

"무얼 염두에 두시는지는 짐작이 갑니다만…… 그때 브류나크 공과의 일은……."

르옌은 말끝을 흐렸다. 그날 일을 거론하니 유달리 뚜렷이 떠오르는 것이 있던 탓이다. 파사드의 마지막 말이었다.

'나는 그자가 아니다.'라고 했던가. 브류나크라는 데에 자긍심을 가지고 있으면서도 벨바롯트에게 호의적이지 않은 기색이 조금 의외였다.

생각에 잠기던 르옌은 호기심에 숨넘어갈 듯 소처럼 눈을 끔뻑이는 볼레트 군의관을 알아차리고 얼버무렸다.

"그다지 신경 쓰실 것 없습니다. 그리고 체사 경이랑도 아무 사이 아닙니다. 그가 저를 따라다녀서 그렇지."

마지막은 다소 놀리듯 말했지만 볼레트 군의관의 표정은 풀릴 줄을 몰랐다.

그도 그럴 것이 볼레트 군의관이 르옌의 몸을 이리 꼬박꼬박 찾아와 친히 살피는 것은 달리 이유가 있었던 탓이다. 군내에서는 드문 여자라는 이유로 손이 더 많이 간다는 건 핑계였다. 실상 르옌은 다른 부상병들과 그다지 다를 바 없는 환자에 지나지 않았다.

그러나 볼레트 군의관은 그녀가 파사드의 품에 안겨 실려 왔을 적, 파사드의 표정을 잊을 수가 없었다.

볼레트 군의관은 박애적인 사랑을 믿고 세상에는 낭만이 있어야 한다는 생각하는 낭만주의자다. 제 꿈과 낭만을 찾겠다는 일념으로 의절을 각오하고 가문을 뛰쳐나와 군의관이 되었다.

세상에 존재하는 여러 형태의 사랑들을 인정하기 때문에, 둔영 내에서 심심찮게 벌어지는 별의별 치정들을 눈감아 준 일도 수두룩했다. 이꼴저꼴 다 겪어 보니 이제는 눈빛만 보아도 '이놈이 저놈과 눈 맞았구나!'하는 걸 간파해 낼 지경이라.

파사드 역시 그의 촉을 피하지 못했다. 르옌을 안고 돌아온 파사드의 눈빛은 범상찮다는 말로는 반도 형언할 수가 없었다.

만일 르옌의 말대로 둘 사이에 벌어졌던 모종의 사건이 실수였다고 해도, 그 자체는 큰 문제는 아니다. 다만 그 이후가 문제란 걸 아직 그녀는 모르는가 싶었다.

칼란독 경,

부디 이것이 읽힐 일이 없기를 바라지만 낙관적이지 못한 상황에 민망함을 무릅쓰고 남깁니다. (……중략……) 이곳으로 들이닥친 적들의 수는 미처 헤아리지 못했으나 전부 살인 기병들인 듯하니, 그것이 지금 내가 긴급한 와중 펜을 든 까닭입니다.

(……중략……) 라르칼리아가 어떤 말로를 맞았건 간에, 라르칼리아는 라르크의 기원이었습니다. 이 땅에서 태어나 이 땅의 것을 먹고 마시고 즐기며 살아온 우리가, 우리의 기원을 잊어선 아니 되겠지요.

나 에반부르 팔다고 할드로프, 오랜 시간 전장에 섰던 자로서 도망치지 않을 것임을 맹세할 것입니다. 할 수 있다면, 내 목숨 바쳐서라도 그것으로 브류나크를 향한 충성을 보이겠습니다.

무사히 이 전쟁이 끝난 후, 그때에도 이 늙은이를 기억하신다면 내 가문의 식솔들에게도 잘 지내길 바란다는 한마디 정도 남겨 주시면 좋겠습니다.

마지막으로, 당신과 함께 싸울 수 있어 영광이었습니다. 공 브류나크.

위대한 라르크를 위하여. 사투르가 귀레 라르크.

파사드는 짐 꾸러미 안에 곱게 접어 보관했던 멘테를 꺼내었다. 앞면에는 녹색 종달새의 문양이 십자 방패와 함께 그려져 있었고, 뒷면에는 한때 이 멘테의 주인이었던 자의 유언이 편지처럼 적혀 있었다. 파사드는 이것을 할드로프 백 레작에게 전해 줄 수 없음이 못내 마음에 걸렸다.

오늘 오후 사령부 회의가 열리기 직전 파사드를 찾아온 레작은 르엔 데투아와의 만남을 가졌음을 그에게 일렀다. 그리고 조금만 더 남아 있겠다 했다.

국경 이북으로 넘어갈 수 있는 길 역시 미리 알아봐야 하니, 얼마간 더 머무는 건 문제가 아니었다. 레작은 그의 용건만 하고 돌아갔다.

한 글자 한 글자 읽고 또 읽어 내린 파사드는 낡은 멘테를 처음 정돈되어 있을 때처럼 반듯하게 접었다. 부정하고 싶지만, 레작의 방문은 여러 가지 의미로 복잡한 감상을 불러일으킨 게 사실이었다.

파사드는 할드로프의 현 주인에 대해 잘 알지는 못했다. 그저 남들이 아는 만큼만 알았다. 때문에 레작이 그녀의 이름을 거론했을 때 내심의 불쾌감을 지울 수 없었다.

─……그리고 라페로바한 영애께서 각하의 무사 귀환을 기다리고 계십니다.

이미 카라제시와 해후하며 엘히엔이 오매불망 그가 되돌아오길 간절하게 기원하고 있다는 이야기를 전해 들은 후였다.

턱을 괴고 앉은 파사드는 느리게 손가락을 까딱거렸다. 수많은 복잡한 것들 속으로 사사로운 것들이 스며들었다.

레작은 엘히엔을 퍽 신경 쓰는 눈치였다. 카라제시와 자칼린도 그러했고, 그가 아는 수많은 이들이 엘히엔을 귀히 여긴다. 파사드 역시 엘히엔을 귀애하고 있다.

엘히엔은 손익 관계와 이해관계를 떠나 누구에게나 사랑받을 법한 아이였다.

─많이 걱정하는 듯했습니다.

그럼에도 지금의 파사드에게는 충분히 있을 수 있는 사소한 우려마저 간섭처럼 느껴졌다.

이번 전쟁이 끝나고 돌아가면 엘히엔과 성례를 올릴 각오는 오래 전에 굳혔다. 개인적인 사유로 미루고 있었다고는 하나, 엘히엔은 이보다 좋은 대우를 받아 마땅했기 때문이다. 미루고 미루느라 그의 나이 또한 이미 충분히 차고 넘쳤으니 지체할 수도 없는 노릇이었다.

때문에 지금 이 전장에서의 시간은 파사드가 엘히엔과 거리를 두고 앞으로 있을 일들을 예상하고 받아들일 마지막 시간이었다.

거리.

다시 생각의 끝은 그녀에게로 되돌아갔다.

거리.

파사드는 자연스럽게 먼 거리를 달려온 여자를 상기했다.

자신과는 상관없었을 멀고 먼 시간을 거슬러 곱씹게 하는 여자. 푸른 수국의 정원 한가운데 앉아 우아하게 그를 내려다보던 적발 벽안의 여자. 불그스름한 마호가니 나무의 표피처럼 신이한 눈빛으로 그를 올려다보는 여자. 부러 생각을 끊어 내야 끊어지는 여자.

몇 번이고 그 스스로가 미친 것은 아닌지 번뇌하게 하는 여자.

'……'

리오낙을 내려다보는 파사드의 까만 눈빛이 금세 복잡해졌다.

죽어 나가는 이들이 숱하게 넘쳐 나는 이곳에서, 왜 이런 애잔한 감정 따위에 제 기력을 소모해야 하는지 알 수가 없었다.

파사드는 엘히엔과의 정략 이후로 이성에 대한 모든 감정을 끊어 내고 그에게 주어진 한 가지 길만 따라 걸어왔다. 그러나 그렇다고 해서 외면이 완전한 무지와 같다는 말은 아니었다.

스스로가 르옌을 여자로 의식하기 시작했다는 걸 모를 리가 없다. 눈동자는 멋대로 그 여자를 좇고 귀는 자연스럽게 그 여자의 목소리를 따라 기운다.

그러나 어찌 아니 그럴 수 있나?

르옌은 파사드가 일생 동안 은연중 폄하해 왔던 한 어리석은 남자에 대한 판단을 고작 반년 만에 손바닥 뒤집듯 엎어 버린 여자였다.

생각해 보면 그녀는 빠르게 주위 사람들을 감화시켰다.

처음은 에반부르, 다음은 자칼린, 그다음은 함께 훈련하는 수많은 병사들이었다. 그 뒤는 기사들이었고, 끝내 제게까지 미쳤다. 그리고 막 남하해 그녀를 처음 보았을 레작마저도 르옌을 높게 평가했다. 사람 홀리는 재주가 있는 여자다.

파사드는 가슴이 갑갑해지는 기분에 목덜미를 죄고 있던 멘테의 끈을 풀어 내렸다. 저 역시 홀린 건지도 모른다.

그러나 르옌 데투아는 아주 적재적소에 말을 던지고.

―나는 라르카드단에 이르지 못했고 앞으로도 이르지 못할 테지만, 네 조모 역시 라르카드단에 이르지 못했다면 지금은 평온할 거다.

하고 싶은 말을 가리지 않고.

―용맹하다고? 그건 모든 북부인들이 알고 있는 사실인걸. 하지만 페이작 역시 북부의 기사였어.

모순마저 진실처럼 꾸며 내며.

―일생 단 한 순간도, 라르크를 사랑하지 않은 적이 없다.

종래에는 위태로운 한마디로 가슴을 찔러 마지막 경계심마저 무너뜨렸다.

―난…… 최선을 다했어, 나는.

멘테를 풀어도 갑갑함은 가시지 않았다.

"……라르칼리아."

무심코 중얼거린 파사드의 입술 끝이 쳐졌다.

라르칼리아, 일생 입에 담을 일도 몇 번 없을 거라 여겼던 유물 같은 이름이 어느새 자연스럽게 스며들었다. 익사당할 것만 같은 기분에 덜컥 가슴이 떨렸다.

그때였다.

쾅쾅. 무례한 노크 소리가 파사드를 상념의 늪에서 끌어냈다.

"파사드, 안에 있나?"

아직 마무리되지 않은 오늘의 일정이 남아 있음을 상기한 파사드가 창밖으로 고개를 돌렸다.

달 떠오른 늦저녁, 겨울바람이 창밖에서 위잉위잉 소리를 내며 파사드를 들여다본다.

◈·◈

헐렁한 상의와 품이 널널한 바지를 입고 그 위에 남색 외투를 걸친 르옌이 문 앞에 섰을 때였다.

"우리 병사들을 그따위로 취급을 하나!"

문 너머로부터 허스키한 여자의 고함이 밀려 나왔다. 무언가를 내리치는 쾅 하는 둔탁한 소리도 났다. 르옌은 문을 두드리려던 손을 거두었다. 파사드의 부름에 찾아온 것이었기에, 누군가 먼저 와 있을 줄 몰랐다.

이 방은 파사드의 거처였다. 그리고 파사드에게 고함을 칠 수 있는 여자는 그녀가 알기로는 없었다. 언제까지 이어질지 모르겠다 싶은 고함 소리에 돌아갈까 고민하던 차였다. 성난 발소리가 들리는가 싶더니 벌컥 문이 열렸다.

"제대로 대우하기 전까지 나는 빠진다. 분명 네게 경고했⋯⋯."

끝까지 파사드를 노려보며 걸어 나오던 여자의 음성이 뚝 멎었다.

르옌은 놀란 기색 하나 없이 여자를 응시했다. 상대 여자도 문 앞에 선 르옌을 빤히 바라보았다. 까무잡잡한 피부에 선명하게 빛나는 긴 금발을 한데 올려 묶은 여자였다. 명백히 시친인이다. 주렁주렁 달린 약장들과 배지와 화려한 술들이 범인이 아님을 알아차리게 했지만 그보다는 눈빛이 꽤나 저돌적이었다.

카헤이아의 갈색 눈동자가 서늘히 위아래로 움직여 르옌을 훑었다.

"이건 또 뭐냐, 파사드?"

'파사드?'

르옌의 눈빛도 차츰 사나워졌다.

카헤이아는 불편한 심기를 감추지 않고 쿵쾅거리며 복도 끝으로 사라졌다. 르옌 역시 불쾌하긴 마찬가지였다. 방 안에 들어선 르옌은 닫힌 문에 한 번 시선을 준 후 파사드를 돌아보았다.

그는 유달리 지친 기색이었다. 오죽하면 제 앞에서 한숨을 내쉴까 싶었다. 이슥한 밤인데도 아직 무장을 풀지 않고 있다.

"앉아라."

르옌은 난롯가 근처 소파에 엉덩이를 붙이고 앉았다. 건너편에 마주 앉은 파사드가 의문을 읽어 내기라도 한 사람처럼 선뜻 말했다.

"시친의 제독 뵈르게트다."

"파사드라 부르던데. 라르크 유일 공작 각하나 되시는 분이 저런 무례를 참아 넘기나?"

파사드라 불리는 걸 들은 기억이 거의 전무했던 탓인지, 새삼 벨 바롯트가 떠오르는 건 어쩔 수 없었다. 언짢은 듯 퉁명스럽게 핀잔을 놓는 르옌의 모습에 파사드가 어처구니가 없단 듯 웃었다. 원체 목석같은 자여서 그러한가, 파사드의 웃는 얼굴은 상상 이상으로 보기 좋았다.

"왜 그리 웃는데?"

"지금 네가 내 앞에서 시친 삼 제독 중 한 명인 뵈르게트의 무례를 지적한다는 게 그럼 안 우습겠나? 누가 더 무례해 보일지 네 가슴에 손을 얹고 생각해 봐라."

"사람은 겉이 아니라 속이 중요한 거 아닌가?"

르옌이 뻔뻔하게 되돌린 대꾸에 파사드는 더 말꼬리를 무는 대신 소파에 등을 편히 기댔다. 드물게 흐트러진 모습이었다. 파사드는 벽난로 쪽으로 시선을 미끄러뜨리며 혼잣말처럼 설명했다.

"개인적으로 연고가 깊은 여자다. 그리고 제독의 위치가 기실 공국의 왕과 맞먹는다 해도 이상할 것 없으니 그다지 큰 무례는 아니지. 감내할 이유가 있다."

"그렇잖아도 묻고 싶었는데, 시친 유목민들은 어디서 나타나서 갑자기 합류한 거야?"

"군도."

"······?"

"더 이상 그들은 유목 민족이 아니다. 시친은 마지막 여왕이었던 스완 세칼리드 라르칼리아를 끝까지 옹호한 대가로 제국이 된 모르가나로부터 대륙에서 추방되는 수치를 떠안았다."

르옌의 입술이 다물렸다. 저치가 지금 누굴 앞에 두고 있는지 잊었나 싶은 의구가 떠오른 탓이었다.

"나 들으라고 하는 소리인가?"

"말실수하지 않도록 주의를 주는 것뿐이다. 지난번에도 투헤인 뵈르게트의 앞에서 실언을 했었지."

'그랬던가······?'

기억을 더듬던 르옌은 일정 부분 인정했다.

자신도 모르게 흘리고 다니는 것들이 있다는 건 르옌 역시 잘 알았다. 의식 선에서는 통제가 되지만 무의식적인 것들은 파사드의 말처럼 주의할 필요가 있었다.

"답하자면 시친은 몇 년 전부터 북서부에 위치해 있는 갈카마들을 토벌하는 데에 도움을 주고 있는 우호 관계였다. 그들은 올조르의 붕괴 이후 뮈아드로에 계신 폐하와 접선해 이번에 카라제시 란센 체사와 함께 남하했다."

"그날 우리가 봤던 함선, 네가 뵈르게트라고 했잖아."

"제독의 움직임과는 별개로 모르가나에 줄을 댄 또 다른 시친인의 소행이었다. 말한 것처럼 제독은 시친 내에서 스스로의 영역을 벗어나지 않은 범위에서 절대 권력을 행사한다. 우리가 봤던 배는 제독 뵈르게트가 통치하는 델 오스작의 배였고, 델 오스작의 배는 제독 뵈르게트인 카헤이아가 개입한 순간 그녀에게 모든 권한이 넘어갔다."

"네가 로델라에 태우고 갔던 그자는 그럼 죽었나? 그 투헤인 뵈르게트라…… 뵈르게트?"

"형제다."

기억을 더듬던 르옌은 그들이 꽤 닮았던 것도 같다 하며 수긍했다.

"그래서…… 나는 왜 불렀나?"

"들어 보니 군의관에게 훈련 여부를 두고 고집을 부려 꽤나 곤란하게 했다더군."

"겨우 그것 때문에?"

"르옌 데투아, 뿐만 아니라 앞으로 있을 회전에 관한 것들도 네가 이곳저곳을 캐고 다니는 것은 불가하다. 애초에 페넌 기사는 지휘자의 명령을 기다리지, 지휘자에게 전략을 요구하지 않는다."

르옌은 단지 볼레트 군의관과 새끼 군의관들에게 몇 가지 물은 것이 전부였다. 그들이 아는 것이 많아 효용이 있었느냐 하면 그것도 아니었다. 대체 파사드에게 얼마나 자질구레한 것까지 일러바치는 건가 싶어 그녀도 조금은 언짢았다.

하지만 르옌은 스스로의 입장과 파사드의 입장을 잘 알고 있었으므로 더 논쟁하지 않고 사과했다.

"미안."

"너도 알겠지만 지금 너는 많은 이들의 주시를 받고 있다."

"미안."

르옌이 저 정도까지 깔끔하게 사과하자 파사드는 되레 할 말이 없었다. 흘러내린 머리칼을 쓸어 넘기며 파사드가 얕은 한숨을 내쉬었다.

"네가 지난번 모르가나에 사로잡혔을 적의 일을 내게 소상히 고하지 않음도 짐작한다. 알고도 내버려 둔 것은 어차피 네가 이제껏 보인 애국의 태도도 있지만, 너 하나가 크게 할 수 있는 일이 없음을 알기 때문이다. 이 전쟁은 너와 발로이드의 것이 아니다."

"하나 묻자."

"물어라."

"이번 전쟁을 부추긴 것이 페이작이라는 이야기, 들어 본 적 있어?"

"……."

"아니면 너 역시 금시초문인가?"

파사드는 멈칫했다.

남부 제국과의 전쟁이 결정되기 전, 대사인 나크타가 모르가나에 사신으로 파견되었던 적이 있었다. 남부의 황제가 오만한 서찰을 보내 전쟁을 자극했던 당시, 남부에 방문했던 나크타는 체사 백과 재상 레파로바한 그리고 그가 있는 자리에서 고했다. 아무래도 제도 황궁 개축에 마리포사의 입김이 닿아 있는 듯했다고.

파사드는 자세한 내막까지는 알 도리가 없으나 전혀 관계없지는 않으리라 생각하고 있었다.

"이미 전쟁은 시작되었고 진행 중이지. 결과만이 중요한 전쟁터에서 시발점을 반추하는 건 그다지 효용적인 시간 배분이 아니다. 내가 확신할 수 있는 것은 이번 전쟁은 벨루비르하인 2세가 아국에 모욕을 주었기 때문에 벌어진 것이다."

"페이작이 그런 말을 했다. 나로서는 도대체 어떻게 한 것인지는 알지도 못하고 알고 싶지 않지만 '나를 죽여 다시 살리리다.' 그리 말하는 것까지 흘려 넘기기는 어려웠다."

"……."

"세상에는 우리의 머리와 가슴으로는 이해할 수 없는 일들이 늘 벌어지고는 하니까. 가능한지도 모르지. 나는 내 삶을 사랑한다. 라르칼리아라는 이름을 가슴에 새기고 평민으로서 사는 이 삶에도 감사한다. 이전에는 알지 못했던 것을 많이 배웠으니까 이 또한 내게는 어떤 형태로든 의미가 있어."

"……."

"하지만 브류나크, 한 번의 삶이기에 스스로 바라는 것에 온몸을 내던질 수 있을 만큼 절박해지는 거잖나. 적어도 나는 그렇게 생각해. 너나 다른 이들은 어찌 느낄지 모르겠지만, 끝없이 반복될 삶의 암시는 내게는 몹시 끔찍하게 들린다."

"가당찮은……."

그러나 파사드는 불현 듯 이백여 년 전 여자를 상기하고 말끝을 흐릴 수밖에 없었다. 그런 속을 읽어 내기라도 한 것처럼 르옌이 얄팍한 미소를 띠며 말했다.

"나는 언제나 목적이 존재하는 삶을 추구해 왔다. 내 삶의 끝에 이르러 후회하지 않을 수 있도록. 허송하여 낭비하는 것을 끔찍하게 싫어했다. 그 모든 것이 한 번의 삶이라 믿었기 때문이야. 낙원에서의 삶을 꿈꾼 적도 당연히 있었지만, 살아서 이루지 못한 것을 낙원에서 이룰 수 있을 거라 믿은 적은 추호도 없었다. 살면서 야망이나 사랑, 목표에 열정적으로 매달릴 수 있는 것 또한 시간이 지나면 돌아오지 않을 것을 알기에 그런 것이 아니겠나. 그런 내게서 유한이라는 목적의식을 앗아 가 버리면 무슨 의미가 남을까."

"……."

"페이작은 이미 살아 죽은 고깃덩이가 되었고, 나 역시 그리되라 말하고 있지."

르옌은 거기서 말을 멈추었다. 파사드는 아무 말도 하지 못했다. 특정한 어떤 답을 기대하지 않았기에 르옌은 그의 침묵을 매정하다 느끼지 않았다. 다만 그 이상의 속마음을 감추고 입술을 다물 뿐이었다.

파사드는 한참을 무어라 말해야 할지 몰라 손끝으로 팔걸이만 두드리다가 화두를 돌렸다. 목소리는 많이 누그러져 있었다.

"……오늘 저녁 사령부 회의가 끝이 난 후 기발을 보냈다. 모르가나에서 그에 관해 합의한다면 회전지는 그곳이 될 거다. 어차피 공식적으로 공포될 터이니 미리 말해 주지. 그란두르다."

"그란두르?"

르옌은 지도에서 보아 기억에 담아 두었던 근방의 지리를 떠올렸다.

"우리가 이른이 있는 방향으로 향하기 전 들렀던 북쪽 지대 인근이다."

"알아. 기억 나. 생각보다 지난번 임시로 머물렀던 주둔지와 가깝네. 그런데 그 근방은 내 기억이 맞다면 평야와 험지의 경계였던가?

평야 쪽? 험지 쪽?"

"······둘 다 활용할 수 있을 거라 여긴다. 만일의 사태에는 험지를 도구 삼아 엄폐할 수 있고, 평야를 활용해 주변 장원 영주들의 동태 또한 수시로 살피기 용이하겠지."

턱을 괸 르옌은 곰곰이 생각에 잠긴 표정을 지었다. 머릿속에 외운 지도만으로는 묘연한 구석이 많았다. 아쉬움이 잔뜩 묻어나는 표정이었다.

"가서 미리 살펴보면 좋겠는데."

"이미 선발대를 보내 근방을 재고 정보를 축적하라는 명을 내렸다. 그리고 군사 이동을 시작하고 근방에서 재정비를 하면서 충분히 눈으로 확인할 수 있을 거다. 또 이른의 영주가 실토한 것이 맞다면 수가 적은 라르크의 군사들이 가장······."

"그래, 뭐. 다만 지난번처럼 다른 곳에서 대기 중이던 모르가나의 또 다른 여군들이 나타날지도 모르는 일인데 그때는?"

"퇴로도 이미 확보해 둔 상태다."

르옌은 새삼스러운 눈길로 파사드를 물끄러미 응시했다.

되감아 보면 벨바롯트 또한 섭정이 되기 전까지만 해도 변경을 지키는 늑대였다. 물론 그녀는 벨바롯트가 전장을 지휘하는 모습을 본 적이 없었다. 전해 듣기만 했을 뿐이다.

만약 벨바롯트였다면 이런 모습이었을까. 영원히 알 수 없는 일이다.

"······지금 모르가나 군사들의 위치는 그때와 같나?"

"저속 이동 중이라더군. 사만여가 훌쩍 넘는 군을 단기간에 빠르게 이동시키는 건 불가능하니 분할 이동을 하거나, 아니면 시일이 더 필요하겠지. 어림잡아 그들이 지금 당장 의전을 어기고 이른을 되찾으려 한다고 해도 이곳에 당도하는 데만 열흘은 더 걸릴 거다.

아직은 여유가 있다."

밤이 깊어질수록 차츰 차가워지는 방 안의 공기에 르옌은 어깨를 움츠리며 얇은 외투를 고쳐 입었다.

잠자코 그녀를 응시하던 파사드가 말없이 자리에서 일어섰다. 르옌의 눈동자가 자연스레 그를 따라 위로 향했다. 벽난로 앞으로 걸어간 파사드는 곁에 놓인 불쏘시개로 다 탄 잿더미들을 가장자리로 밀어낸 후, 새 장작들을 무심한 손길로 툭툭 던져 넣었다.

조용하게 움직이는 손, 굳게 선 뒷모습, 작게 절그럭거리는 소리. 그 모든 것들을 그림 감상하듯 바라보던 르옌이 그의 뒷덜미를 향해 물었다.

"이미 지휘 기사들은 전부 자기 위치를 하달받은 거야?"

"지난밤, 각각 지휘 기사들에게 내려진 군 제대 재편 명령은 대부분이 이행되었고 저들로부터 회전지에 대한 답이 되돌아오면."

벽난로의 불길이 다시 활활 타오르기 시작했다. 따뜻한 열기가 살갗을 감쌌다. 엷게 미소 띤 르옌이 나직이 운을 뗐다.

"……브류나크."

파사드의 고개가 뒤돌았다.

"만약 이번을 마지막으로 끝을 낼 수 있다면, 적어도 끝으로 이끌어 줄 수 있다면 너는 모험을 감행해 줄 수 있을 만큼 나를 믿나?"

파사드는 르옌의 눈을 똑바로 내려다보았다. 르옌의 눈동자가 벽난로 불빛을 받아 삼켜 붉게 빛났다.

"너무 위험한 거 아닙니까."

"왜 이제 투덜거리시오? 아까는 꿀 먹은 벙어리마냥 입을 꼭 다물고 계시더만."

"아니…… 저만 그랬습니까, 뭐?"

사령부 회의를 마치고 돌아 나오던 한 기사가 불편한 기색을 내비쳤다. 다른 기사들의 얼굴도 어두워졌다. 말은 않았더라도 어느 정도 공감하는 눈치였다. 한 기사가 카라제시를 향해 물었다.

"안 그렇습니까, 체사 경?"

뒤따라 회의장에서 나오는 카라제시의 표정도 영 좋기만 한 것은 아니었다. 다만 아무 말도 않은 것은 그만큼 큰 위험을 부담하겠다는 파사드의 의지가 확고하고, 또 어찌 생각하면 전혀 말이 되지 않는 것도 아니었던 탓이다.

"어차피 의견만 제시된 겁니다. 아직 회전지에 대한 적들의 통문도 돌아오지 않았으니."

그리고 무엇보다 더 마음에 걸리는 것.

한기가 맴도는 복도를 내딛던 카라제시는 무의식적으로 뒤를 흘끔거렸다. 파사드와 자칼린을 비롯해 회의장에는 아직 몇몇의 기사들이 남아 있었다. 그러나 그들보다는 체구가 비교적 작고 왠지 모를 이질감이 느껴지는 여자가 눈에 걸렸다.

르옌 데투아. 다른 기사들이 자연스럽게 데투아 경이라 존중하는 여자다. 사령부 회의에 얼굴을 드러낸 건 처음이었다. 애초에 한 단계 직급이 낮은 페넌 기사다. 상부 지휘를 맡는 배너 기사들과 함께 선다는 건 일종의 분수를 모르는 일에 가까웠다. 모르가나에 사로잡혔다 돌아왔다는 이유로 그들의 전황과, 어쩌면 개인의 판단일지 모를 일련의 정보들을 공유한다는 차원에서 오늘의 입석이 허가된 것이다. 조금 전 지휘 기사들 앞에서 거침없이 의견을 늘어놓던 여자는 무언가 거슬렸다.

페넌 기사가 배너 기사들 앞에서 저리 주눅 들지 않고 스스럼없이 군다는 건 둘째 치고, 여자를 대하는 파사드가 낯설다.

카라제시는 테레어드와 이야기를 나누고 있는 파사드를 응시했다. 그 옆에선 자칼린과 르엔 데투아라는 여자가 쉴 새 없이 티격거리고 있었다.

그런데 파사드의 태도보다 더 이상한 건 지금 이런 위화감을 느끼는 게 저뿐인가 싶은 것이다.

"데투아 경은 대단도 하지."

"아무래도 제기만 되고 실행은 되지 않을 것 같은 계획이긴 하지만 저쯤 되면 담이 큰 건지, 간이 없는 건지."

기사들은 탄복한 어조로 중얼거리며 멀어졌다.

올베빈도 카라제시보다 조금 늦게 사령부 회의장을 빠져나와 자못 심각한 얼굴로 걸었다. 카라제시는 결국 의구를 접지 못하고 올베빈을 붙잡아 세웠다.

"카바인 경, 대체 저 여자는 누굽니까?"

올베빈은 불현듯 물어오는 카라제시의 질문에도 고민 없이 답했다.

"아, 큰 체사 경. 신경 쓰지 마십시오. 좀 유별나게 특별한 여자인데 이미 라르크 군 내에서는 유명합니다."

"칼란독 경도 남다르게 대우하는 것 같고, 자칼린도 저 여자와도 따로 친분이 있는 것처럼 보이는데. 평민 출신 아니었습니까?"

"맞습니다. 규젠이라는 마을에서 살던 여자인데, 참전한 남동생을 전역시키겠다 찾아왔던 걸로 압니다. 어쩌다 보니 대신 군에 남았습니다. 남동생은 명예 전역을 했고요."

"왜 아직 남아 있는 겁니까? 여자가 서품을 받으려면 꽤 힘들 텐데, 그 서품도 칼란독 경이 임의로 내린 것이라고요?"

꽤 힘든 정도가 아니라 거의 없다 해도 무방했다. 적어도 카라제시는 계집이 기사 노릇을 한다는 이야기를 들은 기억이 손에 꼽았다.

올베빈은 새삼스레 지난 기억을 곱씹는 사람처럼 다소 나른한 목소리로 답했다.

"저 여자가 예전에 수십 보 위 절벽에 있는 적의 새끼 지휘관을 화살 한 방으로 즉사시켰습니다. 그때 심사전을 거쳐 임시 페넌을 받게 됐고요. 그때 듀사크 경이…… 아 뭐, 듀사크 경과 체사 경이 데투아 경에게 제대로 깨졌습니다. 그리고 올조르 때도 일단은 저 여자가 많은 군공을 세웠다고."

"올조…… 아."

짐작 가는 것이 하나 떠오른 터라 카라제시는 더 말을 잇지 않고 입을 다물었다. 올조르의 붕괴 사건에서 파사드가 평민 중 누군가의 도움을 받았다 들었다.

'그게 저 여자였던 건가.'

그렇다면 파사드가 여자에게 신경을 쏟는 것도 어느 정도 납득은 되었다. 그러나 완전한 납득은 아니었다.

파사드는 저 여자에게 브류나크의 가보인 리오낙을 맡겼다. 당시 대부분의 사람들은 그녀가 덴작의 시신을 업고 온 데에 온 신경이 쏠려 그를 유의 깊게 보지 않았지만 카라제시는 아니었다. 전사한 듀사크가의 기사에게는 애석하지만 카라제시에겐 기사 한 명의 죽음보다 리오낙이 가지는 상징적인 의미가 더 컸다.

"그래서 칼란독 경이 저 여자를 군에 남긴 겁니까."

"아, 그건 아니고 데투아 경이 스스로 남겠다고 했다 들었습니다."

카라제시는 조금 놀란 투로 되물었다.

"굳이 전쟁터에 남겠다 자원했다는 말입니까?"

"예, 아, 큰 체사 경 아직 모르셨습니까? 그리고 데투아 경은 작은 체사 경의 애…….."

거기까지 말하던 올베빈이 잠깐 숨을 멈추고 눈을 굴렸다. 실언을 했다는 생각이 뒤늦게 든 탓이다. 카라제시는 '애'로 시작하는 단어를 하나하나 떠올리다가 다시 한 번 뒤돌아 자칼린과 가깝게 붙어 선 여자를 바라보며 물었다.

"애?"

"애에에, 애입니다. 애물단지…… 요."

올베빈은 의문스럽게 바뀌는 카라제시의 눈빛을 피해 슬쩍 아랫입술을 깨물고 가던 걸음을 재촉했다. 그러나 몇 걸음도 채 걷지 못하고 카라제시의 손에 붙들렸다.

"조금 더 자세히 좀 들어 봐야겠습니다만."

언제나처럼 다정한 웃음이지만 참 등골이 서늘해지지 싶었다. 올베빈의 이마에서 식은땀이 비질비질 흘러내렸다.

자칼린은 르옌에게 돌려주기로 한 짐들을 정리한 후, 침대에 벌렁 드러누워 고풍스런 음각이 새겨진 단검을 검집째로 들어 올려 살폈다.

푸른색을 띠는 고철 속에 박제된 나비에는 보는 이들의 눈길을 잡아 끄는 우아미가 있었다. 이걸 르옌에게 돌려주기로 했지만 그리하는 게 옳은 건지도 사실 잘 모르겠다.

발로이드 페이작 마리포사가 스스로를 페이작 돌레한이라 주장한 이상, 이것의 상징 의미는 '라르칼리아의 마지막 여왕'과 관련되어 있음이다.

가만히 보면 이 나비와 관련된 자들은 다 어딘지 모르게 미쳐 있는 것 같다.

　발로이드야 첫인상부터 미친놈이었지만 그와 어떤 형태로든 연결되어 있는 르옌도 사실 객관적으로 보면 제정신이 아니다. 그들이 살려 둔 유일한 마리포사의 포로인 레이리스 엘폰느라는 계집은 그 등에 이 나비를 살 깎아 새겨 놓았다.

　'충성심이라고 해야 하나.'

　하지만 그런 게 충성심이라면 자칼린은 평생 가도 그들을 이해하지 못할 것이었다.

　'이건 뭘로 만들었기에 이렇게 가볍지.'

　아무리 단검이라도 쇠라면 묵직한 감이 느껴져야 정상인데, 검집을 끼운 채로도 푸른 나비의 단검은 그다지 무겁다는 느낌이 들지 않았다. 청동인가 싶지만 강도를 보아 청동은 아니었다. 그렇다고 날카롭지 않으냐 하면 갓 벼른 듯 날카로웠다.

　"그건 뭐냐? 네 검은 아닌 거 같은데."

　"르옌 거야. 그 왜, 오늘 회의에 입석했던……."

　자칼린이 발딱 상체를 일으켜 세웠다.

　"어? 언제 왔어, 형……?"

　자칼린은 어느새 침대맡에 선 카라제시를 발견하고 떨떠름한 표정을 지었다. 저를 내려다보는 눈빛이 심상치가 않았던 탓이다. 또 말버릇을 지적하려는 건가 싶어 자칼린이 재빠르게 정정했다.

　"……이 아니라, 체사 경?"

　자칼린이 들고 있는 낯선 물건을 빤히 바라보던 카라제시가 뜬금없이 노한 얼굴로 꾸짖기 시작했다.

　"너 무슨 짓거리를 하고 다니는 거냐? 애인?"

　"그건 또 무슨 개소…… 리, 으핫!"

막 침대에서 일어나려던 자칼린이 삐끗하며 고꾸라졌다.

우당탕탕 소리와 함께 바닥에 얼굴을 힘차게 처박은 자칼린이 허옇게 변한 얼굴로 발딱 일어났다.

"아니, 어? 갑자기 무슨 말이야? 다짜고짜."

"요즘 마리포사의 포로에게 과하게 대한다는 이야기도 듣고 넘겼다. 그런데 이번에는 애인?"

자칼린의 입이 크게 벌어졌다. 그러나 신음 그 비슷한 것조차도 흘러나오지 않았다.

"한 막사에서 붙어먹었다고?"

"붙어먹긴 누가! 아, 지금 무슨 말을 하는 건지 알겠는데, 같이 좀 붙어 있기는 했는데, 형이 상상하는 그런 불미스러운 일 없었⋯⋯."

"그 여자를 군에 들여온 것도 너라고?"

"그것도 맞긴 맞는데 상황이 그게 아니었⋯⋯. 그 미친것이 얼마나 독하냐면⋯⋯."

드디어 올 것이 왔다.

허둥거리며 손을 저어 보았지만 카라제시의 노여움은 쉬이 해갈될 것 같지 않았다. 목깃까지 풀어 헤치는 카라제시의 눈빛이 이글이글 타오르고 있었다. 아무래도 쉬이 넘기지 않으려는 모양이었다.

카라제시의 말을 빌자면 훈육당하기 딱 좋게, 자칼린 본인의 어휘로 설명하자면 두드려맞기 딱 좋게도 이곳은 밀폐된 방이었다.

자칼린은 카라제시의 손끝이 꿈틀거리는 것을 발견하고 잽싸게 방구석으로 도망쳐 벽에 등을 기대고 방어 자세를 취했다. 나중 소문이 어찌 나건 상관은 없다만 그걸 카라제시가 알게 된다는 건 끝없는 잔소리와 질타에 한 몸 희생한다는 것과 진배없었다.

'스이센인가! 베로한 경, 이 자식이! 또 다 일러바쳐!'

"계집질? 여기까지 와서 말이냐? 그걸 칼란독이 내버려 뒀다고?"

"아니 아니, 손이라도 까딱하고 형한테 욕을 먹으면 내가 억울하지라도 않……."

"그리고 고작 네 애인 삼겠다고 가문의 이름을 들먹여 보증을 해? 자칼린, 너 그렇게 정신 못 차리고 살 거라면 내가 아버지께 다 말씀드릴 테니 나가라. 나가서 네 멋대로 하고 다녀."

"혀, 혀엉! 내 말 좀 들어 봐!"

카라제시가 눈을 부라리며 어디 한 번 말할 입이 있으면 해 보란 듯 노려보았다. 자칼린이 크게 숨을 들이켰다. 그리고 이 억울함을 변명을 하려는데, 막상 해명이 목구멍에 턱 걸려 버렸다.

'개미지옥이네, 이거!'

자칼린의 눈동자가 지진 난 듯 떨렸다. 아무리 생각해도 이 상황을 설명할 길이 없었다.

'발로이드는 대가리에 화살을 맞아 스스로가 이백여 년 전의 페이작 돌레한인 줄 알고 있고, 르옌은 라르크를 대차게 말아먹을 뻔했던 폭군인 스완 세칼리드 라르칼리아와 긴밀하게 연결이 되어 있는 여자인데, 발로이드가 미쳐서 르옌에게 눈이 돌아가 있고, 르옌 역시 발로이드의 문제로 이곳에 남아 있는 상황이다. 사령관한테 칼부림을 시도한 전적이 있어 페넌을 몰수당했다 돌려받은 데다 간자 취급까지 당했던, 그런 말도 안 되는 여자가 이유 없이 이곳에 남아 있다며 다른 기사들이 왈가왈부할 것을 막기 위해 내가 창대를 맸다고?'

말이 되는 소릴 해야 웃기기라도 하지. 바로 옆에서 발로이드와 르옌을 지켜본 저도 받아들이기 어려운 현실인데, 파사드보다도 현실론자인 카라제시가 믿을 리가 없었다.

게다가 라르칼리아에 관한 언급은 자칫 상황을 더 악화시킬 가능성이 농후한 말이었다. 입 밖으로 내지 않는 게 현명했다.

결국 재빠르게 판단을 마친 자칼린은 비굴해지기를 선택했다.

"자, 자…… 잘못했……."

지은 죄로도 사과를 않는데, 짓지도 않은 죄로 사과를 하려니 입이 찢어질 것 같았다.

✦·✦

"식기 전에 한잔해."

레이리스는 작은 나무잔에 든 따뜻한 호의를 양손으로 건네받았다. 얼어 있던 손끝에 알싸한 온기가 번져 들었다. 잔 안에 갇혀 있던 향기가 퍼졌다.

웬 술이냐 묻고 싶었지만 그녀는 이미 말을 잃은 사람이었다. 내리깔린 레이리스의 회색 눈동자에 자칼린의 뚱한 얼굴이 비쳤다.

자칼린은 들고 있던 잔을 보란 듯이 홀짝거렸다.

"독이라도 탔을까 봐?"

자칼린이 자신의 술잔을 그녀의 양손에 위태롭게 들려 있던 술잔과 바꿔 들었다.

"됐냐?"

레이리스는 말없이 잔을 들이켰다. 따뜻함이 입안에서 퍼지는가 싶더니 금세 목 안쪽으로 알싸한 기운이 흘러 내려갔다. 홧홧함에 그녀가 작게 입을 벌리고 숨을 몰아쉬었다.

자칼린이 콧방귀를 끼듯 픽 소릴 내며 비웃었다.

"이 술 같지도 않은 술 한 모금 가지고."

저 새끼는 혀에 가시가 달린 게 아니라면 제 성미를 터뜨려 죽일 셈인 것이 분명했다.

"춥지는 않고?"

자칼린이 물었다.

그녀를 신경 써 주는 것은 그 하나뿐이었지만 레이리스는 이런 관심을 바란 적이 없었다. 자칼린은 그녀를 기사가 아닌 여자 포로라 생각하는 것도 같았다.

지난 보름, 그들은 나름대로 서로에 관한 것을 알게 되었다.

자칼린은 무르다. 쓸데없는 귀족들의 명예 사상에 젖어 있다. 한편 그런 것들을 싫어하기도 한다. 레이리스는 사고로 말을 잃은 것이 아니다. 스스로 혀를 잘랐다. 칼로 그려 넣은 그녀의 등에 있는 문신은 에일라에게 그녀의 충성스러움을 증명하기 위해서였다. 이따위의 것들.

아무것도 하지 않고 시간을 보내는 데에 지쳐 있던 레이리스는 얼마든지 실추되어도 좋을 자신의 이야기를 했다. 그리고 자칼린은 전황과 관계없는 그의 하소연들을 늘어놓았다. 자칼린은 어쩐지 군대 내의 모든 이야기들이 카라제시라는 자의 귀에 들어갈 거라는 의심증에 시달리고 있었다.

자칼린은 한 번 자리에 앉으면 한 시간 정도는 제 멋대로 떠들고 가곤 했다. 그러나 웬일인지 오늘은 일찍 엉덩이를 털고 일어났다.

"나 이제 가 본다."

레이리스는 의외란 눈빛으로 자칼린을 올려다보았다.

"왜? 자리 오래 비우면 눈치 보이거든. 요즘 주위 녀석들이 죄 형한테 일러바치는 통에 숨도 못 쉬겠다니까. 그래도 오늘 시친 녀석들이랑 친목 모임인지 뭔지 때문에 다들 바빠서 잠깐 나온 거야."

시친과의 친목이라. 레이리스는 자칼린이 무심코 흘린 정보를 모른 체 주워 담았다.

끼익. 문이 닫혔다. 철그럭. 쇠사슬 감기는 소리가 들렸다. 이윽고 자칼린의 발소리는 멀어졌다.

언제 죽을지 모른다는 두려움과 외로움이 레이리스를 갉아먹었다. 그녀에게 고요란 으레 익숙한 것이었음인데도 낯설었다. 레이리스는 앙상한 다리를 모으고 무릎 사이에 얼굴을 파묻었다. 요란한 적막을 엄폐 삼아.

라르크가 마주한 난제는 비단 모르가나만이 아니었다. 그들과 합류한 시친과의 관계에서도 크고 작은 마찰이 여럿이었다. 카헤이아가 남하해 합류할 때부터 시작된 의심은 전염병처럼 라르크 군사들의 가슴을 파고들었다.

그건 이른의 성벽 안에 자리 잡은 이후로 점점 심해지더니 결국 무리 지어 서로를 힐난하는 것은 물론이거니와 칼부림을 하는 사태까지 벌어졌다.

일례로 라르크의 한 기사가 해군 장교 한 명과 몸싸움을 벌이고 그들을 대차게 모욕하는 상황도 있었다. 모두가 보는 앞에서 두드려 맞은 해군 장교의 보고를 들은 카헤이아는 당연지사 분통을 터뜨렸고 화살은 모조리 파사드에게 돌아갔다.

'투헤인 뵈르게크까지 네놈들에게 내던졌는데 그 이상 무얼 바라 이따위로 구느냐.'

일전, 카헤이아가 파사드의 방에 찾아가 온갖 고함을 쳐 댔던 것도 그 때문이었다.

'제독 함선이 모르가나의 영내에서 발견된 것은 사실이다. 저들이 수작을 부리고 있는 것일지도 모른다.'라는 라르크 기사들 측의 불신의 입장과 기껏 도왔더니 배은망덕하게 군다며 노골적으로 불편함을 드러내는 시친 해군, 해병들의 입장은 누가 더 나쁘다 말하기 어려웠다.

결국 파사드와 일부 기사들은 회전지에 대한 적들의 통문이 되돌아온 날 저녁, 시친과의 관계를 개선하기 위해 큰 연회를 열었다. 라르크의 군사들과 시친의 해군, 해병들을 한데 모아 놓고 부러 친분을 조장하는 자리였다. 파사드는 그간의 전쟁을 치르며 고생한 이들에 대한 치하도 겸하는 것을 잊지 않았다.

모임은 이른 성의 가장 커다란 홀에서 이루어졌다. 백부장들부터 연대장들까지, 군사들 개개인에게 어느 정도 영향을 미칠 수 있는 기사들과 해군, 해병 내 대위 이상의 군사들이 모조리 모였다. 우호의 의미임을 감안해 라르크 측의 기사들에게 억류당해 있던 투헤인 역시 반강제로 한자리 차지하게 되었다.

추리고 추린 수만 해도 삼백여 명에 육박하다 보니 이른 성은 전에 없는 북새통을 이루었다.

첫 시작은 카헤이아와 파사드를 따라 사열한, 특히나 사이가 안 좋았던 이들의 포옹이었다. 그러나 강제로 붙여 놓는다고 관계가 풀릴 리는 없었다. 모임은 대결을 앞둔 이들을 양측으로 갈라 세워 놓은 듯한 살얼음 분위기를 딛고 지속되었다.

다행스럽게도 술통이 비고 음식 접시들이 바닥을 드러내는 과정 속에서 분위기는 자연스럽게 누그러졌다. 피차 위험을 무릅쓰고 한데 모인 이들이라는 공통점이 큰 작용을 했다.

처음에는 악수를 하거나, 간단히 인사를 주고받는 것조차도 꺼려하던 이들이 밤이 무르익을 무렵에는 어깨동무를 하고 노래를 부르며 호탕하게 웃어 재끼기도 했다. 머리를 바짝 짧게 깎은 시친인의 허연 두피를 놀리는 기사도 있었고, 무거운 갑옷에 휘청 넘어진 라르크의 기사를 놀리며 손으로 잡아 일으켜 주는 이도 있었다.

간간이 같은 통속소설의 문구를 외거나 시집을 낭송하는 이도 있었다. 볼레트 군의관 역시 선의들과 모여 앉아 지난 날 못 다한 토론을 하며 껄껄댔다. 술잔을 들고 어린아이처럼 뛰어다니며 우습지 않은 농담을 하는 것도, 이른 성의 시녀들을 향한 음담패설까지도 자유로웠다.

파사드는 홀 한편에 놓인 의자에 앉아 숨을 돌렸다. 조금만 더 자리를 지키다 일어설 생각이었다.

얼마 지나지 않아 연회 중간부터 보이지 않던 자칼린이 타박타박 파사드의 옆으로 다가와 쪼그려 앉았다.

"저 녀석들 잘도 노네요. 벵센 경도 그렇게 의심을 하고 지오타르 경도 그렇게 헐뜯더니. 확실히 술이 들어가니 눈에들 뵈는 게 없는 거지. 내일 술 깨면 또 난장판이 될걸요."

파사드는 부정하지 못하고 피식 웃었다.

"그렇겠군. 하지만 자칼린 너도 조금 더 주위 시선을 신경 쓸 필요가 있다."

"형, 오늘 같은 날은 좀 봐줍시다. 어차피 술 취한 사람들은 이튿날 해가 뜨면 까먹기 마련이고, 맨정신이라도 사람들은 잠깐 쑥덕대고 금방 잊어버리는데요, 뭘."

"한 번 박힌 인상은 쉬이 지우기 어렵다."

"그것도 맞는 말이긴 하지만 어차피 체사의 품위를 지킬 필요가 있는 건 가문을 이을 형 하나면 충분하고."

"카라제시는 머잖아 네게 롱렌의 영지를 물려주고 싶어 하던데."

자칼린이 휙 고개를 돌려 파사드를 바라보았다.

"롱렌을요? 형이 그랬습니까? 형님?"

롱렌은 라르크의 뮈아드로의 남서쪽에 위치한 지역으로, 체사 가문이 지닌 비옥한 땅들 중 적지 않은 지분을 차지한 곳이었다. 자칼린은 믿기 어렵단 얼굴로 눈만 끔뻑이며 혼잣말했다.

"아버지가 내켜 하지 않으실 텐데?"

"그 이야기는 여기까지 하지. 네 사가의 일이니."

파사드는 팔걸이 아래 내려놓았던 술잔을 들어 올렸다.

"그나저나…… 어딜 다녀왔나?"

"아, 뭐. 그냥 바람 좀 쐬고 왔습니다. 여기는 사내들만 득시글해서 공기가 너무 안 좋잖습니까. 칼란독 경도 저쪽 가서 어울리지 그래요?"

"그 포로는 어찌하고 싶은 거냐? 맡겠다 해 내버려 뒀지만 그다지 입을 열 것 같지 않다던데."

불시에 던져진 질문에 자칼린은 몹시 난감한 얼굴을 했다. 파사드를 속이는 건 역시 어려웠다.

"조만간 죽이거나 처형해야겠지요. 압니다. 죽이라 하시면 제가 직접 처형할 생각입니다. 그래도 지금이야 입을 다물고 있지만 나중에 마음이 바뀌면 우리한테 좋은 정보들을 줄지도 모르고…… 계집애한테 손대기도 그렇고……."

얼렁뚱땅 넘기려는 자칼린을 물끄러미 바라보던 파사드가 지적했다.

"기사다."

"마리포사 출신의 평민 기사를 숙녀 취급할 수는 없겠지만, 검을 쥐었다 해서 여자가 여자가 아니게 되는 건 아니잖습니까. 르옌만 해도 병사들 중에 저 녀석한테 홀랑 넘어간 애들이 더럿 있던데요, 뭘."

자칼린이 작게 중얼거렸다.

"넘어가?"

"뭐, 계집이라고 하기도 그렇지만 일단 낯짝은 예쁘장하고…… 군사들이랑도 퍽 잘 어울려 노는 것 같으니까요."

파사드의 심기가 불편해진 것을 알아차리지 못한 자칼린이 스윽 고개를 들었다.

"어, 저기 르옌도 나와 있네요. 호랑이도 제 말 하면 온다더니."

자칼린은 머잖은 곳에 선 시녀를 향해 손가락을 까딱거렸다. 시녀는 곧 새로운 나무 술잔을 들고 다가와 그에게 건넸다. 파사드의 잔을 새로 채우는 것도 잊지 않았다.

자칼린의 말이 괴이하게 심기를 거슬렀다. 확실히 르옌은 허드렛 일꾼들을 제외하면 거의 유일한 여자고 유명 인사다. 흑심을 품는 군사들이 있을 수도 있다.

당연한 것이다. 한데 왜 이리 불쾌한가.

그의 생각을 멈춘 것은 다시 자칼린이었다.

"그런데 칼란독 경, 제 형이 이상한 소리 안 했습니까?"

"이상한 소리?"

"아니면 말고요."

쪼그려 앉은 채로 턱을 괸 자칼린이 뭉개진 발음으로 중얼거렸다. 미간에 얕은 주름을 새긴 채 파사드는 난잡한 풍경으로 눈을 돌렸다.

"르옌 얘기 하니 생각난 건데 누가 형한테 제가 여기서 장난을 좀 친 걸 어떻게 일러바친 건지 아주 제대로 작살 날 뻔했다니까요. 손이라도 대 봤으면 억울하지나 않지. 이왕 이렇게 된 거 그냥 확 꼬셔버릴까. 뭐라도 하고 혼나면 덜 억울할 텐데."

파사드는 대답 대신 잔을 비웠다.

르옌 쪽에 시선을 둔 채 잔을 홀짝이던 자칼린이 불쑥 물었다.

"그런데 저 여자, 르옌한테는 무슨 볼일이랍니까?"

◈◈

카헤이아는 여자치고는 큰 장신이었다.

르옌 역시 작은 키가 아니었음에도 그녀보다 손바닥 반 뼘은 더 작았다. 그들은 본능적으로 알았다. 호락호락한 상대가 아니다. 서로를 훑어 내리는 눈길은 명백한 경계심의 발로였다.

카헤이아가 접근하자 이래저래 그녀의 주위를 맴돌며 귀찮게 굴던 다른 기사들이 물러났다. 그러나 시선들은 더 따가워졌다. 그들을 향해 옮겨 오는 관심이 옆얼굴로 고스란히 느껴졌다.

카헤이아가 물었다.

"파사드의 기사라고?"

르옌의 침묵에 카헤이아의 왼편 등 뒤에 서 있던 덩치 큰 해군 장교가 퍽 불쾌한 기색을 드러냈다.

"이분은 시친의 제독 각하시다."

"압니다."

르옌은 이 모임에 참석할 계획이 없었다. 오늘처럼 그녀가 자유롭게 움직일 수 있는 날은 앞으로도 드물 터이니 그 시간을 이용할 생각이었다. 페넌 기사들까지 소집되었다는 명령이 하달되지 않았다면 지금쯤 그녀는 다른 용무를 보고 있었을 터다.

카헤이아는 민망할 정도로 빤히 르옌을 위아래로 훑었다. 앞섶이 벌어진 올리브색의 털 코트 사이로 하얀 상의와 허리끈이 언뜻 비쳤다. 발끝까지 덮이는 긴 바지 아래 보이는 건 잡병들이나 신을 만한 털 군화였다.

곁눈으로 파사드의 시선이 느껴졌다. 카헤이아는 모른 체 잔을 들고 지나던 해군 장교 한 명에게서 술잔을 빼앗아 르옌에게 내밀었다.

"독주, 잘 하나?"

"거절은 않지요."

고주망태가 된 사내들이 넘쳐 나는 곳에서 두 여자는 퍽 멀쩡했다. 르옌의 곁에 나란히 서 있던 카헤이아가 무심한 투로 물었다.

"네가 지금 라르크 군에 있는 유일한 여자라지."

르옌은 술잔을 입가로 가져가며 퉁명스레 대꾸했다.

"문제가 됩니까?"

"라르크는 우리 시친과 달리 여자들이 출세하기가 몹시 어렵다고 하던데. 넌 보이는 나이 대 치고 꽤 쓸 만한 직함을 달았잖나? 그런 차림으로 파사드를 밤에 찾아가기도 하는 걸 보면 실력으로 꿰어 찬 자리는 아닌 건가?"

"그런 차림?"

"지난번에 한밤중에 만났잖아, 우리?"

모멸감을 주려는 심산이었는데 르옌은 외려 적나라하게 대꾸해 카헤이아의 헛웃음을 자아냈다.

"몸 굴리는 것도 실력이라는 답을 바라 묻는 건지, 아니면 지금 이 자리에서 제 가치를 확인하고 싶어 묻는 건지 고민스럽군요. 그러니 묵비하겠습니다."

"누가 네가 입 다물어도 좋다 했나?"

"당신이 내게 허락을 하고 말고 할 위치였다니, 놀랍습니다."

르옌의 대꾸는 카헤이아가 충분히 불쾌하게 느낄 수 있을 정도였다. 그러나 의외로 카헤이아는 무신경하게 술잔만 내밀 뿐이었다.

르옌이 쥐고 있던 잔을 그녀의 잔에 부딪쳤다.

툭명스런 잔 소리가 났다. 카헤이아와 르옌은 동시에 술잔을 비워 냈다.

목 안쪽이 타들어 가는 듯 뜨거웠지만 르옌도 카헤이아도 내색없 이 서로를 흘길 뿐이었다. 기묘한 신경전이 이어졌다. 살얼음 같은 분위기가 차츰 두 사람 주위로 번져 나갔다.

다행스럽게도 얼마간의 침묵 끝에 카헤이아가 한 발 물러났다.

"엄밀히 내가 네 상관은 아니니까 틀린 말도 아니기는 하다만."

르옌이 설핏 웃었다.

카헤이아의 태도가 조금 정중해진 만큼 르옌도 예의를 차려 주었 다. 그 후로 분위기는 그럭저럭 나쁘지 않았다. 좋아진 건 아니지만 악화되지도 않았다. 그녀들은 그저 간간이 질문을 던지고 답변을 돌 려받으며 술을 나누는 게 전부였다.

'호오.'

카헤이아가 막말을 삼가는 태도를 보이는 것은 몹시 오랜만이었 던지라, 해군 장교는 르옌을 유심히 살폈다. 희멀겋고 예쁘장한 북 부 여자라는 사실 말고는 그다지 특별할 게 없어 보였다.

르옌은 다시 한 번 잔을 가득 채운 따뜻한 술을 그대로 목 안쪽으 로 털어 넘겼다. 카헤이아는 지지 않고 잔을 비우더니 슬며시 한쪽 입꼬리를 올렸다.

"파사드가 계속 이쪽을 쳐다보는군."

"신경 쓰입니까?"

"날 보는 건지, 널 보는 건지 궁금한데."

카헤이아의 중얼거림을 무시한 르옌이 관심 없는 투로 물었다.

"시친은 무얼 대가로 라르크에 합류한 겁니까?"

"한 잔 더."

카헤이아가 장교를 향해 빈 잔을 들어 올려 보였다. 곁에서 술 따르는 시종으로 전락해 버린 덩치 큰 장교는 우울한 표정으로 잔을 채웠다.

"꼭 대가가 있어야 하는 건가?"

"시친은 무상 봉사에 뜻을 두었을 만큼 관대한 이들이 아니지 않습니까?"

"아는 체하기는."

"아는 체라기보다, 예전에는 제법 알았습니다."

"예전에? 시친에 와 본 적이 있나?"

"제가 답을 들을 차례가 아니었습니까?"

"그런 규칙이 있었나?"

잔이 차는 순간, 두 여자는 노골적으로 서로를 바라보며 그대로 한 잔을 더 비웠다.

술 주전자를 든 장교의 손이 더 빨라졌다. 또다시 잔이 찼다. 오오오. 급기야는 그들을 향해 박수를 치는 군사들까지 출현하기 시작했다. 그러건 말건, 르옌과 카헤이아는 차분히 이야기를 주거니 받거니 했다.

"우리는 라르크의 왕에게 약속받은 땅을 받기로 했지."

"약속받은 땅?"

카헤이아는 스스럼없이 말했다.

"지금의 브류나크가 아니라 마지막 라르칼리아가 약속했던 문서가 있다. 그들은 약조를 이행하기로 했고, 우리는 이번 전쟁이 끝난 후 대륙 서부에 거점을 얻게 될 테지."

라르칼리아라는 말에 잠깐 멈칫하던 르옌이 삐딱하게 고개를 기울였다.

"……라르칼리아를 배척하는 북부의 브루나크가 미치지 않고서야 라르칼리아가 한 약조를 지키겠다 옥토를 내어 줄까. 이백 년 전이야 영토 확장 시기였고 지금보다 많은 옥토를 가지고 있었으니 상황이 달랐지만, 지금의 라르크는 그리 여유롭지 않을 텐데."

혼잣말처럼 이어지는 르옌의 말을 한 귀에 담던 카헤이아가 쏘아붙였다.

"우리가 북부의 사정까지 신경 써 줘야 하나?"

간격을 두고 침묵하던 르옌이 희미한 조롱의 기미를 내비치며 말을 맺었다.

"하기야 제가 당신들 사정까지 생각할 필요는 없지요."

서로 누가 잔을 비우자 말을 하는 것도 아니었는데 카헤이아와 르옌은 다시 동시에 잔을 입가에 가져다 댔다.

그러나 르옌의 잔은 입술에 닿지 못했다. 뒤에서 뻗어 온 손이 잔을 빼앗아 든 탓이었다. 반사적으로 고개를 돌린 르옌은 바로 등 뒤에 선 익숙한 사내를 발견하고 눈을 느리게 껌뻑였다.

언제 다가온 건지, 파사드가 서 있었다. 한 손으로 그녀의 술잔을 들어 올리고 선 사내의 낯빛은 온통 못마땅한 기색으로 만연했다. 파사드는 주기酒氣에 발그레해진 르옌의 양 뺨에 아주 잠깐 시선을 주었다.

카헤이아가 삐딱하게 빈정거렸다.

"왜 방해냐? 한창 재미있어지려는 차였는데. 그리고 파사드, 조금 전에 네 기사가 굉장히 불쾌한 말을 하더군. 라르크의 왕이 우리에게 약조를 지킬 리가 없다는 그런 주제넘은 말 말이야. 너는 어찌 생각하나?"

파사드가 느릿느릿 르옌을 향해 몸을 돌렸다.

"······불손한 언사는 삼가라. 그리고 르옌 데투아, 너는 환자다. 대중없이 술에 취해 회복을 더디게 할 셈인가?"

잠자코 섰던 르옌의 입가에 설핏 웃음기가 어렸다. 파사드의 눈이 르옌에게서 떨어질 줄을 몰랐다. 눈치 빠르게 알아차린 카헤이아가 슬며시 놀렸다.

"하나 묻자. 아까부터 날 보고 있었나? 아니면 이 여자를 보고 있었나?"

"궁금하긴 하군요."

설상가상 그새 죽이 맞기라도 한 사람처럼 르옌도 맞장구쳤다. 파사드의 미간이 좁아지는 것도 아랑곳 않는 태도였다. 수십 쌍의 눈알들이 그들에게로 향했다. 자칼린도 멀찍이 서서 그들을 주시하고 있었다.

한참이나 르옌을 내려다보던 파사드가 돌연 빼앗아 든 르옌의 술을 단숨에 비웠다. 얼결에 파사드로부터 빈 잔을 건네받은 해군 장교가 뒷걸음질로 카헤이아의 곁에 바짝 붙었다. 카헤이아는 그런 장교의 까끌거리는 뒤통수를 툭 때리며 파사드를 비웃었다.

"뭐하는 거냐?"

분위기는 이미 완전히 깨져 있었다. 풀어졌던 긴장감을 대신해 팽팽한 호기심의 시선이 그들의 온몸으로 쏟아졌다. 파사드는 도대체 무슨 생각인지 모를 눈으로 카헤이아를 직시할 따름이었다.

얼마간 불편한 시선을 감내하던 르옌이 주위를 한 번 둘러본 후 물러났다.

"아무래도 오늘은 먼저 물러가겠습니다."

카헤이아도, 파사드도 르옌을 잡지 않았다.

출구로 향하는 르옌의 등 뒤로 카헤이아와 파사드가 무언가 이야기를 더 나누는 것이 들렸다. 여전히 재미없게 산통을 깨는구나, 파사드. 카헤이아 너도 언사에 주의하는 게 좋겠군. 그다지 서로에게 호의적이지 않은 대화였다. 그러나 스스럼없이 이름을 부르는 두 사람의 분위기는 정돈되어 있었다.

'파사드.'

아무렇지도 않게 서로의 이름을 부르는 건 꽤나 다정하게 들렸다. 묘하게 거슬리는 일이다.

회장 밖으로 나온 르옌은 복도 한편의 짐들을 돌아보았다. 만에 하나의 사태에 대비한 폭력 사태를 막기 위해 수거된 검과 몇 벌의 코트들이 옷걸이에 걸려 있었다.

르옌은 세워져 있는 검들 사이 유독 키가 작은 푸른 단검을 집어 허리에 찼다. 그리고 한 팔에는 주인 모를 시친 해군의 두껍고 긴 코트를 걸쳤다.

사방은 고요했다. 순찰을 도는 적들의 인기척도 느껴지지 않았다.

레이리스는 나뒹구는 찬 술잔이 발끝에 치이는 것을 무시한 채 모포를 끌어다 얼굴까지 덮었다. 두꺼운 벽 너머로부터 흘러드는 바람 우는 소리가 차게 언 살갗을 에었다. 뺨에 닿는 한기에 몸이 얼어붙을 것만 같았다.

평소와 다른 기류 탓인지 불안한 예감에 등줄기의 솜털이 곤두섰다. 쇠약해진 몸뚱이로도 오감은 여전히 예민했다.

노곤한 두려움이 밀려오는 밤, 부러 인기척을 죽인 발소리가 울린다.

자박자박, 자박자박.

늘 들어오던 쿵쾅대는 기사의 발소리가 아니라는 걸 알아차리는 건 어렵지 않았다. 검 끝을 늘어뜨린 채 걸어오는 참수인의 것 같은 족성이었다.

불길한 예감은 늘 틀리는 법이 없다 했나. 레이리스는 제 감이 떨어지지 않았다는 데에 마르게 웃었다. 그 감이 스스로를 살리는 것이 아니라 스스로의 끝을 예지한 데에 그쳤다는 것이 못내 아쉬울 따름이다.

받아들일 수 없는 일은 아니었다. 이 정도면 라르크에서도 길게 살려 둔 것이다. 모르가나에 대한 고발은 고사하고 그들의 해소를 위해 폭행을 당하고, 강간을 당하는 쓸모조차 없어져 버린—아마도 그 수다스러운 명문 체사의 기사로 인해— 결박당한 채 밥만 축내는 계집 기사다.

하지만 죽고 싶지 않았다. 정말로 죽고 싶지 않았다.

살고 싶어 스스로 혀를 잘라 냈을 때의 절박하던 심상이 되살아났다.

그녀를 향해 달려오던 에일라. 언제나처럼 알기 어려운 무표정으로 그녀를 내려다보던 주군. 어린 꼬마 계집이었을 적부터 그녀를 희한탄 듯 무심히 챙기던 다른 마리포사 가문의 기사들.

발소리가 가까워질수록 두려움은 더욱 커졌다. 쇠사슬이 철걱철걱 거리는 소리가 났다. 복도의 찬 바람이 새어 들었다.

제가 이리도 나약했다. 부끄러울만큼 나약했다. 레이리스의 눈꺼풀이 서서히 감겼다. 젖은 회색 눈동자도 서늘한 어둠에 가려졌다.

레이리스는 천천히 허리를 숙이고 맨바닥에 이마를 맞대었다. 마리포사는 울지 않는다. 모든 일이 끝이 난 후에야 눈물이 허락되리라. 문을 열고 들어온 발소리의 주인이 얼굴 옆에서 멈추었다.

곧장 날아들 거라 생각했던 살수는 한참이 지나도록 없었다.

"네가 지금 유일하게 산 채로 붙잡혀 있다는 마리포사의 기사인가?"

북부의 억양을 지닌 여자의 목소리였다. 레이리스가 지친 고개를 들었다. 후드와 긴 코트를 덮은 한 라르크인이 서 있었다.

'그녀다.'

발로이드의 그녀였다.

"네 어미라는 기사가 너를 죽이라더군."

레이리스는 눈을 가느스름하게 뜨고 르옌을 올려다보다 이내 그녀가 뽑아 드는 푸른 단검을 발견하고 눈을 내리깔았다.

스릉.

검집을 스치는 날 소리는 살을 베어 내는 소리처럼 가느다랗다.

옳지 않은 선택이었다. 오래전의 그녀라면 하지 않을 일이다.

말편자 소리가 아예 들리지 않을 만큼 멀어진 후에야 르옌은 마구간 밖으로 나왔다. 멀어지는 그녀의 등 뒤로 푸르릉거리는 로델라의 길게 우는 소리가 들렸다.

르옌은 걸음을 멈추지 않았다. 뼛속 시린 바람이 새어 드는 무릎 아래는 감각이 없는 것처럼 무거웠다.

먼 공터 저편에서 군사들이 우르르 몰려나와 노래를 부르는 소리가 났다. 이 정도 남부의 추위는 고향의 향수조차 불러일으키지 못한다는 둥의 술에 취한 군인들이 할 법한 노래였다.

마구간의 처마 아래 멈춰서 다시 후드를 올려 쓰던 르옌의 움직임이 멎었다. 회색의 풍성한 털 코트를 입은 흑발의 사내가 남부의 겨울밤보다 어두운 눈동자로 그녀를 바라보고 있었다.

그의 시선이 조금 전 사령부의 허락 없이 달려 나간 한 필의 말이 사라진 방향으로 향했다가, 다시 그녀에게 되돌아왔다.

르옌의 입술이 작게 벌어졌다. 하얀 입김이 흩어졌다.

저벅저벅.

파사드가 그녀를 향해 다가왔다. 묵직한 걸음의 간격 새새로 분노 섞인 바람이 불었다. 명백히 노여움 어린 손길이 그녀의 팔뚝을 움켜쥐었다. 르옌은 물끄러미 그의 새까만 눈동자를 올려다보았다.

온전히 제게 쏟아지는 눈빛. 깊다랗고 까만, 그래서 더욱 고결하게 보이는 눈동자였다. 눈은 마음의 창이라고 했다.

"르옌 데투아."

찬 바람에 눈이 시리고 콧등이 시큰거렸다. 채 낫지 않은 동상을 입은 장갑 안의 손등도 건조하게 따가웠다.

팔목을 움켜쥔 손이 금방이라도 손목을 부러뜨릴 듯했지만, 그녀는 아무 말도 하지 못했다.

르옌이 나간 지 삼십 분쯤 지나 파사드 역시 자리를 회장을 벗어났다. 저들에게 조금 더 편안한 분위기를 만들어 주기 위함이었다. 파사드는 거처로 바로 돌아가지 않았다. 부상당한 롯사가 신경이 쓰였던 탓이다.

롯사는 말들의 명승지라 불리는 발도산 명마로 특히나 귀한 말이었다. 한데 일전 화살에 맞은 후 아직 부상이 아물지 않아 크게 예민해져 있었다.

그러나 마구간에 이르기 전 파사드는 낯선 여자가 해군 장교의 코트를 입고 말을 몰아 달려가는 것을 발견했다.

이른에 거주하는 여자일 리가 없었다.

모르가나에서 잡아 왔던 포로가 저와 닮은 얼굴을 했던 것이 언뜻 떠올랐다. 투명한 은회색의 눈동자는 그만큼 독특해 쉬이 잊히지 않는 종류의 것이다. 그러나 그럴 리가 없다고 생각했다. 마구간에서 르옌이 나오는 것을 발견할 때까지, 그럴 리 없다고 생각했다.

　그를 마주 본 르옌은 한 그루의 겨울나무처럼 서 있었다. 눈이 마주친 후에도 그러했다. 뺨을 에는 바람, 귓가를 스치는 냉기.

　가슴이 차게 식었다.

　르옌을 소파에 내동댕이치듯 밀쳐 앉힌 파사드가 문을 잠그며 끓는 음성을 내뱉었다.

　"네가 지금 무슨 짓을 한 건지 알고 있나."

　르옌은 아픈 내색을 삭였다. 장갑을 벗고 살 쓸린 손등을 매만지는 것만이 그녀가 표한 불평의 전부였다. 파사드는 소파 테이블의 건너편에서 그녀를 노려보았다. 눈빛은 당장이라도 죽이려는가 싶을 만치 살벌했다.

　사람 없는 곳으로 끌고 가기에 차라리 파사드 하나에게 들킨 것이 다행이다 싶었건만, 호락호락 넘어갈 분위기가 아니었다.

　결국 르옌이 얕은 한숨을 내쉬며 변명했다.

　"네 눈에는 어찌 보일지 잘 아는데……."

　"간자들을 군내에서 어찌 처단하는지 알고도."

　"너 말고는 아무도 못 봤잖아."

　지금 저걸 말이라고 지껄인 건가! 주먹을 꽉 움켜쥐고 르옌을 노려보던 파사드가 목까지 반듯하게 잠갔던 코트의 단추를 뜯어 풀었다. 뒷목을 누군가가 쥐어트는 것처럼 저렸다.

　언제부터였는지 모른다.

파사드는 그녀를 믿었다. 그녀가 머리를 짧게 잘라 냈을 때부터인지, 남몰래 숨어 우는 모습을 엿보게 되었을 때부터인지, 몇 번이고 발로이드를 적대하는 모습을 보아서인지, 죽은 기사의 시신을 업고 되돌아온 그때부터인지. 명확하게 짚어 낼 수 없는 시간의 어느 점부터 믿었다.

비록 유독 그에게 냉담하고 사납게 굴어 몇 번이고 화를 돋궜지만 그래도 믿었다. 허튼 짓은 하지 않을 거라는 믿음. 그러나 생각해 보면 그러지 않을 근거는 없었다.

파사드의 새까만 눈동자가 억누르지 못한 노기로 검게 형형했다.

"대체, 내가 네 망행들을 다 받아 줄 거란 자신감은 어디서 난 거냐?"

르옌의 눈이 느릿하게 파사드의 흔적이 곳곳에 남은 그의 방을 둘렀다. 본디 그의 장소가 아님에도 보름도 안 되는 시간 동안 이만치 진한 흔적이 남아 있었다. 그의 손이 닿았던 탁자 위에는 엎어 놓인 문헌들이 있었고, 주로 앉아 있었을 탁자 위에는 브류나크의 압인과 갈색 깃털 펜, 낡은 멘테가 반듯하게 접혀 있었다. 탁자 옆에는 작은 무기 걸이가 하나 서 있고 그 옆엔 갑옷이 반듯하게 닦인 채 놓여 있었다.

르옌은 조금 씁쓸하게 말했다. 약간의 미안함이 들었다.

"……네가 나를 여기까지 데리고 왔으니까."

근래의 파사드는 그녀에게 단순한 믿음 이상의 호의를 보였다. 태도가 변했다는 것은 기저 된 감정이 변했다는 것이다. 어떤 방향으로 달라졌는지도 그녀는 사실 잘 알고 있었다.

물론, 그녀에게는 크게 중요하지 않았다. 볼레트 군의관의 노파심을 모른 체한 것도 마찬가지의 이유에서였다. 파사드와 그녀의 관계는 라르칼리아와 브류나크라는 한계에 가로막혀 있으므로 우려할 만한 어떤 상황도 벌어질 수 없음이다.

　만일 파사드가 브류나크가 아니었다면 달랐을 것이다.

　브류나크가 아니었다면 이미 르옌은 저자를 어떤 형태로든 구워 삶으려 들었을 자신을 알았다. 그러나 파사드가 브류나크이기에 그 러지 못했다. 벨바롯트에게 무거운 빚을 진 기분은 지금의 그에게로 이어졌다. 벨바롯트가 페오그란을 왕위에 앉히지 않았다면, 파사드 는 어쩌면 지금의 라르크의 왕이 되었을 자였기 때문이다. 설명하기 어려운 부채감이었다.

　"그걸 말이라고 지껄이나?"

　저 가질 것 잃어버린 사내는 사실을 모르고 있고 앞으로도 영영 모를 터이다.

　"유구무언이라 입이 열 개라도 할 말이 없지만 변명이라도 하게 해 준다면 좋겠는데……."

　"르옌 데투아, 정말 네 입장을 완전히 잊은 건가? 내가 그간 네게……."

　아무래도 진정하고 제 이야기를 귀담을 것 같지가 않았던지라 르 옌은 무례를 무릅쓰고 그의 말허리를 잘랐다.

　"내가 아무리 발버둥 친다 한들 나 역시 사람 아니냐."

　"무슨 말이냐."

　"모르가나의 주둔지에서 그만한 운이 따라 홀로 도망칠 수는 없는 일이었다. 내 도주를 도운 것은 페이작이 아니라 페이작의 휘하에 있던 어떤 여기사였다. 너는 알지 모르겠지만 얼굴에 상처가 있고 키가 크고 코끝이 뾰족하고 눈은 청색, 아니 청록을 띠고 있었다. 일 전 사신으로서 모르가나를 방문했을 때 페이작과 함께 있었기에 이 미 서로 얼굴은 알았다. 그 계집이 제 목숨 걸고 나를 놓아주며 말하 더군."

"……."

"포로로 붙잡힌 말 못 하는 계집이 살아 있다고. 경위야 어찌 된 것인지 모르겠다만 내게 아직 살아 있는 자국의 포로를 명예로이 죽여 달라 하더군. 포로로 사로잡힌 계집이 당할 일이야 뻔했으니 존중할 법한 정신이다. 마리포사 소속이니 고문을 당하거나 윤간을 당하거나 폭력을 당하거나 무참히 살해당하거나 했을 테니까."

물론 자칼린이 그녀에게 허튼짓을 하려는 기사들에게 엄중한 경고를 내렸다는 이야기는 들었다. 아마도 오늘 그녀가 놓아주었던 여자 포로는 상상보다는 호사스럽게 갇혀 지냈을 터였다.

그러나 지금서 그 여자가 받았던 대우에 관한 것은 중요한 문제는 아니었다.

"브류나크, 어차피 그 계집은 제대로 아는 것이 없을 거다. 기껏해야 자칼린에게 들은 것들이 대부분일 터이니."

"너는 내가 그 단편적인 행동 하나만을 문제 삼고 있다 생각하나? 네가 무시하는 군율이 대체 몇 개인가. 그로 인한 결과는 생각지 않나?"

"나 또한 그 계집이 또다시 기운을 차려 전장에 달려 나와 베어 죽일 수많은 목숨들을 걱정한다. 그래, 저 계집이 또다시 전선에 나서 아군을 죽이려 들지 모를 일이다. 최악의 상황엔 내가 저 계집에게 죽을 수도 있겠지. 이백여 년 전의 나였다면 결코 하지 않을 일을 했어. 인정한다. 내 잘못이다."

"……."

"하지만 이건 저들이 나를 풀어 줬기 때문에 되돌려 주는 등가교환의 선의善意가 아니야, 브류나크. 네게 나의 행동을 이해해 달라고는 말하지 못하겠다."

입술을 일그러뜨린 파사드의 음성에 날이 섰다.

"선의가 아니다?"

"그저 내 탓이다. 내 모자람이다."

경직된 공기를 울리는 목소리에 목과 가슴 아래 어딘가가 죄어들었다. 파사드는 말을 잊고 그녀를 내려다보았다.

"그는……."

"……."

"그는 이백여 년 만에 다시 조우한 내 전우다. 내가 이리 말하면 네가 경멸할 것을 알지만 변치 않을 진심이다. 그런데 우리는 대화조차 나눌 기회가 없었다. 앞으로도 없을 테고…… 그에 미련 두려는 건 아니지만 나는 그 계집이 나의 명확한 뜻을 그에게 전해 주길 바랐다."

"무슨 뜻을."

"……."

"무슨 뜻."

"……."

"르옌 데투아."

"끝내야지 않겠나. 그 무수한 부당한 죽음들을."

두서 자른 말임에도 의미는 명확하였다. 르옌은 파사드가 그 뜻을 이해하지 못하리라 생각지 않았다.

그 전부터 막연히 인지하고는 있었지만, 할드로프 백작인 레작을 만난 후 줄곧 심해지던 자책감이었다. 라르칼리아들의 싸움에 휘말려 죽은 자들이 몇인가. 심지어 그들 대부분은 저 죽는 이유조차 모른 채로 전사한다. 그리고 늘 남은 자들은 고통 받는다. 벨바롯트가 언젠가 그리 조언했듯이.

때문에 제 자식 죽이라 말하던 여자가 더 인상 깊기도 했을 것이다. 르옌은 애써 합리화했다.

심기 뒤틀린 듯한 파사드의 힐난이 노골적으로 이어졌다.

"라르칼리아로 인한 전쟁? 너는 지금 이 전쟁을 너희의 전쟁이라 말했나?"

"……조금 과한 감이 적이 있는 표현이기는 하지만."

르옌은 그리 생각하고 있는 것이 사실이었다.

아무래도 파사드의 속이 제대로 뒤집어진 모양새였다. 평소처럼 인내나 평정으로 묻어 넘길 것 같지가 않다.

한참을 파사드를 바라보던 르옌이 노선을 바꾸었다.

"벌한다면 받겠다. 하지만 이해해 준다면 나는 내가 지난번 약조했던 대로 전쟁을 끝내기 위해 무엇이든 하겠다."

갑자기 순순해지는 르옌의 태도는 되레 파사드의 머릿속을 어지럽게 했다.

파사드가 마른세수하듯 얼굴을 쓸어 올렸다.

"이 전쟁에 너 따위가 필요하다 생각하나. 그리고 나는 네 제안을 완벽하게 승낙하지 않았다."

"결정도 네 뜻이지. 그래, 이해한다. 하지만 내 제안이 약간의 모험이 될지언정 성공한다면 가장 큰 성과를 얻으리라는 건 너도 잘 알고 있을 거라 생각한다."

파사드는 노기를 이기지 못하고 말을 고를 새도 없이 씹어뱉었다.

"오래전 그리 성과만을 바라 멋대로 날뛴 너의 말로가 어땠는지 잊었나."

그 후에 찾아온 것은 적막이었다.

잊힌 벽이 두 사람 사이의 간격을 점했다. 예상치 못한 파사드의 비난에 르옌은 한동안 말이 없었다. 그녀의 눈동자는 둘 곳을 잃은 것처럼 그의 턱으로, 목덜미로, 오르내리는 가슴으로, 발끝으로 옮겨 갔다. 붉은기가 감도는 갈색 눈동자 깊숙이에 생채기가 났다.

영원히 열리지 않을 듯 다물린 입술을 내려다보는 파사드의 가슴이 일순 세게 죄어들었다. 잇따라 차게 굳었던 가슴이 다시금 뜀박질했다. 혀가 낸 상처는 피 흘림 없이 아프다 하였다. 상황의 경중에 비해 결코 지나친 언사가 아니었음에도 파사드는 짧은 순간 후회했다.

얼마간 그리 앉아 있던 르옌은 화를 내거나 하는 반응 대신 처연한 미소로 그를 올려다보았다. 르옌의 손이 무의식처럼 뒷목을 덮어 만졌다.

"……그리 날뛰다 참혹한 말로를 맞이했던 내 저서를 꽤나 애지중지 끼고 다녔던 네가 그리 말한다니."

"……."

"네가 왜 화가 난 건지도 안다. 어찌 되었건 지금 내게는 어떤 권한도 없고, 군율을 가벼이 여긴 것이 맞다. 내 스스로를 모범 되게 통제하지 못했다. 실망시켜서 미안해. 다만 알아줬으면 좋겠어, 나는 너만큼은 실망시키고 싶지 않았어."

파사드가 숨을 고르듯 입술을 다물었다가 침착을 가장해 반문했다.

"왜?"

"왜냐니. 너는……."

"네 눈에는 내가 벨바롯트 파사드 브루나크와 같은 자로 보이나. 네 모든 것을 감당하고 그 망행을 다 받아 줄 것처럼 보였던가."

"'너는 날 믿어 주었으니까.'라고 말하려 했는데."

"믿음에 대한 보답이 고작 이건가?"

결국 끝에 이르러 파사드는 거칠게 씹어뱉었다. 잠자코 그를 듣던 르옌은 그의 반감이 오롯이 제게 향해 있지 않다는 것을 깨닫고 작게 입술을 벌렸다.

"……너는 내게 벨바롯트가 어떤 의미인지 전혀 몰라 그리 말할
수 있는 거야."

"……."

"브류나크, 나는 너를 보며 벨비를 떠올릴 수는 있지만 너와 벨비
를 동일시할 수는 없다. 벨비는 단순히 내 부군 이상의 존재니까. 네
가 그만 못한 존재라는 것이 아니라 비교 자체가 불가능해."

"……."

"너희는 어찌 알고 있는지 모르겠지만 그는."

이야기를 듣는 내내 파사드의 머릿속은 이제껏 겪어 보지 못한 탈
력감으로 짓뭉개지는 듯했다. 심박이 빨라졌다. 진실인지 거짓인지
조차 분별할 수 없는 역사의 뒤안길에 잠든 이야기를 듣고 싶지 않
았다.

하지만 그녀는 말을 멈추지 않았고 파사드는 멈추라 말하지 못했다.

"내 부군이기도 했지만 내 스승이기도 했다."

"……."

"주인 떠난 빈 성을 맡기고 떠나도 좋을 만큼 가슴 깊이 신뢰했던
내 사람이었다. 너도 왕성이라는 곳이 얼마나 폐쇄적인지는 짐작할
수 있을 거다. 좁은 궁에서 태어나 자란 왕녀의 시계는 고만고만할
수밖에 없다. 우물 안의 개구리처럼 늘 같은 것만 보고 늘 같은 음식
을 먹고 마시니 그럴밖에. 먼 곳을 보기 위해 아무리 높은 탑에 올라
도 눈 닿는 곳이라고는 뮈아드로의 전경뿐이지. 그만치 좁은 세상이
었다. 그리고 그런 내게 전쟁이나 사람들의 진솔한 갈등에 대한 이
야기, 변경의 이야기, 그가 살아온 세상의 이야기를 해 주며 하나하
나의 현실과 조언을 새겨 준 것이 그였다."

태생의 사랑과 욕심으로 백성들을 눈여기는 그녀에게 남자의 숱한 조언이 있었다.

─전쟁은 많은 사람들을 다치게 합니다. 이와 같은 부상도 입을 수 있지요. 하지만 때로는 상처를 감당하고 싸울 수밖에 없습니다. 우리가 조금 부상을 당하는 것으로 전 영지의 백성들이 편안하게 잠들고, 우리를 믿고 경작과 생활을 할 수 있는 기반을 마련할 수 있습니다. 때문에 백성들을 위해 검을 드는 것이야말로 기사들이 검을 드는 참된 의미입니다. 전쟁 역시, 백성들을 위해서라면 감당해야 할 우리 귀족들의 몫입니다.

벨바롯트를 알기 전까지의 어린 왕녀는 그녀에게 있을 전쟁은 형제들과 마찰뿐이라 믿었다. 제게 주어진 옹색한 한계 안에서 백성들에게 아쉬운 선의를 베푸는 것만이 전부였던 시절, 그녀를 일깨운 것은 공교롭게도 벨바롯트였다.

결국 벨바롯트는 말년의 그녀를 막지 못했고, 그로 인해 흘린 피를 보상하기 위해 라르칼리아에 반기를 들었으나 그럼에도 한 번 쌓인 시간은 퇴색되지 않는 법이다. 가슴에 괴인 시간은 영원토록 그리 남을 것이다. 숨 다하는 날까지.

"더 나음과 더 모자람의 차이가 있기에 너와 그가 다르다 말하는 게 아니다. 내가 너에 대해 아는 것이 적기 때문에 비교할 수 없다 말하는 것도 아니야. 그저 다른 사람이기 때문이다. 내가 이백여 년 전의 여왕이 아니듯, 너 역시 그가 아니다. 결코."

"……."

"결코 같을 수가 없다. 너와 벨바롯트는 다른 삶을 사는 사람이야."

그 이름, 입 밖에 내는 것만으로도 가슴이 쓰린 그리움이 일었다.

끝나지 않고 되돌아온 시간은 그녀의 세상을 엉망으로 만들었다.

남은 것이라고는 추억과 참회뿐이었다. 말라 박제된 남부의 푸른 나비와 함께.

하지만 조금은 우습기도 하다. 저 스스로 그때의 자신이 아님을 부정하면서도, 짊어져야 할 무게는 한결같았다. 가벼워지는 법도, 더 무거워지는 법도 없이. 하지만 어쩌랴. 시간은 여전히 그녀의 가슴에 흔적처럼 새겨져 있었다. 페이작의 가슴에 그리 남아 있는 것처럼.

그리고, 이제 단장斷腸의 심정으로 페이작을 외면한 그녀에게 남은 것은 그녀라는 사람의 본질을 알아주고 믿어 주는 파사드뿐이었다.

"……네 이름마저 그와 닮은 것은 우연이겠지. 내가 너를 이 전장에서 조우하게 된 것도 우연이겠지. 해서 그 지독한 우연에 어쩔 수 없이 간혹 그를 떠올리게 된다 해도, 나는 너를 처음 본 날부터 알고 있었다. 너는 분명히 그와는 다른 사람이라고."

파사드는 돌연 목이 타들어 가는 갈증을 느꼈다.

벽을 따라 늘어선 서랍으로 다가간 그는 말없이 서랍 위에 놓여 있던 술병을 기울여 잔에 술을 따라 채웠다. 등 뒤에서 르옌이 일어서는 인기척이 느껴졌지만 뒤돌아볼 수가 없었다.

머릿속은 어지럽다. 제가 뱉었던 말, 르옌이 뱉었던 말, 온갖 것들이 죄 뒤엉켜 있었다. 연거푸 두 잔을 털어 넘긴 파사드는 다시 잔을 채운 후 몸을 돌리다 멈칫했다.

"브류나크."

르옌은 바로 그의 앞에 있었다. 한 뼘은 훨씬 작은 그녀가 아이처럼 고개를 들고 그를 올려다보고 있었다. 스스로를 포기하고 이곳에 남은 여자의 목덜미에는 상처가 선연하다. 파사드는 무의식적으로 잔을 쥔 손에 힘을 주었다.

"내 목소리를 외면하지 마라."

파사드의 손끝이 미약하게 떨렸다.

르옌은 언젠가 올조르를 바라볼 때와 닮은 절박함으로 그가 무너지길 기다리는 것처럼 올려다보고 있었다. 불안과 간절함이 두서없이 뒤엉킨 시선이 그의 검은 눈동자를 옭아맸다.

"나는 네가 필요해. 너 하나만 필요해. 내가 지금 온 진심을 다해 바라는 건 너 하나다. 벨바롯트가 아니라."

가슴 어딘가가 뜨겁게 맥박질 하는 듯해 파사드는 입술을 당겨 물었다.

"지금 내 앞에 있는 너 한 사람."

르옌의 손이 파사드의 소매에 닿았다. 손끝이 스쳤다.

복잡하던 머릿속의 수많은 단상들이 일순간 송두리째 뜯겨 나갔다.

뇌리를 후려치는 적나라한 경고도 무용지물의 것이 되었다. 제멋대로 뻗어 나간 손이 쥐고 있던 잔을 내팽개치기까지는 오래지 않았다.

한 손으로는 르옌의 턱을 움켜쥐고, 한 손으로는 그녀의 허리를 바짝 끌어당긴 파사드는 그대로 그녀의 입술을 삼켰다. 너 하나만 필요해. 그 뇌까림도 함께 삼켰다.

댕그랑. 떨어진 술잔이 바닥을 나뒹굴었다.

입술과 입술이 스치고 맞닿는 짧은 찰나의 온도가 뜨거웠다. 맞닿아 비벼지는 감촉에 온몸이 전율로 부서질 듯했다. 강제로 밀어 벌린 입술 안쪽으로 파고든 혀 끝에 르옌의 신음이 걸렸다.

늘 제게만 냉담하여 거리를 두던 여자의 안쪽에 맞닿아 있다. 목마른 이처럼, 성이 난 것처럼 난폭한 입맞춤이었다.

입술을 비비고 문지르고 부딪치는 일련의 행위 중간중간에 르옌이 무언가를 말하려는 듯 고개를 돌리려 했다. 그러나 그녀의 허리를 꽉 당겨 붙이는 파사드의 팔에 더 힘이 들어갈 뿐이었다.

르옌은 피하지 않고 조금씩 응수했다. 어느새 입맞춤은 양방의 것이 되었다. 르옌의 손끝이 파사드의 뒷목을 스쳤다. 파사드는 그도 모르게 르옌을 침대로 밀쳤다.

내팽개쳐지듯 침대에 주저앉은 르옌이 불현듯 상처에 무리가 간 것처럼 허리를 감쌌다.

"……아."

엷은 통증이 배어나는 신음과 함께 파사드의 움직임이 뚝 멎었다. 조금 전까지 게걸스레 여자를 탐했던 그의 입술이 서서히 다물렸다.

파사드는 침대에 주저앉은 작은 여자를 바라보았다. 제 정신이 어찌 된 건가?

르옌은 아랫입술을 살짝 문 채로 제 허리를 내려다보고 있었다. 슬며시 옷을 들추어 붕대 안쪽에 피가 배는지 확인하는 모양새가 조심스럽다.

파사드가 그도 모르게 욕지거리를 내뱉으며 뒤돌았다. 르옌은 몸도 성치 않은 여자였다. 그런데 지금 제가 무얼 하려 했나. 대체 이 막무가내의 무뢰배 같은 짓은 무언가.

"빌어먹을."

미친 게 분명하다. 이래선 안 되었다. 이건 아니었다.

애초에 르옌은 스스로가 라르칼리아라 주장하는 여자였다. 또 그게 아니라도 지금은 전시였다. 정언의 명령은 그가 지금 느끼는 이 욕망이 욕망 자체로 옳지 않은 일이라 아우성쳤다.

얼마간 상처를 살피던 르옌은 뜻밖의 욕지거리 소리에 고개를 들었다. 다행히 상처는 잘 아물어 가고 있었던지라 다시 터지거나 하지는 않았다.

파사드는 불에 덴 아이처럼 아픈 혼란을 간신히 삭이고 있었다. 조금 전의 입맞춤을 후회하고 있었다. 부드러운 침대의 이불을 손바닥으로 느릿이 쓸어 내며 르옌이 그를 불렀다.

"브류나크."

고작 이름자 부른 것만으로도 파사드의 어깨에 힘이 들어가는 것이 보였다.

파사드는 이성과 본능 사이에서 전에 없는 격렬한 갈증을 느꼈다. 기밀 문서들이 잔뜩 놓인 이 방에 르옌을 두고 나가는 것은 여의치 않지만, 그러지 않는다면 도저히 이 정신 나간 욕망이 멈추지 않을 것만 같았다.

막 그가 방을 나서기 위해 한 발자국 떼었을 때였다.

"……너라면 괜찮아."

얕게 뜬 그녀의 허락이 이성을 놓지 않고 마지막으로 들을 수 있었던 말마디였다.

이성은 박살이 났다. 머릿속에 남은 것이라고는 지금 손에 쥔 여자를 놓치고 싶지 않다는 욕구뿐이었다.

아주 찰나, 엘히엔의 얼굴이 떠올랐을 때 그는 이미 르옌의 목덜미에 얼굴을 파묻고 있었다. 그녀의 목덜미에는 여전히 누군가에게 물어뜯긴 상처가 남아 있었다. 어쩌면 제국군의 누군가가 손댔을지도 모른다. 어쩌면 발로이드인지도 모른다. 그리도 눈에 거슬렸던 상처였다. 핥고 어르며 그 위에 제 입술을 문질렀다.

입술이 그리 제멋대로 그녀를 더듬는 동안, 그의 귀는 제 무게에 짓눌려 가빠 오는 르옌의 숨소리를 들었다. 파사드는 그의 뜨거운 혀가 핥고 지날 때마다 바르작거리는 그녀의 손을 세게 움켜쥐었다가.

"아파."

짧은 신음에 멈칫했다.

"정말로."

르옌의 자그마한 목소리는 파사드가 이제껏 들어온 그 어떤 신음보다도 자극적이었다.

파사드는 르옌의 흐트러진 머리칼 새로 손가락을 밀어넣어 자그마한 머리통을 감싸 쥐었다. 아직 약재 냄새가 가시지 않은 채다. 파사드는 미처 상처가 낫지 않은 그녀의 손등을 바라보았다. 여자의 손이라기에는 온통 상처투성이인 거친 손등이다.

르옌의 시선이 그를 따라 움직였다. 넋을 놓고 그녀를 응시하던 파사드는 돌연 스스로에게 부레가 끓었다.

일생 모두가 너는 시왕과 같은 위업을 이루라 했다. 그리고 그녀는 그가 어릴 적 자라 왔던 푸른 정원의 주인이었다.

이 길은 일생 부정했으나 끝내 납득해 버린 그 사내를 좇는 것과 같았다.

―결코 같을 수가 없다. 너와 벨바롯트는 다른 삶을 사는 사람이야.

다르게 살 수 있다. 지금이라도 이 정염을 잘라 내고 멈추고 그만두면 그는 다른 삶을 살 수 있다. 그러나 그는 지금 오래전의 누군가와 같은 길을 걸으려 하고 있었다.

하지만 너는, 무슨 생각으로 거부하지 않는 건지.

파사드와 눈이 마주치자 그녀는 부끄러운 것처럼 고개를 돌렸다. 그를 보는 순간, 다시금 기묘한 열기가 솟구쳤다. 눈앞을 깜깜하게 환하게 막막하게 어지럽게 만들었다.

파사드는 반대 손으로 그녀의 손을 깍지를 껴 쥐었다. 그녀의 붉게 부푼 입술에 시선이 이르는 순간, 조금 전까지 그리도 중요한 듯 느껴졌던 것들이 모두 하찮아졌다.

그의 눈동자는 차례차례 그녀를 범했다. 적갈색의 머리칼, 고스란히 드러난 상기된 뺨과 숨을 헐떡일 때마다 함께 움직이는 매끄러운 턱선, 그에 맞닿은 귓불까지. 눈 닿는 곳 어디 하나 놓치지 않고 새겼다.

다물린 붉은 입술이 신음과 숨소리를 고집스레 가둔 것을 느꼈다. 물어 벌리고 싶고 저 다물린 입술을 열어젖히고 싶은 충동이 일었다. 그녀의 턱을 움켜쥐려는 파사드의 손이 닿기 전, 그녀의 입술이 스스로 열렸다.

열기에 갇혔던 그의 시간이 다시 깨어났다.

"브류나크."

지독한 여자. 파사드는 그녀의 혀로부터 태어나는 귀 익은 음절들을 그대로 받아 삼켰다.

순간의 시간들이 어떻게 기워지고 붙여진 것인지조차 기억이 흐릿했다.

현실인지 꿈인지조차 분간이 가지 않았다. 그러는 사이 르옌의 옷은 헐벗겨졌고 파사드의 옷 역시 그녀의 손길에 어지럽게 침대 아래로 흘러내렸다.

붕대로 감긴 그녀의 복부에 경의로 입맞춤의 경배를 올리고 드러난 가슴을 욕망과 정염을 담아 탐했다. 이성은 휘장보다 엷게 흩어져 너울 쳤다.

근육으로 단단한 파사드의 팔뚝이 그녀의 허리를 당겨 받쳤다. 허리가 들린 르옌의 고개가 자연스레 젖혀졌다. 그녀의 가슴은 그의 한 손에 움켜 쥐었다.

르옌은 작은 짐승처럼 바르작거렸다. '아' 하는 짧은 신음이 울렸다.

파사드의 입술이 빠르게 오르내리는 르옌의 희디흰 젖가슴과 쇄골 사이 언저리에 진한 자국을 남겼다. 르옌의 팔이 그의 뒷목을 당겨 안았다. 단단한 바위처럼 그녀를 짓누르고 있던 파사드는, 마치 바람에 쓰러지는 종이처럼 그녀의 손길에 이끌렸다.

입술이 열리고 자연스레 방문하는 혀를 받았다. 감정을 내어 주고 숨을 돌려받는 행위였다.

쓸고 쥐고 움키고 스치고 맞닿고 부딪치고 더듬는 동안 파사드의 손은 그녀의 움푹 들어간 등허리에 이르렀다. 상처가 손끝에 닿았다.

파사드가 상체를 일으켜 르옌을 내려다보았다. 그녀의 눈동자에도 열기가 배어 있었다. 여느 때보다도 더 선명하게 눈에 박히는 짙붉은 눈동자였다.

그의 가슴은 풍랑에 휩쓸렸다. 그녀를 강제로 돌려 눕힌 파사드는 빗어 놓은 듯 아름다운 곡선의 뒷모습을 내려다보았다.

파사드의 입술이 힘없이 다물렸다. 거친 신음이 잇새로 샜다. 가쁜 호흡을 다지며 파사드는 흉터투성이가 된 그녀의 등을 한참이고 내려다보았다.

―왜?

그녀의 음성이 멀었다.

르옌이 고개를 돌리려 했다. 파사드는 몸을 기울여 그녀의 흉진 날갯죽지에 이마의 무게를 실었다.

아름다운 몸이었다. 일평생 지워지지 않을 흉터들이 그녀의 고결함을 완성하는 하나하나의 부분처럼 느껴졌다. 그녀의 상처를 피해 허리를 쥔 손에 힘이 들어갔다. 화가 날 정도로 그를 미치게 하는 여자였다.

여기까지 무너져 버린 스스로가 경멸스러웠다. 빠르게 뛰는 르옌의 맥박이 그의 정신까지 녹였다.

─아파.

그도 모르게 가해진 힘에 르옌이 칭얼거리듯 중얼거렸다.

파사드는 그녀의 날갯죽지에 입술을 누르며 눈을 감았다. 붕대로 감긴 복부도, 아물지 않은 동상을 입은 손도, 길게 남을 고초의 흔적도, 전부 그의 눈을 아프게 했다.

파사드는 그녀의 움푹 패인 등뼈를 따라 입 맞추었다. 상처들을 스쳐지나 아래로. 아래로.

그의 입술 사이로 뜨거운 열기 섞인 숨이 흘러나와 스칠 때마다 르옌의 등허리는 희미하게 경직되었다. 그녀의 피부가 움찔할 때마다 파사드의 입맞춤도 멈추었다. 그럴 때면 달뜬 숨이 섞인 다정함이 그를 불 지폈다.

─괜찮아…… 브류나크. 멈추지 마, 브류나크.

그리 말하며 그를 어루만졌다.

어느새 그들은 실오라기 하나 걸치지 않은 몸으로 뒤엉켰다.

─움직일 거다.

파사드는 짧게 경고했다.

깊숙이 파고드는 무게감에 르옌은 숨이 넘어갈 듯 헐떡였다. 파사드는 멈추지 않았다. 멈출 수가 없었다. 결코 꺾이지 않을 것 같은 여자가 그의 팔 안에서 그의 몸에 녹아내리는 모습에서 눈을 뗄 수가 없었다.

다 구겨진 침대의 이불이 사각사각 살 스치던 소리는 이내 삐걱삐걱하는 소음에 묻혔다. 그녀의 매끄럽고 곧은 종아리가 그의 허리를 휘어 감았다. 그의 둔부에 힘이 들어갈 때마다 그녀의 발끝이 떨렸다.

이미 두 사람은 땀투성이였다. 장작을 더 지피지 않아도 그들은 그 자체로 불타올랐다. 마주 본 채 맞닿은 입술은 끊임없이 숨결과 타액을 주고받았다. 숨결 새새로 신음이 터졌다.

—아파.

그녀라는 여자와 어울리지 않는 생소한 애원이었다. 외려 더 피가 몰리는 듯했다. 숨찬 신음만이 그가 돌려줄 수 있는 답의 전부였다.

—브류나크, 제발.

울음처럼 애원하며 르옌의 땀에 젖은 팔은 그를 더욱 바짝 당겨 안았다.

파사드 역시 아팠다. 그는 제 어디가 아픈 것인지 모르겠다는 생각과 함께 아프다는 생각을 했다. 그러나 뜨겁게 젖은 그녀의 안으로 스스로를 파묻으며 더는 아무 생각도 하지 못하게 되었다.

지금 이 순간 르옌은 그런 존재였다. 그에게 정복당하고 있음에도 그를 정복하고 있는 여자였다.

르옌의 손가락에 걸린 이불이 터무니없이 구겨졌다. 부어오른 입술로 그녀가 내뱉는 신음은 교태에 불과했다. 그녀의 가장 안쪽 깊숙한 내부, 누구도 닿지 못했던 곳에 제 몸을 비비고 문지르는 동안 파사드는 전쟁도 스스로도 잊었다.

누구의 것인지 모를 땀이 흘러내렸다. 누구의 것이라도 좋을 일이다.

파사드는 르옌이 그에게 허락한 다리 사이의 비좁은 곳을 헤매었다. 살과 살이 부딪치는 비명과 젖은 맨살에 스치는 이불의 사각거림이 규칙적으로 공기를 흔들었다.

그녀의 허벅지를 움켜쥐고 가장 깊숙한 곳까지. 계속해서. 가장 깊숙한 곳까지. 그 생각뿐이었다.

자그마한 그녀를 무작정 끌어안고 저를 밀어 넣고, 젖가슴 아래의 요란히 박동하는 심장 소리를 들으며 그녀의 몸이 부서져라 밀어붙였다. 간신히 그의 입술에서 해방될 때면 그녀는 그의 이름을 불렀다.

—브류나크.

그녀는 목소리만으로 그의 귀를 애무했다. 파사드는 흥건히 젖은 시트를 밀어내고 다시금 집요하게 그녀를 내리눌렀다. 그녀는 고집스레 그를 받아 삼켰다. 목마른 이처럼 혀를 나누었다. 간헐적으로 그의 몸에 힘이 들어갈 때면 그녀는 신음 대신 그를 갈망했다.

—브류나크.

부서진 이성 사이로 찾아드는 찰나의 죄책감이 그를 멈추게 할 때면, 그녀가 그를 불렀다.

—브류나크, 멈추지 마라.

신음마저 끊어질 만큼 격렬한 몸짓이었다. 떨어질 듯 멀어졌다가, 거세게 맞닿기를 반복했다. 단 한 순간도 떨어질 수 없다는 양 엉겨붙어서.

르옌은 이내 비명 삼킨 듯한 숨소릴 흘리더니 몸을 떨었다. 갑갑한 가슴 죄듯 그녀가 그를 죄었다. 눈앞이 아찔한 절정감, 해방감, 정복감…… . 그는 그녀의 안에 몇 번이고 녹아들었다.

몇 번이고.

가장 깊숙한 곳까지.

그 생각뿐이었다.

2장

2장

입김마저 얼어붙을 것 같은 날씨였다. 그들은 차가운 굴 안에 있었다.

아르도니스의 조촐한 땅으로 위풍당당한 차림을 하고 떠난 지 어언 보름, 불의의 사태를 마주하고 이런 꼴이 된 데에는 불안보다는 노여움이 더 컸다. 깎아지른 벼랑 아래에 웅크려 체사의 원군을 기다리는 그들의 몸을 녹여 주는 것은 동굴 입구에 놓인 모닥불 두어 개뿐이었다. 그마저도 혹여라 습격했던 자들의 눈에 밟힐까 작디작다.

스완의 상아색 드레스는 이미 지저분한 흙과 진흙투성이로 빛을 잃은 지 오래였다. 반듯하게 틀어 올렸던 머리칼이야 말할 것도 없었다. 귀한 백여우의 털로 만든 코트 역시 누리끼리한 물이 들어 원색을 잃었다.

그 위로 모포를 하나 덮은 채 동굴의 벽에 기대어 앉은 스완은 무심한 눈으로 반대편 벽을 응시했다.

—누님, 부상은?

　—이 정도는 괜찮다.

　그녀의 팔뚝에 길게 까진 상처가 났다. 이곳으로 피신하는 도중 어딘가에 긁힌 탓이었다. 페이작은 입고 있던 두꺼운 핏물 물든 코트를 벗어 그녀의 몸에 감쌌다.

　—누님, 피 냄새가 지워지지 않아 역하더라도 조금 참아라.

　—너는?

　—이 정도는 괜찮다.

　같은 말을 되돌려주는 동생을 향해 스완은 가소롭단 듯 웃었다.

　페이작의 흰 갑옷은 눌어붙은 피범벅이었다. 도주하는 내리 전투가 끊이지 않았다. 지금은 안전히 피신했지만 깨끗이 닦아 내지 못해 쇠비린내가 풍겼다.

　스완은 몹시 노곤한 얼굴로 굴 밖의 망을 서는 기사들을 못마땅히 흘겼다.

　—한참 멀었군.

　페이작은 발치에 걸리는 투구를 치워 내고 그녀의 곁에 앉아 말했다.

　—곧 카난소 경과 체사가 올 거다.

　—그래.

　—조금만 참아라. 그보다 부상부터 보여 봐, 누님.

　스완은 찢긴 드레스의 소매 사이로 벌건 자상이 난 팔뚝을 들어 올려 보였다. 페이작은 다소 차가운 눈동자로 그를 내려다보다 말없이 감싸 쥐었다. 조금의 온기라도 더해 주기 위한 노력이었다.

　스완은 흘러내린 긴 머리칼을 신경질적으로 쓸어 넘긴 후 명령했다.

　—이리 와.

　그녀가 덮고 있던 모포를 펼쳐 보였다.

─지금 내 몸이 차.

─그러니 오라는 것이지. 두 번 말하게 마라.

─싫다.

─페이작.

스완의 눈매가 서늘히 치켜뜨였다. 페이작은 마지못한 얼굴로 스완의 옆에 다가가 나란히 기대어 앉았다. 한 뼘 정도의 거리를 남긴 채였다. 혹여라 그녀에게 제 냉기가 번질까 우려한 탓이었다.

스완이 모포를 그쪽으로 끌어 덮으며 서늘히 일갈했다.

─붙어.

갑옷 안에 몇 겹의 안감을 덧대어 입었는지 따위를 설명해 항명한다 해도 소용없을 일이었다. 페이작은 고개를 절레절레 저으며 바로 그녀의 곁에 붙어 앉는 대신 차가운 쇠갑옷의 이음새를 끌러 탈갑했다.

스완이 악의 없이 빈정거렸다.

─괜스레 유난이구나. 다시 그놈들이 습격하면 어쩌려고.

─맨몸으로도 누님 하난 지킬 수 있다. 모르나.

─내 몸은 내가 지켜. 넌 새신랑의 몸뚱이나 골병들지 않게 건사하란 말이야.

고집을 그치지 않고 하얀 갑옷을 벗어 얇은 가죽 갑옷만 남긴 페이작은 그녀의 옆에 바짝 붙어 앉았다. 스완이 팔을 페이작의 허리에 두르며 그의 어깨에 머리를 기댔다.

─새신랑에게 이런 악재가 일다니 예감이 좋지 않은걸. 아르도니스 녀석들도 굼떠서는…… 새신랑을 마중 나오라는 그 간단한 것도 제대로 못해.

─그래도 아까 습격해 온 녀석들 중에서 안탈의 아들을 발견했다. 잡아 족치면 지난번부터 누님의 행보를 흘리고 다니던 내부의 끈도

잡힐 테니 결과적으로 좋은 일이지. 물론, 누님이 지금 이런 불편을 감수하게 된 데에는 죗값을 치러야겠지만.

—그러고 보니 안탈의 계집이 네게 추파를 던졌던 적이 있지. 그에 앙심을 품고 네게 결투를 청했다 죽은 것이 안탈 부족의 아들들 중 하나였던 걸로 기억하는데…… 네가 그 천박한 계집을 못 견디게 홀려서 이 사단이 났나?

스완은 농담을 섞어 빈정거렸다. 여전히 기분이 누그러들지 않은 기색이 역력하였다. 페이작이 엷게 웃으며 그녀의 가는 허리에 팔을 감아 안았다. 체온을 나누기 위해서였다.

—내가 누님과 같나. 홀리기는 누굴.

바짝 붙어 앉은 두 사람은 그 후로 한참을 말이 없었다. 얼마간 흐릿하게 번지는 입김을 응시하던 스완이 불쑥 물었다.

—아르도니스의 딸이 어디가 그리 마음에 들던?

예상치 못한 질문에 페이작은 웃기만 했다. 달리 대답할 수가 없었으므로. 스완은 답지 않게 호기심을 감추지 않고 답을 보챘다.

—말해 봐. 이 누이에게도 말하지 않을 심산이냐?

—누님, 이 와중에도 그게 궁금해?

—내 하나 남은 동생이 늦장가를 가는데 당연한 것 아니냐. 그리고 라르크 제일 기사를 꾀어낸 그 계집도 다시 보게 됐지.

—…….

—헤드리 아르도니스는 네게 푹 빠진 듯해 보이더구나. 너도 그 아이가 좋다니 말리지는 않았다만, 나메인 왕자가 무슨 생각으로 너를 받아들인 건지는 알겠지.

스완의 음성은 평소와 다름없이 잔잔하게 동굴 벽을 때렸다. 그러나 그 안에 잔향처럼 섞인 경고를 모를 리가 없었다.

―누님을 피하기 위해서 나를 갖겠다는 건데 내게 그만한 가치가 있다니 기뻐할 일이지.

―네 가치는 늘 그 이상이다. 너는 나와 같으니까.

―…….

―그래서 여전히 비밀이냐?

이길 수가 없다. 누님은. 페이작이 낮게 웃으며 스완의 정수리에 턱을 괴었다. 그녀가 제 얼굴을 보지 않았으면 했다.

―누님, 그녀는 아름다워.

―어디가 가장 마음에 들던?

―그녀의 붉은 머리칼은 정말 아름답다.

―너만 못해. 넌 왜 이미 네가 가진 것을 탐내나? 차고 넘치는 것이 라르크의 계집인데.

―누님은 그냥 아르도니스가 마음에 들지 않는 거지?

장난스레 되돌아오는 답에 스완은 작게 웃으며 페이작의 어깨를 쳤다. 페이작은 그녀를 더 꽉 끌어안으며 느른히 중얼거렸다. 한숨을 대신해 흘러나오는 입김이 부옇게 번져 나갔다.

―그녀는 뒷모습만으로도 나를 설레게 했다. 정말로 대단한 재주가 아니냐.

페이작의 말에 스완은 작게 핀잔을 놓았다. 뒷태에 홀렸다라. 아르도니스가 딸 하나는 제대로 낳아 저들 목숨 건사하는구나. 페이작은 부정하는 대신 고개를 숙여 그녀와 눈을 맞추고 웃었다.

―누님, 아르도니스에 이르면 한동안 누님과 이리 단둘이 있을 시간이 없을 텐데, 다른 이야기를 나누는 건 어때?

―페이작, 이 누이가 그리 말한대서 네가 믿을까 싶다마는.

―……누님의 말이라면 무엇이든지.

―네가 아르도니스의 딸을 사랑하는 동안 아르도니스는 나의 자비를 잃지 않을 것이다. 원한다면 너와 그 계집의 아이를 아르도니스의 왕태자로 삼도록 나메인 왕자를 조금 괴롭혀 줄 수도 있겠지.

―작별사처럼 늘어놓는군.

스완이 그의 뺨을 톡톡 손끝으로 건드리며 냉랭히 웃었다.

―적어도 두세 달은 널 보지 못할 게 아니냐? 그러니 작별이지. 너야말로 이 누이가 그립다고 계약된 신혼 기간마저 채우지 못하고 뛰쳐나오지 마라.

―그럴 리 없을걸.

―점점 헤드리 그 계집이 마음에 안 들어지는데.

페이작은 무언가를 말하려는 것처럼 입을 벌렸다. 그러나 아무 소리도 나지 않았다. 입안에 맴도는 건 차마 일국의 왕이자 그를 귀애하는 누이에게 할 수 없는 말이었다.

―그러지 마라. 아무리 내가 아르도니스 왕가의 부마가 된다 해도 나는 늘 누님의 기사고, 누님을 위한 창이고, 누님의 이상을 위해 목숨 바칠 종이다.

페이작은 희미하게 미소 지으며 흘러내린 스완의 머리칼을 귀 뒤로 쓸어 넘겼다. 추위에 발그레해진 그녀의 뺨이 따스해서, 어쩌면 아쉬워서, 손을 떼기가 어려웠다.

그런 그를 빤히 바라보던 스완이 물었다.

―정말 네가 혼인을 바라서 하는 거냐?

―왜 갑자기. 바란다. 간구한다 말하지 않았나.

―그런데 페이.

―…….

―네 표정이 지금 어떤지 아느냐?

―어떠하기에?

묘하게 그를 응시하던 스완의 청량한 웃음이 동굴 곳곳으로 퍼져 나갔다. 잔잔한 물결처럼 메아리가 너울 쳤다. 타 버린 모닥불이 흐늘흐늘 불티를 흘려보냈다. 굴 안으로 부는 서늘한 바람에 페이작은 그녀의 몸을 외풍으로부터 가리기 위해 몸을 움직였다.

스완은 그런 그를 빤히 올려다보며 말했다.

―내가 벨비와 국혼을 치를 때만큼이나 화가 나 보인다.

―화나지 않았어.

―속일 사람을 속이거라. 너는 내 손바닥 안이야.

스완의 팔이 서서히 그의 허리에서 떨어졌다. 떨어져 나가는 누이의 온기가 못내 아쉬워 그는 더 힘주어 그녀를 당겨 안았다. 페이작이 화두를 돌렸다. 춥다 중얼거리며. 스스로가 생각하기에도 참으로 조악한 화술이었다. 그러나 스완은 더 그를 곤란하게 하지 않았다.

―누님은 너무해.

―내가 네게만 너무하던가?

그의 품에 비스듬히 기댄 채 한참을 웃던 스완이 고개를 들었다. 그녀는 말 못 할 비밀로 굳게 다물린 페이작의 마른 입술을 손끝으로 어루만졌다.

―페이, 믿어 주는 체 한 번 넘어가 주마. 그리고 네 혼인 선물로 너는 아무것도 필요 없다 했지만 역시 내 마음이 불편해. 쓸모없는 대너투르도 그리 지참금을 해 갔는데.

―대니는 계집이잖나.

―말해 봐라, 바라는 것을. 너는 내게 가장 귀한 사람이라는 걸 나메인이 알길 바라.

페이작의 푸른 눈동자가 제게 기댄 스완의 푸른 눈에 이르렀다.

거울 보듯 꼭 닮았으나 그보다 훨씬 고귀하고 아름다운 눈이었다. 그의 목울대가 목 안으로 삼켜진 침음과 함께 잠깐 떨렸다.

적적한 공기 속에 번져 나가는 그녀의 향기에 취하였다. 페이작이 그녀의 귓불에 속삭였다.

─앞으로도 내가 누님을 지킬 수 있게 언제나 네 옆을 떠나지 않게 해 줘. 누님은 내게 삶을 주고 앗아 갈 수 있는 유일한 사람이다. 누님이 바란다면 아르도니스의 왕의 머리라도 가져다주마.

스완의 입꼬리가 느리게 호선을 그었다. 화폭처럼 아름다운 미소였다.

─새신랑을 부마 자리에서 쫓겨나게 할 수는 없는 노릇이지.

페이작은 고개를 수그리고 침묵했다. 스완의 차분히 갈앉은 눈동자가 그의 낯 위에 머물렀다. 페이작은 해바라기처럼 고개를 들어 그녀를 응시했다.

그의 고개가 서서히 기울었다. 얼마간 그리 가까워지던 입술이 닿았다. 입술을 맞댄 페이작이 작게 신음하며 그녀를 쥔 팔을 떨었다. 스완이 페이작의 뺨을 마주 쥐었다. 그리고 그들은 이내 잡아먹을 듯 서로에게로 달려들었다.

이가 부딪치고 입술이 뭉개지듯 짓눌려도 상관없다는 듯 격정적으로 혀를 놀렸다.

페이작은 어느새 그녀의 무게를 안고 찬 바닥에 등을 대고 누운 채였다. 흘러내린 모포를 끌어 덮어 그의 위로 엎드린 스완이 눈을 반짝였다.

─네가 감히 나를 이겨 보려 하는구나.

그럴 리가. 페이작은 그녀의 허리를 움켜쥔 채 피가 몰리는 곳을 피해 끌어 올렸다. 그러나 멈출 수는 없었다.

―위대한 북부의 기사이자 내가 아끼고 아낀 라르칼리아를 아르도니스 따위에 넘기는 게 아까워 속이 끓는다.

―나는 다시 누님의 곁으로 돌아올 거다.

―그래야 할 거야. 네가 없다면 내가 누굴 믿어 내 등을 맡겨.

두 사람은 서로의 머리를 감싸 안았다. 붉은 머리칼들이 동굴 바닥으로 대중없이 널브러졌다. 한겨울의 한기마저 열기로 바꿀 만큼 격렬한 열정이었다.

결코 잊지 못할 날이었다.

그리고 이미 지나간 날이었다.

잠에서 깨어난 푸른 벽안이 어둠을 가르고 드러났다.

넋을 잃은 사람처럼 천장을 올려다보고 있던 발로이드가 가쁜 숨을 몰아 내쉬며 비틀비틀 상체를 일으켰다. 그는 제 목을 뜯을 듯 움켜쥐었다. 폐부가 괴로웠다. 숨이 쉬어지지 않았다.

끔찍한 악몽이 그림자처럼 따라붙어 그가 눈을 뜨고 감을 때마다 숨통을 조였다.

눈앞이 비잉비잉 돌고 뒷목을 따라 소름이 돋았다. 공기가 폐 속으로 들어가지 못하고 그대로 토해져 나오는 기분이었다. 몸을 뉘이자 잠깐 편해진 듯하던 호흡도 금세 조금 전과 다르지 않아졌다. 아무리 떨쳐 내려 해도 떨칠 수가 없었다.

결국 더듬더듬 팔을 뻗어 올린 발로이드는 베갯머리 아래 감춰 둔 짧은 검을 꺼내어 들었다. 그는 핏줄이 도드라진 제 팔뚝을 날카로운 날로 긁었다. 검날이 스친 자리로 꽃처럼 피어난 붉은 핏물이 눈물처럼 떨어져 내렸다.

오래전의 꿈을 꾸었다.

자신이 스완의 것이었던 시절. 스완이 그를 믿어 의심치 않았던 그 시절의 꿈이었다. 그때의 그녀가 이제 없다는 사실을 견딜 수가 없었다. 그녀가 저를 배신할 리가 없지 않나. 그럴 리가 없다.

발로이드는 핏물이 흘러내리는 팔을 늘어뜨리고 막사 밖으로 걸어 나갔다.

"주군? 일어나셨습니까."

막사 앞을 지키고 있던 키에스의 후임 기사 룩서르가 그에게 다가왔다. 룩서르는 그의 팔에 난 베인 상처를 발견하고 허겁지겁 목을 감고 있던 천을 끌렀다. 발로이드는 거칠게 그의 팔을 밀쳐 냈다.

반걸음 물러선 룩서르는 함께 야간 보초를 서고 있던 또 다른 기사와 눈빛을 주고받았다. 기사는 즉시 자리를 이탈해 의관을 부르기 위해 달려갔다.

발로이드는 그들을 무시한 채 걸음을 내디뎠다.

"주군, 어딜 가십……."

북부의 그곳으로, 그 시절로 가고 싶다.

그녀의 종복으로서 오롯했던 그 시절로 가고 싶다. 마음과 달리 발로이드는 몇 걸음도 떼지 못하고 서서히 고꾸라졌다. 힘없이 꺾인 무릎이 바닥에 맞닿았다. 그의 축 처진 팔에서는 멎지 못한 핏물이 뚝뚝 흘러내렸다.

'아아, 누님, 나의 누님.'

숨이 막힌다. 발로이드의 목이 꺾이듯 하늘을 향해 젖혀졌다.

물속에서 살아야 할 그를 누군가 강제로 뭍에 내던진 것처럼 이 전장의 공기에 숨이 막혔다.

구름 한 점 보이지 않는 별이 총총한 밤. 북쪽 하늘에 뿌리내린 달 한 그루가 다정히 그를 비웃는다.

그 달빛이 세상의 유일한 빛인 듯 내리쪼여, 그는 눈조차 감을 수 없었다.

어디선가 월동 준비를 이루지 못한 새 한 마리가 구슬피 우는가 싶었다. 가만 눈을 감은 채 창밖의 적막에 귀를 기울이던 르옌은 눈꺼풀을 들어 올렸다. 몸이 천근만근 무겁고 머릿속은 멍했다.

창밖을 바라보니 아직 해 뜨기 전이었다.

습관처럼 몸을 일으키려던 그녀는 침대를 디딘 팔꿈치에 힘을 주려다 말고 주춤했다. 무엇이 이리 묵직한가 했더니, 단단한 사내의 맨팔이 그녀를 꽉 안고 있었다. 맨살을 드러내고 그녀의 곁에 잠든 사내의 얼굴을 바라보던 르옌의 입술이 서서히 다물렸다.

'…….'

르옌은 가슴 위로 떨어지는 그의 손을 조심스레 밀어낸 후 상체를 일으켜 세웠다. 잠든 새 벽난로의 장작이 다 된 건지 공기가 싸늘했다. 지난밤엔 그리 더웠던 듯한데 언제 이리 싸늘해졌나.

침대 아래로 손을 뻗어 집이는 옷가지를 우선 걸친 그녀는 떨리는 손으로 뺨을 쓸었다.

사람이 잘 때마저 정갈할 수는 없는 일이다. 배 아래만 이불로 덮여 가려진 파사드의 머리칼은 이리저리 흐트러져 있었다. 아이처럼 잔다거나 하는 수식이 결코 어울리지 않는 남자의 자는 모습을 내려다보던 르옌은 턱을 괴며 내심 생각했다.

'이게 어제랑 같은 사람이란 말이지.'

지난밤, 그녀를 잡아 가두고 구석구석에 흔적을 남기던 짐승 같던 기세는 온데간데없다.

온몸이 부서질 듯 아픈 것으로 미루어 꿈은 아니었을진대. 르옌은 침대맡의 풍경을 돌아보았다. 저 아래에는 지난밤 관계 중 파사드가 집어 던진 피투성이 시트가 늘어져 있었다. 그게 가장 먼저 눈에 띄었다. 무릎을 끌어 모은 그녀는 소리 죽인 긴 한숨을 내쉬었다.

얼마간 조용히 앉아 있던 그녀는 마구잡이로 내던져진 옷가지들을 주워 걸치고 일어섰다. 그러고는 불씨 꺼져 가는 벽난로에 장작을 몇 개 더 던져 넣었다. 다그락. 장작 소리가 났다. 그녀는 잠자코 불씨가 살아나는 것을 응시하다 미련 없이 밖으로 나갔다.

달칵. 문 닫히는 소리가 났다.

르옌 특유의 조용하고 여유로운 발소리가 멀어졌다. 잠든 체 눈을 감고 있던 파사드는 느리게 눈꺼풀을 들었다.

조금 전까지만 해도 벽난로 대신 그의 체온을 덥혀 주었던 상대의 자리는 이미 텅 비어 있었다. 온기도 눈 깜짝할 새에 식고 없었다. 남은 것이라고는 숨죽인 그녀의 한숨 소리뿐이다.

그녀의 걸음 소리는 어느덧 들리지 않았다.

이불 위로 드러난 그의 단단한 맨가슴이 느리지만 크게 오르내렸다. 평소라면 오래전에 일어나 아침 점검에 들어갔어야 할 시간이었다.

그저 누워 있을 뿐인데도 가슴이 두근거렸다가 쥐어 짜인 듯 쑤셨다가 두드려 맞은 것처럼 아팠다. 르옌이 살리고 간 벽난로의 불씨가 타닥타닥 타는 소리가 났다. 약간의 나무 타는 냄새와 함께 열기가 방 안에 번져 나가기 시작했다. 그의 머리는 더욱 차가워졌다.

파사드의 입매가 일그러졌다.

이미 늦었다. 이성이 송두리째 뜯겨 나간 열락의 밤은 짧으면서 길었다. 그 끝에 남은 것은 죄의식뿐이라. 먼 곳에서 저를 기다릴 어린 소녀를 알면서도 멈추지 않았다.

몸을 바로 눕힌 파사드가 팔뚝을 들어 이마를 가렸다. 골 깊숙한 곳 어딘가가 들쑤셔진 것처럼 아팠다. 그의 입술이 허탈한 호선을 그렸다. 웃음은 결국에는 자조가 되었다. 모든 게 낯설고 스스로가 낯설었다.

—브류나크.

파사드의 눈꺼풀이 느리게 감겼다.

—브류나크.

지난밤, 귀가 멀도록 들은 그의 이름이었다. 부질없는 헛생각이나 그는 르옌이 제 이름을 알고는 있는지 의문스러웠다. 이 짙은 후회에도 졸렬한 의문을 품는 스스로가 끔찍이도 혐오스러웠다. 다물고 있던 입술 새로 꽉 잠긴 신음이 흘러나왔다.

"아아⋯⋯."

이를 악물고 침음을 삭이던 파사드가 결국 사나운 기세로 베개를 집어 던졌다. 배게는 푹신한 소리를 내며 처녀 혈의 흔적으로 범벅된 피투성이 시트 위로 떨어져 내렸다.

❖·❖

방으로 되돌아온 르옌은 수건으로 몸을 깨끗이 씻어 냈다. 얄팍하기 짝이 없는 몸뚱이 곳곳에 남우세스러운 붉은 자국이 남았다. 볼레트 군의관이 찾아와 붕대라도 갈겠다 나서면 이만저만 곤란할 일이 아니었다.

'이를 어쩐다…….'

볼레트 군의관은 몇 시쯤이나 올까. 아침 식사가 끝나고 부상병 막사의 회진을 돈 후에 찾아올 터이니 시간은 조금 남았다. 그러나 그때까지 제 몸에 남은 지난 열꽃들이 가실 것 같지는 않았다.

그렇게까지 할 생각이 아니었다. 하지만 달리 생각하면 그렇게 하지 않을 생각인 것도 아니었다. 지금 느끼는 이 복잡한 심정을 스스로도 이해할 수가 없었다.

그녀도 모르게 힘이 들어간 발끝이 곤두섰다. 허리가 끊어질 듯 아파 르옌은 의자에 웅크려 앉았다.

도저히 빠져나갈 수 없을 만큼 세게 움켜쥐고 끌어안아 거칠게 저를 가르고 들어오던 감촉이 지금의 것처럼 생생했다.

파사드에게 처음 열린 몸이었다. 그는 밤이 새도록 그녀를 놓지 않고 안았다. 아픔과 열락을 떠나 그의 품에서 제가 어느 만큼의 편안함을 느꼈는지도 기억났다.

심상에 잠겨 있던 르옌은 문득 그의 방에 두고 온 단검을 기억해 냈다. 어지간히 정신이 없었던 게 분명했다. 르옌의 마호가니 목의 껍질처럼 붉던 눈동자는 차츰 빛을 잃었다.

'벨바롯트.'

르옌은 파사드가 입 맞추었던 흉한 수포가 올라온 손등을 넋 놓고 응시했다.

'너는 이런 내게 무어라 할 테냐.'

지난밤의 파편이라도 떠오를라 치면 가슴이 아파 견딜 수가 없었다.

라르칼리아와 변경백 브류나크의 국혼은 성대하게 치러졌다.

닷새의 예식과 보름에 이르는 피로연이 끝난 후에야 왕궁의 가장 고귀한 방에 그녀와 벨바롯트의 신방이 차려졌다. 신방에 든 지 이틀날, 늦도록 잠을 청하지 못했던 그녀를 깨운 것은 머잖은 곳에서 들리는 두 사람의 대화였다.

—대체 여기서 뭐하십니까, 돌레한 저하?

—네 알 바 아냐.

그 당시 페이작은 막 기사로서 돋움해 많은 이들의 주시를 받기 시작한 소년에 불과했다.

—검을 쥐고 계신데 그냥 못 본 체 넘기기도 그래 다시 여쭙니다. 왜 거기 그러고 계신 겁니까?

침대 아래로 귀신 산발하듯 머리를 늘어뜨리고 있던 그녀는 거꾸로 뒤집힌 풍경을 우습단 듯 바라보았다. 기울어진 세상도 우스꽝스럽지만 간소한 침의 차림만 하고 문간에 선 벨바롯트와 그 너머, 두 뼘은 더 작은 페이작이 투닥대는 것도 즐거웠다. 그 시절의 그녀는 무엇이든 흔흔히 받아넘길 만한 도량으로 넘쳐 났다.

—왜겠나? 네가 내 누님을 상처 입힌다면 죽여 버리려고.

—저하.

—누님은?

—주무십니다.

슬그머니 페이작이 고개를 내미는 것이 보였다. 침대 가장자리에 목이 꺾여라 널브러진 저와 눈이 마주치자 페이작은 벨바롯트를 향해 쏘아붙였다.

─누굴 놀려?

그 말에 비로소 벨바롯트가 느리게 몸을 돌렸다. 긴 천을 몸에 걸치고 허리를 묶어 감은 것이 고작인 터라, 그의 탄탄한 가슴이 언뜻 드러났다. 무장은 무장의 몸이지 싶어 스완은 음욕 없는 눈길로 그를 빤히 보았다.

─기침하셨습니까?

─응, 그래. 이른 새벽부터 무얼 하느냐.

─왕자 저하께서 제가 폐하께 위해를 가하지 않을까 우려스러워 밤이 새도록 문 앞을 지키고 계셨답니다.

벨바롯트의 말에 그답지 않은 가시가 배어 있었다. 스완은 혀를 차며 느른히 웃었다.

목이 뒤로 과하게 젖혀져 다소 잠긴 목소리가 났지만 별 개의치 않았다.

─벨비, 지난밤엔 참 너무하지 않나. 네게 그런 성벽이 있을 줄이야……. 미리 말해 줬더라면 좋았을 텐데.

벨바롯트가 즉각 반응했다.

─스완, 농이 지나칩니다.

─농이라니? 내가 그러하다 하면 그러한 것이지. 우선, 괜찮다면 페이작을 신방에 들여도 되겠나?

그 말을 끝마치는 순간 스완은 이미 페이작을 향해 손을 흔들고 있었다. 페이작이 벨바롯트를 확 밀치고 들어섰다.

……신방 이튿날에 누가 친족을 들인다 합니까. 짧게 쓴소리를 뱉은 벨바롯트는 별말 없이 침대의 건너편에 위치한 소파에 기대어 앉았다. 그러고는 테이블에 놓인 종이 더미를 들추었다. 겨우 가운처

럼 몸만 감싼 차림으로도 참으로 점잖아 보이는 태다. 이른 아침부
터 그가 무얼 하려는지 잘 알았던지라 스완은 농을 그치고 흡족히
그의 옆얼굴을 바라보았다.

아쉽게도 밤 상대로는 쓸모가 없을지언정, 그 밖의 것에는 참으로
쓸모가 많은 자다. 그런 생각을 하면서.

그러나 페이작에게는 스완의 흡족함이 닿지 못한 게 분명했다.

—누님, 저놈이 뭘 어쨌기에?

—아아, 페이. 그보다 누이의 목 좀 받쳐 주련?

침대 가장자리로 떨어진 꺾일 것 같은 그녀의 뒷머리를 받쳐 들고
이러지도 저러지도 못하고 선 페이작은 사납게 벨바롯트를 노려보
느라 여념이 없었다.

—감히 폐하를 언짢게 한단 말이냐, 변경백?

잠자코 듣던 벨바롯트가 피식 비웃었다. 어이가 없습니다, 저하.
중얼거리는 소리가 잔잔한 물결처럼 번졌다. 누님을 함부로 하지 말
라고 경고했을 텐데. 사납게 날아드는 독설에 제게로 향하는 벨바롯
트의 까만 눈동자가 쓴소리를 뱉을 듯 힘이 들어갔다. 누가 깐깐한
자 아니랄까 봐. 그는 스완이 자세만 바꾸면 당장이라도 달려와 멱
을 잡을 기세인 페이작을 한 번 흘긴 후 대놓고 핀잔을 놓았다.

—……폐하, 제가 해명해야 합니까?

—내 부군께서는 어찌 해명하시려고?

—이러실 겁니까?

페이작은 사납게 뜨던 눈매를 잠재웠다.

—누님, 무슨 해명?

—저치가 나를 참으로 가슴 아프게 한 데에 해명?

—……지난, 지, 지난밤에, 변경백이 누, 누님에게 혹시 난폭하게,

멋대로…….

—아무렴, 제멋대로였지. 그 덕에 내 몸과 마음이 온통 상처투성
이야. 그나저나 페이, 국서이니 이제 공이라고 해야지 않겠느냐. 이
누이의 부군인데. 아니 그래? 벨비?

놀리는 듯한 스완의 물음에 벨바롯트는 고개를 작게 저으며 웃었다.

—그러다 왕자 저하 우십니다.

—울긴 누가! 이, 이 …… 이! 누님, 저자가 누님을 함부로 한다면
반드시 내게 말해라.

—어찌하려고?

벨바롯트의 한숨이 터지는 것과 동시에 스완도 참지 못하고 깔깔
대며 웃었다. 그녀는 페이작이 걸쳐 주는 얇은 벨벳 침의 외투를 고
쳐 여미며 몹시 과장된 어조로 중얼거렸다.

—아직 너는 멀었다. 그래도 마음만은 갸륵하다.

삽시간에 얼굴이 벌겋게 익은 페이작이 숨을 씨근덕거렸다. 웬일
인지 제 앞에서도 감정을 추스르지 못하고 몹시 화가 난 얼굴인지라
스완은 귀엽다 하며 그의 머리칼을 쓸어 넘겼다.

충격이라도 받은 것처럼 얼어붙어 시트를 죄 적신 핏자국을 노려
보던 페이작은 곧 신방을 확인하기 위해 찾아온 시녀들에게 끌려 나
갔다.

시녀들은 벨바롯트와 스완에게 공손히 인사를 남기고 신방 예식
의 간소한 예를 다한 후, 핏자국이 짙게 남은 시트만 걷어 돌아 나갔
다. 이제 저것은 보란 듯이 사람들의 눈에 띄는 곳에 이틀간 내걸릴
것이다.

느릿느릿 일어난 스완은 마련되어 있던 자리끼를 마시고 황동 대
야에 담긴 물에 손을 씻어 냈다. 누르스름한 양피지를 눈으로 훑어

내리던 벨바롯트가 무던한 투로 물었다.

─지난밤 제가 폐하를 언짢게 했다는 말입니까?

그다지 믿지 않는 모양새다. 스완은 그의 등뒤로 다가가 그의 뒷목을 끌어안고 속삭였다.

─그럼, 초야에 소박맞은 왕의 심정을 네 어찌 알까. 남자가 좋으냐 물으니 아니라고 계집질을 즐긴다고 뻔뻔하게 답하면서, 손 하나 까딱이나 했어야 내 기분이 상하지 않지. 내가 계집이 아니라는 것과 진배없잖으냐? 나 좋다는 이들 다 뿌리치고 네 품에 앉으려 하였건만……게다가 네가 무슨 방탕한 계집도 아니고 새알에 피를 채워 오나.

─…….

─초야 후에 피가 나지 않아 내가 방탕하다는 오명을 쓸까 봐? 아니 아니, 아니지, 너는 내게 손 하나 까딱 않았으니 내 첫 짐작이 맞겠구나. 너무한 남자네.

─……그런 것은 상관없습니다.

벨바롯트는 힐끔 그녀에게 시선을 주었다가, 다시 들고 있던 하객 명단으로 눈을 옮겼다.

─데일에서는 참석하지 않았습니다.

─아무렴. 계집이 왕 노릇을 한다는 데에 기겁을 했던 작자가 아니더냐.

─뢴사도 그다지 호의적이지 않았던 것으로 기억하는데.

─뢴사의 아들은 내게 홀딱 빠져 있었거든. 너와의 혼담이 오가는 동안 주구장창 연서를 보내더구나. 내 정부라도 되고 싶은 모양이지. 이거 봐, 벨비. 내가 손 한 번 살짝 흔들어 주면 내게 와르르 무너질 사내들이 줄을 서 있다니까. 내가 정녕 그리 별로더냐? 응? 벨비.

─…….

─왜 말이 없을까……. 나의 부군께서는 무슨 생각이실까.

익숙하게 되돌아온 침묵에 스완은 그의 귓가를 살짝 깨물고 웃었다. 벨바롯트는 무례하지 않게 그녀를 밀어낸 후 계속 말했다.

─우선은 예식에 참석하지 않은 이들의 명단 또한 따로 올라올 터이니 폐하께서는.

─너 정말 숱한 사내들이 탐내고 탐내는 여자를 가지고도 잡아 둘 줄을 모르는구나. 이럴 거면 왜 나와 혼인한다고 했나?

얼마간 굳은 듯 그리 앉아 있던 벨바롯트가 소파에 기대 몸을 묻고 고개를 젖혀 그녀를 올려다보았다. 까마귀 같은 눈이야. 그와 눈 마주칠 적마다 그런 이야기를 서슴없이 뱉곤 했지만, 이번만큼은 그의 표정이 농을 쳐도 받아 줄 것 같지가 않아 스완 역시 잠자코 그가 입을 열길 기다렸다.

복잡한 눈으로 그녀를 응시하던 벨바롯트가 말했다.

─폐하께서는 제 몸은 얻으셨지만 제 마음의 확신은 얻지 못하셨으니. 저로서는 조심할 뿐입니다.

스완은 난데없는 말에도 놀란 기색 없이 물끄러미 그를 내려다보다가 종종걸음으로 소파로 돌아가 그의 푹신한 옆자리에 앉았다.

─더 말해 보렴.

─폐하께서 보위에 오르시고 국정을 펼치는 데에 저를 필요로 하셨기에 저는 지금 국서가 되었습니다. 오로지 폐하의 보위를 위함인 것을 압니다. 정치적 이점을 위한 도구가 되는 데에 불만을 품은 것은 결코 아닙니다. 다만, 폐하의 자리가 단단해지고 나면 언젠가 폐하께서 다른 선택을 하고 싶어질 때가 있으실지도 모르지요. 그 때에 이르렀을 때 당신과 내 사이에 걸림돌이 될 만한 걸 만들고 싶지 않습니다.

—······초야도 제대로 치르지 않고 그리 떠드는 걸 보면 당장이라도 버려 달라 내게 애걸하는 것 같은데.

—반드시 치러야 한다면, 언젠가 제 마음이 동한다면 초야는 치를 겁니다. 다만 그것이 오늘이 아닌 것뿐입니다.

벨바롯트는 여전히 그녀를 바라보지 않은 채로 말하고 있었다. 괜스레 기분이 언짢아 입술을 오므리던 스완이 물었다.

—너는 내가 너를 쓰다 만 것들처럼 버릴 거라 생각하나?

—저는 폐하의 앞에서 제 스스로의 충정을 제한 그 무엇도 장담하지 않습니다.

기가 찬 이야기였다.

한참을 배를 잡고 웃던 스완은 결국 소파에 길게 늘어졌다. 늘씬한 다리를 벨바롯트의 구부러진 양팔 위에 올려 그를 방해하는 것도 잊지 않았다.

—내가 언젠가 다른 선택을 하게 된다면 그때 나를 저주하며 미련 없이 이혼을 청하고 훌훌 떠나겠단 말이지? 여태까지 내가 들은 협박 중 가장 무서운 협박이구나.

스완은 소파의 팔걸이에 뒷목을 댄 후 아무렇게나 젖혀지는 목을 내버려 두었다. 벨바롯트는 힘없이 늘어진 여자의 긴 목과 턱, 그로 인해 도드라진 쇄골과 가슴 언저리에 잠깐 시선을 주었다가 되돌렸다.

부정도 하지 않는 그를 뚱하게 눈동자만 내려 흘기던 스완이 발딱 일어나 그의 침의 자락을 쥐어 당겼다. 투두둑. 그가 쥐고 있던 도톰한 양피지가 떨어지는 소리가 났다.

하지만 벨바롯트는 예고 없는 기습에 놀라지도 않은 사람처럼 담담히 그녀를 마주 보았다. 스완은 확신에 찬 음성으로 말했다.

—벨비, 나는 내 것이 귀한 것이 좋다. 귀해서 내 것이 되는 게 아

니라 내 것이라 귀해져야 하는 거야. 나는 너를 나의 라르크를 지키는 귀한 방패로 선택했다. 도구라는 말로 내 것의 가치를 폄하하지 마라. '네 몸을 얻는 날이 내 진정 너를 얻는 날이라.' 너는 그리 고집을 부리고 싶은 모양이지만 틀렸다. 내 눈에 든 순간 너는 죽을 때까지 나를 지키다 죽을 비운을 떠안은 거야. 도망칠 생각 마라. 설사 내가 후일 수십 명의 정부들과 놀아난다 해도 너는 여왕의 국서로 명예롭게 남아 있어야 할 테니까. 내 선택은 늘 옳다. 그런 나약한 모습으로 내가 옳은 선택을 한 걸까 자문하게 하지 마라.

벨바롯트는 별말 않고 고개를 숙여 눈높이를 맞추었다. 스완은 깊은 곳으로부터 푸르게 빛나는 눈동자로 그의 눈을 마주 보았다.

참, 속 알 수 없는 눈이다. 수많은 이들의 열망이 제 눈엔 다 보였는데, 벨바롯트의 것만큼은 보이지가 않았다. 그래서 저자가 마음에 들었으나 이제는 불만이었다.

벨바롯트는 제 멱을 잡아 쥔 스완의 손등을 당겨 입 맞춘 후 다정히 웃었다.

—당신의 선택은 언제나 옳음을 압니다. 그러나 제 선택이 언제나 옳을 것인지는 확신하지 못하겠습니다. 그리고 폐하께서 버리지 않으신다면 저는 어쩔 수 없이 남아 있어야겠지요. 이미 이 성혼식에 이르기 전, 전부 각오했습니다. 그러니 신방에 든 이튿날부터 주먹다짐은 삼가 주시지요.

스완은 흡족한 웃음을 지으며 그의 무릎에 머리를 베고 누웠다.

—그래, 벨비. 너는 나의 부군이니 그에 합당한 대우를 받아야 함이다.

—……그나저나 언제까지 그리 부르실 겁니까?

벨바롯트는 그 이름이 계집아이 같다며 유독 불만스러워했다. 스완은 감정적으로 싫단 내색을 드러내지 않는 그가 싫다 하는 유일한 약점이 즐거워 늘 그리 부르리라 마음먹었다.

—너와 내가 해로하여 죽을 때까지.

—그거 참, 꿈 같은 일입니다.

온화하게 귓가를 얼르던 다정한 속삭임은 어리석은 여자로 인해 예언이 되었다.

벨바롯트는 그녀가 언제나 옳은 선택을 할 거라 믿는다 했다. 이미 여러 차례 실망시킨 바 있으나, 그래도 그녀는 그의 믿음을 기억했다.

그렇다면 지난밤은 옳은 선택이었나. 옳지 않다 할 이유도 없지만 옳다 할 근거도 없었다.

얼마나 그리 앉아 있었을까. 르옌은 창밖의 해가 하늘의 정 가운데 떠올랐다는 걸 알아차렸다. 이상하게도 볼레트 군의관은 아직 오지 않았다. 지난밤 약주에 취해 정신을 놓았는가 싶어 차라리 잘됐다 싶었다.

그런데 정오의 종이 울리기도 전에 네 명의 군사들이 그녀의 방으로 들이닥쳤다. 그들은 노크도 없이 그녀에게 허락을 구하지도 않고 난폭하게 문을 열고 들어왔다. 본능적으로 무기를 찾으려던 르옌은 그들이 라르크의 군사들임을 깨닫고 행동을 멈추었다.

"그대로 따라와라."

옷조차 제대로 여미지 못하고 끌려 나간 르옌이 도착한 곳은 사령부 회의가 한창인 어느 회의장이었다. 문 앞에 이르기도 전부터 왁자한 소리들이 울렸다. 포로, 모르가나. 그런 단어가 들리는 것을 놓치지 않은 르옌은 일이 좋지 않게 돌아가고 있다는 것을 직감했다.

"데려왔습니다."

회의장 입구에서 거의 떠밀리다시피 밀쳐진 르옌은 말없이 안의 풍경부터 살폈다.

　웬일인지 그녀를 찾아오지 않았던 볼레트 군의관이 피곤한 얼굴로 사령 회의장에 한자리를 차지하고 서 있었고 자칼린도, 그다지 익지 않은 카라제시라는 기사도 있었다. 그리고 시친의 제독이라는 자와 이름 모를 장교 한 명, 그 외에도 예닐곱 명쯤 되는 다른 기사들이 있었는데 나머지는 눈여기지 않았다.

　마지막으로 르옌은 카라제시라는 자의 옆자리, 비어 있는 상석을 응시했다. 파사드는 없었다. 그녀는 저도 모르게 안도했다.

　"……무슨 일로 부르셨습니까?"

　아무래도 사령부 회의에 불려온 건 아닌 듯했다.

　자칼린이 잔뜩 구겨진 얼굴로 성큼성큼 다가와 섰다.

　"너 어제 무슨 짓 했어?"

　르옌으로서는 두서없는 추궁이 당혹스럽기만 했다. 짐작이 전혀 가지 않는 건 아니었지만 당혹스러운 체해야 했다. 볼레트 군의관은 긴 한숨을 내쉬며 차마 눈을 못 마주치겠단 듯 고개를 숙였다.

　자칼린이 부정을 요구하며 물었다.

　"어제 네가 마리포사의 포로를 놓아줬어? 아니지?"

　"……뜬금없습니다."

　"포로가 탈출했다. 마구간에서 말까지 가지고 나갔어. 시친인들이 드나드는 열려 있던 남쪽 쪽문으로 나갔다는데 아는 게 없나?"

　카라제시가 넌지시 물어 왔다. 자칼린과 얼추 닮은 느낌이 나면서도 보다 귀족적인 남자는 몹시 눈에 띄는 호감형의 용모를 하고 있었다.

　빤히 그를 바라보던 르옌이 답했다.

"왜 제게 그러시는지 모르겠습니다. 저는 모르는 일입니다."

"제독의 휘하 장교 중 한 명이 지난밤, 네가 그 포로가 있던 별채로 들어가는 것을 보았다 증명했다."

카헤이아가 팔짱을 끼고 탁자에 엉덩이를 기대어 앉았다. 르옌은 위축되지 않은 눈동자로 그들을 잠깐 훑은 후 입술을 뗐다.

"증거가 그뿐입니까?"

"증거가 더 없다면 입을 다물겠단 말이냐?"

"지난밤 저자는 술을 마시지 않았습니까? 많은 이들이 취해 제 손가락 수도 헤아리지 못한 걸로 압니다만."

그 말에 침묵하고 있던 해군 장교가 발끈해 쏘아붙였다.

"미리 말하지만 저는 취할 만큼 마시지 않았습니다."

"이런 공정해야 하는 자리에서 취기를 본인이 판단하는 것부터가 우를 범하는 것입니다. 말도 안 됩니다."

지난번 무사히 돌아온 것이 영 의심스럽다 했더니만 이쯤 되면 의심을 않는 게 더 바보 같은 짓이었다. 곰곰이 심상에 빠진 눈으로 그녀를 바라보던 셰반은 내내 말없이 서 있기만 하는 올베빈을 향해 시선을 주었다. 셰반이 넌짓 올베빈에게 '저쪽에 매수된 것인지도.' 하고 중얼거리니 그걸 들은 자칼린이 팔짝팔짝 뛰었다.

"아, 지오타르 경, 그딴 말 하지 맙시다! 아무리 그래도 매수라니요!"

"아니, 체사 경은 지금 누구 편이오? 애인도 애인 나름이지, 이 상황에서까지 감싸 주려다간 체사 경도 오해받습니다."

"야, 너 빨리 설명해! 어제 방으로 돌아간다고 갔잖아!"

"방으로 돌아가 쉬었습니다."

르옌은 저를 물끄러미 바라보는 카라제시를 향해 말했다. 구태여 세세히 살피지 않아도 이 자리의 머리가 명문 체사의 장남인 카라제시인 것을 알아차리는 건 어렵지 않았다.

수세로 몰리는 형국에도 르옌은 침착을 잃지 않고 그들의 반응을 기다렸다. 그러나 기사들의 표정은 더욱 굳어졌다. 말문이 막힌 사람처럼 침묵하던 기사들 틈새에서 고개만 숙이고 있던 볼레트 군의관이 연거푸 한숨을 내쉬었다.

세반이 나서서 말했다.

"볼레트 군의관이 지난밤 당신이 자리에 없었음을 확인했다. 이실직고하는 게 좋을 거다."

'이런.'

저 작자는 왜 술에 취해서까지 의관의 의무를 다하려 했단 말인가. 이번만큼은 르옌도 난감한 기색을 지울 수 없었다.

"야, 아, 진짜. 너 왜 거짓말해."

자칼린이 되레 저가 더 안절부절못하는 기색으로 더듬거렸다. 평소라면 썩 귀엽다 했겠지만 지금은 상황이 여유롭지 못했다. 르옌은 자꾸만 붕 뜨려는 가슴을 침착하게 내리눌렀다.

카라제시는 그런 그녀를 유심히 살피며 침묵만 고수했다.

"거짓말이 아닙니다."

"칼란독 경께서 드십니다."

그때 사령부 회의장의 문이 열리며 단정한 갑옷 차림을 한 파사드가 모습을 드러냈다. 르옌과 눈이 마주친 그가 잠깐 멈칫했다가 이내 난장판을 방불케 하는 회의장의 분위기에 미간을 좁혔다.

르옌은 모른 체 그의 시선을 피해 카라제시를 바라보았다.

"소란이 있다 보고받았는데, 무슨 일인가?"

"오전 중 보고 드렸던 그 달아났던 포로에 관한 제보가 들어 지금 진위를 확인 중이었습니다. 그를 풀어 준 것이 데투아 양이라는 목격자가 있습니다."

르옌을 흘기며 피식 웃은 카헤이아가 말을 받았다.

"내 사단 휘하의 하사관이 직접 목격했다. 지난밤 은밀히 그 포로가 있는 곳을 향해 가는 걸 봤다더군."

"그리고 그에 대한 설명을 요구했더니 아무 말도 않습니다."

그 말에 파사드의 시선이 르옌에게로 미끄러졌다.

파사드는 별말 없이 그녀를 스쳐 지나 비어 있던 상석에 가 섰다. 그와 잠깐 눈이 마주친 것만으로도 몸에 힘이 쭉 빠지는 기분이었다. 르옌은 결국 참지 못한 얕은 한숨을 내쉬었다.

"술에 취해 있던 증인 말고 신빙성이 있는 증인을 세워 주시지요. 전 모르는 일입니다."

"그러면 지난밤, 어디에 있었기에 안 보였단 말입니까?"

"……."

"데투아 경!"

기사들의 언성이 높아질수록 볼레트 군의관의 얼굴은 마치 제가 죄를 지은 것처럼 푸르죽죽 죽어 갔다. 셰반이 다소 공격적인 투로 파사드를 향해 물었다.

"칼란독 경, 지난번은 그럴 만하다 넘겼으나 이번 일은 그냥 넘기기 어려울 듯합니다. 어찌할까요."

"……근거는 지금 뵈르게트의 장교뿐인가?"

"예. 그리고 볼레트 군의관의 증언 역시."

"증언?"

"지난밤 상처를 보아 주러 갔을 때 데투아 양이 방에 없었습니다. 한참 기다리다 나왔는데 오늘 데투아 양이 방에 있었다는 거짓을 고하여……."

파사드는 창백하게 지친 르옌의 낯색을 착잡하게 바라보았다. 다른 기사들의 시선은 어느새 그에게 향해 있었다. 찰나의 고민이었다. 옷조차 제대로 여미지 못하고 끌려 나온 탓인지 추워 움츠러든 어깨가 보였다.

파사드가 얕은 한숨을 내키며 입술을 뗐다.

"확실치 않은 근거로 라르크의 기사에게 죄 묻지 마라."

"내 군사의 한쪽 귀의 명예를 걸고 말하건대 거짓이 아니라니까. 증인이 있는데."

"술에 취해 있다 하지 않았나. 별채가 창고로도 쓰인다지. 창고로 향하던 이른의 어떤 계집일지도 모를 일이다."

"파사드, 너 지금 뭐 하나?"

카헤이아는 눈살을 찡그리며 이상하단 듯 파사드를 돌아보았다. 카라제시 역시 기묘한 낌새를 알아차리고 시선을 돌렸다.

파사드가 단호하게 말했다.

"너희 시친 역시 우리에게 솔직하지 않은 것을 모두 알고 있다. 함선에 관한 것도 명확한 저의에 관한 것도. 그러니 우리에게 완벽하게 진솔하지 않은 너희 장교의 이야기만 믿고 라르크 군을 치죄할 수는 없을뿐더러."

상황을 먼저 묻고, 르옌에게 답을 듣는 것이 우선이 아니던가? 노골적인 역성이 아닌가 싶어 자칼린마저도 말문이 막힐 정도였다. 다른 기사들 역시 뜻밖의 파사드의 반응에 어찌 입조차 떼지 못하고 더듬거리는데, 카헤이아가 대차게 그들의 가려운 부분을 긁어 주었다.

"너 지금 이 여자 감싸나? 지난밤 어디에 있었는지도 말 못 하고 수상쩍게 구는데?"

파사드의 복잡다단한 빛의 까만 눈동자가 르옌에게로 향했다. 말

없이 그와 눈을 맞추었던 르옌은 결국 한 손바닥으로 눈가를 덮어 문질렀다.

"……내가 안다."

"……?"

금방이라도 누구 하나 달려가 르옌을 패대기칠 것 같은 위태로운 분위기였다. 자칼린이 눈을 끔뻑이며 고개를 기울였다. 형님이 어떻게 압니까? 그리 묻고 싶은 기색이 역력해 보였다.

무언가를 직감한 것처럼 카라제시가 의자를 밀고 일어섰다. 파사드는 그에게 잠깐 시선을 준 후 무거운 입술을 열었다. 그의 목소리는 다소 지친 듯 들렸으나 뚜렷이 모든 이들의 귀에 닿을 만큼 컸다.

"르옌 데투아는 지난밤 나와 함께 있었다."

적막이 찾아들었다.

뭐라도 상상이 갈 법한 이야기였다면 반문이라도 해 보겠건만, 몇몇 이들을 제한 나머지 기사들에게는 전혀 납득 가지 않는 이야기였던 것이다. 기사들은 입만 크게 벌린 채 침묵했다. 뜬금없는 파사드의 발언에 잠깐 수상쩍은 표정을 해 보인 카헤이아가 르옌을 돌아보았다.

"너랑, 밤새?"

카헤이아는 르옌의 영 난감해하는 표정을 발견하고는 재밌다는 듯 웃으며 한 걸음 물러섰다. 조금 전 들이치는 추궁에도 무뚝뚝하게 모르쇠로 일관하던 계집의 표정이 깨진 건 꽤나 흥미로웠기 때문이다.

볼레트 군의관은 허옇게 질린 얼굴로 파사드와 르옌을 번갈아 보기만 할 따름이었다. 가장 먼저 소리로 반응한 건 자칼린이었다.

"아, 칼란독 경이 르옌을 데리고 있었다고요?"

자칼린의 경쾌하게까지 들리는 어조의 물음에 '아, 그냥 같이 있었다는 말인가?' 하고 휩쓸리려던 기사들은 파사드의 침묵에 당혹했다. 애써 충격을 모면하기 위해 자기 세뇌를 해도 소용없었다. 파사드는 분명히 '그런' 뉘앙스를 담아 말했다. 그런데…….

'저 여자, 체사 경의 애인 아니었나?'

사정 모르는 이들은 슬그머니 서로 눈빛을 주고받으며 침묵했다.

자칼린 엔도는 언행이 몹시 자유롭고 성정 또한 마찬가지였는데, 최근은 카라제시가 나타나 좀 잠잠해졌다. 그러나 만일 파사드와 그의 애인이 안 좋은 관계를 가지게 되었다면 분명 감정의 골이 생길 것이고, 그 문제는 결코 작아 보이지 않았다.

"……아, 아니 가끔 르옌이랑 밤에 잠깐 이야기 나누고 하는 건 저도 아는데요."

"……."

"밤새도록 얘기를 나누지는 않았을 거고, 이후에 르옌이 어디서 뭘 했는지에 대한 게 더 중요한…… 정말 밤새요?"

파사드의 침묵이 짙어질수록 침착을 가장하는 자칼린의 낯짝도 서서히 얄팍해졌다. 믿을 수가 없어서 고개를 돌리니 이래저래 복잡한 표정으로 선 르옌이 보였다.

자칼린의 표정이 사납게 일그러지기 시작하자 기사들은 헛기침을 하며 고개를 돌렸다. 몇몇 이들은 매섭게 굳어진 카라제시를 걱정스레 바라보기도 했다. 카라제시는 정말로 전에 없이 딱딱하게 굳어 르옌을 노려보고 있었다.

"잠깐 따로 이야기를 할 수 있겠습니까, 칼란독 경? 다른 분들도 괜찮다면 자리를 비켜 주셨으면 합니다."

카라제시의 명령에는 뼈가 박혀 있었다. 아무래도 심상찮은 분위기인지라 르옌이 나섰다.

"내가 설명하겠습니다."

"아니, 르엔 데투아. 너도 나가라."

일말의 주저도 없는 파사드의 축객은 그녀에게까지 이르렀다.

눈치 빠른 몇몇 기사들은 일찌감치 내뺐다. 카헤이아는 흥미로운 눈으로 마지막까지 버티다 돌아 나갔다. 그녀는 유일하게 웃고 있는 사람이었다.

이야기를 하자 청한 카라제시와 르엔의 애인이라 소문이 파다했던 자칼린은 당사자로 규정되어 남는 것이 이상하지 않았다. 자칼린은 기사들이 썰물 빠지듯 사라지고 닫힌 문을 멍하게 바라보다가 퍼뜩 정신을 차리고 책상을 짚으며 물었다.

"아니, 칼란독 경, 그, 그, 그거 아니죠?"

파사드는 예상만큼이나 큰 파문을 일으킨 제 발언을 철회하는 대신 그를 노려보는 카라제시를 돌아보았다.

"듣겠다, 카라제시."

한 치의 동요도 없이 흘러나오는 담담한 목소리에 카라제시의 눈에 힘이 들어갔다. 카라제시는 꽉 쥐고 있던 주먹의 힘을 풀며 뱉듯 물었다.

"갑자기 그게 무슨 말이냐?"

"지난밤 르엔 데투아의 행적에 관하여 오해를 샀다는 말에 내가 그녀와 함께 있었다는 증인으로 선 것뿐이다."

"아니…… 아무리 그래도."

"그다지 떳떳하지 않은 일임을 나도 알고 있다."

카라제시는 아직도 믿기지가 않았다. 파사드가 말한 것처럼 조금 전의 발언은 파사드의 명예를 실추시키는 일이었다. 그만의 명예가 아닌 그의 정혼녀의 명예도 함께.

"혹시 내가 오해를 했나 싶어 묻는데. 확실히 하자."

"……."

"너와 저 여자가 한 침대에서 동침을 했다는 말이지? 일 없이 나란히 누워 잤다는 말은 더더욱 아닐 테고."

"그래."

"끝까지 갔다는, 그 여자의 안에 네 씨를 남겼다는 말이지."

파사드는 침묵으로 긍정했다.

자칼린이 벌게지는 얼굴을 가리기 위해 손을 휘저었다. 혀, 혀엉! 그러나 카라제시는 자칼린에게는 시선조차 주지 않았다. 그의 진녹빛 눈동자는 파사드에 머문 채였다.

"칼란독, 여자가 드문 곳에 오랫동안 박혀 있었으니 이런저런 일이 생길 수도 있다는 건 이해하겠다만 저 여자, 내 동생의 여자 아니었나?"

카라제시의 음성이 날카로워졌다.

처음부터 파사드가 그녀를 대하는 태도가 기묘하다 생각했었지만, 자칼린의 애인이었다는 것과 자칼린과 한 막사를 썼다는 이야기를 들은 후로 마음 놓았다. 자칼린의 품위 없는 행동에 대한 익숙한 고민이 파사드의 낯선 행동을 고민하는 것보다는 나았던 탓이다.

"나는 그리 알고 있었는데?"

"……."

"맞다면 정말 몸 가벼운 여자로군."

"아, 진짜 형, 나 르옌이랑 아무 사이도 아니라니까?"

"그럼 대체 이 상황이 뭐 어떻게 된 건지 설명해라."

연거푸 한숨을 내쉬던 자칼린이 머리를 긁적이다가 끝내 발을 굴렀다. 신경질적인 고성도 함께였다. 아 씨! 진짜 이게 뭐야! 아무튼 나랑은 그냥 친구라고! 나도 지금 뭐가 뭔지 모르겠다고!

파사드는 굳은 눈빛으로 카라제시의 시선을 받아쳤다.

"카라제시, 그녀는 그런 여자가 아니다."

"자칼린의 애인이라 소문이 났다던데 그게 아니라면 네 눈에 들어 기사들 전체를 속인 거라는 건 알겠다. 그 여자가 군에 속한 지 꽤 되었다 들었다. 네가 직접 임시 서품까지 내렸다고? 그렇다면 한두 번 잠자리한 것도 아닌 건가? 나는 지금 네가 계집질을 한다는 데에 힐난을 하는 게 아니야."

"……."

"네 성정에 아무 여자나 가까이 하지 않는다는 건 모두가 알지. 이번이 이례적으로 네가 끼고 놀다 내버리는 첫 여자를 만난 걸 수도 있겠다 싶다. 그것보다 내가 지금 우려하는 건 네가 아직 혼인도 치르지 않고 엘히엔과 약혼 상태로만 십 년을 넘겼다는 사실이다."

"왜 지금 이 자리에서 엘히엔이 거론되나?"

"십 년이 넘도록 너만 기다리는 정혼자의 이름이 네 스스로 직고한 외도 건에 거론되는 게 이상한가?"

"카라제시."

어디까지 들어야 하나, 파사드는 미간을 조프렸다. 카라제시는 적잖이 흥분한 기색이었다.

"이도 저도 아닌 태도로 엘히엔을 대할 바엔 그만두라고 누차 말했을 거다. 이 자리에 있던 지휘 기사들 중에 라페로바한과 연 닿아 있을 이 하나 없을 것 같나. 그리고 적어도 외국 인사들은 내보낸 후 정리해 이야기할 수도 있었다. 엘히엔의 명예가 저 평민의 것보다 보잘것없다 여기지 않았다면 말이야. 가뜩이나 네 미적지근한 태도로 인해 구설수에 오르내리는 엘히엔은 네게 부끄럽지 않은 여자가 되겠다 그리 무던히 애를 쓰는데, 지금 대체……."

엘히엔이 거론되자 자칼린마저 입을 다물었다. 단순히 르옌과 파사드의 관계가 폭로된 데 너무 놀라 까맣게 잊고 있었다.

"저 여자가 애라도 배면? 네 성정에 나 몰라라 하지도 않을 테지. 혼인도 하기 전에 엘히엔에게 사생아부터 안겨 줄 생각이냐?"

"형, 말이 너무……."

고조되는 분위기에 자칼린이 더듬더듬 말을 꺼냈지만 덧없이 묵살당했다. 카라제시는 흘러내린 머리칼을 사납게 쓸어 넘기며 끝내 말을 뱉었다. 오래전부터 품어 왔던 의문이었다.

"너 엘히엔과 혼인할 생각이 진심으로 있기는 해? 재상이 엘히엔과 네 문제에 얼마나 예민하게 구는지 모르는 것도 아닐 터이면서, 대체 언제까지 미루기만 할 건데?"

시작은 르옌과 파사드의 관계에 관한 것이었으나 결국 끝은 그동안 내색하지 않았던 엘히엔의 걱정으로 귀결된 격이다.

이번에는 제 친형이 지나쳤다. 자칼린마저 뻣뻣하게 굳어졌다. 틀린 말은 아니지만 사적인 일이다. 파사드가 대노해도 할 말이 없을 만큼의 간섭이었다.

"카라제시, 실수라는 말로 내가 저지른 짓을 합리화하지는 않겠지만 네 직분에 맞게 물러설 때를 알아라. 엘히엔과 혼인할 생각에는 달라짐이 없으니 그에 대해서도 더는 왈가왈부 마라. 그리고, 언제부터 우리가 재상의 눈치를 봐 왔나?"

"언제냐고? 네가 뮈아드로에 얼굴도 비치지 않고 전쟁터만 전전하면서부터지. 중앙은 지금 재상이 쥐고 있는 지 오래다."

"카라제시."

노여움을 삭이듯 느리게 눈을 감았다 뜬 파사드가 카라제시를 향해 매서운 눈빛을 했다.

"상황을 똑바로 봐라."

"지금 네가 나한테 상황을 똑바로 보라고 한 거냐?"

"여기가 어딘지 잊었나?"

카라제시의 입술이 서서히 다물렸다.

"내가 그녀와 밤을 보냈다는 게 왜 문제가 되나. 그녀와의 동침으로 내 지휘가 형편없어지나? 그도 아니라면 내가 지금 모르가나의 한복판에 있다는 것을 잊고 행동하고 있나? 분명 옳지 않은 행동이었던 것은 사실이나 당장의 문제는 나의 명예도 중앙의 문제도 라페로바한도 아니다. 네가 나를 군율의 위반으로 책하겠다면 기꺼이 귀담겠으나 그 이상은."

더 용납하지 않겠다는 투였다. 파사드의 씹어뱉는 듯한 말투에 카라제시는 그가 생각보다 훨씬 더 노여워하고 있다는 것을 알아차리고 한 발 물러났다.

"내 언사가 과함은 용서해라. 감히 각하께 이리 말하는 게 무례라는 건 알지만 네 친구로서는 도저히 이해가 안 가서. 네 요즘 행동."

파사드는 차게 갈앉은 눈으로 자칼린을 한 번 바라본 후 느리게 눈꺼풀을 닫았다 열었다. 새까만 눈동자 위엔 후회라기보다는 조금 더 씁쓸한 그림자가 드리워져 있었다.

파사드가 힘겹게 입술을 뗐다.

"반복되지 않을 일이다."

"……."

"설사 이 일이 추문이 되어 라페로바한 영애의 명예에 오욕을 더한다면 그는 내가 직접 추후 그녀에게 용서를 구할 일이다."

잠자코 파사드를 바라보던 카라제시가 입술만 움직여 명령했다.

"반복되지 않을 일이라도 나는 확실히 해야겠다. 자칼린, 요즘 그 여자에게 볼레트 군의관이 붙어 있었지. 나가서 그를 불러와라."

진녹빛 눈동자가 웃음기를 잃고 싸늘했다. 카라제시의 눈빛이 너무 무서워서 자칼린은 찍소리도 못 하고 어깨를 늘어뜨리고 문 밖으로 나섰다.

얼마 지나지 않아, 다시 끌려오듯 자리에 앉은 볼레트 군의관은 제 정수리로 쏘아 박히는 카라제시의 시선에 아래턱을 긁적이며 문만 흘끔거렸다.

'아, 결국 이 사단이 일어났구나. 아아아, 결국.'

바깥의 기사들은 혹시라도 자칼린이 파사드에게 결투를 신청하는 건 아니냐며 미친 소리를 해 대고 있지만, 어쩌면 차라리 그게 더 나을지도.

볼레트 군의관은 파사드가 르옌에게 어떤 감정을 품고 있다는 것을 이미 오래전에 짐작했다. 하지만 르옌은 파사드와 같지 않다는 것도 함께 짐작했다.

'분명 데투아 경은 아니었는데…….'

아무리 가진 얼굴이 많다 해도 감춰진 내면은 돌 같은 여자이니 속 알랴마는, 르옌이 파사드와 동침을 함으로써 금전적인 보상이라거나 사회적인 지위를 노릴 만큼 속물적인 여자는 아니지 싶었다. 애초에 속물적인 여자라면 목숨 내놓고 살 깎아 버티는 기사가 아니라 정부가 되어 그의 침실 기둥이 되었어야 마땅했다.

어찌 되었건 간에, 시간이 지나고 나면 적당히 무마되겠지 싶었던 일이 이토록 크게 터져 버리니 황망함을 금할 수가 없었다.

볼레트 군의관을 향해 몸을 돌려 세운 카라제시가 에두르지 않고 직설적으로 물었다.

"그 여자, 마지막 월경이 언제였습니까."

세간에 알려진 체사의 장자 카라제시는 파사드와는 조금 다른 식으로 명문 귀족 가의 자제다운 사람이었다. 체사 백을 닮아 타산적이지만 사교적이고 정이 많다. 적당히 융통성이 있는 자상한 남자다. 그러나 볼레트 군의관은 지금의 카라제시를 보면 자상의 '자' 자도 나오지 않으리란 것을 확신할 수 있었다.

볼레트 군의관은 그가 걱정하고 있는 것이 무엇인지 알아차리고 재빠르게 기억을 더듬었다.

"어…… 바로 얼마 전입니다. 월경이 끝난 지 며칠 지나지 않았으니…… 회임의 가능성은 적다 봅니다."

볼레트 군의관의 말이 끝나자마자 파사드는 더 듣고 있기 거북하단 듯 자리에서 일어섰다. 굳어진 그의 낯을 바라보던 카라제시가 회의장을 나가려는 파사드의 어깨를 움켜쥐고 물었다.

"칼란독, 너 그 여자한테 몸 정 이상의 뭔가 있는 건 아니겠지."

자칼린의 눈이 휘둥그레졌다. 아니, 형, 아무리 그래도 그건 좀 아니……. 애써 용기 내어 중얼거리는데 단칼에 부정할 줄 알았던 파사드는 멈칫 그 자리에 섰다가 이내 제 어깨를 잡은 카라제시의 손을 뜯어내듯 내친 후 걸음을 옮겼다.

"이 이상 주제넘게 굴지 마라, 체사."

참담함을 감추지 못하고 그의 뒷머리를 응시하던 카라제시가 끝내 마지막 청원을 더했다. 자칼린에게는 경고처럼 들려 불안하기만 했다.

"너답지 않은 짓 하지 마라. 부탁이니."

기사들은 쉽사리 회의장 앞을 떠나지 못했다.

르옌도 마땅히 몸 둘 곳을 찾지 못해 복도 벽에 등을 기대어 선 채였다. 조금 전만 해도 그녀는 호된 추궁을 당하고 있었는데 상황이 삽시간에 뒤바뀌어 이제 어찌 되는지 짐작조차 할 수 없었다. 주위를 둘러보니 서성서성 그녀의 주위를 맴도는 기사들은 회의장 안에서와 마찬가지로 넋 잃은 그대로였다.

사실을 확인하고 싶어서인지, 아니면 그저 황당함을 지우지 못해서인지 섣불리 다가오지 못하고 선 그들은 삼삼오오 모여 소리 죽여 대화를 나누었다. 르옌은 그들을 무시했다.

'아아…… 멍청이.'

그리 우둔한 자였나. 제 입장만 곤란해질 거란 걸 모르지도 않을 터인데.

우겨 넘기면 될 일이었다. 물론 극단적인 예로 일이 잘 풀리지 않았을 경우에는 그녀에게 어떤 매질이나 문초가 있었을 수도 있지만 그래도 그는 나설 필요가 없었다. 고초를 당하게 된다 해도 르옌은 파사드가 아무 말도 하지 않는 것만으로도 충분히 고마워할 요량이었다.

포로를 풀어 준 것은 각오하고 한 일이었다. 스스로가 부주의해 발각되었다면 대가조차 제가 치러야 할 몫이었다.

'그나저나…… 체사라. 한센 녀석이랑 꼭 닮았군.'

자칼린이 어디 하나 나사 빠진 데가 있어 체사에 걸맞다 생각했지만, 이제 보니 사람 좋은 낯 안으로 꽤나 위협적인 기세가 숨어 있던 또 다른 체사가 한센과 꼭 비슷했다. 조금 마음에 걸렸다.

다른 기사들과 무언가 이야기를 주고받던 올베빈이 어느새 소리 없이 다가와 그녀의 옆에 나란히 섰다.

"데투아 경."

"예."

"음……."

올베빈은 꽤나 고심하는 듯 보였다.

"그…… 작은 체사 경과는?"

"아무 관계도 아닙니다. 누차 말씀드렸듯이."

자칼린이 워낙 대놓고 졸졸 따라다녀 누구도 믿지 않았던 진실이었다. 하지만 이제는 믿지 않기도 어렵게 되었다. 긴 한숨을 내쉰 올베빈은 상황의 경중과는 상관없이 한결같이 초연한 르옌을 빤히 응시했다.

바로 얼마 전, 카라제시에게 르옌을 작은 체사 경의 애인이라 알려 오해를 쌓은 것이 바로 자신이었다. 또, 올베빈은 데투아의 막내아들에게 그녀의 마지막을 전했던 자로서 그녀를 대단하다고 생각하고 있었다. 실제로 그녀는 대단했다. 파사드와 어떤 관계가 있건 그와는 별개로.

셰반은 그녀의 행적이 증명된 그 자체로 꽤나 너그러워져 파사드를 향해 '칼란독 경도 사내였구려.' 하고 코웃음 치고 가 버렸지만 모든 기사가 그런 건 아니었다. 아직까지도 자칼린과 파사드가 한 여자를 두고 경쟁하게 된 것 아니냐 철석같이 믿고 있는 몇몇 기사들의 얼굴은 하얗게 떠 있었다.

조금 전 볼레트 군의관까지 다시 불려갔는데 그 이유가 어쩐지 짐작이 가는 듯해 올베빈은 입안이 썼다. 꽉 닫힌 문 안에서 자칼린이 난동이라도 부리는지 간간이 괴한 소리가 새어 나왔다.

"다들 좀 놀랐습니다."

몇 마디라도 좀 명쾌하게 해 줬으면 했지만 르옌은 그다지 스스로를 변명할 생각이 없어 보였다. 외려 반대였다.

"브류나크는 잘못이 없습니다."

"아니, 지금 걱정해야 될 건 사령관님의 잘잘못이 아니라……."

파사드의 염문설은 이례적인 일이기도 해서 정작 올베빈 본인도 어디부터 생각의 실타래를 풀어 가야 할지 갈피를 잡을 수가 없었다.

다만 올베빈이 아는 카라제시는 녹록한 자가 아니었다. 단순히 체사라는 이름 때문이 아니라도. 중립적인 온건한 가문이라 알려진 체사가는 뼛속까지 귀족인 자들마저 적법하게 예우했다. 자연히 팔란, 반트 가릴 것 없이 인맥이 넘쳐 났는데 그 덕인지 카라제시는 고관 귀족 사회의 이해관계와 계급 관계에 냉철했다.

세간에서는 관후하며 정중하다는 평을 받는 성정이다만 조금 전의 분위기를 떠올리면 그에게서 관대함을 기대하기 어려워 보였다.

"그러면 저를 걱정해야 합니까?"

"일단은…… 말입니다."

언제부터 그녀를 존중하게 되었는지는 잘 기억나지 않았다. 아마다른 기사들 역시 마찬가지일 것이다. 그들이 의식하지도 못하는 사이에 르옌 데투아라는 이름의 여자는 명백히 기사로서 그들과 나란히 섰다. 귀족 의식이 투철한 벵센 가문 출신인 타라옛은 계집이라는 이유 하나로 여전히 그녀를 못마땅해하는 듯했지만 올베빈과 다른 기사들은 아니었다.

르옌은 여자라는 선천적인 약점마저도 어느 정도 너그럽게 보아줄 수 있을 만큼 스스로를 증명해 냈다 생각하고 있었다.

"왜입니까?"

올베빈은 우연찮게 얼굴이나 한두 번 보았던 라페로바한의 아가씨를 떠올렸다.

약혼만 십여 년째라 자자히 알려져 있다. 라페로바한의 딸은 어리지만 현숙하고 순종적이라 알려져 있다. 집안마저 쟁쟁하니 많은 이들이 그녀를 다 가진 여자라 여긴다. 완벽하게 파사드의 짝으로 어울리는 여자. 그녀에 비하면 르옌은 참 초라한 여자였다.

"부적절한 것이야 제가 판단하긴 그렇지만 말이지요."

평민인 그녀를 판단하는 것이야 쉬웠지만 이번 일을 판가름하려면 파사드 역시 도마에 올라야했다. 이런 일로 사령관의 잘잘못을 논하는 건 불가한 일이다.

"그러면 일단, 밤새…… 지난밤에 별채 쪽으로 안 나가고…… 칼란독 경과…… 음……."

르옌은 답지 않게 조심스레 말을 고르는 올베빈을 물끄러미 바라보았다.

"카바인 경."

"……."

"그리 내게 말조심하실 것 없습니다. 그리고 분명 군율에 위배되는 행동을 한 것은 맞지만 이런 일은 지휘부의 성향에 따라서는 암묵적으로 허용될 수도 있는……."

"아니, 지금 이게 군율이 문제가 아니라."

"그러면 뭡니까? 이렇게 법석을 떨 문제입니까?"

외려 당사자가 담담하다 못해 당당하니 올베빈은 뭐라 말문을 열어야 할지도 난감했다.

파사드의 약혼은 라르크에서는 굉장히 커다란 중대사로 다뤄져 왔고 많은 이들이 파사드를 주시했다. 솔직히 귀족들 중에는 파사드가 언제고 반트와 등질 수 있도록 혼인을 미루는 건 아닐까 의심하고 있는 이들도 많다. 중앙 귀족들의 일은 자신과 크게 상관이 없어

신경 쓰지 않고 있는데도 그의 귀에 들릴 정도이니 결코 작은 문제
는 아니다.

파사드가 다른 곳에 눈 돌리지 않고 엘히엔만 곁에 둔다는 사실이
아니었더라면 필경 오래전에 크게 말이 나왔을 법한 이야기였다.

그런 문제만 아니라면 사실, 세반처럼 간단히 '그럴 수도 있지 않
나.' 하고 털어 넘길 수도 있을 터다. 아니, 차라리 파사드가 평소에
도 그런 행실의 사람이었다면 나왔을지도 모르겠다. 아아, 사령관에
게 추문 하나 없다는 게 서글픈 상황이라니. 뭐, 별일이야 생기겠나.
그리 생각하면서도 올베빈은 괜히 불안했다.

조금 전까지 르옌을 몰아세웠던 해군 장교와 이야기를 나누던 카
헤이아가 다가왔다.

"너, 그러면 어제 밤새 파사드랑 있었다고? 이 녀석은 끝까지 너
를 봤다는데, 지금 짜고 치는 거 아닌가?"

아직도 끝나지 않은 추궁에 르옌은 한숨을 푹 내쉬었다.

"이 자리에서 옷을 다 벗어 증거라도 내보여야겠습니까?"

올베빈이 당황함에 눈을 돌렸다.

"아, 아니 데투아 경……."

카헤이아가 '하?' 하고 바람 빠지는 콧소리를 냈다.

"아니라면 그만두십시오. 제 꿈이라도 꾸셨는가 보지요."

르옌은 카헤이아의 등 뒤에서 억울한 표정을 짓는 해군 장교를 향
해 시침을 뗐다. 카헤이아는 표정 하나 바뀌지 않는 르옌을 유심히
바라보다가 손을 들어 장교의 뒤통수를 갈겼다.

"이 여자 얼굴 똑바로 봤다고?"

"아니, 그건 아니지만 분명."

"그래서, 가까이서 똑바로 봤어, 안 봤어?"

막 우렁차게 답하려던 장교의 목소리가 순식간에 사그라졌다.

"멀리서 본 거긴 하지만…… 저 여자가 맞…… 는 거 같은데."

자신감을 잃은 장교의 대꾸에 눈을 가느스름하게 뜨고 침묵하던 카헤이아가 사납게 고함쳤다.

"새끼야! 밤눈 똑바로 뜨고 다녀라. 한 번만 더 나한테 이런 망신 주면 네 머릴 다 밀어 버릴 테니까."

"진짜입니다! 각하!"

"시끄러, 인마."

"억울합니다, 각하!"

"그리고 너희 중대는 향후 한 달 금주다. 가 봐."

"잔인하십니다, 각하!"

"바다거북 지랄하는 소리 말고 썩 꺼져, 인마."

카헤이아는 장교의 정강이를 차 보냈다.

올베빈은 짐짓 불편한 눈으로 외국의 제독을 경계했다. 아무래도 군 내에서 벌어진 일인지라 일종의 치부처럼 느껴진 탓이다.

카헤이아가 엄지손가락으로 스스로의 입술을 스윽 훑으며 이죽거렸다.

"이거 역시 물건이었군. 지난번부터 왜 그리 파사드가 네 주위에서 신경을 못 떼나 했더니. 저 돌덩이 같은 놈을 꼬셨어? 언제 꼬셨어? 어떻게?"

"……제독 각하, 라르크 군 내의 일이니 각하께서는 우선 돌아가시는 게."

아무래도 흥밋거리처럼 여기는 게 불쾌할 수밖에 없었던지라 올베빈은 그답지 않게 다소 강경한 투로 권유했다. 그러나 카헤이아는 되레 복잡다단한 기사들의 표정을 돌아보며 소리 냈다.

"왜?"

"왜냐니요."

"뭐가 문젠데? 교전 중에 어디 도망가 둘이 밀회라도 한 것도 아니고."

"브류나크 각하께서는 좀 이래저래 복잡한 상황이시고……."

르옌의 고개가 느릿하게 돌았다. 복잡? 카헤이아의 갈색 눈동자가 이내 미끄러졌다. 그러고 보니 떠오르는 게 하나 있었다.

"아, 파사드한테 부인이 있다는 거? 그게 대수인가? 내가 여기 내려오기 전에 봤던 여자랑은 전혀 비슷한 구석이 없어 좀 의외긴 한데. 너희 북부 귀족들이 은근히 꽉 막힌 구석이 있군. 사내새끼가 사내 구실을 할 줄 안다면 그걸로 충분한 거지."

난데없는 막말에 올베빈이 어안이 벙벙한 얼굴을 하는 사이 카헤이아는 코웃음까지 치며 말을 더했다.

"그리고 전쟁터는 사내들도 붙어먹게 만드는 곳인데 젊은 남녀 둘이 일을 친 게 뭐 어때서? 애라도 생길까 봐? 파사드 저 녀석이 비렁뱅이도 아니고, 돈이 없어 뭐가 없어. 애새끼 하나둘 더 키우는 게 뭐 일이라고."

'이 여자 뭐지.'

젊은 나이에 친부를 몰아내고 제독 위까지 꿰어 찼다는 소문이 자자해 범상한 여자가 아닐 거란 건 짐작했지만 상상 이상이었다.

그녀의 말은 분명 틀렸다. 그러나 웃긴 게 말 그 자체만 일일이 뜯어 해석하면 그른 것이 하나도 없어 어디부터 반박을 해야 할지도 모르겠다는 것이다.

"……하지만 엄연히 이는 자국 내의 일로써…… 일단 제독께서는 물러나 주심이."

"누가 뭐라던가. 너희 일엔 관심 없어. 파사드가 누구랑 배가 맞든 그건 내 알 바 아니고. 일단, 오해를 사게 해서 미안하다고는 해야겠군. 내 아랫놈 눈깔이 가다랑어 눈깔이라."

그때까지도 넋을 놓고 있던 르옌은 깔끔하게 사과를 건네며 손을 내미는 카헤이아를 한 번 응시하며 힘없이 손을 쥐었다 놓았다.

"괜찮습니다."

괜찮다 스스로 뇌까리면서도 목소리가 떨리는 건 감출 수 없었다.

"그럼 잘들 해결해라."

카헤이아는 얼빠진 얼굴의 라르크 기사들을 비웃듯 소리 내어 웃으며 멀어졌다. 르옌은 황망한 기분으로 힘겹게 얼굴을 쓸었다.

전쟁터 같은 곳을 전전하다 보면 이런저런 일이 생긴다. 그녀는 전생에도 그런 일들을 많이 보며 자라 왔고, 이미 두 번이나 전쟁터에서 아이를 배었다. 실수는 실수이되 세상 무너질 실수는 아니었다.

그러나 카헤이아가 던지고 간 생각지 못했던 사실에 오장육부가 뒤틀리는 듯했다.

부인이 있다고 했다.

'아……'

어쩌면 당연한 걸지도 모른다. 나이는 정확히 알지 못하나 파사드는 충분히 가문을 이끌 만큼 성숙한 자였고 혼기를 넘긴 사내였다. 다만, 스스로가 그리도 어리석게 느껴질 수가 없었다.

'왜 이리 멍청해.'

멋대로의 행실로 벨바롯트의 가슴을 찢어 놓은 것이 그녀였다.

첫 회임의 서찰을 받고 전장으로 달려와 말없이 그녀를 끌어안던 벨바롯트에게 할 말이 없어 밤이 새도록 입을 다물었던 기억이 어제의 것처럼 선명했다.

배덕했던 여자로 인해 일생 가슴앓이했을 그의 심정은 감히 그녀가 헤아릴 수 없을 터였다. 그럼에도 마지막까지 그녀의 명예를 지키기 위한 벨바롯트의 선택에 저린 가슴으로 참회한 것이 바로 반년 전이었다.

순간 정수리 위가 따끔거릴 만큼의 분노가 솟구쳤다. 누군가를 탓할 일도 아니었다. 물러서려는 그를 붙잡은 것이 자신이었다. 누굴 탓해.

벽에 기대어 있던 르옌이 흘러내리듯 주저앉았다.

"데투아 경, 어디 안 좋습니까?"

허리를 숙인 올베빈이 그녀의 상태를 살폈다. 르옌이 그의 손을 밀어내려는 순간이었다. 닫혀 있던 문이 열렸다. 저벅저벅, 족성이 울렸다. 발걸음 소리만으로도 알 수 있었다. 파사드였다.

파사드는 복도의 양 벽으로 군데군데 서 있던 기사들 사이를 걸어 나오다가 르옌과 올베빈 앞에서 멈추었다.

르옌은 차마 고개 들지 못하고 제 앞에 멈춘 그의 군화 코만 바라보았다.

"방으로 데려가 쉬게 해라."

파사드는 그 말을 남긴 채 멀어졌다.

수만 병사들이 긴장 속에 날밤을 지새우며 전열을 다듬고 있는 와중에도 라인하르는 황태자다운 호사스러운 생활을 즐겼다. 정성스레 요리된 고기를 먹고 포도주를 마시며 책을 보거나 주위를 소요하는 것이 전선에서의 일상이었다.

오늘 점심은 송아지의 뒷다리를 잘게 다진 고기 완자였다. 황궁에서의 식사를 떠올리면 턱없이 못 미치는 수준이었지만 그는 크게 불평하지 않았다.

그는 비세바르와 함께 성찬을 즐기고 있었다. 비세바르는 바로 얼마 전까지만 해도 발로이드에 의해 옥사에 갇혀 있었던 터라 많이 초췌해진 모양새였다. 라인하르는 그를 딱하게 여기며 종종 그에게 식사를 함께할 것을 권해 왔다.

"그란두르라고 했지. 시기가 모호하니 열흘 안에는 출발해야겠군. 그나저나 이른은 어쨌다던가?"

"보고된 바로는 이른의 영주는 아직까지 사로잡혀 있다 합니다. 저하께서 명하신 대로 인근 장원 영주에게 사람을 보내 그를 풀어 주라 했지만 라르크의 내부 상황을 알게 되었을 테니 살아남기는 어렵지 않겠습니까."

"라르크가 그렇게 강했던가? 시친의 행정부 장관이 그때 라르크의 사령관에게 피랍되었다는 이야기도 들리던데, 그건 확인된 사실인가?"

라인하르는 혀를 찼다. 성문만 잘 지켜도 보름은 더 버텼을 터인데 대체 뭘 하고 있었기에 그리 속절없이 성벽을 내어 주었는지. 그러나 달리 생각해 이른의 영주가 얼마나 태만했는지를 떠올리면 이상한 일도 아니었다.

"그에 관해서는 아직 구체적으로 보고된 바가 없습니다만, 시친의 함대가 근방을 떠나지 못하고 있다고 합니다. 가능성은 있어 보입니다."

"이런, 부황께서도 언짢아하실 일이야. 모르가나 내에서 시친의 고관이 죽는다면 그것도 영 꺼림칙한 일이니."

"변고야 있겠습니까. 저들도 지금 시친을 적으로 돌리지는 않을 겁니다. 게다가 라르크 군에 합류했다 알려진 자가 투헤인이라는 자의 혈육인 제독 뵈르게트라 하니."

잘 익은 송아지 고기 한 점을 포크로 푹 찍어 올린 라인하르가 턱을 괴었다.

"하지만 그 남매지간 관계가 그다지 좋지 않다던데, 하기야 그럴 수밖에. 피와 살을 물려 준 부모를 저버린 패륜의 계집이 아닌가, 그 여제독이라는 계집."

부황을 하늘처럼 여기고 살아온 라인하르에게 있어서 제 육친의 자리를 찬탈했다 알려진 카헤이아 뵈르게트는 혐오스러운 종의 사람이었다.

얼마간 포크를 느릿느릿 흔들던 라인하르가 화두를 돌려 물었다.

"하면 전쟁은 얼마나 지속될 것 같은가? 라르크 군이 아직까지 부황의 땅에 있다는 게 나는 몹시 불쾌해."

"송구한 일입니다."

"사죄 말고 결과를 보이셔야지. 그란두르라는 그곳을 먼저 거론한 것이 저들 아닌가. 뭔가 꿍꿍이가 있을 것 같은데."

"태자 저하께서 위험할 일은 없을 겁니다. 저희가 후방에서 지키겠습니다."

"당연한 말을 칭찬이라도 바라는 듯이 하지 말게, 아사인 경. 아, 그리고 올조르의 몰락 이후 제도가 꽤나 분란한 것도 알고 있겠지."

라인하르는 비세바르를 무안 준 후, 퍼뜩 생각났단 듯 말했다.

끝내 비세바르는 죄인이라도 포크를 내려놓고 입술을 다물었다. 당시 그는 로반티스의 휘하에서 올조르의 몰락 소식을 가장 빠르게 접했던 이 중 하나였다. 올조르에 관하여는 입이 열 개라도 할 말이 없었다.

"그 후로 이래저래 어수선해. 조르디아 공도 여전하고."

그럴 만도 하다. 조르디아가는 최근 황실이 가장 불편하게 느끼는 거대 세력이었다. 그들 가문이 수년 전부터 남부 황실의 독재가 잘 못된 것이라는 주장을 펼치기 시작한 탓이다.

기실 다른 이들이라면 옛적에 황실의 눈 밖에 나 도려 나갔을 것이지만 조르디아 공작은 달랐다.

치정이라는 불미스러운 일로 어긋나기 전까지만 해도 벨루비르하인 2세가 가장 각별히 여겼던 자였고 황실과 가까운 인척이었다. 조르디아 공작을 존경하여 따르는 이들도 몹시 많았다. 또한 그는 남북 전쟁의 발발을 반대하기도 하였다. 그러므로 자연히 올조르의 붕괴는 전쟁을 반대했던 그들의 목청을 키워 주는 일이었다.

게다가 올조르 붕괴 이후 제국을 둘러싼 주변 왕국, 소수민족들의 동태가 심상찮아지기도 했고 말이다.

"이번 전쟁이 끝난 후에 부황께서는 대대적으로 중앙 가문들을 한 번 살피실 거다. 나는 경이 충성스러운 자라 마음에 든다. 혹여 책잡힐 일이 있다면 미리 정리해 두는 게 나중에 경에게도 좋지 않을까 해."

"감읍한 말씀입니다. 책잡힐 일은 없겠지만 두 번 세 번 주의하겠 습니다."

"그래. 경도 들어 알지 모르지만 이래저래 앙레디움의 일도 그렇 고 소수민족 버러지들도 그렇고……. 자꾸만 기고만장해져 폐하의 심기가 심히 좋지 않으시니 조심해서 나쁠 것은 없을 거야."

라인하르는 선심 쓰듯 웃으며 부른 배를 매만졌다. 포도주를 조금 더 마시고 싶은데 참는 것이 좋겠다 싶었다.

그때였다. 막사 앞이 소란스러워졌다.

"이게 무슨 짓입니까. 마리포사 백! 안 됩니……!"

포도주의 향기만으로 아쉬움을 달래던 라인하르의 고개가 느릿하게 들렸다. 검은 갑옷의 기사가 막사 안으로 모습을 드러냈다. 눈 깜짝할 사이였다. 발로이드는 라인하르와 비세바르가 앉아 있는 식탁 앞에 섰다. 한 손엔 괴기한 것을 들고서.

라인하르는 번지는 역한 냄새에 눈을 찌푸렸다. 비세바르가 벌떡 일어났다.

"이게 무슨 짓입니까!"

라인하르가 발로이드를 끌어내려는 기사들을 향해 턱짓했다.

"나가 있어."

기사들이 못내 도끼눈으로 발로이드를 노려보며 물러갔다. 라인하르가 오연히 말했다.

"마리포사 백, 지금 이게 무슨 상황인가? 그건 또 뭘 끌고 들어왔지?"

발로이드는 서늘한 벽안으로 그들을 주욱 돌아보더니 입매를 비틀어 웃었다. 그의 손에 들려 있던 무언가를 접시들이 흔들릴 만큼 세게 식탁 위에 놓았다. 형체조차 불분명했다. 피가 튀어 식탁 위의 귀한 고기를 뒤덮었다.

뚝뚝 떨어진 핏물은 식탁보를 적시고도 모자라 식탁 다리를 따라 흘러내렸다. 자세히 보니 뜯겨 나간 성인 남자의 머리였다.

라인하르는 넋을 놓고 죽은 시신의 얼굴을 마주 보았다. 피투성이인 것은 두말할 것도 없었다. 눈도 없고 코도 없었다. 파내어진 안와眼窩에서는 멀겋고 끈적거리는 것이 흘러내렸다.

"내 막사에서 간자질을 하기에 라르크의 잡배인가 하여 다소 거칠게 대했습니다만…… 이리 죽이고 어쩐지 눈에 익어 기억을 더듬어 보니 태자 저하의 무리 중 이와 같은 낯짝을 한 자를 본 기억이 나더군요. 물론 태자 저하를 의심하는 건 아닙니다."

"……아."

말문이 막힌 라인하르의 면전에 발로이드가 씹어뱉었다.

"아니겠지요."

라인하르는 비로소 저 시체의 머리가 그가 발로이드의 부근에 심어 두라 명한 시종 중 한 명이란 것을 알아차렸다. 발로이드의 이상 행동과 도주한 포로들에 대한 것을 알아보기 위해 자신의 시종들 무리에서 내보냈었다.

라인하르의 안색이 허옇게 변하자 발로이드가 무뚝뚝하게 말을 맺었다.

"태자 저하께 저희 아이가 진 빚은 이것으로 청산하겠습니다."

공대인 듯하나 안 하느니만 못한 공대였다.

조금 전 먹은 음식이 속에서 역류할 것 같은 기분에 라인하르는 잔을 내려놓고 의자 팔걸이를 움켜쥐었다. 너무 놀라 아무런 소리도 낼 수 없었다.

"이, 이, 이게 이게 무슨 무례냐 물었습니다, 마리포사 백!"

비세바르가 노호해 소리쳤다. 그러나 발로이드의 눈동자는 오직 라인하르에게만 멈춰 있었다.

"내 용건만 끝나면 알아서 사임할 테니, 허튼 수작 부리지 말고 내 둔영을 휘젓지 마십시오. 비록 당신이 검은 사자의 피를 이어받은 귀한 몸이라 하나 군의 책임자는 나입니다. 만일 내 권한에 불만이 있다면 어교를 가져오는 게 좋을 겁니다."

발로이드는 거의 찢겨 나가다시피 한 시체의 머리를 남겨 두고 돌아 나갔다. 라인하르는 헛구역질이 올라오려는 것을 겨우 참아 누르며 입술을 떨었다.

라르크의 두 기사가 탈주한 이후, 마리포사 가문의 기사들은 노골적인 황실 근위대의 주시를 받고 있었다.

일부 군사들이 당시 마리포사의 몇몇 기사들이 보였던 수상쩍은 행동을 보고한 것이 시작이었다. 황태자의 막사에서 덩달아 사라진 검 한 자루의 소재 역시 그들을 곤란으로 몰고 갔다. 황태자가 노골적으로 마리포사들을 경계하자 그들이 포로를 놓아주었다는 것은 기정사실처럼 암암리에 입들을 타고 오르내렸다.

그러나 증좌가 없음이라.

마리포사의 소행인지 아닌지를 두고 벌어진 요란한 갑론을박은 발로이드의 침묵으로 인해 더욱 물살을 탔다. 발로이드가 아무런 반응도 보이지 않는 동안 황태자의 명령으로 인해 마리포사 가문의 기사 셋은 그대로 군 제대 내에서 축출당했다. 뿐만 아니라 당시에 지정된 자리를 벗어났다 알려진 마리포사 기사단의 제일 기사인 에일라 역시 투옥되었다.

거듭된 문초와 고문에도 증좌를 찾을 수는 없었지만 황실 근위대는 그녀를 쉬이 풀어 주지 않았다. 얼마 전 마리포사의 제2기사단 단장인 키에스 릴의 부재 이후로 뒤숭숭했던 기사단은 금세 혼돈에 빠졌다.

결국 발로이드가 나선 후에야 에일라는 구해졌다.

넝마가 된 몰골로 말뚝을 짚고 비틀대며 걷는 그녀는 한 마디도 하지 않는 발로이드의 뒤만 쫓았다. 발로이드는 느리게 앞서 걸었다.

발로이드는 에일라가 황태자의 명에 의해 투옥되었다는 이야기를 듣고도 한동안 침묵했다. 찾아가 진위를 묻지도 않았다. 풀려난 후에도 마찬가지였다.

에일라는 차라리 그가 묻기를 바랐다. 그렇다면 죄를 덜어 내는 심정으로 고해한 후 그녀가 마지막 남긴 한마디를 전해 주고 스스로 목숨을 끊었을 터였다.

"주군."

에일라는 감히 먼저 입술을 뗐다.

"그분이, 하얀 말을 타고 기다리겠다 하셨습니다."

발로이드의 걸음이 잠깐 멈췄다가 다시 이어졌다. 에일라는 쫓기는 사람처럼 재차 말했다.

"저를 벌하십시오. 제 짓입니다."

"안다."

"항명하였으니 주군께서 벌해 주십시오."

에일라의 말을 묵살한 채 몇 걸음 더 걷던 발로이드가 잠긴 목소리로 말했다.

"이제껏 내 명을 어긴 적이 없었던 네가 그랬다면, 내가 그만큼 비참해 보였다는 말이겠지."

"……."

"내가 지금 그만큼 비참하다는 거겠지."

차마 빈말로도 부정할 수 없을 만큼 지금의 발로이드는 가련하기가 그지없었다. 에일라는 저토록 나약해 보이는 발로이드를 본 적이 없었다. 그녀는 애써 익숙지 않은 위로를 건네려 말을 골랐다.

"……하지만, 하지만 언젠가 그분도 알아주시지 않겠습니까. 주군께서 늘 말하셨던 그분이라면."

발로이드는 파란 눈동자를 올려 먼 곳의 하늘을 응시했다. 아직 눈이 올 기미는 보이지 않는다. 파랗기만 하다.

"내 누님은 말이다."

발로이드의 입술이 벌어졌다가 신음과 함께 다물렸다.

찢겨 나간 가슴은 약한 바람에도 너절너절 나부낀다. 그가 그녀의 등을 보는 삶을 살 수밖에 없다면, 그녀는 앞만 보고 살아가는 사람이었다. 자신은 그녀의 일부를 빚어 만든 그림자였다.

서로를 마주 보는 일은 없을 줄 알았다. 그녀가 저만큼이나 라르크와 모르가나를 증오하리라. 저를 외면하지 않을 것이라. 그렇게 믿었다.

"세상에 그보다 위대할 수 없는 나의."

발로이드의 음성이 잦아들었다.

"나의⋯⋯."

무엇이었나?

아무것도 떠오르지 않았다. 그저 그녀의 슬하에 파묻혀 있을 적이면 늘 어미의 품에 있는 것처럼 마음이 놓였다는 그 사실만 되새김질될 뿐이다.

당연한 일이었다. 일생을 만백성의 행복 하나를 위해 살아 나가는 군주였다. 세상 천지에 그런 군주가 어디에 있나. 사람을 다룰 줄 알며 용서할 줄 알고 명예롭게 사람을 죽일 줄 아는 여자였다. 적의 살을 뜯어 먹이지 못한다면 아군을 위해 제 먹을 것까지 내어놓는 여자였다.

그런 그녀를 위해 불길로 뛰어드는 이들이 차고 찼더라. 그저 군주라는 이름을 쥐고 우왕좌왕해 대며 득실만 노리던 이들과는 다른 명예로운 여왕. 그의 유일한 여왕은 그런 사람이었다.

"⋯⋯그녀에게 한 번 혹한 자는 발밑을 보지 못하고 그저 따르게 되지. 그녀에게 혹한 이들은 기름을 끼얹은 섶을 지고 불 속으로 따라 들어가 타 죽을 때까지도 모른다. 세상 누구도 모르지. 그를 아는 이들은 전부 그녀의 손에 목이 달아났으니까. 나만 살아남았다."

형제들도, 혈족들도, 귀족들도 모두 그녀의 손에 숙청당했다. 그녀의 본성을 이해했던 페이작 한 사람만이 곁에 남기를 허락받았을 뿐이다.

말을 멈춘 발로이드는 걷기도 힘겨워하는 에일라에게 다가왔다.

"……라곳에시스. 무슨 뜻인지 아나?"

"백조들이 호수에 노니는 것을 보고 그리 명명했다 들었습니다."

백조의 호수.

페이작은 그의 땅을 백조의 호수라 명명했다. 스완의 삶을 말하자면 우아한 백조의 일생이었다.

물 아래서 그리 치열하게 살아온 여자다. 그녀의 비정함은 사랑하기에 비정하고, 그녀의 잔인함은 제 것을 지키기 위해 잔인하다. 가장 가까운 곳에서 가장 오랫동안 그녀를 모신 페이작이 누구보다 잘 알았다.

수많은 이들이 그녀의 비정함과 강인함을 두려움으로 우러를 때, 그는 그녀가 내색하지 않은 번뇌와 비통함과 그럼에도 견뎌 내는 치열함을 우러렀다.

반역 도당들에게 둘러싸여 죽임을 당할 때조차도 여왕의 풍모를 잃지 않은 군주라. 한센으로부터 전해 들었던 소문 한 자락에도 페이작은 매일 밤 상상할 수 있었다.

두려움을 내색지 않고 말로를 맞이한 여왕을. 내색 없이 속 썩어 문드러졌을 그녀의 가슴을, 배반감을, 비통함을.

"나도 너도 올조르도 라곳에시스도…… 모든 것이 그녀를 위한 것이었다."

"……."

"내가 무슨 말을 하는지 너는 이해하지 못할 터다. 이해하지 못하는 것이 당연하다. 그녀만이 나를 이해할 수 있으니."

에일라의 고개가 힘겹게 기울었다. 조금은 서글펐다. 한때는 발로이드가 그리 애타게 찾아 헤매는 여자가 어떤 여자일까 기대감을 가졌던 적도 있었다.

─그녀가 돌아왔다면 내 이름을 듣고 나를 찾아오지 않을 리가 없다고 생각하니까.

대체 어떤 분위기에 지배자로 태어난 발로이드의 온 마음을 휘어잡고 놓아주질 않는지.

─만남을 약조하셨습니까?

─아니.

─남부는 넓습니다. 먼 곳에 있다면 이곳까지 이르는 데에 시일이 걸릴지도 모릅니다.

긴 기다림에 지친 발로이드를 위로하며 존재한다면 왜 나타나지 않으시나 그 대신 손꼽았던 적도 있었다.

─혼인을 않으시는 건 그분과 혼인하려고 그러시는 겁니까?

─그녀와 혼인을 하려는 게 아니다.

─그러면 어째서…….

─그녀는 내 누이다. 그녀가 나를 바라지 않을 수도 있는 일이지. 만일 누님이 나를 원한다면 나는 기꺼이 이 한 몸 투신할 테지만, 누님의 반려가 되는 것도 누님의 뜻이다. 그리고 나의 반려도 누님이 필요로 하는 여자가 되어야 마땅할 일이야.

발로이드의 세상은 온통 당신을 축으로 움직이는데 당신은 그를 아시는지.

아니, 당신은 모르신다. 그 여자는 모른다. 에일라는 눈물이 날 것 같았다.

"하지만 지금 그분은 주군을 이해하지 못하십니다."

"……."

"감히 이런 말씀 드리는 것은 송구하지만, 이 목숨 거두어 가신다 해도 주군께 간언 드리고 싶습니다. 주군께서 잘못 아셨는지도 모릅니다."

말을 멈춘 발로이드가 부축하듯 에일라의 팔을 그의 어깨로 둘러맨 후 중얼거렸다.

"라르크가 대륙에서 사라진다면 그녀는 다시 예전의 그녀로 돌아올 거다. 돌아올 거야. 브류나크들의 씨를 말리고 변절했던 자들을 모조리 죽여 없앤 후에 다시 그녀를 되돌려 그녀에게 빛나는 왕관을 씌워 주고……."

그 어떤 간언도 그의 가슴에 닿지 못할 것을 알았다. 발로이드가 그 여자에게 보이는 것은 광증에 가까운 집착이었다. 헐벗은 북부의 평민도 그에게는 왕과 다를 바 없으니 무엇도 그의 신앙을 떨쳐 내지 못할 것이었다.

발로이드가 말했다.

"그러니 내게는 여전히 네가 필요하다."

"……."

"키에스의 빈자리를 채우고 있는 룩서르 경은 아직 미흡하다. 너는 그에게 키에스가 했던 모든 일들을 가르쳐라. 이번 일은 눈감아 줄 테니."

발로이드의 부축을 받아 걷는 힘겨운 발소리 위로 에일라의 젖은 목소리가 덮였다.

"……주군께서는 톨프의 군장을 매수하시며 올조르에 대한 입막음으로 후생後生이 있으리라는 것을 약속하셨습니다. 일생 주군을 따르며 주군의 말을 판단하지 않는 것이 기사 된 도리라 믿어 그간 한 번도 여쭌 적이 없으나."

"……."

"주군, 후생이라는 것이 정녕 존재한다면 무얼 위한 후생입니까."

에일라의 음성이 썩어 들어간 울음처럼 갈라졌다. 에일라는 눌어붙은 슬픔을 떨쳐 내듯 고개를 흔들었다.

"……우문이었습니다. 용서하십시오."

"우문이지."

"……."

"사람들은 각기 다른 길을 저마다 다른 속도로 걸어간다. 그 앞에 놓인 길을 따라 걷다 보면 삶의 종착이라 불리는 죽음이 우리를 기다리고 있는 거다. 만족스러운 종착에 이르기 위해 우리는 주어진 길을 걷는다. 외길뿐이라면 가시밭길이라도 걸어야 한다. 지금 내게 주어진 삶을 나는 북부를 영광으로 이끌었던 그녀의 시절로 되돌리기 위해 걸을 뿐이다."

여왕은 이번 생에도 그에게 선택지를 주지 않았다. 그리 홀연히 떠났듯이 그리 홀연히 그를 등졌다. 때문에 발로이드는 그녀가 꺾일 때까지 거듭 꺾을 것이다. 몇 번의 윤회를 거치더라도 이 생에서 엇갈려도 내생이 있다.

한 번 이루어진 바람, 두 번이라고 이루지 못할까.

스완은 그에게 가르쳐 왔다.

—불가능이라는 한계는 인간의 세 치 혀가 얽어 낸 허상이다, 돌레한 경.

그러니 지금 그가 부딪친 절망조차도 사실은 존재하지 않는 것이다. 스스로를 이해할 필요가 없을 만큼 그에게는 한 가지 길밖에 없었다. 그것만이 이 끝없는 지옥을 헤쳐 나갈 이정표였다.

"그러니 나를 동정하지 마라, 에일라."

사흘 후.

모르가나의 사령부 막사는 분주했다. 대규모의 군사 이동이 닷새 안에 시작될 예정이기 때문이다. 제국의 군대는 규모가 큰 만큼, 모호한 시기에 맞추려면 미리부터 움직이는 것이 당연했다.

마리포사의 지휘 기사와 여타 가문의 지휘 기사들이 죄 섞여 온갖 잡음을 냈다.

"평야전을 피하려는 것 아니겠습니까."

"하지만 그 근방의 지대가 워낙 들쭉날쭉해 매복의 가능성도 고려해야 합니다. 다행스럽게도 우거진 수풀 지대는 그다지 많지 않아 몇몇 곳에만 미리 불을 질러 놓으면 적들의 엄폐도 쉽지 않을 겁니다."

"그런 세부적인 사항을 미리부터 완비하는 것도 당연한 말입니다마는, 자잘한 국지전보다는 대규모 충돌에 대한 것도 철저히 검수해야 합니다. 이거 괜찮겠소이까, 최고사령관님?"

"그리고 폭설이 오지 않을 경우도 상정해야지요."

스스로를 검은 사자의 군이라 부르는 기존 지휘 기사들은 라인하르가 합류한 후로 몹시 기고만장해 있었다. 라인하르가 노골적으로 그들을 신경 쓰는 기색을 보이기 때문이었다. 마리포사의 독주가 끝났다 믿는 천치도 있었다.

"자리 잡은 곳에서 끌어내면 그만이다."

냉막하게 대꾸한 발로이드는 그란두르의 정북 방향을 구불구불하게 표기한 낮은 산맥 지대를 응시했다.

그 위로 닷새 정도를 더 행군하면 바로 길이 나지 않은 숲 지대로 라르크의 국경과 가까웠다. 아마 그란두르에서 일이 잘못 풀리면 일부는 물길로, 일부는 정북 방향으로 퇴각해 국경을 넘어 도망칠 요량이리라. 이것 하나만큼은 명백했다.

'도망치게 둘 성싶은가.'

발로이드의 입술 끝이 서늘한 조소로 말려 올라갔다.

"그리고 황태자 저하께서도 참관하신다 하니 이번에는 다들 실수 없이 움직여야 할 겁니다."

이름조차 관심 없는 기사가 하는 말은 흘려들었다. 코흘리개 라인 하르가 전쟁터에 따라 나서는 것도 신경 쓰지 않았다. 얼간이처럼 구는 것을 일일이 훈육할 만큼 발로이드는 관대하지 않았다.

왕의 머리를 베지 않는다. 그 의전을 보란 듯이 박살 낸 것이 스완이었다. 승패와 관계없이 아래 군사들만 죽어 나가던 형태가 아니라, 지도자들이 살해당하기 시작함으로써 전쟁의 양상은 크게 바뀌었다.

군사들의 희생은 적어지고 더욱 손쉽게 승전국이 패전국을 주무르게 되었다. 그러니 한때의 그들이라면 사령관과 황태자를 잡아 죽이는 것을 최우선 삼았을 터였다. 하지만 지금은 그런 하찮은 싸움이 아니었다.

이는, 스완과 자신의 싸움이다.

모든 것은 서로가 서로를 꺾는 데에 목적이 있다.

공론은 새벽까지 길게 이어졌다. 끼니를 거르는 것은 예사였다. 기사들은 생리 현상조차 참아 내며 열변을 토하고 군의 재점검과 공백을 셈했다. 모두가 지쳐 갈 때 즈음, 마리포사 가문의 한 기사가 뛰어 들어왔다.

"그, 급한 일입니다. 주군, 잠시……."

발로이드는 사령부 막사를 떠나 그의 개인 막사로 되돌아왔다.

막사 안에는 찬 공기를 뒤집어쓴 레이리스가 부복한 채 대기 중이었다. 재색 눈동자가 발로이드를 마주한 즉시 땅에 박혔다. 헐벗은 그녀의 옆에는 언젠가 시친인에게서 보았던 것과 흡사한 양식의 옷이 내버려져 있었다.

레이리스가 살아 돌아왔다.

발로이드의 입술이 서서히 일자로 굳어졌다. 레이리스는 이내 동기들이 전해 주는 천과 잉크로 긴 글을 남겼다.

그분께서 말하시기를.

그를 바라보는 발로이드의 눈에선 온도랄 것이 사라진 완벽한 공허가 돋아났다.

명예롭게 죽겠다면 죽여 줄 것이고 네 못 다한 책임이 남아 살고 싶다면 보내 주겠다 하셨습니다. 또 그분께서 이르시기를, 너와 함께했던 시간 단 한 순간도 잊은 적 없음이라. 그러나.

뒤늦게 소식을 듣고 달려 나온 에일라가 레이리스를 발견하고 반색했다.

발로이드는 서서히 웃음을 피웠다.

무언가 잘못된 건 아닐까.

그녀가 이미 돌이킬 수 없을 만큼 망가진 채 되돌아온 것은 아닌가. 누님이 아닌 건 아닌가. 관대해진 여왕의 자비가 적에까지 미치기 시작하니 웃음이 그치지 않았다.

그런 발로이드를 올려다보며 레이리스는 조심스레 글귀를 맺었다.

죽은 암컷 공작은 다시 한 번 재 되리라. 있어야 할 곳으로.

날은 점점 추워졌다. 고드름도 자연히 굵어졌다. 민가의 새벽 창틀은 성에로 뒤덮였다.

이른에 똬리를 튼 라르크 군의 사령부 회의는 하루 세 번으로 늘어났다. 그 외에 수시로 전달되는 정보들을 분석하고 정리하기 위해 모이는 횟수까지 더해 수뇌 기사들은 하루에도 예닐곱 번씩 사령부 회의장을 드나들었다.

최근 떠오른 가장 주요한 안건은 당연지사 기후였다. 그다음으로 중시되는 안건은 교전 중 혹시 모를 후방의 급습을 대비하는 일이다.

그들은 모르가나의 주둔군과 그란두르와 머잖은 곳의 장원 영주들의 교류를 파악하기 위해 하루에도 십수 차례 쏟아지는 파수병들의 보고를 꼼꼼히 전해 받았다. 조각처럼 흩어진 정보를 재구성하는 건 테레어드와 지휘 기사들의 몫이었다. 그리고 재구성된 정보를 기반으로 하는 논의는 별것 아닌 자잘한 도로의 문제부터 지도에 드러나 있지 않은 지형 탐색, 전투가 진행될 동안 군사들이 머물 만한 장소 수색 및 선발대 이동 경로까지 다양한 방면에서 이루어졌다.

취사 부대, 군의 부대, 보급 물자 부대, 소통 관리 부대, 군사 점검 부대, 검열 부대, 군마 부대, 무구 관리 부대 등의 수십 갈래로 나뉜 임무를 지닌 이들은 시간이 흐를수록 더욱 바빠졌다. 잠 시간을 쪼개 가며 뜬눈으로 밤을 지새우는 것은 물론이거니와 끼니와 식사마저 걸어 다니며 해결하는 일도 비일비재해졌다.

하늘에 구름이 많아질수록 군사들의 긴장은 고조되었다. 시친 해병들은 눈구름에 비교적 무지한 편이었지만 일 년의 삼분지 일이 넘는 기간 동안 눈 내리는 하늘 아래 살아온 라르크의 군사들은 달랐다.

하얀 구름이 하늘을 뒤덮어도 신경조차 쓰지 않는 날이 있는가 하면, 뭉근히 퍼진 구름 덩어리에도 촉각을 곤두세우는 날도 있었다.

구체적인 일자가 정해지지 않았다는 게 이렇게 피가 마르는 일인가? 차라리 약속되지 않은 기습을 대비하는 게 더 나을 지경이지 싶었다. 저놈들이 이쪽의 정신 줄을 말려 죽이려는 게 분명하지. 그런 지친 우스갯소리가 나오기도 했다.

그리 아래 군사들이 그리 투덜대는 와중, 사령부의 지휘 기사들은 다른 의미로 죽을 맛이었다.

잠은 못 자도 괜찮다. 어차피 교대로 쉬기 때문에 최소 휴식 시간은 보장되어 있으니까. 끼니를 거르는 것도 괜찮다. 교전 중에는 몇 날 며칠을 굶어야 할 때도 있으니까. 박 터지게 고민하다 다른 기사들과 부딪쳐 언쟁을 벌이고 싸움이 나는 것도 불가피한 일이니 시간이 지나면 상관없어질 일이다.

다만 그들을 미치게 하는 건 사령부 내의 정규 회의였다.

얼마 전 벌어졌던 뜻밖의 염문설로 인해 사령부는 어수선한 상황에 처했다. 파사드와 카라제시 사이에서 냉전이 흐르기 시작한 것이다.

카라제시는 과거 자칼린이 이끌고 내려왔던 후발군의 지휘권을 인계받은 영향력이 있는 자였고, 명문 체사의 후계자였으며, 시친과의 중재자 역할을 하고 있는 무시할 수 없는 수뇌 중 한 명이었다.

파사드는 말할 것도 없다. 공가 브류나크의 현 공작이자 지금껏 군을 총지휘해 온 사령관으로서 확고한 위치를 점하고 있다.

두 사람 사이에는 다른 이들과 달리 개인적인 교분이 있어 여태까지는 늘 수더분하게 회의가 진행이 되었는데, 며칠 전부터 흐르기 시작한 냉기에 회의 자체가 살얼음이 된 것이다. 급기야 카라제시는 얼마 전 파사드가 이야기했던 그란두르전의 기존 계획안을 전적으로 부정했다.

"위험을 구태여 감수할 필요가 없습니다, 칼란독 경. 만일 발로이드가 중앙으로 진입하지 않을 경우에는 어찌할 생각이십니까? 발로이드의 경로를 예상하신 데에는 어떤 근거가 있을 거라 여깁니다. 그 부분을 먼저 듣고 싶습니다만."

공교롭게도 카라제시와 파사드 사이에 서 있던 셰반은 슬그머니 눈을 내리는 것으로 그들을 외면했다.

'죽겠구만. 이젠 나도 모르겠네.'

자칼린 역시 가시방석이었다.

카라제시는 지난번 파사드와 르옌의 염문설 이후로 모든 것을 의심하기 시작했다. 전쟁터에서 사령관의 치우쳐지지 않은 객관적인 판단이 얼마나 중요한 것인지 모르지 않는 바다. 지난번 파사드가 꺼냈던 작전은 르옌과 일부 기사들의 역할이 지대한 만큼, 카라제시로서는 두 번 세 번 의심할 수밖에 없는 일이었다.

그러나 카라제시를 이해한다고 나서서 옹호할 수도 없는 것이, 파사드 역시 날이 서기 시작해 이젠 눈만 마주쳐도 베일 것 같다.

거의 매일 사령부 회의에 끼어 앉아 할 말, 못 할 말 가리지 않던 시친의 제독마저 어제부터는 코빼기도 비치지 않으니 분위기는 쭉 그 상태였다. 카헤이아가 판을 깨며 막말을 지껄일 때가 그리울 정도였다.

"제국 군은 수가 많지만 경장 보병들이 주를 이루고 그들은 마리포사가 사령관으로 취임한 후로 쭉 방어와 눈 돌리기에만 활용이 되어 왔다. 적들의 실질적인 살육 세력인 마리포사는 주로 발로이드를 선봉에 세워 움직인다. 대부분 선봉에 서는 자들은 중갑 창병과 경갑 기사들이었다. 또, 중갑 병들은 이천 이하의 단위로 운용되어 기동력을 지나치게 떨어뜨리지 않는다. 빠르게 움직일 수 있는 경갑 기사 부대는 주로 발로이드 이세르스 마리포사가 직접 지휘하고 대부분이 최전선에 선다. 그들이 장애 없이 가장 빠르게 본군에 이를 수 있는 방향은 조금 전 설명했던 바와 같다. 적들의 보급은 후방에서 이루어질 것이고."

파사드의 온도 없는 회답에 카라제시는 지도를 내려다보며 곰곰이 생각에 잠긴 표정을 지었다.

이미 꽤 오래전부터 발로이드를 지켜봐 온 입장에서는 파사드의 말이 그른 것이 없었다. 그러나 카라제시처럼 막 합류해 상황을 두루뭉술 전해 듣기만 한 이들은 회의적인 입장인 것도 맞았다. 중요한 교전을 앞둔 만큼 신중해야 할 일이다.

하지만 실상을 들춰 보면 지금 저 두 사람이 어찌 부딪칠까 두려워 제대로 전황에 대해 고민하는 이는 드물었다.

"그래서 칼란독 경은 어떻게 하고 싶으신 겁니까?"

"……."

"'그' 브류나크의 여기사를 함께 측면으로 돌릴 생각이신 겁니까? 만일 그들이 실패해도 문제지만 성공해도 그 후가 굉장히 큰 모험이 될 터인데."

"오늘 오후 모르가나의 내정에 관하여 에제트가 설명해 줄 거다. 직후 다수결을 하겠다. 내 판단에 결함이 있다고 여긴다면 결과에 따라 노선을 변경하면 될 일이니. 더 물을 것이 있나."

기사들은 몹시 조심스러운 눈길로 카라제시를 힐끔거렸다.

"……없습니다."

다행스럽게도 카라제시는 더 토 달지 않고 담담히 말을 마무리했다. 그렇다고 해서 냉랭한 신경전의 살얼음이 걷힌 건 아니었다.

셰반은 건너편에 선 올베빈과 눈짓을 주고받았다.

'난 전장보다 여기가 더 무섭네. 아니, 대체 우리가 왜 이러고 있는 건가? 응?'

'저도 조마조마해 죽겠습니다.'

때마침 올베빈의 옆에 서 있던 자칼린이 눈빛으로 끼어들었다.

'저는 매일을 저런 형한테 시달리고 있다고요!'

몇 가지 논의가 마무리되고 분위기가 조금 누그러지는가 싶었을 때 회의는 파했다.

"오후 점검 이후 다수결에 붙이겠다. 각개의 보고는 긴급한 것과 여유로운 것을 가리지 말고 내게 직접 찾아와 올리도록. 벵센 경은 잠깐 남아 나를 보겠다. 해산."

마지막까지 서로에게 눈길 한 번 주지 않는 카라제시와 파사드를 흘깃대며 부리나케 회의장을 빠져나가는 기사들의 한숨이 곳곳에서 들렸다.

이곳이야말로 칼 없는 전쟁터였다.

그란두르로 떠날 선발대를 걸러 내느라 눈코 뜰 새 없이 바쁜 스이센에게 신경질을 부리고 되돌아오는 자칼린의 입술이 삐죽삐죽했다.

'이러다 미치는 거 아냐.'

조만간 카라제시와 파사드 사이에 큰소리가 날 것 같다는 불길한 예감이 들었다.

이해는 간다. 카라제시는 르옌이 그동안 군에 기여해 온 것들을 알지 못한다. 르옌은 대외적으로 한낱 말 팔이의 딸이라 알려져 있었고 그녀가 했던 일들은 대부분이 말로는 믿기지 않는, 눈으로 봐야 비로소 전율케 하는 그런 행동들이었다.

설상가상 카라제시가 알고 있는 르옌의 이야기 중에는 간자 혐의를 받았던 일과 파사드에게 칼을 들이댔다는 사실, 서품을 몰수당했던 일 등의 세세한 것까지 있었다. 또 그뿐이면 뭐 어떻게 역성이라도 들어 보겠는데, 르옌을 옹호해 주고 싶은 마음이 굴뚝같은 자칼린으로서도 어찌할 수 없는 것이, 그들 사이에 엘히엔이 끼어 있기 때문이다.

'이 망할 계집애애애애!'

걸음을 멈춘 자칼린은 결국 복도의 벽에 머리를 쿵쿵 박았다.

파사드와 그렇게 된 걸 르옌만 탓할 수도 없는 노릇이긴 하다.

신체 건강한 남녀고 르옌은 군사들 사이에서도 인정받아 은근히 인기가 많으니까. 솔직히, 북부에서는 그다지 좋게 평되지 않는다고는 하지만 당차게 제 몫을 다하는 그녀가 매력적으로 보일 때도 있었다. 문제는…….

'아니, 왜 파사드 형은 그런 취향이냐고오!'

아니, 이건 취향의 문제를 떠나 말도 안 되는 소리였다. 만일 르옌이 주둔지 내의 사내와 눈이 맞았어도 저랑 맞았어야지.

'……가 아니라! 아니, 걔가 보통 여자냐고!'

진짜건 아니건 간에 르옌은 스스로를 라르칼리아라 주장하는 여자였고 파사드는 브류나크였다. 라르크의 역사서를 대충만 들춰도 라르칼리아와 브류나크는 철천지 원수지간怨讐之間이었다. 백 번 양보 한다 쳐도 한 침대에 누워 잘 만한 관계는 아니지 않나!

애초에 파사드는 르옌을 그렇게 못마땅해했는데 어느 순간 저 둘 사이의 진도가 저렇게 빠져 버린 건지 감도 오지 않았다.

'아 씨, 진짜 설마 형님이 르옌한테 마음이 있는 건가? 엘히엔은 어떻게 하지? 어차피 뭐, 진지한 건 아닌 것 같으니 상관은 없겠지 만……. 아니, 파사드 형은 애초에 여자에 관심이 있었던 거야? 물 론, 관심이 없는 게 더 이상한 거긴 하지만 아무리 그래도 머리도 짧 은 여자가 뭐 여성스럽다고! 엘히엔이 훨씬 여성스러운데! 물론 여 기서 여자 구경을 못한 지가 꽤 되셨을 테니까……. 그래, 뭐. 살면 서 실수도 하고 그럴 수 있지.'

자칼린의 초점이 죽은 물고기의 눈알처럼 흐릿해졌다.

'……만 파사드 형은 그런 실수를 막 하는 사람이 아니잖아. 그 혀 어어엉니이이임이!'

저보다 눈치가 훨씬 빠른 카라제시는 무슨 낌새를 차린 건지 계속 해서 파사드를 주시하고 있었다. 그게 더 불안했다.

'르옌은 어떻게 하냐. 아, 진짜. 속상해 죽겠네. 얘는 파, 파사드 형님을 조, 좋아하나? 그러고 보니 얘 형님한테 정혼자 있는 건 아 나? 알겠지? 마, 말을 해 봐야 하나? 어차피 안 될 테니 물어봐야 소 용없는 거긴 한데…….'

자칼린은 머리를 찧다 말고 발을 쾅쾅 구르며 괴한 탄식을 내질렀다.

두 사람의 이야기는 그나마 카라제시가 즉각 함구령을 내려 다른 아래 군사들에게까지 파다히 퍼지지는 않은 듯하지만, 이래저래 말 들이 오가는 것마저 막을 수는 없을 것이다.

‘어떤 새끼가 밖에서 지껄이고 다니는 거야. 잡히기만 하면……!
스이센, 스이센인가!’
자칼린은 다시 한 번 세게 쿵 머리를 벽에 찧었다.

이런저런 고민으로 반쯤 얼을 빼놓고 다니는 자칼린을 보며 사정
을 제대로 모르는 기사들은 안부를 물었다. ‘작은 체사 경, 요즘 왜
그렇게 지쳐 보이십니까? 쉬엄쉬엄 하십시오.’ 반만 아는 기사들은
‘힘내십시오. 작은 체사 경, 상대가 칼란독 경인데 어쩌겠습니까.’ 하
는 씹어 죽여도 시원찮을 위로를 건넸다. 그리고 다 아는 이들은 그
저 같이 한숨만 내쉬었다.

애초에 르옌과 훈련이라거나 일이 겹치지 않아서이기도 했지만
의도적으로 피하다 보니 그 일 이후로는 르옌과 제대로 얼굴도 마주
하지 못했다. 그녀가 피 흘리는 날짜까지 들어 버린 탓인지 생각만
해도 홧홧하고 낯부끄러웠다. 하기야 머리가 짧다 해도 여자는 여자
다. 르옌이 전쟁터에서 구질구질하게 하고 다녀서 그렇지 얼굴도 예
쁘장하고…….

‘그리고 보면 처음 봤을 때는 꽤 봐 줄 만했지.’

그랬던 것 같다. 자칼린은 그에게 다가오는 여자를 넋을 놓고 바
라보며 내심 중얼거렸다.

‘지금 저 얼굴도 예쁘장은 하지…… 응?’

“여기 있었습니까, 체사 경.”

낯익은 여자가 환영이 아니란 걸 퍼뜩 깨달은 자칼린이 자리에서
일어났다.

“이익!”

“뭘 그리 놀라서 피합니까. 내가 전염병 환자라도 됩니까.”

르옌이 낡은 수건으로 흘러내린 땀을 닦아 내며 그에게 다가오고 있었다. 차림새나 흐트러진 머리칼, 숨차 하는 것을 보아 하니 아무래도 훈련을 하고 온 모양이었다.

"아니, 아니…… 어, 너 설마 그 몸으로 또 훈련한 거야?"

"조금씩이라도 움직여 둬야 하니까요. 잠깐 시간 됩니까?"

"아니 아니, 나 이제 다시 검침하러 가야…….."

"또 도망간다. 잠깐이면 되는데 말입니다."

자칼린은 퍽 고까운 빛을 띠기 시작하는 그녀와 눈을 마주쳤다가 푹 한숨을 내쉬었다.

자칼린과 르옌은 성의 어느 인적 드문 방에 나란히 앉았다. 낡은 옷장이 자그맣게 위치해 있고 꾸밈이라고는 없는 칙칙한 커튼이 걸린 방이었다. 시녀나 하인들의 방쯤으로 어울릴 듯 허름했다.

자칼린과 르옌은 방 안의 풍경에는 그다지 관심 두지 않고 정면의 커다란 창을 내다보았다. 르옌이 입술만 움직여 물었다.

"네 형이라는 자는 너와 달리 꽤 의심이 많아 보이던데."

잔뜩 긴장했던 자칼린이 화들짝 놀라며 구구절절 늘어놓기 시작했다.

"아, 뭐…… 우리 형님이 좀 심각하게 받아들이긴 하는데, 그게 다 이유가 있어서 말이야……. 애초에 파사드 형님이 충동적으로 행동하는 사람이 아니기도 하고 이해관계가 얽힌 게 많아서. 그리고 너도 알다시피 네 배경만 생각하면 일국의 공작 각하를 꾀어 신수나 한 번 펴 보자는 생각에 그런 건 아닌가 충분히 의심받을 수도 있고……. 아, 물론 다 그렇게 생각하는 건 아니니까 너무 기분 나빠 하지 마. 이, 일단, 일단 형은 너를 잘 모르잖아. 네가 실력이 있다는 건 다른 기사들이 증언을 해서 크게 의심은 않지만 말이야. 일단 파사드 형은 브류나크고 브류나크는 라르크의 얼굴이나 같은 가문인데, 정식 혼인의 후계도 보기 전에 사생아부터 들이는 건…… 오욕이니까. 상대방 가문도 가문인 만큼 라페로바한가는 만만하지 않고…….”

숨도 쉬지 않고 횡설수설하는 변명이 이어졌다. 씁쓸한 미소를 단 르옌은 무릎에 팔꿈치를 대고 턱을 기댔다. 그녀가 툭 물었다.

“어떤 여자냐?”

“누가?”

“브류나크의 여자. 너도 그 여자에게 굉장히 호의적인 것 같은데.”

“네가 그게 왜 궁금해?”

경계심 어린 반문에 르옌은 무심히 되물었다.

“그러면 안 되나? 라르크의 백성으로서 라르크 유일 공작가의 공작 부인이 될 사람이 어떤 사람인지 흥미를 가지는 것은 그다지 이상하지 않다 생각하는데.”

자칼린은 르옌의 의중을 가늠이라도 해 보려는 듯 그윽한 눈빛을 해 보였다. 르옌은 웃음기 하나 없는 얼굴로 덤덤히 그의 시선을 받았다. 자칼린도 결국 턱을 괸 후 창 너머로 시선을 옮기며 중얼중얼 답했다.

“엘히엔은 좋은 애야. 파사드 형이랑 나이 차가 좀 있긴 한데 잘 어울려. 현직 재상의 딸이고……. 내가 라페로바한을 그렇게 좋아하는 건 아닌데, 그래도 엘히엔은 가문이랑 상관없이 좋은 애라고 말할 수 있어. 착하고 귀엽다 할까. 얼굴도 예쁘고, 너랑은 다른 구석이 많아. 정반대로…….”

이 대목에서 자칼린은 살짝 헛기침했다.

“아, 너랑 비교한 데에 악의가 있었던 건 아니야. 너도 알다시피 너는 좀 무뚝뚝한 편이잖아. 애교도 없고. 어쨌든…… 엘히엔은 그냥 천상 북부 계집애라고 해야 하나? 잔망스러운 체해도 순수해서, 꽃 한 송이를 잃어버렸다고 온 정원을 헤집었던 적도 있어. 지금은 나이가 좀 먹었다고 안 그런 체하는데 천성이 어디 가겠어. 걱정은 또 오죽 많은지. ……뭐, 너처럼 이런 분야에서 재기가 많고 그런 건 아니지만 적어도 브류나크의 내조 하나는 확실히 잘할 애라는 말이지.”

르옌의 눈꺼풀이 느리게 아래로 감겼다. 반쯤 내리뜬 눈으로 침묵하던 그녀의 입가에 고소가 어렸다.

“친한가 보네.”

“응, 뭐. 부모랑 관계없이 친하다면 친한 거겠지? 난 일단 엘히엔을 좋아하거든. 형님도 그렇고.”

자칼린의 이야기를 잠잠히 가슴에 담는 동안 기억 한 조각이 일어섰다.

늘 사랑스럽게 웃고 정이 많아 자질구레한 걱정들을 달고 살았던 아이였다. 여왕의 은사였던 예이건의 딸, 이비. 이비는 왕녀일 적의 자신을 사랑했으나 여왕일 적의 자신은 저주했다. 그녀는 한센이 사랑했으되 지키지 못한 여자이기도 했다.

자칼린도 자칼린이지만, 썩 한센과 겹쳐 보이는 카라제시라는 체사의 장남이 아끼는 아이라 하니 그녀와 조금은 비슷한 구석이 있을 수도 있겠거니, 그런 생각이 잠깐 스쳤다.

전혀 상관없는 이들에게서 그녀가 기억하는 이들을 읽어 내려는 부질없는 행위라는 것을 알면서도 가끔은 멈출 수가 없다.

르옌이 정리했다.

“……어쨌든, 본론으로 들어가서 내가 직접 브류나크를 찾아 물어보기 그래서 네게 묻는 건데.”

"뭘?"

"어떻게 결정됐는지."

"뭐가?"

"그렇게 얼빠진 얼굴로 되묻지 마라. 그란두르의 기본 방침."

빤히 그녀를 응시하던 자칼린이 도리어 물었다. 목소리는 한층 낮아져 있었다.

"그럼 너 먼저 대답해 봐. 진짜로 그 포로, 너랑 관련이 없는 거냐?"

"없다."

그녀의 대꾸는 낯빛 하나 바뀌지 않았다. 아주 잠깐의 주저도 없었다.

'아닌데, 분명 뭔가 있는데…….'

자칼린은 영 불편한 기색을 감추지 못했다. 체사의 촉이 뭔가 있다고 말을 하는데 물증도 없고 제대로 된 심증도 없으니 답답하기만 했다.

"없다고? 전혀? 진짜로?"

"왜? 있으면?"

"……아우씨."

자칼린이 뒷머리를 벅벅 긁었다.

처음 레이리스가 탈출했다는 소식을 들었을 때는 참 이상한 기분이었다. 그 계집애가 은혜도 모르고 도망을 갔나 싶어 화도 솟았다가, 어차피 죽었어야 했는데 손을 덜었다 싶은 기분도 들었다가, 이럴 거면 뭐하러 여태까지 살려 뒀지 싶은 생각에 짜증도 났다가.

르옌이 포로 실종에 책임이 있다는 목격자가 나오고, 파사드가 충격적인 폭로를 하고, 카라제시와 관계가 틀어지고, 일련의 사건들이 연달아 터져 그녀에 관한 것은 뒷전으로 떠밀려 버렸지만 자칼린은 아직도 기억했다. 어쩌면 그 말간 회색 눈동자는 한동안 잊지 못할 것이다.

"너는 왜 아직도 그 계집에게 신경을 쓰고 있나?"

"아니…… 뭐."

"쓸데없는 데에 정을 쉽게 붙이는구나."

"미쳤냐? 정이 아니라."

"됐어."

르옌이 그리 핀잔을 놓는 것도 이상하지 않았다. 대부분의 기사들은 이미 손을 떠나 버린 포로를 포기했다. 어차피 레이리스는 외진 곳에 격리된 채였고, 그녀의 말 상대가 되었던 것은 자칼린 정도가 전부였다.

자칼린은 군 내부의 기밀을 누설한 적 없으므로 그녀가 크게 중요한 정보를 가지고 도망칠 수는 없었을 것이다. 뿐만 아니라 이달 내 혹은 내달 초에 큰 회전이 벌어질 것이다. 포로 하나 따위에 신경 쏟고 있을 정신이 없다.

자칼린의 빠르게 교차하는 만감을 아는지 모르는지 르옌은 반복했다.

"그래서 그란두르는."

뚱하게 그녀를 마주 보던 자칼린이 조금 긴 침묵 끝에 다른 질문을 되돌렸다.

"야, 너, 파사드 형님 좋아하냐?"

"……?"

"좋아하냐?"

"싫어해야 하나?"

'이 반응이 아닌데.'

자칼린은 생각보다 심심하게 되돌아오는 그녀의 대꾸에 입술을 삐죽였다.

"그런 의미로 물어본 거 아니잖아."

"아니면 뭔데?"

"알면서 시침 뗄래?"

발끈하는 자칼린을 웃음기 어린 눈으로 응시하던 르옌이 엷게 웃으며 창밖 저편을 가리켰다. 자칼린은 르옌의 입술이 벌어지고 소리 내는 것을 지켜보았다.

르옌의 음성은 이상하게 귀를 집중하게 하는 힘이 있었다.

"체사."

"어."

"지금 페이작이 저기에 있다."

"알아."

르옌의 음성은 다소 맥없이 자칼린의 귓가를 떠돌았다.

"그런데 지금의 나는 터무니없이 약해서, 고작 기사 서넛 상대하는 게 전부야. 회전을 앞두고도 몸 상태가 이래 훈련에도 참가하지 못하지. 나중 되어 발목 잡는 일이나 면하고 싶어 이리 버티고 버티는 중이다."

자칼린은 그녀의 말에 반만 공감했다.

아니, 어떤 여자가 기사 서넛 상대하는 걸 발목 잡는 수준이라 말하는지.

"……죽을지 살아남을지조차 확신할 수가 없다는 말이야. 그런데 이 와중에 내가 브류나크에게 어떤 생각을 품고 있는지가 중요한 문제는 아니잖나."

"죽을지 살아남을지 확신할 수가 없으니까 더 중요한 거 아냐?"

"……."

"네 말처럼 최악의 상황에서는 전쟁터에서 죽을 수도 있다고. 그러니까 자기 마음을 아는 게 중요한 거 아냐? 막말로 죽을 때까지 모르고 죽는 것보다 알고 죽는 게 낫지 않나?"

"말이야 달변이다만…… 꼭 나 죽으란 듯 말하는구나. 재수 없게."

혀를 날름 내민 자칼린이 팔짱을 끼고 거드름 피우듯 쏘아붙였다.

"그보다 너 자꾸 미적지근하게 말 돌릴래?"

"네 알 바 아니라고 간단히 정리해 줄 수 있겠다만…… 정 내게 한마디 듣고 싶다면 이 정도 답은 해 줄 수 있겠구나. 앞으로는 이 세상에 너와 나와 브류나크 셋만 남는다면."

자칼린은 저도 모르게 쫑긋 귀를 세웠다.

"세상은 멸망할 거다."

자칼린이 알쏭달쏭한 표정을 지었다.

그러니까 파사드와 다시는 그럴 일이 없을 거라는 말인 것 같은데, 이걸 좋아해야 해, 말아야 해? 근데 거기에 나는 왜 끼어 있냐? 시시각각 바뀌는 자칼린의 표정을 관찰하며 르옌은 자그마한 소릴 내며 웃었다.

한참을 뿌루퉁하게 그녀를 바라보던 자칼린이 볼멘 투로 말했다.

"……야, 그리고 말이야 좀 냉정히 했지만 걱정 마라. 너 안 죽어."

웃음을 그친 르옌이 자칼린을 빤히 바라보았다.

"내가 네 옆에 붙어 있으면서 발로이드 기다릴 거야. 내 친형은 지금 네가 전선에서 빠지기를 바라는 것 같은데, 그렇게는 안 되지."

"한낱 말 팔이의 딸이 명문 체사를 호위로 두나?"

"영광이지?"

르옌은 능청스런 표정으로 고개를 갸웃했다.

"가능한 일이라면 꽤 영광이겠다만 자칼린 너는 따로 네 할 일이 있을 거다."

"내 할 일?"

"나를 따라다니는 일보다 중요한 일이지. 받아들여질지는 모르겠다만……. 그러니 그란두르에서 어찌하기로 했는지나 일러 봐. 잡담으로 시간 잡아먹지 말고."

"그건 무슨 소리야? 장난쳐? 내가 분명 전에 너한테……."

자칼린이 퍽 노골적으로 불편한 기색을 해 보였지만 르옌은 아랑곳 않고 중얼거렸다.

"페이작을 바란다지 않았나. 페이작은 네게 보내 줄 테니 넌 네 목숨 건사할 생각이나 해라."

"어떻게? 지난번에 말했던 것 이상의 뭔가가 있는 거냐?"

르옌은 피곤한 사람처럼 고개를 젖혀 창 저편의 높은 하늘을 바라보았다.

"브류나크가 아직 결정하지 못했다면 나도 더 첨언하지 않겠다. 생각이 있다면 그가 조만간 이야기하겠지. 페이작을 잡아 두기에 체사만큼 적절한 이가 없으니. 그래서 사령부 회의에서는 그란두르전에 어떤 입장을 취하기로 했는데?"

이거 또 지가 하고 싶은 말만 하기 시작했네.

다시 원점으로 되돌아온 대화에 자칼린은 잔뜩 마뜩찮은 눈빛으로 답했다.

"오늘 다수결에 들어갈 거야. 그런데 어차피 형식적인 거지. 파사드 형님을 거역할 만한 사람은 거의 없거든. 그리고 전쟁이 지긋지긋한 녀석들이나 지금 제국군에 화가 많이 난 녀석들은 그게 썩 좋은 방법이라고 생각하는 것 같더라고. 물론 모험보다 안전한 걸 좋아하는 기사들은 이래저래 불만이 많지만."

"시친 해병들의 지원이 있을 거라던데, 그들은 쓸 만해?"

"별 희한한 거대 짐승도 데리고 다니고 그, 그, 뭐더라. 코끼리. 맞아, 코끼리. 뭐, 걔네 진면목이야 물 위에서나 발휘되겠지만 그 해병 군사란 놈들은 훈련 상태가 썩 나쁘지 않더라고."

르옌은 더 묻는 일 없이 고요한 침묵으로 가라앉았다. 슬슬 그녀의 눈치를 보던 자칼린이 참지 못하고 캐묻기 시작했다. 야, 그래서 파사드 형님이랑 어쩌다 그렇게 된 건데? 르옌은 그가 귀여워 비웃기만 했다.

"나 진짜 지금 심각하다고! 궁금해서 숨넘어가겠어!"

"네가 숨이 넘어가건 말건, 내 알 바 아니지."

밤이 되자 찬 바람에 실려 오는 강물 비린내가 짙어졌다. 민가는 암흑에 갇혀 어두컴컴했다. 그러나 이른의 성은 야간 임무를 받고 움직이는 이들로 인해 햇불들로 넘쳐 나 초저녁처럼 한산하게 밝았다.

저녁 식사 후에 볼레트 군의관의 만류를 뜯어내고 훈련을 더 한 르옌은 성 외곽의 좁은 공용 목욕탕에서 몸을 깨끗이 씻었다. 부상이 곪는 것을 최우선으로 경계해야 했으므로 위생 상태를 청결히 하는 건 당연한 일이었다.

한밤중의 하현달이 머리 위로 드리워졌다.

그녀는 젖은 머리칼이 얼어붙을까 꼭 감싼 후 성으로 되돌아왔다. 몸이 무겁다. 동상은 수포가 다 터져 보기에는 흉해도 많이 나았다. 밧줄에 패인 복부의 부상도 마찬가지였다. 성안으로 들어선 그녀는 사령부 회의가 있는 일 층의 어느 방을 발견하고 보속을 늦추었다.

그녀의 걸음은 계단 앞에서 멈추었다. 문은 여전히 굳게 닫혀 있다.

'오늘 저녁 늦게 수결이 있다고 했던가.'

안쪽에서 희미하게 인기척이 느껴지는 걸 보면 아직까지도 지지 부진하게 이어지는 모양이었다. 떨어지지 않는 발을 머뭇거리고 있는데 달칵 소리와 함께 문이 열렸다.

이윽고 지친 얼굴의 기사들이 무리 지어 혹은 홀로 걸어 나왔다.

르옌은 가장 먼저 밖으로 나온 카라제시를 발견하고 불편한 숨을 죽였다. 머리끝부터 발끝까지 망토로 뒤집어 쓴 장신의 사내도 뒤따라 나왔다. 어쩐지 북부 기사와는 다른 기묘한 분위기의 사내였다. 정체 모를 괴 망토의 사내는 멀찍이 계단에 선 그녀에게 잠깐 시선을 준 후 사라졌다.

'누구지.'

대부분의 기사들은 지칠 대로 지친 얼굴을 하고는 뿔뿔이 흩어졌다. 한참이나 르옌을 쏘아보던 카라제시는 대놓고 한숨을 내쉰 후 달리 용무가 남은 사람처럼 성 밖으로 향했다. 저 정도면 신사적인 비호감의 표현이니 만족해야 할까. 르옌이 막 다시 걸음을 떼려는데 파사드가 나왔다.

자연스럽게 눈이 마주쳤다. 그날 이후로 이렇듯 시선이 맞은 건 처음이었다. 근처에 남아 있던 기사들의 시선이 파사드와 르옌에게로 향했다.

파사드가 그녀가 있는 방향을, 정확히는 계단을 향해 걸어왔다.

방금 전에 있었던 회의의 결과가 알고 싶었지만 아마도 결론이 났다면 내일 아침쯤에는 공포가 될 것이다. 르옌은 조금 참기로 했다. 르옌은 계단을 올랐다. 파사드가 뒤따르듯 한 걸음 한 걸음 층계를 밟았다.

모든 소리가 죽은 시체 더미를 걷는 듯했다. 작은 발소리 뒤로 조금 더 묵직한 발소리가 규칙적으로 이어졌다. 몇 개 되지 않는 계단이건만 천 개는 되는 기분이었다.

—좋아하냐?

불현듯 자칼린의 물음이 떠올랐다.

그녀 역시 사람이었던지라 아무 감정도 없다 단언할 수는 없었다.

그에게 안겨 있던 순간의 따뜻함, 절박함, 치밀던 그리움……. 숨이 섞이던 순간의 감각과 매섭게 그녀를 움켜쥐던 손길. 박동하던 심장 소리와 신음만이 전부였던 시간이었다. 삶도 죽음도 전쟁도 평화도 죄 잊고 그 순간만이 세상의 전부인 듯 몰두했던 일야.

어찌 잊을 수 있을까.

에이반이 죽은 이래 처음으로 자신을 내려놓았던 시간이었다. 그러나 현실은 죄의식이라는 꺼풀을 쓰고 들이닥쳤고, 꿈 같은 밤을 곱씹으며 추억에 잠겨 있기에는 그들은 급박한 전장에 있었다.

어느새 계단이 끝이 났다. 층계참†에 이르러 르옌은 자연스레 걸음의 방향을 돌렸다. 뒷덜미를 붙잡는 목소리가 있기 전까지 그녀는 멈추지 않았다.

"르옌 데투아."

르옌이 뒤돌았다. 파사드는 편편한 층계참에 멈춰 선 채로 그녀를 바라보고 있었다.

"……잠깐 괜찮겠나?"

층계참† 　계단 도중에 설치하는 공간으로 계단의 방향을 바꾼다거나 피난, 휴식 등의 목적으로 설계한다.

파사드의 침실은 그날 난장판이 되었던 풍경과 달리 반듯하게 정돈되어 있었다. 방문은 한 뼘 정도 열린 채였다. 아무 일도 없으리라는 그 나름의 표시였다.

소파에 앉은 르옌은 문틈 새로 스며드는 찬 공기에 뒷목을 어루만졌다. 파사드가 담요를 한 장 건넸다. 지난 기억이 고스란히 남은 방에 나란히 앉아 있기엔 멋쩍은 감이 있었지만 르옌은 내색하지 않고 그를 받아 둘렀다.

어색한 기류가 흘렀다.

담요를 건넨 후에도 파사드는 바로 자리에 앉지 않고, 기름 등에 불을 붙이고 벽난로의 불씨를 어르고 탁자 위에 어수선하게 놓인 문헌과 보고서들을 모아 정리했다. 어색함 다음 찾아온 지루함에 르옌이 막 입술을 떼려는 찰나 뒤돌아선 파사드의 목소리가 들렸다.

"내일 오후 중으로 선발대가 출발하고 나흘 후, 나도 그란두르의 진지로 선행할 생각이다."

"……그렇게 결정이 났어?"

"네가 제시한 방향에 타당성이 있다는 판단하에 기사들도 어느 정도 납득했다. 그러나 군의 재배치는 불가피하다. 적들에게 노출될 조금의 위험이라도 기피해야 할 테니."

거기까지 말한 파사드는 그녀의 건너편에 앉았다. 무언가 달리 할 말이 있는 것처럼 보였지만 르옌은 모른 체했다.

"들었는데 시친의 병사들도 쓸 만하다던데, 그들이 남부 코끼리를 가졌다지. 기회가 된다면 내가 직접 살펴보고……."

"다만 아직 개략적인 방침일 뿐이다. 세세한 것까진 결정되지 않았다. 불확실한 적들의 위치에 따라 돌파의 방식도 달라질 테지."

"내가 찾아."

"그리고……."

르옌은 금세 눈을 반짝이며 파사드의 목소리에 귀를 기울였다. 파사드는 어쩐지 들뜬 듯한 르옌의 대꾸에 즉각 쐐기를 박았다.

"너는 지오타르 경과 해군 고위 장교들이 함께 이동할 거다. 결정권은 그들에게 있다."

"상관없어."

"아직 황실 근위대의 저력은 간파하지 못한 바다. 황궁을 수비하던 자들이니 녹록하지는 않을 테지."

"돌파할 만한 기구가 따로 있다면……. 쭉 둘러봤는데 이른은 군사 요새가 아니라 그런지 쓸 만한 게 별로 없더구나. 라르크 군도 지난번의 습격에 많은 물자 손실을 입어서인지."

파사드는 잠깐 침묵했다가 다시 입술을 열었다.

"그 부분에 관해서는 염두에 둔 것이 있으니, 제독과 이야기를 나눈 후 사안을 전달하지."

대화는 그것으로 끊겼다. 르옌은 생각에 잠겼고, 파사드는 그런 르옌을 바라만 보았다.

겨우 그 얘길 하려고 예까지 불렀느냐는 반문이 돌아올까 내심 마음을 썼던 파사드는, 그녀가 이 상황에 대한 것은 안중에도 없다는 사실을 알아차리고는 쓴 한숨을 삼켰다.

르옌의 낯은 생기로 면면했다.

처음 봤을 적 르옌은 몹시 죽은 눈빛을 하고 있던 말수 없는 여자였다. 마호가니 나무의 표피처럼 메마른 적갈색 눈동자는 건조하기 그지없었다. 웃음도 없었고 감정을 드러내는 법도 없었다. 그리고 파사드는 그런 종류의 인간에 익숙했다. 전쟁터에는 그런 군사들이 넘쳐 나기 때문이다.

하지만 그녀는 그가 보아 왔던 여느 인간과도 다른 사람이었다.

말 팔이의 딸이라며 평화를 등지고 찾아왔던 죽은 눈은, 평화와 정반대의 극에 위치한 전장의 한가운데에서 활기를 찾아가고 있었다. 이제 파사드는 그녀에게 많은 얼굴이 있다는 걸 알고 있다.

"먼저 말해 줘서 고마워. 사실 궁금했는데 요즘 곤란한 일도 있었고 해서 자칼린에게 물어야 하나 싶었는데."

이야기를 마무리한 르옌이 몸을 일으키며 돌아갈 내색을 비쳤다. 그녀가 일어서자 막 씻고 나온 맑은 물 내음이 풍겼다. 파사드는 높아진 그녀를 눈으로 올려다보았다. 그의 시선을 알아차린 르옌이 산뜻하게 미소 지어 보였다.

"더 할 말 있나?"

문득 파사드는 깨달았다. 그녀와 그는 그다지 이야기를 나눌 만한 것이 없었다. 늘 그녀와 그의 대화는 이 전쟁에 관한 것으로 자연스레 국한되었다. 궁금한 것, 사소한 사담, 안부 같은 것은 물으려야 물을 수도 없어 굳어진 거리였다.

다른 기사들은 스스럼없이 그녀에게 말을 붙이고 농담을 나눈다. 그러나 그에게는 불가능한 것이다. 침묵은 가슴으로 젖어 들었다. 뒤돌아서는 그녀의 매정함에 파사드는 그도 모르게 묻고 말았다.

"……후회하나?"

르옌의 걸음이 멈추었다.

빤히 그를 내려다보던 르옌이 다시 자리에 앉았다. 파사드는 굳어진 눈빛으로 그녀의 시선을 피하지 않고 받았다. 말을 고르기 위해 검지의 마디를 입술 사이에 갖다 댄 르옌이 운을 뗐다.

"……내가 전에, 너는 전쟁터와 그다지 어울리지 않는 녀석이라고 얘기했었던가?"

조금 전 제 질문과 저 망언이 무슨 관계가 있는가 싶어 파사드의 미간이 살며시 찌푸려졌다.

"신중하고 사려가 깊다는 건 너와 몇 마디라도 이야기 나눠 본 자들이라면 능히 짐작할 거다. 혹시나 하는 의구와 노파심이 너를 신중하게 하고, 브류나크라는 높은 직위를 계승받은 이라는 사실이 매사를 사려하게 만드는 거겠지. 그 신중함 때문에 과감함을 잃게 되는 것은 어쩔 수 없는 일이라 치고……."

"무슨 소리를 하나."

"나는 네가 괜한 아집을 부려 억지스러운 방향으로 치우치거나 기울지 않는다는 점을 대단하다 생각해. 사실 너 정도의 위치에 있는 자들은 면 세우기에 급급해 잘잘못을 알고도 모르쇠하는 일이 많으니까. 나도 그러했고."

나도 그러했고. 그리 간결하게 인정하는 르옌의 어조가 조금 더 차분해졌다. 당최 이해할 수 없는 방향으로 이어지는 말이었다.

"데투아, 내 물음이 불편했다면 구태여……."

"그냥 이건 네게 하고 싶은 말이야. 내가 조금 전에 말한 신중함이라던가 실수를 받아들이는 태도라거나 하는 것은 네가 지금 지닌 직함과는 관계없이 존경받아 마땅해. 사령관으로서도 모자람이 없다. 하지만 실상 우리가 하고 있는 전쟁이란 것은 절대 수치의 셈이 불가능한 매회의 도박과도 닮아 있다고들 하지 않나. 노력과 운과 개개인의 사기 같은 것들이 어떤 식으로 뒤엉키는가에 따라 크건 작건 결과가 바뀌니까."

희미한 미소를 띤 르옌이 물었다.

"한데 브루나크, 지휘관에게 필요한 것이 하나 더 있다. 소위 말하는 용기가 그것이지. 알고 있나?"

"……."

"……목숨이 걸린 선택을 앞두었을 때, 사람들은 늘 갈등하지. 사령관은 신처럼 보여야 할지라도 결국 신이 아니기에 직면하는 공포는 군사들과 다를 바 없다. 그때 겁에 질려 도망치지 않을 수 있는 타고난 용기가 우리가 일반적으로 말하는 스스로를 이겨 내는 용기이고."

"……."

"환경적인 이유나 개인의 신념에서 비롯된, 죽음에 이르러도 만족할 수 있을 마음가짐을 가지게 하는 것은 적을 이겨 내는 용기지. 전자는 이 전쟁터에 널리고 널렸다. 후자는 아주 드물지만."

파사드의 속이 조금 들큰해졌다. 그는 후자의 용기를 지녔던 누군가를 알고 있었다. 불쑥불쑥 생각나는 청년이다. 애써 생각을 떨친 그가 되물었다.

"로만다히트의 『전쟁 이론』을 이야기하는 건가."

그것은 까마득히 오랜 옛날 저술된 전쟁에 관한 서책으로, 시대상으로 라르칼리아 왕조의 중기에 처음 발표되었다 기록되어 있는 책이었다.

전쟁에 대한 서책들 중에 가장 유명한 것은 아니지만, 지휘자의 덕목에 관하여 학자 나름의 개인적 의견이 담겨 소상히 적혀 있다는 점에서는 쓸 만하였다.

파사드는 라르칼리아의 전서를 접하기 전 그 책부터 접하였다. 르옌이 고개를 보일 듯 말 듯 끄덕였다.

"그래, 하지만 나는 그 저자가 용기라 부르는 것을 전자 후자 할 것 없이 잔인함이라 평했다. 전자는 스스로를 외면하고 짓이겨 고통과 공포의 역치를 넘겨 끝내 무뎌지는 것이고, 후자는 결국 타인을 배려치 않은 자기만족만으로 이루어진 용기이니 결국 잔인한 거지."

"……."

"한데 내가 보기에 네게는 전자의 잔인함도 후자의 잔인함도 없다."

"……."

"네가 있어야 하는 자리에 있다는 사실이 너를 용기 있는 자로 만들어 주는 건 아니지. 너를 잔인한 자로 만드는 것이 아니라는 말이다. 브류나크, 천성이 잔인하지 못한데 잔인한 곳에서 그리 오랜 시간을 버티는 건, 결국 너 스스로에게 잔인한 짓을 하고 있다는 것과 다름이 없다. 너는 왜 전쟁터에 나와 있나?"

파사드는 내심 놀랐다. 늘 전장의 최전방에 섰던 그에게 저런 신랄한 평가를 내린 이는 없었다.

"……이번 전쟁은 폐하의 명을 받잡아 왔지만, 그러지 않더라도 브류나크의 의무는 라르크의 수호다."

르옌은 약간의 힐난이 담긴 투로 답했다.

"틀린 말은 아니지만 브류나크는 이제 둘이잖아."

"왕가는 뮈아드로를 수호한다."

"왕가는 나라 전체를 지켜야 함인데 어찌 라르크의 수호가 너만의 몫이냐? 예전부터 좀 궁금했다마는 말이 나온 김에 묻겠다. 테른도크 란펠 브류나크는 라르크의 제일 기사란 이름을 스스로에게 댔다지? 그런데 왜 그자의 라르크는 뮈아드로뿐인가?"

그녀로부터 저런 이야기를 듣고 싶지 않았다. 결국 파사드가 그녀를 외면하고 먼저 일어섰다. 그러나 르옌은 그치지 않고 또렷하게 힐난했다.

"네 성정을 지켜보니 너는 정계에서도 그다지 유연하게 버티지는 못하겠더구나. 뭐, 이만한 군사력도 있고 권세가 대단한 유일 공작이라는 작위도 있고 그만큼 견고한 영토도 있는 데다 모두가 존경스러워할 만한 올곧은 성정까지 갖추었으니 어느 누가 감히 너를 꺾으려 들겠느냐마는."

"……."

"기본적으로 정치란 너의 명분을 위해 타인의 명예를 외면하는 것으로 완전해진다. 신중하기만 해서는 안 되고 대범할 때가 필요한 것은 두말할 것도 없지. 너처럼 상대방을 먼저 사려하는 것도 지양해야 한다. 네가 그 어떤 실수를 했더라도 완벽하게 패배하여 돌이킬 수 없기 전에는 그 실수를 인정하는 짓도 해서는 안 될 일이야. 실수를 사과하기보다 수습해야 하는 거야. 네 앞에서 정도正道를 논하지는 않겠다. 정도는 이상처럼 부질없는 것이라 생각하니까. 하지만 후흑厚黑은 그리 말한다. 모두가 정의롭고 명예로워 공평한 대우를 받을 수는 없는 거라고. 분명 네 덕에 나는 큰 고초를 겪지 않을 수 있었어. 그 점은 고마워하고 있지만 다른 곳에서도 그리 네 체면 차리지 않고 스스로의 명예를 실추시킬까 싶어 조언하마. 대의가 아니라 개인을 위해 너를 희생하는 건, 정말 천치 같은 짓이다."

잠자코 듣고 섰던 파사드가 입술을 늘여 웃었다. 화도 나지 않는 걸 보면 어지간히 스스로가 무르긴 한 모양이지 싶다는 생각을 하면서.

르옌이 절대적인 양 떠든 사상은 그와는 정반대에 있었다. 파사드는 정치에도 전쟁에도 흥미나 어떠한 사익을 위해 나설 생각이 없었다. 그는 제가 스스로 결정한 사명을 위해서 자신이 감당할 수 있는 일만을 해 왔고, 앞으로도 그럴 것이었다.

르엔의 조언은 그 때문에 쓸모없었다. 그녀가 무어라 하든 그가 선택한 방식은 변하지 않을 것이기 때문이다. 몇 마디 더하여 반박을 할까 생각했던 파사드는 곧 마음을 바꾸었다. 르엔과 이런 문제로 언쟁하고 싶지 않았다.

"……얼마나 나를 더 무능력자 취급하고 무시해야 네 직성이 풀리겠나?"

"그럼 평민 계집 하나 난처함에서 구해 내겠다 제 명예를 실추시키는 공작 각하에게 낭만적이라 칭송하올까? 바보짓이었다. 지금 대외적으로 너와 나의 신분 차이가 얼마인데 그걸 그리 말해. 재상의 딸을 부인으로 뒀다는 녀석이."

"……누가 말을 잘못 전달한 것인지는 모르겠지만 나와 그녀는 아직 정혼 관……."

쏘아붙이듯 뱉으려던 파사드의 입술이 일순 굳어졌다.

정혼 관계와 혼인 관계. 다를 것이 없었다. 어차피 그는 오래전부터 엘히엔과 혼인을 하리라는 생각으로 살아왔고 머지않은 미래에 그리될 것이다. 의심한 적 없었다. 그런데 지금 그걸 분별하는 것이 무엇이 중한가.

제 행동이 그르지 않았다 합리화하기 위해? 그게 아니라면? 어떤 가정을 떠올린다 한들 스스로가 혐오스러워지는 건 피할 수 없었다.

말을 멈춘 그를 물끄러미 바라보던 르엔이 고개를 갸웃했다.

"응? 왜 말을 하다 말아?"

"……아니, 다를 것 없다."

르엔은 그의 낯 위로 스쳐간 일말의 체념을 읽어 내고는 엷게 웃었다. 조금은 허전하지 싶은 제 감정을 인정하는 건 어렵지 않았다.

"……그리고 후회하든 후회하지 않든, 나는 내 감정을 네게 솔직히 이야기할 의무가 없어. 지난 일은 덮어 두자. 전쟁터에서는 이런 일도 저런 일도 생기는 법이니까. 지금은 그런 걸 고민할 때가 아니기도 하고."

르옌의 말은 그른 것이 하나 없어 더 울분이 올라왔다. 눈가가 뻐근해 그녀를 바라보고 있기가 힘에 겨웠다.

그녀에게는 참 모든 게 쉬워 보인다. 그녀에게 중한 것은 아마도 곧 있을 발로이드와의 접전일 것이다.

자신에게도 그래야 했다.

먼 산맥 위로 깔린 하늘이 어두워지기 시작했다. 선발대는 이튿날 오후 출발했다.

카헤이아는 이른 아침부터 파사드와 의견 마찰을 빚은 후 잔뜩 골이 나 투헤인을 찾아갔다. 투헤인은 라르크 군사들의 엄중한 감시를 받고 있는 중이었다.

이른 성의 어느 좁은 방 안에 갇힌 투헤인은 거의 대부분의 시간을 홀로 보냈다. 그러나 오늘은 투헤인 혼자가 아니었다. 카헤이아는 뒤따라 들어오려는 라르크의 기사들을 죄 축객한 후, 투헤인의 건너편에 앉아 차를 홀짝이는 낯설지 않은 청년을 고까운 눈으로 바라보았다.

"그쪽이 왜 여기 있나? 네 땅으로는 돌아가지 않으려고?"

교류는 거의 없다시피 했지만 뮈아드로에서 남부까지 내려오는 내리 동행했기에 서로 얼굴은 익숙했다.

"조금 더 머물러도 좋다 허락받았습니다."

"검도 쥐지 못하면서 무슨 쓸모가 있다고."

"교전 중엔 기사들이 전부 빠져나가지 않습니까. 저는 차라리 영지를 살피는 데 더 익숙하니 이곳에 남아 성안이 돌아가는 걸 감독하는 일로 도울 수 있을 겁니다."

레작은 퉁명스레 답하며 의례적인 웃음을 짓는 것도 잊지 않았다.

"그래서 둘이 나란히 마주 앉아 어울리지도 않은 차나 마시면서 뭘 그리 수군대고 있었는데?"

"이것저것요."

"그러니까 그 이것저것이 뭔데?"

투헤인이 느른히 의자에 등을 기대며 답을 대신했다.

"사내들이 모여 하는 이야기야 뻔하지 않나? 여자 얘기지. 아, 그리고 형제에 관한 것도."

잠자코 투헤인을 응시하던 카헤이아가 창을 향해 고개를 돌렸다. 창밖의 풍경은 커튼으로 가려져 있었다. 그녀는 성큼성큼 걸어가 우악스런 기세로 커튼을 걷어 냈다. 하얀 겨울 햇볕이 따갑게 밀려들었다.

"팔자도 좋지, 전선 한복판에서. 그리고 사내놈 둘이 우중충하게 이게 뭐냐."

투헤인은 예고 없이 얼굴로 쏟아지는 뙤약볕에 손차양을 올리며 중얼거렸다.

"너는 한창 바쁠 때인데 이렇게 함부로 나를 만나러 와도 되나?"

"보러 오면 안 되나?"

"날 브류나크에 팔아넘겨 놓고서는 염치도 좋구나."

"시비냐? 레작, 잠깐 투헤인과 단둘이 이야기하고 싶은데."

레작은 내키지 않는 사람처럼 말없이 자리를 지켰다. 카헤이아는 금세 그 기색을 알아차리고 설명을 덧붙였다.

"파사드와는 합의가 끝난 얘기다. 못 믿겠으면 가서 물어봐."

저렇게까지 말하니 더 앉아 있는 게 실례라 레작은 불만 없이 물러났다.

카헤이아는 조금 전까지 레작이 앉아 있던 자리에 털썩 자리를 잡고 앉았다. 투헤인이 손차양을 내리며 아직 따뜻한 그의 차를 홀짝였다.

"왜? 이번엔 뭘 팔아넘겼기에 이렇게 독대도 허락했다던가?"

"재수 없게 말하는 놈은 오늘 파사드 한 명 상대한 걸로도 충분하니 괜히 긁지 마, 새끼야."

투헤인이 낮게 웃었다. 라르크도 모르가나도 별로 좋아하지 않지만 객관적으로 파사드는 그다지 무례한 사람은 아니었다.

"어련하겠어. 그런데 왜 이렇게 조급해?"

카헤이아는 조금 전까지 레작이 마시던 찻잔을 성의 없이 옆으로 밀친 후 그 위에 발을 올렸다. 비스듬 의자가 기울어져 아슬아슬해 보였지만 그녀도 투헤인도 그다지 신경 쓰지는 않았다.

"테른도크가 약속을 지킬 것 같나?"

"그를 만났던 건 너니까 네가 알겠지."

문헌의 약조에 따라 이번 전쟁에 도움을 준다면 그들에게 땅을 내어 주겠다. 테른도크가 많은 사람들 앞에서 한 약속이다.

카헤이아는 이곳에 내려와 르옌이라는 계집으로부터 회의적인 이야기를 들은 후에도 북부의 왕이 그들의 약속을 지킬 것을 의심하지 않았다. 다만 한 번 긁어 부스럼을 만드니 불편한 기분이 드는 것도 사실이라 못내 마음에 걸렸다.

"조약서의 사본은?"

"델 오스작으로 바로 보냈다."

"그럼 내가 확인할 수도 없잖아?"

상쾌하게 되돌아온 답에 카헤이아는 뚱한 표정으로 입안에서 거칠게 욕설을 짓씹었다. 남 일이냐, 이 자식아.

"그나저나 미리 쥬비상트 해협 아래 대기시켜 두었던 배들은 이미 모르가나의 키사 쪽으로 남하하고 있을 텐데."

"바인이나 살리가르 쪽은?"

"작정하기 전에 그들 쪽에서 먼저 시비를 걸어오지는 않겠지. 영해를 침범하는 일은 후일 제국 황제의 명이었다 덮어씌우면 되고."

"너 같은 새끼가 내 형제라니."

"다행이지."

"아주."

투헤인과 카헤이아가 작게 깔깔대며 웃었다. 카헤이아가 이어 물었다.

"그러면 대륙 추방령에 대한 건?"

"내가 여기에 붙잡혀 있는데 제도에 앉은 황제가 어찌 나올지 알 도리가 있나."

"황제에게 진상할 배들에 화약은 가득 채웠겠지?"

두 사람은 의미심장하게 눈빛을 주고받았다. 서늘히 입꼬리를 올린 투헤인이 찻잔을 들어 올리며 대꾸했다.

"당연하지. 그놈들이 약조를 지킬지 안 지킬지 어찌 믿고. 이백여 년간 각고의 노력으로 이만큼 끌어 올린 우리의 조선술이다. 저놈들이 날로 먹으려 든다면 그만한 대가는 치러야지."

"라르크 놈들도 꽤 깐깐해. 우리 함선에 의심이 많더군."

5단 갈레온 선이라 알려진 그들의 함선은 총 네 개의 층으로 이루어져 있었다. 겉보기에는.

　그들의 함선 가장 밑바닥 그리고 선체 옆면의 벽과 외부 선체의 벽 사이에는 비밀로 가득 찬 빈 공간이 있다. 그는 밀수와 그 밖의 은밀한 것들을 싣고 옮기기 위한 것이다.

　간혹 그들은 낡거나 회생이 불가능한 배를 파괴할 때, 그 틈에 화약을 채워 넣어 불태우기도 한다.

　모르가나로 향할 배 역시 마찬가지의 구조였다.

　화약의 성능이 그다지 좋지 않아 어차피 오래지 않아 자연스레 못 쓰게 될 터이지만, 적어도 모르가나가 그들의 약조를 지킬 때까지는 건재하리라. 후일 발각된다 해도 핑계 댈 것은 많았다.

　"일단은 라르크 놈들이 닥치는 대로 요청한 물자들 중 감당 가능한 건 내어 줄 거다. 대가로 너를 풀어 달라 넌짓 청해 봤지만 그건 어렵다는군."

　"지금 내 처지가 이곳의 원래 영주와 다를 바 없는데 풀어 줄 리가 없지. 그리고 이길지 질지 모르는 전쟁이니 적당히 발 뺄 곳은 찾아 둬."

　"어차피 지든 이기든 상관없이 우리는 목적한 바에 가까워지니까 상관없잖아? 라르크가 패배하고 내가 공개적으로 실각한다 해도 후임은 우리가 미리 말 맞추었던 그 녀석이 될 거니까. 너라면 그놈을 내 위치까지 끌어올릴 수 있잖아. 충분히."

　절대적인 신뢰란 투헤인과 그녀의 관계에서는 특별하지 않은 것이었다. 투헤인은 무뚝뚝하게 그녀를 바라보기만 했다.

　얼마 지나지 않아 어깨에 힘을 뺀 투헤인이 일어섰다. 카헤이아는 창가로 걸어가는 투헤인의 뒷모습을 응시했다.

　"……하지만 카헤이아, 이미 너는 네가 바란 대로 제독이 되었고, 얼마든지 우린 우리끼리 평온히 살 수 있을 일이었다."

"이제 와서 그런 이야기를 하기에는 늦지 않았나."

"늦었다고 생각했을 때야말로 멈출 때지."

"늦었다고 생각했을 때는 정말 늦은 거다."

카헤이아는 짧게 웃었다.

"투헤인, 언젠가 우리가 머물 곳이 사라져 후대가 살 곳을 잃고 숨을 곳을 잃는다면 그는 오롯이 선인인 우리의 책임이야."

"불확실한 미래다. 그리고 구태여 이런 식으로 목숨을 걸 필요도 없었겠지. 애초부터 뉴가트와 이스자키 올다의 제독들이 주장한 것처럼 모르가나의 손을 들어 그들로부터 호의를 사고, 이 전쟁이 끝나기를 기다렸다가 움직이는 게 더 나았을지도 모르지."

"우리가 바라는 것을 얻는 데에 반드시 개처럼 기어야 한다는 전제가 싫다고. 쟁취가 아니라 적선을 받는 그런 게 싫어."

"세상이 네 감정대로 움직이는 게 아니란 건 대체 언제 인정할래?"

투헤인은 힐난의 기미 없이 중얼거렸다. 그의 엷은 갈색 눈동자가 창밖의 사위를 휘둘렀다. 좁은 창 저편에 펼쳐져 있는 풍경은 생소하고 낯설었다.

아주 먼 곳으로는 온통 죽은 낙엽과 앙상한 나무들이 즐비해 있다. 보다 가까이에는 넓은 강이, 그 안쪽 강기슭으로는 성벽이, 성벽 안으로는 민가가 있다.

이국적인 분위기라는 건 부정하지 않겠다. 그러나 투헤인은 그다지 매료되지 않았다. 카헤이아도 알 것이다. 모르가나에게 맹렬한 적대 감정을 키우기에는 그들이 대륙을 떠난 지 너무 오랜 시간이 지났다는 것을.

카헤이아의 딱딱한 목소리가 그의 뒷덜미를 쓸었다.

"……짊어진 것이 많아 목숨을 걸지는 못하더라도, 목숨을 거는 체는 해야 면목이 살지."

투헤인은 창틀에 기대어 앉아 그의 어린 여동생을 돌아보았다. 하나로 묶어 올린 카헤이아의 금발이 선명하게 빛났다. 그녀의 눈빛은 점점 누군가를 닮아 가고 있었다. 본디 손아래 동생이 손위 형제를 닮는 것이 자연스러운 순리건만, 그를 거스른 빛이다.

"게헨 녀석에게."

카헤이아의 음성은 그것으로 끊겼다.

투헤인은 얼굴조차 기억나지 않는 동생을 떠올렸다. 아버지인 제독의 명이 있고 그가 날인을 찍어 그들의 동생은 하늘로 날아갔다.

그들의 친모가 소속된 파트라논가에서 해병 양성에 뜻을 보이기 시작한 것도 그때부터였다. 그들은 지금 카헤이아의 가장 큰 조력자가 되고 있다.

그만큼 게헨의 죽음은 많은 이들의 가슴에 파문을 남겼다. 그의 마지막 모습을 기억하는 이들이 여전히 많았다. 아버지, 건강하십시오. 투헤인은 제 동생에게 그리 정이 많지는 않았지만, 그날의 기억을 반복할수록 가슴 어딘가에 멍울이 맺힌다는 것을 부정하지는 못했다.

카헤이아 역시 게헨의 죽음 이후로 칼을 갈고 갈아 끝내 그들의 아버지를 몰아냈다. 물론, 그에 가장 지대한 역할을 했던 건 투헤인 본인이었다.

"지난 시간 네가 쏟아부은 노력만으로도 게헨에게는 충분한 보상이 되었을걸."

"노력만으로는 어떤 인정도 받을 수 없다는 걸 가장 잘 아는 네가 얼간이처럼 왜 그딴 소리를 지껄여? 나는 내 땅의 젊은 청년들의 명예를 되찾아 줄 것이고, 그 첫 이름은 게헨이 될 거다."

"네가 실패해 죽기라도 하면 천장은 치러 주마."

"듣던 중 반가운 소리네."

떠난 사람은 알지도 못할 일이다. 산 자만 이리 열심히라 가끔은 불공평하지 않나 싶다.

"그리고 뉴가트의 빌어먹을 놈팽이 새끼도 내 대신 쳐 죽이고."

"동족상잔까지는 지지하지 않을 거다. 지금 상황을 조율하는 것만으로도 태수께서는 곤란해 하시니까."

"너야 태수의 개니까. 하지만 난 뉴가트와 이스자키 올다의 그 녀석이 게헨을 비웃은 걸 뼛속까지 후회하게 해 줄 거다. 이건 우리의 델 오스작의 명예이기도 하다. 언젠가 너도 아버지도 인정하게 될 테지."

실현 불가능한 대륙 진출의 이상을 가장 앞서 부정했던 카헤이아는 이제 그를 이룩하기 위해 어떠한 피해도 감내해 내려 한다. 투헤인이 십여 년에 걸친 작업으로 그녀를 시친의 최고 지휘권자인 제독의 자리에까지 끌어올려 줬지만, 그 십여 년의 노력마저 쉬이 내팽개칠 만큼.

투헤인은 더는 그녀를 설득하려 하지 않고 화두를 돌렸다.

"그래서 다음 일전은 언제쯤이라던가?"

"얼마 남지 않았다는군. 바람의 방향이 어쩌고 눈구름이 오고 있다던가 어쩐다던가……."

투헤인의 눈동자가 푸르기만 한 하늘을 향해 미끄러졌다. 저편의 산맥 끄트머리에 걸린 구름 무리가 보였다. 카헤이아가 터벅터벅 걸어와 그의 곁에 나란히 섰다.

그들의 금발 위로 겨울의 햇살이 단란하게 부스러졌다.

"내륙의 기후는 읽기가 어렵군."

"그러게 말이야."

❖•❖

선발대가 진지를 확보하고 있다는 보고가 되돌아온 오후 무렵의 회의에서였다.

새벽에 있을 일만여 군사들의 2차 이동을 명한 파사드의 지침에 군사들은 차질 없이 준비를 마치고 있었다. 2차 출정단 중에는 파사드와 세반, 올베빈을 필두로 한 수십 명의 지휘 기사들 그리고 카헤이아와 시친의 일부 해병대가 포함되었다. 그중엔 르옌도 있었다.

가장 나중에 움직이기로 한 것이 체사 형제 기사와 뱅센 경 그리고 혹시 모를 일에 대비해 그들과 함께 움직이기로 한 테레어드였다.

이렇게 명단이 결정되고 난 지 얼마 지나지 않아 구체적인 논의에 들어갔으나 결국 사고가 터졌다.

"그래서 체사 경을 중앙 배치에 두겠다는 겁니까? 애초에 마리포사가 어떻게 움직일지에 관한 것조차도 단순 예상인데 그 밖의 선택지는 염두에도 두지 않고 계신 겁니까, 칼란독 경?"

말을 마친 카라제시는 잠깐 에제트를 노려보았다가 다시 파사드를 직시했다.

에제트는 물러선 채로 그들의 반목을 꽤나 흥미롭단 듯 바라보았다.

테른도크로 이르는 모든 정보를 전담하는 에제트는 대륙 정세를 훤히 꿰뚫고 있었고, 파사드의 설명에 따라 어느 정도의 위험부담을 할 만한 가치가 있다는 건 지난 표결 전에 납득했다.

그렇지만 카라제시는 아직까지도 왜 그렇게 파사드가 확신으로─ 높은 확률로─ 발로이드의 동선을 그려 내는지 이해할 수가 없었다.

거기에 제 친동생을 미끼로 내건다는 것도 황당한데, 저 철딱서니 동생은 가장 위험한 미끼 역을 자처하려 하니 속이 뒤집어졌다.

"그렇게 대놓고 노출시키는 건 죽여 달라는 말과 다름이 없는데, 아무리 차남이라도 체사입니다."

최대한 공손을 가장한 카라제시의 말끝에 힘이 들어갔다.

체사.

작금 무시할 수 없는 무게를 지닌 이름들 중 하나였다. 라르크의 명문가로서 그만한 대우와 보호를 받아야 하는 가문이었다. 파사드와 자칼린의 결정에 짐짓 놀라긴 마찬가지였던 다른 기사들은 살얼음을 걷는 기분으로 숨죽여 추이를 지켜보았다.

파사드가 평소보다 날카롭게 답했다.

"나와 키하이프 경이 함께 후방에 있을 거다. 그들 주위는 오 열 이상의 수비군들로 둘러싸일 것이다. 마리포사와 접촉해 그들 전열을 흐트러뜨릴 때까지만 존재하는 위험이다."

"……."

"그러나 강요된 것은 아니므로 만약 체사 경이 거부한다면 대체하겠다."

카라제시가 암담한 눈으로 자칼린을 바라보았다. 자칼린의 연둣빛 눈동자는 흥분으로 반짝이고 있었다.

"아니요, 제가 할 겁니다!"

카라제시의 표정이 일그러지건 말건 자칼린은 손을 번쩍 들어 올리기까지 했다.

애초부터 자칼린이 마리포사에 얼마나 이를 갈고 있었는지 아는 파사드와 기존의 수뇌 기사들은 그러려니 했지만, 카라제시를 비롯한 스이센과 여타 사정을 짐작하지 못한 기사들은 작은 체사의 철딱서니에 학을 뗐다.

카라제시는 스스로의 위치를 잘 아는 이로서 더 말꼬리를 잡지 않고 침묵했다. 아무래도 이런 식은 안 되지 싶었다.

"그리고 이른의 성에 있던 물자들과 제독의 승인을 받아 출하된 물자들은 내일 2차 이동대가 먼저 옮겨 갈 것이고……."

전에 없이 살벌해진 분위기는 회의가 파할 때까지 이어졌다.

회의가 끝난 후, 곧 출발할 군의 점검을 마무리하기 위해 밖으로 나서는 파사드를 쫓는 카라제시의 걸음이 바빠졌다. 다른 기사들은 분위기를 눈치채고 모른 체 재빠르게 인사를 올린 후 도망쳤다.

"칼란독 경, 바쁜 건 알지만 잠깐."

파사드를 멈춰 세운 카라제시가 정중한 투로 말했다.

"조금 전에는 죄송했습니다. 하지만 아무리 제 동생이 군공에 눈이 멀어 있다고 해도 칼란독 경도 잘 알지 않습니까. 저 녀석이 얼마나 대책이 없는지. 중요한 위치인 것도 알겠고 필요하다는 것도 알겠습니다만 저 녀석이 제대로 명을 따를 녀석입니까."

구태여 유명한 흠결을 집어 말하는 기분은 썩 좋지 않았다. 하지만 솔직하게 말하는 것 말고는 막을 길이 없어 보였다. 진솔한 카라제시의 청탁에도 파사드는 한결같은 태도였다.

"체사 경, 작은 체사는 충분히 한 몫의 기사로서 의무를 다하고 있다."

"아무리 그래도, 아직 경험도 적고 미비하니 차라리 내가."

"아, 싫어. 형!"

낌새를 알아차리고 따라 나온 자칼린이 불쑥 끼어들었다. 에제트도 회의장 밖으로 모습을 드러냈다. 카라제시가 목소리를 한층 낮추었다.

"……아니, 대체 자칼린 너는 못 죽어 안달이 난 것 같고, 칼란독 경께서도 왜 이러시는 겁니까?"

애초에 파사드는 불확실한 이유로 위험을 무릅쓰는 이가 아니었다. 구체적인 사정을 알 도리가 없는 카라제시는 파사드가 몹시 과한 결정을 내린 게 아닌가 하는 의심을 떨칠 수가 없었다. 카라제시는 진심으로 불안해졌다.

"그때 제가 무례했던 것도 사실이지만 그 후로 소통이 제대로 안 되고 있지 않습니까. 분명 무슨 이유가 있을 거라 생각합니다. 연유가 있어 그런 거라면 저를 납득시켜 주실 수는 없겠습니까. 설마 그 평민 계집의 문제로 조언드린 것 때문에 사적으로 체사에게 그런 명예를 씌울 거라곤 생각지 않습니다."

"형, 그만해. 내가 할 거라고 했고, 번복 안 해."

자칼린은 며칠 새 십 년은 늙은 것처럼 칙칙해진 제 친형을 향해 미안함이 아주 약간 들었다. 그러나 이번만큼은 자칼린도 물러설 생각이 없었다.

자칼린이 그를 설득하기 위해 다시 입을 열려는데 파사드가 손을 들어 제재했다.

"카라제시, 나는 자칼린의 역량을 믿고 그가 원하는 목적을 달성할 수 있도록 도움을 준 것뿐이다. 사감이 있다는 것은 더더욱 불쾌한 말이다."

"……."

"그리고."

파사드는 더없이 냉정하게 경고했다.

"그녀는 한낱 평민이라 불릴 만큼 무가치한 존재가 아니다. 명문 체사의 아들인 네가 앞장 서서 북부의 기사를 욕보이지 마라."

그들의 등 뒤로 다가오던 에제트의 걸음이 멎었다.

카라제시는 황당한 표정으로 파사드를 바라보았다. 정말 파사드가 미친 게 아니고서야 저리 대놓고 천출을 감쌀 수 없는 일이다. 더기가 막힌 건 자칼린이 옆에서 동의하는 얼굴로 그를 거들고 있다는 사실이었다.

아무리 합류가 늦어 상황을 파악하는 데에 어려움이 따른다고는 하지만 지금 돌아가는 상황은 분명 이상했다. 예민한 감이 분명 그가 모르는 무언가가 있다 속삭이는데 자칼린도 파사드도 입을 조개처럼 다문 채 한 마디 언질도 주지 않는다.

설상가상 다른 지휘 기사들도 그 여자에 대해 호평 일색인 것은 말할 것도 없었다. 상황이 애매하게 돌아가고 있다는 데에 동요하는 이들까지도 그러니 이해가 가지 않을 정도였다.

르엔과 파사드의 불미스러운 관계에 대해 몇 마디의 우려를 보일지언정, 르엔 데투아라는 평민의 존재 자체가 지금 군 내부의 문제라는 걸 지적하는 이가 없다. 마치 이 군이 전부 계집 하나에 홀린 건 아닌가 싶은 착각마저 들 정도였다.

'대체 파사드는 왜 이러나.'

분명 지난번에 파사드에게 무례했던 것은 인정한다. 그러나 그들은 친구로서 그 정도의 조언은 주고받을 수 있는 사이였다. 파사드는 열린 귀로 그의 조언을 들을 만한 이였고, 날카롭게 정곡을 찔러 그에게 조언을 해 줄 수 있는 이이기도 했다. 그만큼 긴 시간 동안 알아 왔다.

한참을 고민해 봐도 뾰족하게 답이 나오지 않았다. 미궁에 빠진 기분이었다.

얼마간 번뇌한 카라제시는 이튿날, 결국 마음을 돌려 먹었다. 아무래도 소통의 문제였다. 파사드가 이유 없이 그런 확신을 할 친구가 아니기 때문이다.

또, 최근 자신과 파사드의 냉전으로 인해 분위기가 많이 상했다는
것도 안다. 이런 상황이 이어지면 지휘 기사들의 사기에도 좋지 않
을 터이고 결국 군사들의 사기 저하에 영향을 미칠 것이다.

"형, 형, 어디 가?"

"……."

"체사 경, 어디 가십니까!"

자칼린이 그의 뒤를 종종걸음으로 뒤따르며 부러 큰 소리로 물었다.

"칼란독에게."

정병들의 출정 준비가 마무리되었으니 파사드 역시 출발할 것이
다. 그 전에 간략하게나마 화해를 하고 후일 숨 돌릴 틈이 나면 그때
다시 이야기하는 것이 좋겠다 싶었다.

"어, 어, 어, 왜?"

자칼린은 또다시 카라제시와 파사드가 반목할까 지레 겁먹은 이
처럼 카라제시에게 따라붙었다.

똑똑똑.

파사드가 머무는 방문을 두드린 카라제시는 그의 반응을 기다렸
다. 그러나 자리에 없는지 반응이 없었다. 한참을 기다리다 돌아서
려는데 문 안에서 인기척이 느껴졌다. 파사드가 안에 있다면 아무
말도 않을 리가 없었다.

자칼린도 고개를 갸웃하더니 '들어갑니다. 칼란독 경!' 하고 큰 소
리로 외친 후 대뜸 문을 열어젖혔다.

벽난로는 차게 식어 있었다. 온기라곤 없는 방. 기름 등 두어 개로
겨우 밝혀진 게 전부였다. 갇혀 있던 은은한 어둠이 그들의 시야를

덮쳤다.

카라제시는 말을 멈추고 횅한 방 안에 서 있는 길고 검은 그림자를 응시했다. 파사드는 아니었다.

카라제시가 물었다.

"에제트, 칼란독 경은 안 계십니까?"

에제트는 꺼끌꺼끌한 느낌을 주는 사람이었다. 테른도크의 명으로 모든 사령부 회의를 그에게 공개하고 필요에 따른 도움을 받고는 있지만 카라제시도 그를 좋아하지는 않았다. 아무래도 무슨 생각인지 모를 이를 곁에 둔다는 건 불편했다. 한시도 벗지 않는 털 망토와 후드로 인해 얼굴조차 제대로 모른다. 물론, 그래서 멀리서도 알아보기는 쉽다는 이점은 있었다.

파사드의 탁자 앞에 선 에제트는 무언가를 내려다보고 있었다. 카라제시가 물었다.

"주인 없는 방에서 뭘 하십니까."

에제트는 대답하지 않았다.

카라제시의 눈이 경계심으로 가늘어졌다. 파사드의 책상을 짚은 에제트의 손끝에는 활짝 펼쳐진 빛바랜 초록색의 천이 맞닿아 있었다.

자칼린 역시 에제트의 무례함에—이미 스스로의 무례함은 잊은 후였다.—표정을 찡그렸다.

귀족들과도 다른 계급으로 여겨지는, 이름도 영지도 작위도 없는 이름 없는 늑대가 저자였다. 때문에 그 치죄조차도 왕의 권한이다. 이 주둔지를 제멋대로 휘젓고 다니는 그를 파사드가 방관한 것도 그러한 이유 탓이었다.

하지만 아무리 제멋대로 해도 좋을 왕의 심복이라 해도 브류나크인 파사드의 침실까지 멋대로 드나든다는 말인가.

카라제시가 가시 돋친 말을 꺼내려던 찰나였다. 쇳소리처럼 걸게 갈라진 사내의 음성이 팽팽한 긴장감을 깨뜨렸다.

"……기묘한 걸 보고 있었습니다."

체사의 피에는 호기심이 흐른다는 말이 있다. 기묘한 것이라는 말에 반감을 누그러뜨린 자칼린이 목을 쭉 빼고 책상 위를 훔쳐보았다. 카라제시도 거북스러운 기분을 참아 누르며 그에게 다가갔다.

"함부로 칼란독 경의 물건을 뒤진 겁니까?"

"경위까지는 중요치 않을 듯합니다."

"아무리 폐하의 명으로 왔다고 해도 칼란독 경은 브류나크입니다. 함부로 그의 물건을……."

에제트가 그의 말을 자르며 중얼거렸다.

"체사 경, 경계선 이것이 무엇으로 보이십니까?"

카라제시는 에제트가 느릿하게 들어 올리는 낡은 피 묻은 천을 가만 바라보았다.

초록 종달새가 수놓여 있었다. 자세히 보고 말고 할 것도 없이 한눈에 할드로프 가문의 멘테라는 걸 알아볼 수 있었다. 영주인 레작은 멘테를 매고 다니지 않으므로 낡은 정도와 핏자국을 통해 그 전까지 이곳에 있던 에반부르의 것임을 짐작해 내는 건 어렵지 않았다.

카라제시 역시 에반부르를 좋게 기억하고 있었던지라 왠지 모르게 숙연해졌다.

"할드로프가의 멘테가 무엇이 기묘하다는 겁니까."

에제트가 고요히 말했다.

"그 말고, 뒷면을 자세히 보시지요. 아무리 생각해도 이 미욱한 머리로는 감당이 안 됩니다만…… 고명한 체사의 의견을 듣고 싶습니다."

카라제시는 도대체 저자가 무슨 소릴 지껄이는가 하는 생각에 무심결에 그가 건네는 멘테를 건네받았다. 그리고 그 뒷면의 빽빽이 적힌 글자들을 발견하고 양손으로 뒤집어 펼쳤다.

카라제시의 진녹빛 눈동자가 유려한 필체로 쓰여 있는 글귀들을 하나하나 차분히 읽어 내렸다. 카라제시의 옆에 냉큼 붙어 선 자칼린의 눈도 재빠르게 좌우 아래로 미끄러졌다.

숨소리가 잦아들었다.

그리고 완전한 적막, 굳어진 두 형제의 귓전으로 사신의 것처럼 음침한 목소리가 겨울바람처럼 스산히 울러 퍼졌다.

"체사께서는 이것을 기묘하다 여기지 않으십니까."

한참을 굳어져 있던 자칼린이 주춤주춤 뒷걸음질했다.

"일찍이 이곳에 계셨던 작은 체사께서는 무엇을 알고 계시기에 그리 하얗게 질리십니까?"

카라제시가 뒤돌아 물러서는 자칼린을 바라보았다. 자칼린은 입술을 달달 떨며 당혹을 감추기 위해 애써 입가를 당겨 보였다.

……나는 모르가나의 주둔지에서 발로이드 페이작 마리포사를 만났을 때, 세상 둘도 없는 살인자의 기백을 느꼈습니다. 솔직한 심정으로 두려웠습니다. 아마 지금 발로이드는 데투아 양을 되찾으러 온 것이라 생각합니다. 정체를 알기 어려운 적의 사령관이 그녀를 원하고 있기에 칼란독 경께서는 그녀를 이용할 수 있으면 이용하시리라 하셨지요. 그렇다면 그녀를 빼앗겨서는 안 될 일입니다.

하지만 칼란독 경, 나는 조금은 다른 각오로 칼란독 경과 같은 결과를 원하고 있습니다. 라르칼리아가 어떤 말로를 맞았건 간에, 라르칼리아는 라르크의 기원이었습니다. 이 땅에서 태어나 이 땅의 것을 먹고 마시고 즐기며 살아온 우리가, 우리의 기원을 잊어선 아니 되겠지요…….

천 군데군데에는 쓰기 주저한 듯 잉크가 번져 있었다.

'……맙소사.'

덜컹. 찬 바람이 닫힌 창을 때리고 지나는 소리가 났다. 자칼린의 가슴도 함께 덜컹였다.

한 겹의 천이 폭로한 것은 비단 재가 된 애국자의 마지막 심경뿐만이 아니었다.

한참 후 입술을 연 카라제시의 음성은 에제트의 것보다도 더 차게 식어 있었다. 자칼린을 노려보는 카라제시의 눈매가 매서워졌다.

"이게 뭐냐."

에반부르의 유언이 남겨진 멘테는 카라제시의 손아귀에 처참하게 구겨진 채였다.

자칼린은 그야말로 정신이 나갈 것 같았다. 너무 당황해 숨 쉬는 것도 잊었다. 이게 뭐냐니. 그가 할 말이었다. 에반부르가 저런 유언을 남겨 뒀다는 것도 몰랐지만, 저 안에는 라르칼리아에 관한 것이 고스란히 적혀 있었다.

파사드가 왜 저걸 소각하지 않았는지에 대해서는 책할 수는 없었다. 살아생전의 에반부르가 남긴 마지막 유지이므로 내버려 뒀겠거니 짐작하기는 어렵지 않았다.

자칼린마저도 읽는 내내 가슴이 조이고 아팠으니 파사드 역시 그랬으리라.

다만, 지금의 문제는 그걸 에제트가 뒤져서 찾아낸 것이다. 소름 끼친다면 소름 끼치는 일이었다. 라르칼리아에 관하여 아는 건 자칼린이 알기로 그와 파사드뿐이었다. 밝혀져서는 안 될 일이다.

"자칼린 엔도 체사."

자칼린은 떨리는 눈으로 에제트와 카라제시를 번갈아 바라보았다.

"어…… 어?"

카라제시는 입술만 뻐끔대는 자칼린을 노한 눈으로 노려보았다.

"이게 뭔지, 너는 아는 거냐."

"모, 몰라. 그, 그, 그게 뭐야."

이번엔 제 실수였다. 시침을 뗀다고 떼는데 목소리가 달달 떨리니 믿을 리가 없었다.

카라제시는 입술을 꾹 깨물고 그를 노려보다가 서늘히 몸을 돌렸다.

"칼란독에게 물어보면 알 일이지."

그 말에 자칼린의 정신이 번쩍 들었다. 자칼린은 카라제시의 어깨를 움켜쥐고 홱 그를 돌려 세웠다.

"아니! 형! 하지 마."

"그럼 답해."

카라제시의 진녹색 눈동자가 형형히 빛났다. 자칼린은 그와 눈을 마주치고 움찔 어깨를 떨었다. 카라제시가 자칼린의 멱을 끌어당겼다.

"라르칼리아? 이건 분명 고인이 되신 할드로프의 것이고, 분명 이 필체도 그러할 거라 생각하는데."

"아, 아냐. 형이 어떻게 알아!"

"아니라면 레작을 불러다 식별을 맡길까?"

차라리 누가 날 좀 기절시켜라! 하는 얼토당토 않은 생각이 들만큼 자칼린은 당황했다. 현 할드로프 백작, 레작이 관여되었다가는 일이 일파만파 커진다. 지금 당장 에제트와 카라제시가 목격한 것만으로도 수습이 안 되는데 다른 이들에게 더 떠벌리게 둘 수는 없었다.

심장이 너무 빨리 뛰어 현기증이 밀려들었다. 카라제시는 진심으로 파사드를 찾아 나갈 기세였다.

'안 되는데.'

피치 못해 언젠가는 르엔의 존재가 불거진다 할지라도 지금은 아니었다. 막 재전이 코앞이었다.

가까스로 정신을 수습한 자칼린이 카라제시의 팔을 떨쳐 내고 강경히 카라제시와 에제트의 앞을 막아섰다.

"이유! 이, 이유가 있어! 그럴 만한 이유가 있어. 그러니까 지금 당장은 이 문제 건드리지 마. 회전이 코앞이야. 할 말이 있거든 회전이 끝나고 여유가 있을 때 해."

"자칼린 엔도, 칼란독과 너 내게 뭘 숨기고 있는 거냐?"

"놀란 거 충분히 이해해. 하지만 지금은 아냐, 형."

카라제시는 자칼린의 날이 선 눈빛을 되레 당혹스레 바라보았다.

"너 지금 대체, 칼란독과 뭘 꾸미고……."

"꾸민 거 없다고! 꾸미기는 뭘 꾸몄다고 의심하는 거야!"

자칼린이 버럭 언성을 높였다. 카라제시는 어린 동생이 제 앞에서 저리 반항적으로 나오는 것을 본 기억이 드물어 더욱 놀랐다.

자칼린의 연둣빛 눈동자에 전에 없는 난폭함이 넘실거렸다.

"우린 지금 우리 목숨을 걸고 모르가나에 나와 있는 거라고. 우리 목숨이 걸린 문제라고. 저런 걸로 꼬투리 삼아서 문제를 만들어도 좋을 때가 아니라는 건 형이 더 잘 알 거 아니야?"

"설명도 듣지 않고 넘길 거라 생각하냐?"

"……."

"대체 지금 군이 어찌 돌아가는 거냐? 다들 제정신이 아닌 거냐?"

"그, 그런 거 아냐. 이번 회전이 끝나면 파사드 형님한테 물어. 나는 그에 대해 아무 말도 할 자격이 없으니까."

카라제시는 텅 빈 파사드의 자리를 돌아보았다. 에이씨! 혼잣말처럼 욕지거리를 씹어뱉은 자칼린은 그치지 않고 에제트를 향해 경고했다.

"에제트, 당신도 함구하십시오. 지금은 전시입니다."

에제트는 느릿이 턱을 매만지며 카라제시의 손아귀에 구겨져 있는 초록 종달새의 멘테에 시선을 옮겼다. 자칼린은 카라제시와 달리 시종일관 차분한 얼굴의 에제트가 더 걱정스러웠다. 도대체 무슨 생각을 하고 있는 건지 알 수가 없지 않나. 자칼린은 다시 한 번 힘주어 말했다.

"지금 라르크가 해야 할 일은 한데 뭉쳐 모르가나랑 싸우는 거지, 이딴 걸로 분분하는 게 아닙니다. 북부의 유일 늑대이신 폐하께서 바라는 것이 승리이고 폐하의 뜻이 이루어지는 것이 당신이 바라는 거라면."

에제크가 반듯하게 고개를 들어 자칼린을 응시했다.

젊은 노루의 눈이 제법 날카롭다. 한참을 잠자코 침묵하던 에제트는 자칼린과 카라제시를 향해 고개만 까딱한 후 돌아 나갔다.

얼마 지나지 않아 파사드는 군사들과 함께 2차로 출발했다. 그리고 파사드가 떠난 지 이틀 후, 라르크의 나머지 군사들도 그란두르의 경계를 향해 이동을 시작했다.

❖·-·❖

그란두르는 이른의 동북쪽으로 이샤스로 향하는 길목에 있는 지대였다.

한때 그들이 점했던 바위산 임시 주둔지로부터 얼마 떨어지지 않은 곳에 위치해 있으며, 평야와 낮은 산맥의 험지가 맞닿아 몹시 굴곡졌다.

멈추지 않는 바람과 함께 시간도 흘렀다. 공기는 얼어붙을 듯 차가웠다.

완전한 무장을 마친 약 이만에 육박하는 정병들이 자로 잰 전답처럼 대열을 유지하고 있었다. 그들은 거뭇한 부연 구름으로 뒤덮이는 하늘을 올려다보았다. 저편에서 불어 닥치는 칼바람과 함께 서서히 밀려오는 전장의 암운.

오만 가지의 만감이 교차하는 순간과 순간이 이어져 시간이 되었다. 그 속에서 라르크의 군사들은 그들이 올조르를 무너뜨렸을 때를, 적들이 그들의 주둔지를 무차별적으로 습격해 아군을 살해한 무도함을 혹은 그때의 공포를 떠올리며 불어 닥치는 시간을 온몸으로 맞았다.

어느새 때는 다가왔다.

제제하게 선 군사들은 침을 꿀꺽 삼켰다. 오늘이 지나기 전, 혹은 이슥한 새벽녘이면 눈이 내릴 것이다. 적들이 이미 그들이 서 있는 그란두르의 험지를 에두른 건너편 평야에 자리 잡았다는 보고가 있었다. 그들이 지금 라르크의 군사들과 같은 하늘을 보고 있다면 교전은 운명이었다.

지휘 기사들은 마지막까지 열과 성을 다했다. 그들은 답지 않게 큰소리를 치며 우스갯소리를 하기도 하고, 잔뜩 긴장한 이에게 호된 야단을 치기도 하며 사기를 고조시키려 애썼다.

군사들의 전열을 한 바퀴 둘러 살핀 파사드는 일찍이 갈라지기로 결정된 군사 무리들의 앞에 멈춰 섰다. 화살에 맞았던 부상에서 벗어난 롯사는 모처럼의 긴장된 분위기 속에 성마른 울음소릴 냈다.

파사드는 롯사의 옆 목을 두드려 진정시킨 후 고개를 돌렸다.

측면에 따로 대오를 유지하고 있는 군사 무리는 서쪽을 다 덮은 라르크의 주력 군사들과는 사뭇 다른 조합을 하고 있었다. 선두에는 셰반이 다른 부사수와 마무리 논의를 하고 있었다. 그들의 좌우로는 낯선 복식의 갑옷과 코트로 무장하고 선단이 높은 털 장식이 된 독특한 양식의 투구를 눌러쓴 시친의 해병들이 위치해 있었다.

본래 올베빈도 그들과 함께하려 했지만 올베빈은 마지막에 재배치되어 타라옛으로 대체되었다.

반대편에 서 있는 카라제시와 붉은 망토를 뒤집어쓰고 있는 자칼린을 한 번 돌아본 파사드는 못내 착잡한 불안을 담아 누르고 물었다.

"준비는?"

"마무리됩니다. 최대한 빠르게 진행하고 있습니다!"

멀찍이서도 그의 목소리를 알아들은 셰반이 우렁차게 소리쳤다.

파사드는 셰반 무리와 함께 선 철 갑옷을 입힌 열 마리 남짓의 코끼리들과 해병들의 발 옆에 놓인 기괴하게 날카롭고 굵직한 상아의 충각을 내려다보았다. 몇 날 며칠 이어질지 모르기에 노새와 말들의 등에는 보급품이 가득했다.

얼마 지나지 않아 남루한 코트를 덮어쓴 르옌이 모습을 드러냈다. 멀리서 보아도 유독 선명하게 눈길이 닿는다. 파사드는 황량하게 부는 바람에 흐트러진 적갈색의 머리칼을 쓸어 넘기는 그녀를 내려다보았다.

그녀는 마지막 봤을 적보다 훨씬 좋아진 혈색이었다. 그 점은 아주 조금이나마 그를 안심하게 했다.

르옌은 몇몇 기사들과 이야기를 나누고 시친의 장교들과 짤막하게 인사를 주고받았다. 자연스러운 품새였다. 군마지기가 르옌에게

다가가 다갈색의 준마를 건넸다. 안장 끈을 조절하고 등자를 두어 번 당겨 보던 르옌은 이내 훌쩍 말 위에 올라탔다.

그녀는 파사드와 눈이 마주치자 희미한 미소를 띠며 다가와 섰다. 한 겨울의 나목처럼 초라한 그녀를 바라보는 눈이 시렸다.

"고맙다, 브류나크."

칼날 바람이 귓등을 할퀴었다.

그런 그를 모른 체, 르옌은 어깨에 겨우 닿는 짧은 머리칼을 하나로 모아 묶으며 뒤돌았다.

난전이나 야전에 익숙한 라르크의 군사들보다 훨씬 자유롭되, 각각의 연계력이 뛰어난 해병들과 기동력이 좋은 라르크의 기병들로 구성된 군사 무리는 조금 어수선해 보였다. 르옌은 가만히 그 수를 가늠하더니 만족스러운 미소를 지었다.

얼마 지나지 않아 또 다른 파수병이 평야 저편으로부터 달려오기 시작했다. 그는 꼭 눈구름과 같은 속도로 점점 커지다가 어느새 쏜살처럼 그들의 앞에 이르러 보고했다.

"적들의 대규모 이동이 시작되었습니다."

평야 저편, 아직 적들은 보이지 않았으나 그들은 명백한 위협으로 존재했다. 보고를 다하는 군사의 목소리는 비장하기만 하다.

제국군 그리고 마리포사.

그럼에도 불구하고 흘러 나간다.

파사드는 뼛속까지 차갑게 울려 퍼지는 보고를 흘려들었다. 눈은 여전히 르옌에게 머문 채였다. 그녀와 그의 거리는 확고했기에 묻지 못한 것이 있었다. 차마 입이 떨어지지 않아 그는 입술 끝만 늘어뜨렸다.

조금 떨어진 곳에 서 있던 르옌은 파수병의 보고에 나른히 웃으며 그를 돌아보았다.

"시간이 없겠습니다."

롯사의 고삐를 쥔 파사드의 손에 힘이 들어갔다.

죽을지도 모르는 사지에 이르러 너는 어찌 웃을 수 있을까. 그러나 답은 쉽게 내려졌다. 아마 그래서 너는 전 북부를 집어삼켰던 폭군이 될 수 있었던 것일 터다.

손차양을 그린 르옌은 시선을 먼 곳으로 옮겼다. 오랫동안 한곳에 머무는 법 없는 마호가니 목빛의 눈동자가 죽은 풀들로 뒤덮인 평야와 암벽과 울퉁불퉁한 험지의 풍경을 여유롭게 훑었다.

르옌은 제게 시선을 떼지 않는 파사드를 의식하고는 타박타박 그의 지근거리에 섰다.

"그런 얼굴 하지 마. 또 오해를 산다."

파사드는 제 표정이 어떤 줄 몰랐다. 알고 싶지도 않았다.

제 앞의 허름한 여자가 웃는 것처럼 저도 웃고 있나 싶었다. 소름이 돋을 정도로 그녀는 평온해 보였다. 평온이란, 행복의 다른 이름이 아니던가.

그녀가 살짝 허리 숙여 속삭였다.

"너는 이런 난장판보다 우아한 것이 더 잘 어울리는 자이니 우아하고 고상한 사령관답게 네 자리를 지켜라. 네가 잔인해지지 않아도, 네가 명예를 버리지 않아도 너를 대신할 칼과 창들이 이 전장에는 널려 있다. 지금 이 순간은 나 역시 그중 하나이고."

거북스러웠다. 귓전에 와 닿는 숨결도, 다른 이들이 보고 있다는 사실도 문제가 아니었다.

"나는 신임을 귀히 여긴다. 네가 내게 보여 준 믿음, 반짝이는 영광으로 되돌려주마."

그렇게 속삭인 르옌은 굳어 선 파사드를 향해 한 번 큰 미소를 지어 준 후 그대로 말 머리를 돌렸다.

순간의 충동을 이기지 못한 파사드의 손이 제멋대로 그를 막아 세웠다. 르옌이 허리를 곧게 펴고 그를 돌아보았다.

"……후에는 어찌할 건가?"

뱉고 말았다.

해선 안 될 일을 또다시 범했다. 그러나 이 행위가 그간 그녀와 그 사이의 명백하던 거리를 허무는 것이라도 묻지 않을 수 없었다. 부러 그어 온 선을 넘어서는 것이더라도 들어야 했다.

르옌이 선택한 것은 오랜 시간 그녀를 열망해 시간마저 뛰어넘어 찾아온 혈육을 적대하는 일이었다. 파사드는 알지 못하는 르옌—스완—이라는 여자를 알고 있는 이 세상의 유일한 사람을.

칼바람 새새로 말울음 소리가 섞이고 고약한 오물 내음이 흘렀다. 하지만 그들 세상에는 아니었다.

짧게 콧소리를 내던 르옌이 고개를 비스듬 기울여 혼잣말처럼 중얼거렸다.

"이 전쟁을 마무리하고 페이작과 결착을 지은 후엔."

"……."

"말이라도 기르며 살면 되겠지. 그것 말고도 나는 잘하는 것이 몹시 많지만 요즘은 이 아이들처럼 애착이 가는 게 없거든. 생각해 보니 그 것도 꽤 좋은 끝이구나. 내게는 과분한 끝인 것 같기도 하다마는……."

르옌은 갈색 말의 목덜미를 어루만지며 농담처럼 대꾸했다. 이윽고 그녀의 시선은 저 북부의 어딘가를 응시했다.

"하지만 새로 터를 잡으려면 자금이 필요하겠지. 군공을 세운다면 내게 그만한 상여금은 줄 수 있나? 브류나크."

평온한 미소가 그치지 않은 얼굴로 그녀는 이내 중얼거렸다.

치열하게 살아온 삶이었다. 전생에도 이생에도.

그녀는 늘 목적이 있었다.

전생에는 남부를 무너뜨리겠다는 야심 차 어리석었던 목적이. 이생에는 못 다한 책임으로 남은 페이작이라는 존재가.

모든 목적을 다하고 나면 이 전장마저도 무료해질 것이니, 요람처럼 푸근한 어느 시골 마을을 그리며 초야에 들어 살아도 좋을 일이다. 어쩌면 정말 이것을 마지막으로 피비린내 나는 비참하고 절망적인 전쟁터라는 곳을 등질 수 있을는지도 모르겠다.

파사드가 그녀의 팔을 쥐고 있던 손에 힘을 풀었다.

"죽지 마라."

"……."

"데투아, 네 목숨 허투루 쓰지 마라."

잠깐 눈을 크게 떴던 르옌이 작게 소리 내어 웃으며 고개를 저었다.

"나를 죽였던 늑대가 이제는 내게 살라 말하는구나."

"데투아."

"네가 내게 그리 말할 줄이야. 하지만 브류나크, 내게 그런 청탁은 모욕이다. 나는 지금 죽기 위해 달려가겠다는 얼간이 천치 같은 말을 지껄이고 있는 게 아니야. 다만 전쟁터에서 죽고 사는 것은 그날그날에 달려 있는 일이지. 그러니 불투명한 약조는 않으마. 다만, 내 목숨을 위해 분투하겠다. 사투르가 귀레 라르크. 배반하는 일 따위는 없을 거다."

사투르가 귀레 라르크.

하지만 그건 굳이 네가 아니어도 될 텐데.

그런 말이 파사드의 목구멍까지 차올랐다가 롯사의 투레질 소리에 삼켜졌다. 돌연 미간이 저린 기분에 파사드가 고개를 돌렸다. 말 머리를 돌린 르옌은 예정된 그녀의 위치로 돌아갔다.

파사드는 차마 저 남루한 뒷모습이 마지막일까 눈을 떼지 못했다.

멀찍이서 그들을 묘한 눈으로 바라보던 세반이 곧 헛기침을 하며 다가왔다.

"칼란독 경, 이제 출정령을 내려 주십시오."

파사드가 세반을 돌아보며 명했다.

"출발해도 좋다, 지오타르 경. 그리고."

차마 뒷말을 이을 수가 없어 파사드는 입술을 다물어 일그러뜨 렸다.

이곳은 전장이었다. 조국을 위해 싸우는 이들의 무게는 같다. 파 사드는 모든 목숨을 동등하게 생각해야 했다. 말을 멈춘 파사드의 굳게 다물린 입술을 기다리던 세반이 좌측의 군사들 사이에 의젓하 게 선 르옌을 되돌아보며 시원스레 말했다.

"책임자로서 모두 살려 돌아오겠습니다. 걱정 마십시오."

모두가 살아 돌아온다는 것은 불가능함을 알았지만 파사드는 강 렬히 믿고 싶었다.

얼마 지나지 않아 세반을 필두로 한 팔백여 명의 군사 무리가 대 열을 이탈해 험지의 후방을 향해 이동하기 시작했다.

그날 오후, 싸락눈이 내리기 시작했다.

그들은 검을 쥔다.

적들이 능선을 채운다.

그리고,

각적이 운다.

3장

마지막 축제
(El último festival)

길 잃은 나비들의 마지막 축제.
이것은 또 다른 이야기의 시작이며,
마리포사의 끝이다.

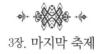

3장. 마지막 축제

모르가나의 제도 시모어.

날이 추웠다. 눈이 내릴 듯도 했다. 모처럼 정원에 모습을 드러낸 벨루비르하인 2세는 마뜩찮은 눈빛으로 체스판을 바라보고 있었다. 그의 심기가 불편해진 것은 시친의 배들이 순조롭게 남해로 항해하고 있다는 보고가 전달된 직후부터였다. 얼마 전에는 제독 뵈르게트가 라르크 군사들과 손잡고 이른이라는 소장원에서 투헤인 뵈르게트를 사로잡았다고 듣기도 했다.

무엇이 진실일까.

시친의 뛰어난 배들을 가지게 된 그로서는 어떤 것이 진실이든 퍽 신경이 쓰이지 않았지만 조금쯤은 생각하게 되었다. 그러다 한 가지의 진실을 알아차리게 되었다.

'져 준 거였군.'

"저쪽의 나이트를 정면 방향 우측으로. 그래서 벤피어스가 요즘 그리 바쁘다던가?"

벤피어스는 조르디아 공작의 이름이었다.

한때 벨루비르하인 2세가 가장 아꼈던 측근이었으나, 이제는 황실의 독재를 반대하며 그를 등진 자이다. 아직도 간혹 벨루비르하인 2세는 습관처럼 그를 이름으로 부르곤 했다.

곧 벨루비르하인 2세의 명령에 기사 차림의 죄인이 주춤주춤 걸어 갔다. 기사의 대각엔 재무 대신의 비숍이 세 칸 간격으로 서 있었다. 비숍의 정면으로는 벨루비르하인 2세의 폰이, 폰의 왼편으로는 재무 대신의 룩이 있었다. 그리고 재무 대신의 룩 바로 뒤엔 그의 킹이 자리했다.

벨루비르하인 2세의 비숍은 룩이 자리를 비켜 그들의 킹을 내어 줄 순간을 각고의 인내로 기다리고 있었다.

재무 대신은 메기 더듬이처럼 다듬은 수염을 당겨 만지며 호호 웃었다.

"조르디아 공께서야 한결같지요."

"그웨인은?"

조르디아 공작 부인의 이름이 나오자 재무 대신은 조금 불편한 표정으로 입술을 삐끔거렸다. 벨루비르하인 2세가 정말로 인간 같지 않다 여겨질 때가 이런 때였다.

조르디아가와 황실이 완전히 척을 지게 된 가장 큰 이유가 조르디아 공작 부인이 아니던가.

벨루비르하인 2세는 제 측근인 사촌 동생의 부인을 취했다. 정확한 정황은 알 수 없으나 강제적인 일이었다는 풍문이 있다.

조르디아 공작 부인은 시모어의 사교계에서도 알아주는 엄청난 여자다. 정치적으로 단단한 중앙 14개 가문[†]인 덴바스 출신의 딸로 넘치는 교양, 날카로운 통찰력, 추종자들을 끌어모으는 재주 등으로 많은 이들의 인정을 받고 있어 나이가 마흔이 훌쩍 넘은 지금도 그녀를 흠모하는 이들이 적잖다.

조르디아 공작 부인은 여권이 낮은 모르가나에서 거의 유일하게 정치계에서도 인정받는 성공한 여성의 예시라 추앙되었다. 남녀노소 연배를 가리지 않고 그녀를 찬양하며 따르는 이들이 많아 여왕벌이라 빈정거리는 이도 있다.

매사가 냉철한 벨루비르하인 2세마저 그녀에게 이끌렸다는 사실을 생각하면, 정말로 대단한 계집임은 분명했다.

"공작 부인의 소식은 듣지 못했습니다마는."

기껏 답했으나 벨루비르하인 2세는 별 관심도 두지 않는 반응이었다. 재무 대신은 벨루비르하인 2세의 눈이 체스판에 머물러 있다는 걸 깨닫고 황급히 제 차례를 움직였다.

"아. 기사를 또 하나 잃으셨습니다, 폐하."

재무 대신의 비숍은 예상과 크게 어긋나지 않은 속도로 벨루비르하인 2세의 나이트를 잡았다. 젊은 비숍의 창에 찔린 벨루비르하인 2세의 나이트는 그대로 고꾸라졌다.

대기하던 병사들이 지체 없이 달려가 그를 질질 끌어내고 피를 닦아 냈다.

벨루비르하인 2세가 관자놀이를 매만지며 재무 대신을 흘겼다. 네 수만 더 가면 자신의 체크메이트였다. 뻔한 노림수인 것을 알고도 모르는 체하는 건지, 정말 몰라서 답싹답싹 주는 대로 주워 먹는 건지.

제 앞에서 영민함을 뽐내기 위해 온갖 기교를 부려 대던 라인하르

모르가나 중앙 14개 가문[†] 현재는 마리포사가 포함되어 중앙 15개 가문이라 불리지만, 여전히 대부분의 고관 귀족들은 마리포사가를 무시하여 14개 가문이라 여기는 풍토가 있다.

에 비하면 긴장감도 무엇도 없었다.

그 생각을 모른 채 재무 대신은 벨루비르하인 2세가 침묵하는 사이를 틈타 넌짓 오늘의 방문 목적을 꺼냈다.

"올조르 요새가 무너졌으니…… 그곳을 대체할 새 요새의 축조가 시급하지 않겠습니까. 그 너머의 다락도……."

이미 지난해부터 꾸준히 나온 이야기였다. 하지만 벨루비르하인 2세는 여전히 황궁 증축에만 관심을 보일 뿐이다. 올조르나 무너진 저지선에 대하여는 침묵하고 있었다.

"예산이 된다면."

'된다면'이 아니라 그리해야 했다.

올조르는 그나마 명분을 따지는 라르크와 맞닿은 곳이나, 올조르의 바로 옆에 위치한 톨프는 스스로를 지데라카인의 후예라 믿는 난폭한 다락 민족과 접경해 있다.

다락에 대해 말할 것 같으면 라르크인들과 같은 테메르인이지만 문화적으로 미개하며 그들이 지닌 명예에 관한 개념은 완벽하게 이질적이다. 그들은 아이, 계집, 노인 할 것 없이 전부 전사였다.

예전에는 왕왕 남부를 침략하였으나 수년 전, 마리포사들과 연합한 톨프의 군사들에게 크게 밀려난 후로 모르가나에 항복하였다.

다락 민족은 수장 부부가 똑같은 권한으로 통치를 하였는데, 수년 전 여수괴라 알려졌던 '큰 흉터 카르테'가 죽고 남편인 '장발 거인 바니시'가 유일한 족장이 되면서 좋지 않은 낌새가 시작되었다.

장발 거인 바니시는 범의 뼈로 이를 쑤신다는 말이 있을 만큼 야만적인 자다. 지난 패배를 와신상담하기라도 한 건지 몇 해 전부터 슬슬 모르가나의 앞에 고개를 쳐들기 시작하였다. 그리고 기색이 노골적으로 바뀐 것은 올조르의 붕괴 직후부터였다.

조르디아 공작은 다락과 라르크를 결국 한 민족이라 치부하여 혹 여라도 그들이 연합을 하게 될까 우려하며 이를 종전의 근거로 삼기 도 했다.

"예산을 만들 수는 있을 듯합니다. 잠시라도 황궁 증축을 중단하 고 그걸로 주변을⋯⋯."

벨루비르하인 2세가 서늘히 재무 대신을 노려보았다. 가장 마음에 들지 않는 말이었다. 황궁 증축은 단순히 그의 거처를 넓히는 것이 목적이 아니다.

"벤시와 힐더의 답이 아직 돌아오지 않았나?"

벤시와 힐더는 상업을 위주로 부를 축적한 가문으로 유명했다. 재 무 대신은 이미 황실이 그들에게 진 빚이 얼마인지를 설명하기보다 다른 방식을 택했다.

"돌아는 왔습니다마는, 북부와의 전쟁이 길어져서 그들의 가업도 불 황이라 합니다. 아무래도 장기적인 지원을 받는 건 어려울 듯하여⋯⋯."

"그래서 거절을 하던가?"

재무 대신은 아무 말도 하지 못했다.

여기서 벨루비르하인 2세가 그들의 재산 몰수 따위의 독재 명령을 내리지만 않길 바랄 뿐이었다. 가뜩이나 황실에 대한 불만이 늘어나 고 있는 때다.

다행스럽게도 벨루비르하인 2세는 이기적인 남부 귀족들의 속내 들을 잘 알았다. 제국이라는 이름으로 묶여 있으나 그들은 대부분이 개인주의다. 이샤스 일대가 북부군에 짓밟히고 있는 상황에도 꿈쩍 도 않는 장원 영주들을 봐라.

어차피 사병을 제한당한 남부 귀족들이 할 수 있는 건 없을 테지 만, 실제로 군사가 있다 해도 그들은 꿈쩍도 않을 것이었다.

"벤시와 힐더를 따로 한 번 만나 봐야겠군. 불러라."

"예."

깔끔하게 정리한 벨루비르하인 2세는 다시 못 다한 생각에 잠겼다. 검은 사자의 반지가 끼워진 굵은 손가락은 으레 그가 고민할 때 그렇듯 불규칙하게 팔걸이를 두드렸다.

'투헤인 뵈르게트, 역시 그놈이 져 준 거였어.'

약간의 어색한 침묵과 함께 체스판 위의 말들이 힐끔힐끔 두려움에 찬 눈으로 황제와 재무 대신을 바라보았다. 재무 대신이 헛기침하며 말했다.

"저어, 여전히 폐하의 차례이십니다."

벨루비르하인 2세는 듣지 않았다.

'그 녀석은 내 비위를 맞출 만한 놈이 아니었거늘.'

투헤인 뵈르게트는 제도를 떠나기 전 그의 체스 대전에 응했다. 그리 노골적으로 언짢은 기색으로 거절하더니만 웬 바람이 분 것인가 했다. 당시에는 자신의 재청을 못 이겨 그러한가 했는데 지금 생각하니 아니었다.

그와 두었던 세 판의 체스에서 벨루비르하인 2세는 늘 그렇듯 전승했다. 대가로 벨루비르하인 2세는 그가 시친에서 데리고 왔던 바다 매 한 마리를 얻었고, 투헤인 뵈르게트가 차고 있던 값비싼 이국의 흑진주 허리띠를 얻어 그의 애첩에게 주었고, 마지막으로 그들의 개조 함선 열 척을 더 얻어 내었다.

'져 줬다?'

"폐하?"

돌연 벨루비르하인 2세가 낮은 웃음을 터뜨렸다.

갑자기 생각에 빠지는 일이야 왕왕 있었지만 저렇듯 호쾌하게 웃는 일은 드물었던 터라 재무 대신은 혹여라 제가 그의 기분을 상하게 하였는가 싶은 우려로 몹시 몸을 낮추었다.

"그만두지. 흥이 떨어졌다."

벨루비르하인 2세는 판을 물렸다.

벨루비르하인 2세는 투헤인이 제게 두 가지의 거짓을 고했다 생각했다. 이름 모를 병으로 앓아누운 켈레티 올다의 태수 라카라가 건강하다는 것과, 그가 아버지인 전 제독 산테라 뵈르게트를 여동생인 카헤이아 뵈르게트보다 아낀다는 말.

태수의 건강 상태는 이미 수시로 전달받고 있어 일찍이 알았으며, 투헤인이 제 육친을 아끼지 않는다는 사실은 여제독 카헤이아가 집권하는 과정을 멀찍이서 지켜보며 알았다.

카헤이아 뵈르게트를 물밑에서 조력해 시친의 여론을 끌어냈던 것이 투헤인 뵈르게트다.

물론 그렇다고 해서 시친의 민족애를 의심하는 건 아니었다. 그들의 바람은 이해할 만했으며 요구 조건 역시 그럴 법했다. 더해 델 오스작의 제독이 된 카헤이아 뵈르게트가 꽤 오래전부터 태수의 명에 불복하여 시친의 골머리를 앓게 했다는 사실을 생각하면 근거 있는 신뢰였다.

해서 그 같잖은 재롱을 받았다.

한데 이번에 깨달은 그의 세 번째 거짓말. 체스라는 대륙의 놀이를 규칙밖에 모른다는 말은 자못 의미가 컸다.

벨루비르하인 2세는 자리에서 일어섰다. 땅딸막하고 허리가 굽은 사내의 발치로 모두의 시선이 늘어졌다. 생각에 잠긴 벨루비르하인 2세는 제제하게 늘어선 근위대 사이를 가로질러 걸었다.

'져 줬다?'

얼마간 생각에 잠겨 그리 걷고 있으니 그의 시종관이 다가와 고했다.

"폐하, 앙레디움으로부터 사신이 왔습니다."

사신을 앞두고도 한참이 지난 후에야 벨루비르하인 2세의 입술이 열렸다.

"그러고 보니 얼마 전에도 다락에서 요즘 사정이 안 좋다 내게 사람을 보냈는데…… 범대륙적으로 상황들이 어려운 모양이라 짐의 마음이 불편하군. 알고 계셨나?"

짧은 다리를 꼬고 앉은 벨루비르하인 2세의 발치에는 진주 장식이 도드라지는 이국의 모자와 교차 무늬로 염색된 털 코트를 덮은 앙레디움의 사신이 고두하고 있었다.

"아, 알 리가 있겠습니까, 폐하. 본국의 국왕 폐하께서도 몹시 송구스러워하고 계십니다."

"동북 지대의 톨프 너머에 있는 그 유명한 야만족들을 모른단 말인가? 얼마 전 짐을 크게 노하게 했던 올조르와 지척에 있는 곳인데 말일세."

과장된 벨루비르하인 2세의 어투에 사신의 어깨는 구겨지듯 움츠러들었다.

앙레디움은 오래전 모르가나와의 전쟁에서 모든 왕족의 피가 끊겨 복속된 한때의 유서 깊은 왕국이다. 대륙에 알려진 나라들 중 세 번째로 거대한 영토를 지닌 곳이기도 했다. 첫 번째는 단연코 모르가나이며 두 번째는 북부의 라르크이다.

그러나 그들은 예로부터 서부 끝에 위치한 살리가르나, 꼿꼿이 고개를 들고 모르가나의 영향력을 거부하는 작디작은 바인보다 못한 취급을 받았는데 그들의 습성 탓이었다.

앙레디움은 폭력을 멀리하는 우아한 민족으로 이루어져 있었다. 선천적으로 싸움을 모르는 자들이었다. 제도 시모어와 가까운 거리에 국경이 존재하다 보니, 역사상 몇 차례 마찰이 일기도 했지만 쉬이 꺾여 왔다.

물론 그에는 동서남북 곳곳의 위험 지대에서 모르가나의 위명을 드높이는 데 힘쓰는 마리포사를 비롯한 여타 국경 방위군들의 역할이 컸다.

"폐하, 이오닌 폐하께서도 큰 고심 끝에 드리는 청으로…… 올해의 조공을 반감해 주시는 대신 내년도 진주 생산의 오분지 일로 충당할 수 있도록 해 주신다면."

벨루비르하인 2세가 쯧 혀를 찼다.

모르가나가 마지막으로 앙레디움과 외교 마찰을 빚었던 것은 십여 년도 훌쩍 전의 일이다.

부디스 놀던이라는 앙레디움의 한 평민 연설가를 잡아들이기 위해 군을 파병했을 때였다.

연설을 일상과 문화로 삼는 앙레디움의 풍토상 반제국주의 사상은 늘 있어 왔으나, 부디스라는 이름의 연설가는 전에 없이 큰 반향을 불러일으켰다.

앙레디움의 왕인 이오닌이 부러 부디스를 가까이 한 것도 그의 인기도에 영향을 주었을 것이었다. 하여 벨루비르하인 2세는 앙레디움의 왕 이오닌에게 경고하는 차원으로 앙레디움을 침략하여 연설가인 부디스 놀던을 잡아 처형했다.

당시에는 알아들은 듯 숨을 죽이더니, 북부와의 전쟁이 시작되고 올조르가 무너진 후부터 슬슬 심기를 거스르기 시작하는 꼴이다.

물론, 악착같이 무기를 들고 달려드는 라르크의 악바리들과 비교하면 말로만 떠들어 대는 앙레디움인들은 참으로 점잖은 신사였다.

"다락, 기억해 두시게나. 그들이 진정 토씨 하나 틀리지 않고 올해에는 힘에 부쳐 조공 수레를 다 채우지 못하겠다고 이야기하더군. 그대들과 꼭 같지 않나."

"소, 송구합니다, 폐하."

"그리 국고가 허전했다는 걸 알았더라면 일찍이 짐이 직접 도왔을 텐데 말이야."

앙레디움의 사신은 그대로 이마를 바닥에 댄 채 그의 자비를 칭송했다.

타박타박 짧은 다리를 움직여 왕좌 아래로 걸어 내려온 벨루비르하인 2세가 사신의 어깨를 잡아 일으켜 세웠다. 다정하게까지 느껴지는 손짓이었다. 제국 황제의 손이 닿았다는 생각에 화들짝 놀라 고개를 든 앙레디움의 사신은 벨루비르하인 2세와 눈을 마주치고는 황급히 눈동자를 내리깔았다.

벨루비르하인 2세는 빙그레 웃으며 그의 어깨를 다독였다.

"내 그래서 입을 하나 줄여 주었지."

'예?'

예상치 못한 말에 사신의 입이 느리게 벌어졌다.

"하지만 앙레디움은 짐의 아우국과도 같지. 이오닌에게 전하여라. 말도 안 되는 사족으로 의무를 방만히 말라. 제국은 지금 대륙의 평화를 위해 야만한 북부인들과 대신 피 흘려 싸우고 있는데, 그대들은 아무런 희생도 하지 않고 평화를 영위하고 싶다 말하다니. 이오닌은 그보다는 더 나은 사람일 줄 알았는데 말이야. 끌고 나가라."

벨루비르하인 2세의 손짓에 대기하고 있던 근위대가 다가와 사신을 짐짝처럼 끌고 나갔다.

"폐하! 폐하!"

단말의 비명을 지르는 소리가 쟁쟁히 알현실을 울렸다. 벨루비르하인 2세는 통통대는 걸음으로 옥좌로 돌아가 다시 자리를 잡고 앉았다.

제일리아르 가문 출신으로 어릴 적부터 그를 보좌해 왔던 시종장 란니르가 조심스레 아뢨다. 그의 회색 눈동자가 조금 불안하게 흔들렸다.

"죽이실 겁니까, 폐하?"

벨루비르하인 2세가 고개를 저으며 웃었다.

"죽이지는 않을 것이다."

"저자가 앙레디움의 왕과 인척 관계에 있다 들었습니다만⋯⋯."

"그렇다면 더 큰 경고가 될 테지."

말을 마친 벨루비르하인 2세는 못 다 마친 생각에 빠졌다.

'그나저나⋯⋯ 그놈이 져 준 거였다고.'

한참을 고민하던 벨루비르하인 2세가 황실 상비군 대장을 불러 명했다.

"시친의 배들이 도착하거든 몇 척을 추려 로죄 강으로 들여라. 내 직접 봐야겠다. 특히나 마지막에 투헤인 뵈르게트가 내게 패배하여 얻게 된 개조 함선들은 유심히 살피고 검열을 꼼꼼히 하라."

라르크의 뮈아드로.

폭설은 한파와 함께 찾아왔다. 어느새 눈은 무릎 높이까지 쌓여 있었다. 내린 눈이 소리란 소리는 죄 좀먹어 뭐아드로의 왕궁은 몹시도 고요하고 적막했다.

언 눈이 쌓인 나뭇가지가 무게를 이기지 못하고 우드득 소릴 내며 부러지는 소리가 간혹 울릴 따름. 길이란 길은 죄 눈에 덮여 있거나 꽝꽝 얼어 발걸음이 조심스러우니 발소리조차 없었다.

왕궁의 시녀들은 장갑과 두꺼운 털 부츠를 신은 채로 눈밭이 되어 버린 왕궁 정원에 길을 내는 하인들을 도와 분주히 움직였다.

테른도크는 왕궁의 가장 높은 층의 창가에 서 있었다.

온 세상이 설경이라. 눈이 아플 지경이다. 원래 오늘은 겨울잠에 든 뱀 사냥을 가기로 했건만, 그제와 어제 쏟아진 폭설로 인해 취소되었다. 덕분에 꼼짝도 못하고 왕궁 내에서 편안한 여가 시간을 즐겨야 하는 신세가 되었다.

오늘 그와 함께 어울리는 건 재상 라페로바한, 길로하임이었다.

테른도크는 따뜻한 술을 홀짝이며 돌아섰다. 재상 라페로바한은 이미 판 앞에 앉아 있었다. 앞에는 열심히 마가목 체스판을 닦아 말들을 올려놓는 왕궁 시종의 손길이 분주했다.

"남부의 황제는 인간으로 체스를 둔다는데 역겹기가 그지없어. 놀이를 놀이로 끝내면 이리도 깨끗한 것을."

"그러니 남부가 아닙니까. 남부인이 치마 두른 협잡배라는 속설이 괜히 있는 것이 아니지요."

북부인은 불곰 같은 야만인이오, 남부인은 치마 두른 협잡배라는 속설은 꽤 오래전부터 존재해 왔다.

준비된 판을 앞에 두고 앉은 재상 라페로바한은 홀쭉한 턱을 만지작거렸다.

여느 때와 다름없이 테른도크가 백이었다. 테른도크는 식어 가는 술을 내려놓고 재상 라페로바한의 건너편에 앉았다. 그들은 말없이 모래시계를 세우고 눕히며 체스를 두기 시작했다.

딱. 딱. 딱.

그러나 생각을 하고 둔다기보다는 단순히 무료하지 않게 시간을 보내기 위함이라. 그다지 긴장감이 넘치지는 않았다. 말들은 금세 그 수를 줄였다. 그들은 누웠다 일어섰다를 반복하는 모래시계의 모래가 얼마 남지 않을 때까지 침묵을 유지했다.

그리고 얼마 지나지 않아 테른도크가 호쾌히 웃으며 그의 나이트를 재상 라페로바한의 킹의 대각에 딱 소리가 나게 내려놓았다.

"체크로군."

"그러게나 말입니다."

"오늘은 꽤 잡생각이 많으신 모양이야. 재상께서."

"폐하께서 실력이 느신 게 아니고 말입니까?"

낮게 웃은 테른도크는 시종이 새로 따라 주는 따뜻한 술잔을 건네받았다. 재상 라페로바한은 나이를 핑계 대며 술을 사양했다.

"이제 몸을 아끼시나 보군."

"나이도 나이이니. 저는 오래오래 폐하를 보좌하고 싶습니다. 술병이 나서 도리를 다하지 못하면 죽어 눈 감겠습니까."

넉살 좋게 아첨을 섞는 재상 라페로바한과 테른도크는 아주 공교롭게도 같은 사람을 떠올렸다.

선대 브류나크 칼키스였다. 파사드의 부친이었던 그는 참으로 우울한 사람이었는데 말년에는 거의 맨 정신인 적 없이 취해 있다가 끝내 술에 잡아먹혀 죽었다.

세 세대 전의 브류나크 공 제그라트보다 왕실에 충성스러웠으며, 두 세대 전의 브류나크 공 바예투스보다는 융통성이 있었던 자였다.

그래서 테른도크는 칼키스의 죽음을 퍽 안타까워하였다.

파사드가 시친에서 돌아온 지 얼마 지나지 않아 술병을 끼고 죽은 채로 발견된 칼키스는 유언조차 남기지 않았다. 아마 그날 새벽 스스로가 절명할 거라곤 생각지 못했을 터이니 당연한 일이다마는.

기억을 더듬다 보니 조금 우스운 것이 떠올랐다.

지금은 이미 은퇴한 자파인 후와 칼키스 그리고 재상 라페로바한은 청년기부터 노년기까지 사이가 나빴던 이들이었다. 칼키스와 자파인 후는 팔란 당 소속이었고 재상 라페로바한은 반트의 수괴였으므로 어쩔 수 없는 일이었는지도 모른다.

그들은 눈만 마주치면 으르렁대며 싸웠다. 테른도크가 막 즉위했을 당시에는 왕궁 내에서 서로에게 주먹질을 해 노르테 홀로 끌려온 적도 있었다.

칼키스가 죽었다는 소식에 껑충껑충 뛰던 재상 라페로바한의 모습이 기억이 난다. 좋아서였는지 놀라서였는지는 차치하고.

그다음이 인상 깊었더라. 재상 라페로바한은 누구보다 큰 목소리로 칼키스의 장례를 성대히 치러 주어야 한다 말했다. 라르카드단으로의 의식은 당연히 허락될 것이었는데도 몇 번이고 테른도크에게 확답을 받고 싶어 하기도 했다.

'흠……'

테른도크는 눈앞의 늙은 재상이 눈을 토끼처럼 끔뻑이는 걸 발견하고 생각을 그쳤다. 아련한 추억이나 팔자 재상과 마주 앉은 것이 아니었다.

"그러고 보니 체스도 오랜만이군. 마지막으로 뒀던 게 자파인 후가 다시 영지로 내려가기 전이었던 것 같으니 말이야."

"그렇습니까? 누가 이겼습니까."

"자파인 후가 이겼지. 그자를 누가 이기겠나? 듣자 하니 체사 백도 자파인 후는 이겨 본 적이 없다는군. 재상은 어떤가."

"글쎄요. 마주 앉아 체스를 둬 본 기억이 없어서."

"작위 공은 이기려나?"

재상 라페로바한은 잠깐 입술을 일자로 다물었다가 빙긋 웃어 보였다.

"다음에 한 번 둘을 붙여 보시지요."

꽤나 의미심장하게 들리는 어조였다. 테른도크가 피식 웃었다.

"그러고 싶어도 자네 사위 될 자가 아무래도 코빼기도 비치지 않으니 말이야. 아, 그나저나 내게 뭔가 들렸는데 말이야…… 재상께서는 요즘 작위 공이 영 눈에 안 차는 모양이지?"

"무슨 말씀이십니까?"

눈 하나 깜짝 않고 놀란 표정을 지어내는 재상 라페로바한을 지그시 응시하던 테른도크가 허심탄회한 투로 말했다.

"자파인 후에게 들었다. 재상께서도 알다시피 그는 꽤나 평화주의자 아니던가."

"그가 말입니까?"

"내가 말하고도 사실 잘 안 믿기긴 하는군. 내가 보다 어릴 때야 모르지만 지금은 적어도 그렇지 않던가."

"호랑이는 이빨이 빠져도 호랑이가 아닙니까? 그 성미가 어디 가겠습니까."

재상 라페로바한과 테른도크는 거의 동시에 웃음을 터뜨렸다. 웃음소리가 사그라들 즈음 테른도크가 느른하게 말끝을 늘이며 중얼거렸다.

"……재상께서는 우리가 제국에게 질 것 같나?"

"그럴 리가요. 이겨야지요."

"내가 지금 궁금한 게 이거야, 재상. 요 몇 년 작위 공이 중앙에서 부재하는 시간이 긴 와중에 전쟁에서 패하게 되면, 그의 입장이 곤란해지는 건 아닌가. 내 귀에 몇몇이 건방지게 팔란 숄고의 실각에 대한 이야기를 떠드는 게 들리던데. 자네는 나보다 잘 알겠지?"

"그럴 리가 있겠습니까."

"아니라고 하려거든 웃음부터 거둬. 올조르 이후 종전이 되었다면 모를까……. 모르가나의 영내까지 파고든 지금, 승기를 쥐고 종전 협정을 받아 낼 길이 몹시 협소하다는 건 나도 잘 알겠다. 이제 와 되돌아오라 한다면 애초 전쟁을 벌였던 이유마저 유명무실해지고 먼저 종전을 청해야 하는 상황이 되니 안 될 말이지. 그건 모르가나의 군대를 몇을 죽였든 간에 패배한 것과 같으니. 남은 것은 승리뿐인데……. 그대 사위 될 파사드가 어련히 잘 하겠느냐만 최악의 경우 역시 생각을 해 봐야겠지 싶어 말이야."

"늘 대비하는 자세가 중요한 것이라는 데에 동의합니다, 폐하."

"만일 패배하면 한동안 수도에는 걸음도 않았던 파사드가 그간의 행실에 더해 패전의 책임까지 짊어지게 될 테니, 최악의 상황에는 그가 팔란에서 실각되어 숄고의 자리가 공석이 될 수도 있겠지."

"……."

"물론 나는 그리되길 원하지 않으니 전적으로 막고 싶은 입장이야. 이해하겠나?"

"당연히 그리되면 아니 되겠지요."

재상 라페로바한은 통렬히 공감한단 듯 고개를 끄덕였다.

"그래, 그대의 딸아이가 십 년이 넘도록 파사드만 바라보는데, 그대도 나와 같은 마음이어야 하지 않겠나."

가시가 박힌 말을 노련한 재상 라페로바한이 읽어 내지 못할 리가 없었다. 약간의 무례를 무릅쓰고 빤히 테른도크를 바라보던 재상 라페로바한은 새삼스런 기분에 잠겼다.

재상 라페로바한은 뮈아드로에 뿌리를 박은 만큼, 테른도크가 태어나 자라 왕이 되는 과정을 빠짐없이 지켜보았던 자 중 한 명이다.

선왕인 파이투스 2세와 달리 성질이 있는지라 이래저래 걱정이 많았으나 테른도크는 나름의 내실이 있었다. 의외로 예리하게 상황을 간파할 때도 있다. 우유부단하게 휩쓸려 다니던 선왕 파이투스 2세와는 분명히 달랐다. 북부의 늑대라는 이름이 걸맞는 왕이다.

상황의 불편함과는 별개로 재상 라페로바한은 모처럼 기분 좋은 격세지감을 느꼈다. 하지만 그것과 정치적인 상황은 별개이다.

재상 라페로바한에게는 늘 대답이 준비되어 있었다.

"어차피 작위 공은 언제나처럼 승전보를 가지고 돌아오실 터인데 무얼 그리 걱정하십니까?"

재상 라페로바한의 뻔뻔하기 그지없는 대꾸에 테른도크는 표정을 지우고 얕은 한숨을 내쉬었다.

참 능청스러운 자다.

재상 라페로바한을 필두로 한 반트의 세력들은 이미 예전부터 요주의 인사들이었다. 테른도크가 에스란드 사건 이후로 그들의 위험성을 경각한 탓이다.

실상 공식적으로 왕실은 팔란도 반트도 아닌, 엄밀히 말해 중립의 입장에 서 있는 이들이지만 그 혈통은 팔란에 가깝다. 그러므로 반트 당의 귀족들을 아우르는 데에 더 많은 관심을 가질 수밖에 없었다. 한데 파사드가 팔란 숄고의 반지를 물려받은 후 변방을 나돌기 시작하며 팔란 당의 세력이 많이 위축되었다.

반트 당의 숄고는 재상직까지 겸하여 뮈아드로에 뿌리를 박았는데, 정작 팔란 당의 숄고는 연례행사처럼 뮈아드로를 방문하는 실정이니 반트가 활개를 치는 것도 당연했다. 선대 공작이었던 칼키스의 생전에 함께 반트를 견제하던 자파인 후가 은퇴한 것도 요인 중 하나일 것이다.

선대인 칼키스가 재직 중이었다면 감히 팔란 숄고를 갈아 치우잔 말을 입에 담을 수나 있었겠는가. 이게 다 파사드가 중앙 행정에서 발을 뺀 탓에 얕보여 벌어진 일이다.

그때였다. 인기척도 없이 다가온 누군가의 노크 소리가 울려 퍼졌다.

"들어와."

그들의 대담을 중단케 한 것은 뜻밖에도 밤 늑대였다. 그들은 눈에 띄는 곳에서는 최대한 모습을 드러내지 않는 것을 미덕 삼는 자들이었다. 얼굴은 철저히 천으로 덮어 가렸음에도 그들로부터 풍기는 특유의 분위기에 재상 라페로바한의 눈이 기묘한 빛으로 반짝였다.

밤 늑대는 재상 라페로바한에게는 시선조차 주지 않고 테른도크의 앞에 부복했다.

"폐하, 급보가 당도했습니다."

테른도크가 못마땅한 표정을 지어 보이자 재상 라페로바한이 뭉근히 웃었다.

"오늘 저는 이만 돌아가 볼까요?"

"아니, 됐네. 보고는 나중에 들으면 그만이니. 오늘 같은 날, 재상과의 단란한 시간을 포기할 수는 없지 않겠나. 보고는 있다 해라."

테른도크의 축객에 밤 늑대는 좀 더 깊이 고개를 조아렸다.

"긴급한 일이라 하였습니다. 에제트가 필히 폐하께 지체 말고 전하라는 당부를 남겼습니다."

에제트가? 마지막으로 보고가 도착한 열흘도 되지 않았음이다. 테른도크가 몸을 밤 늑대를 향해 돌려 앉으며 거만하게 팔짱을 꼈다.

"전선에 관한 일인가?"

"예. 급보입니다."

밤 늑대가 거듭 청했다.

테른도크는 귀찮은 기색을 감추지 않고 이마를 매만졌다. 대낮부터 무슨 골치 아픈 소식을 가져오려 저러는가. 또 다른 패전의 소식일까 걱정스러운 마음도 있었다.

"나가 보시게, 재상."

공손히 물러난 재상 라페로바한은 방을 벗어나는 순간까지도 밤 늑대에게서 시선을 떼지 않았다.

그의 걸음 소리가 문 저편으로 사라진 후, 테른도크가 신경이 곤두선 목소리로 일갈했다.

"일러라."

밤 늑대는 지체 없이 에제트로부터의 전갈을 읊었다.

"작위 공 브류나크와 동침을 한 계집이 한 명 있습니다. 그리고 작위 공이 그 계집을 라르칼리아라 여긴다는 물증이 드러났습니다. 이는 에반부르 팔다고 할드로프, 지난번 전장에서 전사한 할드로프가의 기사가 남긴 유언에 의한 것입니다."

"……."

"내용은 이와 같습니다. '정체를 알기 어려운 적의 사령관이 그녀를 원하고 있기에 칼란독 경께서는 그녀를 이용할 수 있으면 이용하시리라 하셨지요. 그렇다면 그녀를 빼앗겨서는 안 될 일입니다. 하지만 나는 조금은 다른 각오로 칼란독 경과 같은 결과를 원하고 있소이다. 라르칼리아가 어떤 말로를 맞았건 간에, 라르칼리아는 라르크의 기원이었습니다. 이 땅에서 태어나 이 땅의 것을 먹고 마시고 즐기며 살아온 우리가 우리의 기원을 잊어선 아니 되겠지요.' 이상입니다."

왕의 늑대들은 온갖 것들을 훈련받는 자들이다. 속기와 암기 또한 마찬가지였으므로, 필경 토씨 하나 틀리지 않은 전언일 것이다. 한데 이해가 가지 않았다. 삐딱하게 고개를 기울인 테른도크의 벽안이 차츰 서늘해졌다.

'이게 무슨 소리인가?'

듣고도 이해가 되지 않았다.

"다시 읊어."

"정체를 알기 어려운 적의 사령관이 그녀를 원하고 있기에 칼란독 경께서는 그녀를 이용할 수 있으면 이용하시리라 하셨지요. 그렇다면 그녀를 빼앗겨서는 안 될 일입니……."

"요점만."

"발로이드 페이작 마리포사가 라르칼리아라 추정되는 계집을 원하고, 작위 공 또한 그것을 알고 있다는 것으로 믿어진다는 에제트의 전언입니다."

반복해 듣고 들어도 이해가 가지 않기는 마찬가지였다.

지금 눈앞에서 급보를 낭송하는 것이 밤 늑대가 아니었다면 중간 전달 과정에서 오해가 있었을 거라 치부해 넘겼을 이야기였다. 테른도크는 입안으로 낯설게만 느껴지는 고시대의 유물을 소리 내어 굴렸다.

라르칼리아. 그는 파사드로부터 그런 보고를 들은 적이 없었다.

"……파사드는 라르칼리아라는 그 말을 믿고 있다고?"

테른도크는 늑대 문양이 새겨진 반지를 낀 손가락으로 관자놀이를 톡톡 건드렸다. 입술 끝이 절로 비틀렸다.

파사드는 그런 헛소리를 믿을 만한 위인이 아님이다. 미친 게 아니라면 어떤 사연이 있을 터다. 게다가 라르칼리아라는 것이 그가 상상하는 그 라르칼리아가 맞는지도 아직 확실치 않은 일이었다.

그러나 다만 라르칼리아, 이미 죽어 버린 그 이름을 참칭하는 것만으로도 그로서는 용서할 수 없는 일이었다.

❖‧❖

그란두르전 첫째 날.

최전선에서는 이미 한창 교전이 벌어지는 중이었다. 금속음이 귓청을 찢을 듯했다.

엇갈리는 검들이 무덤처럼 솟아올랐다가 호선을 그리고, 직선을 그리며 떨어진다. 나무 창이 으스러지고 방패가 나동그라진다.

서로를 향해 돌진하는 기병대의 말발굽 소리가 천둥처럼 세상을 뒤흔들었다. 목이 잘려 나간 말이 뜨거운 피를 펄펄 쏟아 내다 고꾸라졌다.

제독 뵈르게트의 합류 소식에 혹시라도 시친 민족이 그들과 합류했을까 우려했던 모르가나의 군사들은 전면에 드러나지 않은 군도 민족의 존재에 크게 안심했다.

첫째 날의 교전은 난전에 이르기 전 마무리되었다. 두 군대는 군의 재정비에 들어갔다.

그날 밤, 라르크의 군사들이 갑자기 교전지에서 두 시간 남짓 떨어진 모르가나의 야영지 코앞까지 들이닥쳤다는 전갈이 들었다. 예기치 못한 기습에 놀라 자리를 박차고 나온 모르가나의 기사들은 어둠 속으로 되돌아가는 라르크 군사들의 뒷모습에 어안이 벙벙했다.

그리고 이튿날을 기점으로 어째서인지 라르크의 군대는 방어진으로 태세를 바꾸었다.

그란두르전 둘째 날.

단단하게 밀집한 적들은 돌진하지도 물러서지도 않았다. 공세를 퍼붓는 모르가나의 기사들을 맞이하는 것은 철옹 같은 수백 개의 방패였다.

방패 사이로 삐져나오는 적들의 창이 돌격대를 찔러 올렸다. 방패 뒤로 숨은 라르크 군의 궁수들은 끝없이 화살을 쏘아 올렸다.

결국 적들을 방패 밖으로 끌어내기 위한 모르가나 군사들의 공세는 더욱 격렬해졌다. 그러나 라르크의 군사들은 상상 이상으로 견고했고 넓게 포진된 방어 전선의 뒤에서 그들을 조롱했다.

희부연 하늘, 싸락눈은 점점 굵어졌다.

딱 두 번, 기사단과 함께 최전방으로 돌격했던 발로이드는 어째서인지 소기의 계획을 철회, 전선의 중앙 돌격 부대와 갈라져 되돌아갔다. 그들의 자리는 아사인 가문의 기사이자 차하급 사령관의 대우를 받고 있는 비세바르의 기병대와 기병 궁수들이 차지했다.

그날 밤은 눈보라가 몰아칠 조짐이 보였다. 바람은 더욱 거세어졌다. 남부에 전에 없는 대폭설이 내릴지 모른다는 주장이 사령부 회의에서 나왔다.

그리고 또다시 라르크의 군사들이 한새벽을 틈타 대규모 이동의 기미를 보인다는 전갈이 들었다. 이틀 연속으로 전해지는 야습의 낌새에 모르가나의 군대는 다시 한 번 뜬눈으로 밤을 지새워야 했다.

발로이드로부터 무시할 것을 명받은 마리포사 기사단들만이 때아닌 깊은 잠에 빠질 수 있었다.

❖ ❖

그란두르전 셋째 날.

이른 오전부터 마리포사의 최정예 기사단은 전선에서 약간 비껴 나간 곳에서 대기 중이었다.

라르크의 군사들은 추위에도 아랑곳 않고 일어서서 다시 촘촘한 밀집 전형의 방어 태세를 취했다. 초반의 승기를 쥐어야 한다는 주장을 내세운 비세바르의 돌격이 둥둥 울리는 북소리와 함께 시작되었다.

사천여 기의 마리포사 기사단과 함께 후방에 선 발로이드는 반나절이 지나도록 단단한 방어진을 구축한 적들을 바라만 보고 있었다.

적들의 방어진은 여간해서 파헤쳐지지 않았다. 자로 잰 듯 반듯하게 선 라르크의 군사들은 가로 이백 머리, 세로 약 팔십여 머리의 직사각형 방진을 고수하고 있었다. 땅에 닿자마자 녹아내리는 싸락눈의 질척함을 끈적거리는 피가 뒤덮었다.

그 위로 발자국이, 그 위로 시체가, 그 위로 고함이, 그 위로 다시 피가 흩뿌려졌다.

모르가나의 군사들은 적들의 방어진을 흐트러뜨리기 위해 양 측면으로 돌격 부대를 우회시켰다. 그러나 적들은 포위의 가능성이 조금이라도 보일라 치면 그 즉시 뒤돌아 후퇴한 후, 다시 꼭 같은 방진을 구성해 전열을 견고히 했다.

마리포사의 경장 보병대와 창기병 여섯 개 대대는 최전선에서 검은 사자의 군을 엄호하며 적들을 베어 넘기고 있었다. 나동그라지는 그들의 멘테가 피로 물들었다. 피 먹은 나비들이 하나씩 시야 밖으로 사라져 고꾸라질 때마다 멀찍이 서서 지켜보는 기사단원들의 가슴도 붉게 타들어 갔다.

마리포사 기사단들은 눈발이 거세지길 기다렸다. 아니, 더 정확히는 아마도 발로이드가 그것을 기다리고 있을 거라 짐작했다.

그란두르전 넷째 날.

적들의 최전방 방어 전열이 아주 잠깐 허점을 보였다.

그 틈을 파고든 비세바르의 기사 무리가 파죽지세로 들이쳐 그들을 밀어냈다. 지난 사흘간의 사상자보다 넷째 날인 오늘의 사상자가 세 배는 더 많았다.

그러나 기사단들과 함께 잠깐 전방으로 나섰던 발로이드는 어째서인지 한참을 서 있다가 다시 되돌아왔다. 얼마 지나지 않아 라르크 군사들은 다시 대오를 바로잡고, 반원형의 방어 대열로 돌아갔다.

그날 밤, 오후 중 잠깐 그쳤던 눈이 다시 펄펄 흩날리기 시작했다. 몰아치기 시작한 눈보라에 세상은 춤추는 안개에 잠긴 듯 흐릿했다. 수거되지 못한 시체들의 등 위로 눈송이가 내려앉는 처연한 전장의 밤이었다.

어두운 횃불 빛으로 시각을 연명한 모르가나 지휘 기사들의 군사 회의가 열렸다.

사령부 막사 안에 타는 난로만 셋이었다. 그럼에도 추위는 좀체 가실 줄 몰랐다. 전에 없는 혹한을 체감하며 뼛속까지 남부인인 기사들은 언 입술을 겨우 떼는 것도 힘들었다. 빨리 이 전쟁이 끝났으면 좋겠다. 모두가 같은 마음이었다.

"저놈들, 잔뜩 간이 졸아붙어 아무것도 못 하고 있습니다. 지금이 적기입니다."

그들의 얼어붙은 입술이 지난 며칠 수비만으로도 고전을 면치 못했던 라르크의 군대를 조롱했다.

오늘은 잠깐이지만 그들의 전열을 무너뜨리기도 했다. 애초부터 공격을 점하고 있으므로 모르가나의 사상자가 더 많은 것도 당연해서, 이미 적들의 두 배가 넘는 사백여 명 이상의 사상자가 난 지금도 그들은 스스로의 승기를 믿어 의심치 않았다.

모르가나의 군사 수가 라르크 군사 수를 훨씬 상회한다는 것이 자신감의 근원이었다.

"조금 더 총력을 기울여 한꺼번에 몰아붙이는 것이 좋겠소. 측방 진지에 대기시켜 두었던 베이아 경의 삼천여 군사들을 더 불러들이는 건 어떨까 싶습니다만, 최고사령관님."

모르가나의 지휘 기사들은—특히나 비세바르는— 저들이 이른의 보급품을 공수할 수 있을 만한 길목에 미리 매복시켜 둔 군사들까지 불러들이자는 제안을 내어놓았다.

발로이드는 말없이 앉아 그들의 갑론을박을 한 귀로 흘렸다. 정확히는, 그에게는 들리지 않았다 해야 옳았다.

비세바르와 데면데면하기로 유명하고 늘상 조용했던 또 다른 배너 기사 기니스가 조심스레 반대했다.

"차라리 라르크 군이 우리의 뒤를 치도록 유도하는 것은 어떻겠습니까. 숫자만으로 정면 돌파를 한다는 건 저들이 작정하고 수비 태세를 유지하는 상황에 그다지 효용이 있어 보이지 않습니다. 포위전을 펼치기에는 이쪽의 수가 모자라겠지요?"

황태자가 나타난 이후, 마치 제가 사령관이라도 된 듯 의기양양함에 젖어 있던 비세바르가 기니스 경의 발언을 탐탁찮게 들었다.

"부족하지. 어제야 저들이 잠잠했지만 한밤중에 기습적으로 움직이는 것도 우리를 도발하는 것이라고밖에 볼 수 없는 일이오. 감히 북부놈들이 제국을 조롱하다니. 단박에 본보기를 보여야 함이 아니겠소이까?"

한참이나 무관심하게 기사들에게서 시선을 비끼던 발로이드가 입술을 뗐다.

"머릿수로 본보기가 될 거라면 애초에 시작도 않았을 전쟁이다."

발로이드의 일침이 지적하는 북부인들의 기질이 명백해서, 기사들은 잠깐 말문을 닫았다.

"적들이 어떤 자들인지 제대로 이해하는 자가 한 사람도 없군. 북부가 단순히 그런 것에 겁먹을 거라 생각하고 무작정 밀어붙이려 하다니."

"……하지만."

"아사인 경, 정 원한다면 그들을 소집해. 전열이 뚫리든 뚫리지 않든 죽는 놈들이 늘어난다면 갈수록 우리에게 유리해질 테니까. 올조르가 무너진 후, 인근 요새인 톨프의 군장이 이미 안프 절벽 일대의 입구를 지키고 있다. 적들은 이 이상의 증원이 불가능하고."

"……."

"이쪽은 얼마든지 더 사람 머리들을 끼워다 내보낼 수 있는 절대적인 이점이 있잖나?"

서늘히 웃고는 있지만 발로이드의 눈빛에 배인 것은 명백한 경멸이었다.

뭣도 모르는 새끼들이 지껄이는 건 이미 지겹도록 들었다. 라르크의 최고사령관 파사드 칼란독 브류나크는 병신 핫바지라 생각하지만, 그보다 더 머저리 같은 게 남부 기사들이었다.

발로이드 역시 지금 대의 브류나크가 생의 반 가까이를 크고 작은 전쟁터에서 살아왔다는 것을 들어 알았다. 그리고 무엇보다도 저곳엔 스완이 있다.

물자 지원도 한정적이고 군사 증원도 한정적인 불리한 전쟁에서 무작정 수비 태세를 갖춘다는 건 겁쟁이들이나 할 짓이다. 그리고 겁쟁이들이었다면 그들은 이미 국경선 이북으로 도망쳤어야 옳았다.

최선의 수비가 공격임을 모르지 않을 스완이 저곳에 있으니 저들은 지금 무언가를 기다리는 것이다. 무얼 기다리는 걸까. 스완은, 무얼 기다리고 있나.

저를 기다리고 있는 것인지도 모른다. 가슴 안쪽이 타는 듯 뜨겁게 박동한다. 발로이드는 붉게 타오르는 난로의 영롱한 불빛을 응시했다.

"내일은 날이 더 험해질 테니, 소기의 계획을 실행하겠다."

"예. 그리고 혹시 모르니 일단 베이아 경에게 일러 이동하라 하겠습니다."

비세바르는 포기할 기색이 아니었다. 그가 다른 페넌 기사를 불러 파발마를 띄우라 명하는 것을 흘려들으며 발로이드는 자리에서 일어섰다.

새벽의 비밀스러운 회동이 마무리되었다. 모두가 추위와 피로에 지쳐 있었으므로 길게 끌고 갈 이도 없었다.

발로이드는 마지막으로 사령부 막사에서 벗어났다. 보드득. 눈 짓밟혀 울부짖는 소리가 소름 돋았다. 검은 갑옷 위로 하얀 눈송이가 내려앉았다가 이내 송골송골한 물기가 되어 흘러내렸다.

발로이드는 희부연 암흑 세상을 응시했다. 제멋대로 흘러내린 적발 사이로 형형한 짙푸른 눈동자가 어둠의 저편을 갈랐다. 남부의 한밤도 하얗게 빛나는 계절이었다.

발로이드가 막사 앞에서 대기하고 있던 에일라를 지나치며 말했다.

"내일이다. 아사인이 지휘하는 중장 보병 연대가 정면에서 시작해 적들을 우회할 거다. 우리는 소기의 계획대로 좌측을 맡는다. 벌트 경과 엘폰느 경에게 일러 아사인과 함께 움직이라 해. 믿을 만한 기수는 몇 없으니."

"존명."

에일라는 고개를 바짝 숙여 고두한 뒤 그녀의 곁에 서 있던 새끼 기사에게 턱짓했다. 묵언 지시를 받은 기사가 금세 즉각 그를 뒤따랐다.

저벅저벅.

쌓이지 못한 눈으로 질척한 땅 위에 그들의 걸음이 남았다. 말없이 앞서는 발로이드의 뒷모습을 보는 기사단원들의 낯빛 위로 조금의 불안함이 스쳤다.

"……주군, 요 며칠 통 제대로 쉬지 않으신 것으로 아는데."

"너희도 마찬가지잖나."

"저희는 괜찮습니다. 다만 주군께서……."

마리포사들은 등 뒤의 제국군도, 눈앞의 북부의 적들도 두렵지 않았다. 발로이드가 언제고 그들을 위한 안배를 움직일 것을 맹신하기 때문이다.

제 아무리 거친 성미와 이기심을 지닌 기사단원이라 할지라도 그 사실 하나 만큼은 가슴 깊이 믿었다.

그들의 충성은 제국이 아닌 마리포사 그 자체였다. 그들의 삶을 위해 투쟁해 줄 전우들에게 충성하는 것이 충성심의 기저다. 삶을 위해.

"해 뜨기 전에 이동해야 할 테니 해산하고 조금이라도 쉬어라."

그러나 이번 전쟁, 정말 괜찮은 걸까?

말이야 않지만 기사단원들의 가슴속에도 불안이 움튼 지 오래였다.

지금 전장에 나와 있는 마리포사는 초반의 사천여 기에 더해, 적들의 주둔지를 치기 위해 인근 서쪽의 군사 거점에서 끌어왔던 이천여 기의 기사들까지 합해 오천을 훌쩍 넘겼다. 애시당초 마리포사의 존재 이유가 제국의 변경을 아울러 위험 지대의 크고 작은 전투를 치르는 것이라 대외적으로 기정사실화된 바. 그러나 이런 큰 전쟁은 아니었다.

발로이드는 소소한 항쟁과 전투를 진압하며 변경에서의 영향력을 키우는 데에만 주력했다. 이런 대규모 전쟁에는 크게 관심 두지 않았던 이였다.

해서 처음 발로이드가 사령관으로 자원하여 흩어진 기사단들을 소집했을 때 놀란 이들도 많았다. 물론 대부분은 발로이드가 큰 전쟁에서 공을 세워 더 나은 대우를 받는 마리포사의 포석을 마련하기 위한 것이리라 믿었다.

그러나 참전한 지 반 해에 이른 지금, 그리 믿는 이는 없다.

선 시체처럼 죽은 눈을 한 발로이드의 벽안을 들여다보며 누구도 그가 마리포사를 위해 이 자리에 선 것이라 맹신하지 못했다. 알 만한 군사들은 다 짐작했다. 발로이드가 숨기지 않으니 모를 수가 있겠는가.

'이 전쟁은 발로이드가 그 여자를 찾기 위한 것이다.'

어째서인지는 모르겠으나 그 여자와의 일이 틀어지자 발로이드는 전에 없이 높은 벽을 세우고 마리포사와 그 사이의 간극을 그었다.

간간이 이어지던 소통마저 끊긴 지 오래다. 아주 가끔 보이던 그의 진짜 웃음마저 사라졌다. 마리포사들은 그를 잃는 것 같은 두려움에 사로잡혔다.

특히나 에일라가 그랬다.

발로이드가 멀어질수록 다른 기사들과 소통해야 하는 것은 에일라의 몫이 되었다. 그래서 에일라는 넉살이 좋았던 키에스가 사무치게 그리웠다.

이미 죽은 그를 그리는 것이 부질없다 느껴질 때면, 라곳에시스에 남은 총관리장 위스번스를 떠올렸다. 앙레디움 출신의 위스번스는 발로이드가 조언에 귀 기울여 주는 몇 없는 귀한 인재였다. 그리고 평소 언행이 경박하다 그리 싫어했던 테네스 경도 저보다는 이 상황을 잘 헤쳐 나갈 것이었다.

하지만 그들 모두, 지금은 이 전선에 있지 않았다. 지금 그를 지탱해야 하는 중책을 짊어진 것은 오직 그녀 한 사람뿐이었다.

발로이드의 막사에 이르러 에일라를 비롯한 단원들의 걸음이 멈추었다.

"쉬어라."

발로이드는 뒤도 돌아보지 않고 막사 안으로 사라졌다.

에일라는 제게 지워진 무게를 새삼 절감하며 불안하게 뛰는 심장을 손바닥으로 내리눌렀다.

소복소복 눈 쌓이는 소리가 들리는 듯 적요한 전장의 밤이었다.

다섯째 날의 동이 터올랐다.

삼천여 기의 마리포사 기사단원들은 발로이드와 함께 발맞추어 새벽부터 분주히 눈보라 사이를 뚫고 이동했다. 해가 온전히 떠올랐을 때 그들은 그란두르의 최북단 낮은 산을 정면 삼아 움푹한 지대에 자리 잡았다.

화폭 같은 산등성이의 앞으로 막 교전에 돌입한 군사들이 점점이 흩어지는 모래알처럼 작게 보였다.

라르크의 군사들이 오늘도 수비 진형으로 버틴다는 것은 그들을 향해 돌격하며 흐트러지는 제국군의 기수들과 비교만 해도 알 수 있었다.

흰 털 코트의 후드를 이마까지 눌러쓰고, 새하얀 마갑 덮개를 씌운 군마들이 제제하게 서 있었다. 숨죽여 말고삐를 쥐고 선 마리포사 기사단원들은 눈 덮여 하얗게 물든 저편의 대지가 검붉게 변하는 것을 지켜보았다.

거리가 멀다 해도 개략적으로 어떤 일이 벌어지고 있는지, 어떤 기 신호가 올라가는지는 군사들의 움직임만 보아도 짐작이 가능했다.

비세바르는 오늘도 의욕에 넘친 치열한 전투를 이어 나가고 있었다. 그들 중에는 모르가나의 기존 군대들과 함께 움직이는 레이리스와 벌트 경을 비롯한 여타 마리포사의 기병대들도 포함되어 있었다.

그들은 마리포사의 각각의 분야에서 활약하는 보병 지휘단과 장창 기병대의 소통을 돕는 중요한 역할이었다.

햇볕이 눈 쌓인 벌판 위로 내려앉아 눈살을 조프리게 했다. 정오의 눈부신 하얀 세상. 그것이 그들이 기다리는 순간이었다.

발로이드가 눈 언덕의 경사를 따라 걸어 올라갔다. 언덕의 사분지 삼 정도의 고도에 선 그의 벽안이 전경을 담았다. 나부끼는 눈발마저 붉게 적시는 전장의 악한惡恨은 그들에겐 소리 없는 군악과도 같았다.

생사의 갈림길들이 뻗어 있는 전장이다. 무기를 휘두르고 찌르고 베어 내는 이들과 방패를 들어 막고 그 사이로 창을 들이밀어 찔러 대는 이들의 사이를 붉은 사선이 편 가른다. 그 사선을 긋기 위해 목숨 버린 이들이 수두룩하다.

발로이드의 눈은 이내 지난 며칠과 마찬가지로 적들의 정중앙으로 미끄러졌다.

보일 리가 없는데도 보이는 듯했다. 이십여 열의 군사들을 장벽 삼아 지난 나흘간 꼼짝도 않고 중앙의 후방에 서 있던 하얀 말 한 필이 눈에 박혀 떨어지지 않았다.

하얀 구름 도려낸 듯 고아한 눈송이에도 결코 주눅 드는 법 없는 우아한 백색 갈기. 그리고 그 위에 앉아 말없이 세상을 굽어보는 붉은 망토의 기수. 망토는 두껍고 화려하고 길어 마치 대관식의 망토를 연상케 하는 생김새였다.

'대관식의 하얀 말이라.'

에일라가 거짓을 고할 리도 없으므로 발로이드는 의심하지 않았다. 그녀가 하얀 것을 타고 저를 기다리겠다고 했다. 실제로 스완이 적들의 시선을 사로잡는 방법이었다.

'그러나 아니다.'

발로이드의 눈은 손톱보다 작게 보이는 적들을 조프린 눈 틈새로 응시했다. 뒤따라온 에일라가 넌지시 물러설 것을 청했다.

"주군, 이곳은 자칫 노출될 위험이."

발로이드는 그녀의 말에 귀 기울이는 대신 손을 들어 조용히 시켰다.

'……아니다.'

이미 처음 본 순간부터 그녀가 아니라며 그의 본능은 속삭여 왔다. 그럼에도 의혹을 떨칠 수 없어 지난 사흘 인내심을 가지고 지켜봤다.

한 눈은 붉은 망토를 두른 백마의 기수에게, 또 다른 눈은 혹 적들 사이에 숨어들었을지 모를 그녀를 찾기 위해 움직이고 움직였다. 그러나 결국 그가 찾아낸 또 다른 하얀 것이라고는 세상 뒤덮을 듯 내리는 눈과 전장 곳곳에서 불시에 나타나 그들의 기사를 갈라 죽이는 브류나크의 검뿐이었다.

이 전쟁은 그녀와 자신의 것이다.

세상의 모든 전쟁터는 여왕과 여왕의 기사인 그를 위한 무대였다. 그녀는 불복자인 저를 잡으려 할 것이다. 저를 바랄 것이다. 자신이 그녀를 그린 만큼, 그녀 역시 저를 외면치 못할 것을 믿어 의심치 않는다. 한때 그들의 전부였던 전장에서.

하지만 정말 저 백마의 기수가 저를 기다리는 그의 여왕인가?

자꾸 눈에 걸리는 건 최고사령관인 적진의 브류나크가 중앙과 후방으로 오가기 쉬운 위치에서, 늘 하얀 말의 기수와 일정 거리를 유지하고 있다는 것이다.

스완은 그가 그녀를 단박에 알아볼 수 있음을 알고 있다. 그러니 헛짓거리로 우스움을 살 일을 자처하진 않을 것이다.

'……만일 정말 너라면 왜 너는 움직이지 않나?'

아무것도 하지 않고 닷새를 내리 중앙의 보호를 받으며 서 있기만 하는 저 겁부가. 군사들의 죽음을 보고도 손가락 하나 까딱하지 않는 기사가. 마치 그를 유혹하듯 그리 서 있는 저 하얀 말의 기수가.

'나의 폐하일 리 없음이다.'

스완은 회전이 벌어지는 날이면 늘 피투성이가 되어 되돌아왔다.

하얀 월계수의 망토가 온통 핏빛으로 새빨갛게 물들 때까지 핏물이 빠지지 않을 만큼 벌겋게 절어 놓을 무렵에야 둔영에 이르곤 했다.

처음에는 피를 뒤집어쓰고 나타난 여왕의 옥체에 사방팔방 소리를 지르며 군의관을 부르는 것으로 환영사를 대신했던 이들도 나중에는 차츰 익숙해졌다. 자잘한 부상들을 달고 돌아오긴 했지만 여왕은 크게 다치는 법이 없었던 것이다.

오만한 미소를 지으며 되돌아오는 그녀의 품엔 늘 승리가 안겨 있었으므로 차츰 그녀를 불사신처럼 숭상하는 이들도 생겼다. 페이작도 그런 여왕의 맹신자들 중 하나였다.

그러나 숱한 전쟁터 생활을 하다 보면 결국 치명상을 피할 수 없는 날도 있는 법이다.

동부 소왕국 중 하나로 자리 잡은 루도비아와의 혈전이 치러졌던 날이었다. 그날은 비극적 망상이 처음으로 페이작의 믿음을 꺾은 날이었다.

루도비아에 있던 장골의 장수 다기엘은 당시 북대륙 최고의 힘을 자랑하는 자였다. 페이작도 그 이름의 위명을 누차 들어왔던지라 특별히 경계했던 자이기도 했다.

그 사내가 제가 있는 곳이 아닌 스완이 있는 곳으로 달려가 그녀와 단독으로 마주하게 될 것이라는 예상을 하지 못한 것이 실수였다.

그자와 마주하기 직전까지 스완은 특유의 기민함으로 절체절명의 위기에 처한 적이 없었다. 그러나 그때는 완력이라는 한계 앞에 무너졌다.

그녀의 검은 루도비아의 장골의 장수가 내지른 육중한 도끼를 막지 못하고 산산조각 나 부스러졌다고 했다. 그로 그쳤으면 다행이었을진대, 멈추지 않은 적의 도끼는 그녀의 허리로 박혔다. 여왕을 지키던 갑옷은 산산조각이 났으며 내장이 다 드러날 만치 깊게 찢어진 옆구리에서는 피가 쏟아져 웅덩이를 이루었다고 했다.

그리고 그자는 북부의 가장 위대한 왕을 반죽음의 상태까지 몰고 간 장골의 장수답지 못하게 화살 서너 발을 피하지 못해 숨 앗겼다 했다.

당시 도주하는 루도비아의 용병들을 압박하는 임무에 주력하고 있었던 페이작은 뒤늦게 소식을 접했다.

—폐하께서 부상을 입고 사경을 헤매십니다, 돌레한 경.

첫마디가 시작되어 끝마디로 맺어지는 순간, 페이작은 공포가 이성을 집어삼킨다는 것이 무엇인지 절감했다. 비켜! 페이작은 안정을 취해야 한다는 개소리를 지껄이는 보초들을 매섭게 뿌리치고 막사 안으로 들어갔다.

가장 먼저 보인 것은 그녀가 누워 있는 침대의 곁에 기댄 한 사내였다. 차가운 맨땅에 엉덩이를 붙이고 있는 녹안의 살쾡이, 한센 두크 체사. 그 역시도 온몸이 붕대로 칭칭 감긴 채였다.

—한센…… 이게 대체 어찌 된 일이냐!

—귀청 떨어집니다, 돌레한 경. 폐하께서 주무시는데 다짜고짜…….

녹안의 사내는 족제비처럼 웃으며 파랗게 질린 그의 낯빛을 비웃었다.

—퍼런 분이라도 칠하고 오셨습니까? 낯짝이 왜 돌레한 경께서 당장 숨이 넘어가실 듯합니까?

—폐하는.

　—뭐…… 돌아가시지는 않는답니다.

　나른하게 길어지는 말끝에 어쩐지 아쉬움이 배어 있는 듯했다. 페이작의 손에 힘이 들어갔다. 페이작은 스완의 엄호를 맡고 있던 한센을 의심과 살의 어린 눈으로 노려보았다.

　—체사.

　한때 한센을 친근히 여겼던 적이 있었다. 오래전의 일일 뿐이다.

　한센은 뱀 같은 자다. 예이건의 딸이었던 이비가 죽은 책임이 스완에게 있다 여기면서도 스완을 따르는 것부터가 도무지 믿지 못할 놈이다.

　대놓고 '어차피 싸워야 한다면 이기는 편에 붙어 있어야지요.'라고 심드렁히 지껄이는 건 예사였다.

　스완은 한센의 기회주의적 태도와 재능을 높이 사 옆에 두었다. 그러나 페이작에게 있어 그는 섭정 공 브류나크보다도 구역질 나는 종자였다.

　—부러 그녀가 위험에 처하게 두었나?

　—이 목숨 걸고 폐하를 구해 왔는데 그런 식으로 말할 것까지는 없지 않습니까?

　한센은 불편하게 쏘아 박히는 시선에 고개를 절레절레 저으며 일어섰다.

　—아직 루도비아의 마무리가 안 되었다 합니다. 폐하께서 일어나실 때까지 정리를 해 두는 게 신하 된 도리 아니겠습니까. 잠깐 군의관이 올 때까지만 지키려 했는데 사지 멀쩡한 돌레한 경께서 오셨으니 저는 가 봐도 되겠지요.

　페이작은 끝까지 그를 노려보는 것을 잊지 않았다.

침대맡에 앉은 페이작의 마른 입술이 창백하게 눈 감은 스완의 이마에 닿았다가 떨어졌다. 그는 널브러진 붉은 머리칼을 한 손으로 쥐었다가 세심한 손길로 살얼음 다루듯 쓸어내렸다.

스완의 얼굴로 조금 더 가까이 얼굴을 가져다 댄 페이작의 눈빛은 얕고 가쁘게 이어지는 그녀의 숨소리에 서서히 누그러졌다. 숨을 쉰다는 것만으로도 고드름처럼 곤두서 있던 긴장이 녹아내리는 것 같다. 그의 숨통도 함께 트였다.

얼마간 가까이서 그녀의 얼굴을 응시하던 페이작은 그대로 쓰러지듯 스완의 옆자리에 엎드렸다. 그녀의 향기가 났다. 그를 아기처럼 만드는 포근하고 메마른 측백나무 숲의 향기가 피 내음 사이 섞여 들었다.

페이작은 먹지도 자지도 않고 몇 날 며칠을 그녀의 곁에만 머물렀다. 사경을 헤매는 스완의 고통 어린 숨소리가 위태로워질 때마다 페이작은 그녀의 손을 꽉 쥐고 충성스러운 라르크의 후예로서 세상 어디엔가 존재할 신을 향해 읍소했다.

'내 누님을 데려가면 누아드가 네놈도 찢어 죽여 버릴 테다.'

불신자라 해도 상관없었다. 라르카드단도 필요 없었다.

스완이 살아 있는 곳이라면 어디라도 그에겐 낙원일 터이다. 그녀가 없는 곳이라면 어디라도 지옥일 터임을 그는 오래전부터 깨닫고 있었다.

그리 닷새쯤 지났을까. 엿새째 되던 날이었던가. 아니면 이레였나.

페이작까지 식음을 전폐하고 여왕의 막사에서 떠나지 않는다는 이야기에 결국 군의관이 큰마음을 먹고 콧김을 내뿜으며 쫓아와 호되게 잔소리를 늘어놓던 날이었다.

스완은 죽음을 거부하고 온전히 세상으로 돌아왔다. 영원히 열리지 않을까 두려워 몇 번이고 입 맞췄던 그녀의 창백한 눈꺼풀이 들리는 순간은, 페이작을 순식간에 무너뜨렸다.

—누님, 누님…… 나를 알아보겠나.

—폐하, 정신이 드십니까? 폐하.

폐하께서 정신을 차리셨다! 군의관도 놀라 그녀의 상태를 살피더니 허둥지둥 밖으로 나가 소리쳤다. 스완은 창백하게 누워 눈꺼풀만 끔뻑일 따름이었다. 그리워 사무쳤던 그녀의 벽안이 물끄러미 페이작에게 이르렀다.

—……정신이 드나, 응? 누님.

말없이 저를 올려다보는 스완의 입술이 말라 있었다. 페이작은 황급히 수건을 적셔 그녀의 입술 가를 닦았다. 전쟁귀라 불리는 사내의 손짓이라기엔 지나치게 소심하고 정성스러웠다.

한참 후에야 스완이 낮게 잠긴 음성으로 투덜거렸다.

—당최가 시끄럽게 굴어 편안히 자게 내버려 두지를 않는구나.

—며칠이나 혼절해 있었는데. 그걸 지금 말이라고.

—……누아드가를 만난 듯도 하다. 그가 싣고 간 지난 장수들을 만난 듯도 하고…….

—그런 말 마라. 내 가슴 떨어져.

설핏 웃은 스완이 힘없이 손을 들어 페이작의 뺨을 어루만졌다. 여전히 몽롱한 빛이었다.

—그나저나……페이, 내가 얼마나 누워 있었기에 네 몰골이 이리 야위었느냐? 내가 누운 동안 카난소 경의 목소리가 들리던데, 네가 먹고 자는 것을 게을리 하며 군의관을 애타게 했다고…… 그런 잔소리를 들은 듯도 하고 아닌 듯도 하고. 누아드가가 내 발치까지 이르렀더냐?

페이작이 으르렁거리며 씹어뱉었다.

—만일 누아드가가 누님을 데려가려 한다면 저승까지 쫓아가 그놈의 강을 피바다로 만들고 사지를 끊어 내고 껍질을 벗겨 죽일 테다.

—굶어 죽은 넋이 무슨 힘이 있어.

농담을 하는 모양새로 보아 온전히 정신이 돌아온 것이 확실했다. 페이작은 스완의 상처투성이 손등에 입술을 짓기듯 비볐다. 농처럼 받아 넘긴 제 말이 한 치의 거짓 없는 진솔한 본심이라는 것을 알더라도 그녀는 그다지 개의하지 않을 것이다.

한참을 베갯머리에 뒷머리를 파묻고 있던 스완이 고개를 느릿느릿 가로저으며 물었다. 전황에 관한 것이었다.

—그나저나…… 어찌 되었나?

—루도비아의 용병군은 와해되었다. 우리도 칠백여 명 정도의 사상자가 났지만 대부분이 가벼운 부상에 그친다.

—그자의 이름이 다기엘이라 했던가. 내 검이 그리 산산조각 날 줄은 몰랐구나. 아무래도 단단한 철강으로 더 강도 높은 검을 제련하도록 해야겠다. 재미있는 게 무엇인지 아느냐?

페이작은 하염없이 유순한 얼굴로 그녀를 바라보며 말했다.

—……모른다. 나는 결코 이번 일에 재미 따위 느끼지 못했어, 누님.

—내 검이 그대로 낙엽처럼 바스러져 떨어지는 순간, 그런 생각이 들었다. 갈리아우 철로 검을 만들었다면 이리되었을까. 내 살아 돌아가면 갈리아우 철을 담금질하는 게 불가능하다 지껄이는 대장장이들을 족쳐서라도 만들고 말겠다. 그리고 너와 벨비에게도 한 자루씩 내어 주면 썩 좋겠다. 그런 생각이 이 누이의 마지막 유념이었다. 이러니 우습지 않을 리가.

—……제발, 유념이니 뭐니 입에도 올리지 마라. 무기에 대한 것

도 지금은 생각 마라. 누님을 그리 만들었던 루도비아의 장수는 합당한 대가를 치렀다.

스완의 마른 입술이 가느다란 미소를 띠었다. 그녀의 상체를 조심스레 일으켜 앉힌 페이작은 미리 준비해 두었던 자리끼를 건넸다. 미지근한 물로 목을 축인 스완이 한결 부드러운 음성으로 물었다.

—합당한 대가라……. 나를 이 꼴로 만들고 그는 무슨 보답을 돌려받았지?

—온몸을 해체해 난도질하고 모든 기사들에게 침을 뱉게 한 후 눈, 코, 입, 귀를 모두 잘라 루도비아의 왕궁으로 돌려보냈다.

—이런, 그자는 명예로운 장수였다. 제 목숨 걸고 내게 부상을 입힐 정도였으니 높게 대우해 주었더라면 더 좋았을 것이다.

—네가 죽을 뻔했다. 산 채로 껍질을 벗겨 주고 싶었지만 내가 그자를 인솔받았을 때 이미 주검이었지. 할 수만 있다면 되살려 생지옥을 느끼게 해 줬을 거다.

스완은 거칠기 짝이 없는 그의 언사에 가볍게 그의 뺨에 입술을 맞대며 웃음을 삼켰다.

—네가 이리도 나를 사랑하니 내가 너를 사랑하지 않을 수 있겠느냐.

—당연한 말이다. ……누님, 폐하의 기사로서 나의 주인인 폐하께 청하고 싶은 것이 하나 있다.

—말하렴, 내 아우의 청이라면 무엇이든 못 들어줄까.

스완은 기사 예닐곱은 능히 때려눕히고도 남을 여자였다. 몇 날 며칠을 말을 타도 지칠 줄 모르는 여자였다. 아무리 위태로운 상황에 처해서도 유연하게 빠져나올 줄 아는 여자였다. 그녀는 그녀 자체로 믿음직한 여자다. 그러나 그녀가 죽을 수도 있다는 어리석은 진실을 직면한 지난 시간, 페이작은 처음으로 무너졌다.

그녀를 다시 눕힌 페이작이 그녀의 손등에 이마를 묻은 채 가까스로 입술을 뗐다.

—전방에 나서지 않으면 안 되겠나.

대답은 한참 동안이나 돌아오지 않았다.

페이작은 그녀가 혹 듣지 못한 건지, 몸이 아직 좋지 않아 제 말을 이해하지 못한 건지 확신하지 못하고 죄인 된 가슴으로 침묵했다.

그녀의 낯색이 전에 없이 딱딱하게 표변豹變했다.

—……그렇다면 내가 귀자로 성벽 안에 숨어 있는 것과 다를 게 무어냐?

—뮈아드로로 돌아가라는 말이 아니야. 누님, 후방 지휘를 해라. 누님은 그 정도만 해도 충분해.

페이작이 그녀의 침대맡으로 내려가 무릎을 꿇고 거의 애걸했다.

—누님에게 일이 생기면 우리가 이제껏 쌓아 온 것들이 모조리 무너진다. 누님, 누님이 눈 감고 있던 시간, 그건 생지옥이었다. 끔찍하고 끔찍해 다시는 겪고 싶지 않은 일이다. 누님이 나와 누님이 다르지 않은 라르칼리아라 말했으니, 나 하나로도 충분하지 않나. 누님과 내가 같으니 내가 앞서는 것이 누님이 앞서는 것과 다를 것이 있나. 나는 다시는 누님을 위험에 빠뜨리고 싶지 않……

—돌레한 경, 그 입 다물어라. 나를 우스갯거리로 만들 생각이냐.

—누가 감히 라르크의 위대한 여왕을 비웃을 수가 있나? 그런 자가 있다면 내가 그 입술을 꿰매고 눈알을 파내어서라도 누님께 용서를 구하게 하겠다.

—내가, 나를 비웃는다. 내 입술을 꿰매고 내 눈알을 파내 봐라.

페이작은 스완의 매서운 일침에 입술을 닫았다. 팔에 힘이 들어갔다면 따귀라도 쳐 올렸을 눈빛이었다.

─최고 지휘자로서 목숨을 보존하는 것은 당연한 일이다. 난 죽고 싶어 이 자리에 있는 게 아니라 삶을 바라 이 자리에 선 것이라 했다.

─어째서 위험을 자처하는 것이 삶을 위한 것이 되는데.

─계집이 왕 노릇을 한다 비웃는 이들로 넘쳐 나는 세상에서 나는 내 뜻을 이루기 위해 끝까지 검을 쥘 의무가 있어. 페이, 나는 그들보다 우월하다. 그러나 그들은 계집인 내게 혈통 이상의 것을 증명하길 요구하지. 그자들의 손에 놀아나는 것 같으냐? 상관없다. 내가 바라는 세상을 이루는 데에 그자들이 필요하다면 나는 몇 번이고 그들을 용서하겠다.

─서부의 벨바롯트 파사드가 누님의 것이고 내가 누님의 것이다. 이 이상의 증명이 더 필요한가? 누님이 피 흘리지 않기를 바라는 내가 무례한가.

드물게 그녀에게 고집을 세우는 페이작을, 스완은 언짢음 대신 가련한 눈으로 바라보았다. 그러고는 다정하게 손을 뻗어 그의 뺨을 어루만지며 속삭였다.

─돌레한 경, 너는 나를 위한 첫 번째 기사이고, 마지막 기사가 되리라는 것을 의심치 않는다. 내가 그러길 택하였으니까. 그와 마찬가지로 이 또한 내가 바란 선택이다. 죽음도 삶도 오롯이 내 선택의 그늘 아래 스치는 바람이다. 그리고 이 전쟁터에 나만의 생이 달려 있더냐. 너처럼 나를 사랑하는 수천, 수만, 수십만의 목숨이 내게 달려 있다. 군사들은 백성들을 지키고 나는 군사들을 지킨다. 그럼으로써 나는 내 뜻을 지키는 거다. 내가 지켜야 할 군사들의 등 뒤에 숨어서 삿대질을 하고 고함을 쳐 대고 펜을 휘갈기는 짓만 한다면 그것이 사특한 귀족들과 다를 게 무어냐.

─……누님의 보존이, 라르크의 보존이다.

―내가 보존됨으로써 라르크가 보존된다는 것을 안다면 앞으로 네가 더욱 열심히 해야겠구나. 때로는 위험을 감수할 필요가 있다는 걸 너도 잘 알지 않으냐. 피 흘리지 않고 얻어 낸 것은 귀하지 않은 법이다. 인간은 간사하여 본디 제 것이었거나 제게 닥치지 않은 위험은 먼 불 보듯 하는 법이다. 안전한 곳에서 지휘봉을 들어 지휘한다면 전선에 나가 있는 이들의 목숨이 하찮게 보이는 법이다. 그리고 무엇보다도 너의 여왕은 죽어 가는 병사들을 잠자코 서서 지켜보기에는 지나치게 포악한 계집임이 분명하니, 나를 겁부로 만드는 요구는 두 번 다시 용납지 않겠다.

그러나 끝끝내 그녀의 신변에 관한 것만은 쉬이 수용할 수 없었던지라 페이작과 스완은 죽음에 대한 긴 이야기를 나누었다. 그리고 당연하지만 페이작은 결국 패배했다. 단 한 순간도 그녀를 이겨 본 적이 없었으므로.

그날의 마지막에 그녀가 무어라 했던가.

―잊지 마라, 페이. 라르칼리아란 꺾이지 않는 나무의 현신이다. 꺾이지 않는다는 것이 영원불멸의 삶을 의미하는 건 아니겠지. 우리에게도 죽음은 닥칠 수 있다. 내게도 네게도. 언젠가 죽음은 여느 날의 손님처럼 찾아와 우리의 입술에 입 맞출 테지. 그러나 언제 닥칠지 모를 죽음이 두려워 물러서는 자를 북부의 기사라 부르나? 죽음을 각오하지 않고 전장에 나섰다가 피를 보았다며 군사들의 뒤로 숨어 몸 낮추는 것이 라르크의 여왕이라?

아아, 위대한 라르크의 여왕.

―각오 없는 무모함은 용맹이 아닌 우둔함의 표상이다. 그러나 나는 각오하였다. 우둔하여 전쟁을 일으키는 이로 나를 보존하지 않을 것이다. 내가 전장에서 죽게 된다면 마지막까지 용맹한 북부의 기사

로서 살다 죽겠다. 우리가 바란 이상의 땅을 위해 죽음 불사하여 헌신하는 것. 명예로운 싸움 끝에 전사한다면 그마저도 자랑스러울 터다.

아아, 그리고 라르크가 죽인 여왕.

—우리가 온통 붉게 물들인 이 세상이 언젠가 후대의, 우리들의 터전이 될 것이다. 녹음으로 뒤덮일 시대가 도래할 것을 의심하지 마라. 우리가 바란 세상은…….

그랬던 시절이 있다.

발로이드는 하얀 털 후드를 조금 더 깊이 눌러쓰며 입가를 굳혔다.

스완은 한낱 평민의 대우를 받고 있다고 했다. 어쩌면 그녀는 온전한 몸으로 저들에게 합류하지 못한 것일지도 모른다. 어쩌면 브류나크가 어떤 사특한 간계를 부린 것일지도 모른다.

'만일 네가 나를 조롱하려 한 거라면, 그도 아니라 네게 무슨 일이 생긴 거라면, 그도 아니라면.'

비세바르의 군사들 사이로 기신호가 올랐다. 변두리 끝에서 펄럭이는 주홍과 보라색이 사선으로 엇갈린 기신호가 떨어졌다. 레이리스로부터였다.

목 끝까지 차오른 상념에서 벗어난 발로이드가 명했다.

"……에일라, 네 직속 휘하의 천여 기를 이끌고 이탈해 그란두르의 근방을 전부 살펴라. 임무가 끝난 후에는 보급 대대가 야영하는 근방에 자리를 잡고 차후 소집령을 내릴 때까지 대기한다. 만일 돌발 상황이 생길 시에는 네 재량으로 움직인다."

갑작스럽게 내려진 명령에 에일라가 뭐라 반응할 새도 없었다. 발로이드가 주먹을 높이 들어 올리더니 세 손가락으로 정면을 가리켰다.

그의 수신호에 일정한 간격으로 고요히 사열해 있던 하얀 망토의 마리포사가의 기사들이 일제히 말 머리를 고정시켰다. 그들은 두려움 없이, 눈 덮인 저편의 적들을 응시했다.

"밀어 올린다."

명령이 떨어졌다.

발로이드는 하얀 털모자를 꽉 여민 후 발에 박차를 가했다. 하얀 덮개로 가려진 거대한 말들과 하얀 망토로 스스로를 엄폐한 이천여 명의 기사들은 이내 눈보라 사이로 안개처럼 사라졌다.

말발굽 소리마저 하얀 눈밭에 삼켜지는 눈부신 정오였다.

※⟡⟡※

야전 공방은 뚜렷한 승기도 패기도 없이 몇 날 며칠 이어졌다.

하얀 입김이 연초 연기처럼 뿜어져 나왔다. 거세게 소리치지 않으면 바로 옆 사람에게도 제대로 소리가 닿지 않을 만큼 요란한 소음으로 귀가 먹을 것 같다.

몰아치는 눈발 사이로 스며드는 비명, 비명, 비명. 쇠붙이가 우는지 사람이 우는지 말들이 우는지 구별하는 것은 옛적에 포기했다. 무엇보다도 그런 소음들을 일일이 구분하기엔 겹겹이 낀 장갑이며 망토, 갑옷 안으로 새어드는 추위가 너무 끔찍했다.

"추워 미치겠네."

"뭐라고 하셨습니까! 체사 경!"

스이셴이 귀를 기울이며 큰 소리로 소리쳤다. 자칼린이 눈썹에 앉은 눈을 횟횟 털어 내며 답했다.

"아니 아니, 별거 아냐. 추워 뒈지겠다고."

"그런 말투 하시면 큰 체사 경에게 이를 겁니다!"

"베로한 경, 안 들린다며!"

"조금 더 크게 말해 주십시오!"

"때려치워, 때려 쳐!"

말장난을 하는 걸 보니 스이센 역시 기약 없이 이어지는 대기 상태에 군기가 빠진 모양이지 싶었다.

스이센의 연갈색 눈썹에는 서리라도 내린 것처럼 허연 얼음 조각이 들러붙어 있었다.

불퉁한 표정을 지으며 얼어붙은 손을 그러모아 호호 불어 녹인 자칼린은 멀지 않은 전장의 참상을 온도 없이 응시했다. 차가운 바람에 순식간에 식어 버리는 피 냄새는 쇠비린내와 꼭 같았다.

역겹다. 볼꼴 못 볼꼴 다 보며 살아왔지만 코앞에서 벌어지는 살육전을 몇 날 며칠 바라만 보고 있자니 속이 느글거렸다.

"체사 경, 뒤로 빠지십시오!"

자칼린은 붉은 망토를 고쳐 맨 후 로델라의 고삐를 위로 쥐어 올렸다. 주춤거리면서도 로델라는 착실히 뒷걸음질했다. 르옌의 말이었다. 군마용으로 훈련되지 않아 썩 거칠 거라고 생각했는데 생각보다 말을 참 잘 들었다.

긴장감만 계속되다 보니 피가 마르다 못해, 끝내는 지루해 죽을 것 같다. 자칼린은 지난 닷새간 제대로 검 한 번 뽑아 보지도 못했다. 이쯤 되니 저를 이렇게 허수아비처럼 세워 둔 파사드를 원망해야 하는지, 아니면 저를 대타로 지목한 르옌을 원망해야 하는지, 아니면 이런 상황이 될 줄도 모르고 납죽 거수했던 자신을 원망해야 하는지도 모르겠다.

"확! 마."

자칼린은 괜스레 마갑 사이 삐져나온 말갈기를 꽉 꼬집어 당겼다. 일러라! 나중에 르옌한테 다 일러라, 이 말 못 하는 짐승아! 철딱서니 없다 해도 상관없었다.

'그나저나 그 새끼는 뭘 하는 거지.'

사실 처음 발로이드와 눈이 마주쳤다 생각했을 때 자칼린은 그가 제게 달려올 줄 알았다. 그러나 발로이드는 한참을 경계하듯 살피며 두어 차례 중앙으로 파고들더니 더 접근하지 않고 되돌아갔다.

설마 알아차렸나 싶었지만 안개 낀 듯 흐린 날이었다. 거리도 상당했다. 부러 체구를 작아 보이게 하기 위해 경갑만 덧대고 머리끝까지 두꺼운 망토로 덮고 있는 데다가 거리가 까마득하니 제 정체를 알아차렸을 리 없다.

곧 더욱 촘촘히 밀집한 라르크의 군사들이 징 소리에 맞추어 후진하기 시작했다.

적들은 그들이 유지하고 있는 방진의 북쪽 귀퉁이로 밀집하고 있었다. 점점 거세지는 적들의 공세에 자칼린의 얼어붙은 입술이 바짝바짝 말랐다.

눈보라에 시야 확보가 어려웠다. 최전선의 피 튀기는 혈투 앞에서 적들이 몇이나 더 몰려오는지, 얼마나 더 많은지도 보이지 않았다. 마치 보이지 않는 적들을 앞둔 기분이다.

다행스러운 건 북부인들이 이런 설경에 익숙하다는 것이다. 빛의 굴절과 혼란을 불러일으키는 원근감을 머릿속에서 재구성하는 데에도 남부인보다 북부인이 훨씬 뛰어나다. 이 정도의 눈보라라면 오히려 적들의 시야 확보가 더 어려울 것이다.

'바보 아냐?'

북부의 기사들을 상대로 눈 오는 날 혈전을 벌이자 하다니. 발로이드의 결정인지 황태자의 결정인지는 모르겠으나 어지간히 북부를 만만하게 보고 있는 게 틀림이 없다.

자칼린이 중얼거렸다.

"베로한 경, 근데 발로이드 이 새끼는 대체 어디 있는 거야? 아직
도 안 보이나?"

"아직 보이지 않습니다."

"칼란독 경은 어디 있어? 차라리 저 앞에서 깔짝깔짝 거리면 쫓아
올지도 모르는데, 나 진짜 이러다 얼어 뒤질 거 같거든? 좀 움직이
면 안 되나."

"안 된다고 하셨습니다. 자리를 지키십시오."

"아니, 이렇게 보호만 받고 있다가 날 다 새겠다! 아니, 날 새기도
전에 내가 먼저 숨이 넘어가겠다!"

"계속 징징대시면 큰 체사 경에게 이를 겁니다. 가뜩이나 처음부
터 이 작전을 반대하셨는데 이렇게 불평불만만……."

"아, 진짜 베로한 경 이럴래! 반칙!"

부러 장난스레 받아쳤지만 기분은 썩 유쾌하지 못했다. 자칼린은
남쪽의 방어 전선 끝에서 언제 있을지 모를 이탈 부대의 신호를 기
다리고 있을 카라제시를 떠올렸다. 에반부르의 멘테는 지금 자신이
지니고 있었다. 아직 파사드에게는 말하지 못했다.

이번 회전이 마무리되면 승패와는 관계없이 라르크 내부에서는
또 다른 문제를 거론하게 될 것이다. 에제트를 감시하는 사람을 붙
였지만 밤 늑대는 기척을 지우고 움직이는 데에 능한, 도대체 무슨
생각을 하고 사는지 모를 종이다. 테른도크에게 라르칼리아에 관한
것이 전해진다면 어떤 결과도 그다지 긍정적이지 않다.

'으으으음.'

파사드에게는 이걸 언제 알려야 할까. 어떻게 알려야 하지.

저 앞에는 눈보라를 온몸으로 맞으면서도 한 치의 흔들림도 없이

선 파사드가 있었다.

이 하얀 설경 속의 하얀 갑옷이 유달리 눈 아프게 빛났다. 투구 아래 언뜻 드러난 선명한 흑발도.

'헤에, 파사드 형님 머리 많이 자랐네.'

오죽 지루했던지 자칼린은 그런 뜬금없는 생각에 빠졌다.

"파수병이 이르기를, 길목의 군사들이 움직이기 시작했다고 합니다."

테레어드가 그의 등 뒤에서 보고했다. 파사드는 미동조차 않고 정면을 주시하고 있었다.

바로 서른 걸음 앞은 피바다요, 난장판이었지만 단단한 방어 전선은 쉽게 돌파당하지 않았다. 아직까지는 전투보다는 추위로 문제가 생긴 군사들이 더 많았다.

"거리는?"

"이런 날씨라면 반나절은 더 걸릴 겁니다."

"그들이 한 시간 거리에 이르면 전군 좌향으로 반전하고 예정대로 북쪽을 등진 반달 진형에 돌입한다. 산개 방식은 기존에 하달한 대로 체사 경의 부대가 이탈한 후 반 갈라 좌측과 우측으로 펼친다."

그들이 지금 목적하는 것은 지금 이곳에 모인 적들의 전력을 끌어내는 것이다. 그러기 위해 시간을 끄는 것은 필수였다.

일반 검은 사자의 군대와 마리포사 기병들의 발목을 꺾는 것만으로는 모자랐다. 무엇보다도 가장 빠른 기동력을 자랑하는 발로이드와 그의 직하 마리포사 기사단을 이곳까지 끌어내야 했다. 하지만 기묘하게도 늘 주력 부대의 선봉에 서서 라르크 군사들의 사기를 반토막 내던 발로이드가 전면에서 사라졌다. 탐색하듯 간간이 모습을 드러냈다 돌아갔을 뿐이다.

"그리고 사령관님, 체사 경이 더는 수비에만 치중할 수 없다, 재고해 달라 말씀 남기셨습니다."

어떤 체사인지 무심코 물으려던 파사드가 생각을 바꾸어 북쪽의 저편을 응시했다.

눈보라 사이로 그림처럼 유려하게 그려진 낮은 산 그림자가 보였다. 카라제시가 무엇을 걱정하는지 모르지 않는다. 먼저 떠난 이들 중에는 시친의 카헤이아가 있다. 시친의 네 명의 실권자 중 유일하게 라르크의 손을 들어 준 이였다. 그녀를 잃으면 시친 전체를 잃는 것과 진배없음이다.

그러나 벌써 닷새째. 아직 그들의 신호는 오르지 않았다. 눈보라에 가려져 제대로 보지 못한 것은 아닐지 번번한 걱정에 파사드는 하루에도 수백 번씩 산 그림자를 따라 눈을 움직였다.

이 정도의 눈이라면 그들 역시 속도가 더뎌짐은 당연한 일이다. 예상보다 늦은 신호 역시 그럴 수 있다. 파사드는 오늘도 어김없이 인내했다. 인내란 전장에서 지닐 수 있는 얄팍한 여유에 불과하지만 조바심으로 일을 그르치지 않기 위한 필수적인 가치였다.

그리고 정오가 지날 무렵, 눈보라가 한층 가라앉았다.

"칼란독 경, 저기!"

한 기사가 손가락을 세워 그란두르의 북쪽 험지를 가리켰다. 멀건 눈이 하늘하늘 떨어지는 산등성이 저편으로 검은 연기가 용오름 치는 것이 보였다.

인내는 결실을 얻었다. 가슴이 열기로 뜀박질했다.

'정녕 그곳까지 닿았나.'

생각만으로도 가슴 한쪽이 옥죄이는 듯했다.

파사드가 명을 내렸다.

"체사 경에게 이탈령을 내린다. 준비해 둔 불을 피워 올리고 남은 군사들은 일제히 공세로 반전하⋯⋯."

그때였다.

끔찍한 비명과 고함이 파사드의 대각의 등 뒤에서 울려 퍼졌다. 적입니다! 테레어드와 파사드는 거의 동시에 말 머리를 돌려 후미를 바라보았다.

짧은 가시거리 안에는 대열을 유지하고 대기하는 군사들밖에 보이지 않았다. 헛것을 들은 것인가 싶었는데 아니었다. 다른 군사들도 후미를 두리번거리고 있었던 탓이다.

'뭔가.'

전방에서만 들려오던 금속음과 비명이 돌연 등 뒤에서 울리는 듯했다. 정확히는 측면. 테레어드가 천천히 검을 고쳐 쥐고 파사드의 뒤를 가로막았다. 그 역시 무언가 감지한 것이다. 여전히 적들은 보이지 않았다. 그러나 비명과 고함은 점점 더 처절하게 울려 퍼졌다.

"제가 먼저 가서 알아보고 오겠⋯⋯."

"따라와라, 키하이프 경."

어수선하게 웅성대며 주위를 둘러보는 군사들을 제치고 달려가던 파사드가 우뚝 롯사를 멈춰 세웠다.

눈보라가 서서히 멎어 간다 생각했다. 잠들어 있던 설원을 보고 있다 생각했다. 그러나 어느 순간 일어선 설원이 피를 뒤집어쓴 설인으로 탈바꿈해 눈사태처럼 그들을 향해 밀려들고 있었다.

말발굽이 눈밭을 짓이긴다. 우레와 같은 고함이 울린다.

땅울림이 점점 커진다. 눈보라를 엄폐 삼아 닥쳐온 적들의 선봉에는 하얀 털 코트를 온통 피로 물들인 설인이 있다. 붉은 머리칼이 바람에 흔들린다.

적발 벽안의 설인이다.

설인의 시선은 어떤 목표에 닿아 있었다. 파사드는 뻣뻣해지는 뒷목에 힘을 주며 그를 따라 시선을 옮겼다.

'자칼린.'

거의 그와 동시에 발로이드가 군사들의 머리 위를 뛰어넘고 짓이기며 질주하기 시작했다. 하얀 말의 기수를 향해.

라르크 군사들의 대열은 속수무책으로 무너지기 시작했다.

❖·❖

아주 짧은 순간, 파사드는 르옌이 제게 믿음을 구했던 밤의 기억을 되감았다.

—만약 이번을 마지막으로 끝을 낼 수 있다면, 적어도 끝으로 이끌어 줄 수 있다면, 너는 모험을 감행해 줄 수 있을 만큼 나를 믿나?

적요한 밤이었다.

창을 때리는 차갑게 마른 바람 소리가 윙윙 울리고 한기를 밀어내는 벽난로의 온기가 외려 많은 상념을 불러일으키던 시간. 등 뒤로 느껴지는 그녀의 시선, 그녀의 작은 숨소리를 파사드는 유의 깊게 듣고 있었다.

가슴은 낙막했다. 믿음을 거론하는 그녀를 돌아보는 데에는 많은 용기가 필요했다.

고즈넉한 정적을 베어 문 입술이 아무 소리도 내지 못한 건 믿음이란 것이 그에겐 커다란 신의와 같았기 때문만은 아니었다. 공기가 우는 듯하였다.

—제국의 황태자가 이르더구나.

가까스로 직시한 여자의 비스듬 기운 얼굴에 떠오른 것은 비장함도 서글픔도 아니었다. 발간 불길에 비친 르옌의 눈동자는 보다 붉은 씨를 품고 있었다.

―이 전쟁의 원인에는 페이작의 욕망이 기저되어 있었던 거겠지.

이제는 누구도 기억하지 않는 전쟁의 발단이다. 당연한 일이다. 전쟁이 벌어지면 많은 것들이 잊힌다. 얼마나 충성심 깊은 이들이 라르크를 위해 검을 들었는지도 잊힌다. 이름자도 잊힌다. 한 사람 한 사람의 인간으로서 전쟁터에 서서 잊지 않고선 견딜 수 없기 때문이다.

남는 것은 명분과 결과뿐.

파사드는 새삼 추악한 전쟁의 실체를 다시 한 번 상기하며 쓰려오는 속을 눌렀다.

―페이작은 아마도, 전쟁이 일어나면 언제 어디서건 나와 다시 조우할 것을 맹신했던 모양이다.

그를 맹신하는 건 네가 아닌가? 그런 물음이 목젖에 걸렸다.

―이번 전쟁에서 죽은 모든 이들은 비뚤어진 라르칼리아로 인한 불공정한 죽음을 맞은 거지. 네가 그랬지. 라르칼리아가 뭐관데 할드로프 경이 죽어야 했나. 나 따위가 뭐관데 라르크 군에 이만한 피해를 입혔는지. 맞는 말이다. 내 이번 생애의 오라비였던 에이반도 결국은 죽을 필요가 없는 청년이었던 거야.

―…….

―……일어나선 안 될 전쟁이었다.

―네 초기의 목적은 발로이드가 아니었나.

―페이작만 잡아 끌어내린다 해서 이 전쟁은 끝나지 않을 것 같아 마음을 바꾸었다.

추회로 젖어든 목소리에 담긴 수많은 것들이 파사드의 가슴을 흔들었다.

—사령관이란 언제든지 대체될 수 있는 소모품이니까. 스스로를 사령관으로 임명할 수 있는 것이 아니라면 결국은 도구의 수관에 불과한 거다. 페이작 역시 모르가나의 도구로서 저곳에 서 있는 것이니 내가 그를 끌어내린다 해도 또 다른 제국의 장수가 사령관의 깃발을 쥐고 일어설 것이 뻔하지 않나. 라르칼리아라는 이름을 명분 아래 묻어, 그 이름을 자양분 삼아 예까지 이른 전쟁이 이제 와 쉬이 꺼지겠나. 죽은 이들을 기리며 저들을 증오하는 백성들이 있고 기사들이 있고 지휘부들이 존재하는데. 양측이 모두가 이기는 전쟁이란 존재하지 않으므로 라르크와 모르가나 둘 중 하나는 뼈아픈 패배를 안고 물러나야겠지. 그리고 나는 마지막까지 버리지 못한 나의 이기심으로, 패전의 고통을 겪는 이들이 내 눈 닿는 곳의 백성들이 아니길 바란다.

이기적인 애국자. 그녀에게 이보다 걸맞은 수식이 있을까.

이제 전쟁이 시작된 지 이 년을 바라보고 있다. 그녀의 말처럼 실로 끝은 보이지 않았다.

발로이드를 부임시키는 것으로 모르가나가 건드린 라르크의 자존심은 어마어마하다. 라르크는 물러나지 않을 것이고 마리포사를 끝장내거나 적들이 항복을 선포할 때까지 멈추지 못할 것이다. 애초에 그런 명분이었기에.

그러나 그건 온전히 라르크만의 명분. 모르가나는 또 다른 명분을 내세우고 있을는지 모른다. 마리포사가 끝장이 나면, 로반티스를 끌어내리고 마리포사를 앉혔듯 저들의 황제는 또다시 다른 사령관을 부임시킬 것이다.

만일 그들이 다시 라르크를 공격한다면 라르크는 이번엔 스스로의 생존을 지키기 위해 검을 들어야 할 것이다. ……그에 끝은 어디에 있나?

―들어 보겠다.

심각하게 어두운 파사드의 낯빛에 반해 르옌의 입가엔 때맞지 않은 미소가 어려 있었다. 어째서인지 그녀의 웃음은 그의 낙막했던 가슴을 조금 누그러지게 했다.

―말하기 전에 확실히 해 둘 것이 있어. 나는 지금의 너의 왕을 알지 못한다. 너는 나보다 소상히 잘 알고 있겠지. 테른도크 란펠 브류나크는 시친에게 풍요로운 서토西土를 내어 주겠나?

의중을 직관하기 어려운 물음이었다.

사실 테른도크가 시친에게 내건 미끼에 관하여는 파사드 역시 회의적이었다. 그러나 카헤이아에게 직접 그리 말하지는 못했다. 그는 라르크를 대표하는 사령관이므로 자국의 안위를 위해 묵비할 의무가 있었다.

―그건 폐하의 결정이다. 지금 상황에 시친과 관련된 것이 왜 중한지 모르겠군.

―제정신이 박힌 왕이라면 얼마 없는 라르크의 비옥한 토지를 넘기지는 않겠지만, 그는 미친 왕이라는 소릴 들어 손가락질받는 한이 있어도 약속을 지키는 게 좋을 거야.

―왜?

―두 가지 이유를 댈 수 있겠군. 하나는 나의 개인적인 바람. 그는 네게 구구절절 설명할 필요 없는 이유고, 다른 하나는 정당한 대가를 되돌려주는 것이야말로 주변인들의 욕심을 키우는 가장 좋은 방안이기 때문이다.

개인적인 바람. 무엇인지 짐작하지 못하는 바는 아니었으나 파사드는 구태여 묻지 않았다.

─주변의 욕심이라는 건 무슨 말인지 모르겠군.

─모르가나의 내정에 대해 얼마나 알고 있어? 나는 적들에게 사로잡혔을 적 스스로를 모르가나의 유일 태자라 일컫는 자를 조우했다. 그자가 정말 유일 태자가 맞다면 다른 계승권자들은 없는 건가? 일찍이 내쳐진 황자들에 대한 뜬소문은 몇 번 들은 적이 있다만…….

파사드가 알기로, 모르가나의 제위는 오롯이 라인하르에게 약속되어 있다.

커다란 제국이 황위 계승으로 인해 분열되길 원치 않았던 제국에선 아주 간혹 있어 온 관습이었다. 일찍이 한 명을 제외한 나머지는 모조리 황권으로 쳐 내는 방법.

때문에 제도에 머무는 이는 황태자인 라인하르뿐이지만, 벨루비르하인 2세는 자식이 두 손으로 꼽아도 넘칠 만큼 많다 알려져 있다. 정실 소생의 아들만 일고여덟이라 하였다. 라인하르는 그들 모두가 내쫓기고 선택받은 유일한 사자 새끼로, 그 영향력이 지대했다.

─무슨 의도로 황태자를 거론하는지 모르겠지만 모르가나의 유일 태자에게 변고가 생기는 것은 아국도 환영하지 못할 일이다.

파사드는 그다지 인정하고 싶지 않은 사실을 혀끝에 담았다.

─네가 하고자 한 말이 황태자의 신변을 사로잡자는 것이라면 기각한다. 성공만 한다면 무난히 종전을 이끌어 낼 수 있는 귀한 포로가 될 테지만, 그 후에 라르크가 짊어져야 할 위험부담이 너무 크다. 모르가나의 황실을 더 자극해 황제의 또 다른 군대가 이곳에 이르게 하는 것은 반드시 피해야 할 일이니까.

─…….

─잊었나. 우리는 지금 사면이 적들인 모르가나의 영내에 있다.

한참이나 그를 올려다보던 르옌이 나른히 말했다.

─생포 같은 물러 터진 짓을 위해 목숨을 거는 짓을 하자는 말을 하려 했다면 이리 신중히 말을 꺼내지도 않았을 거다.

참 부드러운 음성이었다. 그러나 음조와는 별개로 파사드는 그녀의 신중함과 저의 신중함이 근원부터 다른 어떤 어근을 두고 있는 건지 의심해야했다.

─나는 그자를 죽이자는 제안을 하겠다.

파사드는 말을 잃었다. 아무렇지도 않게 귀한 피들에게 사망 선고를 내리는 그녀에게 당혹했다 하는 것이 옳을 것이다.

왕가 존속에 대한 전쟁 의전은 폐지가 된 지 오래이기는 하였다. 그러나 여전히 왕가나 황가라는 것은 그 자체로 가치가 있고 존중받아야 할 어떠한 것이다. 게다가 그로 인해 벌어질 수 있는 수많은 위험부담을 생각하면 빈말로 입에 올리는 것조차 조심스러워야 마땅했다.

파사드로서는 세상만사를 가볍게 여기는 듯한 그녀가 당황스럽지 않을 수가 없었다.

하나의 나라를, 심지어 제국을 지탱하는 수괴를 아무렇지도 않게 살해하겠다 결론 내리는 데에 르옌은 어떠한 주저도 없어 보였다.

─네 귀는 멀쩡해. 그러니 그런 눈으로 볼 필요 없어.

파사드가 그도 모르게 눈을 깜빡였다. 어떻게 입술을 떼야 할지도 몰랐다.

전쟁터에서 장수의 머리를 잡은 당연하게 받아들여지지만 왕가의 혈족, 황실의 혈족을 잡는 것은 그와는 천지 차이였다. 특히나 제국의 유일 태자라면 더더욱 건드려서는 안 될 벌집이다.

제국은 그들의 변경과 내부에 이미 라르크 군의 십수 배는 더 되는 군사력을 보유하고 있고, 라르크는 황태자 살해로 일어날지 모를 최악의 미래를 감당할 수 없었다.

—유일 태자에게 변고가 생기면 어찌 될지 모르나.

—모르가나 황실이 뒤집어지겠지.

대답은 태연하기만 했다.

말문이 막혀 그녀를 응시하던 파사드는 문득 어떤 사실을 깨달았다. 언제부터 왕가 존속의 의전이 폐지가 되었던가. 그 의전이 무용지물이 된 때가 바로 라르칼리아의 마지막 여왕의 정복 전쟁에서였다. 순간 등허리로 소름이 오소소 오르며 속이 우그러지는 듯했다.

—……말도 안 되는 일이다. 모르가나의 태자의 신변에 문제가 일어나면 모르가나는 보복 감정으로 전에 없이 격렬하게 라르크를 적대할 것이다. 이번 전쟁 목적은 모르가나에 북부의 건재함을 보여 주고 그들의 무도함을 일깨워 주어 무차별적으로 군림하는 걸 막기 위함이다. 부러 그들의 맹렬한 적의를 사 본국을 위태롭게 하는 것이 아닌…….

—무언가를 가지려면, 포기해야 하는 것도 있는 법이야. 이기고 싶다면 때로는 이기기 위해 안전을 포기해야 할 때도 있는 거지.

—……

—달리 말해 보자. 너는 이백여 년 전의 내가 모든 것을 다 쥐고 북대륙을 통일했다고 생각하나.

—……

—포기한 것들이 수두룩 많다. 평화로운 형제지간을 포기했고, 마음 터놓을 친구를 포기했고, 내 배로 낳은 자식들 안아 주는 일을 포기했고, 일신의 안위를 포기했다. 선을 포기하고 많은 악을 택했다.

주어진 것이라면 무엇이든 이용함으로써 순수를 포기하고, 앞길을 막는 이들이라면 무엇으로든 끌어내려 위태로운 외줄을 벗어나지 못했다. 스스로를 증명하기 위해 관후한 성정을 포기했다.

—…….

—대신 북대륙을 얻었지. 그리고 몰락한 여왕이라는 이름으로 재가 된 왕좌에서 내동댕이쳐졌고.

—…….

—그럼에도 내가 후회하는 것은 그 많은 포기들이 아니다. 대가로 얻은 것들을 제대로 헤아리지 못하였던 것만이 후회다. 브류나크, 세상은 그리 비뚤어져 있지만도 않아. 포기한 만큼 돌려받는 무언가가 늘 있다. 너흰 벨바롯트의 왕위 찬탈로 라르칼리아의 유구한 역사를 포기한 대신 지금을 얻지 않았나.

파사드는 르옌의 짧은 머리칼을 바라보았다. 그녀가 포기한 이번 생의 증명이었다.

잠자코 경청하는 내리 자욱히 혼몽하던 뇌리로 물감이 번지듯 서서히 기억이 배어들었다. 수국의 정원 한 켠에 남아 있는 '그자'의 회한이.

솔 라시나 노야반트잔.

여왕 폐하, 용서하소서.

르옌이 아무렇지도 않게 말하는 역사의 단편, 그것은 그의 선인이 일생을 짊어지고 산 추회의 파편이었다. 저 여자의 자기중심적인 성향으로 보건대 그 심정을 일평생 가늠도 하지 못할 터였다.

—브류나크, 내가 어릴 적 살던 마을에는 왕왕 여행객들이 드나

들었다. 나는 그들로부터 간간이 모르가나의 이야기를 들으며 자랐다. 뼈에 새겨진 통한으로 묵묵히 전해 듣던 이야기들 중에 그런 것이 있었다. 호전적인 계승권자들이 제도 밖으로 밀려난 이야기. 모르가나의 귀족들이 잔악한 황제를 얼마나 두려워하는지, 모르가나의 황제가 얼마나 큰 무소불위의 권력으로 강압적으로 외세를 억누르는지를. 뜬소문에 내 귀가 혹했다 할지라도 분명 라르크는 모르가나의 망발을 이기지 못해 군사를 일으켰다. 제국이란 이름하에 이어지는 횡포에 불만을 가진 것이 비단 라르크뿐인가? 나는 이백여 년전, 내가 억압했던 나라의 왕들의 매일 같은 저주 속에 살았다. 만일 모르가나의 선정이 지대해 그에게 적대할 자가 하나도 없다면 모르가나의 황제는 대륙을 제패할 만하다.

이윽고 그녀의 입술이 예언했다.

—일 년.

—…….

—장담하겠다. 일 년이다.

—…….

—유일 태자가 죽고 황제가 재빠르게 수습을 해 라르크로 전 군사를 집중한다 해도 라르크가 감당할 기간은 최장 일 년이다. 내 예측이 빗나가더라도 길어야 두 해다. 라르크가 모르가나를 막는 동안, 그들 내부에서는 또 다른 황위 계승전이 벌어질 것이다. 게다가 북부에 집중된 병력만큼 동부, 서부, 남부로 외세를 압박하던 군사의 공백이 생길 테지. 군사를 화수분처럼 뽑아내는 게 아니라면 자명한 이치야. 물론 최고의 결과는 이번 전쟁으로 황태자를 잃은 저들이 먼저 종전을 청해 오는 것이지만, 최악의 상황이 닥쳐 전에 없이 큰 위협이 밀려오더라도, 한두 해면 라르크와 다른 남부국들이 협약을

맺고 반대로 저들을 압박하기 충분하다. 물론, 라르크가 외교적으로 다른 남부국들을 설득할 자신이 있을 때야 가능한 일이겠지만⋯⋯. 북부에 그만한 위인 하나 없을 거라 믿고 싶지는 않구나. 주변국들을 회유하는 방법이야 상관없겠지. 너희 왕실의 피를 팔든, 옥토를 떼어 주겠단 약조를 하든, 무엇이든 좋을 일이야.

르엔은 몹시 자연스럽게 전쟁 이상의 미래를 그렸다. 당연하다는 듯이.

—비관적이지 않아. 우호 동맹의 시작은 시친이 열었다. 제독 뵈르게트가 약속받은 것을 얻어 돌아가는 것을 공공연히 과시한다면 그동안 조공으로 시달렸던 여타 남부국들 역시 그에 관해 생각하게 될 테고, 결국 전쟁은 끝에 이르게 될 거다.

—⋯⋯.

—조금의 위험, 조금의 희생. 버텨 낸다면 라르크의 승리다.

저런 식의 사고방식이 르엔에게는 당연한 것일는지 모른다 생각하면서도 조금은 질렸다.

—너는 내게 수만 군사들의 목숨을 두고, 나아가 라르크 본토의 백성들의 목숨을 두고 모험을 감행하라 말하나. 그리고 그만한 사안은 폐하께서 결정하실 일이다.

—진정한 늑대가 그리고 생각하나? 믿음이야 자유라지만 회전이 코앞인데 어느 세월에 이를 뮈아드로에 보고하나. 목이 빠지도록 서간을 주고받다 전쟁터에서 늙어 죽겠구나.

힐난의 투였지만 그다지 악의는 느껴지지 않았다. 외려 답지 않은 농담에 분위기가 한결 누그러졌으므로 파사드 역시 별말 하지 않았다.

—결정권은 네게 있다. 북부의 노르테 홀에 앉아 떠들어 대는 이들은 잊어라. 이 전장을 지배하는 건 너다. 귀자로 성벽 안에 숨어

너희가 가져다주는 승전보를 메추라기처럼 부리를 벌리고 넙죽넙죽 받아 처먹는 자들이 아니야. 나는 그렇게 판단했고, 결심을 다했다. 이번이.

—…….

—내가 라르크에 내보여 줄 수 있는 마지막 자비다.

마지막이라 뇌까리는 음절이 왜 그토록 가슴을 두드리는지 알 수 없는 일이었다. 전장 한복판에 섰을 때보다 더 불안하고 산만한 것은 착각이리라.

파사드는 이마를 짚어 문질렀다. 버겁다. 그런 생각을 마지막으로 한 게 언제였던가.

—모르가나의 황손은 내가 잡겠다. 내가 너희에게 바라는 건 딱 하나뿐이야. 페이작의 시선을 끌고, 모르가나의 전 군사들이 라르크 군과의 교전에 집중하게만 하면 돼.

—……너는 발로이드를.

—브류나크, 너마저 이 전쟁의 본질을 잊으면 곤란하지 않겠나. 페이작은 이 전쟁의 일부일 뿐이다. 전쟁이란 본질적으로 자국의 이득에 목표가 있다. 그걸 잊어버린 페이작을 가엾다 여길 이유는 없어. ……다만.

—…….

—마지막으로 네게 청하고 싶다, 브류나크. 너는 지금의 나를 알아주는 유일한 사람이니까.

—청?

—그래, 마지막 부탁.

'마지막.'

그녀는 또다시 마지막이라 말했다. 이유모를 막막함이 둑 터진 듯 그를 집어삼켰다. 그녀는 파사드의 침묵에도 아랑곳 않고 말했다.

　—페이작은 고집을 꺾지 않을 터이다. 이미 그와 나는 돌이킬 수 없게 되었지. 누군가를 책망하려는 건 아니야. 나의 과오였고 나의 어리석음이었다. 그러나 그 어떤 이유든 간에 페이작은 여전히 내게 귀한 사람이다. 앞으로도 그렇겠지. 어떤 결과에 이르더라도.

　공과 사의 구분이 명확하다는 것만으로는 르옌의 저러한 사고방식을 설명할 수 없었다. 파사드는 그 이상 이해하려 들기를 포기했다.

　—그리고 어떠한 이유였건 간에, 벨비가 나를 배반했다는 사실이 사라지는 건 아니지. 무어라 이름 붙였건 상관없이 너희 브류나크가 행한 것의 본질은 결국 왕좌의 찬탈이었다. 그 찬탈에 충신이 분노하는 것은 당연한 일이 아니겠나.

　—…….

　—그러니 브류나크인 너만큼은 진실을 기억해 주길 바라. 브류나크인 너는 그를 인정해 줘. 페이작이 한때는 위대한 라르크의 기사였음을, 단지 라르크를 위해 괴물이 된 충성스런 기사라는 것을. 어리석은 것은 제 책임을 등지고 죽음으로 피신했던 괴물 같은 여자였다는 것을.

　—…….

　—나의 페이작은…….

　자기 학대에 가까운 청원이었다. 그로서는 결코 동의할 수 없는 나열들.

　—……여전히 그의 라르크를 위해 검을 들고 있는 기사이니, 마땅한 예우를 다해 주기를 바란다. 너희가 조금이라도, 조금이라도.

　그녀의 한참을 끊겼다 이어졌다.

　—조금이라도, 라르칼리아라는 이름으로 한 시절 이 땅을 일구

며 살았던 선인들에게 후대로서의 경의를 표해 줄 수 있다면. 세상 모든 이들이 거짓에 눈 가려졌다 할지라도, 브류나크인 너 하나만 은…… 그것으로 청산하자. 정말 마지막으로.

듣고 싶지 않았다. 대답도 하고 싶지 않았다. 아니, 할 수가 없었다. 마지막이라는 단어만 뇌리에서 떠나지 않았다. 불안의 또 다른 이름인 분노가 치밀었다.

결국 참지 못하고 그녀를 향해 노여움을 터뜨리려던 파사드는 그녀와 눈을 마주치는 순간 입술을 멈추고 말았다.

파랑 하나 일지 않는 바다처럼 잠잠한 눈빛이었다. 돌을 던지고 바위를 내던져도 그대로 잠겨 사라질 듯이 끝 모르는 평온이 그녀의 눈동자에 괴어 있었다.

저 혼자만 이리 혼란하다.

한때 그는 라르칼리아라는 이름을 역사 속에서 끄집어낸 그녀가 차라리 죽어 버리길 바란 적이 있었다. 그러다 어느 순간, 라르칼리 아라는 이름의 그녀가 어디라도 좋으니 살아 있길 바라게 되었다. 그리고 지금 그는 라르칼리아라는 이름의 그녀가 모든 것이 끝난 후에도 무사히 제게 돌아오기를 바랐다.

생각만으로도 몰염치한 이기심이라. 그녀가 허용한 적 없는 선을 넘는 희원希願이기도 했다. 파사드는 단장을 끊어 내듯 단칼에 가슴 속 맹아를 잘라 냈다. 그러고는 돌연 낯설게 느껴지는 리오낙을 고쳐쥐었다.

그는 일생을 스스로를 억누르는 데에 익숙한 삶을 살았으므로 이 또한 지나가리라는 것을 의심치 않았다.

눈발이 차츰 거세어진다. 입김마저 얼어붙을 듯했다. 라르크의 삼백여 명의 기사들과 오백여 명의 시친 해병대는 눈발 사이를 헤치며 걸었다. 자연히 행군의 속도는 더욱 더뎌졌다. 등 뒤에서 울리던 교전의 소리는 이미 들리지 않았다.

딱딱한 바위 지대를 지나쳐 그란두르의 최북단 가장자리에 위치한 민둥산의 뒷길을 따라 이동하는 내내 공기는 무겁고 차가웠다.

낮은 산은 황토빛 바위와 흙 자갈로 이루어져 있었다. 그마저도 눈에 뒤덮이기 시작하니 그저 하얗다. 자칫 신호로 오인당할 가능성이 있었기에 그들은 크게 불조차 피울 수 없었다. 그들은 아침, 저녁으로는 눈을 피해 경사진 바위 아래 몸을 피하고 끼니를 해결하고, 밤이면 그들끼리의 체온에 목숨을 맡겨야 했다.

강철 갑옷을 두른 코끼리들의 양옆에 주렁주렁 매달린 커다란 통들이 덜컥거리는 소리를 냈다. 해병 군사들은 통이 눈에 젖지 않도록 겹겹이 천으로 둘러 가리고 중간중간의 휴식 때마다 점검하는 것을 잊지 않았다.

코끼리들이 늑대 울음처럼 울부짖는 소리가 바위를 타고 쩌렁쩌렁 울릴 때마다 군사들의 등줄기는 섬뜩한 예감으로 죄어들었다.

지도에 표기된 가장 높은 구릉을 힘겹게 오르던 중 세반이 더 참지 못하고 저놈들 좀 닥치게 할 수 없냐 한마디 했다. 그 바람에 한동안 잠잠했던 시친 군사들과 라르크 기사들 사이에 긴장감이 형성되기도 했다.

그리고 회전이 시작된 지 다섯째 날 늦은 오전.

최소한의 필요한 의사소통만 주고받으며 지내온 탓에 입안이 바짝 졸아붙고 혀가 언 듯 뻣뻣했다. 르엔은 구릉 저편으로 높게 솟은 험한 바위들을 올려다보며 반나절 만에 한마디 했다.

"……이쯤에서 잠깐 멈추고 올라가 살펴보겠습니다."

"그렇게 하지. 우리는 무리네."

이곳은 경사가 완만한 지대였지만 눈까지 내리고 있었다. 가벼운 가죽 갑옷 위로 경갑만 걸친 르엔과 달리 완전 무장을 한 중무장 기사들은 엄두도 내지 못했다. 카헤이아가 지친 기색 없이 활달한 투로 따랐다.

"나도 간다. 벤디아, 히스커스, 따라와라."

카헤이아의 명령에 근육질의 두 남자가 작은 집채만 한 코끼리에서 내리는 것을 눈으로 확인한 르엔은 가뿐히 암벽을 짚었다.

카헤이아와 몸 가벼운 해병들이 르엔을 뒤따라 경사진 암벽을 기어올랐다. 비스듬한 각에 이르렀던 암벽은 오를수록 기울어져 나중에는 한 발 떼는 것도 몹시 조심스러워졌다. 중간에 두어 번 흙이 부서져 내리는 바람에 발을 헛디뎌 등골이 서늘한 일도 있었다.

그러나 르엔은 한 시간도 걸리지 않아 흙과 바위로 날카롭게 빚어진 산의 꼭대기에 이르렀다. 펄럭펄럭. 강풍이 몰아쳐 코트를 요란하게 흔들어 댔다. 맞바람에 숨 쉬기가 버거웠다. 팔을 들어 바람을 막은 르엔은 드넓게 펼쳐진 그란두르의 전경을 굽어보았다.

오른편으로는 교전지가 보였다. 모르가나의 군사들과 뒤섞인 라르크의 군사들은 개미 떼처럼 작아 종래 한 덩어리처럼 보였다.

하나의 점들이 무기를 들고 싸우고 있었다.

목숨을 걸고 싸운다. 붉게 물들이며 죽는다.

전쟁터 밖에서 보는 전쟁이란, 이런 그림이었다. 가슴속이 홧홧하게 일어나 시린 바람에 깎여 나가는 듯했다. 암암한 붉은빛으로 물 드는 대지가 이토록 참담했었는가 싶었다.

"생각보다 높은데."

카헤이아와 해군 장교들이 잇따라 르옌과 나란히 섰다. 카헤이아 는 강풍처럼 몰아치는 찬 바람에 후드를 고쳐 여미며 중얼거렸다.

"체력이 생각보다 쓸 만하네, 너."

"과찬입니다."

"몸을 여러 방면에서 잘 굴린다는 건 인정해 줘야겠군."

피식 입꼬리를 당겨 웃은 르옌이 반대편으로 시선을 옮기며 중얼 거렸다.

"타고났지요. 한데, 당신들의 눈에 저게 무엇으로 보입니까."

카헤이아와 장교들의 눈동자가 르옌이 턱짓하는 방향으로 미끄러 졌다. 개미 떼 같은 군사들로 뒤덮인 오른편이 아닌 왼편이었다. 그 곳에는 성기게 난 숲이 하나 있고, 자갈과 바위로 뒤덮인 땅이 있고, 촘촘히 밀집해 있는 손톱만 한 또 다른 인적이 보였다.

망원경을 꺼내 든 카헤이아가 눈가에 망원경을 가져다 붙이며 코 웃음 쳤다.

"야영지가 아주 잘 보이는군. 수레들이 잔뜩 있고…… 네가 설명 했던 금색 천에 검은 그림이 그려진 천들을 뒤집어쓰고 다니는 놈들 도 있다."

"말을 타고 최고 속도로 달리면 두 시간도 걸리지 않아 닿을 거리 입니다."

그러게. 카헤이아는 묘하게 침체된 눈빛으로 자신을 응시하는 르 옌을 향해 고개를 삐딱하게 기울였다.

"왜?"

"아주 예전부터 라르크를 위해 했던 헌신들은 존중할 만합니다. 마지막까지 역할을 다해 준다면 고맙겠습니다."

"정당한 대가를 받는 조력이니 그리 거창하게 굴지 마라."

"엔호자와의 마지막 약조가 지켜지길 바라지요."

카헤이아는 조금 의외란 표정으로 르옌을 향해 눈을 끔뻑였다.

엔호자의 이름을 아는 이가 있다는 것 자체는 크게 놀라운 일이 아니지만, 그의 이름을 콕 짚어 거론하는 라르크인은 처음 본 탓이다. 게다가 시친의 마지막 유목왕, 대륙에서 엔호자는 그리 불리는 일이 더 잦았다.

카헤이아는 찬찬히 아래로 되돌아갈 준비를 하는 르옌의 뒤통수를 향해 말을 던졌다.

"그런데 정말 겨우 삼백여 명으로 저길 헤집고 나올 자신이 있나? 황태자가 어디에 있는 줄 알아?"

"모릅니다. 어차피 막사 내에 있는 황태자를 찾아내는 건 불가능합니다. 일일이 뒤지고 다닐 인력도 시간도 없습니다. 끌어내야겠지요. 막사 밖으로만 나온다면 그들 무리를 찾아내는 건 어렵지 않은 일이니."

"……우린 약속 이상의 도움은 제공하지 않을 거고 이 이상 조력할 자원도 없다. 실패하지 마라."

카헤이아의 까칠한 뒷말을 외면한 르옌은 하늘을 올려다보았다. 나리는 눈이 점점 굵어진다. 거세어지는 눈발을 손등으로 훑어 내듯 허공을 한 번 휘저은 르옌이 바람을 등지고 몸을 돌렸다.

다섯째 날 정오.

모르가나의 군사들은 라르크 군의 전방과 북측의 기병 전선을 압박하기 시작했다.

올베빈은 북측 방어 전선을 지키고 있었다. 라르크군이 현재 유지하고 있는 사각 방어진의 모퉁이는 최소 양면의 공격을 감당해야 하기 때문에 자칫 무너지기 쉬운 곳이었다. 그런데 웬걸, 더 먼저 무너진 것은 남쪽이었다. 예고도 전조도 없었다. 갑작스레 들이닥친 적들에 의해 아비규환이 되었다는 보고만 전해 들었을 뿐이다. 왜 적들이 측면에 다다를 때까지 아무도 몰랐는지 울화통이 터졌지만 이미 벌어진 일이었다.

착잡하게 남향을 한 번 돌아본 올베빈은 궁수들을 재장전시켰다. 남쪽이 뚫렸다 해도 그가 지켜야 할 위치는 이곳이었다.

'이게 무슨 일이냐.'

남쪽 가장 바깥쪽 군사들을 지휘하던 카라제시는 별안간 들이닥친 하얀 코트로 변색한 적들을 황망하게 바라보았다. 적들은 완벽한 보호색을 입고 무참히 들이닥쳐 무차별적인 학살을 하고 있었다. 그들의 망토가 붉게 물든 후에야 상황이 이해가 되었다. 그때는 이미 늦어 있었다.

적들이 전열을 뚫고 파고든 이후에는 아무리 밀어내고 찔러 죽여도 소용없었다. 그들은 방패 기병들의 엄호를 받는 창기병들을 앞세워 그들의 측면과 후방을 와해시켰다. 그리고 기습병들과 약속이라도 한 듯이 더욱 거세게 몰아치는 정면의 제국군들까지도 난제가 되었다.

"마리포사입니다!"

누군가가 소리쳐 알렸다. 하얀 망토가 날아오르듯 허공을 휘저을 때마다 언뜻 비치는 눈 시리게 푸른 갑옷. 마리포사가의 기사들이었다.

북부인들을 상대로 눈 내리는 날에 조우하자던 그들을 비웃었던 것이 얼마 전이었다. 무작정 들이미는 갈카마와 같은 왜적을 상대할 때와는 무게감부터가 달랐다.

소문으로만 들었던 그들의 우악스러움을 바로 목전에서 체감하니 우습다는 생각도 들지 않았다. 그리고 가장 사납게 검을 휘둘러 시체로 길을 내는 이를 발견했을 때, 카라제시의 가슴은 덜컥 내려앉았다.

가장자리의 끝머리로 치고 나간 카라제시는 페넌을 찬 모르가나의 기사 하나를 그대로 후려쳐 고꾸라뜨린 뒤돌았다. 조금 잠잠해진 눈보라의 저편, 검은 연기가 솟아오르는 것이 보였다. 연기는 이내 회탁해지다가 하늘 끝자락에 닿을 즈음에는 완연한 무채색으로 흩어져 사라졌다.

마음이 조급해졌다.

난전이 벌어지면 한 치 앞도 점칠 수 없는 아수라장이 되고 만다. 카라제시가 교전에 합류하기 위해 검을 고쳐 쥐려는 찰나였다. 파사드가 중앙으로 향하던 말 머리를 돌려 그를 향해 달려왔다.

"체사, 너는 예정대로 이탈한다."

카라제시가 침착을 잃고 뒤돌아 꺼질 듯 이어지는 연기를 올려다보았다.

"하지만, 아니 칼란독 경, 우선 저놈들을 막아야."

"계획에는 변동이 없다."

"지금 상황에서 빠져나가면 피해가……!"

"네가 지금 지체하면 적어도 확실하게 이탈 군들은 개죽음당한다. 그들 중에는 시친의 제독도 포함된다."

그 순간이었다.

우뢰와 같은 고함이 그들의 머리 위를 휩쓸고 지났다. 체사아아아! 등줄기가 섬뜩할 정도였다. 바로 코앞에서 대화를 하는데도 귀를 기울여야 하는 난장판이건만, 적의 포효는 마치 정수리 위에서 울리는 것처럼 맹렬했다.

카라제시는 어느새 중앙에서 대기 중이던 자칼린과 그들의 군사에게 맞닿은 발로이드를 발견하고 이를 악물었다.

"저자가, 왜 자칼린을 노리나."

그 물음은 이 계획이 제기되었을 때부터 카라제시가 은연중 의심해 왔던 것들 중 하나였다.

발로이드가 중앙에서 대기하고 있을 자칼린에게 향할 것이라고 했다. 도대체 그 근거가 무엇인지 몰라 의심해 왔으나 결과적으로는 파사드가 맞았다.

"저자가 찾는 이인 줄로 착각한 것이고, 작은 체사는 충분히 감당해 낼 수 있다."

"착각? 누구로?"

반문하는 카라제시의 머릿속에도 스쳐 지나는 것이 있었다. 에반부르가 남긴 것이 자명한 그 서신. 라르칼리아라 주장하는 여자를 찾아 움직이고 있다는 발로이드. 파사드는 대답 대신 말 머리를 돌렸다.

카라제시 역시 이 와중에 더 물고 늘어질 수 없었다.

"……칼란독 경, 지금 당장 묻고 싶은 것들이 산더미 같지만."

"…… ."

"명에 따라 임무를 마친 후 되돌아와 여쭙지요."

카라제시는 떨어지지 않는 발을 보챘다. 금빛 노루가 새겨진 커다란 깃발이 두 명의 기수에게 기대어 높이 들렸다. 펄럭펄럭, 바람을 타고 흔들리는 깃발과 함께 징 소리가 세 번 울렸다.

발로이드는 언젠가부터 어디 늘어져 낮잠이라도 자는지 당최 보이지 않았다. 자칼린은 코빼기도 비치지 않는 발로이드의 행적으로 인해 속을 태우고 있던 차였다. 그래서 매일 교전이 벌어지면 이제나저제나 발로이드가 어디에 있는지 눈을 부라리고 찾아 헤맸다. 발로이드를 대신해 다른 지휘 기사가 쩌렁쩌렁 고함을 치며 지시를 해대는 것을 보며 자칼린은 황태자의 등장 이후 발로이드가 실권을 잃고 물러난 건 아닐까 하는 망상까지 했다.

그런데.

'이 애새끼들이 치사한 수법으로!'

전방의 혈전을 경계하며 발로이드를 찾아 헤매던 그 역시도 전혀 눈치채지 못했다.

부옇게 시야를 가리는 눈발 사이로 느닷없이 달려든 하얀 망토의 기사들은 그야말로 재앙이었다. 천둥처럼 울리는 말발굽 소리를 인식했을 때, 이미 라르크의 남측 전선은 완전히 뭉개진 후였다.

'와, 와, 저 새끼 진짜.'

멀찍이서 지켜보는 자칼린의 등줄기에 식은땀이 어렸다.

창기병과 방패 기병들을 앞세워 라르크의 훈련된 방패 부대를 뚫고 정 중앙을 파고드는 마리포사 기사단의 움직임은, 그 자체로 하나의 창 같았다. 아니, 창이라는 말로는 부족하다.

이 위압감을 상식선에서는 설명할 길이 없었다.

자칼린은 떨리기 시작하는 손에 힘을 주고 로델라의 뒷목에 손을 올렸다.

'누가 동에 번쩍 서에 번쩍 하는 새끼 아니랄까 봐!'

적들의 전열 꼭짓점에 위치한 곳에 선 괴인은 누가 보더라도 발로이드였다.

군사들을 헤치고 가까워지기 시작하는 작태가 그야말로 일당백이다. 얼마나 기세가 거센지 발로이드가 검을 한 번 휘두르면 그의 거리 안에 있는 기사들은 적이며 아군 가릴 것 없이 모조리 낙엽처럼 베여 나갔다. 태풍의 눈처럼 그의 주위로 쌓이기 시작하는 시신들이 아연했다.

그에게는 갑옷의 무게도 전혀 장애가 되지 않는 것 같았다. 마치 맨몸으로 뛰어다니는 이처럼 가볍게 검을 휘둘렀다. 하지만 검은 무겁게 라르크 군사들을 치고 지났다.

이미 머리끝부터 발끝까지 피를 뒤집어쓴 발로이드의 얼굴은 전쟁귀라 불려도 이상하지 않았다. 하얀 망토가 온통 피투성이가 되어 붉은 망토를 입은 것 같다. 제가 입은 붉은 망토보다 더 섬뜩하게 붉었다.

계속해서 음만 다른 비명에 귀가 멎을 것 같았다. 이번에는 작정을 한 모양이었다. 발로이드는 명백히 그를 향해 다가오고 있었다. 자칼린은 후드를 더 깊게 눌러쓰고 검을 고쳐 쥐었다.

"체사 경, 피하셔야 합니다! 우선 후미로⋯⋯!"

상황을 보고받고 달려온 스이센의 다급한 요청에 자칼린은 주위를 한 번 스윽 훑은 후 고개를 저었다. 이미 앞뒤로 난장판이었다. 남쪽 방어선은 난전이 되었고, 중앙은 그들을 지원해야 하는지 물러서야 하는지도 몰라 헛발질만 하다 꼬이고 자빠지며 엉망진창이 되고 있었다. 올베빈이 버티고 있는 북쪽만 건사했다.

그러나 외려 이쪽에 유리하다. 공격은 전진할수록 힘을 잃는 법이다. 발로이드라고 그 자명한 진리에서 벗어날 수는 없을 터다.

결국 이곳에 이를 무렵이면 저들은 포위당할 것이다.

"아니, 자리를 지킨다. 엄호해!"

자칼린의 주위로 방패병들이 몰려들기 시작했다. 파사드 형은 어디 있지? 막 빠르게 눈동자를 움직이던 자칼린의 시선 끝에 웬 낯익은 그림자가 잡혔다. 북쪽에서 중앙을 향해 달려오는 푸른 갑옷의 기사의 모습에 자칼린의 고개가 자연히 그쪽으로 향했다.

눈이 마주쳤다고 생각했다. 회색 눈동자의 여기사도 멈춰서 그를 바라보았다.

이상한 일이었다.

안도? 아닌데. 반가움? 그럴 리가.

멈춘 것 같다, 모든 게. 그렇게나 거슬리던 소음들도 멀어지고 추위로 얼어붙었던 몸도 느슨해졌다. ……경! 체사 경! 분명 저를 부르는 소리가 들리는데, 머리로 의문하기도 전에 귀 밖으로 다시 새어나가는 기분이었다.

'쟤는 왜 저러고 있지?'

레이리스의 손이 허공을 향해 들렸다가 떨어졌다. 레이리스의 시선은 그의 어깨 너머에 있었다. 퍼뜩 때맞지 않는 감상에서 깨어났다. 순간 자칼린은 오른쪽 목덜미로 엄습하는 살기에 기민하게 말고삐를 끌어당겼다.

"체사 경! 뭐 하시이입……!"

거대한 하얀 말이 놀란 듯 앞발을 들어 허공을 차며 요란하게 울어 재꼈다. 그를 향해 달려들려던 적의 준마가 아슬아슬하게 멈춰

서 푸르릉거렸다.

"워워!"

자칼린은 바닥까지 떨어진 심장을 다시 주워 담아 재빠르게 살기의 근원을 찾아 고개를 돌렸다. 발로이드가 눈 깜짝할 새 자신의 지척에 서 있었다.

그러나 그게 끝이 아니었다. 자칼린이 미처 정신을 수습하기도 전에 우악스런 손이 그의 투구째로 후드를 쥐어 말에서 끌어 내리려 했다. 목이 꺾이는 충격에 놀란 자칼린이 검을 휘둘렀다. 그러나 쩡 하고 갑옷에 부딪치는 감각에 그의 팔만 저려 왔다.

누가 머리통을 쥐고 뒤흔든 듯 뇌가 곤죽이 된 것 같아 정신을 차릴 수가 없었다. 투구 끈에 목이 졸렸다.

"이, 빌, 어, 먹으으을!"

자칼린이 젖 먹던 힘을 다해 발로이드의 말 목덜미를 걸어찼다. 육중한 충격에 발로이드의 군마가 밀려나는 순간을 놓치지 않고 자칼린은 재빠르게 거리를 벌렸다.

그러나 발로이드는 기민하게 자칼린의 옆을 파고들어 검을 올려 벴다. 서늘한 검날이 자칼린의 목덜미를 스쳤다.

"아아아아아, 야, 야, 잠깐! 야!"

자칼린은 투구를 벗어 던진 후 목덜미를 감싸 쥐었다. 무거운 망토도 내던졌다. 발로이드는 어느새 허리를 쭉 펴고 말에 앉아 그를 마주 보고 서 있었다.

'이, 이 새끼, 뭐 이렇게 빨라!'

르옌이 그에게 유일하게 인정할 만한 게 있다면 날랜 기민함이라고 치켜세워 줬던지라 어느 정도 만만하게 본 것도 있었다.

"첫인사가, 아주 쿨럭, 제대로네. 미친 새끼."

"……체사."

"이야, 이거 눈빛 뜨거워서 살겠습니까?"

"체사아아아!"

발로이드가 천둥 같은 목소리로 고함을 내질렀다. 시퍼런 눈빛에 차오른 건 도저히 말로는 형언할 수 없는 괴기였다.

'엄마, 저 새끼 무서워.'

발로이드는 쉴 틈도 주지 않고 공격하기 시작했다. 그의 검격이 한 번 허공을 가를 때마다 바람이 훅 달려들어 숨통을 막았다.

분명 자칼린을 향해 휘둘러진 검이었음에도 그의 팔이 한번 휘둘러지면 자칼린 주위를 포진해 있던 방패병들이 방패째로 우수수 쓰러져 나갔다.

아무리 재빠르게 검식을 활용해 공격해도 그의 코앞에도 닿지 못하고 튕겨 나갔다.

'진짜 죽는 거 아냐, 이거?'

아니, 피차 죽이려 혈안이 되어 있었으니 당연한 말이다만 심장이 입 밖으로 튀어나올 것 같았다.

검날이 코끝을 스쳤다. 자칼린은 황급히 허리를 젖혔다.

"이, 이, 미, 미친! 야, 이 미친놈아!"

스이셴이 재빠르게 그들 사이로 끼어들어 발로이드를 밀쳐 내려 했으나 스이셴의 검은 발로이드의 일격에 단말의 비명을 내며 조각 났다.

"스이셴, 저 새끼 잡아야 돼! 가서 얼른 궁수 부대 재집겨어어 얼……! 으악!"

발로이드를 잡아 족친다. 군더더기 없는 깔끔한 목표이자 명제다.

그를 잡아 족치려는 두 단계의 목적을 실행하기 위해서는 일차적으로 잡는다는 전제가 필요했다. 사방이 마리포사 기사단들과 뒤엉킨 라르크의 군사들로 엉망진창이긴 했지만 그래도 수적으로는 아군이 훨씬 많았다.

자칼린은 재빠르게 차고 있던 붉은 망토를 벗어 발로이드를 향해 내던진 후 그대로 그의 목덜미가 있을 것으로 짐작되는 부근에 검을 찔러 넣었다. 그런데 소스라치게도.

까드드득. 소름 돋는 소리와 함께 검이 막혔다.

자칼린은 제 검에 꿰여 늘어진 붉은 망토가 시야에서 걷히고 난 후에야 소리의 영문을 알았다. 발로이드의 장갑 낀 손이 혼신을 다해 찔러 넣은 자칼린의 검을 통째로 움켜쥐고 있었다.

'와…… 미친. 이 새끼 진짜 뭐야?'

발로이드는 그대로 그의 검을 거세게 끌어당겼다. 으아아! 검을 놓치는 것과 동시에 고꾸라진 자칼린은 그대로 로델라에서 떨어졌다.

쿠당탕탕. 눈들이 짓이겨져 질척한 맨땅에 들이받힌 자칼린은 숨을 헐떡거렸다. 저를 지키라 두르고 있던 갑옷의 무게가 더 큰 흉기였다.

잠깐 하늘이 노래졌다. 그러나 자칼린은 제 위로 떨어지는 살기에 우는소리 할 새도 없이 바닥을 두 바퀴 굴러 일어섰다.

발로이드가 온전히 자칼린에게 집중한 순간을 놓치지 않고 스이센이 발로이드의 후미를 노리고 달려들었다.

"마리포사! 예가 어디라고!"

그러나 발로이드는 뒤도 돌아보지 않고 사납게 오른손으로 옮겨 쥔 검을 후면으로 휘둘러 스이센의 어깻죽지를 찢었다. 중무장을 갖추고 있는 스이센의 무게가 만만찮을 텐데, 스이센은 그대로 날아가 고꾸라졌다.

"베로한 경!"

또 다른 라르크 기사가 발로이드를 향해 창을 내던졌다. 그리고 자칼린은 이번에야말로 신기에 가까운 묘기를 목도했다.

발로이드는 날아오는 창에 한 번 눈길을 주는가 싶더니 피하지 않고 그대로 말 머리를 한 바퀴 돌리며 창대를 낚아채 쥐었다.

'날아오는 창을 자, 잡았다고?'

그러고는 그대로 낚아챈 창을 원래의 주인이었던 기사를 향해 내질렀다. 아주 자연스럽게. 한 치의 끊김도 없는 동작으로.

콰드득. 으득. 소리가 나는 것과 동시에 가슴팍이 꿰뚫린 기사가 피를 쏟아 내며 말 아래로 고꾸라졌다.

보고 있던 자칼린은 말문이 막혔다.

'……괴물 새끼.'

진짜 괴물이었다.

이미 마리포사 기사단은 발로이드의 등 뒤를 완전히 점하고 라르크의 군사들을 도륙하고 있었다. 그의 우악스런 기세에 마리포사 기사단들이 속속 반원을 그리며 주위로 섰다.

발로이드가 자칼린을 향해 서늘히 웃어 보였다.

"……누님에게 네 목숨은 참 하찮은 것이었나 보군."

낮디낮아 갈라진 미성이 귓바퀴를 쑤시듯 파고들었다. 화가 난 것 같다. 아니, 그는 화가 났다. 다만 그의 분노가 온전히 제게 향해 있는지 분간이 어려웠을 따름이다.

자칼린의 등줄기로 식은땀이 주욱 흘렀다. 추위도 잊었다.

발로이드는 정말 강했다. 혈혈단신으로 적진에 들이닥쳤던 일마저 이해하게 될 정도로 저놈은 독보적이었다. 살면서 저런 괴물 새끼를 본 역사가 없다. 아니, 앞으로도 저만치 강한 자는 볼 날이 없을 것 같았다. 날아오는 창을 아무렇지도 않게 쥐어 챈 건 그야말로 신기가 아닌가.

그 와중에도 라르크 군사들은 차츰 정신을 차려 전방의 전열이 어느 정도 정비가 되었다. 남쪽의 마리포사들을 베어 내는 파사드의 리오낙이 눈만큼이나 하얗게 빛을 반사하는 것이 보였다.

재빠르게 움직인 자칼린의 눈이 발로이드가 타고 있는 군마의 오른쪽 허리에 걸린 검은 창을 훑었다. 리오낙과 달리 이름이 없어 대충 돌레한의 창이라 불리는 것이다. 그리고 발로이드의 특기는 창술이라고 했다. 저놈이 창을 쥐기 전엔 전부 끝장을 내야 했다.

그때, 온통 피로 물든 흰 코트를 입은 덩치 큰 기사 한 명이 발로이드에게 다가와 큰 소리로 고했다.

"주군, 적들의 일부 군사들이 이탈하고 있습니다. 쫓을까요."

발로이드는 말없이 턱을 들어 올린 채 깔보듯 자칼린을 내려 보았다.

'형이 출발한 건가. 신호가 왔나.'

빨리 이 흐트러진 상황을 정리해야 했다. 조금 더 정리된 분위기에서 그를 맞이했다면 나았으련만, 가릴 계제가 아니었다. 이미 멀찍이 물러서 푸르릉대며 꼬리만 살랑대는 로델라를 울고 싶은 심정으로 흘긴 자칼린이 바닥에 떨어진 검을 움켜쥐고 소리쳤다.

"덤벼, 이 미친 새끼야!"

하지만 다짜고짜 파죽지세로 자칼린을 말에서 떨어뜨리기까지 성공한 발로이드는 바로 공격하지 않았다. 그는 핏물이 뚝뚝 흐르는 검을 털어 내며 중얼거렸다.

"누님 대신 네가 있고…… 대놓고 미끼질을 하고……."

특유의 나직하고 음성이 포악함을 은폐하고 있었지만 발로이드는 그 자체로 포악함이었다.

사방팔방 금속음이 찔러 대는 혼돈 속에서 자칼린은 바투 긴장했다. 혹여 어딘가에서 있을지 모를 기습적인 공격까지 계산을 하려니 머리에 과부하가 걸릴 것 같다.

　쉴 새 없이 눈을 좌우로 움직인 자칼린은 발로이드의 정지와 함께 정체된 마리포사 기사단과 라르크의 군사들이 살해당하고 살해하며 저들끼리 바쁜 모양새를 보았다.

　"결국 이런 건가."

　자칼린이 양손으로 검을 감아 쥐었다.

　명문 체사의 기본 검식은 이미 손바닥 보듯 꿰고 있을 것이 뻔하니 르옌과의 대련에서처럼 온 힘을 다해 볼 생각이었다. 아니, 애초에 체사의 검식이고 뭐고, 한 손으로 방패를 들고 저 어마어마한 놈과 한 팔로 싸우는 건 스이센의 검이 아작 나는 것을 본 순간 포기했다.

　"네가 누님이 아닌 건 애초에 짐작했지만……."

　미친놈이 뭐래.

　답지 않게 중얼거리는 발로이드의 분위기가 심상찮았다. 발로이드는 숨찬 기색이나 표정 하나 없이 오른쪽 하단으로 검을 휘둘렀다.

　그에게 날아들던 한 군사의 애처로운 검이 요란히 튕겨져 나갔다. 그리고 검을 날린 군사는 그대로 얼굴 한복판에 칼집이 나 주르륵 무너져 내렸다.

　"내가 용서할 수가 없는 건."

　"……뭐라 중얼대는 거야?"

　"누님이 정말로 나를 적대하며 체사 나부랭이에게 날 꾀어내라 했다는 건가. 아니면 고작 체사 따위가 누님의 자리를 대신한다는 그 자체인 건가. 잘 모르겠군."

　피 칠갑을 한 발로이드가 섬뜩하게 입꼬리를 올려 웃었다.

"하지만 누님의 뜻은 알겠다. 체사를 내 앞에 내던져 줬으니 잡아 죽이라는 거겠지."

증오로 들끓는 목소리. 그것이 효시였다.

금속성에 고막이 찢어질 것 같다. 맹렬하게 내리치는 그의 검을 피하지 못하고 막아 낼 때마다 자칼린은 제 검이 무사한지 살피느라 몇 번이고 간을 졸였다.

눈앞으로 달려드는 기묘한 검 끝은 몇 번이고 등줄기를 섬뜩하게 했다. 발로이드의 검은 몹시 단조로운 궤적을 따라 내려치거나 베어 올리거나 찌르는 식式을 가졌다.

그런데 미치겠는 건 보고도 막질 못하고 피하는 이 상황이었다. 제 한계가 이것밖에 안되나? 믿을 수가 없었다. 대전이 이런 식의 일방적인 양상만 이어진다면, 필경 끝장나는 건 제쪽이다.

'왜지? 뭐지? 뭔데 저 새끼는……'

몇 번의 절체절명의 상황에서 구사일생 빠져나온 후에야 자칼린은 깨달았다.

발로이드는 분명 기본 동작 하나하나가 단순했다. 그러나 동작들이 연계되는 방식이 심할 정도로 변칙적이었다. 몸에 익은 반응대로 검을 움직이면 장담컨대 십 초도 걸리지 않아 저놈의 검에 목이 날아갈 자신이 있었다.

—페이작은 기교라는 게 그다지 필요 없는 녀석이야. 애초에 기교라는 건 시각적으로 교란하려는 의도가 있을 때에나 필요한 거지. 그가 검을 쥔다면 모르겠지만 창을 쥐었을 때는 이기겠다는 생각 대신 살아남겠다는 각오로 임해.

—내가 못 이길 거라고 생각해?

르옌은 그가 이기지 못할 것이라 확신하고 있었다. 당시에는 코웃음 쳤지만 현실을 마주하고 보니 정말 르옌의 말이 틀린 게 없었다.

자존심이 상해 미칠 것 같다.

자칼린은 명문 체사의 차남으로 태어나, 가문과 상관없이 어린 나이에 서품을 인정받고 기사로 인정받았을 만큼 나쁘지 않은 기사였다. 그런데 지금 그를 고전하게 하는 상대는 한 손으로 검을 쥐고 되는 대로 휘두르는 것처럼 보이는 이였다.

말에서 끌어 내리기라도 한다면 그나마 격차가 좁혀질 터인데 그마저도 불가능했다. 시도해 보지 않은 것이 아니었다. 자칼린이 교묘하게 그가 탄 말을 공격하려는 순간이면 그 즉시 알아차리고 역공을 했다. 눈깔 괴물처럼 눈이 사방팔방에 백 개는 달렸나 싶을 정도의 반응이었다. 그렇게 번번이 막힌 합만 다섯 합이다.

에반부르는 대체 저자와 어떻게 일대일로 맞붙을 생각을 했나. 지금도 자칼린의 작달막한 머리통은 어떻게 저놈의 뒤통수를 칠 수 있을지에 대한 생각으로 바빴다.

'궁수들은 아직도 준비가 되지 않은 건가. 일단 저 새끼를 어떻게든 떨어뜨려야 하는데……'

"체사 경!"

한 기사가 마리포사 기사단을 뚫고 자칼린을 향해 달려왔다. 기사의 돌격을 읽어 낸 발로이드가 자칼린에게서 물러나더니 자칼린과의 대치를 절절매며 바라보던 병사들의 가장자리를 따라 달렸다.

그중 한 병사가 용기를 내어 발로이드에게 검을 내지르며 달려갔다. 그러나 발로이드는 그 병사의 얼굴을 그대로 군화로 짓이기며 솟구친 검을 자연스레 낚아채 들었다. 병사의 몸은 발로이드의 힘을 이기지 못하고 쑥 떠올랐다가 그대로 나자빠졌다.

'또 무슨 짓을……'

턱 끝까지 올라온 숨을 고르며 헐떡대던 자칼린의 등줄기로 선득한 예감이 스쳐 지났다. 검을 가볍게 고쳐 쥔 발로이드는 라르크 병사로부터 약탈한 검을 가로로 눕힌 후, 그대로 팔을 휘둘렀다. 검은 그의 손에서 날카로운 바람 소리와 함께 떠나갔다.

자칼린은 말도 안 된다고 생각했다. 정말, 아주 아주 운이 따라 준 것이 아니고서야 말도 안 된다고.

발로이드가 날린 무거운 검날은 달려오던 기사의 목을 정확히 도려낸 후 떨어졌다. 애초에 사람의 목을 베어 내는 것은 보이는 것처럼 쉬운 일이 아니었다. 정확한 조준과 그에 상응하는 날카로움이 필요했다.

이름 모를 기사의 군마는 목 없는 시체를 끌고 자칼린과 발로이드의 사이를 달려 지나갔다. 그리고 머잖아 쿠웅, 몸뚱이가 떨어지는 소리가 났다.

자칼린은 그 광경을 쫓아 고개조차 돌릴 수 없었다. 멍하니 발로이드의 낯 위로 떠오른 만족감을 응시하는 게 전부였다. 목소리가 더듬더듬 떨렸다.

"너, 넌…… 진짜 괴물이냐? 르옌이 학을 떼고 네놈한테서 도망치는 이유를 알겠다."

그러나 발로이드는 더 빈정거릴 시간도 애도의 틈도 주지 않았다. 르옌도 미친년이지만 이건 미친년이 감당할 만한 미친놈이 아니지 않나!

발로이드의 검이 포악하게 그를 향해 내려쳐졌다. 막아 냈다는 사실에 안도하기도 전에 다시 한 번 자칼린의 머리 위로 솟구쳐 올랐다. 황급히 물러난 자칼린은 그의 검날이 우측으로 기우는 것을 확인한 즉시 몸을 왼쪽으로 틀어 젖혔다.

그런데 순간 발로이드의 검이 궤적을 돌려 우에서 좌로 빗겨 내려쳤다. 살의가 자칼린의 오른쪽 허벅지 갑옷을 요란하게 긁고 지나갔다.

간소한 무장 차림의 갑옷에 달렸던 비늘들이 사납게 떨어져 나가며 갈라졌다. 치명적이지는 않지만 부상은 부상이었다. 시뻘건 피가 배기 시작했다.

발로이드의 합에는 르옌이 말한 것처럼 기교 따위는 배어 있지 않았다. 화려함도 없다. 눈속임할 필요가 없는, 그야말로 한 합 한 합이 미친 살기로 똘똘 뭉친 위협이었다. 이를 어찌하나?

처음 그를 마주했을 때 자칼린은 많아도 서너 합이면 발로이드에게 부상을 입힐 수 있을 거란 자신감이 있었다. 그러나 지금은 아니었다. 혼신의 살격은 발로이드의 검은 갑옷을 스치기는커녕 마갑에도 닿지 못했다.

몇 차례 검을 받아 낸 것만으로도 팔다리에 경련이 이는 것 같았다. 전부 피하지도 못해 베이고 찢겨 나간 갑옷이며 멘테가 너덜너덜해진 건 말할 것도 없다.

하지만 자칼린 역시 습득 능력이 월등히 빠른 이였다. 몇 차례나 농락당하듯 아슬아슬하게 목숨을 위협당하고 나니 서서히 어떤 감이 붙었다.

좌로 올 것 같으면 위를 막는다. 정면으로 떨어지는 검은 막지 않고 피한다. 그러나 결국 그가 습득한 것은 발로이드의 살기로부터 살아남는 것뿐이었다.

다수의 라르크 군사들에 둘러싸인 마리포사 기사단의 기세는 한 풀 꺾였지만 그래도 여전히 위협적으로 라르크의 군사 밀집 가운데에 공백을 그려 내고 있었다. 산재해 있는 적들을 막아 내느라 정신

없는 통에 지원을 요청하기도 요원했다.

무엇보다도 조금 전처럼 미처 도달하지도 못하고 죽어 나갈 기사들의 목숨을 생각하면 어떻게든 그가 수를 내는 것이 옳았다.

'이 새끼한테도 틈이 있을 텐데, 틈이…….'

발로이드가 또다시 검을 고쳐 쥐고 머리 위로 들어 올렸다.

그 순간, 아주 뜬금없는 기억이 떠올랐다.

—페이작이 하이가드일 때는 몸을 뒤로 젖혀 피하지 말고 녀석의 오른팔 아래쪽으로 굴러 피해라. 몸을 젖히는 순간 그대로 내려치는 그 녀석의 창에 턱이 으스러진 장수들만 부지기수니까.

전혀 상황에 맞지도 않는 말이었다. 발로이드가 쥔 건 창이 아니고, 그가 검을 높이 치켜든 것은 말 위에서 강하게 내려치기 위함이었다.

그렇지만 사람에게는 습관이 있다. 생각해 보니 처음 다리를 베였을 때도 그의 검은 우에서 좌로 뚝 떨어지듯 미끄러졌다. 정면을 노리던 검의 궤적을 바꾼 것이라 생각했는데, 그게 아니라 습관이라면…….

'그보다는 우선, 말에서 끌어 내려야…….'

발로이드가 다시 내려친다. 자칼린은 또다시 우에서 좌향으로 빗겨 떨어지는 검을 간발의 차로 피해 몸을 뒤로 굴려 엉덩방아를 찧었다.

이젠 발로이드에게 얻어터지는 게 아니라, 제가 입은 갑옷이 저를 두들겨 패는 꼴이었다. 자칼린은 검을 고쳐 쥐는 그의 동작에 온 신경을 집중했다.

검 자루를 쥔 손은 오른손, 검 끝은 왼편. 각도는 제 눈높이와 비슷한 곳까지 떨어졌다. 상식적이라면 저 검은 우측으로 움직일 것이다.

하지만 상식이라니. 눈앞의 사내는 그런 상식으로 판단하기 어려운 자였다.

그렇다면 올려 베려나? 횡으로? 아니면 또다시 변칙해서?

순식간에 머릿속에 수많은 경우의 수가 떠올라 대응을 결정할 수가 없다. 르엔이 또 뭐라 했더라.

─검을 쥐었을 때는 워낙 정밀하니 그때그때의 네 육감에 따라야겠지만 검의 간격 안으로 들어가게 되었다면 무조건 검을 얼굴과 같은 높이에 두지 마. 그는 죽이기로 작정한다면 그대로 네 얼굴부터 치고 들어올 테니까. 사실 가장 쉽게 죽이는 건 그대로 목을 베어 버리는 거지만 가장 적을 얼어붙게 하는 건 눈이다. 지금 네가 놀란 것처럼. 눈이 받아들이는 공포는 네가 느끼는 것보다 훨씬 크지. 페이작은 그걸 잘 알고 있고.

무언가가 퍼뜩 머리를 스치고 지났다.

─자주 실천하는 편이지.

순간, 발로이드의 검이 횡으로 거센 바람을 일으키며 날아들었다.

'내 얼굴!'

카라제시처럼 잘생기지는 않았지만 준수한 귀한 얼굴이었다.

자칼린은 그의 검이 제 얼굴로 날아든다는 것을 알아차린 즉시 온 힘을 다해 그가 탄 말의 배 아래로 굴러 들어가 그대로 검을 찔러 올렸다. 뜨거운 핏물이 홍수처럼 그의 얼굴 위로 쏟아져 내렸다.

자칼린의 검은 말의 내장을 베어 내는 것과 동시에 옆구리를 뚫고 나왔다. 말은 놀라 펄쩍 뛰었다가 절규 같은 비명을 지르며 옆으로 쓰러져 내렸다. 짓밟힌 눈밭 위로 모락모락 김이 오르는 피가 튀었다.

쿵. 땅 진동이 크게 울렸다.

자칼린은 얼굴에 묻은 피를 닦아 내는 것과 동시에 재빠르게 발로이드의 위치를 확인했다. 말에서 떨어진 발로이드가 비틀거리며 일어서 죽은 말의 시체를 사이에 두고 그를 노려보고 있었다.

살기.

발로이드는 두르고 있던 코트를 벗어 내팽개친 후, 피거품을 물고 고꾸라져 경련하는 말의 옆구리에 길게 매달아 두었던 긴 창을 움켜쥐었다. 시커먼 창이 그의 손안에서 유독 매서워 보였다.

'망했네.'

"이제야 공평해졌네. 말 타고 재니까 좋았냐? 넌……."

자칼린이 부러 긴장하지 않은 투로 삐딱하게 고개를 기울여 빈정대는 순간이었다.

말의 시체를 딛고 창을 아래에서 위로 긴 대각을 그리며 휘두른 발로이드의 창끝이 아슬아슬하게 자칼린의 얼굴을 스쳤다.

피했다고 생각했다. 그런데 돌연 왼쪽 귀 언저리가 불에 덴 듯 따끔거리는가 싶더니 뜨거운 무언가가 귓가를 타고 흘러내렸다. 자칼린이 멍하니 회수되는 창끝을 바라보다 손을 올렸다.

"으윽!"

그의 왼쪽 귓바퀴는 아주 깨끗하게 잘려 나가 있었다.

자칼린은 황급히 피가 쏟아지는 잘려 나간 귓바퀴를 움켜쥐었다. 발로이드는 그가 정신을 수습할 기회를 주지 않았다. 발로이드는 창대를 두어 바퀴 돌려 바로 쥐더니 그대로 자칼린의 손목을 후려쳤다.

마치 철 방패로 후려치는 것처럼 육중하고 절대적인 무게였다. 비틀거리며 일어선 자칼린은 검을 고쳐 쥐고 그를 향해 달려들었다. 그러나 또다시 닿지 못했다. 발로이드의 창은 너무나도 쉽게 그의 검을 밀어 올렸다.

자칼린이 거친 숨을 몰아쉬며 주위를 살폈다.

발로이드의 주위 공기만 온통 가시 박힌 듯 날카로웠다. 병사들은 섣불리 그에게 다가가지 못하고 발을 굴렀다. 간간이 등 뒤에서 그에게 살수를 겨누는 이들은 귀신같이 알아차리는 발로이드와 마리포사 기사단원들에 의해 낙엽처럼 죽어 나갔다.

예로부터 라르크의 제일 기사란 이름을 지닌 이들은 굉장한 영웅으로 추앙받았다. 지금 대의 라르크 제일 기사라 이름 붙여진 테른도크 역시 왕궁에만 머물고 있지만 검술이며 창술이며 모자란 것이 없다고 했다. 자칼린도 어릴 적 마상 경기와 사냥터에서의 테른도크를 보고 감동을 받은 적이 있었다.

그러나 지금 발로이드는 그때의 놀라움과 감격과는 비교도 할 수 없었다.

이자가 한때 전 대륙을 공포에 떨게 했다는 라르크의 변절자라도 믿어지겠다. 이 정도면 그럴 수도 있겠다 싶다. 어쩌면 페이작 돌레한 라르칼리아에 관한 어마어마한 구전들은 대부분이 맞는 것인지도 모른다. 결코 꺾이지 않는, 누구도 대적하지 못한 여왕의 기사.

반걸음 뒤로 물러난 발로이드가 창끝을 내렸다.

'하단에서 올려치기?'

무심코 검 면을 아래로 향해 방어하려던 자칼린은 고개를 저었다.

─로우가드일 때는 그다음 공격을 어찌할 낌새를 보이든 간에, 간격 안으로 뛰어 들어가 얻어맞는 편이 더 나아.

대체 왜 로우가드의 자세를 피하지 말고 얻어맞으라 한 건지는 모르겠지만, 분명 르옌이 그리 말한 이유가 있을 터다.

'젠장, 믿는다!'

자칼린은 그가 로우가드 자세를 취한 것을 확인한 즉시 지체 않고 창대 안쪽의 간격으로 달려들었다.

아니나 다를까, 좌측 하단에서 우측 상부로 쳐올릴 줄 알았던 발로이드의 살의는 역으로 돌아 좌측으로 솟아오르더니 눈 깜짝할 사이에 수평을 베었다.

몸이 기억하는 대로 막았더라면 최소 팔 한 짝이 잘려 나갔거나 허리가 베여 즉사였다. 물론, 대신 창대에 두드려 맞은 허리의 내장이 짓뭉개진 것 같아서 이래 죽나 저래 죽나 별반 다를 것 같지가 않았지만.

별안간 발로이드의 움직임이 멈추었다. 자칼린은 그 틈을 놓치지 않았다.

"한 대라도 좀 맞아라아아!"

자칼린이 내지르듯 올려친 검을 피하지 못한 발로이드의 턱 언저리에 긴 검상이 났다. 그는 느릿느릿 손을 들어 핏물이 뚝뚝 떨어지는 제 턱 언저리를 매만졌다.

"……두 번."

발로이드가 웃기 시작했다. 울음소리처럼 끅끅 퍼지는 소성은 이내 소름 끼치는 광소로 번졌다.

"우연이라 보기 어렵군. 그렇지만 네 실력도 아니겠지……. 누님은 네가 살아남을 수 있을 거라 여기나? 체사를 내 앞에 내던지고도 체사가 살아남길 바랄 만큼 날 경시하고 있나."

'아, 옘병.'

그래, 뭐 상호 합의하에 이 자리에 서 있는 것이기는 하다. 카라제시의 반대를 무릅쓰고 고집을 부린 것도 본인이었다. 하지만 역시, 가장 처음 이 자리를 그에게 제안했던 르옌은 발로이드가 저를 죽이려 들 걸 알고 있었던 게 분명했다.

괜히 조금 억울한 기분이 들었다. 자칼린이 이를 빠득빠득 갈았다. 그러나 오래 불평할 새도 없었다.

"그녀가 또 네게 무어라 일러 주던가."

발로이드가 자칼린을 향해 다가오기 시작했다.

자세를 바짝 낮춘 자칼린은 그가 검의 거리에 한 발 내딛는 순간 온 힘을 다해 그의 하단을 노리고 검을 내리쳤다. 그러나 쩌엉 하는 공진음과 함께 막혔다.

자칼린이 후려친 것은 맨땅에 박힌 창대의 옆면이었다. 심지어 발로이드의 창에는 생채기조차 나지 않았다. 자칼린의 검이 툭 부러졌다.

발로이드의 묵직한 군화가 기울어져 있던 자칼린의 뒷목을 짓밟아 땅에 처박았다. 발로이드의 비웃음이 머리 위를 떠돌았다.

"같잖은……."

뒷목이 끊어질 것 같다. 광대뼈가 짓뭉개지는 듯했다. 목이 꺾이지 않도록 힘을 주던 자칼린이 눈동자만 올려 발로이드를 노려보았다.

자칼린은 혼절하지 않기 위해 이를 악물고 손을 뻗었다. 그의 손이 발로이드의 창대에 닿았다. 발로이드의 푸른 눈동자가 열없이 자칼린의 손을 따라 움직였다.

짓누르던 발에 아주 살짝 힘이 빠진 찰나였다. 자칼린이 팔을 휘저어 땅을 디디고 있던 발로이드의 발목을 후려쳤다. 하부에 가해진 압박에 발로이드가 휘청하는 틈새를 놓치지 않고 자칼린은 개구리처럼 달려들어 그를 밀어 넘어뜨렸다. 그리곤 그대로 발로이드의 위에 올라타 그의 투구를 벗겨 낸 후 이마를 들이받았다.

"무기가 없다고 못 싸울 것 같냐!"

자칼린의 장갑 낀 주먹이 발로이드의 턱을 힘주어 내리쳤다.

발로이드의 한 팔을 발로 짓누른 자칼린이 두 번째로 그의 얼굴에 주먹을 꽂아 박으려는 순간이었다. 발로이드의 주먹이 더 빠르게 날아들어 그의 왼뺨을 강타했다.

'아, 별이 보입니다.'

정말 죽으려는지 주마등처럼 옛 생각이 났다. 한창 사춘기에 사고를 치고 다니니 어머니인 헬레느가 그를 방에 가둬 놓고 스스로를 동정하며 했던 말이다.

―자칼린, 이 어미의 가장 큰 걱정은 네가 어디다 내놔도 안 죽을 거란 사실이야.

자칼린도 그때에는 제 명줄이 쇠심줄처럼 질기다 믿었기에, 그저 낄낄 농담으로 웃어 넘겼다. 그런데.

'어머니. 이 아들 죽어요.'

뇌간까지 뒤흔들리는 충격에 자칼린의 몸이 휘청였다. 그러면서도 자칼린은 끈질기게 발로이드의 머리칼을 쥐고 놓지 않았다. 지금이 아니면 다시 이런 기회가 오지 않으리라는 직감 때문에 더 절박할 수밖에 없었다.

"뒈져."

자칼린은 바닥에 떨어져 있던 부러진 검을 양손으로 움켜쥐고 발로이드의 미간을 향해 내리찍었다.

그런데 참 이상하다.

뼈를 꿰뚫는 소리가 아니라, 뭔가 긁히는 소리가 났다. 까드득. 으스러지는 것 같은 소리. 온 힘을 다해 검 자루를 움켜쥔 자칼린의 녹안에 헛헛한 웃음기가 어렸다.

'와, 이 새끼 진짜 질린다.'

얼마나 힘이 센 건지 그가 양손으로 찍어 누르는 검을 한 손으로 움켜쥔 발로이드는 서늘한 웃음까지 띠고 있었다.

"……더 부릴 재롱은 없나, 체사?"

"이거, 사내새끼 밑에 깔려 계시면서 입은 살아 계십니다. 이왕이면…… 좀 쑤시는 대로 박혀 주면 얼마나 좋을까."

"그럴 수는 없지. 네놈을 죽이고 내 누님을 죽이러 가야 하니까."

증오에 찬 음성에 자칼린의 이가 떨렸다. 그렇게 죽자 사자 쫓아 다니더니 죽인단다. 죽인대.

"……그쪽이랑 내가 사이좋게 이야기 나눌 만한 사이는 아닌데 말입니다. 좀 물어는 보자. 내가 또 궁금한 건 못 참거든. 그렇게 기를 쓰고 데려가려 하더니 이건 또 무슨 개풀 뜯어 처먹는 소리냐. 죽인다고?"

발로이드의 입가에 진한 웃음기가 어렸다. 소리 없는 광소였다.

"네가 이리 되바라지게 굴지 않아도 체사 역시 브류나크와 함께 씨를 말려 줄 테니 재촉할 것 없다. 누님도 온전히 내게 돌아오게 될 거다. 지금은 어딘가 망가졌지만…… 너희가 그녀를 망쳤지만."

"미친 소리……."

"그녀의 혜안을 흐리는 라르크가 사라지고 브류나크가 멸망하고 나면 온전한 우리의 적이 누군지 깨닫게 되겠지. 그래야 해. 그녀는 그래야지. 그러니 죽여 버릴 거다. 모든 것이 내 손에 정리된 후 그녀는 다시 이 땅에 돌아올 것이고, 그때야말로 비로소 나는 그녀의 곁에 설 거다. 전부 그녀를 위한 것이니까. 그녀는 다 돌려받게 될 거야."

뭐라 지껄이는 건지 이해할 수가 없었다. 이해가 가능한 건, 또 죽이고, 또 살린다는 도무지 상식 밖의 말뿐이었다. 그게 이해가 가는 스스로가 놀랍다.

자칼린의 입술이 절로 벌어졌다.

'와…….'

대체 발로이드는 르옌에게 왜 이러는 걸까. 사랑? 이런 걸 사랑이라 이름 붙여야 하는 걸까. 단순히 라르칼리아라는 이름만으로 엮여 있는, 전우라는 이름으로 엮인, 형제라는 이름으로 엮여 있는 관계라는 건 애초에 말도 안 되지 않았다. 그러나 자칼린은 이런 끔찍한 사랑의 형태는 본 적이 없었다.

"……르옌은 죽어도 네 여자는 안 될걸. 아니, 세상에 그 계집애를 여자로 보는 건 파사드 형님밖에 없는 줄 알았는데 네놈도 어지간히 보는 눈이 바닥이……."

"함부로 입 놀리지 마라."

발로이드는 무릎으로 자칼린의 하복부를 걷어찼다. 자칼린이 숨을 훅 들이켰다. 터질 게 남았는지도 모르겠지만 느낌은 그냥 내장이 터진 것 같았다.

자칼린은 가까스로 부러진 검을 움켜쥐며 옆으로 한 바퀴 굴렀다. 그리고 비틀거리며 일어서는 발로이드의 군화 발목의 이음새 부분을 온 힘을 다해 찔렀다.

으드득.

그의 단검은 발로이드의 정확히 발목에 박혔다.

바란 것만큼 깊게 박히지 않았다는 생각에 다시 한 번 검을 찔러넣기 위해 힘주어 빼낸 자칼린이 자세를 고치려는 순간이었다. 부상당한 그의 발이 사납게 자칼린의 턱을 걷어찼다.

"……이 개자식이."

발로이드는 표정 하나 변하지 않고 한 손으로 자칼린의 목을 움켜쥐고 들어 올렸다.

어, 얘는 통각을 못 느끼나? 여보세요? 이보세요? 이러시면 저 정말 당황하지 말입니다?

게다가 아무리 가벼운 경갑이라 해도 입고 있는 갑옷의 무게만 해도 무시하지 못할 터다.

'이 새끼는 대체 뭘 처먹어 이렇게 힘까지 센 거냐!'

"컥……."

체사 경! 절박하게 그를 부르는 목소리가 들렸다.

간신히 돌아가려는 눈을 붙잡아 주위를 살폈다. 목 안으로 소리가 끊었다. 턱 바로 아래 명치가 짓눌려 숨을 쉴 수가 없었다. 군사들이 그를 구하기 위해 달려오려 했지만 철통같이 버티고 선 마리포사 기사단원들에게 속절없이 가로막혔다. 자칼린은 안간힘을 써서 주먹질을 했다. 발로이드는 꿈쩍도 않았다.

그런데 주위가 갑자기 소란스러워졌다.

"주군!"

생전 처음 듣는 남자의 고함이 쩌렁쩌렁 울렸다. 간신히 뜬 눈에 발로이드의 어깨 너머 전열이 술렁이는 것이 보였다.

흐늘흐늘 내리는 눈발 사이 산만 한 깃발 신호들이 동시다발적으로 솟구쳤다. 북소리와 징 소리가 함께 울려 퍼지니 퇴각인지 진격인지도 구분이 가지 않았다. 자칼린이 가장 자명하게 느끼고 있는 것은 제 숨통을 쥔 발로이드의 살의뿐이었다. 그때, 말발굽 소리가 가까워졌다.

누군가 발로이드의 팔을 쥐었다. 회색 눈이 인상 깊은 여기사 레이리스였다. 그녀의 반대쪽 손에는 또 다른 말의 고삐가 쥐여 있다. 발로이드는 그녀에게 눈길도 주지 않은 채 명했다.

"엘폰느 경, 뭐하는 짓이냐. 비켜."

레이리스가 다급히 손짓했다. 레이리스가 하는 손짓과 발짓이 무슨 의미인지는 모르겠지만 발로이드의 손에 힘이 풀리는 듯했다. 그것도 아니라면 제 감각이 완전히 사라져 가는 걸 터다.

레이리스가 말을 가리키며 손짓했다. 막 라르크의 군사들을 밀쳐 내며 달려온 또 다른 마리포사의 기사 중 한 명이 소리쳤다.

"주군, 적입니다!"

고개를 돌린 발로이드가 형편없이 무너지기 시작하는 방어선 앞의 군사들을 돌아보았다.

어째서인지 모르겠지만 얌전해진 눈발 사이로 우왕좌왕해 대는 것이 똑똑히 보였다. 모르가나의 군사들이 주춤대는 만큼 라르크 군사들의 기세는 더 높아졌다.

우와아아아! 어디선가 함성이 울렸다.

레이리스가 애걸하는 것처럼 억억대며 그의 팔을 붙잡고 반복해 말을 가리켰다. 어서 말에 올라야 한다. 그리 말하는 것처럼 보였다.

자칼린이 막힌 숨을 끊어 토하고 간신히 들이마시며 비웃었다.

"꼴 좋, 다아!"

긴 함성이 천공을 울렸다. 마리포사 기사단들은 서서히 다급히 발로이드의 주위로 집결하기 시작했다. 누군가가 저편을 가리키며 손짓했다. 주군, 브류나크가……!

자칼린을 내던지듯 땅에 처박은 발로이드는 빠르게 가까워지는 하얀 검광을 응시했다. 좋지 않은 예감은 틀리는 법이 없다. 절뚝절뚝 걸어 말에 다가간 그는 레이리스의 도움을 받아 올라탔다.

'그냥 보낼 줄 알고……!'

내동댕이쳐진 자칼린의 눈이 번뜩였다. 자칼린은 젖 먹던 힘을 다해 일어서서 방심한 발로이드의 허벅지에 검을 찔러 넣었다.

"체사, 이 개자식이!"

노호한 발로이드의 발길질이 돌아왔다. 그보다 더 놀란 레이리스가 자칼린을 걷어차며 사납게 악악거렸다. 비명도 신음도 아닌 이상한 소리였다.

버티고 설 힘도 없어 비틀비틀 뒷걸음하던 자칼린은 그대로 널브러졌다. 레이리스가 그를 밀치고 굴리고 때린 끝에 검을 겨누었다. 자칼린의 죄 터진 입가에 몽롱한 웃음이 어렸다. 은혜를 원수로 갚네, 저 지지배.

라르카드단이 정말 존재하는지 궁금했다. 르엔은 지금 잘하고 있을지도 궁금했다. 파사드 형님이 저 새끼를 이길 수 있을지도 궁금했다.

마지막까지 궁금한 것들로 넘쳐 났다.

'아, 궁금한데.'

어슴푸레한 연둣빛 눈동자 위로 희멀건 하늘이 보였다. 점점 커지는 눈송이들이 보였다. 눈송이는 약한 바람에도 살랑살랑 흔들리며 피투성이 대지 위로 내려앉았다. 그리고 붉게 물든다.

잊고 있던 추위가 그를 엄습했다. 발로이드의 노성도 멀어진다. 계속 그를 괴롭혔던 날붙이 소리도 이제 더 이상 들리지 않았다. 긴 그림자가 그의 눈동자 위로 드리워졌다. 재색 눈동자가 역광 속에서도 고양이의 것처럼 빛났다.

자칼린의 눈이 감겼다.

'그래 죽기 전 마지막 장면이 시퍼런 벽안 괴물인 거보단 예쁜 여자가 낫지.'

마지막까지 이딴 생각이나 한다니, 카라제시가 안다면 몇 날 며칠 두드려 맞을지도 모르겠다.

'그런데…… 쟤가 예뻤나?'

눈송이가 자칼린의 피투성이 뺨에 내려앉았다. 붉은 눈물이 우아한 곡선을 그리며 흘러내렸다.

'주군.'

퍼뜩 정신을 차린 레이리스가 발로이드를 향해 달려갔다.

"읏."

허벅지에 박힌 검을 뽑아낸 발로이드의 잇새로 신음이 샜다. 발로이드의 날선 벽안은 널브러진 체사를 난자하고 있었다. 더 이상 움직이지 못하는 시체가 되었다고 해도, 그 시신마저 육시해 내던지기 전엔 이 증오가 해갈되지 않을 듯했다.

등 뒤로 울리는 정체불명의 함성을 무시하고 자칼린의 사지를 뜯어내기 위해 다가가려는 발로이드의 앞을 가로막은 건 레이리스였다. 레이리스는 앵무새처럼 다급한 손짓을 반복했다.

'전방 보병 연대의 지휘 체계가 무너졌다.'

레이리스의 수신호를 응시하던 발로이드가 뒤돌아 주위를 살폈다.

최전방에서 싸우던 모르가나의 군대가 우왕좌왕하며 흩어지고 있었다. 페넌 기사들이 목에 핏발이 서도록 고함을 쳐도 제대로 듣는 기색이 없었다.

어째서 이리 속절없이 무너지나?

모르가나의 지휘부들은 이만큼 적들의 방어 진형을 무너뜨려 주고 난장판으로 만들어 줘도 제대로 주워 먹을 줄도 모르는 한심한 새끼들이었다.

혈기만 넘쳐 나는 잡배들. 라르크를 경시하고 무작정 머릿수로 찍어 누르면 된다 주장해 대던 비세바르를 향한 경멸이 치밀었다.

레이리스가 급히 손을 놀렸다.

'이제 물러나셔야.'

발로이드의 턱에 힘이 들어갔다. 발목의 감각이 없었다. 찔린 허벅지에서는 계속 피가 솟아올랐다. 그의 증오는 제게 체사를 내던지고 사라진 스완에게 오롯이 향했다.

'죽여 버릴 거다.'

그녀를 위해서 자신은 얼마든지 다시 반복될 지옥 같은 기다림을 견뎌 낼 수 있었다.

서서히 신경을 주위로 분산시킨 발로이드는 적들의 공세에 포위 당하는 마리포사의 기사단원들과 제 위치를 가늠했다.

형편없이 무너지기 시작한 최전방을 돌파하기까지의 거리와 마리 포사들이 와해시킨 측면으로 되돌아 나가는 거리. 가능성. 라르크 군 의 공세가 어디까지 이어질 수 있을지에 대한 계산. 라르크 지휘 기 사들의 위치, 적들의 수와 사기. 그들이 있는 곳과 보병들이 밀집해 있는 라르크의 군사들 사이의 간격. 그 모든 것이 순식간에 읽혔다.

기동력으로 그들을 쫓을 기병의 수는 그다지 많지 않다.

결정을 내린 발로이드가 막 포위당한 마리포사 기사단을 재집결 하기 위해 창을 수직으로 들어 올리고 소리치려는 찰나였다.

"우향으로 돌……!"

홀연 저편에서 하얗게 빛나는 검광이 그의 눈을 찔렀다. 머물지 못하는 핏물을 흘리는 매끄러운 날의 하얀 검이었다. 그녀의 흔적. 배반자 브류나크의 구역질 나는 자랑이었다.

리오낙.

피를 먹고 진홍으로 빛나는 은백색 갑옷의 사내가 수십 열의 군사 들을 사이에 두고 그를 마주 보았다. 파사드의 등 뒤로 하나둘씩 모 여든 라르크 기병대가 두껍게 섰다.

이제 마리포사 기사단은 돌파했던 길을 따라 되돌아 나가는 수밖 에 남지 않았다.

파사드의 손짓에 전방을 단단히 밀집해 서 있던 라르크 군사들이 길을 벌렸다.

"발로이드."

발로이드는 갈라진 물길처럼 길을 트는 라르크 군사들과 그들 사이로 걸어 들어오는 파사드를 바라보았다.

까만 눈동자, 피에 젖은 흑발, 휘날리는 붉은 늑대의 문양 기. 눈에서 천불이 이는 듯했다. 붉은 늑대의 멘테를 찬 기병들이 보병대의 가장자리를 따라 달리며 일사불란하게 그들을 포위하기 시작했다.

마리포사 기사단원들은 크게 당황해 더욱 단단히 밀집했다. 하지만 두려움은 없었다. 그들의 앞엔 발로이드가 서 있었으므로.

똑같이 피를 뒤집어쓰고 서로를 바라보는 두 사내의 색채는 하얀 것과 검은 것으로 극명했다. 그들을 지켜보는 이들의 숨소리가 차츰 죽어 들어갔다.

타박타박. 발굽 소리가 울렸다.

얼마간 다가온 파사드가 멈춰 서더니 후위에 있던 기사들에게 턱짓했다. 그러자 기사들이 웬 무거운 시체를 질질 끌고 앞으로 나왔다. 시신은 눈에 익었다.

발로이드는 무감동하게 응시했다.

'결국 주제도 모르고 나섰다 이 꼴을 당한 건가.'

비세바르였다. 황태자가 나타난 이후로 제가 사령관인 양 설쳐 대더니, 결국 제게 주어진 형편없는 군대마저 지키지 못하고 뒈졌군 싶었다.

'쓸모없는 새끼…….'

시체가 되어 적군에 끌려다니는 비세바르의 흉물스러운 꼴은 비웃을 가치도 없었다. 기세 좋게 선공을 해 대던 검은 사자 군이 혼란에 빠진 이유. 그를 알려 주는 일련의 정보로서의 가치뿐이다.

"체사는?"

"감히 누님과 작당하고 내게 덤벼든 체사라면, 너희의 그 잘난 라르카드단에서나 조우하지 그러나."

파사드는 언 땅 위에 널브러진 청년 기사를 응시했다. 가슴 한편이 둔기 맞은 듯 저릿했다. 방패병들의 보호가 충분치 않았던 모양이었다. 최대한 빠르게 돌아오려 했는데도.

파사드와 테레어드는 카라제시가 남쪽 전선에서 이탈한 즉시 카라제시의 군을 쫓으려는 제국군과 혈전을 치러야 했다. 마리포사가 돌입했다는 걸 알았지만, 이탈 군사들이 뒤를 잡히면 지난 닷새간의 인내가 모두 물거품이 되었을 테니 불가피했다.

해서 남쪽 방어선에서 조금 떨어진 곳에서 벌어진 전투에 발목이 잡혔다. 파사드는 적의 지휘부에서 요직을 차지한 게 분명한 배너 기사 둘을 벨 수 있었다. 그리고 중앙으로 다시 말 머리를 돌려 움직이던 중 눈에 익은 지휘 기사를 마주쳤다.

상대는 도의를 알았다.

—아사인 가문의 아들, 비세바르 케시르스요. 검은 사자 군의 두 개 연대 총괄을 맡고 있소.

아사인가라면 파사드 역시 들어본 적 있는 남부의 대가문이다. 시정잡배 같은 마리포사 기사들과는 달리 예우를 알고 규칙을 아는 자였다.

—붉은 늑대의 아들, 파사드 칼란독 브류나크다.

무슨 패기인지 모를 결투 신청은 분명 번거로운 일이었지만 피할 수는 없었다. 그리고 어렵지 않게 그자를 베어 냈다. 그자가 고꾸라지는 순간 함성이 터졌다.

연대를 총괄하는 자라 했던 소개가 거짓이 아니었단 듯이 모르가나의 지휘 체계는 크게 휘청였다.

그 틈에 그들의 페넌 기사도 예닐곱 더 베었다.

들인 노력에 비하면 꽤나 값진 결과였다. 그러나 그들이 죽인 적의 기사들보다 귀한 피를 잃었다.

발로이드의 벽안을 노려보던 파사드의 눈꺼풀이 꽉 닫혔다 들렸다. 파사드가 테레어드에게 턱짓하며 낮은 목소리로 명했다.

"……체사 경을 수습해라."

"존명."

테레어드는 잔뜩 억눌린 음성으로 답한 후, 발로이드와 마리포사 기사단들을 향한 살의를 감추지 않으며 파사드를 제치고 달려갔다.

마리포사 기사단들은 그들 틈새로 조심스레 다가와 축 늘어진 청년 기사의 시체를 끌고 안전지대로 되돌아가는 라르크의 군사들을 막지 못했다.

조금만 흐트러져도 틈을 보이게 된다. 적시에 빠져나가지 못한 데다 적들의 기병들까지 가세했으니 살얼음 디딘 것과도 같았다. 마리포사 기사단들은 온 촉각을 곤두세우고 테레어드와 그를 뒤따르는 기사들의 움직임을 눈으로 쫓았다.

발로이드의 눈동자만이 파사드에게 있었다. 파사드는 살기 어린 그의 눈빛을 강강히 받아쳤다. 발로이드가 두르고 있던 푸른 멘테를 이로 찢어 검붉은 피를 토해 내는 허벅지를 꽉 감아 맸다. 그리고 갈라진 소리를 냈다.

"이쯤 되면…… 내 누님에게 변고가 생겼는지."

발로이드의 기세는 처음 봤을 적보다 훨씬 흐트러진 채였다. 르옌의 말이 그른 것이 하나 없다는 게 우스울 정도였다.

저자는 전쟁의 본질을 잊었다. 르옌 한 사람에게 매달린 채, 돌려받지 못할 애정을 몹시 비뚤어진 형태로 갈구하고 있었다.

"아니면 네가 누님과 나의 재회를 막아 그녀를 전선에 나서지 못하게 한 건지, 묻지 않을 수가 없군."

"그러고 싶었지."

파사드는 부정하거나 침묵하는 대신 온도 없이 답했다. 발로이드의 낯 위로 기묘한 기색이 스쳐 지났다.

"하지만 르옌은 출전해 있다."

"……."

"그녀는 너 따위는 안중에도 없더군. 이런 답을 들어야 납득하겠나?"

"입 닥쳐……!"

발로이드가 파사드를 향해 달려들었다.

파사드의 후열에 선 기사가 그를 가로막기도 전에 파사드가 롯사의 배를 때려 앞서 발로이드의 창을 쳐 냈다. 잠깐 힘주어 부딪친 것만으로도 리오낙을 쥔 팔 근육이 징하고 울렸다.

파사드는 부러 가시 돋친 날카로운 말을 내뱉었다.

"……지금 퇴진해 재정비를 해도 위태로울 형국인데, 넌 여전히 네게 관심도 없는 여자만 찾아 헤매는군. 그런 네게서 사령관의 자질을 전혀 찾을 수가 없음이다. 모르가나의 황제가 사람 보는 안목이 없다는 것이 이다지도 확실하니 북부의 기사로서 다행스러운 일이군."

"닥치라고 했다, 핏덩이."

발로이드가 허리를 틀어 돌리더니 그 반동을 이용해 파사드의 목덜미로 창을 휘둘렀다. 쉬익! 작은 바람이 일었다. 반사적으로 허리를 젖혀 피한 파사드는 가까스로 리오낙을 들어 돌레한의 창을 올려쳤다.

카르르릉. 창날이 검신을 할퀴고 지나며 고막을 뜯어내는 듯한 굉음과 함께 불꽃이 튀어 올랐다.

"브류나크, 브류나크. 이 빌어먹을 브류나크으으으!"

처절하게 갈라진 목소리가 무겁게 파사드의 귓바퀴을 할퀴었다. 바짝 가까워진 거리였다. 리오낙을 내리누르며 발로이드가 씹어뱉었다.

"나는 처음부터 네가 마음에 안 들었다. 내 누님 주위를 깔짝거리며 돼먹지 않은 조언을 해 댔시고 그녀를 망쳤지. ……이번에도 그랬나? 이번에도 그리 속삭여 내 누님을 망쳤나? 벨바롯트 네놈이 그녀에게 손 뻗칠 때부터 널 죽여 버리고 싶었다. 네가 고작 이 하잘 것없는 땅덩어리를 지키자고 위대한 라르크를 무너뜨리고 구국 공신인 양 칭송받을 때도 널 죽이고 싶었지만, 사실 보다 오래전부터 난 네놈을 죽여 버릴까 몇 번이고 생각했었다."

현실마저 혼동하는가. 파사드는 그가 가늠하지 못할 시간 저편을 향해 핏발 선 증오를 쏟아 내는 발로이드를 응시했다.

처절하다.

사람의 본질이 변하지 않는다면, 지금의 르옌과 마지막 라르칼리아는 동일인임이 맞았다. 그녀가 군사들을 혹하게 했듯이 이백여 년 전의 여왕은 보다 높은 왕좌에 앉아 많은 이들을 제 품으로 끌어당겼을 것이다. 어쩌면 저치는 그녀라는 불길에 휩싸여 불새처럼 제가 타들어 가고 있는 것도 모를 것이다.

발로이드가 악에 받친 음성으로 성토했다.

"……석 달, 석 달이면 무너졌을 모르가나의 국경이었다! 누님이 고혈을 토하며 죽어 가는 군사들을 바라보며 그리 기원했던 올조르의 붕괴까지 고작 석 달이었다. 그런데 네가 앞장서서 누님을 배반했지. 그러고도 수치를 몰라 누님이 네게 하사한 그 검을 쥐어 드나! 내게 그걸 들이미나!"

저를 누구로 보아 소리치는지 구태여 묻고 싶지도 않다.

다만 파사드는 올조르가 무너지길 기다리던 기나긴 새벽 줄곧 눈에 박혔던 르엔의 얼굴을 떠올렸다. 당시 그녀의 표정은 몹시 기묘해서 꽤나 오랫동안 잔상처럼 남아 있었다.

올조르에 이르기까지의 과정도 순탄치 않았다. 그녀는 목숨을 내놓고 제게서 리오낙의 검집을 빼앗아 도망쳤다. 무릎을 꿇고 애원하듯 갱도의 존재를 소리쳤다.

그때 그녀는 어떤 기분이었을까.

이제야 그녀의 그런 막무가내 행동이 처절한 몸부림이었음을 이해한다. 파사드가 입술을 뗐다. 무겁게.

"그녀는."

말을 뱉으며 생각했다.

"네가 아닌 우리를 선택했다."

그녀는 정말 선택한 것인지, 사실 그녀라는 사람에게 놓여 있던 것이 외길뿐이었던 건 아닌지.

"그녀는 너조차도 전쟁터의 말로 보더군."

말 몇 마디에 목 졸린 사람처럼 흐트러지는 발로이드를 바라보는 파사드의 입술이 더욱 굳게 다물렸다. 발로이드는 목에 핏대가 설 만큼 힘주어 소리쳤다.

"닥쳐어어!"

"사실이다."

"주제도 모르는……!"

"……."

"주제도 모르는 북부의 배반자인 너희가 지껄이는 말을 곧이곧대로 들을 성싶은가!"

"그녀를 향한 사죄도 무엇도 네게 변명할 이유 없는 것들이다. 광기에 정신을 놓고 제 책무마저 잃어버린 너는, 결국 라르크의 여왕이 넘지 못해 제 발을 걸어 넘어뜨렸던 모르가나에 스스로를 팔아넘긴 변절자임이 현실이다. 그리고 그녀는, 그 현실을 받아들였다."

막 창을 역수로 쥐어 파사드를 향해 겨누던 발로이드의 움직임이 멎었다.

"그녀는 네게 가지 않을 것이다. 그리고 설사 그녀가 바란다 해도, 나는 그녀를 보낼 생각 없다."

발로이드는, 페이작은 늘 스완을 향해 있는 타인들의 감정을 예민하게 알아차리곤 했다. 천부적으로 타고난 그의 기질이었다.

파사드의 흔들림 없는 눈동자를 노려보던 발로이드의 입가가 서서히 일그러졌다. 새까만 사내가 저를 바라보는 방식, 표정, 무감정함을 가장한 욕망, 몹시 익숙했다.

헛헛하게 웃던 발로이드가 파안대소했다.

"……브류나크, 기억나지 않나?"

"……."

"네가 내게 이 창을 돌려주며 무어라 지껄였는지."

파사드는 제가 아닌 누군가를 향해 지껄이는 발로이드에게 묵비했다.

"잊었나?"

일견 누그러진 듯한 어투였으나 눈빛만큼은 전에 없이 커다란 분노가 내재되어 있었다.

발로이드의 시계는 그날로 되돌아갔다. 라르크의 귀자로 성벽 아래 그녀의 머리와 함께 박아 두었던 창이 국경을 넘어 되돌아온 날의 기억은 스완을 잃은 이래 늘 끔찍했던 그의 기억 중 가장 끔찍했다.

잊을 수 있을 리야.

"……존경으로 사랑하는 그녀의 마지막 유지라 하여, 내게 그리 말했지 않나? 라르크로 되돌아와 너희 앞에 무릎 꿇으라고. 네가 구구절절 늘어놓았던 장황한 사설 따윈 읽지도 않았다. 첫머리를 본즉, 그 자리에서 갈기갈기 찢어발겼으니. 위선에 찌든 그 서신. 불에 태워 없앨 가치조차 없어 말먹이로 던져 버렸지. 사랑하고 존경한다……? 그리 휘갈긴 손가락으로 폐하의 사형장에 압인을 남기고 그녀의 시신을 성벽에 효수하라 손짓했을 것 아닌가……? 네놈의 애정과 존경은."

"……."

"그리도 추악할 수 없는 역겨운 변명이었다. 그녀를 사랑한다 칭송했던 백성들이 일시에 그녀를 폭군이라 부른 것보다도, 그녀를 사랑하고 존경한다 말했던 네가 더 끔찍하고 역겨웠다. 그런데 지금 네놈이 나의 폐하를 입에 올리며 그딴 표정을 하나? 너희는 또 내 누님을 죽일 테지. 너희는 또 그리 나의 폐하를 배반할 테지. 다시는 라르크의 손에 나의 폐하가 모욕적인 일을 당하게 하지 않을 거다. 내가 죽인다. 내가 그녀를 죽이고 그녀가 다시 돌아오길 기다려서, 이번에는 그녀가 네놈들의 손아귀에 떨어져 망쳐지기 전에 내가……!"

듣는 귀가 타들어 가는 것처럼 깔깔하고 숨 막히는 증오였다. 죽이고 다시 시작한다니. 이 얼마나 광기에 젖은 열망인가.

파사드는 두 번의 삶을 가진다는 기분을 알지 못했다. 그러나 가슴 한구석에는 후생이라는 것이 있다면, 보다 나은 삶이 될 수도 있지 않은가 하는 막연한 생각을 한 적이 있었다.

사람이란 누구나 지난 시간 하지 못한 것들이나 실수들을 진득하게 생각하지 않던가. 두 번째의 기회가 있다면 그때야말로 첫 번째의 과오를 만회할 수 있고, 첫 번째에서 놓쳐 버린 아쉬움을 채울 수도 있을 터다. 그러나 저치의 두 번의 삶은 세 번의 욕심이 되었고, 끝내 남은 것은 광기와 추함뿐이다.

스스로를 잃어버린 자에게 몇 번의 삶이 있다 한들, 그 어디에 의미가 있나.

삶이 주는 그 모든 것에 휩쓸리지 않고, 스스로를 붙잡은 채 명확한 잣대로 관조하던 르옌이 새삼 대단하게 느껴질 정도였다.

"……그리 두지 않는다. 그녀가 어디에 있는지도 모르는 네가 나를 넘어 그녀에게 닿을 일은 없을 거다."

발로이드의 표정이 서서히 갈무리되었다.

"어지간히도 나를 핫바지로 보는구나. 핏덩이가."

"……."

"누님이 이곳에 없으나 출전을 했다면 그녀가 향할 곳이 어디인지 내 모를 것 같나. 누님이 아님을 알고도 이곳으로 달려온 내가 아무런 방비도 하지 않았을 거라 믿었나."

"……."

"체사 새끼를 내게 내던진 건 시간 끌기로는 제법이었다. 그마저 네놈의 생각은 아니었겠지만."

확신조의 말에 파사드는 내심 당혹했다. 발로이드의 입술이 매섭게 다물렸다가 느릿이 열렸다. 더할 나위 없이 차가운 명령이 떨어졌다.

"밀고 나가."

마리포사 기사단들의 말 머리가 일제히 정면을 향했다.

이어 발로이드의 말이 지면을 박찼다. 마리포사 기사단원들은 발로이드를 따라 벌어진 라르크 군사들의 틈새를 벌리며 그를 뒤따랐다. 또다시 살육전이 일어났다.

발로이드의 검은 창은 파사드의 정중앙에 빗면으로 날아들었다. 예고 없는 돌격에 파사드가 리오낙을 반대로 올려쳐 그를 간신히 막았다. 그랬다고 생각했다.

캬르릉! 리오낙이 사납게 공진하는 소리가 났다. 그 새로 이물감이 어린 소음이 섞여 들었다. 쩌저적 하는 잔금 퍼지는 소리였다.

발로이드의 창날 바로 아래 박힌 하얀 검의 중앙에 긴 금이 어리는가 싶더니, 그대로 꺾여 두 동강 났다.

'리오낙'이.

발로이드의 창끝이 파사드의 가슴을 거칠게 베어 냈다.

"칼란독 경!"

테레어드가 달려오며 소리쳤다. 파사드의 몸이 뒤로 기울었다. 발로이드의 창끝에 상처 난 하얀 갑옷 위로 선혈이 흘러내렸다.

"멈추지 마라!"

포효처럼 울리는 발로이드의 명령이 숨죽이고 경계태세에 들어 있던 마리포사 기사단을 포함해 전방에 남아 있던 제국군들의 정신을 일깨웠다.

파사드는 뚝 잘려 나간 리오낙을 충격으로 바라보았다. 십수 년간 지녀 왔던 익숙함도 함께 도려져 나갔다.

하얀 검이 부서졌다.

이백여 년을 짊어져 온 브류나크의 정신이 이리도 쉽게.

자파인령 로엠, 인데거 성.

자파인 후는 아주 오래전부터 라르크 팔란 귀족들의 실세를 쥔 이인자였다. 공가 브류나크에 세습되는 숄고 둘의 임종을 지킨 그는 세 번째 숄고인 파사드 칼란독 브류나크에게 쓴소리를 하는 데에 용기가 필요 없는 몇 없는 이 중 한 명이기도 했다.

그런 그가 중앙 정계에서 물러난 지도 벌써 수년이었다. 계기는 그다지 특별하지 않았다.

오늘처럼 볕 따가운 어느 겨울 아침이었다. 평소보다 늦은 기침을 했던 것으로 기억한다. 자리에서 일어난 그는 습관처럼 방문객들을 만나 따뜻한 술잔을 나누고 영지에 관련된 안건들을 결제하고 긁어모아 두었던 반트들의 치부책을 바라보는 하루를 보냈다.

그리고 그날 밤, 잠에 들기 위해 침의를 벗던 중 그는 자신이 해 온 일들이 그다지 의미 있는 것들이 아니란 것을 깨달았다. 꿈도 야망도 부질없는 것이었다.

깨달음이라는 것은 그런 것이다. 조금씩 무의식을 갉아먹다가 한순간의 해일처럼 결정을 종용한다.

북부의 존귀한 귀족으로 태어나 수십 년간 지녀 온 권위를 내려놓는다는 결심을 하게 된 것은 그만큼이나 어처구니없는 순간에서 시작되었다.

새로이 공가 브류나크를 승계받은 파사드가 로크란드 인근의 변방에서 겉돌고 있던 시기였다. 파사드의 행보로 인해 팔란 당의 귀족들이 매일같이 모여 불평불만을 늘어놓는 것이 일상이던 때. 중앙 정계에 파사드를 대신할 자신의 역할이 지대할 때였다.

왜 자신은 물러났을까. 어깨에 가중되었던 당에 대한 무게감 탓이었는지도 모른다. 아니면, 아무 욕심 없이 살고 싶다는 말을 입버릇처럼 했던 먼저 간 부인의 유지가 그제야 꽃피운 것일는지도.

사실 이유는 그다지 개의하지 않았다.

늙어 함께 달리지 못하는 이들을 앞지르며 시대는 변하고 있었다.

파이투스 2세와 달리 남모를 야망으로 굳건한 테른도크의 치세가 열렸고, 반트와 팔란이 정략을 맺었고, 늘 중앙 혈투에 앞장섰던 공가 브류나크가 중앙에서 서서히 멀어졌다.

젊은 시절 반트로 인해 많은 이들을 잃었다 생각했으나, 기실 그게 반트만의 잘못이었다. 세상은 늘 복잡하게 얽혀 있고 사람이란 제각각의 바람을 위해 원하는 것을 위해 움직이는 것이 당연했으니 패자도 승자도 누구 하나 깨끗하지 못할 터다.

자파인 후는 여유롭게 침대에서 벗어나다 말고 생각했다.

'그 작자는 언제쯤 정신을 차리려는지.'

재상 라페로바한은 한때 그의 대단한 정적이었다. 사람이 성미가 못돼 처먹기만 한 것은 아닌데도 악독할 때는 인간이 맞는가 싶을 만큼 교활해 일야에 그를 죽여 넘겨야겠다 마음먹은 것이 수천 번이었다.

'도대체 그놈한테서 어떻게 그런 딸이 나왔는지.'

엘히엔 데비는 장담컨대 재상 라페로바한이 이룬 것 중 가장 아름다운 것일 터다. 더러운 것이 깨끗한 것을 낳을 수도 있구나. 이를 알려 주는 산 증거라 해도 과언이 아니다.

어린 새끼들이 메마른 어른들의 마음을 녹인다는 건 불가변의 진실이지만, 전 숄고인 칼키스마저 어린아이의 티 없는 웃음에 수십 년의 골을 삭이기로 결정했으니 말 다 하지 않았나.

비록 지금 대의 숄고가 무슨 생각으로 그 아이를 바라보는지는 모르지만, 혼인이 약속된 지 오래이므로 그들의 감정은 그다지 중요한 건 아닐 터다.

이른 아침부터 드는 이런저런 잡생각은 그를 게으르게 한다. 생각을 떨친 자파인 후는 침의를 벗고 단정한 상의와 하의를 갖춰 입었다. 얇은 코트를 양 어깨에 걸치는 것도 잊지 않았다.

아무리 제 보금자리라 한들 그는 늘 일정했다.

매일 같은 시간에 일어나 같은 시간에 일정을 마치고 같은 시간에 되돌아와 잠에 든다. 이젠 그럴 필요가 없다는 걸 아는데도 오랜 시간 몸에 배인 습관은 쉬이 없어지지 않았다.

그가 일어나 환복하는 시각을 칼처럼 맞추는 문 밖의 집사 역시 그의 고집에 함께 물들어 버린 벗이었다. 늘 그를 따르는 호위 기사 테오단도 그 덕분에 매일같이 부지런한 생활을 한다며 웃곤 했다.

"조식이 준비되었습니다, 주인어른."

"곧 나가마."

부드럽게 답을 되돌리던 자파인 후는 문득 벽에 걸린 벽에 걸린 순록의 머리를 바라보았다. 몰약에 절어 완벽하게 박제가 된 짐승의 거대한 뿔이 나뭇가지처럼 뻗어 있다. 딱딱하게만 굳어 있던 입가가 풀리며 절로 웃음이 어렸다.

서른 해쯤 되었나. 파사드가 태어날 즈음이었던 걸로 기억한다.

칼키스와 함께 사냥을 나가 잡아온 것이다. 숨통을 끊은 것은 칼키스였지만 먼저 저 거대한 순록을 발견한 것은 그였다. 칼키스는 기꺼이 그에게 양보했다.

늘 그의 방을 장식하고 있어 어느 순간 잊었는데, 오늘따라 눈에 들었다. 예전엔 깨닫지 못했던 초라함이, 세월이.

매끄럽게 조탁된 굵은 나뭇가지처럼 양 옆으로 뻗어 나가는 마른 뿔에는 생기 따위 없었다. 새까만 눈알조차 아무것도 보고 있지 않다. 저것도 함께 늙어 가는가 싶었다.

자파인 후는 그 자리에 선 채로 한참을 올려다보았다.

세상에는 상징적인 것들이 많았다. 저 순록은 그에게는 젊은 혈기의 상징이었다. 자신감에 차 무엇이든 할 수 있을 것 같았던 젊은 날의 청춘.

칼키스와 그는 그들이 당파 싸움을 멈출 수 있으리라고 믿었다. 반트의 맹아마저 잘라 내어 라르크를 부흥시킬 수 있을 거라 믿었다. 그러나 혈기의 상징이란 피가 식고 나면 그저 추억이 되는 법이다. 자파인 후의 입가에 걸려 있던 미소도 차츰 식었다.

'그래서 그대는 지금, 낙원에 드러누워 끊지도 못한 술잔을 기울이고 있으려나.'

라르크 내의 싸움은 멈추지 않을 것이다. 어쩌면 영원히.

이미 그들은 할 수 있는 모든 것을 걸어 보았고 얻지 못했다. 다시 걸기엔 너무 나이가 먹었다.

한창 문제시되기 시작한 남부 황제의 독재권을 부러워하는 테른 도크를 어리석다 말할 수도 없는 것도 그런 이유다. 꿈이 꺾이지 않았을 나이. 아직 혈기가 살아 있다는 것은 나쁘지 않다. 그리고 적어도 라르칼리아의 시절에 그들은 저들끼리 싸우느라 살 깎아먹는 짓은 하지 않았다 하니까.

'어느새 위선자가 되었네그려.'

그들이 바란 이상은 여전히 그 자리에 있었다. 그러나 그들은 몇 번의 좌절과 시행착오를 겪어 가며 다리를 잃었다. 그 자리에 있는 이상이 그들을 비웃는다 할지라도 위태로운 평화마저 평화라 붙들고 놓지 못하는 앉은뱅이들이 된 것이다.

문득 자파인 후는 그가 만나 왔던 이들 그 누구보다 단단한 믿음으로 스스로의 길을 걷는 자신의 당수를 떠올렸다.

'승리하셔야 합니다.'

영웅이 되지 못한다면 또다시 버거운 일이 생기고 말 터이다.

창밖으로는 펑펑 함박눈이 내리고 있었다.

막 문을 향해 몸을 돌리던 자파인 후는 생각을 바꾸어 두꺼운 코트를 한 겹 더 꺼내 걸쳤다. 지체 않고 밖으로 나섰다.

공기가 찼다. 북부의 겨울조차 두렵지 않았던 젊었던 시절이 조금은 그리워지는 아침이다.

◈◆◆◈

지난 수일, 그칠 줄 모르고 들이 부은 폭설에 테른도크의 겨울 사냥 일정이 취소된 지 이틀째 되던 날이었다.

엘히엔은 도도한 걸음으로 빠르게 왕궁의 복도를 가로질렀다. 도도도도, 시녀들은 재게 걷는 그녀의 뒤를 따르느라 바빴다.

엘히엔은 왕궁 내부의 열주들, 벽을 꾸미고 있는 의미 깊은 기하학적 문양들, 간간이 걸린 초상화들, 양초, 의미 모를 다기들이 늘어져 있는 넓은 복도 장식에는 눈길조차 주지 않고 계단참을 질러 올라갔다.

그녀의 집중은 온통 제 팔 안에 안긴 꽃바구니에 있었다. 천으로 단단히 덮어 둔 꽃바구니가 흔들릴 때마다 코끝을 적시는 싱그러운 향기에 입가에 미소가 걸렸다. 브류나크 공저의 정원사들이 가지치기를 하고 떨어져 나온 것들을 모아 가져온 터라 모양은 조금 망가졌지만, 그래도 꽃은 그 자체로 아름다운 것이다. 이 계절의 북부에서는 몹시 귀한 것이기도 했다.

그녀는 사 층의 복도 가장 끝에 위치한 왕궁 귀빈실에 이르러 다소곳하게 앉아 기다렸다. 곧 시종관이 나와 그녀를 맞이했다.

"배알을 허락하셨습니다. 이쪽으로."

자리에서 일어선 엘히엔은 시종관을 따라 걸었다.

지난밤, 테른도크의 심기가 좋지 않다는 이야기를 전해 들은 후 동이 트기도 전에 보낸 알현 요청이었다.

물론, 그녀는 테른도크와 각별히 친분이 있다거나 하는 관계는 아니었다. 그러나 간간이 마주치면 웃으며 안부 인사를 주고받고 사소한 이야기를 나눌 수 있는 정도는 되었다. 실세인 아버지를 둔 딸로서 응당 누릴 수 있는 특혜라 봐도 좋다. 또 후일 공작 부인이 될 여자로서 그녀는 라르크의 왕실에 나름의 방법으로 충의를 보일 의무가 있다고 생각했다.

올 때의 도도거리던 걸음과는 판이하게 다른 고아한 자태였다. 또 각또각 울리는 그녀의 걸음 소리에 맞추어 시종관이 테른도크의 집무실로 그녀를 안내했다.

테른도크의 집무실에서는 어쩐지 솔향기가 나는 듯했다. 책상에 앉아 눈을 감은 채 명상이라도 하는 양 팔짱을 끼고 있던 테른도크가 눈을 떴다. 그의 선명한 벽안이 제게 이르자 엘히엔은 수줍게 웃으며 정중하게 무릎을 구부려 궁중식 절을 올렸다.

"폐하, 귀한 시간을 허락해 주신 데에 감사의 말씀 올립니다."

피곤한 눈빛이다. 한참을 말없이 엘히엔이 한 아름 안고 들어온 꽃바구니를 응시하던 테른도크가 일어서서 그녀에게 자리를 안내했다. 우선 앉지.

그녀가 자리에 앉자 테른도크도 상석에 마주 앉았다. 그는 어쩐지 파리하게 굳은 얼굴이라 엘히엔은 평소보다 조금 더 그의 눈치를 봤다.

그러나 목소리는 예상보다 친근하고 다정했다.

"오랜만이군. 잘 지냈나, 영애?"

"예, 덕분에요. 폐하께서는 잘 지내셨어요? 지난번에도 한번 찾아뵙고 싶었는데 워낙 다망하신 분을 번거롭게 해 드릴까 틈만 보다가 이제야 찾아뵙는 걸 용서하세요."

테른도크가 엷게 웃었다.

"성인식 이후 처음이던가?"

"예. 그때 폐하께서 보내 주셨던 축하 성의들에 비하면 약소하고 정말 보잘것없지만……."

양손을 무릎 위에 모으고 앉아 나긋하게 말을 잇던 엘히엔이 살짝 몸을 기울여 꽃바구니를 그에게 밀었다.

"수국이군. 공저에 들렀다 오셨나."

"예. 정원사들이 정리를 하고 있기에 조금 도와주고 얻어 왔어요. 여전히 향기가 굉장히 좋아요. 모양이 조금 망가진 듯해 부끄럽지만."

갈색 따리 바구니 안에 다소곳이 앉은 수국들을 응시하던 테른도크는 크게 기뻐하지도 실망하지도 않은 모양으로 고개를 끄덕였다. 그가 손을 들자 시종인 벨자가 조용히 다가와 꽃바구니를 들고 되돌아갔다.

"폐하, 안색이 별로 좋지 않으신데 제가 안 좋은 시간에 배알을 요청한 건가요?"

"아아. 아니네."

"폐하께서 건강하셔야 오래도록 라르크가 번영할 수 있지 않겠어요."

"재상이 딸 하나는 제대로 보았군. 제대로 가르친 건가."

"정말로, 진심인걸요."

악의 없는 테른도크의 농담에 엘히엔이 쑥스러운 듯 혀끝을 살짝 내밀었다 숨겼다. 테른도크는 등받이에 몸을 기대며 나른하게 물었다.

"……그래서 오늘은 저 꽃들을 안겨 주기 위해 추운 걸음 한 건가?"

"지난번 감사도 드릴 겸 해서요. 사냥 일정이 취소되셨다는 이야기를 들었거든요. 혹 지금은 여유가 좀 있지 않으실까 했는데…… 때를 잘못 맞춘 건 아니겠지요? 정말 죄송한데 그러면……."

"그럴 시간도 없었다면 박대했겠지."

테른도크가 괜찮다 심드렁히 한마디 하자 그녀는 금세 말갛게 웃었다. 테메르인 특유의 하얗디하얀 피부를 한 엘히엔의 뺨이 발갛게 물들었다. 한없이 사랑스러운 양태였다.

"그러게요. 이렇게 폐하께서 박대 않고 맞아 주시니 얼마나 감사한지 몰라요."

테른도크는 착잡함을 감추고 그녀를 바라보았다.

엘히엔 데비 라페로바한.

제 아비와 어찌 저리 다른지 모르겠다. 나이 어린 여아가 단순히 착하기만 한 건 아니라 영악한 구석도 있었다. 지난번 왕궁 방문 때에는 공작 부인이 될 여자로서 응당 안부를 올리겠다 고집해 반나절을 떠들고 나갔더라. 귀찮기는 하지만 그녀를 싫어하지는 않았다.

사실 오늘이 아니었다면 조금 더 기쁘게 그녀와 이야기를 주고받을 수 있었을 터다. 테른도크의 입술이 씁쓸한 호선을 그렸다.

"그런데 목소리가 좀 잠기셨어요. 폐하를 위해 저희 집의 꿀 술이라도 가져올 걸 그랬나 봐요."

"라페로바한의 술이라……. 재상조차 아끼는 그 귀한 걸 내어 준다니 영애는 후하기도 하네."

"폐하께 올리는 데에 아까울 게 무어가 있겠나요. 부친께서도 없어서 못 드리는 것뿐인 걸요. 재작년에 담근 걸 지난주에 별장에서 가지고 올라왔어요. 오늘 저택에 돌아가면 가장 먼저 폐하께 진상하라 할게요. 언 몸도 금세 녹고 잠도 아주 잘 오실 거예요."

"듣던 중 반가운 소리군."

테른도크는 뮈아드로에서 가장 독하다 알려진 그들의 밀주가 절실했다. 바로 그제 기가 막힌 이야기를 들은 터라 잠이 달아난 지 벌써 이틀째였던 것이다.

피곤함이 폭풍처럼 몰려오다가도, 라르칼리아라는 한 단어가 떠오르는 순간 온데간데 없이 달아나 버렸다.

라르칼리아.

라르칼리아라는 것을 떠올리면 수많은 잔흔들이 따라붙는다. 역대 라르칼리아들이 이룬 것들과 망친 것들. 그들로부터 물려받은 관습과 폐습들.

테른도크는 라르칼리아라는 이름을 좋아하지 않았다. 그런데 파사드가 묘령의 여자를 우대하고, 심지어 그 여자와 동침까지 했다는 건 여간해서 머릿속에서 떠나지 않는 이야기였다.

전쟁터에 나가 있으니 당장 불러들여 추국을 이을 수도 없었다. 사실 어찌 보면 지금 눈앞의 엘히엔도 그의 고민의 일부였다. 턱을 괸 채 엘히엔을 샅샅이 뜯어보듯 응시하던 테른도크가 툭 물었다.

"그대, 작위 공과 동침한 적이 있나?"

매사 어떤 일이 생겨도 침착하고 우아하게 넘겨 오던 엘히엔이 크게 당황을 내보일 만큼 부끄러운 질문임이 틀림없었다. 하얗고 말간

젖빛 얼굴이 새빨갛게 달아오르는 것을 보면 모를 수가 없다.

"……예?"

테른도크는 번복 대신 더 날카롭게 물었다.

"아직 정식으로 성혼을 치르지 않았다고는 하지만 그래도 작위 공이 간혹 뮈아드로로 돌아올 때면 늘 그대 사가를 방문하지 않았던가? 그대도 간간이 공저에 든다 들었는데."

"폐, 폐하."

"……."

"아, 하, 하지만 저는 어렸고…… 성인식도 치른 지 얼마 되지 않았고요. 첫 관계는 몹시 중하다고 하셨어요. 어쩌면 제가 아직 미성숙해서 그러신 듯도 하지만……."

갑작스레 그리 묻는 의중을 몰라 더듬더듬 답하던 엘히엔은 끝내 말끝을 흐렸다.

엘히엔이 느낄 부끄러움과 수치스러움은 테른도크에게는 그다지 큰 문제가 아니었다. 엘히엔에게서 시선을 뗀 테른도크는 손가락으로 관자놀이를 툭툭 두드리며 외딴 생각에 잠겼다.

북부는 법적으로 일 처만을 허용하고 있지만 그게 북부인들을 성자로 만들 수는 없었던 것처럼 파사드 역시 계집질을 할 수는 있다. 그러나 적어도 테른도크가 아는 가장 성자에 가까운 사내가 다름 아닌 파사드였다.

그 예로 이제까지 엘히엔과의 정략이 이어진 지 십여 년, 얽힌 추문 한 번 없었다. 그 말인 즉, 저 모르게 계집질을 했더라도 뒷말이 나지 않게 조용히 끝냈다는 것이다. 아무나와 몸 섞을 자가 아니었다.

그간 파사드는 엘히엔의 나이와 변경의 수호를 핑계로 혼사를 미뤄 왔다. 미루고 미뤄 파사드의 지금 나이가 서른에 이르렀다. 슬슬 후계를 걱정할 때였다.

또, 엘히엔이 어려 성혼을 미루었다지만 사실 여자는 어릴수록 더 건강한 후계를 낳는다. 건강한 후계는 혼인의 필수 유지 조건이다. 나이를 말미암은 여성에 대한 존중이 가문의 존속보다 우위에 있을 수는 없음이다.

"시도도 없었나?"

"폐, 폐하……?"

엘히엔이 고개를 수그렸다. 귀까지 미지근한 분홍빛이 되었다. 파사드에게 여자로 보이고 싶어 무던히도 애를 쓰지만 그가 꿈쩍도 않았다는 것을 인정해야 한다는 게 부끄러운 건지, 아니면 단순히 남녀 관계의 내밀한 잠자리의 이야기를 그들의 왕에게 해야 하는 사실이 부끄러운 건지도 분별할 정신도 없었다.

가만 그런 엘히엔을 바라보던 테른도크가 한 발 적당히 물러났다.

"내가 지나친 사생활을 물었군. 이해하게, 영애. 작위 공도 나이가 있으니 이제 슬슬 후계 걱정을 할 때가 되지 않았나 싶어 말이야."

"아……."

긍정도 부정도 할 수가 없어 엘히엔은 어색하게 웃기만 했다. 테른도크는 대수롭잖은 투로 이야기를 이끌어 나갔다.

"일찍이 강제해서라도 성혼을 치르게 했어야 했는데 생각해 보니 시간을 너무 끌었군."

"아니에요. 각하께서 바라셨던 혼인도 아닌데 시기까지 강요하는 건 너무 죄송스러운 일이에요."

"그대도 바라지 않긴 마찬가지 아니었나?"

"무언가를 바라고 무언가를 선택하는 법을 배우기도 전에 제게 주어진 의무였는걸요. 저는 받아들이는 게 어렵지 않았어요. 파사드

오라버니는 아, 각하께서는 멋지시고 훌륭한 분이시니까."

"흠."

"너무 염려 마세요, 폐하. 각하의 후사를 걱정하시는 마음도 충분히 이해해요. 하지만 이번에 전쟁이 끝나면 정식으로 청혼해 주신다 하셨으니까요."

"파사드가?"

엘히엔이 살짝 아랫입술을 당겨 물며 고개를 끄덕였다. 동시에 '예.' 하는 대답은 신음처럼 작았다.

"저도 빨리 그날이 왔으면 좋겠어요. 물론, 그때가 되면 온전히 브류나크의 사람이 되어 로크란드로 떠나야겠죠. 멋진 폐하도 아주 가끔만 뵙게 되겠고요, 그건 참 아쉽지만."

테른도크는 피식 웃으며 푸른 눈을 내리깔았다.

"주어진 데에 만족한다…… 라."

"예. 과욕을 부리는 건 미덕이 아니라 배웠고, 저 역시 동감하는 바이니까요."

엘히엔은 틀에 박힌 듯이 답했다.

그러나 테른도크는 여전히 어렴풋한 불길함에서 벗어나지 못한 기분이었다. 지금 제 눈앞에 앉은 순진무구한 계집에게는 구태여 꺼낼 필요 없는 예감이었다.

테른도크의 표정이 어두워지자 엘히엔이 슬쩍 그의 눈치를 보며 입술을 오므렸다. 그녀를 무시한 테른도크는 희미하게 허공을 떠도는 수국 향에 창가로 고개를 돌렸다.

창틀에는 겨울의 따가운 햇볕에 반짝이는 별돌이 걸려 있다. 액자처럼 도려내진 구멍 난 저편에는 온통 새하얀 갈리아우의 산맥이 우뚝 서 있다.

어째서인지 그를 바라보며 테른도크는 이미 생김조차 잊어버린 보랏빛 라벤더를 떠올렸다.

눈 쌓인 이른의 거리는 한산했다.

살갗을 에는 추위가 계속되었다. 북부의 건조한 추위와는 다르게 남부의 습한 추위는 꽤나 치명적이었다. 이른에 남아 물자들을 정비하는 라르크 군사들의 손은 꾸준히 더뎌졌다. 벌써 며칠째 세상을 덮고 흰 가루를 흩뿌려 대는 눈구름에 파란 하늘을 본 지도 오래였다.

"얼기 전에 옮겨!"

그들은 거북이처럼 기어가는 시간 속에서 감독관의 횡포 아래 전쟁의 가장 중요한 요소 중 하나인 물자들을 목숨처럼 쌓고 이고 내리기를 반복했다. 언제 보급대 이동 명령이 떨어져도 바로 움직일 수 있도록 하기 위함이다.

즉각적인 전황을 알 길이 없는 이른의 군사들은 어쩌면 전선에 있는 이들보다 더 숨 막히는 긴장감 속에 살고 있었다. 교전이 벌어졌다는 소식이 마지막 정식 하달문이었다. 그 이후로는 아주 간간이 전해지는 파발마의 보고가 전부였다. 파발마가 깃발을 이고 달려오면 그들의 숨통은 잔뜩 죄어들었다가 탁 트이곤 했다.

그리 바쁜 라르크의 군사들 사이에서 투헤인의 상황은 특별히 이질적이었다. 그는 천여 명이 넘는 해병과 해군들이 카헤이아와 함께 빠져나간 후에야 자유를 되찾았다. 라르크의 수뇌 기사들마저 다 출전하고 제독마저 사라지니 이른에 그를 강제할 만한 권한을 지닌 이가 남지 않은 탓이다. 할드로프 가문의 레작이 있었지만 레작은 그다지 강압적인 사람이 아니었다.

게다가 이미 라르크 지휘부와 투혜인은 일종의 합의를 보았다.

만에 하나의 상황에 라르크가 패배하여 적들이 이른까지 검을 뻗칠 때를 대비한 탈로를 준비하는 것이 합의의 중점이었다. 큰 변고가 생겨 이른이 위태로워질 시엔 이곳에 남은 이들을 모두 함선에 태워 강을 따라 도망칠 예정이었다.

물론, 여전히 투혜인은 최악의 상황이 되면 기꺼이 양손 들고 항복해 다시 모르가나에 빌붙는 것이 어떨까 고민도 되었다. 그러나 일이 이 정도까지 틀어진 이상 모르가나에게도 이상의 호의를 끌어내지는 못할 터다. 이래저래 승리를 바랄 수밖에.

성안에서 자유롭게 돌아다니는 투혜인이 말 섞을 만한 이는 레작과 늘 얼굴을 가리고 소리 없이 돌아다니는 에제트라는 자뿐이었는데, 투혜인은 에제트의 은밀함이 거슬려 가까이 하고 싶지 않았다.

투혜인에게는 평소 세 가지 지론이 있었다. 첫째는 좋은 소식은 무시하라는 것이고, 둘째는 당하면 반드시 갚아 줘야 한다는 것이다. 그리고 마지막 세 번째가 속 모를 종자들과는 부러 가까워질 이유가 없다는 것이다. 그러다 보니 일없이 한담을 나누며 시간을 보내는 건 주로 레작이었다.

오늘도 어김없었다. 따뜻한 김이 오르는 술을 한 잔씩 따라 놓고 마주 앉은 레작과 투혜인은 나란히 창밖을 바라보았다.

"며칠이나 더 내릴 것 같습니까?"

"글쎄요."

"북부인들은 눈구름을 읽는다던데."

"익숙하긴 하지만 날씨를 완벽하게 읽어 내는 건 아닙니다. 하지만 동쪽 끝까지 뒤덮인 구름의 색이나 퍼진 형태를 보면 하루 이틀은 더 쏟아질 겁니다."

그렇군요. 한 귀로 흘리듯 듣던 투헤인이 턱을 괴며 중얼중얼 답했다. 여우의 것처럼 날카로운 눈동자는 창밖에 머문 채였다.

끊임없이 바다 위를 흩날리며 거품처럼 하얗게 빛나다 녹아 사라지는 설경처럼 아름다운 것이 없다 생각했는데, 대륙의 눈 쌓이는 풍경도 썩 괜찮지 싶었다.

레작이 툭 물었다.

"걱정되십니까?"

"무엇이 말입니까?"

"전장은 좀…… 위험한 곳이잖습니까."

"내 목숨이?"

"아니, 아뇨, 아뇨. 동생분 말입니다."

무슨 말을 하느냐는 듯 눈을 살짝 키웠던 투헤인은 이내 낮게 웃음을 터뜨렸다.

"전혀 안 된다고 한다면 거짓말일 테지만, 글쎄요."

카헤이아와 그의 관계는 가족적이라기보다는 사업적인 성향이 짙었다.

투헤인은 카헤이아를 시친의 최고 제독으로 만들기를 선택했고, 카헤이아는 그의 야망에 따라 움직여 주는 대가로 꿈을 현실로 만들 기반을 쌓았다. 일종의 거래였다.

하지만 이러니저러니 해도 부대끼며 형제이니, 그녀가 죽는다면 조금쯤은 형제의 빈자리를 느끼게 될 터였다. 게헨을 떠올릴 때처럼. 어쩔 수 없었다. 그리 말하는 것으로 곧 달래질 그리움 같은 것.

"믿으십니까?"

"어차피 전쟁에서 지면 카헤이아는 버려질 패입니다. 카헤이아 역시 잘 알고 당신들과 한 배를 타겠다 저리 나선 것이니 존중해야겠지요. 물론, 그래도 이왕이면 무탈히 돌아와 바란 것을 함께 본다면 좋겠지요."

"……제국이 이길 거라 생각해 그들에게 함선들을 조공한 것이 아니었습니까?"

"누가 이겨도 상관없는 상황을 만들기 위해 그들에게 우리를 떼어 준 겁니다."

레작이 한없이 태연한 그를 빤히 응시했다.

젊은 나이에 제독이 된 여자 역시 대단했지만, 젊은 나이에 전 시친의 행정권을 쥔 태수의 우수를 차지한 사내 역시 만만한 자가 아니었다. 아무렇지도 않게 쏟아 내는 냉담이 진의인지 아니면 가식인지 살피려 했으나 읽어 낼 수 없었다.

"……시친의 국력은 배가 아닙니까. 제국의 조선술이 비약적으로 발달해 해협을 건너려 한다면."

투헤인이 피식 웃으며 고개를 저었다.

"레작, 그건 불가능합니다. 그리 두지 않을 테니까."

"왜 그리 자신하십니까? 당신들이 배를 넘겨 준 것으로 저들은 기회를 얻은 걸로 보이는데."

"아무 대가 없이 제 것을 내어 주는 이는 없습니다. 반대로 증명된 행동 없이 믿음을 지니는 이는 배반당하기 십상입니다."

의미심장한 투헤인의 조언에 레작은 침묵을 택했다. 투헤인은 고개를 비스듬 기울여 레작의 올곧은 연갈색 눈동자를 바라보며 물었다.

"레작, 당신이 생각할 때 남부의 귀족들은 신의가 넘치는 자들입니까?"

"그에 관해서는 동의하고 싶지 않군요. 모르가나에 대한 개인적인 악감정이 다소 포함되어 있음은 참고해 주십시오."

"충분히 감안할 만한 감정이지요."

여유로운 대답에 레작은 조금 머쓱해져서 표정을 지웠다.

"우린 이미 이백여 년 전에 받아야 할 것을 받지 못했습니다. 북부인인 당신들에게 있어 별것 아닌 약조라 치부되어 지금까지 잊혔지요. 약속된 것을 돌려받으려 하니, 이젠 또 다른 조건을 걸어 도움에 대한 '감사'의 표시로 이루어질 거라는군요. 시친과 혈통으로 인접하다 하는 테메르인인 북부도 그러할진대, 로토르인인 남부 민족들을 우리가 어찌 믿겠습니까? 모르가나는 약조를 지키지 않는다면 우리의 배를 한 척도 가지지 못할 겁니다. 라르크 역시, 약조를 지키지 않는다면 그다음 적은 우리가 될 겁니다."

마지막을 맺는 투혜인의 눈빛에 날이 섰다.

레작은 라르크와 시친의 약조의 자세한 내용까지는 알지 못했다. 단지 그들이 군도 밖으로 나와 머물 거점이 될 서부 어느 땅을 내어 줄 거라는 정도만 안다.

그러나 라르크의 서부는 그나마 척박함이 덜한 옥토였다. 할드로 프령도 그 근방이다. 테른도크가 얼마만큼의 큰 땅을 떼어 줄 생각으로 시친을 수용했는지는 모르겠으나, 솔직한 심정으로는 귀한 땅을 저들에게 내어 줘야 한다는 게 달가운 일만은 아니었다.

껄끄러운 기색을 읽어 낸 투혜인이 능숙하게 화제를 돌렸다.

"……그래서 레작은 이곳에서 뭘 바라고 위험을 자초합니까? 군사로서 참전한 게 아니니 승리한다 해도 돌아갈 군공은 없을 터인데 말입니다."

"군공은 관심 없습니다. 그럴 만한 능력이 되는 것도 아니고요."

"그러면?"

"그저 목숨을 걸고 싸우는 이들을 육안으로 보고 나니 선뜻 제 목숨 건사하자 떠나고 싶지 않았을 뿐입니다."

의외란 표정으로 턱을 살짝 당겨 그를 바라보던 투혜인이 다소 퉁명스런 투로 말했다.

"우두머리의 자질이 없는 발언입니다."

레작은 부정하지 못하고 흐린 웃음을 띠었다.

"대상이 무엇이건 간에 애정이란 늘 총기를 흐리지 않습니까. 사람의 이성을 마비시키는 그 지독한 감정은 피할 수 없으니 받아들일 밖에요."

"틀린 말은 아닙니다만, 그리 지독한 것이야 널리고 널려 있지요. 이를테면 전쟁이란 것도."

"많은 사람을 괴롭게 하는 싸움이라는 건 맞는 말입니다."

"무력 투쟁이란 이기든 지든 피투성이가 되는 법이지요."

투혜인은 어느새 미지근해진 술잔을 내려놓으며 담백하게 중얼거렸다.

눈발이 펄펄 흩날린다. 눈이 내리면 싸움이 일어날 거라고 했다. 시신마저 죄 삼켜 버리는 바다가 아닌 대륙에서의 싸움은 크게 상상이 되지는 않았다.

하지만 그가 견뎌 온 싸움과 지금 이들의 싸움이 그다지 다르지 않다는 것만큼은 확신한다.

어떤 마음으로 싸우고 어떤 바람으로 일어섰느냐는 중요치 않다. 결국 결과에 이르지 못하면 무가치한 것이 되리라. 유구한 역사가 증명해 온 진리였다. 영웅과 패배자의 가름은, 눈에 보이는 결과가 그들이 사는 시대에 어느 만치 받아들여졌느냐에 따라 판가름 난다.

그런 세상이 잘못된 걸까?

옳다 그르다로 갈라 낼 수는 없는 일이다. 적어도 생존이 걸린 일에 관하여 용서받을 수 있는 잔인한 진리. 투헤인은 세상의 잔인한 규칙을 옹호하지 않을 것이다. 그러나 비난도 않을 것이다. 저 역시 일부에 지나지 않으므로.

반생 가까이를 카헤이아에게 투자했던 그 역시 이리 앉아 그녀가 가져올 결과만을 바라고 있지 않은가.

이 세상은 잘못되었다.

그의 세상은 더 디딜 곳 없이 무너져 파멸했다. 세상이 암전되었다. 번쩍 빛이 들었다. 다시 무채색으로 뒤덮였다. 암전되었다. 시야가 흐렸다가 밝아졌다. 붉게 물들었다. 그런 혼몽의 연속이었다.

리오낙이 부러짐과 동시에 기함한 라르크의 기사들이 페이작과 파사드의 사이를 갈랐다. 단단한 갑옷마저 베어 낸 그의 검은 창을 막기 위해 동시에 세 자루의 검신이 날아들었다. 발로이드는 창을 돌려 그들을 완전히 쳐 냈다. 그러나 라르크의 기사들은 물러서지 않았다.

멈추지 않고 돌격하는 마리포사 기사단들을 둘러싼 라르크의 공습이 시작되었다.

발로이드는 정신을 차렸을 때 이미 라르크의 군사들에게로 질주하고 있었다. 차가운 분노와 뜨거운 증오가 그의 안에서 뒤범벅되었다. 고삐를 쥔 발로이드의 목에 핏대가 섰다.

아무리 매서운 것이 날아들어 코앞을 스치고, 위협해도 멈추지 않았다. 앞길을 가로막는 이들을 쳐 내고 짓밟는 것은 몸에 익은 본능이었다.

유연하게 반원을 그리며 휘둘러지는 창끝에서 핏물이 튀어 올랐다. 적군과 아군의 구분도 없이 살의들을 꺼뜨리는 동작에는 아무런 의미도 없었다. 세상은 온통 하얗게 어둡고, 붉은 것들은 푸르게 보였다. 목청이 터져라 울리는 목소리마저 그에겐 닿지 않았다.

온 세상을 향해 퍼져 있던 그의 분노는 한 점으로 모였다.

─그녀는 너조차도 전쟁터의 말로 보더군.

브류나크로부터의 조롱은 무너진 그의 세계를 다시 한 번 짓밟는 일이었다.

백마의 기수가 스완이 아니길 바라며 그녀이길 바랐다. 아님을 알았지만 그녀여야 했다. 비록 망가진 그녀는 자신을 이해하지 못했으나, 그를 기다리겠다고 말한 그녀의 말에서 발로이드는 스완이 온전히 저를 위해 존재함을 느꼈다.

여전히 그녀에게 자신이 중요한 존재라는 사실이 그를 자위하게 했다. 하지만 브류나크의 말처럼 제 절박함마저 그녀에게는 말에 불과했다.

─적군조차도 우리에게 이로운 말이 될 수 있음이지.

일말의 가치도 없이 죽어 나가던 우자들과 같은 선상으로 끌려 내려온 현실은 그간 억눌러 왔던 모든 악을 불러일으켰다. 증오가 가시가 되어 가슴을 뚫고 나올 듯했다. 그가 휘두르는 창에 누군가의 목이 꺾여 죽었다.

적인지 아군인지, 알 수 없는 일이다.

그가 몰아치는 말발굽에 누군가의 다리가 짓이겨졌다.

적인지 아군인지, 알 필요 없는 일이다.

갑옷마저 베어 내는 날카로운 창날은 이백여 년 전의 그때와 다름이 없이 굳건한데, 무엇이 변하였나?

그녀도 자신도 여전히 전장에 있었다.

─뮈아드로보다 전장이 더 편안해질 것 같아. 마치 어릴 적의 요람처럼.

달라진 건 없었다. 그와 그녀는 다시 존재했으며 그들이 바라던 세상은 아직도 저곳에서 그들을 기다리고 있었다. 그 자명하고도 유일한 현실을 무참히 외면한 것은 망가진 여왕이었다.

그녀는 저를 이리 배신해선 안 되었다.

─내가 너를 내버리는 일은 없을 거다, 페이작.

그리 달게 속삭여 꺾이지 않을 이상을 약속한 그녀가, 저를 아무것도 아닌 것과 같게 취급해선 안 되었다. 차라리 제게 화를 내고 분노해 달려들어 검을 겨눌지언정 그들이 말살해 온 무가치한 이들처럼 저를 내팽개칠 수는 없었다.

─그녀는 네가 아닌 우리를 선택했다.

브류나크의 말이 송곳처럼 귓가에 박혀 떨어지질 않았다.

끅끅 치미는 울분에 목 안쪽이 뜯겨 나간 듯한 고통이 일었다. 발로이드는 터져 나오는 악을 이기지 못하고 하늘을 향해 고함쳤다. 쩌렁쩌렁 울리는 너덜거리는 노성에 아주 잠깐 사납던 군사들의 기세가 멈추었다.

그러나 다시 '챙, 채앵!' 산발적으로 울리기 시작하는 금속음은 발로이드의 절망마저 파묻었다.

이미 알고 있었다.

모두가 불행하리라 말한 선택이었다. 그럼에도 외길밖에 몰라 걸어온 길이었다. 이 길에 끝은 없다. 끝이 없기에 이곳은 지옥이다. 이 모든 것을 끝내고 그를 안식하게 할 수 있는 것은 변하지 않은 그의 여왕뿐이다.

모든 감정이 일시에 건조되어 겨울의 찬 눈바람에 바스라졌다. 바람에 깎여 나가 살아남은 것은 밑도 끝도 없는 증오와 살의뿐이었다.

등 뒤의 외침이 한 귀로 흘러나간다.

누군가의 부름이 귓바퀴를 맴돌다 스러진다.

핏발 선 푸른 눈동자를 부라리며 발로이드는 낮은 산맥 저편에서 피어나는 연기를 노려보았다. 저것이 라르크 군의 신호였다. 저곳에, 그녀가 있을 터다.

판단은 지체가 없었고 행동은 끊임이 없었다. 만에 하나의 절망 같은 일을 대비하기 위해 따로 열외로 뺀 에일라와 휘하 기사들도 저것을 발견했을 것이다. 무엇을 획책했든 그들이 움직이는 신호가 저 연기라면 바란 대로 진행되지는 못할 것이다.

최소한의 피해로 전쟁을 마무리한다는 것이 그녀의 지론이었다. 남부 한복판에서 벌어진 전쟁에서 보급 물자를 노리는 허망한 짓에 관심을 둘 여자가 아니다.

저보다 높은 머리, 그녀의 온 관심을 독차지할 자는 황태자 하나 뿐이었다. 라인하르를 향한 미칠 것 같은 질투심이 터져 나왔다.

동쪽을 가로막고 있는 검은 사자의 군대를 뚫고 지나가지 않았으니, 그란두르 어딘가를 에둘렀을 터다. 발로이드는 주위 지형을 다시 한 번 살폈다. 탁 트인 평야와 엄폐물이 넘쳐 나는 산과 험지. 북쪽으로 빙 둘러 갔을 것이 자명했다.

예서부터 세 시간도 걸리지 않는 거리에 황태자가 있다.

시작부터 수적으로 열세였던 라르크 군이다. 보고받았던 바, 대규모 공백은 없었다. 아무리 스완이라고 해도 소수의 군사들로 삼천여에 이르는 대규모 보급 물자를 지키는 검은 사자 군과 황실의 정예 근위대까지 포진한 후방 야영지를 노리는 건 불가능하다.

조금 전 남부 방어 전선에 있던 군사 무리들이 떨어져 나가 동쪽으로 향하고 있다는 이야기는 들었다. 그러나 그들만으로도 부족하리라.

저 신호가 오르기까지 닷새가 걸렸으니 그 사이에 무언가 다른 수작질을 했을 것이다.

'……하지만.'

그녀가 무슨 짓을 하든 상관이 있나?

이미 어떤 의미도 남지 않은 삶이었다. 그 무엇도 의미가 없다. 이제 와 의미 없음이 더해진다 해도 달라지는 건 없다. 오늘, 망가진 그녀는 제 손에 죽을 터이다. 발로이드의 피투성이 잇몸이 광기를 그리며 웃었다.

이히히힝! 말울음 소리가 눈 나리는 하늘에 울려 퍼진다. 하얀 눈발이 검은 사자 군대의 머리 위로 나린다.

"주군! 그쪽은……!"

목소리는 달리는 그를 따라잡지 못하고 금세 흩어졌다. 일부 마리포사 기사단원들은 어쩔 수 없이 대열을 이탈해 발로이드를 쫓았다. 발로이드가 막무가내로 짓밟으며 지나가 길을 내어 놓아 단원들의 주행은 수월했다.

"주군……!"

발로이드는 그들의 목소리를 뒤로했다. 그의 말은 빛 가루 나부끼는, 누구의 발길도 닿지 않은 눈 덮인 평야의 저편을 향해 내달렸다.

그를 일으켜 세울 수 있는 단 한 명의 존재는 저편에 있다. 그녀가 그를 부른다. 익숙한 외길을 따라 달리면 그녀에게 이를 것이다. 발로이드는 거품을 물고 달리는 말을 채찍질했다. 설원을 내달렸다.

피에 젖은 멘테에 수놓인 나비가 길을 잃고 설원을 펄럭였다. 점점이 떨어지는 핏자국이 눈 위의 조약돌 징검다리처럼 자취를 남겼다.

그의 뒤로 이백여 기의 마리포사의 기사단원들이 절망의 족적을 뒤따랐다.

발로이드는 완벽하게 이성을 잃었다. 무차별적으로 그들을 돌파한 그가 전선을 이탈했다는 보고가 들었다. 뒤 한 번 돌아보지 않는 그 잔인한 사내 덕에 미처 빠져나가지 못한 마리포사 기사단원들을 수두룩하게 베어 냈다.

하지만 그들과 맞서는 것은 아군의 피해도 야기했다. 눈 깜짝할 새 그들의 사상자 숫자는 수백에 이르렀다. 그나마 다행인 것은 발로이드의 이탈이 겨우 중심을 다잡은 검은 사자의 군대를 흐트러뜨리는 데 일조했다는 것이다.

중앙 후방에 허름하게 위치한, 떨어지는 눈만 겨우 피하도록 조성된 천막 아래 앉은 파사드는 거듭 들어오는 보고를 들었다. 그의 주위에는 조금 전의 사태를 목도한 기사들이 걱정스런 얼굴로 그를 둘러싸고 있었다.

파사드의 갑옷 안팎이 피범벅이었다. 파사드가 얕게 숨을 몰아쉬었다. 기사들은 급히 그의 갑옷을 탈갑시켜 가슴팍에 천을 동여맸다. 후두둑 쏟아지는 피는 쉬이 멈출 줄 몰랐다. 상처가 제법 깊었다.

파사드는 잘려 나간 리오낙을 놓지 못하고 최대한 정신을 가다듬었다. 완전히 부러져 버린 리오낙은 지난 이백여 년간 흠집 한 번 나지 않았던 귀한 물건이었다.

리오낙과 함께 태어났다 알려진 그 창의 단단함은 일찍이 알았으나, 단단한 갑옷마저 베어 버릴 수 있을 거라곤 생각지도 못했다.

"추격 중입니다. 일단, 최우선적으로 부러진 검은 수거했습니다. 하지만……."

"뮈아드로의 수 대장장이에게 맡긴다. 지금 당장의 리오낙은 잊어라."

가까스로 정신을 차리고 리오낙을 내려놓은 파사드가 자리에서 일어섰다. 붕대를 동여매는 작업이 끝난 직후였다.

"지혈이 완전히 될 때까지만이라도 움직임을 삼가시는 게……!"

파사드는 다시 망가진 갑옷을 입었다. 극구 뜯어 말리려는 테레어드의 말도 들어오지 않았다.

한 번 마리포사에 돌파당했던 남쪽 방어 전열은 온전히 되돌아왔고 모르가나의 공세가 수세로 반전했지만 문제는 아직 산재해 있었다.

"키하이프 경을 제한 나머지는 돌아가라. 죽을 상처가 아니니 그리 보고 있을 것 없다."

걱정스럽게 그를 바라보던 기사들은 간소하게 예를 갖춘 후 자리를 떴다.

"키하이프 경, 오백여 기의 기사를 추가 차출한다."

"……주군?"

"로렌트 경에게 명령을 하달한 후, 카바인 경에게도 중앙 상황의 진행을 알려라. 마리포사가 전선에서 이탈했음도."

이제 더 이상 문제는 황태자 시해의 성공 유무가 아니었다. 발로이드는 이미 저를 벨바롯트라는 그자와 혼동하는 지경에 이른 광인이었다.

감히 가늠도 하기 어려운 그의 증오를 헤아리건대, 정말로 그녀를 산산이 찢어 놓을 것이었다.

"마리포사들은 몇이나 빠져나갔나."

"마지막 보고에 따르면 발로이드를 끝까지 따라간 자들이 이백이 안 되는 것 같습니다. 나머지 살아 나간 이들은 전방 군에 합류했습니다. 그래도 그들의 피해가 막심합니다."

"롯사는 지난 부상을 입고도 오늘 활약하여 많이 지쳤으니 다른 여마를 가져와라. 새 무기도 필요하다."

테레어드의 낯빛에서 핏기가 사라졌다.

"주군, 나머지는 저희가 알아서 할 수 있습니다. 이미 충분히 적들의 기세가 꺾였습니다. 조금만 버티면 오늘의 교전은……."

"내가 지금 의견을 구했나."

테레어드가 작게 입술을 벌린 채 굳어졌다.

테레어드는 오랫동안 그를 지켜봐 온 이였다. 파사드의 내면에서 억눌린 감정들이 요동치고 있었다. 핏기가 죄 가신 창백한 얼굴로 날카롭게 쏘아붙이는 파사드의 냉담함에 그는 고개를 숙이고 물러났다.

"존명."

얼마 지나지 않아 테레어드는 튼실한 갈색 말을 한 필 가지고 돌아왔다. 롯사보다는 덩치가 작았지만 충분히 거마 축에 속했다.

천막 앞에 말을 세운 후, 파사드가 앉을 안장을 고정시키는 테레어드의 낯 위로 불안함이 겹겹이 겹쳤다. 기실 오늘 정오부터 전황의 흐름은 라르크에게 호재로 작용하고 있었다.

파사드가 적들의 수뇌 지휘관을 꺾어 전방을 압박해 오던 검은 사자 군은 순식간에 흐트러졌다. 발로이드의 기습은 결과만 두고 볼 때 되레 마리포사에게 막대한 피해를 입혔다.

그뿐인가? 발로이드가 미친 사람처럼 이탈하며 제국군의 한복판을 엉망진창으로 짓밟고 사라진 탓에 모르가나의 지휘 기사들은 혼란에 빠졌다.

다른 지휘 기사들이 금세 수습하겠지만 더 극심한 난전이 벌어지지 않는다면 해가 저물기 전 오늘의 교전이 마무리될 것이다. 만일 저들이 당장 재정비를 해 들이친다 해도 두어 시간은 더 걸릴 테고, 그 사이에 라르크는 다시 방어 진형으로 혹은 공세로 충분한 준비를 마칠 수 있었다.

그리고 올베빈이 북쪽에서 마리포사 출신의 보병대와 일반 기병들만 버텨 낸다면, 오늘을 기점으로 전황의 흐름을 잡을 수 있었다. 적들과 재정비를 하고 다시 맞붙게 될 때까지는 우선 승기를 쥐었다 봐도 옳았다.

그러니 리오낙을 잃고 부상까지 당한 파사드가 조금 여유를 찾고 다시 사태를 판단해도 될 일이다. 인내와 여유를 가장하는 것은 그들의 사령관의 가장 좋은 장점이기도 했다. 하지만 지금의 파사드에게는 여유란 눈을 씻고 찾아봐도 보이지 않았다.

무서운 걸음으로 다가온 파사드가 말 허리에 매어 둔 검을 뽑아 들었다. 스르릉. 날카로운 은빛 날이 잘 닦여 번뜩였다. 그러나 무게감도, 쥐는 감도 전혀 리오낙에 미치지 못했다. 아마 익숙함의 차이이리라 여겼지만, 발로이드와의 몇 합만에 부서진 리오낙의 강도를 생각할 때 이 검은 얼마나 버틸 수 있을까 하는 생각이 더 먼저 들었다.

"로렌조 경에게는?"

"가장 빠른 기동대들을 모으라 일렀습니다. 그보다 주군 안색이……."

"사담은 듣지 않겠다."

파사드의 음성은 시간이 갈수록 더 거칠어지는 듯했다. 흐트러진 까만 머리칼을 단박에 쓸어 넘기는 손길마저 초조했다. 테레어드는 부러진 리오낙에 힐끔 시선을 주었다. 충분히 그가 분노할 만한 일이었다. 그러나 괴이쩍게도 파사드가 바닥에 내려놓은 리오낙을 바라보는 눈길은 분노라기엔 차가웠다.

"어떻게 움직이실 계획인지 제게 일러 주시면 준비를……."

"마리포사를 쫓는다."

그 마리포사가 지금 전방에 널리고 널린 마리포사의 보병대나 기병대 혹은 정식 기사단원들을 말하는 건 아닐 터다.

"……적의 사령관 마리포사를 말하시는 겁니까?"

"카바인 경에게 북쪽이 정리가 되면 부사수에게 위임하라 이르고 중앙 군사 지휘를 맡겨라. 그를 돕는 일은 키하이프 경 네가 한다."

테레어드는 갑작스레 내려진 또 다른 임무에 당혹을 금치 못하고 말을 늘이고 말았다.

"주군, 제 임무는 주군의 엄호……."

"선임무는 철회한다. 이미 적들이 충분히 타격을 입어 주춤하고 있을 때다. 체사 경이 위치에 도달하기 전에 발로이드를 뒤따라간 마리포사 기사단과의 마찰이 생기면 크게 상황이 바뀐다."

"우려하시는 바는 알겠지만 체사 경과 함께 출발한 군의 숫자가 그들의 네 배에 이릅니다. 만일 뒤늦게 이탈한 마리포사들에게 뒤가 잡힌다고 해도 충분히 방비가 가능하다 봅니다. 그리고 지금 이 이상 군사들이 차출되면 단순히 방어 위치를 지키고 있는 것도 어려워집니다."

이미 충분히 머릿수로 밀리는 상황이었다. 공세가 아닌 수세를 유지하고 있어 아직까지는 큰 피해가 나지 않았지만, 파사드의 과감하다 못해 비약적인 판단에 테레어드는 감히 평소처럼 그를 따를 수가 없었다.

"주군께서 자리를 비우시는 것은 예정에 없는 일입니다. 추격대는 따로 편성……."

"군사들이 흥분으로 이성을 잃지 않도록 통제하고, 도망치는 자들을 쫓지 말고 전열을 와해하는 것에 주력해라."

파사드는 이미 그의 말을 듣고 있지 않았다.

부상을 당한 자존심을 세워 저런다는 것도 말이 되지 않았다. 리오낙만이 그의 평소와 다른 날선 심기를 설명할 수가 있는데, 이상하게도 그 탓은 아니란 느낌이 강하게 들었다.

"주군, 부상을 당하셨습니다."

그러나 테레어드의 걱정과 상관없이 파사드는 그를 도와 말에 올리려는 군사들마저 뿌리치고 홀로 말에 앉았다. 테레어드는 어쩔 줄 모르는 얼굴로 그들을 등지고 말 머리를 돌리는 파사드를 바라보았다.

발로이드만이 이성을 잃은 게 아니었다.

파사드를 지배하고 있는 건 분노도, 보복심도, 당연히 가져야 할 적들에 대한 적개심도 아니었다. 테레어드의 눈에 비치는 그의 감정과 가장 흡사한 것의 이름을 찾아낸다면 아마도 초조함이었다.

라인하르는 전쟁을 즐기는 이는 아니다.

외려 피 튀기는 싸움을 벌이는 건 야만적이기 그지없는 일이라 믿는 사람이었다.

그 때문에 전선에서의 일상도 제도에 있을 때와 크게 다르지 않았다. 화려한 옷이 단단한 갑옷이 되고, 그가 먹고 마시는 음식의 질이 조금 떨어지고, 온몸이 파묻혀도 좋을 만큼 푹신한 침대가 비교적 딱딱한 침대로 바뀌는 정도였다.

황실 근위대는 외려 황궁에서보다 더 깍듯하게 그를 대했고, 평소에는 마주할 일도 없는 서품 기사들이나 귀족 가문 출신의 기사들이 매일같이 그를 찾아와 아양을 떨었다.

라인하르는 모두가 혈투를 벌이는 시간에도 겹겹이 싸 기운 가죽으로 덮은지라 찬 바람 하나 들지 않는 막사 난롯가에 앉아 책을 읽거나 기사들과 사담을 나누거나 하는 것으로 시간을 보냈다. 전투 준비는 사령관과 이 전장의 지휘 기사들의 몫이다. 라인하르는 그들의 보고를 듣고 몇 마디 그럴듯하게 던져 주는 것만으로도 스스로의 위신이 선다는 것을 잘 알았다.

그러나 열흘이 넘도록 같은 일상이 이어지고 매일같이 라르크가 수세에 몰려 있다는 보고만 연잇자 그는 금세 지루해졌다.

비세바르는 시키지 않아도 잘해 내는 이였고 발로이드는 글쎄, 썩 마음에 차지는 않지만 존재감만으로도 충분히 군사들의 의욕을 고취시킬 만한 이는 맞았다. 라인하르는 그를 싫어했지만 인정할 건 인정해야 성군이 될 수 있다는 걸 잘 알았다.

그런데 눈이 내리고 교전이 벌어진 지 닷새째 되던 날 정오 무렵, 그의 지루하던 일상에 이변이 생겼다.

함께 출정한 황실 근위대장과 황궁 생활의 어려움은 없는지, 황실 근위대의 재정 상황은 어떤지 따위에 대한 이야기를 나누며 시간을 때우고 있을 때였다.

근위대장은 당연하게도 라인하르의 귀에 단 말을 딱딱한 얼굴로 늘어놓았다. 그래서 금세 흥미가 가셨다.

따뜻한 술이라도 한잔할까 싶어 시종을 부른 라인하르는 시종이 아닌 나이제르가 찾아오자 노골적으로 신경질적인 표정을 지었다.

"잠깐 나와 보셔야겠습니다, 울비아 경."

라인하르를 찾아온 것이 아니라 근위대장을 찾아온 것이었다. 시종일관 딱딱한 얼굴이 재미없는 근위대장 울비아 경은 라인하르에게 깍듯한 예를 갖춘 후 밖으로 나갔다.

그리고 잠시 후, 그가 되돌아와 보고했다.

"무장을 하셔야겠습니다."

지루한 일상에 어떤 일이 벌어진 게 분명했다.

그러나 보급 물자 부대가 대기 중인 이곳 야영지에는 이천여 명이 넘는 군사들이 남아 있었고, 그 하나를 지키기 위해 존재하는 황실의 근위대도 오백여 명에 이르렀다.

라인하르는 놀라거나 불안해하는 기색 없이 여유롭게 갑옷을 무장했다. 눈발이 많이 약해져 곧 그칠 듯했으므로 투구는 귀찮다 여겨 쓰지 않았다.

서북쪽에는 라르크의 군사들이 있었고, 동남쪽에는 모르가나의 군사들이 대기 중이었다.

교전지에서 서너 시간도 걸리지 않는 능선 뒤에 위치해 있는 야영지는 모처럼 부산스러웠다. 금색 천 위에 검은 사자가 수놓인 망토를 단단히 여민 라인하르는 막사 밖의 풍경에 의아한 표정을 했다.

"저게 뭔가?"

라인하르의 물음에 나이제르가 재빠르게 다가와 아뢨다.

"아직 확인되지는 않았습니다. 정찰병을 보냈으니 저하께서는 걱정하지 않으셔도 됩니다. 여기에는 용감한 검은 사자의 기사들이 천여 명이나 되지 않습니까!"

"나를 지키는 황실의 근위대가 그 반이지. 나머지는 별 재주 없는 병사들 아닌가."

"실력이 좋은 이들입니다. 별일 아니겠지만 무슨 일이 있어도 저하는 우리가 지킬 겁니다. 라르크의 군사들은 손끝 하나 댈 수 없지요, 아암!"

라인하르는 나이제르의 철딱서니 없는 각오를 무시했다.

마리포사들과 동고동락했던 나이제르 루자 가넷은 발로이드의 눈밖에 난 후로 틈만 나면 라인하르의 주위를 맴돌며 몸 사리느라 바빴다.

고개를 돌린 라인하르의 엷은 갈색의 눈동자가 먼 곳에 멈추었다. 눈 덮인 낮은 산 너머로 검은 연기가 뭉게뭉게 피어오르고 있었다. 꽤 먼 거리였음에도 연기는 아주 잘 보였다.

처음에는 산불이라도 났는가 싶었는데, 조금 더 생각해 보니 동산이라기에는 높고 가파르지만 고산이라기엔 납작한 저 지대는 토산으로 나무들이 그다지 많지 않았다. 게다가 지난 며칠 내리 내린 눈으로 인해 자연적으로 저리 크게 불이 날 리가 없었다.

'호오?'

라인하르는 피식 웃으며 턱을 매만졌다.

보급 물자는 분명 중요했다. 전시에 군수품을 지키지 못한다면 그건 적이 아닌 시간과 자연에 살해되기 십상이다. 적들의 수가 그들보다 일만 가까이 적다더니, 이쪽을 노리는가 싶었다.

중무장을 갖춘 황실의 근위 기사들이 라인하르의 주위로 몰려들었다.

한참 후, 보급 물자 호위 부대의 총괄 기사와 무언가 이야기를 나누던 근위대장 울비아 경이 지난 매일과 다를 바 없는 낯으로 그에게 다가왔다.

"들어가 계시는 게 좋겠습니다."

"울비아 경, 무슨 일인지는 확인했나?"

"연기를 발견한 직후 정찰병을 보냈습니다만 아직 되돌아오지 않았습니다. 전력 질주하면 두 시간 남짓의 거리입니다. 저하께서는 신경 쓰지 말고 편히 계십시오."

이리 불편한 갑옷도 못 벗게 하면서 뭘 편히 있으란 말이냐. 괜한 핀잔을 놓으려던 라인하르는 관대하게 마음을 먹고 느릿느릿 막사로 되돌아갔다.

잠이 온다.

라인하르는 막사 침대에 앉아 심심하게 돌멩이를 가지고 놀다가 밀려오는 혼곤함에 깜빡 잠이 들었다.

저하를 뫼셔라!

누군가가 소리쳤다. 본능에 가깝게 눈을 뜬 라인하르는 문득 야영지의 후방이 몹시 시끄럽다는 것을 깨달았다. 들릴 리 없는 말발굽 소리가 나고 겹겹이 찢어진 늑대 울음 같은 괴이한 짐승 소리도 났다. 땅이 쿵쿵 울릴 때마다 그의 막사 탁자 위에 놓인 물 잔의 물이 떨렸다.

곧 휘장이 펄럭 걷혔다.

"저하, 전방의 막사로 다시 뫼시겠습니다."

울비아 경이 다급한 조로 말했다. 라인하르는 살며시 미간을 찌푸리며 그를 따라 나갔다. 이미 그의 말이 준비되어 있었다. 밖으로 나온 라인하르는 예상치 못한 풍경에 눈을 끔뻑였다.

"저하, 어서."

"아니, 잠깐. 적들이 나타난 건가? 내가 꽤 오래 잤나 보군."

"수는 적습니다. 하지만 저하께서 안전하신 게 중하니 일단……."

라인하르의 시선 끄트머리에 걸린 것은 아수라장이 된 후방의 풍경이었다. 이상한 울음소리를 내는 거대한 짐승들이 기사들을 짓밟고 뛰어다니고 있었다. 군데군데에서는 화약이라도 터진 듯 폭사 소리와 함께 불길이 치솟았다.

라인하르는 여전히 여유로웠다.

"한데 저건 코끼리로 보이는데."

덩치가 말들의 서너 배는 되는 코끼리들이 쿵쿵대며 일정 간격을 두고 난폭한 속도로 달려 기사들을 혼란에 빠뜨리고 있었다. 나란히 달리는 코끼리들의 사이에는 거대하고 길쭉한 봉이 외다리처럼 연결되어 있었는데, 라인하르는 그게 뭔지 당최 알 수가 없었다.

확실한 건, 코끼리들이 기사들의 양옆을 질주할 때마다 사이에 서 있던 말들이 속절없이 널브러진다는 것이다.

"저건 뭘 중간에 달고 있는 건가?"

"저희도 잘 모르겠습니다. 검으로 베이지 않는다고 합니다. 나무는 아니고."

"서커스 때나 볼 수 있는 귀한 짐승들이지 않나."

여태까지 라인하르가 들었던 보고에서 적들이 코끼리를 보유했다는 이야기는 없었다. 실제로 대륙의 전쟁에 코끼리가 등장한 적도 적었다. 코끼리는 크기부터가 위협이 되는 짐승이지만 유지하며 사육하는 데에 큰 노고가 들기 때문이다.

"라르크인들이 전시에 저 거대한 짐승들을 활용한다는 얘길 들은 적이 없어…… 아."

눈살을 찌푸리며 말을 잇던 라인하르가 무언가 깨달은 사람처럼 혀를 찼다.

'시친이군……'

시친 민족들은 코끼리들을 다용도로 사용한다. 시친의 사 군도 중 델 오스작의 제독이 저들에 합류한 것은 이미 알 만한 이들은 다 아 는 일이다.

라인하르가 못마땅한 내색을 감추지 않고 물었다.

"수는? 그대들이 나서지 않아도 되겠나?"

"몇백 되지 않는 소수 기병들입니다. 현 야영지의 기사들만으로도 충분합니다."

"물자를 잘 지켜야지. 다 제국의 민초들이 피땀으로 이뤄 낸 것이 아닌가."

"저하의 뜻이 모르가나의 뜻입니다."

라인하르는 화려한 금색 망토를 펄럭이며 말 위에 올랐다. 그리곤 전투를 등지고 타박타박 걸었다. 날이 여전히 추웠다. 눈발은 그칠 듯 그치지 않고 흩날렸다.

라인하르는 빈틈없이 그를 지키는 황실의 근위대 사이에서 여유 로웠다.

보냈던 정찰병이 되돌아오지 않아 아예 정찰 부대를 꾸려 출발시 키려던 찰나였다.

그들의 후방 대각의, 정확히 연기가 나는 방향에서 라르크의 기사 들이 출현했다.

삼사백도 채 되지 않는 소수였다. 모르가나의 기사들은 코웃음 쳤 다. 그러나 그들이 앞세운 갑옷으로 무장한 코끼리들과 시친의 장교 들이 초기 방책을 완전히 짓밟고 쳐들어오는 순간 상황은 곤란해졌다. 날가죽이 단단해 베어 내기가 쉽지 않은 코끼리에게 갑옷까지 씌워 놓으니 그야말로 철옹이었다.

거대한 코끼리들은 넓게 거리를 벌려 둘씩 짝을 짓고 있었는데, 그들의 안장과 안장 사이에 기다란 무언가가 외나무다리처럼 연결되어 있었다. 말들의 허벅지 부근, 병사들의 허리 부근 높이였다.

코끼리들이 쿵쾅대며 그들을 지나칠 때마다, 모르가나의 기사며 병사들은 검까지 튕겨져 나오는 단단한 봉을 피하지 못하고 고꾸라졌다. 자세히 보니 배의 충각과 닮아 있었다. 아니 배의 충각이었다.

뿐만 아니라 적들은 코끼리의 양 바깥쪽에 주렁주렁 달린 화약통들을 던지고 불화살을 쏘아 거듭 화약을 터뜨렸다. 화약이 터지는 모양새와 규모가 여태까지 익숙했던 것과는 사뭇 달랐다.

상황이 이쯤 되니 모르가나의 군사들은 크게 놀라지 않을 수 없었다. 그들은 즉시 야영지 후방 물자들을 옮기도록 지시했다. 적은 수의 라르크 기사들은 치명적이지는 않으나 귀찮은 날파리 같은 존재였다.

나이제르는 습격이 벌어진 후방에 서서 상황을 지켜보았다. 뛰어나간 기사들이 널렸으니 구태여 검을 쥘 필요성은 느끼지 못했다. 크게 걱정은 하지 않았다. 보급 물자를 노리고 습격했다 해도 이미 그들은 물자 보호에 치중하기 시작했다.

적들도 곧 습격이 수포가 되었음을 알아차릴 것이다.

'흐음?'

얌생이처럼 자란 콧수염에 걸린 눈 조각을 털어 내던 나이제르의 눈에 묘한 것이 눈에 띄었다.

후두둑 쓰러지는 아군들의 한복판에 선 어떤 라르크의 기사였다. 움직임이 몹시 자유롭고 유연했다. 검을 아래에서 위로 한 번 쳐올리는 것만으로 모르가나의 군사 둘을 날려 버렸다. 기사의 칼날을 피하지 못한 한 명은 갈비뼈가 드러날 만큼 크게 베여 절명했고, 그 뒤에 있던 자는 턱이 작살이 나 고꾸라졌다.

훈련받은 기사라면 불가능한 일도 아니었지만, 체구가 몹시 작았다.

'에에……?'

가만 보고 있으니 더 가관이었다.

유독 기민한 그 기사는 창기병들의 창도 쫓지 못했다. 양쪽에서 피할 데 없이 공격당해 곧 죽겠군 싶어 지켜보고 있는데, 그 기사는 놀랍게도 당연하단 듯 말안장에서 미끄러져 말의 배에 들러붙었다.

저들끼리 상처 입히는 모르가나의 기사들을 조롱하듯, 그는 유유자적하게 위기를 넘긴 후 다시 말안장에 곧추 앉았다.

'갑옷을 안 입었나?'

그러지 않고서야 저럴 수가.

아무리 몸이 가볍다 해도 무장을 한 상태에서 저런 묘기를 부리는 건 불가능했다. 뭔지 모를 기시감이 나이제르의 눈을 뗄 수 없게 했다.

그러는 사이 코끼리 세 마리가 쓰러졌다. 아무리 갑옷을 둘렀더라도 달려드는 수십 개의 칼과 창은 피할 수 없었으리라. 코끼리들이 낸 길을 따라 들쭉날쭉하게 파고들며 난투를 일으키던 라르크의 기사들도 곧 기세를 꺾었다.

그때, 나이제르의 시선을 사로잡던 작은 체구의 기사가 소리쳤다.

"지오타르 경! 후퇴합니다!"

나이제르의 눈이 휘둥그레졌다.

'여자?'

여자의 목소리였다.

후퇴를 외치며 기사가 말 머리를 돌리는 순간 머리를 덮고 있던 후드가 바람을 먹고 날아오르듯 벗겨졌다.

길지 않은 붉은 머리칼이 풍경에 나부꼈다. 엉망으로 구불 치는 머리칼이 아름다웠다.

넋을 놓고 바라보던 나이제르가 깜짝 놀라 고개를 경련하듯 저었다.

'내가 지금 무슨 생각을……'

살아남은 대여섯 마리의 코끼리들이 먼저 선수를 돌렸다. 적들은 정비를 마친 더 많은 모르가나의 군사들이 집결해 그들을 포위하기 전에 아슬아슬하게 도주했다.

습격이 실패했으니 당연한 일이다. 미미한 물자의 손실은 있었지만 상관없었다. 자국 한복판에서 벌어지는 전쟁이라는 이유도 있었지만, 황태자가 전선에 있는 지금 손 벌리면 군수물자를 퍼 줄 영주들이 넘쳐 날 테니.

나이제르는 눈에 남는 여기사의 모습을 곱씹다가 문득 한 가지 사실을 떠올렸다.

'아니, 그런데 저 여자 혹시……?'

모르가나의 기병 대략 사백가량이 급히 선발되어 퇴각하는 적들을 추격했다. 감히 기습을 했을 때에는 그만한 보복도 각오해야 하는 법이다.

그리고 한 시간이 지났다.

두 시간이 지났다.

괴이쩍은 일이었다.

그리고 해가 저물녘까지도 낮은 산을 향해 달려갔던 추격대는 돌아오지 않았다.

돌아오지 않는 기사들을 기다리는 것은 설원의 지평선 너머로 해가 잠기기 시작할 즈음 그쳤다. 예상치 못한 사태에 당혹한 한 지휘 기사가 넌짓 짐작을 꺼냈다.

"매복이 더 있었던 걸지도 모릅니다."

나이제르를 비롯한 다른 지휘 기사들 역시 동의했다.

고작 이삼백 남짓 되는 이들을 사살하라 보낸 사백여 기병들이 한 명도 되돌아오지 않는다는 건 문제가 있었다. 그 여자도 이상하게 마음에 걸렸다. 뇌리에 깊이 각인된 전투 모습 때문만은 아니었다. 발로이드와의 모종의 관계를 의심받아 라인하르에게 억류당했던 여자임이 확실했던 탓이다.

나이제르는 라인하르를 찾아 달려갔다.

근위대장으로부터 전해 들은 조금 전의 전투 소식에 태연하게 앉아 있던 라인하르는 퍽 불쾌한 내색을 했다.

"이야기는 들었다. 아니, 그런 것도 계산하지 않는단 말이냐. 도망 간다고 무턱대고 쫓는다니 한심한 녀석들. 전선에서도 오늘은 보고가 늦는군. 대체 너희는 제대로 하는 게 뭐냐."

"송구합니다. 다시 군사들을 추리고 있습니다, 저하."

"몇천 되지도 않는데 일시에 반 천을 잃었다? 아예 야영지 군사들을 통째로 그리로 보내 보지 그러냐."

혹 라인하르의 비난이 오롯이 제게 돌아올까 한껏 고두한 나이제르가 화두를 돌렸다.

"실망시켜 드리는 일은 다시는 없을 겁니다! 최전선에서도 승기를 쥐고 있고 비록 실수를 하긴 했지만…… 태자 저하께서 듣고 싶어 하실 것 같은 소식을 하나 가져왔습니다."

라인하르가 심드렁히 말했다.

"내가 듣고 싶어 할 소식이 전승 말고 더 있을 거라 여기나."

"아까 습격했던 무리 중에 그 여자가 있었습니다."

"무슨 여자?"

"지난번, 주둔지에서 도주했던 라르크의 여기사를 보았습니다."

라인하르의 표정이 서서히 일그러졌다.

분명 마리포사가 수작을 부려 내보낸 것이 분명하다 믿어 당시 수상한 행적을 보였다 하는 마리포사의 기사단장까지 족치게 했던 적의 포로였다. 얻어 낸 것은 없고 발로이드와의 악감정만 고조시킨 결과가 되었지만 어쨌건.

"그 여자, 살아 있던가?"

라인하르가 입술 끝을 비틀어 웃었다.

이름이 무엇이었는지 생김이 어땠는지 따위는 하나도 기억도 나지 않는다. 다만 기억나는 것은 당시 제게 보잘것없는 사자 새끼라 폭언을 내뱉던 입술뿐이었다.

묵묵히 라인하르의 뒤를 지키던 근위대장 울비아 경의 짙은 눈썹이 꿈틀거렸다.

제국군 후방 야영지에서 두어 시간 남짓의 거리에 위치한 토산 안쪽의 경사 지대에는 핏물이 실개천처럼 흘렀다. 질척하게 녹은 눈 위로 시체가 즐비했다.

높은 언덕과 바위 새새에는 시친의 해병들이 속속 자리를 잡고 경계 태세를 유지하고 있었다. 망원경을 들고 산 저편을 살피는 이도 있었고, 혹시 숨어 있을지 모를 적을 찾아 눈을 굽어 내리는 이도 있었다.

그 밖의 나머지는 대기 자리에서 이탈해 시체 밭으로 내려와 화살들을 수거하고, 망가지지 않은 적의 검이나 창 같은 쓸 만한 무기들을 수집했다.

제멋대로 널브러진 시체들 사이를 타박타박 걸어간 르옌은 부러지지 않은 화살들을 하나하나 뽑아냈다. 살아남아 돌아온 라르크의 기사들도 대부분 비슷한 작업을 반복하고 있었다.

막 허리를 숙여 적의 눈알 정중앙에 박힌 화살을 힘주어 뜯어내던 그녀가 눈살을 찌푸렸다. 어쩐지 손에 힘이 잘 안 들어간다 했더니만, 손목의 부상탓이었다. 추위에 감각이 무뎌져 이만치 상처가 깊은 줄 몰랐다.

손목만이 아니라 팔뚝과 어깨에도 자잘한 자상을 입었지만, 검을 쥐고 휘두르는 데 중요한 건 손이었다.

르옌은 즉시 등 뒤에 매고 있던 브류나크의 멘테를 벗었다. 그리곤 한쪽 끝을 이로 물고 손목에 세게 감아 쥐었다.

카헤이아가 다시 강해지는 눈발 사이를 헤쳐 다가왔다. 발에 걸리는 적들의 시체를 몇 번이나 걷어차는 기세가 등등했다.

"카라제시가 늦는군. 도착할 때도 된 것 같은데……. 그래도 이 정도면 생각보다 많이 잡았어."

여자의 혼잣말은 길목의 양쪽 높은 바위들을 타고 산울림처럼 메아리쳤다.

르옌은 손목에 힘을 줬다 푼 후 다시 화살을 수거하는 작업에 돌입했다. 한정된 물자를 활용해야 하는 열악한 환경에선 이런 자질구레한 작업에 체력을 낭비하는 것도 어쩔 수 없었다.

"아직 멀었습니다. 어차피 조금 전 우리를 따라왔던 이들은 정식 기사 훈련을 받지 않은 일반 기병들이 대부분입니다. 우리가 유인해 내야 할 것은 이자들이 아니라 황실 근위대입니다. 그리고 체사 경 과의 양동 역시 시기가 맞지 않을 가능성이 큽니다. 애초에 주력 군 사들이 방어 전선을 펼쳐 수적 열세를 극복한다 해도, 적들이 가로 막고 있는 길을 뒤 잡히지 않고 돌파해 이곳에 이르는 게 쉬운 일은 아닐 테니."

"카라제시는 꽤 쓸 만한 녀석이다. 갈카마들을 토벌할 때 지켜봐 온 바로는 제 임무를 망치는 놈은 아니었어."

"그러기를 바랍니다. 그래도 그들이 당도하지 못할 경우를 상정해 야 합니다."

첫 유인을 성공적으로 끝냄으로써 그들의 임무는 반절 마무리된 셈이다. 또한 라르크의 군사들이 후방으로 도망친 것을 보았으니 적 들의 방비는 비교적 후미에 밀집될 것이다.

자연스러운 현상이다. 드넓은 야영지 어딘가에 은신하고 있던 황 태자는 보급 물자들과 함께 반대편인 전방으로 이동했을 터다. 카라 제시가 적시에 군사들을 끌고 와 전방을 기습해 황태자를 사로잡고 보급 물자들에 막대한 피해를 줄 수 있다면 최상의 결과다.

물론 가뜩이나 수세인 라르크 군의 사상을 피하기 위해서는 지금 이곳에 있는 이들이 조금이라도 더 많은 모르가나의 기동대와 정예 라 알려진 황실 근위대를 잡는 것이 선행되어야 한다.

잠자코 그녀를 응시하던 카헤이아가 단정조로 말했다.

"너 다른 사람을 안 믿는군."

"그런 건 아닙니다만. 믿고 기다리는 것보다 직접 하는 게 더 낫다 생각하고는 있습니다."

"뭐, 믿었다가 실망하는 것보다 믿지 않고 대비하는 게 더 현명하긴 하다만……."

카헤이아는 대수롭잖게 말하며 길게 뻗은 금빛 속눈썹 위로 내려앉은 눈송이를 털어 냈다.

르옌은 다시 걸음을 옮겨 또 다른 시신에서 짧은 검과 화살을 하나 더 뽑아냈다. 카헤이아가 뒷짐을 지고 따라 걸었다.

"피곤하게 사는 녀석이네. 그러다 단명한다. 날 똑바로 바라보는 눈깔이 그다지 재수가 있진 않다만, 그만한 배짱이 있다면 꽤 귀중한 인재라 봐도 무방하겠지. 물론 거짓말과 배짱 튕기는 데에 능숙한 놈들 치고 끝이 좋은 놈은 못 봤지만."

"할 일 없으시면 작업이나 도우십시오."

"난 제독이다. 자질구레한 일은 직접 하지 않아."

피식 웃은 르옌이 질척한 핏물을 딛고 교차해 쌓인 시체의 산을 넘었다. 질척한 눈과 피가 엉겨 붙어 발이 무거울 텐데도 가뿐가뿐하게 사이를 뛰어다니는 르옌을 바라보는 카헤이아의 눈빛에 흥미가 어렸다.

"……그래서, 파사드랑은 어떻게 되는 거냐?"

"지금 할 말입니까? 당신과 나눌 만한 화제도 아닌 듯한데요."

르옌은 멀찍이서 그들을 향해 걸어오기 시작하는 세반에게 힐끗 시선을 주며 답했다.

"그러면 전쟁터라고 재미없는 얘기만 해야겠나? 시체가 몇인지, 적들이 어쩌고 저쩌고, 미래가 암담하니, 오늘 죽니 내일 죽니, 죽이니 마니 하는 그런 것들. 네가 인생을 재미없게 산다고 내 인생까지 재미없게 만들지 마라."

하던 일을 멈추고 곧게 선 르옌이 카헤이아를 바라보았다. 그러다 툭 뱉어 물었다.

"왜 파사드라 부릅니까?"

"그러면 이름을 안 부르고 내가 그 녀석에게 각하라 불러야 하나? 너희가 부르듯 공작이니 각하니 하는 건 내겐 아무런 의미도 없는 호칭이다. 그리고 우리 시친에서는 가문의 이름은 그다지 중요하게 생각하지 않으니까. 이름이 훨씬 실용적이기도 하고. 너희가 나를 뵈르게트라 부를 때마다 헷갈리거든. 내 아버지를 말하는지, 나를 말하는지, 내 망할 손위 형제를 말하는지."

"시친은 가문은 아니지만 혈족을 중요시하는 이들이었습니다. 고유 이름보다 혈족의 이름이 더 자주 불렸던 걸로 아는데."

"언제 적 얘길 하는 거냐? 어디서 책 몇 장 들추고 주워들은 게 있다 재고 싶은 모양인데, 오래전 일이다."

하기야 많은 것이 변했다 해도 이상할 것은 없었다.

사실 르옌이 시친과 직면했을 때 가장 놀라고 가슴 쓰렸던 것은 한때의 유목 민족들이 말보다 노새에 익숙하고 노새보다 배에 익숙한 바닷사람이 되었다는 사실이었다.

끝까지 라르칼리아를 옹호하다 추방당한 그들이 모르가나로부터 살아남기 위해 적응한 결과였다.

그들이 얼마나 처절하게 살아남았는가를 가늠하려 하면 약하게 부는 후회라는 바람에 낙엽처럼 마른 가슴이 들썩인다. 카헤이아는 르옌의 기미를 알아차리고 빈정거렸다.

"내가 그 녀석의 이름을 부르는 게 거슬리기라도 하나?"

"뭐……."

"왜? 네가 꼴사나운 계집들처럼 질투한다면 실망스러울 것 같은데."

"꼭 그런 단편적인 이유 때문만은 아닙니다."

사실 르옌 스스로도 납득할 만한 이유를 찾지 못한 감정의 파문이었다. 벨바롯트와 같은 이름이라 그러한지, 아니면 단순히 친근하게 들리는 투 자체가 불편한지.

세반이 그들에게 이르렀다. 장골의 기사는 갑옷도 엉망이었고, 등에 달고 있는 멘테도 온통 찢겨 나가 너덜거리는 걸레짝을 면치 못했다. 왼뺨은 퍽 심각한 검상을 입었는데 응급처치만 해 둔 상태였다.

"데투아 경."

무뚝뚝하게 르옌을 바라보는 눈빛은 형형했고 입술은 매섭게 다물려 있었다. 평소에도 딱딱한 인상이 그 덕분에 더욱 흉흉해졌다. 전쟁터에서 동고동락해 온 지난 시간, 서로 얼굴과 이름만 알았던 관계였다.

이번 행군에서 그녀는 세반에 대해 조금 더 알게 되었다.

세반은 전형적인 군인으로 몹시 화통한 자다. 표정이야 늘 저렇지만.

"이리 노닥거릴 때인가? 허어, 이제 말들도 충분히 쉬었다. 해가 저물고 어두워지면 우리도 이동이 불편해지니 슬슬 준비하지."

르옌은 한 주먹 가득 쥐고 있던 뇌수가 묻고 뜯겨 나간 내장 조각이 걸린 피투성이 화살 뭉치를 카헤이아에게 떠안기듯 넘겼다.

"저들은 이미 정찰병과 추격대를 순차적으로 잃었으니 이번에는 만만찮을 겁니다. 방비를 바로 하고 대기하십시오."

르옌은 세반과 함께 시체들을 피해 말들을 세워 둔 곳으로 향했다.

카헤이아는 르옌의 태도가 몹시 마음에 들지 않는 눈빛이었지만 쓸데없는 독설을 더하지는 않았다. 대신 머잖은 곳에서 비슷한 작업을 하며 해병 전우의 시신을 수습하던 키 작은 군사 하나에게 무섭게 호통을 쳤을 뿐이다.

"속도가 늦다! 네놈들로 거북 수프를 끓여 주랴!"

걸은 고함이 험한 토산과 바위 지대를 쩌렁쩌렁 울렸다.

소수로 모여 임무를 수행하는 그들은 죽음을 각오한 자들이었다. 그러니 용기 내어 죽음을 향해 달리는 데에 주저가 없었다. 그들은 핏빛보다 가냘프나 포도주보다는 강렬한 햇살에 물드는 설원을 달렸다. 그들의 자국이 아닌, 말편자 자국이 깊이 박힌다.

눈이 녹으면 흔적마저 사라질 찰나의 순간.

달리는 말 위에서 허리를 앞으로 기울이고 있던 르옌은 문득 그쳐 가는 눈발을 비추는 석양을 바라보았다. 광활한 저편은 미지의 땅처럼 그녀의 가슴을 때렸다.

다시는 볼 수 없을 거라 생각했던 아름다운 세상이었다.

이 찰나의 뺨을 에는 바람마저 사랑스러운 시간이었다.

❖·❖

온 세상이 붉은 노을에 힘을 잃고 스러져 갈 무렵이었다. 예상처럼 두 번째 기습은 첫 번째처럼 만만하지 않았다. 초기와 달리 적들은 이미 만반의 준비를 갖추고 있었고 그 수는 국지적으로 움직이는 라르크의 군사들의 다섯 배에 달했다.

르옌은 치밀하게 방어 태세를 갖추고 라르크의 군사들을 맞이하는 제국군의 최전방을 따라 길게 내달렸다.

주행하는 말의 가속에 더해진 그녀의 검은 아주 쉽게 적들을 찢어 냈다. 뜨거운 피가 끼얹어졌다가 금세 식어 버렸다. 그럴수록 그녀의 몸도 더욱 차가워졌다. 그러나 멈출 수는 없었다.

이미 라르크의 기사들은 이백여 명도 되지 않았다.

적은 수의 코끼리들에게도 한 번 크게 당했던 터라, 적들은 코끼리들이 사이에 걸고 달리는 충각을 베어 내거나 파괴하려는 시도 대신, 코끼리들의 가죽을 찢어 죽이는 데에 최우선의 노력을 가했다.

하루 종일 달리다시피 한 말들은 이미 힘을 잃고 있었다. 그녀의 손목 역시 점차 힘이 빠졌다.

'아직.'

아직이었다.

몰려오기 시작하는 모르가나의 군사 수를 가늠하고 그들의 족성들에 귀를 기울이며 르옌은 더욱 초조해졌다. 그러나 기세를 죽일 수는 없었다. 더 거세게 헤집을수록 적들의 추격은 집요해질 것이다.

최대한 많은 수의 군사들을 유인해 내 시친의 군사들이 매복 대기 중인 험지 너머로 돌아가야 했다. 한 명이라도 더 살아 돌아가야 한 명이라도 더 많은 이들이 그들을 추격할 것이다.

그때, 그녀의 대각에서 세 명의 기사와 보병에게 동시 공격을 당한 세반이 낙마했다.

'지오타르 경.'

저자는 죽어선 안 되었다. 단순히 전우이기 때문이 아니라 지금이 라르크 기사들의 대장이기 때문이다. 그가 살해당하면 그야말로 낭패였다.

다행스럽게도 그를 지켜보던 라르크의 다른 기사가 재빠르게 세반을 구출해 말 위로 끌어 올렸다.

"카라반 경, 지오타르 경을 모시고 뒤로 빠지십시오!"

르옌이 목에 핏대를 세우며 소리쳤다.

이름 모를 적의 페넌 기사 한 명이 그녀에게 돌진해 왔다.

말 머리를 돌리다 말고 제게 날아드는 검을 물 흐르듯 올려쳐 낸 르옌은 그대로 다리를 들어 상대를 걷어찼다. 주행 방향의 역에서 가해진 힘에 넘어진 적의 기사는 말에 대롱대롱 매달린 채 저편으로 사라졌다.

지금 그들에게 맹공을 퍼붓는 이들의 수만 해도 당장 감당하기 어려웠다. 아직 황실 근위대의 깃발은 보이지 않았다. 자세를 한껏 낮춘 르옌은 접전을 벌이는 기사들을 피해 접전에서 비껴 난 방어 전선 가장자리로 물러났다.

죽어 버린 마지막 코끼리의 몸을 뛰어 넘은 그녀는 숨을 돌리며 계속해서 군사 교체를 기다리고 있는 모르가나의 후열을 주시했다. 황실 근위대의 발은 꽤 무거운 모양이었다.

그 순간이었다. 막 살아남은 라르크 기사들의 상황을 헤아리려는데 어디선가 빠르게 날아온 화살이 그녀의 어깨에 박혔다.

가해지는 충격에 놀라 휘청거린 르옌이 눈동자를 움직였다. 다행히 관절은 아니었다. 어깨 위의 살이 약간 찢겨 나가는 정도. 저를 겨냥한 이를 찾기 위해 이를 악물고 고개를 돌린 르옌의 얼굴에 웃음기가 번지기 시작했다.

웅장한 검은 사자의 깃발이 가까워지고 있었다. 금빛 갑옷의 기사들이 육안으로 보일 만큼 가까이 접근했다.

르옌은 문득 오래전으로 되돌아간 듯한 착각에 잠겼다.

당시 모르가나는 황제라는 거창한 이름을 붙이지 못한 남부의 왕에 불과했고 그들의 근위대 역시 저렇듯 화려한 금빛 갑옷으로 무장하지도 않았으나, 이백여 년이 넘도록 여전한 그들의 깃발.

황실의 깃발이 몰아치는 바람에 넓게 펄럭였다.

"퇴각한다!"

반대 방향에서 근위대를 발견한 셰반이 소리쳤다.

하지만 이미 온전히 전부 빠져나가는 길은 요원했다. 배보다 훨씬 많은 수로 그들을 에워싸기 시작하는 모르가나의 군사들을 등지고 내달리는 라르크 기사들은 속속 말에서 끌려 내려와 살해당했다. 고조되는 위험 속에서 르옌은 섣불리 등 돌리지 않고 틈을 살폈다.

다행스럽게도 셰반은 훌륭한 장수였다. 위태로운 상황 속에서도 당황하지 않고 전열을 정리하며 포위당한 라르크 기사들을 구출하기 위해 애썼다. 얼마 지나지 않아 뿔뿔이 흩어져 적들을 헤집던 라르크의 기사들이 속속 밀집했다. 처음 이곳에 도달했을 적보다 반은 줄어든 규모였다.

그들은 애도할 새도 없이 후퇴를 시작했다.

셰반이 르옌을 발견하고 소리쳤다.

"데투아 경도, 어서!"

"따라가겠습니다."

르옌은 거칠게 씹어 소리친 후 제게 질주해 오는 황실 근위대를 바라보았다. 붉은 해 울음이 저들을 더욱 휘황하게 빛나게 했다.

황실 근위대의 선봉으로 보이는 자가 소리쳤다.

"라르크의 기사들을 생포하라는 태자 저하의 명이 있었다!"

"생포?"

"태자 저하의 명이다."

그리 일갈한 울비아 경은 명실상부 지금 이 교전지 속의 유일한 여자인 것이 분명한 르옌에게 시선을 집중했다.

라르크의 기사들을 도륙하는 데에 혈안이 되어 있던 모르가나의 기사들과 군사들이 일제히 주춤거렸다. 그 틈을 놓치지 않고 라르크 기사들은 더 빠르게 후퇴하기 시작했다. 모르가나의 기병대 일부가 그들을 따라 달렸다.

어차피 라르크의 군사들은 몹시 수가 적었다. 울비아 경은 그다지 신경 쓰지 않았다.

근위대장 울비아는 과장을 더해 집채만 한 코끼리의 사체 건너편에 멈춰 섰다. 그의 등 뒤로 따라온 이백여 기의 근위대가 일제 사열하고 공격 태세를 갖추었다. 상대의 손에 들린 활에 시선을 준 르옌은 보란 듯 제 어깨에 박혀 있던 화살을 꺾어 던졌다.

얼마간 르옌과 눈을 마주치고 서 있던 울비아 경의 덥수룩한 수염으로 덮인 입술이 움직였다.

"네가 지난번 도주했던 그 계집인가?"

르옌은 서늘히 입가를 당겨 웃었다.

적들의 귀한 피가 오롯이 제게 집중되어 있다는 사실에 다시 한 번 그녀 안의 괴물이 몸을 떨었다. 모르가나의 병사들이 일정한 거리를 두고 작은 원을 그려 둘러쌌다. 그 앞으로 한 줄을 더 채운 건 황실 근위대였다.

울비아 경은 위축되지 않는 르옌을 불쾌한 눈으로 바라보며 말했다.

"순순히 말에서 내려라. 태자 저하께서 너를 끌고 오라 하셨다."

"내가 미치지 않고서야……."

"넝마의 꼴이 되어 끌려가건, 얌전히 따라오건 그건 네 선택이다."

웃음기를 거둔 르옌이 주위를 살폈다. 그리곤 아직 정비되지 않은 대각의 어수선한 군사들 사이의 틈을 눈에 각인했다. 셰반이 머잖은 곳에 서서 떠나지 못하고 그녀를 바라보고 있었다. 무사 돌파는 요원해 보였다.

르옌이 셰반과 카라반 경에게 눈을 고정시킨 채 손을 높이 들어 검을 내보인 후 보란 듯이 떨어뜨렸다. 그녀의 시선이 잠깐 그들의 말 허리로 옮겨졌다.

순간, 신호를 알아차린 셰반과 카라반 경이 모르가나 군사들이 빽빽이 서 있는 전방을 향해 돌진해 왔다. 대열과 맞부딪치기 직전 최전선에 이르러 멈춘 카라반 경은 쥐고 있던 철 방패를 온 힘을 다해 그녀에게 던졌다.

"받아라!"

모르가나의 군사들은 어마무지한 속도로 머리 위를 날아가는 무구에 움찔하며 목을 움츠러뜨렸다.

울비아 경도 정확히 그들의 방향으로 날아오는 강속의 방어구에 깜짝 놀라 물러났다. 그러나 르옌은 피하지 않고 날아온 방패를 그대로 받아 냈다.

균형을 잃지 않고 완충하기 위해 말을 한 바퀴 돌렸다. 끝이 아니었다. 잇따라 그녀가 바로 서자마자 또 하나의 방패가 날아들었다. 셰반이 던져 준 것이었다.

울비아 경은 검을 버리더니 순식간에 두 개의 방패로 무장한 르옌을 어이없는 눈으로 바라보았다. 르옌은 양팔에 방패를 고정시켰다. 검보다 훨씬 무거웠으나 상관없었다.

울비아 경이 비웃었다.

"막기만 한다고 살아 나갈 수 있을 것 같나."

"전쟁터에 몇 년이나 굴렀나?"

울비아 경의 눈살이 찌푸려졌다. 까마득히 어린 계집 기사가 대뜸 하대의 투를 하는 품새가 언짢았다.

"검을 쥔 지는 삼십 년이다."

"제도에서 마음 편히 대련이나 하고 검식만 배워 강함을 얻었다고 전장이 만만해 보이나. 전쟁터에서 제대로 굴러 본 적 없는 자만에 찬 기사들의 문제는 그거지. 날카롭고 뾰족해야만 무기인가.”

르옌의 기세가 반전되었다는 것을 깨달은 그가 검을 고쳐 쥐었다. 그 순간 르옌은 그대로 달려들었다.

한 방패로 그가 내려친 검을 막아 올리고, 다른 방패로 그의 턱을 아래에서 위로 올려쳤다. 시야를 죄 가리는 방패에 가격당한 턱에서 뻐억 하는 소리가 났다. 르옌은 그로 그치지 않고 울비아 경의 검을 막고 있던 방패를 비스듬 비껴 어깨의 반동을 이용해 울비아 경의 가슴팍을 후려쳤다. 사실 목을 그대로 꺾어 버리려 했는데 빗나갔다.

르옌이 짧게 혀를 찼다. 턱을 얻어맞음과 거의 동시에 가슴에 가해지는 육중한 충격에 휘청한 울비아는 당황했지만 노련하게 그녀의 팔뚝을 움켜쥐었다.

“여자를 함부로 붙잡는 그런 무뢰배 같은 행동은 어디서 배웠나?”

비웃은 르옌은 그대로 저를 업은 말의 배를 후려쳤다. 그에게 팔을 잡힌 채였다. 그녀를 쥐고 있던 울비아 경의 팔이 뒤로 꺾이기 직전, 힘을 놓았다.

미친 여자. 울비아는 그렇게 생각했다. 제 팔이 꺾일 것도 두려워하지 않는 기세였다.

그녀에게 수십 개의 검과 창이 겨누어졌다. 그러나 르옌은 마치 노래 부르는 듯한 음조로 모르가나의 기사들과 근위대들의 머리 위에 소리쳤다.

“모르가나의 군사들은 들어라! 그대들의 태자가 간절히 찾는 여자는 너무나도 오만하여 건방진 청은 듣지 않겠노라. 나는 바람처럼 빠르고 족제비처럼 교활하니 근위대조차 잡지 못하였다. 한심하기도 하다, 사자 새끼들아.”

“잡아!”

군사들이 그녀를 향해 돌진했다.

르옌은 방패로 하단을 가린 채 말의 가속을 보채 그대로 병사들의 머리 위를 뛰어 넘었다.

천방지축 날뛰는 그녀를 향해 화살들이 쏟아졌다. 그러나 대부분이 그녀를 비껴 나가 외려 모르가나의 기사들에게 명중했다.

그녀는 밀집된 모르가나의 군사들을 돌파하며 양팔에 끼운 방패 속에 제 몸을 조개 알맹이처럼 감추고 있었다. 체구가 작아 가능한 일이었다. 팅겨나가는 검과 화살들이 후드득 떨어졌다.

울비아 경이 입안에 씹히는 딱딱한 것들을 뱉어 냈다. 방패에 직격당한 탓에 빠져 버린 생니 서너 개가 피범벅이 되어 떨어졌다. 턱이 으스러진 듯했다.

울비아 경은 그냥 달리는 것이 아닌, 이리저리 말 머리를 옮겨 가며 날듯 도망치는 여자의 뒷모습을 노려보았다. 그가 피투성이가 된 입가를 닦아 내며 명했다.

"태자 저하께 저 계집을 잡아 바치는 영광을 누리자. 따라라."

사실 셰반과 카라반 경을 비롯해 후퇴하지 못하고 지켜보던 기사들은 르옌이 필사必死할 것이라 생각했다. 그러나 그녀는 보고 있는 그들이 상황을 잊고 신이 날 만큼 대범하게 적들을 돌파했다. 무기 한 자루 없이 방어구 두 개만으로. 그뿐인가, 큰 부상 없이 마지막 저지선마저 뛰어넘어 어느새 셰반과 다른 기사들을 앞지르기 시작했다.

"뭣들 하십니까! 전속력으로 달립니다!"

르옌의 노성에 다른 기사들 역시 황급히 그녀의 뒤를 따라 달리기 시작했다. 셰반은 화통함을 그칠 수가 없었다.

"미쳤군! 진짜 미친 여자일세그래!"

그 긴박한 와중에 적들을 조롱하는 것마저 잊지 않는 여자는 위대한 북부의 기사임이 틀림없었다.

세반은 피보다 아름다운 놀에 잠긴 여자의 뒷모습을 바라보았다.

이 나이 든 기사마저 가슴 떨리게 하니, 파사드가 그리 사고를 친것도 충분히 이해가 되는 일이다. 제 나이가 십 년만 더 젊었다면 저역시도 혹했을지 모를 일이다.

"가자!"

웃음은 이내 가셨다. 두어 시간을 따라잡히지 않고 달려 버텨야했다. 이제는 그들의 역량과 관계없이 말들이 지치지 않고 버텨 줘야 가능한 일이었다. 그들의 등 뒤로 수백에 이르는 모르가나의 기병들과 황실 근위대가 개미 떼처럼 따르고 있었다.

❖ ❖

돌풍처럼 내달린 르옌은 간간이 고개를 돌려 황실 근위대의 추격을 확인했다. 이제 남은 것은 험지까지 도달해 시친의 해병들과 함께 반전하여 그들을 학살하는 것뿐이다. 그리된다면 다른 라르크의 군사들이 도달할 때까지 충분히 버틸 수 있을 터다. 그들을 추격하는 적들은 눈대중으로만 어림잡아 팔백에 이르는 수였다.

세반과 카라반 경은 어느새 그녀와 나란히 달리고 있었다.

"이보게, 데투아 경. 전쟁이 끝나고 나면 내 휘하에서 좀 배워 보지 않겠는가!"

턱까지 차오른 숨을 헐떡이며 말을 보채던 세반이 불쑥 물었다. 바짝 자세를 낮게 낮추고 있던 르옌이 그를 돌아보며 낮게 웃었다.

"제안만 감사히 받겠습니다."

"왜? 그런 재능을 썩히는 건 낭비일세, 낭비야!"

"저는 지긋지긋해서 그만두럽니다."

"겨우 반년 전쟁터 맛을 봤다고 지긋지긋하다니, 요즘 젊은이들은 끈기가 없단 말일세."

세반이 도발하듯 앞지르며 농담했다. 겨우 반년 말입니까? 중얼거린 르옌은 결국 웃고 말았다. 어차피 세반은 듣지 못했을 것이다.

저 멀리 먼저 후퇴했던 라르크의 기사들이 보였다. 그들은 더욱 말에 박차를 가했다.

어느새 해가 저물어 어두워졌다.

등 뒤로 따라붙는 적들도 어둠 속에 잠겼다. 수백 개의 횃불, 그들의 행군 소리, 무섭게 울리는 수백의 말발굽 소리들만이 적들의 존재를 알려 주는 전부였다. 낮게 뜬 달빛에 금빛 갑옷이 번뜩일 때마다 르옌은 만족스럽게 웃었다.

그때였다.

조금 더 앞서 달리던 세반이 돌연 낮게 소리쳤다.

"정지!"

그들과 함께 달리던 일고여덟 명의 라르크 기사들이 일제히 멈추었다.

"무슨 일입니까? 지금 멈추면……."

황급히 고삐를 당겨 세우던 르옌의 귀에 기이한 금속음이 울려 퍼졌다. 비명이 섞여 있었다.

르옌의 안색이 서서히 가라앉았다.

이곳에선 교전이 벌어질 일이 없었다. 적들은 그들의 뒤에 있었고, 라르크의 기사들은 텅 빈 설원을 가로질러 산 입구로 향하는 길이었다.

쿵 쿵, 심장이 뛰기 시작했다. 차가운 바람 탓인지, 아니면 불길함을 감지한 본능 탓인지 등줄기로 소름이 돋아났다.

멈춰 선 르옌의 불그스름한 눈동자가 정면의 저편을 향해 미끄러졌다. 따라잡았다 생각한 선수 후퇴했던 기사 무리는 일동 정지 상태에 있었다.

뿐만 아니라 그들은 예정에 없던 교전에 휘말린 상태였다. 벌써 다수가 죽어 시체가 된 것이 보였다.

"······이거 대체 무슨 일인지 모르겠군."

세반이 어처구니가 없단 듯 웃으며 등 뒤로 새까맣게 몰려오는 적들을, 그리고 그들의 길목에 죄 포진해 있는 피범벅이 된 하얀 코트를 입은 천여 기에 이르는 기사들을 바라보았다.

언뜻언뜻 푸른 갑옷이 번뜩이는 게 비쳤다.

'마리포사.'

르옌의 입술이 일자로 다물렸다.

저들이 불을 피운 것을 보고 달려왔다 해도, 라르크 기사들은 부러 길목을 돌아 움직였다. 그들이 지나다니는 길목을 은폐하는 것이 중요했기 때문이다. 신중에 신중을 가했다. 마리포사가 정확히 도주할 길목 한복판에서 저들이 기다리고 있다는 건 말이 되지 않았다. 미리 그들을 지켜보며 대기라도 하고 있던 게 아니라면.

그리고 상황을 이해하기 위해 잠깐 주행을 멈춘 새, 선수 후퇴했던 기사들은 죄 학살당했다. 마지막 한 명까지 도륙해 낸 적기는 이내 그들에게로 방향을 돌렸다.

제제하게 사열한 마리포사 기사단은 천천히 정면에서 남진해 왔다. 그리고 등 뒤에는 모르가나의 기사들과 근위대들이 북상하고 있었다.

참을 수 없는 분노가 치밀어 올랐다.

'페이작, 페이작……!'

피범벅이 된 다른 기사들과 달리 깔끔한 하얀빛을 잃지 않은 코트를 걸친 한 기사가 그들 가까이로 걸어왔다.

달빛에 반사되는 푸른 갑옷에 눈이 시렸다.

에일라 시니스. 마리포사 기사단의 제일 기사라는 자였다.

라르크 기사들의 눈동자는 재빠르게 좌우를 살폈다. 도주로는 아직 확보할 수 있다. 그러나 이미 지친 말이 얼마나 빠르게 달려 적들로부터 그들을 해방시켜 줄지 요원했다. 또 시친과 합류하지 못하면 그야말로 개죽음이었다. 이 추위에 남부 한복판을 헤매다 동사하는 것만큼 비웃기 좋은 죽음이 없었다. 셰반은 뻣뻣하게 굳은 채 신음했다.

다그닥 다그닥. 어느새 에일라는 서로의 얼굴이 식별 가능할 위치까지에 이르렀다. 르옌이 사납게 치켜뜬 눈으로 그녀를 노려보았다.

'이 빌어먹을 계집이.'

에일라는 피 묻은 검을 털어 내며 제 앞에 선 여자를 마주 보았다. 청록빛 눈동자에는 진득한 경멸이 어려 있었다.

—하얀 말을 타고 기다리겠다 전해라.

제 주군이 그리도 은애해 마지않는 여자가 분명 그리 말했고, 에일라는 그녀의 명령에 따라 사실을 발로이드에게 전했다. 그러나 여자는 하얀 말을 타고 전선에서 기다리기는커녕, 갈색 준마에 올라 이곳에 있었다.

참으로 잔인한 여자였다. 어찌 그리 마지막까지 제 주군을 짓밟는가. 당신은 어째서 나의 주군께 그리도 잔인할 수 있나. 왜 발로이드는 그런 그녀를 놓지 못하나.

붉게 달아오른 눈시울을 숨긴 에일라의 목 안쪽으로 노여움이 들 끓었다.

르옌의 음성이 찬 공기를 갈랐다.

"페이작이 나를 잡으라던가?"

"적에게 일러 줄 진실은 없습니다."

에일라를 중심으로 양축으로 사열했던 마리포사의 기사들이 그들의 좌우로 달려와 모든 길목을 막아섰다. 에일라의 매서운 눈꼬리가 남쪽에서부터 거리를 좁혀 오는 모르가나의 추격대를 향했다 거둬졌다.

에일라가 딱딱한 목소리로 선포했다.

"제 독단으로 당신의 목숨을 살려 준 건 한 번으로 족합니다. 어미로서 은혜를 입었으나, 저로 하여금 제 주군을 기만하게 한 것은 용서하지 않겠습니다."

그들을 겹겹이 둘러싸는 수백 개의 횃불에 비친 적들의 얼굴은 사신처럼 빛났다. 모르가나의 추격대까지 이르러 사면으로 포위된 라르크의 기사들은 선택해야 했다.

이곳에서 개죽음을 당하느냐, 아니면 포획되느냐.

"이거, 장렬한 죽음을 맞이해야 하는 거요?"

그렇다면 하나라도 더 죽이고 가야겠네그래. 시쳇말처럼 중얼거린 셰반이 헛헛하게 웃으며 검을 고쳐 들었다. 라르크의 다른 기사들 역시 셰반과 같은 선택을 하려는 듯 자세를 바로 했다.

그러나 르옌이 셰반의 팔을 잡아 내렸다.

"아직."

끝나지 않았습니다. 르옌이 소리 죽여 말한 후 셰반의 어깨에 매인 배너를 뜯어 던졌다. 제 페넌도, 카라반 경의 페넌도.

그들의 페넌과 배너가 찬 설원 위에 나동그라졌다. 어쩌지 못하고 서 있던 나머지 기사들도 천천히 검을 내렸다.

❖┈╍┈❖

포승줄에 묶인 그들은 야영지의 울타리 안으로 끌려 들어갔다. 당연하게도 무기는 죄 빼앗긴 후였다. 세반과 카라반 경을 필두로 르옌이 뒤따랐다.

횅한 야영지의 내부의 한적한 공간으로 이송된 그들은 두 열로 강제로 무릎 꿇려졌다. 차가운 맨땅의 한기에 무릎이 얼어붙을 듯했다. 앞 열은 르옌과 카라반 경 그리고 이븐 경이라는 이름만 알고 있는 일반 기사였고, 그들의 등 뒤에는 세반을 비롯한 나머지 세 기사가 위치해 있었다.

지휘 계급을 알리는 페넌과 배너를 뜯어낸 탓에 순서는 대중없었다. 그들을 사로잡은 모르가나의 기사들도 부러 구별하려 하지 않았다. 어차피 다 죽을 이들이었다.

포로가 된 기사들의 등 뒤엔 에일라와 수십 기의 마리포사 기사단원이, 좌우로는 황실 근위 기사들이 서 있었다.

얼마 지나지 않아 라인하르가 수십 기의 근위 기사들의 호위를 받으며 나타났다.

그는 화려한 줄무늬가 그려진 하얀 호랑이의 가죽으로 만든 코트를 입고 전쟁터와는 어울리지 않는 말끔함을 뽐내고 있었다. 처음 만났을 때와 그다지 다르지 않은 이질적인 분위기였다.

"마리포사가 너를 빼돌렸다 생각했었는데…… 아니었나 보군."

에일라에게 시선을 준 라인하르는 모닥불들 사이에 마련된 고풍스러운 의자에 앉았다.

근위 기사들은 그의 머리 위로 눈송이가 떨어지지 않도록 천막을 세웠다. 왕좌에 앉은 황제처럼 거만하게 앉은 그의 장갑 낀 손에 따뜻한 술잔이 쥐여졌다.

르옌은 그의 손가락에 끼워진 검은 사자가 음각된 반지를 노려보았다.

"야심차게 이곳까지 이르렀는데 아무 보람도 없어서 꽤나 억울하겠어. 다들 꼴도 말이 아닌 게 역시 전쟁이란 그다지 즐길 만한 게 못 되는군. 그래서 누가 대장인가?"

사로잡힌 기사들은 약속이나 한 듯 침묵했다.

라인하르가 르옌의 얼굴을 똑바로 바라보며 물었다.

"다들 입이 무겁군. 기사가 지녀야 할 덕목이지. 하지만 나는 혼잣말을 그다지 좋아하지 않아. 그러니 질문을 바꿔 보지. 그날은 어찌 도망갔나? 궁금했는데 말이야."

르옌은 뜻 모를 미소를 짓는 것으로 답을 대신했다.

라인하르의 콧등이 찡그려지자 그의 우측에 서 있던 울비아 경이 성큼성큼 다가와 그녀를 걷어찼다. 그녀의 복부와 가슴께로 어마어마한 폭력이 가해졌다.

신음과 함께 고꾸라진 그녀의 머리칼을 쥐고 강제로 몸을 바로 일으켜 세운 울비아 경이 딱딱하게 말했다.

"저하께서 하시는 하문에 답하라."

일렁대는 횃불이 울비아의 얼굴 반편을 괴기스레 뒤덮었다. 르옌은 무표정하게 그를 직시하며 피멍이 든 입술을 뗐다.

"듣고 싶은 게 있다면 그럴 만한 대가를 치러 줘야 하는 것이 이치가 아닌가?"

"여전히 되바라졌군. 울비아 경, 됐다. 물러나라."

라인하르가 인상 좋은 웃음을 지으며 삐딱하게 턱을 괴고 물었다.

"그러면 어떤 대가를 치러 줘야 까탈스레 구는 그대가 내게 입술을 열어 주겠나? 그래, 네가 한 마디 아낄 때마다 상으로 저 기사들의 머리를 하나씩 잘라다 네 앞에 쌓아 주면 충분한 대가가 되겠나?"

반쯤 감겨 있던 르옌의 눈꺼풀이 느리게 뜨였다. 등 뒤에 있던 라르크의 기사들의 숨소리가 불규칙해졌다. 르옌은 왼편으로 눈동자를 움직여 그녀와 나란한 열에 선 카라반 경과 이븐 경을 바라보았다. 그들은 울분을 억누르는 기색이 역력했다.

그때, 르옌의 바로 등 뒤에 꿇려져 있던 셰반이 긴 한숨을 내쉬며 말했다.

"라르크 기사들 무리의 대장은 나요. 쓸데없는 소리 말고 내게 물으시오."

"아니, 너희들에겐 별로 관심이 없다. 이 여자가 지금 내 유일한 관심사지. 아주 발칙한 말을 했다지. 오만함이 하늘을 찌르니 나의 청을 거절한다라…… 바람처럼 빠르고 족제비처럼 교활해 결코 잡힐 리 없다 말한 계집이 이리 창피를 당해 지금 내게 성난 표정을 하는가 보군."

셰반이 무언가 더 말하려던 찰나였다. 비스듬 고개를 돌린 르옌이 눈빛으로 만류했다.

라인하르는 아무래도 좋단 투였다. 지천에 깔린 것이 그를 보호하는 기사들이니 하등 조바심 낼 필요가 없었다. 르옌의 눈짓에 셰반이 입술을 다물려던 차였다.

르옌의 등허리 어귀를 바라보던 셰반이 벌떡 일어났다.

"이야기는 나와……!"

황실 근위 기사 한 명이 지체 없이 다가와 셰반의 뒷무릎을 후려쳐 주저앉혔다. 르옌의 등으로 고꾸라진 셰반이 비틀대며 힘겹게 상체를 바로 세웠다. 셰반의 적의로 가득한 눈빛은 라인하르에게도 거침없었다.

"저자의 입을 막아라. 방해된다."

라인하르의 말에 기사들이 셰반에게 다가가 그의 입에 재갈을 물렸다. 셰반이 사납게 반항하며 머리로 그들을 들이받고 어깨로 밀쳐냈다. 그러나 그도 잠시 결국 셰반은 옴싹달싹 못 하는 꼴이 되었다. 르옌은 바로 등 뒤에서 울리는 셰반의 노여운 숨소리를 들었다. 부상으로 저려 오는 어깨에 힘을 준 르옌이 쓰게 웃었다.

"자, 입을 열지 않는다면 머리를 하나씩 쌓는 놀이를 시작하지. 우선은 그래, 대장이 킹이라고 했던가. 킹은 원래 제일 나중에 잡는 거라지. 저쪽의 너와 그 앞의 종자는 폰이 되고, 그 옆의 노란 눈, 그래 너 말이야. 그대가 나이트의 역할을 해라. 뒷줄의 그대는 룩을 하면 되겠군. 그 옆은 비숍. 비율이 꽤 적당한걸."

놀듯이 손가락을 이리저리 가리키는 라인하르를 바라보던 르옌이 기가 찬 웃음소리를 냈다. 그녀와 눈이 마주치자, 라인하르가 느릿느릿 의자에서 일어섰다.

"체스, 좋아하나?"

"……."

"그러면 너는 좌우 사방의 대각 어디로든 갈 수 있는 퀸이 되면 되겠군. 네 행보에 따라 저놈들이 언제 죽을지가 결정이 될 테니 신중하게 답해라."

"……."

"어찌 도망갔나?"

"도망칠 기회가 생겨 도망쳤다. 그에 어떤 설명이 필요한지 모르겠는데."

도망칠 기회라.

라인하르는 서늘히 그녀를 노려보다가 이내 자상하게 웃었다. 뭐, 믿지는 않지만 부정할 수만은 없는 답이었다. 그들은 부상자였고 감시가 안일했던 것도 사실이었다.

턱을 들어 가만히 포로들의 후미에 선 에일라를 바라본 라인하르가 질문을 바꾸었다.

그의 손이 르옌의 턱 언저리를 더듬더듬 매만졌다. 야릇한 손길은 아니었다.

"네가 그때 내게 자신만만하게 이 전쟁을 끝낼 방도를 생각했다고 했던 것 같은데, 고작 후방의 보급대를 급습하는 것이 전부였던가?"

"무어라 생각하는데?"

"오만한 늑대 밑에 머물며 어지간히 감이 무뎌진 모양이구나."

라인하르가 오른손을 허공에 들어 보였다. 그러자 잠깐 멈칫했던 울비아 경이 그의 손에 가느다란 검을 건넸다.

"사자 새끼도 사자라는 걸 알아야지. 두려움은 나약한 이들을 지켜 줄 수 있는 최소한의 방패라지."

라인하르의 검 끝이 르옌의 부상당한 왼 어깨 위의 상처를 느리게 파고들었다. 르옌은 신음 한 번 흘리지 않고 그를 노려보는 눈길에 살의를 더했다.

라인하르는 자못 희한하단 듯이 중얼거렸다.

"이제 보니, 너희의 퀸은 암사자가 따로 없군. 아까운 인재야. 폰들을 죽여라."

르옌의 어깨가 굳어지는 것과 동시에 강제로 후열에 묶여 있던 기사 두 명이 열외로 끌려 나왔다. 그리고 한 기사가 검을 휘둘렀다.

우드득. 살과 뼈가 갈라지는 소리가 났다.

라인하르에게 시선을 고정한 채로 르옌은 입술을 더욱 굳게 다물었다.

"눈 하나 깜짝 않는 게…… 언제까지 이 얼굴일지 궁금해지는데."

라인하르는 그녀의 어깨를 후비던 검을 뽑아 귓불 바로 아래의 연한 살갗에 가져다 대었다. 서서히 가해지는 검의 감촉에 턱을 치켜든 르옌의 어깨가 흔들렸다. 그녀의 몸이 바르작대자 라인하르는 썩 흡족한 얼굴을 했다.

그때, 한 기사가 그들의 지근거리에 이르러 말에서 내리며 말했다.

"보고드립니다, 울비아 경."

라인하르가 고개를 돌렸다. 보고를 듣기도 전에 라인하르는 동쪽 전방에서 무언가 일이 났음을 직감했다. 큰 불길이 오르는 것이 보였던 것이다.

울비아 경에게 다가가 귓속말을 건넨 기사는 다시 말을 타고 달려갔다. 울비아 경이 라인하르에게 돌아와 무언가를 속삭였다.

울비아 경의 말을 전해 듣는 동안 서서히 미끄러지던 라인하르의 눈동자가 이내 르옌에게 완벽히 박혔다. 르옌은 조용히 땅 진동을 가늠했다. 나머지 기사들도 이변을 알아차리고 눈빛을 달리했다.

라인하르가 입술만 움직여 말했다.

"그렇다면 근위대 삼백 기를 지원해라. 이 녀석들을 영 믿을 수가 있어야지. 대체 최전선에서는 뭘 하고 앉아 있어 북부 놈들이 이리 중구난방으로 튀어나온단 말이냐. 사령관의 자질이 의심스럽군."

울비아 경이 한 키가 큰 기사에게 명했다.

"라오르 경, 그대가 가서 지휘하도록."

"존명."

미간을 좁힌 라인하르가 큰 소리로 말했다.

"고작 이런 엇갈린 양동이 네가 그리 호언했던 계략인가? 너무 뻔해서 실망스럽군."

라르크 기사들은 확신했다. 카라제시의 군이 도착한 것이다. 라인하르는 그들이 표변하는 것을 발견하곤 서늘히 비웃었다.

"희망 가질 것 없다. 어두워 규모는 잘 파악되지 않는다고 하지만 이곳엔 새로 합류한 마리포사 기사단까지 해 너희의 배는 많은 수가 지키고 있으니. 그리고 황실 근위대는 일당백의 정예 기사들이다. 또 동향에서 행군하는 군사들의 뒤를 다른 마리포사 기사단들이 바짝 추격하고 있다더군."

부러 이들의 수를 줄이려 귀찮은 계획까지 더했지만, 마리포사가 튀어나오는 바람에 수포가 되었다는 것은 충분히 절감하고 있었다. 카라제시가 데리고 온 군사는 고작해야 이천도 되지 않을 것이다.

실패의 가능성이 점점 커졌다. 불편한 눈으로 시선을 내리깔던 르엔이 입을 열었다.

"두려워하는 건 오랫동안 살아남기 위한 인간의 본능이라 했나."

라인하르가 눈꺼풀을 내려뜨며 그녀를 향해 허리를 숙였다.

"드디어 그 귀한 입술이 열리려나."

"하고 싶은 말이 있으니 귀를 빌려 주겠습니까."

르엔이 느릿이 셰반을 향해 고개를 돌렸다. 셰반과 눈을 맞춘 르엔이 씁쓸히 웃었다.

라인하르가 허리를 기울여 조롱했다. 지껄여 봐라. 르엔이 서늘히 웃으며 충고했다.

"네 군사들의 기본기부터 다시 훈련시키셔야겠습니다."

"뭐?"

그 순간이었다. 언제 풀린 것인지 모를 르옌의 밧줄이 순식간에 라인하르의 목에 휘감겼다. 셰반이 등을 막아 주어 무사히 풀어낼 수 있었던 것이다.

별안간 밧줄에 휘감겨 끌려 내려간 라인하르가 쿠당탕 주저앉았다. 갑작스런 르옌의 기행에 놀라 달려오려는 울비아 경을 셰반이 그대로 들이받았다. 카라반 경과 이븐 경 또한 잠깐 어안이 벙벙해 있다가 퍼뜩 정신을 차리고 난장판을 피우는 셰반에게 동참해 르옌에게 달려들려는 기사들의 검이며 무기를 온몸으로 맞았다.

라르크 기사들의 피가 튀어 떨어졌다.

신음과 숨죽인 비명이 귓전에 이르러 흩어졌다. 밧줄을 쥔 손에 더 세게 힘을 준 르옌이 이를 악물었다. 손목에 힘이 제대로 들어가지 않아 쉽지 않았다.

그녀는 몸부림치는 라인하르의 양 어깨를 발로 밀고, 줄을 쥔 손을 더욱 세게 끌어당겼다. 황태자의 귀한 백호 가죽 코트가 진창 같은 땅바닥을 뒹굴며 지저분해졌다.

'이놈만 죽이면 끝난다.'

계속해서 저를 지키기 위해 쓰러지고 일어나고, 또다시 일어나는 이들의 숨이 꺼져 가는 소리를 들으며 르옌은 눈을 부릅떴다.

"컥…… 이…… 이!"

그러나 라인하르는 생각보다 호락호락한 자가 아니었다. 놀라 바동대던 그의 손이 그대로 르옌의 부상당한 어깨를 움켜쥐더니 매섭게 아래로 뜯어내듯 탈골시켰다.

칼로 쑤셔졌던 어깨가 그대로 빠지자 르옌의 팔에도 힘이 빠졌다.

엄청난 격통이 밀려왔다. 거의 그와 동시에 억센 손아귀가 그녀의 뒷덜미를 잡아채 질질 끌어 내팽개치듯 던졌다.

"윽!"

"정말, 당신도 어지간하십니다."

그들의 뒤에서 대기 중이던 에일라였다.

탈골된 어깨를 움켜쥔 채 비틀비틀 상체를 일으키는 르옌의 목덜미에 순식간에 적기의 검 끝이 다섯 자루나 닿았다. 이미 카라반과 이븐 경은 난도질 되어 죽어 있었다. 세반은 천행 죽지는 않았으나 성치 않은 몰골로 짓밟힌 채였다.

라인하르가 벌게진 얼굴로 쿨럭쿨럭 기침을 토하며 일어섰다.

"이 미친 계집이!"

세반의 가느다란 목소리가 흘러들었다.

"……죽이 되든 밥이 되든 쿨럭, 이제 큰 체사 경만 믿어야겠구려. 그래도 수고했소, 데투아 경. 할 만큼 했으니."

르옌은 에일라를 죽일 듯이 노려보았다. 에일라는 물러서지 않고 그녀의 눈빛을 받아쳤다. 에일라의 등 뒤에 사열해 있는 마리포사 기사단원들 또한 조금 전 벌어졌던 상황에 경계심이 더해진 기세였다.

"감히 내가 누구인 줄 알고."

정신을 차리기 위해 고개를 두어 번 흔들며 졸렸던 목을 어루만지던 라인하르가 사납게 르옌을 걷어찼다. 고꾸라진 르옌이 쿨럭쿨럭 피를 토해 냈다.

라인하르는 그대로 그녀의 머리채를 끌어당겨 바닥에 떨어져 있던 검을 주워 들었다. 그녀의 어깨를 쑤셨던 바로 그 검이었다.

"감히."

르옌은 자조했다. 이게 끝이어선 안 되는데, 이리 되어선 안 되는데.

먼 어딘가에서 말발굽 소리가 울렸다. 절망적인 상황 속에서 그 소리는 흘러 나갔다.

르옌의 입가가 경멸과 노여움으로 잘게 떨렸다.

마리포사, 푸른 나비라 했다. 한때 푸른 나비를 자처했던 그녀를 상징해 페이작이 개창한 가문이었다. 그 푸른 나비가 저를 가로막고 죽음에 이르게 한다는 게 기가 막혔다.

"하…… 하하…… 하."

르옌이 피투성이 입술을 벌려 소리 내어 웃기 시작하자 라인하르의 낯이 더욱 험상궂게 일그러졌다.

"그래도 여성이니 정중히 대해 주려 해도 도무지가 이 관대함을 메마르게 하는군. 넌 특별히 고통스럽게 찢어 죽여 주마."

르옌은 부연 구름들로 즐비한 남빛 하늘을 응시했다.

여전히 눈구름이 가득했으나 어느새 눈은 그쳐 있었다. 별 하나 뜨지 않은 늦저녁이었다.

동쪽은 이미 교전이 일어났는지 대기가 사납게 요동치고 있었다. 이히히힝! 검게 물들어 가는 하늘 아래 저편, 말울음 소리가 메아리처럼 울려 퍼졌다.

서서히 시선을 내리던 르옌의 시야 끄트머리에 한 필의 말이 잡혔다.

다그닥 다그닥. 발굽 소리는 점점 커졌다.

"마리포사?"

누군가가 말했다.

기사들이 몸을 돌려 말굽 소리가 울려 퍼지는 후미를 돌아보았다. 거대한 말을 탄 검은 갑옷의 기사가 그들을 향해 다가오고 있었다. 마속은 점차 느려지다가 이내 걷는 속도가 되었다. 그의 후미를 피칠갑을 한 마리포사 기사단원들이 줄줄이 뒤따르고 있었다.

"마리포사 백이 왜 여기에 있나?"

"최고사령관님이십니까?"

그를 발견한 근위 기사들과 아직 남아 있던 모르가나의 기사들은 이해하지 못했다.

교전이 한창일 최전방에 나갔던 사령관이 왜 이곳에 나타났나? 분명 조금 전 마리포사 기사단들이 동쪽에서 나타난 적들을 추격하고 있다 했는데 그들은 어떻게 된 것이며, 마리포사 기사단들이 이곳에 이르렀는데 왜 아직도 저 멀리에선 혈투의 소리가 고함과 함께 울려 퍼지나.

그러나 아무도 묻지 못했다. 차가운 피 냄새를 동반하고 다가오는 그의 얼어붙은 눈빛에.

섬뜩하게 빛나는 벽안의 사내가 라인하르의 옆에 나란히 섰다. 얕게 숨을 들이마셨다 내쉬는 것이 보였다. 뜨거운 열기가 느껴졌다.

울비아 경이 그를 향해 명령했다.

"마리포사, 저하의 앞이다. 말에서 내려라."

그러나 발로이드는 귀머거리처럼 잠자코 시선을 내리고 있었다. 발로이드의 눈동자가 넝마가 된 르옌에게 괴었다. 온통 피투성이로 적들에게 둘러싸인 그의 여왕에게.

르옌도 말없이 그를 올려다보았다.

퍼드득 펄럭. 요란하게 펄럭이는 깃발 소리가 침묵의 간극을 메웠다.

검은 하늘 아래에 선 검은 갑옷의 기사. 그의 억세 보이는 오른쪽 손아귀에 쥐인 뇌호한 창이 사신의 낫처럼 날카롭게 번뜩거렸다.

피에 절어 흘러내린 붉은 머리칼 사이로 짙푸른 눈동자가 어둑한 빛을 발했다. 발로이드는 한참 르옌을 내려다보았다. 호수처럼 깊고 심연처럼 어두운 벽안에 한밤의 이슬과 같은 물기가 어렸다.

눈물은 소리 없이 떨어졌다. 피 묻은 뺨을 타고 툭…… 그리고 다시 툭.

"마리포사, 저하의 앞이라는 말이 안 들리나."

울비아 경이 적대적인 음성으로 쏘아붙였다. 울비아 경에게 손바닥을 내보이는 것으로 그를 제재한 라인하르가 일어섰다.

"무슨 일인지는 모르겠다만 너는 최고사령관이라는 자가 대체 뭘 하고 앉아 있기에 북부 놈들이 무서운 줄을 모르고 이리 날뛰게 두나?"

그 순간이었다.

미동도 없이 서 있던 발로이드의 왼손이 느리게 움직였다. 삐걱거리는 갑옷의 이음새 소리가 유독 쟁쟁히 귀에 박혔다. 눈 그친 설원의 유일한 소리처럼 그리.

덜그럭. 지친 갑옷 소리가.

발로이드의 눈은 르옌에게 집중되어 있었다. 르옌의 눈도 발로이드에게 집중되어 있었다. 집중된 시계 속에 그의 동작은 몹시 느리고 자연스러웠다. 그의 왼손이 말 허리에 매여 있던 검을 쥐었다.

그리고 천천히 반호를 그린 검이 하늘을 향해 높이 들렸다. 또다시 눈물이 툭 떨어지는 순간이었다.

"왜 말이 없지? 그리고 보니 이 계집의 얼굴, 꽤나 눈에 익겠군. 그렇잖아도 내……."

하늘을 향해 들려 있던 발로이드의 검이 그대로 수직으로 떨어졌다.

으드득.

소리가 났다.

그와 함께 라인하르의 눈동자도 영원히 멈추었다.

라인하르의 갈라진 윗입술 아래로 피가 흘러내렸다. 발로이드의 검은 라인하르의 정수리를 으스러뜨리고 미간까지 박혀 있었다. 까

드득 하는 뼈 긁히는 소리와 함께 꾸득꾸득 피거품이 솟구치기 시작
했다. 갈라진 머리통에서 뇌수가 흘러나와 검 끝에 맺혔다가 툭, 붉
은 눈물처럼 떨어졌다.

발로이드의 입술이 열렸다.

"……천한, 남부의, 핫바지가."

절절이 끓는 음성이었다.

"감히 누구에게 손을 대나."

누구도 이 상황을 이해하지 못했다.

그를 바라보고 있던 르옌도, 셰반도, 그리고 그들의 황태자를 지
키는 것을 사명 삼아 전장에 찾아왔던 근위 기사들도, 그를 사령관
으로 따르던 모르가나의 기사들도. 그리고 몇 걸음 떨어지지 않은
르옌의 등 뒤에 서 있던 에일라와 마리포사 기사단들도.

발로이드가 쥐고 있던 검 자루를 내려놓자 라인하르의 몸은 덧없
이 무너졌다.

쿵.

소리가 났다.

발로이드는 그치지 않고 쓰러진 시체 위로 창을 내리박았다. 그리
고 뽑았다. 피가 튀었다. 시신은 경련하듯 펄떡거렸다. 발로이드는
갈라진 고함을 지르며 난도질하듯 계속 창을 내리찍었다.

"주제도 모르는 남부 버러지가아!"

라인하르가 입고 있던 백색과 흑색 줄무늬가 그려진 수려하고 귀
한 코트가 솟구치는 피에 시뻘겋게 물들어 갔다.

"마……."

꺽꺽 숨을 헐떡이던 누군가가 목이 찢어져라 고함쳤다.

"마리포사아아아!"

온 하늘을 울릴 듯한 절규였다.

울비아가 검을 뽑아 들고 그에게 달려들었다. 그러나 발로이드의 창은 그대로 반 바퀴 돌아 반대편에서 달려오던 울비아의 목을 꿰뚫었다. 핏물이 분수처럼 튀어 올랐다.

'이게 무슨 상황인가.'

넋을 잃고 그를 올려다보던 근위 기사들과 모르가나의 기사들이 이내 정신을 차리고 일제히 검을 뽑아 들기 시작했다.

스릉! 스르릉!

여기저기서 발검 소리가 비명처럼 터져 나왔다.

누군가가 혼몽한 정신으로 중얼거렸다.

아아, 지옥 같은 밤이로구나.

에일라는 멍하니 발로이드를 올려다보았다. 손가락 하나 까딱할 수 없었다. 아무것도 할 수 없었다. 아무것도. 소리 내는 것이 고작이었다.

"……주군?"

광경을 목도한 다른 마리포사 기사단원들 역시 마찬가지였다. 정면에서 발로이드를 바라보고 있던 마리포사 기사단원들의 눈동자는 고깃덩이가 된 제국 유일 태자의 시체 위로 모였다.

황족 시해.

무엇보다도 유일한 후계자로 자리 잡고 있는 유일 태자였다. 그뿐만 아니라 황제의 총애를 받는 중앙 가문 출신의 황실 근위대장까지 살해했다.

수백여 명이 보고 있는 곳에서.

제국에 대한 충성심과는 별개로 조금 전 발로이드가 저지른 일은 돌이킬 수 없는, 있어선 안 될 일이었다. 늘 마리포사의 존속을 위해 셈해 움직이던 발로이드가 결코 할 리 없는 일이었다.

이미 눈앞에 닥친 현실이건만 에일라는 꿈이라도 꾸고 있는가 싶었다.

스르릉!

마리포사아아아! 이 저열한 라르크의 개! 죽여라!

쇠 비명이 울리는 소리와 함께 기사들이 악다구니를 치며 그를 향해 달려들었다. 바로 조금 전까지만 해도 같은 편이었던 자들이었다. 퍼뜩 정신을 차린 에일라가 황급히 검을 뽑으며 소리쳤다.

"주군을 엄호해라!"

마리포사들 중 일부는 모르가나의 기사들과 근위 기사들에게 돌진했다. 나머지 일부는 지근거리에 세워 둔 말 위로 뛰어 올랐다. 삽시간에 검은 사자의 기사들과 황실 근위 기사들과 마리포사 기사단원들이 서로에게 뒤엉켜 붙었다. 살아남은 라르크의 포로 둘은 완전히 잊혔다.

그런 혼란 속에서도 발로이드는 벌레 쳐 내듯 제게 달려드는 이들을 베어 죽이며 한 걸음 한 걸음 르옌을 향해 다가갔다. 그의 눈에선 쉴 새 없이 눈물이 흘러내리고 있었다.

핏자국과 함께 말라 갈라진 입술이 열렸다. 머잖은 거리였음에도 그의 목소리는 뚜렷이 들렸다. 언제나처럼.

"……누님, 내게 와라. 이번의 비참한 생은 잊어라. 너를 죽이고."

"……"

"내가."

눈물이 멈추지 않았다.

넋을 놓고 그를 바라보던 르옌은 부지불식간에 뜨거워지는 눈가에 눈꺼풀을 질끈 감았다 떴다.

르옌은 그 자리에서 제 빠진 팔을 움켜쥐고 그대로 욱여넣듯 끼웠다. 억 하는 신음이 터졌다. 현기증이 일 만큼 거대한 통증이 일시에 밀려왔다. 그러나 멈춰 있을 새는 없었다.

비틀비틀 일어선 그녀가 라인하르가 떨어뜨린 얇은 검을 쥐어 들었다. 그러고는 세반을 향해 달려갔다.

모르가나의 기사들이 그들 주위를 난잡하게 뛰어다니고 있었다.

"이게…… 무슨 일인가?"

겨우 정신만 붙잡고 있던 세반이 갈라진 음성으로 물었다. 혼잣말에 가까웠다.

세반을 묶고 있던 포승줄을 잘라 낸 르옌은 바로 옆에서 마리포사 기사단원들을 향해 돌진하기 위해 말을 내달리는 근위 기사의 코트를 쥐고 그대로 끌어 내렸다.

빠르게 주행하던 말은 기수를 잃고도 멈추지 않았다. 재빠르게 고삐를 낚아챈 르옌은 얼마간 질질 끌려가다 말 위로 기어올랐다.

그리고 즉시 그녀에게 등을 보이고 있는 한 마리포사 기사단원의 뒷덜미를 잡아 내동댕이친 후, 그의 말고삐를 쥐고 세반에게 달려갔다.

발로이드의 시선이 느껴졌다. 온전히 그녀에게만 집중되어 있었다. 황실 근위 기사들과 모르가나의 기사들이 계속해서 발로이드를 가로막는 지금이 기회였다.

'페이작이 닿기 전에.'

"일어나십시오. 올라야 합니다."

급히 말에서 내린 그녀가 세반을 강제로 일으켜 약탈한 말 위에 올렸다. 바로 얼마 떨어지지 않은 지척에서 '스와아아안!' 하는 악에 찬 포효가 우뢰처럼 그들의 뒷덜미를 후려쳤다.

르옌은 뒤돌아보지 않고 셰반에게 말했다.

"타고 동쪽으로 가십시오. 체사 경과 합류하십시오. 멈추지 말고."

피범벅이 된 셰반이 겨우 소리 내어 물었다.

"……데투아 경, 경은 어쩌겠단 말인가?"

"……저는, 대기 중인 제독의 군사들에게 합류하겠습니다."

르옌이 단호하게 답했다.

지금 그녀가 동쪽의 교전 중인 군사들에게 합류하면 발로이드가 따라붙을 것이다. 그리한다면 필경 황실 기사단원들과 모르가나의 전군이 그를 뒤따를 것이고 마리포사까지 가세해 그야말로 난장판이 된다.

어떻게든 상황을 최소로 마무리하려면 그녀는 그곳으로 가야 했다.

셰반이 힘겹게 안장에 바로 앉아 허리를 세우려는 순간이었다. 르옌이 돌연 팔을 뻗어 셰반의 머리를 확 아래로 눌렀다.

"이게 무슨 짓…… 쿨럭!"

쉬익. 놀라 휘청대는 셰반의 머리 위로 대중없이 휘둘러지는 적의 검 바람이 일었다. 싸한 등줄기에 어깨를 잠깐 움츠린 셰반이 조금 더 또렷이 르옌을 바라보았다.

르옌이 그를 향해 웃었다.

"고맙습니다."

제 목숨을 구한 건 그녀였다. 그녀가 거듭 말했다.

"저를 믿어 줘서 고맙습니다. 정말 고맙습니다."

셰반이 무어라 더 말하기도 전이었다. 그녀는 셰반이 탄 말고삐를 쥐고 내달려 아수라장에서 벗어난 후, 셰반이 탄 말의 머리를 동쪽으로 돌려 엉덩이를 걷어찼다. 미처 셰반이 첨언하기 전이었다. 말이 달리기 시작했다.

"데투아 경……!"

세반이 몹시 당황해 뒤돌아보았으나 이미 르옌은 북쪽으로 말 머리를 돌린 후였다.

그녀를 검은 기사가 뒤따랐다. 죽음의 사자처럼 괴괴하고 한겨울의 북풍처럼 잔인한 자태였다.

피바람을 뚫고 달려 나온, 피로 물든 갑옷의 사내의 눈이 멀어지는 세반에게 잠깐 향했다 거두어졌다. 난전에 휘말린 적들의 그림자는 점차 멀어졌다.

세반은 어질거리는 시야를 다잡으려 했다. 그러나 이미 피를 잔뜩 쏟아 정신을 붙잡을 도리가 없었다. 그는 푸른 나비의 마갑 덮개를 뒤집어쓴 말 허리에서 펄럭대는 피에 젖은 나비 문양을 힘없이 바라보았다. 제 목숨이 이에 달렸다는 생각에 피투성이 입가에 허한 웃음이 배었다.

이제까지의 적을 태운 말은 동쪽으로, 동쪽으로 달렸다.

카라제시를 필두로 했던 떠난 천오백여 기의 기동 부대는 예정보다 더뎌진 행군에 속을 끓였다. 세반의 무리가 신호로 피워 올린 검은 연기를 확인한 직후 출발했지만, 눈발이 점점 거세지는 것과 함께 보호색을 띤 적군들이 어디에서 또다시 급습할까 하는 경계심을 늦추지 못한 탓이다.

그들이 모르가나의 보급 부대가 위치한 야영지에 이르기도 전에 급습당해 군사들을 잃는다면 세반을 필두로 목숨을 걸고 임무를 수행한 군사들의 희생이 헛된 것이 된다. 어쩔 수 없이 조심스러울 수밖에 없었다.

그리 달리고 달려, 어둑한 밤의 장막이 드리워지기 시작할 무렵이었다. 그들은 모르가나의 야영지가 보이는 곳에 이르렀다.

야영지 동쪽의 전초 기지는 그들이 지척에 이를 때까지도 고요했다. 적들의 방비를 후미에 집중시키기로 했던 셰반의 임무가 성공했거나, 아니면 보다 많은 이들을 끌어내는 것에 성공했는지 모른다. 어느 쪽이든 이젠 카라제시 자신의 임무가 완성되어야 할 때였다.

—황태자를 찾아라.

사실 카라제시는 제국의 태자를 죽인다는 작전이 몹시 꺼림칙했다. 자칫하면 종전이 아닌, 전에 없는 모르가나와의 전쟁이 벌어질지도 모를 일이었다. 파사드의 결단은 그런 의미에서 조금 놀라웠다. 다만, 끝까지 반대하지 않은 것은 위험부담과 되돌아오는 보상의 비례관계를 인정하기 때문이다.

얼마 지나지 않아 그들의 출현을 알아차린 적들이 전방으로 몰려들기 시작했다. 예상했던 교전이었다. 카라제시는 체사가 소속의 기사인 벨타인 경과 윈디어프 경을 좌우로 나누어 그들에게 응대했다. 교전은 전방의 사오 열까지 뒤엉킨 치열한 난전의 형세를 띠었다.

그런데 모르가나의 야영지 적들의 수가 생각보다 많았다. 대응은 늦었지만 뛰쳐나온 머릿수만 보면 그들과 비등했다. 황실 근위 기사도 잇따라 등장하기 시작했다.

이미 추운 눈길을 헤치고 오느라 잔뜩 지친 라르크 기사들에게 상황은 유리하지 않았다. 그나마 다행스러운 것은 적들의 구성이 말에 앉은 이들보다 땅에 발 디딘 병사들이 더 많았다는 사실 하나뿐이었다.

'어떻게 된 거지.'

그런 카라제시에게 등 뒤로 마리포사가 바짝 따라붙었다는 보고가 들어왔다.

"거, 검은 갑옷! 저, 적의 사령관입니다! 마리포사 기사단을 이끌고 빠르게 달려오고 있습니다!"

후방의 파수를 맡던 기사의 경악한 보고에 등줄기를 타고 소름이 일었다.

'……자칼린은?'

아주 잠깐, 믿을 수 없을 만큼 차가운 불길함이 그를 동결시켰다. 그러나 지금은 전투가 우선이었다.

그들을 뒤쫓아 달려오고 있는 마리포사 기사단은 그렇게 많은 수는 아니지만 백여 기는 충분히 넘는다고 했다.

카라제시는 자꾸만 어긋나는 계획에 주먹을 꾹 쥐었다 폈다. 후방으로 군사를 분산시킨다면 극심한 피해를 감당해야 했으나 달리 방도가 있는 것도 아니었다. 얼마간 지켜보던 카라제시는 전방의 접전을 등지고 후미로 달려갔다.

눈이 그쳐 가고 있었다. 시야는 깨끗했다.

처음, 한밤의 어스름 속에서 푸르스름한 기운과 함께 희부옇게 빛나는 설원을 가로질러 달려오는 적들은 검붉은 점처럼 작게 보였다. 그러나 점점 빠른 속도로 커져 그들의 수를 가늠할 수 있을 만큼 가까워졌다.

백여 기는 넘는다. 이백여 기가 될 듯 말 듯했다.

가장 앞에 달리는 기사는 파수병의 보고대로 검은 갑옷의 기사 발로이드였다. 나머지 기사들은 보다 먼 곳에서 가쁘게 그를 뒤따르고 있었다. 그들이 일으킨 질풍에 앉아 있던 눈발이 솟구쳐 마치 하얀 돌풍을 달고 오는 것처럼 보였다.

'적의 사령관.'

발로이드가 범상한 자가 아니라는 것을 일찍이 들어 알았던지라 카라제시는 긴장했다.

적장과의 거리. 오백 걸음.

그리고 백 걸음.

삼십 걸음.

그리고.

'……?'

카라제시가 막 그들과의 격돌을 예상하고 자세를 낮추는 순간이었다. 발로이드가 탄 말 머리가 대각으로 돌아가더니 라르크의 기동 군사들을 무시하고 지나쳐 달려갔다.

'뭐?'

적잖이 당황한 카라제시가 눈을 둥글게 떴다. 그는 혹 측면을 공략하려는 것인가 싶어 발로이드를 따라 달렸다.

그러나 발로이드는 교전이 벌어진 야영지 입구를 완전히 무시하고 야영지의 울타리를 뛰어넘었다. 이히히힝! 거센 채찍질에 그가 타고 있던 처절한 말울음 소리가 공허한 하늘 저편으로 멀어졌다.

'뭐지?'

적들의 노림수가 무언가.

카라제시의 서른 걸음 남짓의 눈앞으로 이백여 기의 마리포사 기사단원들이 그대로 거센 눈보라를 일으키며 달려갔다. 라르크의 군대는 안중에도 없었다. 충분히 그들을 양쪽에서 공격할 수 있는 이점을 버리고 지나가 버릴 만큼 큰 계획이 있는 건가. 긴장감은 더욱 고조되었다.

그러나 교전이 이어지고 이어지도록 마리포사 기사단원들은 나타나지 않았다. 적들의 수도 불어나지 않았다.

얼마 지나지 않아 '마리포사아아아!' 하고 까마득히 먼 저편 어딘 가로부터 쩌렁쩌렁한 목소리가 울려 퍼졌다. 하늘을 찢을 기세였다.

무슨 영문인지 이곳에서는 알 도리가 없었다.

카라제시는 당장의 현실에 집중하기로 마음먹었다. 불길한 예감 이 핏물로 질척대는 설원 위에서 검은 아가리를 벌리고 있었지만, 그가 할 수 있는 것은 당장 야영지 입구에서 그들을 막아서는 이들 을 돌파해 내는 것이다.

'황태자가 도망치기 전에.'

그러나 상황은 쉬이 풀리지 않았다. 적들의 일반 보병들과 기병들 은 크게 위협적이지 않았지만 황실의 근위 기사들이 문제였다. 화려 한 금빛 갑옷을 입은 그들은 일정한 진열을 유지하고 결코 흐트러지 는 법 없이 지친 라르크의 기사들을 베어 넘겼다. 그들이 가는 길목 마다 앞서 기다리다가 검을 휘둘렀다.

야영지의 방책 너머로 근위 기사들이 몇이나 더 있을지 모른다는 미지감, 황태자가 도망쳐 버리면 모든 계획이 무산되어 버릴지도 모 른다는 노파심 그리고 최전선에서 자칼린을 향해 달려갔던 적의 사 령관이 최전선을 벗어나 이곳에 왔다는 사실이 계속해서 카라제시 를 초조하게 만들었다.

그런데 머잖은 곳에서 또 다른 말발굽 소리들이 울려 퍼지기 시작 했다. 또다시 그를 당혹케 하는 보고가 이어졌다.

"카, 칼란독 경께서 기사들을 이끌고 오고 계십니다!"

상황이 만만하지 않았으니 증원이 있다면 도움이 될 것이 분명했 다. 그러나 카라제시는 든든함 이전에 당황스러웠다.

지금 이곳으로 출병한 기사들의 수만 헤아려도 최전선에서 그들이 간신히 유지하던 방어 전선에 큰 허점을 만들 수 있었다. 방어 진형으로 버티는 것도 머릿수가 어느 정도 충당이 되어야 가능한 법이다.

얼마 지나지 않아 은빛 갑옷을 입고 낯선 갈색의 준마를 탄 파사드가 그들에게 이르렀다. 카라제시는 치열하게 벌어지는 접전을 모조리 제 휘하 가문의 벨타인 경에게 내던지고 파사드를 향해 달려갔다.

"무슨 일이 생겼습니까? 전선이 무너졌습니까? 전방 총지휘자인 칼란독 경이 왜 여기에. 예정에 없지 않았습니까."

"체사 경, 전방은 지금 카바인 경에게 맡겼다. 발로이드는 어디에 있나."

답하는 파사드는 이상했다. 차갑고 무심했으며 가빠 보였다.

얕게 숨을 몰아쉬는 파사드의 까만 눈동자가 동쪽 전초 기지를 중심으로 벌어진 치열한 교전 상황을 훑었다. 지금 카라제시는 저만 전선이 걱정스러운가 싶어 벌컥 화를 내고 말았다.

"칼란독 경, 지금 여기서 뭘 하고 계시느냐 물었습니다."

"마리포사는?"

"……우군을 지나쳐 야영지 안으로 그대로 들어갔습…… 아니, 너 부상당했나?"

카라제시는 파사드의 갈라진 갑옷 안이 시뻘겋게 물든 것을 발견하고 기함했다. 가만 보니 무기도 생전 처음 보는 것이었다. 리오낙은 어디에 갔나? 카라제시의 당황을 알아차리지 못한 사람처럼 파사드가 무심히 답했다.

"얕은 상처다. 그보다…… 상황이 만만치 않다는 건 알겠다. 조금만 버텨라. 나는 이대로 발로이드를 쫓겠다."

느닷없는 말에 카라제시가 기사들의 재출발을 명하기 위해 팔을 들어 올리려는 파사드의 팔뚝을 움켜 내렸다.

"뭐?"

"놔라, 체사 경."

이 상황이 지금 어찌 된 것인지 모르는 이상, 라르크의 머리인 파사드를 저 안으로 들여보낼 수는 없었다.

"너…… 아니, 사령관님, 지금 올바른 판단을 하고 계신 겁니까. 아직 저 안에 적들이 몇이나 더 있는지도 파악되지 않았습니다. 최소 마리포사 기사단을 비롯해 황실 근위대와 여분 군사들이 수백은 더 있을……."

그때였다.

먼 저편으로부터 우뢰와 같은 고함이 울려 퍼졌다. 도처에 깔리고 널린 금속성으로 인해 귀가 어지러워 무엇 하나 제대로 들리지 않는 와중에도 이상하게 소름 끼치게 들러붙는 소리였다. 스와아아안!

'스완?'

카라제시의 고개가 뻣뻣하게 돌아갔다.

"놓으라고 했다, 체사 경."

"미쳤습니까. 지금 저 안으로 무턱대고 들어가서 어떻게 하시려고. 차라리 같이 저들을 물리치고 함께 이동하는 게 좋겠습니다."

파사드가 입술을 세게 짓씹듯 물었다.

카라제시가 놓아주지 않을 것을 직감한 파사드는 그를 떨쳐 내는 대신 말을 몰아 카라제시에게 바짝 다가섰다. 그러고는 두 손을 뻗어 카라제시의 옆머리를 꽉 끌어당겼다.

갑작스런 그의 행동에 놀랐지만 카라제시는 쥔 손에 힘을 풀지 않았다. 외려 더 단단히 붙들었다. 카라제시가 다시 한 번 단호하게 말했다.

"칼란독 경, 안 됩니다."

"내 책임을 잊은 게 아니다."

"당연히 칼란독 경이 그럴 리가 없다고 생각하고 있습니다."

절대 보낼 수 없다고 생각했다. 그러나 이어진 파사드의 목소리가 귀 안쪽으로 흘러드는 순간, 카라제시의 손에 절로 힘이 빠졌다.

"죽게, 둘 수 없다. 그럴 수는 없다."

"······무슨 말을."

"나는 그녀를 죽게 둘 수 없다."

간신히 끄집어내는 다짐처럼 절절 끓는 목소리였다.

카라제시는 혼미하게 그를 바라보았다. 이게 지금 무슨 소리인가. 그녀가 누구이관데? 지금 이 상황에 넌 대체 무슨 소리를 하고 있는 거냐. 그리 고함을 쳤어야 맞았다. 사령관의 판단이 합리적이지 못하다면 그를 조언해 주는 것이야말로 휘하 참모들의 의무였다.

파사드의 짓물러 갈라지고 멍든 입술 사이로 힘에 겨운 듯한 입김이 새어 나왔다.

"카라제시, 놔라. 너를 실망시키지 않을 테니."

카라제시의 진녹색 눈동자가 잠깐 흔들렸다. 체사 경, 그리 부르지 않는 것은 교활했다. 안 될 일이다. 그러나 끝까지 그를 놓지 않으려 했던 카라제시의 팔은 느리게 아래로 떨어졌다.

오랜 시간 파사드를 알아 오면서 단 한 번도 저렇게 간절히 구하는 것을 본 적이 없었다.

파사드는 제가 가진 것을 지키고 상황에 맞추어 스스로를 억누르는 것에 익숙한 삶을 살던 이였다. 때로 불쌍하다 싶을 만큼. 그는 세상이 그에게 규정하고, 스스로가 부여한 선을 넘는 일을 하지 않았다.

"······파사드, 위험해질 것 같다면."

찜찜하고 불안했지만 파사드는 스스로의 위치를 자각하고 있을 터다. 그리 믿는 수밖에 없었다. 그러나 카라제시의 말이 채 끝나기도 전에 파사드는 말 머리를 돌려 오백여 기의 기사들과 함께 달려 갔다. 파사드의 기병대가 전초 기지를 지키고 있던 군사들을 지나쳐 방책을 넘자 적들은 크게 당황해 흐트러졌다.

카라제시는 이를 꽉 물고 전방의 밀려나는 적의 기사들을 향해 달려갔다. 지금 당장 그의 임무는 저들을 무너뜨리는 것이다.

그런데 잠시 후, 야영지 안쪽으로부터 수십, 아니 어쩌면 수백여 기에 이르는 마리포사 기사단원들이 튀어나오기 시작했다. 울타리와 방책들을 막무가내로 무너뜨려 가며 뿔뿔이 흩어지는 그들을 바라보던 카라제시는 어처구니가 없어 웃었다.

대체 무슨 일이 벌어지고 있는 건지는 모르겠으나, 난장판이라는 것만큼은 확실했다.

횃불이 반디처럼 뛰어다닌다.

방책 너머로는 영문 알 수 없게 치솟은 불길이 하늘을 밝혔다. 사방이 석양을 맞은 듯 붉게 밝았다.

그런데 얼마 지나지 않아 야영지를 두른 방책 너머에서 한 필의 말이 비틀거리며 달려왔다. 푸른 나비 문양이 그려진 천을 두른 군마였다. 사격하려던 군사들은 이내 기수가 쓰러져 있다는 것을 알아차렸다.

그러던 중 한 기사가 말 위에 쓰러져 있는 기사를 발견하고 소리쳤다.

"지오타르 경입니다!"

놀란 몇몇 기사들이 전열을 이탈해 달려갔다. 셰반은 큰 부상을 입고 혼절한 채였다.

보고는 카라제시에게까지 들어갔다. 무슨 상황인지 알고 싶었으나 카라제시는 자리를 이탈하는 대신, 그가 깨어났다는 소식이 돌아오길 기다리기로 했다.

그러길 얼마간, 마리포사 기사단원들이 일제히 전방으로 모여들기 시작했다. 파사드의 안위를 비롯해 걸리는 것이 수만 가지인데 일사불란하게 움직이는 푸른 갑옷의 기사들까지 가세해 길을 막아서니 미칠 지경이었다.

놀라울 정도로 침착하게 상황을 주도해 나가던 황실 근위대의 지휘 기사를 노려보던 카라제시의 눈동자에 찰나의 의아함이 어렸다. 그들을 고전케 하는 황실 근위대 기사의 옆에 나란히 선 기사가 여자임이 분명했던 탓이다.

혹, 지난번 그들로부터 탈출했던 그 마리포사의 계집인가 싶었다.

여자.

요즘은 전쟁터에 왜 이리 여자들이 뛰쳐나와 일을 곤란케 하나. 반드시 조신한 건 아니지만 대체적으로 정숙함과 우아함을 미덕 삼는 북부의 여자들만 겪어 왔던 카라제시에겐 몹시 낯선 일이었다. 카라제시의 진녹색 눈동자가 살의로 그들의 움직임을 살폈다.

그런데 이변이 생겼다. 잠자코 라르크의 기사들을 바라보던 청록빛 눈동자의 여기사가 검을 들어 그대로 제 옆의 기사의 뒷목에 검을 쑤셔 박은 것이다.

'……뭐라고?'

그 광경을 처음부터 지켜보던 카라제시가 저도 모르게 입술을 벌렸다.

만일 날이 샐 때까지도 돌파하지 못하면 어떻게든 파사드와 합류해 퇴진해야 한다는 계획까지 고려하던 중이었다. 여기사가 제 편을 살해한 즉시 그녀의 등 뒤로 좌우에 모여 있던 마리포사 기사단원들이 일제히 검을 들었다. 그리고 무차별적으로 모르가나의 기사와 황실 근위대를 학살하기 시작했다.

뒤늦게 상황을 알아차리고 달려온 한 황실 근위 기사가 소리쳤다. 이게 무슨 짓인가! 죄 쉬어 버린 목소리로 황망함과 혼란함을 감추지 못하고.

라르크의 군대를 막아섰던 모르가나의 기사들과 병사들이 일제히 혼란에 빠졌다.

그들은 저들끼리 싸우기 시작했다.

오롯이 라르크 군으로 향했던 적들의 적의가 마리포사에게로 돌아가려던 찰나, 야영지 안쪽에서 뛰쳐나온 피투성이의 황실 근위 기사 한 명이 또 다른 황실 근위 기사들에게 달려갔다.

멀찍이서 바라보는 카라제시의 진한 녹색 눈동자 위로 이채가 어렸다.

마리포사 기사단원들에게 검을 겨누던 황실 근위 기사들은 일제히 마치 엉덩이에 불이라도 붙은 것처럼 펄쩍 뛰며 방책 안쪽으로 달려갔다.

"근위대는 퇴각한다!"

그 목소리만큼은 뚜렷하게 카라제시에게도 닿았다.

백여 명이 넘는 근위 기사들이 일제히 빠져나가자 남아 있던 모르가나의 새끼 기사들과 병사들은 일시 혼란에 빠졌다.

마리포사 기사단원들이 모르가나의 군대를 학살하듯 도륙하는 동안, 멀찍이 서서 그들을 바라보던 카라제시와 눈이 마주친 여기사가 마리포사 기사단원들의 엄호를 받으며 치열한 교전을 가로질러 그에게 다가왔다.

'대체 무슨⋯⋯.'

내심 긴장한 카라제시는 어느새 지척까지 다가와 선 여기사를 똑바로 노려보았다. 마리포사 기사단원들이 우르르 그에게로 몰려들자 적들 사이에 벌어진 전투에 어리둥절해 하던 다른 라르크 기사들이 일제히 카라제시를 에워쌌다.

카라제시가 손을 들어 그들을 물렸다.

여기사는 스무 걸음 남짓의 거리를 두고 멈춰 서 무언가를 던졌다. 성인 남성의 것으로 추정되는 잘려 나간 팔이었다. 최대한 경계를 늦추지 않고 그에 다가간 카라제시는 고개를 살짝 비껴 돌려 사체의 일부를 살폈다.

더럽혀진 사내의 흰 손에 끼워진 것은 검은 사자가 음각된 반지였다.

비통하고 절망적이었다.

발로이드는 스스로를 곧추세울 정신을 잃었다. 여태까지 그를 지탱해 오던 것이 일순간 무너지기라도 한 듯이 그리 처참했다.

제게 박히는 화살도, 저를 베어 내는 기사의 검도 느끼지 못하는 것처럼 그리 여자에게만 집착했다. 그는 더 이상 마리포사의 발로이드가 아니었다. 그 여자의 발로이드였다.

마리포사 기사단원들이 모두 보았다. 발로이드는 스스로가 우는 줄도 모른 채 울고 있었다.

끝에 이르기 전에 눈물 보이지 마라. 늘 그리 말하며 전우를 잃고 슬퍼하던 기사단원들을 다독이던 주군이었다. 선 시체가 흘리는 듯한 눈물은 에일라의 충성스런 가슴을 또 한 번 무너뜨렸다.

발로이드는 그 여자를 위해 황태자를 죽였다. 그러나 그 여자는 또다시 발로이드로부터 도망쳤다. 발로이드는 마치 빛을 갈망하는 맹인처럼 그 여자를 따라 달려갔다.

제발, 주군. 이러지 마십시오. 아무리 말려도 듣지 못했다. 애원 섞인 고함도 그의 귓바퀴 밖으로 그대로 내쳐졌다. 마지막까지 발로이드를 지키기 위해 따르려는 기사들마저 따를 수 없을 만큼 그는 맹렬하게 달려갔다. 사라졌다. 발로이드의 세상엔 그녀뿐이었다.

이제 마리포사는 제국의 반역도로 추락했다.

지난 이백여 년간 그들이 견디고 견뎌 쌓았던 모든 것이 모래성처럼 무너지는 일이었다. 발로이드가 이성을 잃고 스스로를 놓아 이런 혼란을 야기한 지금, 에일라는 결정해야 했다.

지금 이 전쟁터 한복판에 내버려진 전우들과 그들을 등지고 사라져 버린 발로이드를 둔 결정이었다.

늘 발로이드의 명에 따라 살아온 그녀에게 독단을 내린다는 것은 낯선 일이었으나, 이 또한 그의 가르침에 따를 수밖에 없었다.

키에스조차 없는 지금, 발로이드가 떠나 버린 지금, 책임은 그녀에게 있었다. 그래서 그녀는 선택했다.

전우를 살처럼 사랑하라. 늘 가슴속에 새기고 살아온 그 강령에 따라 그녀는 최선의 지침을 쫓았다. 끝내 눈물이 뚝뚝 떨어져 내렸다.

라르크의 기사. 처음 보는 녹안의 기사였으나 그가 이곳의 지휘자임은 멀리서도 단박에 알았다. 뺨을 타고 흘러내리는 눈물이 턱 끝에 걸렸다.

에일라의 입술이 열렸다.

"나는 에일라 시니스. 마리포사 기사단의 제일 기사단장으로 지금 모든 권한을 위임받은 상황입니다. 당신이 누구인지는 모르겠으나 지금 이 군의 지휘를 맡고 있는 지휘 기사임은 왼팔의 배너가 일러 주니 당신에게 전달하겠습니다."

햇불들이 뛰어다니는 세상, 늘 그들이 살아온 전장, 온통 피 내음과 오물 냄새로 뒤덮인 공기, 모든 것이 익숙했으나.

"마리포사는 이 시간부로."

발로이드를 잃음으로써 그들은 망망대해의 부표처럼 길을 잃었다.

그녀는 끓는 비참함을 통고했다.

"전군, 전선에서 물러납니다. 그 팔은 우리의 진의를 증명하기 위한 증표입니다."

카라제시는 하염없이 눈물 흘리며 말하는 여자를 바라보았다. 표정 하나 없이 메마른 음성이건만, 얼굴은 오열에 잠긴 듯 참담했다.

"나는 노란 노루의 아들, 카라제시 란센이다. 네 말처럼 현재 이곳의 지휘를 맡고 있는 자다. 어째서인지 듣지 않으면 믿을 수 없다. 이 팔로 진의를 증명한다는 건 무슨 말이냐."

카라제시의 차디찬 대꾸에 에일라는 입술을 당겨 물었다가, 흔들림 없는 음성으로 말을 이었다.

"모르가나의 유일 태자 라인하르 델라로지아 루잔 리르벨타인 모르가니아의 팔입니다. 그를 살해한 건."

"……."

"마리포사입니다."

카라제시의 표정이 삽시간에 당황으로 물들었다.

"우리는 물러나겠습니다."

"……."

"쓸데없는 피해를 키우고 싶지 않다면 우리의 등을 쫓지 마십시오."

이건 무슨 속임수인가.

섣부르게 받아들일 사안이 아니었다.

그사이 울타리 안쪽에서 또 다른 황실 근위 기사 무리와 검은 사자의 기사들이 뛰쳐나왔다. 주춤하고 있던 라르크의 기사들에게 경계령을 하달하기 위해 카라제시가 무언가 소리치려는 찰나였다. 에일라가 쥐고 있던 고동을 불어 올렸다. 빠우우우. 그는 퇴각의 징만큼이나 확실한 의미로 일대의 머리 위로 울려 퍼졌다.

모르가나의 군사들을 학살하는 한편, 라르크의 기사들과 대치하고 있던 마리포사 기사단원들이 서서히 물러나기 시작했다.

에일라와 그녀를 호위하던 푸른 갑옷의 기사 무리는 더 기다리지 않고 말 머리를 돌려 카라제시와 라르크 군사 무리를 지나쳐 달리기 시작했다.

제국의 기사들은 마리포사 기사단을 향해 달려들고, 푸른 갑옷의 기사들은 날개를 펼치듯 사방으로 흩어져 도망쳤다.

얼마간 그들이 멀어지는 방향을 황당한 눈으로 돌아보던 카라제시는 마리포사 기사단원들을 쫓다가 라르크 군을 발견하고 어쩔 줄 몰라 머뭇대고 있는 적들을 향해 시선을 고정시켰다. 입술이 바짝 마르는 것과 동시에 심장이 요동치듯 맥박질 했다.

적들이 우왕좌왕하여 기세를 죽인 지금이 적시였다. 가까스로 정신을 수습한 그가 명령했다.

"윌바크 경."

"예, 예!"

"경은 지오타르 경의 상태가 어떤지, 아직 깨어나지 않았는지 가서 확인하고 가능하다면 정신을 차리게 해 조금 전 상황의 진위를 물어. 그 후에 최전선으로 되돌아가 이 상황을 알려라. 그리고 타한 경은 지금 당장 위치로 돌아가 적 보병대의 전열을 해체하고. 저들이 혼란한 지금이 기회니까."

"존명."

"벨타인 경은 체력이 남은 기병들을 최대한 모아 일시 돌격해 적들의 기병대를 섬멸한다. 그리고 저들의 보병대가 해체되는 순간, 야영지 안으로 돌입해 전부 불태운다. 나머지는 전부 제 위치로 돌아간다."

세반을 찾아가란 명을 들은 월바크 경을 제외한 나머지 기사들이 일제히 난전 속으로 사라졌다. 이미 밀려나기 시작한 적들은 카라제시의 근처에도 닿지 못했다.

조심스레 말에서 내린 카라제시는 잘려 나간 팔을 집어 들었다. 그의 진녹색 눈동자가 사체의 손가락에 끼워진 반지를 응시했다.

검은 사자가 아가리를 벌린, 그런 흉포함. 오래도록 그들이 적으로 규정해 온 사자의 반지였다.

누구의 것인지 모를 비명을 한 귀 밖으로 흘려 내며 카라제시는 허탈하게 웃었다.

"죽었다고……?"

죽지 않았더라도, 팔 한짝을 잃었다는 것만큼은 확실했다. 한참을 서 있던 카라제시는 주워 든 팔을 군마의 허리에 달아 두었던 주머니에 욱여넣었다. 반밖에 들어가지 않아 괴기스럽게 손이 불거져 나온 형세였다. 그러나 미감은 상관없었다.

제국의 유일 태자가 마리포사에 의해 살해당했을 가능성이 있다. 그 사실이 가장 중했다.

파사드가 오백여 기의 지친 기병대를 이끌고 방책 안으로 달려 들어갔을 때, 사태는 이미 엉망진창이 된 후였다. 라르크 군사들이 입구의 문턱을 넘었는데 누구도 파사드와 라르크 기병대의 앞을 막아서지 않았다.

야영지 중앙부에서 시작해 적들이 몰려 있는 후방까지 어수선하고 비린내가 자욱했다. 막사가 타오르고 드문드문 적들의 시체들이 늘어져 있고 저들끼리 검을 내리치는 이상한 풍경이 군데군데 보였다.

혹 무슨 계략인지, 아니면 눈에 보이는 그대로 이들 사이에 문제가 생긴 건지, 지금 저 후방에 르옌과 셰반이 군사들을 이끌고 침입을 성공해 이들이 이리 무너진 것인지 섣불리 판단할 수 없었다.

파사드는 뿔뿔이 흩어지기 시작하는 푸른 갑옷의 기사들과 그들을 따라 달려가며 고함을 지르는 검은 사자의 기사들, 황실 근위 기사들을 볼 수 있었다.

간간이 돌발적으로 튀어나오는 군사들과 기사들을 베어 넘기며 적들이 흩어진 근방에 이르렀을 때, 파사드는 당혹감을 금치 못했다.

시체가 발 디딜 곳 없이 깔려 있었다. 대부분이 모르가나의 기사들과 황실 기사단원들 혹은 마리포사 기사단원의 시체였다. 그들의 야영지 한복판에서.

'대체⋯⋯.'

발로이드는 없었다. 르옌도 없었다.

파사드는 곧 시체들 더미에 깔려 있는 눈에 익은 얼굴들을 발견하고 입술을 꾹 깨물었다. 카라반 경과 이븐 경이었다. 셰반의 휘하에서 늘 그를 보좌하던 이들이다.

'대체 무슨 상황이. 그녀는 어디에 있나.'

파사드의 눈동자가 최대한의 침착을 가장해 주위를 살폈다.

스완을 외치던 발로이드의 목소리를 똑똑히 들었다. 그녀가 이 야영지 어딘가에 발로이드와 함께 있다면 그곳은 어디인가. 파사드는 멀지 않은 곳, 수백 기의 황실 근위 기사들이 저편 북쪽의 울타리를 뛰어넘어 달려가는 것을 발견했다.

'지금 전방에 카라제시가 있는데 저들은 어딜⋯⋯.'

전사한 두 기사를 발견한 몇몇의 기사가 말에서 내려 그들의 시신을 수습했다. 그러던 중 한 기사가 몹시 당황한 얼굴로 파사드를 향해 소리쳤다.

"카, 칼란독 경, 이걸 보셔야 할 듯합니다⋯⋯."

잔뜩 예민하게 신경을 곤두세우고 있던 파사드가 말 머리를 돌려 내려다보았다.

금빛 갑옷을 입은 기사들의 시체 아래 보호받듯 깔려 있던 피투성이 시체 한 구의 다리가 보였다. 파사드의 턱짓에 기사들이 시체를 끌어내었다.

팔 없는 시신이 너덜너덜 끌려 나왔다. 질척하게 젖은 붉은 피 먹은 넓은 털 코트, 그리고 어딘지 익은 코트 안의 피에 젖은 휘장徽章, 보석들로 장식된 단추와 붉게 물든 자수들.

피에 절어 색깔조차 구분되지 않았으나 범상한 자가 아님이 분명했다. 전장에서 보기 어려운 이질적인 차림이다. 이 전쟁터에 황실 근위 기사들의 시신에 둘러싸여 저런 차림을 할 이는 한 명뿐이었다.

'⋯⋯설마.'

세반 일행이 카라제시의 돌파를 기다리지 않고 황태자의 시해에 성공한 걸까.

그러나 말이 되지 않았다. 이곳에 널린 것은 전부 적의 사체였다. 라르크의 기사들이 황태자의 시해를 성공시키고 무사히 도망쳤다고는 해도 겨우 라르크 군의 시신이 예닐곱밖에 없을 수는 없었다.

게다가 조금 전에 보았던 이상한 광경 속에서 마리포사와 모르가나의 기사들, 황실 기사들은 서로를 적대하고 있었다.

"시신을 말에 올려라."

파사드는 황실 근위 기사들이 대거 몰려갔던 후방의 동북 방향으로 시선을 옮겼다. 방책과 울타리 너머 저 끝에는 어둠 속에 그림자만 남은 그란두르의 낮은 산이 서 있었다.

그 시각, 별안간 벌어진 사태에 허둥지둥 근처의 막사로 몸을 숨겼던 나이제르는 숨을 꺽꺽대며 제 앞에서 푸르릉대는 말의 주둥이를 꽉 눌러 닫았다. 일이 터지기 무섭게 적의 사령관이 라인하르의 시신을 수습하러 온 것이 보였다.

발로이드가 그들을 배반하고 라르크의 편에 섰음이 분명한 일이었다. 울분으로 눈물이 났지만 당장 초토화된 이곳에는 그를 지켜줄 기사들이 없었다.

마리포사 기사단에게 단장을 살해당하고 지켜야 할 황태자를 잃은 황실 근위 기사들은 발로이드가 사라진 방향으로 악에 받친 추격을 떠났다. 모르가나의 남은 기사들 역시 변절자 마리포사를 향한 분노를 감추지 못하고 그들과 함께 떠났다. 그 밖의 인원은 뿔뿔이 흩어진 마리포사 기사단원들을 추격하러 갔다.

이곳에 남은 건 시체들뿐이었다. 나이제르는 황태자의 시신마저 수습하지 못했다. 일국의 기사로서 몹시 수치스럽고 절망적인 일이었지만 적들의 수가 오백여에 이르니 어쩔 수 없다는 합리화만이 남았다.

라르크의 기병대는 곧 주위를 샅샅이 수색하거나 하는 대신, 황실 근위 기사들의 뒤를 쫓아 달려갔다.

그들이 충분히 멀어진 후에야 나이제르는 주먹을 그러 물고 참았던 분노의 울분을 터뜨리며 말에 올랐다. 그리고 황폐하게 불타는 야영지를 떠나 남쪽으로 달아났다.

그들의 황제가 머무는 제도 시모어로.

눈구름이 점차 얇아지더니, 어느새 거의 내리지 않는 듯했다.

한새벽이었다. 바람이 더 차가워지는 만큼, 피로도 갑절이 되었다. 카헤이아는 차갑게 언 산 중턱의 돌출된 흙 바위 위에 엉덩이를 걸치고 앉았다. 토사가 무너지면 어쩌느냐 걱정하는 장교의 말을 귓등으로 무시하고서.

고요한 밤이었다. 나무, 수풀, 바위들로 장관을 이룬 드넓은 산 뒷길이 수십 개의 횃불에 기대어 희미하게 보였다.

해가 저물어 갈 즈음 떠나 이미 달이 기울기 시작했는데 아직까지도 돌아오는 이가 없다는 건, 셰반 일행의 임무가 완전히 실패했거나, 임무에 차질이 생겼다는 것이다.

망지기를 제하고 상비 전투태세로 대기하던 나머지 해병들은 이미 꽤나 풀어졌다. 언제 돌아올지 모를 감감무소식의 동맹군들을 기다리며 언제까지고 긴장한 채로 버틸 수는 없었던 탓이다.

카헤이아는 조금 더 높은 바위로 기어올랐다. 그리고 도려 나간

절벽처럼 편편한 산벼랑 아래에 기대어 섰다. 어스름 하얀 눈밭을 검푸르게 물들이는 어둠만이 보이는 전부였다. 카헤이아의 입술이 냉담한 일자로 다물렸다.

'다 죽었나.'

어려운 일이라는 건 알고 있었다.

그들이 버틸 수 있는 식량도 얼마 남지 않았으니, 만일 라르크의 기사들이 내일 오후까지 돌아오지 않으면 다시 되돌아가야 할 것이다. 사실 오후까지 기다릴 필요도 없었다. 오늘 동이 트기 전까지 돌아오지 않는다면 그들은 전부 죽었다 봐도 무방했다.

시친 군은 추위를 물리치기 위해 곳곳에서 작은 모닥불을 피웠다. 사백여 명 정도 남은 해병들이 지친 얼굴로 바위 아래로 내려와 옹기종기 모였다.

휘하 장교들의 낯 위로 잠깐잠깐씩 스치는 불안과 피로를 읽어 낸 카헤이아의 눈빛이 사나워졌다. 이리 고생을 하고, 그들의 귀한 이송 수단인 코끼리들마저 잃고 그냥 되돌아간다는 건 비웃음 사기 딱 좋은 일이었다.

'아니면 카라제시가 도착해 그들과 합류했나?'

카헤이아가 차게 언 아랫입술을 매만지며 곰곰이 생각에 잠겼다.

그녀는 곧 경사가 험한 토산의 끄트머리에 듬성듬성 앉아 망을 보고 있는 군사에게 다가갔다. 해병 장교는 두꺼운 팔뚝을 달달 떨면서도 망원경을 쥔 손을 내리지 않고 있었다.

카헤이아가 옆에 아슬아슬하게 걸터앉자 그제서야 고개를 돌려 말했다.

"각하, 위험합니다."

"뭐 보이는 건 없나?"

"예, 아직…….."

"표정 좀 펴고 있어라. 너만 힘든 것 아니니."

"죄송합니다."

다소 주눅이 든 목소리가 돌아왔다. 우락부락한 근육질의 사내가 낸 소리라고는 믿기지 않을 만큼 자그맣고 침울하게 가라앉은 채로.

"각하께서도 불편하실 텐데."

"그래서 뭐, 향수병이라도 도진 거냐."

카헤이아가 우스갯소리 하듯 가볍게 뱉어 물었다. 장교는 바람이 새어 드는 털모자를 고쳐 쓰며 그녀에게 울퉁불퉁한 흑돌 한 개를 건넸다.

"이 쓰레기는 왜 줘?"

카헤이아는 까만 돌을 건네받았다. 그러다 조금 놀란 표정을 했다. 따뜻했던 것이다.

"뭐야, 이거. 네 엉덩이에 비비적거리던 거냐?"

"아, 아우, 아닙니다, 각하. 지난번 이른에서 라르크 군사들과 잔치가 있었을 때 좀 친해진 라르크 남부 출신의 한 기사가 준 건데, 별돌인가 그리 부른다고 합니다. 햇빛을 받으면 열을 보존해 따뜻해진다며 귀한 거라고는 줬는데, 두 개를 받아서요."

"됐다. 이딴 건 너나 써라."

피식 웃은 카헤이아가 돌을 다시 장교의 주머니 속에 던져 넣었다. 장교는 그녀의 거절이 못내 아쉬운 기색이었다.

해병 장교들은 다른 두 제독과 달리 해군만큼이나 해병을 중시하는 카헤이아를 어미처럼 따르고 있었다. 해병보다 배를 움직이는 해군을 높이 사는 뉴가트와 이스크라 올다의 나머지 두 제독이 그녀를 눈엣가시처럼 여기는, 그만큼의 존경이었다.

한 손으로 주머니 속의 돌을 매만지며 다른 한 손으로는 망원경을 고쳐 들고 저편을 바라보던 장교가 말했다.

"오늘…… 에가라가 죽었습니다."

"……."

"동기였는데 그래서 좀 마음이 좋지 않았습니다. 임무가 이대로 실패하면, 그 녀석과 이번에 죽은 군단 동기들이 불쌍해질 것 같아서."

"그래도 내색하지 말아야지."

"……."

"정신은 이어진다 했다. 그러니 이번 임무가 말짱 황이 되더라도 죽은 녀석들이 의미 없이 죽은 건 아니야."

"이대로 끝이 나더라도 말입니까? 임무가 이대로 끝이 나면, 그들의 죽음은 헛된 것이 되는 게 아닙니까."

카헤이아는 잠깐 침묵했다가 가볍게 입술을 뗐다.

"응. 왜냐고는 묻지 마라. 뭐라고 대답해야 할지 생각을 좀 해 봐야겠으니까."

그때 반대편의 토산 위에 웅크려 망을 보고 있던 한 해군 장교가 소리쳤다.

"오, 옵니다!"

"뭐가 와, 오긴…… 온다고!"

무심코 그리 중얼대던 카헤이아가 벼락이라도 맞은 사람처럼 벌떡 일어섰다.

일대의 시친 해병 군단들 역시 똑똑히 들었다. 또 다른 장교가 소리쳤다.

"제자리로!"

바람을 피해 벽 근처에서 모닥불을 피우고 몸을 녹이고 있던 이들이 일제히 일어나 무기를 들고 딱딱하게 언 토산 위로 기어 올라가기 시작했다. 그들의 몸놀림은 지친 정도를 생각하면 놀라울 정도였다.

카헤이아는 쭉 얼어붙은 토산 위의 좁은 길을 위태롭게 따라 걸어가 망원경을 잡아챘다.

카헤이아의 눈동자가 외알의 확대된 세계를 급히 좇았다. 까마득하게 먼 저편의 설원 위로 점점이 다가선다.

무리가 아니었다. 이곳을 향해 달려오는 이는 한 명이었다.

'저게 왜 혼자…….'

아니, 혼자가 아니었다.

자세히 보니 빠르게 말을 타고 달려오는 그녀의 뒤를 좇는 검은 갑옷의 기사가 더 있었다. 검은 갑옷의 기사는 제 몸만큼이나 긴 창을 쥐고 있었다. 망원경 안으로도 밤빛처럼 번뜩이는 창은 몹시 불길하게 시커멨다.

떠난 이들이 이백여에 이르는데, 왜 돌아오길 한 명만 돌아오나.

카헤이아의 안색에 서서히 핏기가 사라졌다. 막 망원경에서 눈을 떼고 움직이려던 찰나였다. 그녀의 곁눈으로 이질적인 것이 비쳤다.

저 멀리에서 점멸하는 불빛들. 파도처럼 넘실대는 주홍의 불빛들이 빠르게 흩어지는 잔상을 그리며 설원의 지평선을 뒤덮기 시작했다.

카헤이아는 매섭게 질주해 오는 금빛 갑옷의 기사들을 발견하고 작게 입을 벌렸다.

"가, 각하, 적들이……."

하나, 둘, 셋…… 수를 헤아릴 수가 없었다.

설상가상 금빛 갑옷의 기사들 뒤로 검은 사자의 깃발을 단 또 다른 기사들이 모습을 드러냈다. 그들은 어마어마한 속도로 라르크의 여기사와 그 뒤를 쫓는 어떤 검은 갑옷의 사내가 설원 위에 남긴 말발굽 자국을 짓밟으며 달려왔다.

그 수가 적어도 현재 위치해 있는 시친 해병의 두 배는 이를 듯했다.

그러나 문제는 적들의 수가 아니었다. 저 여자가 혼자 돌아오고 있다는 것이 문제였다.

이곳에 남은 해병들은 사백여 남짓. 그나마도 긴 기다림에 지쳐 있거나 부상당해 겨우 위치만 지키는 이들도 있었다.

애초의 연합 계획은 몸이 가벼운 해병들이 경사가 높은 곳에서 석궁과 활을 쏠 수 있게, 적들을 유인해 온 라르크의 기사들이 적들을 해병들이 공격하기 쉬운 지점으로 몰아넣어 토산 위의 시친 인들을 노리는 기사들을 하나하나 척결하는 방식이었다. 꽤나 효율적이라 그들은 사백여에 이르는 적들의 시체를 쌓을 수 있었다.

그런데 지금은 지상을 지켜 줄 아군이 없었다. 르옌이라는 이름의 여자 말고는. 아무리 경사 지대를 우위로 삼는다 해도 해병의 피해는 피할 수가 없을 듯했다.

'이 망할 북부 잡놈들이!'

임무가 실패하지 않길 바라기는 했다만, 저렇게 개 떼처럼 몰고 오길 바란 건 아니었다.

카헤이아는 배 속의 힘을 끌어내어 쩌렁쩌렁 소리쳤다.

"아아헤이! 전부 입구 근방의 수비로 밀집해!"

토산의 뒷길은 언 흙벽과 바위로 양면이 둘러싸인 구조로, 입구는 좁으나 안쪽으로 갈수록 넓어졌다.

첫 유인 작전에 라르크의 기사들이 조력할 때는 산 뒤편까지 적들을 끌어와 넓은 곳에 몰아넣어 학살하는 방식을 택했지만, 지금은 그럴 수가 없었다.

시친의 해병들은 적들의 기사들처럼 말도 잘 타지 못했고, 탈 말도 없었으니 기사들과 대등하게 지상에서 싸우는 것은 자살 행위다. 미리 높은 지대를 점한다는 것과 적들보다 몸이 가볍다는 이점만이 그들이 가진 전부였다. 때문에 그들이 선택할 수 있는 길은 최대한 입구를 사수하는 것이었다.

적들의 출현이 공공연해진 직후 내려진 명에 따라 해병들도 재배치되었다. 해병들은 재빠르게 토산 입구의 바위와 딱딱한 흙, 나무 등을 엄폐 삼아 높은 곳에 자리 잡았다.

카헤이아는 조금 더 안쪽, 비교적 완만한 돌기에 서서 정면으로 보이는 입구를 내려다보았다.

얼마 지나지 않아 르옌이 거센 채찍질과 함께 삭막한 덩굴과 헐벗은 작은 나무들 사이를 헤치고 입구 안으로 달려 들어왔다. 이랴! 보채는 채찍에 헐떡거리면서도 멈추지 못하는 말이 가련할 지경이었다.

고개를 젖혀 미리 준비를 마치고 대기 중이던 해병들의 위치를 재빠르게 훑은 르옌이 큰 목소리로 소리쳤다.

"무기 던져!"

진입로 상단에서 대기하던 몇몇 해병이 급히 여분의 무기를 던졌다. 그러나 검이며 활은 아슬아슬하게 르옌의 손에 닿지 못하고 챙그랑 하며 바닥으로 떨어졌다. 속도를 늦추지 않고 빠르게 해병들을 지나치는 르옌의 낯에 낭패가 어렸다.

결국 그녀가 달려오던 정면, 성인 남자 두 배를 훌쩍 넘긴 높이에 서 있던 카헤이아가 나섰다.

"어디서 반말이냐. 그리고 우린 분명 목숨 위험한 일에선 물러나 겠다 했는데. 이 망할 계집아! 알아서 주워 가라!"

카헤이아는 화살통과 묶인 석궁을 대각의 아래, 르옌이 전진하는 길목 옆의 툭 튀어나온 돌기 위로 정확히 떨어뜨렸다. 비록 해병들을 지휘하고는 있지만, 그녀는 명색이 이스크라의 해군 지망 수석 졸업생이었다. 함대전에서 갈고리를 던지는 훈련을 우수하게 끝마친 그녀에게는 실수란 없었다.

아슬아슬하게 석궁의 머리가 언 흙 돌기에 걸리는 순간, 르옌이 바람 같은 속도로 낚아챘다.

"언제부터 위대한 유목왕의 후예들이 말을 탄 기사들을 두려워했나!"

르옌의 도발이 메아리가 되어 멀어졌다. 상황을 생각하면 발칙하다 할 정도였다.

"저 계집이!"

으르렁 고함을 친 카헤이아는 뒷길의 꺾인 벽을 돌아 사라지는 르옌의 뒤통수를 마지막까지 노려보았다. 그 직후, 검은 갑옷의 기사가 탄 요란한 말발굽 소리가 흙벽을 때리기 시작했다. 이히히힝! 사나운 말 울음도 함께였다.

카헤이아가 정면을 돌아보며 소리쳤다.

"사격해!"

석궁과 활을 장전하고 대기하던 해병들이 일제히 시위를 놓았다.

퉁, 퉁, 팅. 수십 발의 화살이 비처럼 떨어졌다. 그러나 검은 갑옷의 기사는 어찌나 빠르던지 화살이 닿기도 전에 이미 열 걸음은 더 멀어져 있었다. 그의 주위로 일어나는 바람에 화살의 방향마저 비틀리는 듯했다. 개중 몇 개가 그에게 명중하긴 했으나 치명상을 입히지는 못했다. 대부분의 화살들은 단단한 갑옷에 그대로 튕겨져 나갔다.

이히힝! 마갑에 튕겨 나간 화살의 충격에 놀라 펄쩍 뛴 말은 그들을 등지고 더 빠르게 멀어졌다.

석궁을 재장전하던 해병 한 명이 당황해 뒤돌았다.

"각하! 지원 갈까요!"

"정면을 봐라!"

르옌과 검은 기사가 달려간 울퉁불퉁한 험지를 노려보던 카헤이아는 정면으로 개 떼처럼 몰려들기 시작하는 금빛 갑옷의 기사들을 향해 시선을 돌렸다. 해병들의 입이 작게 벌어졌다.

어스름 깔린 새벽, 눈밭이 반사하는 빛과 횃불에 그들의 진격이 선명하게 보였다. 그런 상황에 라르크의 기사 하나를 구하러 가자니? 세상 더없는 천치 같은 물음이었다. 저 계집 하나 살리자고 병사들을 희생시킬 생각은 없었다.

게다가 그들은 노새와 잘 타지도 못하는 말들을 저 안쪽에 숨겨두고 있을 뿐이다. 추격이란 가당치도 않다.

"저 녀석들을 막는 게 우선이다."

평야 저편에서 해라도 떠오르는가 싶을 만큼 사방이 밝아졌다. 모르가나 황실의 문장을 단 금빛 갑옷의 근위 기사단과 검은 사자의 기사들이 칠백여 명가량은 되어 보였다.

그림자 속에 기대어 선 카헤이아가 서서히 자세를 낮추었다. 추위조차 잊힐 만큼 질척한 긴장감이 찾아왔다.

눈은 이미 그쳤다. 시친의 해병들은 어둠과 엄폐물에 스스로를 감추고 겨냥을 고쳤다.

그들이 사정거리에 닿기까지 백 보. 말 울음소리가 산만하게 대기를 흔들었다.

오십 보. 적들의 금빛 갑옷과 낡은 회색, 가죽 갑옷들이 명백히 구별이 되었다.

스무 보. 오 열로 줄짓기 시작한 이들이 질척한 눈밭을 짓뭉개며 나무 넝쿨과 작은 나무들이 듬성듬성한 입구로 직진해 왔다. 그리고, 겨냥의 거리가 닿았다.

숨죽이던 카헤이아가 크게 소리쳤다.

"시친의 정신은 죽지 않았음을 저들에게 보여라. 그리고 돌아가자!"

쇠막대와 연결된 석궁의 끝을 적의 머리에 향하는 카헤이아의 어둠에 잠긴 갈색 눈동자가 번뜩였다.

스스로를 은폐할 어둠마저 적들이 밀어냈으니 남은 것은 겨냥뿐이었다.

시친의 해병들은 비늘과 철로 만든 육중한 무장 대신, 솜과 가죽으로 만든 가벼운 갑옷을 입는 것이 일반적이었다. 때문에 기사들보다 쉽게 운신할 수 있다는 장점이 있지만 반대로 말하면 적의 사정거리 안에 들었을 때 스스로를 보호하기가 몹시 어려웠다.

입구로 밀려들기 시작하는 이들을 잡는 건 처음에는 쉬웠다. 해병들은 매복의 유무를 헤아리지도 않고 무작정 달려드는 적들의 말을 고꾸라뜨리고 자빠뜨리고, 그들의 머리 위에 무거운 돌을 집어 던져 쓰러뜨렸다.

매복입니다! 사태가 벌어진 직후에야 모르가나의 기사들 사이에서 소리가 터져 나왔다. 넓지 않은 입구 언저리에 아군의 시체와 절명한 군마들이 널브러졌다. 그것이 또 다른 장애가 되어 황실 근위 기사들과 검은 사자의 기사들은 쉽사리 진격하지 못했다.

길고 울퉁불퉁한 통로의 좌우, 촘촘하게 위치적 우위를 점하고 살

수를 퍼부어 대는 시친인들에게 그들의 검과 창은 닿지도 않았다.

순조로운 듯했다. 그러나 적들에게도 창과 활이 있었다. 시친의 군사들을 가늠해 낸 그들이 역공을 펼치기 시작하자 해병들은 우수수 떨어져 내렸다.

말을 잃고 떨어진 모르가나 기사들은 급히 길목을 막은 시신과 말들을 끌어냈다.

또한 시친에게 복병이 있던 것처럼, 적들에게도 복병이 있었다. 금빛 갑옷의 기사들이었다. 불시 기습당한 혼란이 가시기 무섭게 그들은 침착하게 열을 정비했다. 그러고는 투구를 단단히 고쳐 쓴 채 머리 위로 쏟아지는 시친의 화살들을 모조리 쳐 내고 방패로 튕겨 내며, 가파른 경사의 토산을 기어올라와 매복한 해병들을 도륙했다.

끌어 내리고 내동댕이치고. 토산의 위태로운 경사 위에 발을 딛고 싸움이 벌어졌다.

시간이 흐를수록 죽어 나가는 것은 해병들이었다.

'저 개새끼들!'

카헤이아 역시 제 발치까지 기어 올라오는 기사들을 쳐 내고 밀쳐 내는 데에 한계가 있었다. 그러는 사이 일부 금빛 갑옷의 기사들은 저 안쪽까지 진입했다. 왜 그들을 공격하다 말고 들어가는지는 영문을 몰랐으나, 급한 게 아니었다.

날아다니는 화살들과 바닥에 떨어져 꺼지는 횃불들과 시체와 땅을 구분 않고 짓밟고 다니는 말발굽, 고꾸라지는 해병과 적의 기사들이 지금 그들이 직면한 최대의 난제였다.

회색 구름 얇게 덮인 검은 하늘 아래, 환한 불길이 뛰어다녀 눈을 어지럽게 했다.

적들이 던지는 창과 살수들을 피해 조금 더 높은 곳으로 올라가 연거푸 화살을 쏘아 날리던 카헤이아가 막 제 화살통이 비었음을 깨달은 순간이었다.

발밑에서 솟아난 웬 억센 손아귀가 그녀의 발목을 움켜쥐어 그대로 끌어 내렸다. 얼어붙고 경사진 토사를 두 자루의 검으로 찍어 올라온 것이다. 그녀의 몸이 순식간에 기우뚱하며 굴러 떨어졌다.

"각하!"

그를 본 몇몇의 해병들이 급히 자리를 이탈해 겨냥을 바꾸었지만 잠깐의 한눈팔기도 허용되지 않는 전장이었다. 그들의 높이까지 날아든 검에 순식간에 해병 군사 셋이 각각의 위치에서 도살당했다. 시체들이 토사처럼 무너졌다.

"으으으…… 자리 지켜!"

황망한 정신 속에서 카헤이아는 본능으로 앙칼진 고함을 내질렀다.

요란한 소음을 집어삼킬 듯 천둥처럼 울려 퍼지는 그녀의 목소리에 전장이 찰나 멈춘 듯했다. 하지만 잇따라 다시 이어졌다.

바닥에 떨어진 해병들과 그들을 포위하며 검의 간격을 좁히는 기사들과 뛰어다니는 말과 고꾸라진 기사와 온갖 것들로 산만한 아수라장이었다.

비틀거리며 상체를 일으킨 카헤이아는 격렬한 통증이 밀려오는 이마를 어루만졌다. 피가 주르륵 떨어져 내렸다. 머리를 부딪친 탓에 눈앞이 어질어질했다. 그녀를 고꾸라뜨렸던 금빛 갑옷의 기사가 쿵 소리가 나게 뛰어내리더니, 그녀에게로 다가왔다.

적의 걸음 소리가 가까워졌다. 정신을 차린 카헤이아는 부러진 활을 내동댕이치고 재빠르게 주위를 둘렀다. 손닿을 거리에 무기는 없었다. 여기저기서 걱정으로 우는 소리가 울려 퍼졌다. 각하! 각하를 엄호해! 부상당한 놈들을 지켜! 더 들어온다! 각하가 위험해!

'아주 광고를 해라, 저 주둥이들을 그냥……!'

그녀의 명을 어기고 뛰쳐 내려온 수십 명의 해병들과 좁은 입구를 밀고 들어오는 기사들이 격돌했다.

산만하게 울려 퍼지는 금속성을 애써 귀에서 지워 낸 카헤이아가 자세를 낮추었다. 그녀의 엷은 갈색 눈동자는 좌우로 움직이느라 바빴다. 다시 뛰어 올라가 엄폐할 곳을 찾아야 했다.

그런데 카헤이아의 정수리 위로 시꺼먼 그림자가 드리워졌다. 카헤이아가 입은 두꺼운 코트마저 죄 덮어 버릴 만큼 건장한 그림자였다. 카헤이아의 이마에 적의 검 끝이 닿았다.

카헤이아의 서늘한 눈꼬리가 맹수처럼 뜨였다.

"……뭘 꼬나보나?"

그녀의 빈정거림에 적의 기사는 딱딱하기 그지없는 목소리로 선포했다.

"네가 시친의 그 패륜한 계집이냐? 시친의 삼 제독이라면 너는 생포한다."

짧게 비웃은 카헤이아가 터진 입안의 핏물을 퉤 뱉어 냈다.

"모르가나 좃만이의 졸개 노릇을 하며 주제 모르고 날뛰는구나."

"얌전히……."

카헤이아는 손등으로 제 이마에 겨눠졌던 검의 옆면을 세게 수도로 후려친 후, 황실 근위 기사의 갑옷을 전력으로 걷어찼다. 쿠당탕탕! 단단한 쇠가 박힌 그녀의 군화에 직격당한 황실 기사의 금빛 갑옷이 우그러지는 소리와 함께 기사가 날아갔다.

"역시! 역시 우리 제독님! 무사하십니까! 피하십시오!"

"어서!"

"전방 주시! 전부 입 닥쳐!"

그치지 않고 카헤이아는 다시 달려드는 기사의 팔뚝을 움켜쥐고 목 옆의 명치를 정확히 팔꿈치로 후려쳤다. 명치를 얻어맞고 목이 꺾인 금빛 갑옷의 기사는 그대로 고꾸라졌다.

카헤이아가 쑤셔 오는 꼬리뼈와 어깨를 풀며 서늘한 눈빛으로 읊조렸다.

"시친을 무시하지 마라, 이 남부 돼지 새끼들아."

카헤이아는 다시 고지대로 기어 올라갔다.

저 여자를 잡아라! 그녀가 시친의 제독임을 알아차린 적 기사들이 우르르 그녀의 주위로 몰려들기 시작했다. 그 덕에 다른 해병들이 공격을 하기는 쉬워졌지만, 미친 듯이 그녀를 잡기 위해 검을 찍어 가며 서로의 머리와 어깨를 밟고 기어 올라오는 적들은 분명 위험했다.

해병 몇이 하늘다람쥐처럼 바위와 토산의 언 돌기를 움켜쥐고 깡충깡충 건너왔다. 그녀를 엄호하기 위해서라는 건 자명했으나, 이들이 있더라도 돌아가는 상황이 오래 버티는 것은 요원해 보였다.

설상가상 해병들이 그녀에게 몰려든 기사들에게 신경이 돌아간 사이, 입구로 진입하는 적들의 기세는 더해졌다.

카헤이아는 초조해졌다. 접전이 벌어진 지 한 시간도 되지 않아 해병들은 반수 가까이 줄어들었다. 적들도 많은 사상자가 났지만 입구 밖에서 밀려들어 오는 이들은 끝이 없을 듯했다.

암담했다.

저 안쪽으로 도망친 그 계집은 어떻게 되었나.

'……죽었겠지.'

뭘 자문하나. 뻔한 것을.

라르크의 여기사를 뒤따라 달리던 검은 기사의 정체는 모르겠으나 필경 범상하지 않은 적이었다. 살갗에 와 닿을 만큼 맹렬한 살의로 충만한 적. 또, 몇몇 금빛 갑옷의 기사들이 시친의 공세를 돌파해 뒤따라갔으니 살아남기는 요원할 터였다.

밀려드는 적들은 더 이상 그들이 막을 수 있는 한계선을 넘었다. 흐름을 보니 죽어 나가는 건 거의 해병들이었다.

으아아아! 귀에 익은 자들의 비명이 들릴 때마다 카헤이아는 불같은 노여움에 사로잡혔다. 그러나 노여움이 상황을 해결해 주는 건 아니었다.

'하지만 이리 버틴다고 무엇이 되나.'

잠깐의 절망에 그녀가 피 터진 입술을 꽉 무는 순간이었다. 또 다른 살의가 가까워졌다. 고개를 숙여 아래를 살핀 카헤이아는 또 다른 적의 기사가 제 발치의 돌기를 쥔 것을 발견했다. 그녀는 동나 버린 화살에 무용지물이 된 화살통을 적의 정수리에 내리찍은 후, 그녀를 엄호하던 다른 장교들에게 턱짓해 조금 더 높은 곳으로 기어 올라가기로 마음먹었다.

'투헤인이 비웃겠군. 이 개새끼들.'

그때였다.

또 다른 말발굽 소리들이 울리기 시작했다.

지금 입구에 몰려 있는 적들은 말의 주행을 멈춘 상태였다. 그러니 저들의 발굽 소리가 아니다.

카헤이아가 막 돌기를 디디고 토산의 벽을 짚으려던 움직임을 멈추고 고개를 돌렸다. 입구 전방에서 가까스로 적들을 떨쳐 내며 버티고 있던 한 해병 군사가 소리쳤다.

"각하아아! 라, 라르크, 라르크! 라르크 기병대입니다!"

라르크 기병대의 출현 알림은 적기들의 움직임마저 동결시켰다. 말에서 내리고 있던 모르가나 기사들은 일제히 말 위로 뛰어올라 전열을 재정비하기 시작했다.

카헤이아의 귓가에 귓전을 찢을 듯한 고함이 엥엥 울렸다.

"전 기사단, 위치로!"

"적이다! 경계한다!"

적들이 경계 태세로 되돌아가 그들에게서 물러난 사이, 시친의 해병들은 숨을 돌릴 틈을 얻었다. 몇몇은 여전히 남아 시친 해병들을 겨냥하고 있었지만 기세는 처음과 같지 않았다.

다그닥 다그닥 다그닥 다그닥.

대체 몇 기인지 모를 발굽 소리가 끝자락에 이른 새벽 하늘에 우레처럼 울려 퍼졌다. 돌격! 산 뒷길 입구의 저편에서 기사들의 격돌 소리가 났다.

대기를 뒤흔드는 파공음도 크게 울렸다. 라르크의 사령관이다! 소리치는 걸은 목소리는 메아리처럼 흘러 흘러 그녀에게까지 이르렀다.

'파사드?'

재빠르게 눈을 움직인 카헤이아는 지근거리의 교전 상황을 둘러보았다. 여전히 안쪽은 시친 군이 수세에 몰린 형세였으나, 모르가나 기사들은 바깥에서 벌어진 살극에 대부분의 신경을 그리로 돌린 후였다.

카헤이아가 힘 빠진 사람처럼 느리게 토산의 벽에 등을 기댔다. 그녀의 미간은 편안히 찌푸려진 채였다. 이마에서 쉴 새 없이 흘러내리는 핏물이 코끝에 걸렸다 떨어졌다.

'빌어먹을 새끼들.'

피를 훔쳐 내듯 닦아 낸 그녀가 소리쳐 물었다.

"몇이나 왔나!"

가장 먼저 라르크의 군사들을 알린 해병이 손차양을 들어 너머를 내려다본 후 고함으로 되돌렸다.

"사오백여 기는 되는 듯합니다! 각하!"

해병들의 낯 위로 안도의 기색이 어렸다. 카헤이아는 키득키득 웃으며 다시 일어섰다.

"이거, 북부 놈들이 이렇게 신의가 있을 줄이야. 꽤나 감동인데."

잠깐 숨을 고른 카헤이아가 큰 소리를 내 그들을 집중시켰다.

"아휘야! 전 군사들은 들어라!"

힘 들어간 음성은 온 산을 울릴 듯 천둥처럼 그들의 머리 위를 뒤흔들었다. 그녀가 사납게 웃으며 최후의 명령을 내렸다.

"저놈들을 가둔다. 오늘 이 자리에서 내게 너희를 증명해라! 가장 몸 성히 살아남는 놈은 이몸이 예뻐해 주마!"

쩌렁쩌렁한 외침에 해병 군사들이 크게 기합을 넣으며 온 힘을 다해 함성을 내질렀다.

카헤이아는 찢긴 제 얼굴을 흥건히 적신 핏물을 훔쳐 낸 후 여분의 석궁을 들었다. 화살이 이제 바닥을 보이고 있었지만 꼴사나운 패배로 투헤인에게 비웃음을 살 생각은 추호도 없었다. 북부 놈들에게도 질 생각도 없었다.

눈 그친 겨울의 새벽이 깊어 간다.

❖┈┈❖

스와아안! 목젖이 갈기갈기 찢긴 것처럼 갈라진 고함과 죽음이 그림자처럼 뒤따라왔다.

르옌은 맹렬한 속도로 뒤쫓는 발로이드의 살기를 떨쳐 내며 계속해서 달렸다.

짓밟힌 눈으로 질척질척한 자갈길을 박차는 말이 크게 크르릉댔다. 말도 그녀도 지칠 대로 지쳐 있었다. 계속해서 채찍질을 하는 것이 미안했다.

얼마간 더 안쪽으로 들어서자 곳곳에 첫 번째 유인작전 때 그들이 죽여 모아 두었던 모르가나의 기사와 라르크 기사들의 시체들이 대중없이 쌓인 것이 보였다.

르옌은 시체들이 가로막은 길목을 피해 이리저리 말 머리를 돌리며 더 안으로 달려 들어갔다. 멈추면 죽는다. 그녀의 본능이 그리 말하고 있었다. 천둥 같은 말발굽 소리는 지칠 줄도 모르고 수 시간째 그녀를 뒤따라왔다.

"스와아아안!"

뒷덜미를 물어뜯는 발로이드의 악에 받친 음성에 가슴이 아렸다. 한 꺼풀 한 꺼풀 가슴을 벗겨 내는 듯한 아픔이었다.

넓게 눈 쌓인 길목으로 진입한 르옌의 군마는 몇 번이나 미끄러져 휘청였다. 르옌은 부상당한 왼팔 대신 오른손으로 온 힘을 다해 갈기를 쥐고 버텼다. 그리고 조금 더 완만한 길에 이르러 카헤이아로부터 받은 석궁을 고쳐 들었다.

쇠막대와 단단한 가죽 시위를 지닌 이 석궁은 시친 특유의 빠르고 번잡한 활이었다. 익숙하지는 않으나 그들과 이곳까지 행군하며 사용법은 충분히 숙지했다. 한 번 원리를 이해하고 난 후엔 사용이 그다지 어렵지 않았다. 사정거리는 짧지만 정확도와 관통력 면에선 대륙의 활보다 나았다.

그러나 부상한 팔로 달리는 말 위에서 익숙지 않은 무기를 사용하는 건 생각보다 어려웠다. 빌어먹을 시친의 제독년이 보통의 활을 건넸더라면 상황이 나았을 터였다.

흔들리는 말 위에서 르옌은 화살을 두 개나 떨어뜨리고 난 후에야 겨우 화살을 단단히 고정시킬 수 있었다.

르옌이 허리를 틀어 돌렸다. 발로이드와의 거리를 가늠한 그녀는 한 손으로 석궁의 방향을 조정하는 팬 모양의 대에 물고 있던 화살을 장전했다.

푸르릉, 크르르. 거품을 무는 말의 숨소리가 급박했다.

이제 그녀의 말은 얼마 버티지 못할 것이다. 페이작의 말 역시 마찬가지였지만 무엇보다도 그녀는 부상으로 인해 몸이 버거운 상태였다.

'어떻게든.'

말고삐를 잇새로 문 르옌이 석궁의 화살 끝을 미친 듯한 살기를 두르고 달려오는 발로이드에게 겨누었다. 눈은 거의 그쳐 있었다. 시야는 깨끗했다.

르옌의 불그스름한 눈동자는 찬 바람에 시리게 말라붙었다. 바람을 가늠하고, 흔들림을 가늠하고, 그리고 놓으려 했다. 그러나 시위를 쥔 손끝이 떨렸다.

발로이드는 여전히 울고 있었다.

잠깐 주저했다. 아주 잠깐이었다.

그 찰나, 발로이드는 제게 겨냥된 살수를 알아채고 쥐고 있던 창을 내던졌다.

창은 쏜살처럼 날아들어 말의 허벅지를 그대로 찢고 들어갔다. 석궁을 쥔 채 겨우 균형을 잡고 있던 르옌이 펄쩍대는 말에서 버티지 못하고 말 아래로 데굴데굴 굴러 떨어졌다.

쌓인 눈이 완충 작용을 해 주었으나, 무기를 쥔 채 그대로 떨어진 탓에 손목에 극심한 충격이 있었다. 눈앞이 어지러웠다. 그녀가 고꾸라지자 발로이드는 천천히 마속을 늦추었다.

엎어진 르옌은 손에 힘을 주어 보았다. 다행히 부러지지는 않았다. 비틀비틀 일어난 그녀는 다시 석궁을 들어 그를 겨냥해 주저 없이 쏘았다.

시위 튕기는 소리와 함께 날아간 화살은 맹렬한 속도로 발로이드의 오른쪽 뺨을 스치고 지났다. 발로이드의 말이 완전히 멈추었다.

비스듬 고개를 돌린 발로이드의 눈이 땅에 박힌 짧은 화살에 이르렀다. 르옌은 달달 떨리는 손으로 다시 한 발을 장전했다.

쏘았다. 화살은 발로이드의 갑옷에 튕겨 나갔다. 그의 입가에 살기로 끓어 넘치는 웃음이 어렸다. 입김이 흩어지자 미소는 더욱 선명하게 진해졌다.

"그 장난감은 뭐냐, 누님."

르옌은 가슴 저민 통증을 잇새로 삭이며 그를 노려보았다. 화살통은 저쪽에 널브러졌고, 지금 르옌의 수중에 남은 화살은 한 발뿐이었다.

발로이드는 조금 전까지 르옌이 타고 있던 쓰러진 군마에게 다가갔다. 그녀의 말은 숨을 새액 새액 내쉬며 발버둥 치듯 뒷다리로 눈밭을 허우적대며 경련을 일으키고 있었다.

발로이드는 말의 허벅지에 박혀 비스듬히 솟아오른 창을 비틀어 뽑아냈다. 선혈이 터져 올랐다. 피가 튄 눈꺼풀을 느리게 감았다 뜬 발로이드가 르옌에게로 고개를 돌렸다. 르옌은 또 다른 화살을 재장전한 후였다.

그녀의 화살은 이번엔 그의 말 눈알에 정확히 박혔다.

이히히힝! 날뛰기 시작하는 말 위에서 발로이드는 바닥으로 육중하게 떨어졌다. 그리 날뛰던 말은 기수를 떨어뜨린 후에도 결국 버티지 못하고 토산의 벽에 목을 쾅 부딪쳐 절명했다. 크르릉 크르릉. 말이 토한 피거품에서 부연 김이 피어올랐다.

발로이드는 낙마한 후 어째서인지 가만 누워 있었다.

얕게 거친 호흡 소리가 났다. 느릿느릿 상체를 일으켜 세운 발로이드가 바로 옆에 떨어진 창을 거머쥐고 눈 얼은 바닥에 콰득 소리가 날 만큼 세게 찍어 짚고 일어섰다.

르옌은 눈물을 그치지 못한 그를 향해 물었다.

"……너는 왜 눈물 보이나, 페이작. 내가 너와 적이 된 것이 슬퍼 우나, 아니면 네 손으로 너의 주인 될 검은 사자 새끼를 죽인 것이 후회스러워 우나."

발로이드는 반응하지 않았다. 그러다 턱을 타고 떨어지는 물기를 비로소 자각하기라도 한 사람처럼 느릿하게 손을 들어 스스로의 얼굴을 쓸어내렸다. 그리고 축축이 젖은 제 검은 장갑을 응시했다.

발로이드는 곧 웃기 시작했다. 광소였다.

큭큭…… 크하하하하! 귀를 긁어내리는 듯한 웃음소리가 눈 덮인 좁다란 일대를 뒤흔들었다.

쉼 없이 눈물을 흘려보내는 벽안이 한쪽 무릎을 땅에 대고 반절 일어선 그녀를 향해 내리뜨였다. 새파란 눈동자는 증오로 그녀를 향해 시퍼런 적의를 형상했다.

하얀 입김과 함께 그의 음성이 울려 퍼졌다.

"……그냥 죽어."

끓고 끓어 성대가 녹아내린 듯 괴괴하게 뭉개진 음성이었다.

발로이드는 절뚝거리며 그녀를 향해 걸어왔다. 한 걸음 한 걸음이 힘에 겨워 보였다. 쓰게 웃은 르옌은 그의 상처 난 허벅지와 제대로 떼지 못하는 발을 주시했다.

거센 바람에 적갈색의 머리칼이 흩날렸다. 온몸 깎아 내리는 듯한 냉기가 뼛속을 저리게 했다.

소리 없이 일어선 르옌은 뒷걸음질로 그와 거리를 벌렸다. 그리고 바닥에 나동그라진 화살통과 흩어진 화살들의 위치를 훑었다. 멀다.

그녀는 발로이드가 타고 온 말의 허리에 걸려 있는 여분의 검을 돌아보았다. 저것을 쥐려면 발로이드를 지나쳐 가야 한다. 창의 사정거리를 피해 돌아가려 해도 위험한 일이었다.

"발악하지 마라. 그냥, 죽어 버려, 누님."

쿵쾅대는 것이 심장인지 대지인지 알 수가 없다. 르옌이 막 화살을 향해 달려가려던 찰나였다. 발로이드는 여태까지의 불편한 걸음이 거짓이기라도 한 양 어마어마한 속도로 그녀를 향해 달려들었다.

두 걸음도 미처 떼기 전이었다. 검은 장갑을 낀 딱딱한 손아귀가 르옌의 뒷목을 으스러뜨릴 듯 움켜쥐었다. 그는 그녀를 반대편으로 집어 던졌다.

쿵. 부딪친 등뼈가 저려 오며 일순 숨이 막혔다. 허리가 끊어질 듯했다. 엄습하는 살기를 깨달은 르옌은 거의 본능에 가까운 반사 신경으로 몸을 돌렸다. '캉!' 소리와 함께 발로이드의 창이 조금 전까지 그녀의 머리 옆 딱딱하게 언 땅을 내리찍었다.

도망치려는 그녀를 잡아 누른 발로이드는 양손으로 거머쥔 창에 무게를 싣고 그녀의 위에 올라탔다. 창대를 짚고 허리를 기울이는 모양새가 겨우 버티고 선 이처럼 힘겨웠다. 절그럭. 오랜 시간 기름칠을 먹지 못한 갑옷의 이음새 소리가 처량하게 울렸다.

르옌의 뺨으로 고개 숙인 그의 눈물이 떨어졌다.

르옌은 치미는 비통함을 짓누르며 다치지 않은 주먹으로 온 힘을 다해 발로이드의 관자놀이를 후려쳤다. 비틀. 그게 전부였다. 발로이드는 꿋꿋하게 버티고 그녀를 내려다보았다.

툭, 툭.

하늘에서 비가 내리는 듯했다. 르옌이 절로 젖어드는 눈시울을 애써 감추기 위해 느리게 눈을 감았다 떴다.

뒷통수가 차가웠다. 얼어붙을 듯했다. 발로이드의 떨리는 음성은.

"누님."

"……."

"……제발."

울음으로 이어졌다.

"제발, 죽어 줘. 못 견디겠어."

창을 쥔 발로이드의 양손이 주르륵 미끄러지듯 내려왔다. 발로이드는 그대로 찬 눈밭에 처박힌 그녀의 뒷머리를 움켜쥐고 애원했다.

"누님, 고통스럽지 않게 죽여 줄 테니 제발 죽어라. 제발, 제발. 나도 다시 그 긴 지옥의 기다림 속으로 되돌아갈 테니. 잊어, 이번의 이 실패한 삶은. 잊자. 잊고 죽어어! 죽으란 말이다아! 버려 버리란 말이다아아! 저 무지렁이 같은 것들을 버리라고! 버리지 못하겠으면 죽어 버려! 제발, 그냥 나를 위해 죽어. 제발, 못 견디겠다고!"

발로이드의 처절한 비명이 메아리쳤다.

그녀의 뺨이 그의 눈물로 젖어 들었다. 마치 눈이 그친 후의 뜨거운 비가 내리는 듯했다.

결국 르옌은 저도 모르게 눈물을 떨어뜨렸다. 뜨거운 것이 눈꼬리 끝에 괴어 완만한 곡선을 그리며 느리게 흘러내렸다.

르옌의 잠긴 음성이 하얀 입김과 함께 처연히 흘러나왔다.

"나를 죽이고 이 짓이 몇백 번, 몇천 번을 반복한다 한들 바뀌는 건 없을 거다, 페이작."

"정녕……."

"…….'

"안 되나……?"

"…….'

"왜 안 돼. 나를 믿었잖아. 누님은 날 믿었잖아. 우린 다시 시작할 수 있다. 우리가 바란 세상은 아직 저곳에 있다. 누님과 내가 함께 할 수 있는 세상이야. 내가 누님, 누님, 그러니 제발, 제발. 내게, 내게서 희망마저 앗아 가지 마라, 제발……."

"…….'

"제발…… 내게서 앗아 가지 마라, 누님."

르옌은 눈가를 타고 흘러내리는 뜨거운 것을 떨치기 위해 눈꺼풀을 꾹 감았다 열었다.

여전히 그의 몸부림치는 눈동자가 보였다. 눈 감았다 떠도 변하지 않는 세상이었다. 그녀의 손끝에 힘이 들어갔다. 지나간 시간을 붙잡은 채 아무것도 보지 않는 저 어린아이. 그녀의 동생, 그녀의 전우. 그를 안아 주고 싶었다.

서로에게 속삭였던 기억이 어제 일처럼 선연하다.

—하지만 너는 내가 지켜 줄 테니 마음 놓아도 좋아.

그러자 그는 제가 그녀를 지키겠다 말했다.

—자라서는 내가 누님을 지킬 거야. 맹세다.

아스라이 귓가를 떠도는 목소리들은 그와 함께했던 먼 옛날의 어린 시절 이야기.

스완은 끝내 벨바롯트에게 청해 제 맹세를 지켰다. 그 역시 여전히 그의 약속을 지키고 있다.

그런데, 너와 나는 왜 이리되었나?

소리 없이 그를 향해 떠올랐던 그녀의 팔이 힘없이 눈밭 위로 떨어졌다. 눈물도 함께 떨어졌다.

'너와 나는, 왜 이리되었나.'

❖·❖

그란두르의 최전방.

필경 이변이 생겼음이다. 새벽빛이 깊어질 무렵이었다. 적들의 후방에서 마리포사 기사단원들이 나타난 지 얼마 지나지 않아서였다. 일반 제국군이 아닌, 마리포사의 푸른 나비 깃발을 계양한 기수의 주위에 모여 검은 사자의 군대를 엄호하던 군사들이 산발적으로 흩어지기 시작했다. 철통처럼 엄호하던 마리포사 무리가 썰물처럼 빠져나가기 시작하자 모르가나의 군사들은 크게 당황했다.

전선에서 물러나 사방으로 산개하는 마리포사의 깃발로 시야가 산만했다.

이건 무슨 계략이지? 예고 없이 자리를 비운 파사드의 위치를 대변해 중앙 선두에서 지휘하고 있던 올베빈의 눈살이 찌푸려졌다.

이게 전략의 일종이라면 도대체가 무엇을 노리는지 알 수 없었다. 라르크의 지휘부의 머릿속을 뒤죽박죽으로 만들어 놓고 있으니 저들은 성공하고 있는 것일 터다. 그러나 갑작스런 마리포사들의 탈주가 불러일으킨 혼란으로 적들의 손실이 외려 극심했다.

무려 수천여 명에 이르는 이들이 일시 빠져나가고 나니 적의 전열은 온통 뻥 뚫린 구멍투성이가 되었다. 그를 놓치지 않고 라르크 군사들의 맹공이 시작되었다. 맹공은 곧 학살이 되었다.

영문은 모르겠지만 마리포사가 빠져나간 지 반 시간도 지나지 않아 적군에서는 속속 검을 내려놓고 투항하거나 도망치는 탈주자들도 생기고 있었다.

전선에서 물러나는 마리포사들을 끝까지 주시하던 올베빈은 참모역을 겸하는 브류나크의 호위 기사인 테레어드에게 달려가 물었다.

"……무슨 일이 생긴 것 같은데. 성공한 것 같습니까, 키하이프 경?"

그들은 황태자 라인하르를 시해한다는 사실 자체에 거부감을 가지긴 했으나 임무는 승인되었다.

전혀 가능성이 없는 것도 아니었으니 성공하길 바라고 있었다. 그리고 이후에 있을 결과에 대해서는 한결같은 결론으로, 황태자가 죽은 직후의 상황이 가장 위험하리라 동의했다.

기세 높은 제국의 군사들이 제 주인의 피가 살해당하는 치욕을 그냥 넘길 리 없는 탓이다. 전력으로 공격해 올 시에 그들은 다시 그란두르의 험지를 통해 전장을 이동할 계획도 했었다.

그러나 도망치기 시작한 마리포사의 군사들의 공백을 채우지 못한 제국군은 좌우의 날개 진형부터 허물어졌고, 라르크의 군사들은 그들을 손쉽게 갈라 넘겼다.

"저도 잘 모르겠습니다, 카바인 경."

상황을 지켜보던 테레어드가 중얼거리듯 답했다. 그의 눈은 파사드가 사라진 서쪽 어딘가를 향해 있었다.

테레어드는 브류나크의 호위 기사로서 늘 전장에서 파사드의 뒤를 지켰던 이였다. 파사드를 홀로 보냈다는 사실에 기인한 불안이 테레어드를 좀먹고 있었다. 아무리 생각해도 파사드답지 않았다. 그들의 상황이 어찌 되어 가는지의 보고도 돌아오지 않으니 속만 갑갑해졌다.

"일반적으로 우리가 예견한 방법으로 살해에 성공했다면 이런 식으로 적들이 흩어지지는 않았을 겁니다.”

“무슨 일이 생긴 걸까요.”

“……동쪽으로 간 군의 보고를 기다리며 저들을 더 몰아붙이는 것이 좋겠습니다.”

그들은 서서히 긴장을 풀었다. 더 이상 적들이 역전할 수 없을 만큼 확고하게 전세는 완전히 뒤엎어졌다.

라르크 군사들의 일방적인 학살이 이어지는 평온한 시간.

올베빈은 고개를 젖혀 눈 그친 새벽의 하늘을 올려다보았다. 여전히 엷은 구름이 널따란 그림으로 퍼져 있었다. 별 하나 반짝이지 않는 하늘. 피로마저 잊히는 듯했다. 이런 평온은 이상했다.

올베빈은 저 멀리 피로 물든 대지 저편으로 시선을 떨어뜨렸다. 남부의 겨울은 짧다고 했던가. 때 맞지 않는 상상이나마 이곳의 봄을 상상해 보았다.

전쟁이 끝나면 이 풍요로운 대지가 시체의 피 거름을 먹어 싹을 피우고, 곡식을 길러 내고, 적들의 식량이 되고 군량이 될 터다. 그러고도 넘쳐흘러 그들의 곳간이 가득 차겠지.

늘 풍요로운 남부. 북부가 오랜 시간 부러워했던 남부였다. 매해의 풍요라는 건 북부인들에게는 그다지도 생소한 일이었다.

한때 먼 라르크의 어느 여왕은 이 드넓은 대지를 탐하였다. 라르크의 영토 확장을 획책했던 라르칼리아의 마지막 여왕은 역대 라르크의 왕들 중 누구보다도 열정적으로 이 땅을 탐하였으나 이르지 못했다.

역사상 유래 없던 폭군마저 넘지 못했던 이 땅을, 이백여 년이 지난 지금의 라르크인들은 밟고 있었다. 제국이라 불리우는 거인의 발목을 베어 내며.

이 땅이 라르크의 것이 된다면 라르크는 지금보다 더 좋은 곳이
될 수 있을까. 얼마간 그를 상상하던 올베빈은 이내 고개를 저으며
원래 위치로 되돌아갔다. 이러니저러니 해도 그는 북부의 고향이 좋
았다.

얼마 지나지 않아 카라제시로부터 적들의 비보이자 그들의 희보
가 날아들었다.

모르가나의 유일 태자, 라인하르가 시해되었다.

올베빈은 굳게 검 자루를 쥐었다. 전쟁은 아직 끝나지 않았다. 이
제 어찌 될 것인가는 군사들이 아닌 지도자들의 손에 달려 있다. 군
사들은 그들의 결단을 위해 싸우고 싸우고 싸울 뿐이다.

역사에 이름자 하나 남기지 못한다 해도 의미 없는 일은 아니었
다. 목숨을 걸고 싸웠던 이들이 흘린 저 용기 있는 자들의 피를 어느
누군가는 반드시 기억할 테니.

거친 숨소리에 집어삼켜진 어두운 정적. 그것을 깨고 정수리 위로
소름 끼치는 소리가 전해졌다.

까드득.

발로이드가 창을 뽑아 드는 순간, 르옌은 순간적으로 고개와 허리
만 비틀어 몸을 반 굴렸다. 그와 동시에 '쩌엉!' 소리가 사정없이 귓
등을 후려쳤다.

고개를 돌린 그녀는 조금 전까지 제 머리가 놓여 있던 땅에 박혀

맹렬히 진동하는 검은 창을 발견했다. 흐려졌던 르옌의 불그스름한 눈동자 위로 노기가 떠올랐다. 그녀는 발로이드의 시선이 제게 이르기 전에 그대로 상체를 일으켜 그의 머리를 들이받았다. 투구를 짓이기듯 세게. 제 이마가 깨져도 상관없었다. 그러고는 주먹을 쥐어 그의 부상당한 허벅지를 내리쳤다.

아아악! 억눌린 그의 신음 소리가 터져 나왔다.

르옌은 느슨해진 그의 팔을 밀쳐 내고 재빠르게 몸을 굴려 일어섰다.

증오와 경멸로 가득 찬 벽안이 괴물의 것처럼 그녀를 노려보고 있었다. 치밀어 오르는 소용돌이 같은 감정에 가슴이 울컥거렸다.

르옌은 입술을 당겨 물었다.

다섯 걸음 남짓의 거리에 일어선 발로이드의 창이 서서히 그녀를 향해 거누어졌다. 그녀가 그에게 주었던, 그들의 이상을 기리는 곳곳이 상처 난 날붙이는 섬뜩할 정도로 날카로웠다. 보는 것만으로도 눈알이 베이는 기분이었다.

당장 그녀에게는 무기라 할 만한 것이 없었다. 바로 지척에 떨어져 있는 시친의 활은 지금 당장 도움이 되지 않았다.

르옌은 그와 거리를 벌리는 대신, 허공에서 반 바퀴 돌아 그녀를 향해 내질러지는 검은 창대의 간격 안으로 굴러 들어갔다. 이미 두 사람 다 만신창이였기에 서로의 움직임을 읽는 것은 어렵지 않았다.

르옌은 즉시 각을 바꾸어 제 왼 얼굴로 그대로 내리꽂히려는 창대를 움켜쥐고 팔꿈치를 창대에 바짝 붙여 온 힘을 다해 창의 방향을 돌렸다. 그러고는 그대로 부상당한 발로이드의 발목을 걸어차고 발을 걸어 당겼다.

발로이드가 크게 휘청했다. 거칠게 숨을 내쉬는 그는 서 있는 것만으로도 고작인 듯 보였다. 그의 피투성이 군화에 들러붙은 눈 뭉치들이 시뻘겋게 물들었다. 발로이드는 사납게 투구를 벗어 내던지더니, 그녀의 피에 젖은 붉은 머리칼을 쥐어 채 그대로 아래로 메다꽂았다.

"죽여 버릴 테다. 누님이라도 죽일 거다. 내 스스로 그 지옥 같던 시간으로 다시 되돌아간다 해도 죽일 거다!"

르옌은 제 뒷머리를 움켜쥐고 소리치는 발로이드의 절규에 귀를 닫았다. 그녀의 뒤통수를 움켜쥔 발로이드의 손은 덜덜 떨렸다.

"죽여 버릴 거다!"

그를 올려다보던 르옌이 지친 입술을 뗐다.

"……이미 네게는 기회가 있었다. 나를 죽일 기회, 수두룩하게 많았다."

발로이드의 팔이 갑옷이 절그럭거리는 소리를 낼 만큼 크게 떨렸다. 그의 얼굴이 일그러졌다.

르옌은 눈물 멈추지 않는 그의 얼굴을 잠자코 응시했다. 어떤 형태로든 오늘이 마지막이 되리라는 것을 모를 만큼 어리석지 않았다.

"정말로 나를 죽이고 싶은 게 맞느냐, 페이작. 그러면 왜 지금 내 머리에 내가 네게 주었던 그 창을 찔러 넣지 않나. 왜 내 목을 꺾어 던지지 않나. 어째서 내 목을 베어 내지 않나. 한낱 필부의 딸로 태어나 이런 전쟁터에서 고작 살아남는 게 전부가 된 나약하기 짝이 없는 나는 왜 아직도 네 손아귀에서 살아 있나."

"으…… 흐아아아!"

발로이드는 괴성을 내지르며 르옌을 내팽개치고 발을 구르고 몸부림쳤다.

눈은 이미 그쳐 가건만, 시야는 온통 눈보라가 몰아치던 그때처럼 부옇기만 했다. 눈에 힘을 준 르옌은 그대로 발로이드의 손목을 걸어차 그의 창을 온 힘을 다해 빼앗아 들었다. 그리고 그대로 창끝을 역으로 돌려 발로이드의 목에 겨누었다.

르옌은 창끝으로 발로이드의 귀와 턱 사이를 힘주어 누르며 물었다.

"내가 죽길 바란다고 다시 한 번 말해라."

명치에 맞닿은 검은 창날이 어둑히 번뜩였다.

"감히 네가 나를 죽일 수 있다고, 다시 한 번 말해 봐. 돌레한 경."

선 채로 죽어 버린 것처럼 초점 잃은 흐린 벽안이 그녀를 응망했다.

아아, 새파란 눈동자. 마치 먼 옛날의 그를 바라보는 듯한 익숙한 시선이었다. 늘 그녀를 쫓던 향기가 느껴지는. 그 향기는 그들이 함께 뛰놀았던 전장의 피 냄새와는 다른 지고하고 순결했던 경외와 열망의 표상이었다.

그저, 서로를 바라보는 것만으로도 순수하게 아름다웠던 시절이 있었다.

—네 눈이 정말 아름다운 것 같아서 눈을 뗄 수가 없구나.

—누님, 너 스스로를 높이기 위해 나를 이용하는 건 그만두라 하지 않았나. 그러지 않아도 누님은 충분히 아름답고 드높다. 그리 말하는 건 너무 속 보인다고. 하여간.

—사실인 것을. 너와 내가 닮은 것이 공교로운 것이지. 아니 그러냐?

마주 보는 것만으로도 마음 한구석이 푸근히 가라앉는, 믿음으로 싱그러웠던, 그랬던 시절이 있었다.

이윽고 쿨럭쿨럭 하는 거친 숨과 함께 그의 목 안에서 피가 섞인 기침이 나왔다. 힘 빠진 그의 왼 다리가 비틀비틀 내려앉았다. 발로이드의 무릎을 덮은 갑옷이 짓이겨진 눈밭 위로 주저앉았다.

"너는…… 잔인하다. 잔인하고 잔인하다."

"이미 알고 있지 않았느냐."

"……."

"그러니 너를 이해하지 못하는 것일 터다."

냉정하게 되돌아오는 그녀의 대꾸에 발로이드의 몸이 들썩였다. 발로이드가 손을 들어 제 얼굴을 덮어 가렸다. 모든 것이 이지러져, 버티고 설 한 뼘의 땅조차 남지 않아 숨 몰아쉬는 것이 고작이었다.

"너는 아무것도 모른다."

"알고 싶지 않아."

가슴이 낙막함에 주저앉았다. 그녀의 발치에 기울어지듯 엎드린 발로이드가 그녀의 발목을 움켜쥐었다. 절박한 손길이었다. 눈물로 흐린 벽안 위로 북부의 눈처럼 꼭 하얀 눈밭이 굽어졌다. 그는 눈물을 멈출 방법도 몰랐다.

"너는…… 너는…….."

뜯겨 나간 목을 강제로 맞붙여 내는 소리처럼 갈라진 음성이 흐느꼈다.

마리포사의 기원은 모르가나가 제국으로 격상된 그 시절과 궤를 같이했다. 그리고 마리포사 가문을 연 페이작 돌레한 마리포사는 비공식적으로 대륙에 숨 쉬던 마지막 라르칼리아였다.

적발 벽안의 북부 출신 남자의 망명은 대륙의 남부를 지빠귀처럼 지저귀게 했다.

죽음을 두려워하지 않는 북부의 맹장으로, 한때 라르크의 제일 기사라는 위명까지 얻은 기사 페이작 돌레한 라르칼리아. 일당백이라는 말로도 그를 감당할 수 없었고, 어미의 뱃속에서 함께 잉태된 듯한 선천적인 위압감은 당시 모르가나의 귀족들까지도 두렵게 했다.

해서 초대 황제로 즉위한 데르나주크 4세초대 황제 발라르제프 1세는 마리포사에게 제도에서 멀리 떨어진 서부의 버려진 변경 일대를 하사했다. 이가 산맥 너머의 격리된 비든은 불모지이며 도적 떼가 들끓는 버림받은 땅이었다.

데르나주크 4세는 마지막 조건을 명시하였다.

—마리포사는 언제 어느 때고 제국을 위해 검을 들어 그들의 적을 처단해야 한다. 설사 그 적이 그대들과 피가 섞인 북부라 할지라도.

그리하여 한때는 라르칼리아였으나 그 이름을 스스로 버린 페이작 돌레한 라르칼리아, 초대 마리포사는 모르가나에 터를 잡게 되었다.

그는 모르가나의 기사들을 살해한 그를 벌하라 모략하는 제도의 모든 귀족들로부터 벗어나 제게 하사된 텅 빈 땅으로 향했다.

강을 따라 걸었다. 사내는 금방이라도 무너질 듯한 비든의 낡은 성과 성 앞을 두른 랑스 강을 따라 걷다가 드넓은 푸른 호수를 발견했다.

찬란한 햇빛 쏟아지는 남부의 호수 앞에 그의 무릎은 그대로 허물어졌다.

물가를 떠도는 풀벌레 소리와 너른 수면을 부드럽게 헤치며 떠다니는 백조의 울음이 울창하게 엉킨 숲을 메아리쳤다. 그것이 존재하는 소리의 전부였다.

페이작의 손톱들이 죄 뜯겨 나간 손끝이 푸른 남부를 움켰다. 낯선 향기, 낯선 온도, 낯선 풍경. 마비된 남자의 목 안은 차마 소리 내지 못한 비명으로 가득 찼다. 쏟아지는 햇살을 으스러져라 내리치던 그의 주먹은 부질없이 망가졌다.

결국 남자는 제 가슴을 때리기 시작했다. 갈비뼈가 으스러져라 때렸다. 꽉 막힌 비명을 토해 내기 위해 그리 계속, 계속, 계속……..

그러나 그가 낼 수 있는 소리란 고작 '으, 으, 으어, 으.' 같은 어딘 가 모자란 이처럼 새는 신음뿐이었다.

한때는 호수만큼이나 푸른 생기로 빛났던 벽안이 충혈된 증오로 형형했다.

지표를 잃었다. 그건 일생의 세계가 무너져 내린다는 것을 의미했 다. 그리고 유일 세계를 잃는 것으로, 페이작은 그의 세계를 구성하 는 삶과 죽음 그 모두를 앗겼다.

삶과 죽음을 잃어 그대로 시간이 도려내진 사람처럼 그는 호수만 바라보았다.

조그맣게 부는 바람에도 깎여 나가는 구멍 난 가슴 부여잡고 해가 저물어 붉게 물든 호수를, 밤이 되어 두꺼운 적막을 덮은 호수를, 다 시 떠오르는 태양 아래 찬연히 흔들리는 호수를, 그 무엇 하나 완벽 하지 못한 풍경을 바라보았다.

그런데 고꾸라진 그의 곁으로 금빛 망토를 어깨부터 발끝까지 감 싸 덮은 여자가 다가와 앉았다.

남국南國의 노을에 젖어 더욱 찬란한 붉은 머리칼은 찬 북국의 향 기를 풍겼다. 그녀의 향기.

—페이.

맴도는 목소리에 가슴이 으깨지는 듯했다. 그는 제게 드리워진 그 녀의 그림자에 간절히 매달렸다.

그녀에게 바라는 것이 있었다.

—돌레한 경, 네가 살아남았으니 라르칼리아의 이야기는 아직 끝 나지 않았다.

끝이 아니라 속삭이던 그녀에게 바란 것이 있었다.

그녀를 움켜쥔 채 손등에 입술을 게걸스레 입 맞추는 것밖엔 할 수 없었던 우자에게는 차마 목이 매여 뱉지 못한, 간절히 하고 싶던 말이 있었다.

진정으로 울부짖고 싶었던 바람이.

가까스로 팔에 힘을 주고 엎드린 발로이드의 어깨가 들썩였다. 간 헐적인 숨소리가 이어졌다. 그녀의 잔인한 침묵. 그는 온 진심을 담 아 피투성이 말을 씹어뱉었다. 지옥 속에 홀로 남아 삼켰던 이백 년 전의 그 간구를 뜯어 뱉었다.

"누님을 증오한다."

나를 홀로 두고 갈 거라면.

"나는 그들을 용서할 수 없다."

너는 네 손으로.

"너를 용서할 수 없다."

나를 죽이고 갔어야 했다.

"너를 용서하지 못하는 나를 용서할 수 없다. 누님. 내 죽음마저 함께 가지고 달아난 너의 관대했던 자비가 나를 산 채로 박제해 죽 였다."

"……."

"누님은 나를 그리 두고 가선 안 되었다. 너는 나를 죽이고 갔어야 했어어어! 너는 나를 죽이고 갔어야 했어. 너는……! 그리 쉽게 죽어 버릴 생각이었다면 너는 나를 죽이고 갔어야 했다……!"

발치에 엎드려 울부짖는 음성이 칼날처럼 그녀를 할퀴었다. 터지는 핏물을 토해 내며 꺽꺽 소리치는 그의 몸부림을 바라보는 르엔의 손이 떨렸다. 창끝이 흔들렸다.

그랬나. 내 마지막까지 그리도 어리석었구나.

눈꺼풀을 반쯤 내리감은 르엔이 담담하게 갈앉은 음성으로 말했다.

"……내가 여전히 너의 유일한 주인이라면."

"……."

"마지막까지 복종해라."

엄숙하게 차가운 목소리가 죽어 버린 그들의 전장에 울려 퍼졌다. 그녀와 그의 전장. 마지막 라르칼리아의 전장이었다.

느릿느릿 고개를 든 발로이드는 표정 하나 없이 저를 바라보는 르엔의 불그스름한 눈동자를 올려다보았다.

굳게 다물려 있던 그녀의 입술이 열리며, 하찮은 삶처럼 곧 흩어질 입김과 함께 잔혹 무도하여 관대한 명령이 이어졌다.

"용맹한 북부의 기사로서 끝을 맞아라. 라르칼리아로서 죽어라. 일어서라, 돌레한 경."

돌레한 경. 그리 맺어진 입술은 떨림조차 없었다.

여지 두지 않은 결단, 번복되지 않을 의지, 매정하게 내려지는 명령.

그녀 없는 지옥에서 바라 왔던 그녀의 모습이었다. 페이작은 늘 그녀가 이끌어 주길 바랐다. 늘 스완이 자신에게 드리워지길 바랐다.

르엔은 검은 창을 고쳐 쥐었다. 그리고 한 걸음 물러나 거리를 벌리고 곧게 그를 마주 보았다.

"내 친히 너를 거둬 주겠다. 이번에는."

아주 잠깐, 그녀의 목 안쪽으로 울음 끓는 숨소리가 차올랐다 가라앉았다.

"마지막의 마지막, 마지막까지 내가 짊어지겠다. 널 버리지 않겠다. 일어서라, 돌레한 경."

역류하는 핏덩어리를 토해 낸 발로이드가 비틀비틀 일어서 그녀를 초점 없이 응시했다.

"너를 증오한다."

"그래."

"나를 버린 너를 증오한다."

"그래."

"나를 증오한다."

"끝내 주마. ……너와, 나의."

"…….."

"……시대를 잘못 태어난 어리석은 암공작의 말로다. 너와 나는 패배를 받아들이고 물러날 때다."

그들이 있어야 할 곳은, 더 이상 이런 차갑고 비참한 전쟁터가 아니었다.

발로이드는 르옌의 얼굴을 깊숙이 잠긴 눈동자로 응시했다. 그의 벽안이 르옌의 손에 들린 뇌호한 검은 창으로 미끄러졌다.

르옌이 창을 높이 들어 올렸다.

차가운 남부의 겨울바람이 그들 사이를 휘둘렀다. 눈가루가 흩날리는 듯했다. 창끝이 설경 속에서 반짝였다. 이백여 년의 이상으로 단단한 무명의 검은 창이 달려온다.

여왕의 손에 쥐었을 때에야 비로소 가장 아름다운, 그들의 이상이.

─너도 이름을 붙이는 게 어떠냐? 이건 세상 단 세 자루밖에 없는 내가 직접 만든 무구들 중 하나이거늘.

─누님을 지키는 창, 그거면 족하다. 쓸데없이 이름 따위를 붙여

호사가들의 입에 오르내릴 필요는 없잖나. 적들은 그것만 알고 있으면 된다. 어느 누구라도 너를 위협하는 자는 이 창에 찔려 죽으리라는 것을.

바람이 분다 생각했다.

차갑고 날카롭고 무자비한.

발로이드는 자신이 그녀를 마주 보고 있다 생각했다. 그러나 어느 순간, 그는 일생 자신을 가두고 있던 제 몸뚱이가 하늘을 향해 서 있는 것을 발견했다. 그건 몹시 이상한 일이었다.

퉁.

둔탁한 충격이 느껴졌다. 뒷머리로 차가운 한기가 파고들었다. 허물어지는 제 몸뚱이가 보였다.

발로이드는 희붐한 빛으로 물들기 시작한 남부의 새벽하늘을 올려다보았다.

비스듬 기울어진 창과 함께 그녀의 몸이 주저앉았다. 녹아 가는 눈 위로 번지는 피 꽃처럼, 그녀의 속삭임이 스며들었다.

언젠가처럼.

그 언젠가처럼.

알레타르 달테의 하얀 월계수 벽화를 올려다보며 여왕은 말했다.

—내가 바라는 세상은 조금 더 멀리 있다, 돌레한 경.

—누님이 바라는 세상.

—내 백성들이 굶주려 스스로 크랑크스로 걸어 들어오지 않기를 바란다. 초야를 뛰놀기를 바란다. 얼어 죽은 시체를 쥐고 몇 날 며칠 울부짖지 않기를 바란다. 나는 많은 것을 바라.

—우리가 바라는 세상이군.

—우리가 하나의 꿈을 꾼다는 건, 내게는 더할 나위 없는 축복이

다. 이제 시작할 때구나.

알레타르 달테에서 한담처럼 되돌아온 그 목소리는 정복 전쟁을 알리는 최초의 선포였다. 그의 가슴에 깊이 박힌 영혼의 정언이었다.

—돌레한 경, 가장 가까이서 나를 지키는 기사가 되어라.

영광된 시간이었다.

—너의 삶, 너의 죽음, 너의 영광, 너의 그 모든 것, 모두 내 손의 것이 되리라. 앞으로 네가 이룩할 그 모든 것은 나의 이름과 함께 가장 높은 곳에 있을 것이다.

위대한 여왕이 몇 마디로 거둬 간 그의 삶, 스스로 끊어 낼 수도 없었다.

—우리가 있어야 할 곳에서.

그는 북부의 새하얀 눈송이가 그리웠다. 눈구름이 물러간 후 남는 그곳의 하늘이 그리웠다. 그 시절의 차가움과 잔혹함이 그리웠다.

매해 눈이 나릴 때면, 먼저 떠난 그녀가 있을 곳이 그리웠다.

발로이드는 검은 새벽의 하늘을 눈에 새겼다. 흐려지는 벽안 위로 어두운 밤이 쏟아져 내렸다.

눈이 시리도록, 아름다웠다.

'푸르르다.'

여전히 눈부시게 푸르른 하늘이었다.

이백여 년의 눈이 그쳤다. 설경이 눈 시린 날이면 북쪽의 하늘을 소리 없이 그리던 시간이 끝난다. 꽁꽁 언 호수 앞을 맴돌며 시간을 절망하던 삶이 끝났다.

올려 뜨인 그의 벽안은 영원이라는 이름의 피안으로 잠들었다.

누님,

나는 여전히 척토의 여왕인 당신이 증오스럽다.

나는 변함없는 당신이 자랑스럽다.

나는 나를 알아주지 않는 누님이 경멸스럽다.

그래서 나는, 그런 너를 존경한다.

영원불변할 나의 그리웠던 모국이여.

바닥에 꽂은 창에 기대어 주저앉은 르엔의 고개가 꺾였다.

파랗게 질린 입술은 얼어붙은 듯이 다물렸다.

땅이 진동하기 시작했다. 아무것도 남지 않은 그녀의 세계로 달려오는 이들이 있었다. 벽을 때리는 말발굽의 메아리는 공허한 이명처럼 귀 밖으로 흘러나갔다.

무릎을 적시는 붉은 웅덩이를 내려다보던 르엔이 하늘을 향해 뜬 눈동자를 덮어 가렸다. 이윽고 발로이드의 눈가를 덮고 있던 손은 그의 뺨으로 옮겨 갔다.

그녀는 등을 둥글게 말아 차게 식어 가는 발로이드의 손을 감싸 쥐었다. 고개를 숙여 그의 피투성이 손에 제 뺨을 묻었다. 차가운 냉기가 그녀를 사무치게 했다.

페이작.

여왕이었던 그녀가 지키겠다 마음먹어, 유일하게 지켜 낸 한 사람이었다.

페이작.

그녀의 마지막 기사였다.

페이작.

소리 내이 뱉지 못할 이름이 피투성이 창이 되어 입안을 할퀴었다.

저기다! 발굽 소리가 점점 가까워진다. 멍하니 고개를 돌린 르옌은 지겹지도 않게 이어지는 살의를 향해 웃었다. 이런 끔찍한 세상 속에 살았다. 일생을 이런 세상 속에 살았다. 끔찍하고 끔찍한 전쟁이었다. 그 끔찍함을 그때는 알지 못했다.

르옌은 다시금 발로이드의 창을 쥐었다. 그러나 일어날 수가 없었다. 금빛 갑옷의 기사가 그녀를 향해 날카로운 검을 쥐고 다가왔다. 비틀거리다 주저앉은 르옌은 그대로 제게 겨눠지는 살의에 힘겹게 눈을 감았다 떴다.

금빛 갑옷의 기사가 그녀를 향해 검을 겨누고 섰다.

세상은 여전히 움직인다. 그녀를 두고, 페이작을 두고, 이백 년 전 눈 감았던 그녀가 다시 깨어날 때까지 그리 흘러 되돌아온 것처럼.

가만 저를 겨눈 날카로운 흉기를 바라보며 르옌은 그런 생각을 했다.

알아주는 이 하나 없고, 그녀에게 손 뻗어 줄 이 남지 않은 이 세상에서 이제 책임을 다한 자신은 어찌해야 할까.

이제 아무도. 진정 아무도 없는 세상 속에서.

만신창이가 된 그녀의 몸이 갈대처럼 발로이드의 시신 위로 기울어졌다.

연이은 사나운 말 울음소리가 귀청을 흔들었다. 또 몇이나 몰려오는가. 이 낡아 버린 여왕과 그녀의 기사를 잡자고. 르옌은 모든 소리를 닫고 눈에 비치는 마지막을 수긍했다.

"라르크의 여자."

듣지 않았다. 제게 마지막을 선사할 적의 얼굴을 올려다보려는 순간이었다.

거친 열기가 느껴지나 하였다. 숨소리가 들리는 듯하였다. 낯설게 투박한 검이 적의 갑옷을 뚫고 나왔다. 그녀의 뺨 위로 피가 붉은 피가 떨어졌다. 낡은 검은 그대로 황실 기사의 몸을 가로 베었다. 으드득하는 소리와 함께 금빛 갑옷의 기사는 그대로 나동그라져 언 벽에 부딪쳤다. 절명의 비명도 내지르지 못한 채.

널브러진 금빛 갑옷의 기사가 일격에 숨 앗기는 것을 멍하니 지켜보던 르옌은 다시 고개를 되돌렸다.

검은 머리칼의 사내가 그 자리에 서 있었다. 은빛 갑옷 위로 굴러 떨어지는 핏물이 뚝 뚝 웅덩이에 더해진다. 사내가 얕게 몰아쉬는 숨소리가 입김처럼 허공에 젖어 들었다.

그의 등 뒤로는 또 다른 혈전이 벌어지고 있었다. 눈에 익은 멘테를 휘날리며 적들과 격돌하는 라르크의 기사들이 초점 없는 눈에 비쳤다.

그들의 검이 부딪치고 몸이 떨어진다. 끝나지 않을 듯한 싸움이었다. 르옌은 가만 파사드의 눈동자를 올려다보았다. 세상의 모든 것이 고요한 정적에 잠긴 듯 미동 없이 주저앉아.

까만 눈동자가 그녀를 응망했다.

그는 내려다보고 그녀는 올려다본다. 누구도 소리 내지 않는 그런 정적의 시간이었다.

파사드는 낯선 검을 더욱 세게 그러쥐었다.

말 한 마디 꺼낼 수가 없었다. 목 안쪽이 말라붙어 소리 내는 것만으로도 찢길 듯했다. 그래서 그는 저를 올려다보는 표정 없는 얼굴을 바라만 보았다.

숨이 차올랐다. 가쁘게. 벅차게. 묻고 싶은 것이 산더미 같았으나 그저 저리 살아 있는 것만으로도 지난 시간 내리 그를 불안의 구덩이로 몰아갔던 시간이 씻겨 내려가는 듯했다. 그녀는 발로이드의 시신 앞에 주저앉아 여전히 살아 있다.

그때 '브류나크으으!' 하는 고함과 함께 적의 기사가 달려들었다.

파사드는 모르가나 황실의 이름 모를 근위 기사를 그대로 베어 낸 후 주위를 돌아보았다. 저 끄트머리까지 다시 뒤엉키기 시작한 적과 아가 교전을 벌이고 있었다.

그러나 적들은 그들의 삼분지 일도 되지 않았고, 곧 마지막 한 명까지 고꾸라졌다.

파사드는 미동 않는 그녀에게 다가갔다.

"괜찮나."

"⋯⋯."

"다친 곳은."

"⋯⋯."

"⋯⋯르옌."

그가 손을 뻗으려 했다. 그러다 멈칫했다.

표정 없이 그를 올려다보던 르옌의 낯이 서서히 일그러지기 시작했다. 구겨지는 미간과 당겨 문 입술과 떨리는 턱. 곧게 펴져 있던 그녀의 어깨는 떨림으로 들썩이기 시작했고 그건 이내 울음이 되었다.

아랫입술을 당겨 물고 간신히, 그녀는 아주 간신히 소리를 냈다.

"⋯⋯나를 좀."

"⋯⋯."

"살려 줘."

손을 멈춘 파사드는 황폐하기만 한 토산으로 둘러싸인 주위를 둘러보았다. 더 이상의 적은 없었다. 그럼에도 불구하고 그녀는 반복했다.

"나를, 살려 줘."

목울대가 턱 막혔다. 죽은 발로이드의 손을 쥔 그녀를 내려다보는 파사드의 목 안쪽으로 잔 신음이 삭여졌다. 그는 저린 가슴을 내리 누르며 가까스로 말했다.

"……이제 끝났다. 일대의 적들은 진압되었고……."

나직이 이어지는 내내 그녀의 눈물은 비처럼 떨어졌다. 어허헝, 흐윽, 흑. 흐아아아. 그녀는 크게 울음을 터뜨렸다.

"흑, 흐어엉. 나를 좀, 살려 줘."

더 이상 움직이지 않는 괴물의 시체가 채 식기도 전이라.

삶의 애원이었다.

파사드의 눈동자는 종말을 맞은 마리포사의 위에 머물렀다. 마지막까지 여왕의 기사임을 자처했던 사내의 끝이었다. 그리고 르옌은 이를 라르칼리아로서 보일 마지막 자비라 했다.

자비라는 것은 희생의 또 다른 이름. 그녀가 감당하지 않을 수 있었던 것을 감내한 것이라.

책임의 무게라 했다.

"어허헝, 흐아아, 흐으아."

적의 창에 베인 상처보다 우그러진 입술 사이로 터져 나오는 울음이 더 크게 그를 상처 입혔다. 마치 죽을 것처럼 깊은 울음은 그치지 않았다. 파사드는 가슴이 쥐어뜯기는 듯한 통감에 검을 쥔 손에 힘을 주었다.

파사드는 쥐고 있던 검을 버리듯 던진 후 르옌을 끌어 올렸다.

"으허헝, 나를, 좀 안아 줘. 나를, 살려 줘."

"……."

"제발 나를 좀, 살려 줘. 나를."

제 울음에 휩쓸려 비틀대는 그녀를 지탱하고 제가 두르고 있던 찢긴 코트를 벗어 그녀의 봄을 말아 덮었다. 파사드는 비스듬히 내리박힌 이백여 년의 유구한 역사를 지닌 검은 창을 눈에 담았다.

르옌은 그의 팔뚝을 힘없이 그러쥐고 흐느끼듯 반복했다. 살려 달라. 제발 나를 살려 달라. 누군가가 그녀를 죽이기라도 할 것처럼, 혹은 스스로가 스스로를 죽이기라도 할 것처럼 그리 어린아이처럼 울며 애걸했다.

눈 그친 전장의 동이 틀 때까지 그리 애원했다.

그리고 사흘 후, 적들은 교전의 중단을 요청해 왔다.

제국 유일의 황태자가 자국 사령관의 손에 의해 피살되었으며 그 사령관 역시 살해당했다. 마리포사 기사단을 비롯한 그들과 관계된 모든 병사들이 예고 없이 산개해 도망친 상황하, 일시 휴전이란 명목이었으나 결국 그란두르전은 제국의 마지막 전투로 기록되었다.

눈이 그치던 새벽, 전쟁은 끝났다.

−5권에서 계속−

이 이야기는 아주 먼 옛날부터 시작되었다.

—내 나라를 사랑함이 깊어 백성들을 위해 검을 들 것이다.

나라를 사랑한다 광신했던 여왕과

—누님은, 그 자체로 라르크다.

그런 여왕만을 승상한 형제와

—……당신을 지키지 못했습니다.

여왕을 여인으로 사랑한 남자로부터 시작된 희비극(喜悲劇).

그리고 오랜 시간이 지나 깨어난 여왕은 검을 들어,

한 편의 극을 끝냈다.

외전

나비 무덤
(La Tumba del mariposa)

외전. 나비 무덤

남쪽의 땅에는 사특한 자들의 저주로 솟아났다고 전설처럼 전해 내려오는 거대한 산맥이 있다. 바로 이가 산맥이다. 그 이가 산맥의 서쪽, 호수의 땅이라 불리는 라곳에시스는 마리포사의 영지라고도 알려져 있다.

서부의 대부분이 그러했지만, 산맥의 영향권에 있는 라곳에시스는 유난히 바위와 자갈이 많은 척박한 곳이었다. 농지로 사용할 수 있는 장원의 면적이 적은 것은 당연했다.

때문에 라곳에시스는 예로부터 다른 제국의 영지들과는 다른 체계로 운영이 되었다. 고르지 못한 장원을 개발해 재화로 세금을 충당하는 대신, 군사적인 용역을 제공하는 것이다. 마리포사들을 용병처럼 이용해 온 황실은 그 대가로 그들의 존속을 용인하였고, 그건 관례가 되었다.

영지의 특수성은 라곳에시스 내의 모든 구성원들에게 적용되었다. 라곳에시스의 성벽 둘레에 위치한 마을의 민간인들은 군용 가축을 기르거나 대장간 일을 하거나 갑옷 비늘을 엮는 등의 자질구레한 일들로 생계를 유지했으며, 군인들은 언제든지 제국을 위해 분쟁에 투입될 수 있도록 훈련받았다.

마리포사의 주된 가치가 무력이라는 것은 공공연한 진실이다. 때문에 그들은 남대륙에서는 몇 없는 대규모 군사 보유권을 허락받기도 하였다. 그 군사의 수가 기하급수적으로 늘어난 것은 지금 대 마리포사 백작인 발로이드에 이르러서였으나, 이전에도 마찬가지였다.

어느 정도의 사병 양성과 독립적인 행동을 용인하는 북부와 달리, 사병 양성을 엄격하게 제한해 삼천 이상의 군대를 지닌 이들이 드문 모르가나에서 마리포사가의 군대는 항상 허용된 수를 웃돌았다. 그들을 기사단이 아닌 용병단으로 취급하는 풍토 때문이다. 지금은 일만여가 넘는 마리포사 소속의 군인들이 제국 각지에 뿔뿔이 파병을 가 있었다.

용병 집단, 살인 기사들, 절개 없는 짐승들, 그리 폄하당하기 일쑤인 마리포사의 세력이 작금 이만치 커진 데에는 여러 이유가 있을 것이나, 신분과 개개인의 역사를 급으로 나누지 않는 무한한 관용이 가장 지대한 요인이 되었을 것이라 세간은 말한다.

라곳에시스에는 오래도록 그곳에 터를 잡고 살아온 이들보다는 떠돌다가 갈 곳을 잃었거나 세상을 피해 도망쳐 정착한 이들이 많았다. 그러다 보니 자연히 상식이 결여되어 있기 일쑤였다. 그것이 마리포사들이 포악하고 무자비하다 일컬어지는 배경이었다.

하지만 모순적이게도 그곳은 무법 이상의 견고한 체제를 지니고 있었다. 울타리 밖에서는 악랄한 살쾡이로 돌변하는 마리포사의 군대는, 적어도 라곳에시스에서만큼은 순한 양 떼와 다를 바 없었다.

세상의 잔인함에 내몰려 검을 쥔 사람들, 혹은 잠시의 도피처가 필요해 라곳에시스에 방문했던 이들도 심심찮게 장기 체류를 하는 것을 보면 라곳에시스는 어쩌면 축복받은 땅인지도 모른다.

정세 학자들은 그런 마리포사들의 생태에 세 가지 이유를 꼽는다.

마리포사들의 울타리가 단단한 첫 번째 이유, 마리포사 가문에 입적하고 나면 평민으로서는 상상도 할 수 없는 '서품'이라는 것을 받아 생활을 보장받을 수 있다. 차별에 엄격한 다른 땅에서는 상상도 할 수 없는 일이다.

두 번째 이유, 마리포사라는 악명 아래 많은 이들의 입에 오르내리는 존재가 될 수 있다. 늘 학대당하거나 부조리한 일들을 겪어 온 이들이 항간에 지니는 적개심은 대단했다.

그리고 마지막으로 세 번째 이유는 그들의 독특한 방식의 신뢰이다. 개인주의적인 의식이 팽배해 있는 남부에서는 쉽게 실천하지 못하는 이념이었다.

'서로를 보호하기 위해 자신을 희생한다.' 그러한 이념은 남과 북을 아우른 모든 군대의 당연한 기본 지침이지만, 실제로 마리포사들처럼 그를 투철하게 따르는 이들은 거의 없었다.

마리포사들은 그래서 두려운 자들이었다. '자신'들을 위한 희생에는 관대하나, 울타리 밖의 적들은 격렬한 적개심으로 토벌하기 때문이다. 그 현상은 지금 마리포사 백작의 대에 이르러 더욱 확연해졌다.

작금의 마리포사 백작 발로이드는 최근 '개명 사건'으로 항간에 유명을 알린 자로, 떠돌이 검사와 들개들의 숭상을 받는 라곳에시스의 유일 영주였다. 오만하고 난폭하며 음습하고 악랄하다, 이런 악명을 달고 있는 자이기도 했다.

하지만 널리 퍼진 소문과 달리 발로이드는 '신의'를 아주 중시한다.

적어도 마리포사가의 기사들 중 그 사실을 의심하는 자는 없었다.

배반, 직권의 남용, 라곳에시스 내의 아군 살해는 특히나 그가 용납하지 못하는 것들이었다. 본디 인간적인 성격이었다면 그러려니 할 터인데, 정작은 그리 관후한 사람이 아니라는 것이 희한할 뿐이다.

그 온도 차가 어느 정도인가 하면 외부에서 일어나는 살해, 강간, 약탈 따위의 사건 사고에는 눈썹 한 번 꿈틀대지 않는 사내가, 라곳에시스 내의 분쟁은 아무리 사소한 것이라도 직접 살폈다. 곡식 한 됫박과 빵 한 덩어리를 두고 벌어지는 다툼까지도 직접 돌보았다.

남부의 겨울도 겨울이라. 땔감을 아끼느라 가쁜 겨울이 오면, 그는 마을을 시찰하며 빈자에게 그의 코트나 망토를 둘러 주기도 하였다. 처음 그 광경을 보는 이들이 모두 까무러칠 일이다.

뿐만 아니라 외부 파병을 가 있는 동안에는 앙레디움 출신의 깐깐한 총관리인인 위스번스 놀던에게 권한을 위임하여 대신 영지를 다스리도록 했다. 늘 냉연한 얼굴의 젊은 주인이 보이는 예상 밖의 세심함은 늘 모두를 감격하게 했다.

사내의 그런 관심 속에서 라곳에시스는 아주 순활하였다. 세간이 무어라 하든 라곳에시스의 영주민, 군사, 기사들은 라곳에시스를 사랑하고 발로이드를 사랑했다. 비가 오나 눈이 오나 가뭄이 드나 홍수가 나나 한결같은 경의였다.

그뿐만이 아니다. 단순히 자애로운 성정이었다면 '괜찮은 영주님이다.' 정도에 그쳤을 일인데, 발로이드는 군사적으로도 몹시 타고난 사람이다.

마리포사들은 무력을 기반에 둔 가문이고, 아랫사람들의 성정이 거칠고 사나운 만큼 지휘부는 실력 본위의 체제를 고수하고 있었다. 아무리 성정이 존경할 만할지라도 약한 수뇌는 고꾸라지기 마련이었다.

그런데 지금 대의 마리포사 백작인 발로이드는 천재라는 이름도 모자랄 지경이었다. 도대체 우리 주군은 사람이 맞는 건가? 잔뼈 굵은 기사들이 늘 혀를 내두르는 건 예사였다. 가끔 그가 입 밖으로 툭툭 내뱉는 괴팍한 이야기들까지 더해지면 발로이드가 인간 이상의 존재처럼 추앙받는 건 이상한 일이 아니었다.

물론, 마리포사가의 군사들은 수가 많은 만큼 그들이 동시에 한자리에 머무는 것은 관습적으로 불허되어 왔다. 거의 대부분의 군사들이 수십 군단으로 나뉘어 자질구레한 파병에 솔선수범 나서는 것도 그 때문이었다.

대부분이 몸을 쓰는 일들이었다. 분쟁 지역에 파병을 가거나, 토목 공사를 돕거나, 추수기에는 중부 지대의 거대 장원에서 일손을 돕는 일도 하곤 했다. 장기 체류도 많았다.

그러다 보니 항시 라곳에시스를 지키는 것은 고작해야 이천여 남짓인 것이 당연한 풍경이었다.

한데 그해의 가을은 유독 라곳에시스가 북적거렸다. 발로이드가 스물대여섯 남짓이 되었을 즈음일 것이다.

모르가나 중부의 대장원들을 가로지르는 키사 강 하류에 다리를 놓는 토목 공사를 마친 군사들이 귀환한 지 보름, 남쪽의 소수민족을 빠르게 토벌한 발로이드도 이천여 명의 기사들과 함께 되돌아왔다.

여장을 풀고 드러누운 기사들은 기분 좋게 가을의 쌀쌀함을 만끽하며 배를 채우고 소일을 화제 삼아 떠들었다. 돌을 몇 개를 옮겼는지, 어떤 가문의 기사를 만났는데 성격이 지랄같았다던지, 몇 명을 죽였는지, 어떻게 죽을 뻔하다 살아났는지 따위.

백작 저를 지키고 있던 기사들은 귀환 군사들과 함께 도착한 낯선 무리의 사람들을 발견하고 눈을 둥글게 떴다. 남부에 산다 알려진 고가 민족이었다.

"저 녀석들은?"

"살고 싶어 하는 연놈들만 몇 추려서 데려왔지."

"주군 침대맡에서 또 칼부림 나는 거 아냐? 고가 족들은 계집도 아주 난폭하다던데."

"하루이틀인가. 그리고 뭐, 이미 우리가 내려갔을 때는 다 작살이 난 상태였으니."

마리포사들은 왕왕 토벌지의 패잔병들, 그들이 짓밟아 터전을 잃은 자들까지도 라곳에시스에 들이곤 했는데 그래서 아주 간혹 악의에 찬 이들이 숨어들기도 했다. 대개 그런 자들은 발각되는 즉시 처형당하였으나 발로이드는 괘념치 않았다.

기사들도 조금씩 마음을 놓았다. 이번 고가 족은 그들이 짓밟은 것이 아니라 구해 준 것이기도 했고 말이다.

"오, 여자다."

한 기사가 고가 민족이라 알려진 까만 피부의 일행들 사이에서 유독 귀티가 흐르는 여자를 발견했다. 붉은 머리카락을 어찌나 길게 땋아 내렸는지, 엉덩이에까지 닿을 것 같은 계집이었다. 머리칼이 여성성을 상징한다 믿는 남부인들도 저렇게 길게 기르지는 않는다.

수레에서 여자를 직접 내려 주는 발로이드의 품새가 영락없이 정중했다. 여자는 우울한 얼굴로 주위를 두리번거리다가 발로이드에게 까딱 고개를 숙였다.

'우리 주군이 웬일이람?'

슬며시 물었다.

"저 여자는 누구야?"

"족장의 딸이래."

"왜 주군이 직접 저 계집의 에스코트를 해?"

"그러게?"

희귀한 진풍경이었던지라 그들을 바라보는 기사들의 눈이 가늘어졌다.

✦✦✦✦

족장의 딸인 바사는 다른 이주민들과 다르게 정중한 대우를 받아 백작 저의 한 방으로 안내되었다.

고가 족은 예로부터 이가 산맥의 남쪽에 위치한 소수민족 특구에 자리 잡고 있던 민족이었다. 지난해부터 고조되었던 고가 족과 타마르 족과의 분쟁에서 패배한 이들이다. 그들의 분쟁을 저지하라는 황실의 명령을 받은 마리포사 토벌군의 남하가, 지금 고가 족장의 딸 바사가 이 자리에 있는 이유였다.

타마르 족과 고가 족은 경작지를 공유하는 문제로 으레 마찰을 빚어 오곤 했는데, 바사의 손위 오빠 하나가 타마르 족의 한 전사에게 피살당한 것이 걷잡을 수 없이 큰 분쟁을 야기했다. 마리포사들이 이르렀을 때, 소수민족 간의 전쟁은 끝에 이르러 있었고 고가 족들은 싸울 수 있는 전사들을 죄 잃고 멸망을 앞두고 있었다.

마지막까지 살아남았던 바사의 외삼촌은 언젠가의 재기를 결의하며 짐이 된 바사와 일족의 계집 몇을 도피시켰는데, 그 안에 바사도 있었다. 바사와 소수의 무리는 막연히 도망치다 마리포사들에게 발견되었고, 당장 굶어 죽지 않기 위해 마리포사들에게 의탁해 라곳에시스에까지 이른 것이다.

물론, 바사는 라곳에시스의 살인 기사들과 함께 살 생각은 없었다. 그 사실을 발로이드에게도 명백히 했다. 용기가 많이 필요했다. 하지만 발로이드는 참으로 무덤덤히 수긍했다.

"그렇다면 살리가르로 연통을 보내 주지."

참 좋은 목소리를 지닌 남자였다. 붉은 머리칼의 푸른 눈동자가 인상 깊었다. 남부인들과 가까이 지낸 적은 없지만 바사는 저 사내가 독보적으로 대단한 용모를 하고 있다는 걸 의심하지 않았다. 남부인이 맞을까 싶을 정도로 어딘지 모르게 이질적이다.

하지만 그의 행실이 무례하지 않다는 것과 별개로 바사는 쭉 긴장을 늦추지 않고 있었다. 발로이드라는 사내에게서 몹시 위험한 느낌이 들었기 때문이다. 하여 오는 내내 발로이드를 관찰했지만 바사는 도대체 그의 어떤 부분이 그녀의 경각심을 부추기는지 알아내지 못했다.

"괜찮은 건가요?"

"살리가르의 마코시아는 관용적인 자라 하니."

"그게 아니라 정말로 아무 대가 없이 우리를 보내 줘도 괜찮은지를 물은 거예요."

"아무런 대가가 없지 않으니까."

바사는 표정을 굳혔다.

"우리는 은원 관계에 명백합니다. 어떤 대가를 원하시나요?"

"……."

"당신도 알다시피 우리가 당신에게 해 줄 수 있는 것은 당장에 없고, 앞으로도 없을지 몰라요. 이 자리에서 허튼 약조는 하지 않겠어요."

발로이드의 새파란 벽안이 바사의 붉게 땋아 내린 머리칼을 한 번 훑었다. 바사는 한 가지를 깨달았다. 문득문득 제게 향하는 저런 뜯어보는 듯한 눈빛이 조금 무서웠다. 발로이드는 그녀에게 다가와 뺨을, 그리고 옆얼굴에 흘러내린 붉은 머리칼을 쓸어 넘겼다.

살인자의 손에 흠칫 놀랐던 것이 무색하리만치 부드럽고 다정한 손길이었다. 바사는 이 사내가 혹 제게 음심이라도 품은 것은 아닌가 하는 의구에 한 걸음 물러섰다.

의심하지 않을 수가 없는 것이, 발로이드는 소수민족들의 나라인 살리가르로 향하겠다는 바사를 위해 직접 살리가르에 사람을 보내 주겠다고까지 했다. 악명으로 유명한 마리포사 백작이 이유 없이 그런 번거로운 짓까지 자처해 그녀를 도울 이유가 없지 않은가.

발로이드가 고개를 저으며 손을 내렸다.

—고가 족에게는 예전부터 빚이 있었으니 그걸 갚는 셈 치지.

—예전? 예전부터의 빚이라뇨? 우리 부족과 마리포사가 연고가 있었단 말인가요?

—아아.

—지금 나와 내 민족의 목숨이 달린 일에 아무 이유 없는 호의를 베풀어 준다는 마리포사들을 믿을 수가 없습니다. 우리에 관련된 일이라면 알아야 한다고 생각해요.

그런 말을 늘어놓은 후 여기까지 따라와 놓고 이리 말하기는 참으로 면구했지만, 라곳에시스 내에 흉흉한 사내들이 지천에 깔린 걸 보니 두려워하지 않을 수가 없었다.

'참 귀찮게 구네.' 하는 눈빛으로 바사의 겁먹은 갈색 눈동자를 가만 들여다보던 발로이드가 엷게 입꼬리를 당겨 웃었다.

—고가 족들은 예로부터 사술 탐구에 빠진 자들이 많았지. 일전 도움받은 적이 있어 그런 거라고 생각해라.

—타타나 제사장님을 말하시는 건가요? 무슨 도움이요?

—목숨을 빚졌지.

—…….

—뭐, 의심은 그쯤 해라. 귀찮으니까.

—오는 내내 생각했지만 당신은 정말, 좀 이상한 사람이군요. 당신에게서는 원기나 활력도 느껴지지 않고, 어쩐지…… '부정한 사람' 같은 느낌이에요. 지금 이곳에 알맞지 않은 사람, 그런 느낌……, 아, 비난은 아니에요. 이 느낌을 설명할 수가 없어서.

불쾌해 할 것 같았던 발로이드는 외려 흥미롭다는 듯 웃었다.

—너, 사술사였나?

—그런 건 아니에요.

바사는 가로로 길고 커다란 눈을 가늘게 접어 그를 흘겼다.

세상의 소문과는 너무나도 다른 사내였다. 바사는 점잖은 그의 반응에 조금 더 용기를 냈다.

—그리고 제사장님도 사술사가 아닙니다. 우리 민족의 번영과 풍요를 위해 신의 뜻을 전달받는 분이시지요. 사특한 사술사 따위와 비교하시는 건 조금 불편한 말이에요.

발로이드는 잔뜩 겁에 질려서도 포기하지 않고 대꾸하는 바사를 향해 까딱 고개를 한 번 숙여 주었다. 오래전, 그의 두 번째 삶을 약조해 주었던 승려를 향한 감사와 증오를 담아서.

'괴로울 것입니다.'

그리 말했던 현명하던 사술사를 회고하며 그는 대화를 마무리지었다.

—어찌 되었건 당신들의 인솔은 이쪽에서 책임질 테니 염려 마라. 살리가르까지 파발이 닿는 데에 보름이 더 걸릴 것이니 한두 달 정도는 예 머물 거라 생각하고. 필요한 것이 있다면 식솔 아무나 붙잡아 요구해. 자유롭게 지내도록 해라.

왜 이리 쉽지? 바사는 발로이드라는 사내의 그늘진 분위기에 안심할 수가 없었다.

사술사는 아니라고 하였으나, 고가 족들 중에는 영적인 감이 뛰어난 이들이 왕왕 있었다. 제사장의 손녀이자 족장의 딸인 바사도 그런 사람들 중 하나였다.

어째서일까. 발로이드라는 이름의 사내는 빈껍데기처럼 보였다. 바사는 충동적으로 돌아서는 그의 뒷덜미에 대고 물었다.

―제가 당신들을 염탐해도 된다는 말인가요?

발로이드는 무심히 대꾸하며 방을 떠났다.

―마음대로.

정말로 바사와 그녀의 일행들이 무슨 짓을 해도 상관없다는 듯이.

토벌지에서 데려온 여자와 단둘만의 시간을 보냈다는―대체 무얼 했는지는 모르겠지만― 발로이드의 소식은 금세 퍼졌다. 발로이드가 돌아온 이튿날부터는 연신 고가 부족의 딸인 바사와 발로이드에 대한 이야기가 주를 이루었다.

군사, 식솔 가릴 것 없이 삼삼오오 모여 떠들었다.

"주군이 그 계집을 방까지 안내해 줬다고?"

"어, 그 계집들 머리 긴 거 봤어? 쭉 빠졌던데……. 고가 족장의 딸이라더라고?"

"그러고 보니 오는 내내 고가 족들에게는 손가락 하나 까딱하지 말라시던데."

"주군이? 왜?"

"그 계집이 우리 주군을 꾀어낸 거 아냐?"

"꾀어내긴 무슨, 따먹히지나 않으면 다행일 계집이. 오는 내내 보니 겁먹어서 아주 발발거리던데. 그리고 위스번스 님이 고가 민족들의 이주 건으로 살리가르에 사람을 보냈다더라."

"에이, 그래?"

대화의 끝은 당연하단 듯한 코웃음과 약간의 아쉬움으로 맺어졌다.

"어, 근데 왜 위스번스 님이?"

"주군이 시키셨다는데?"

"대체가 주군 속을 모르겠네. 관심 있으신가 싶었는데."

그러한 현상이 이상한 일은 아니었다. 그 계절의 가장 커다란 관심사는 발로이드의 혼인 문제였기 때문이다.

기사들의 아쉬움을 기정사실화하듯이, 이십여 명이 넘는 고가 민족을 라곳에시스로 들이고 족장의 딸이라 알려진 바사에게 귀한 손님방까지 내어 준 발로이드는 평소와 다를 바 없이 무심한 태도를 일관했다. 라곳에시스까지 오는 동안 묘한 눈으로 족장의 딸을 보았다는 제보를 흘려 대는 이들로 뜬소문은 꺼질 듯 꺼지지 않고 버티다가 결국 닷새째 되는 날 완전히 사그라졌다.

발로이드의 담백한 무심함은 여자라면 환장을 하는 사내들 사이에서는 참으로 의문스러운 일이었다. 여자를 싫어하는 건 아닌데, 같은 여자와 두 번 이상 몸 섞는 일 없는 결벽적인 증세도 유명했다.

발로이드가 혼인을 할 생각이 없는 것이 분명하다. 나이가 스물 중반에 이르도록 혼인하지 않은 백작은 그뿐일 거다. 마리포사 백작부인은 위스번스 놀던이다. 이 정도의 괄괄한 농담은 흔한 입버릇이 되었다.

사정이 그러하니 발로이드의 측근 중 한 명인 에일라가 할 일 없는 기사들의 입방아에 대신 시달리는 일도 잦았다.

"시니스 경, 주군은 어떻게 하실 거랍니까? 진짜 그냥 보낸다고 요? 손 하나 까딱 안 하고? 그 고가 족장의 딸이랑 뭐 있었던 거 아 닙니까? 주군이 직접 방까지 안내해 주셨다면서요? 뭐야, 뭐 어떻게 된 겁니까?"

농담기가 섞인 산뜻한 물음은 분명 불경한 것이었다.

"쓸데없는 말 할 시간이 있으면 울타리 수리나 마저 해라."

"아니, 난 이제 슬슬 주군이 걱정이 돼서 그렇지……."

한 기사가 중얼거리자 다른 기사들이 주억대며 동의의 기색을 비 쳤다.

에일라는 빈번하게 화두에 오르는 발로이드의 혼인 문제가 참 난 감했다. 그들의 의문이 이해가 간다는 게 더욱 민망했다.

발로이드는 오래전 혼기가 차고 넘쳐 그대로 지나쳐 버린 젊은 청 년 귀족이었다. 몸 아끼지 않고 변경의 전투나 험한 일에 앞장서기 도 하는 사람이다.

만일 발로이드가 후사 없이 죽게 된다면 라곳에시스는 모르가나 제국법의 관례에 따라 다시 황실로 반환된다. 잘 모르는 이들의 머 리로도 후사가 필요하다는 것은 알았다.

계집을 전혀 가까이 하지 않는 것도 아니면서, 어째서인지 발로이 드는 이십 대 중반에 이르도록 혼인할 생각이 전혀 없어 보였다.

철없는 기사들은 발로이드의 취향을 두고 저들끼리 왈가왈부해 대곤 했었다. 동성 취향이 아닌지, 나이 든 여자 혹은 아주 어린 여 자아이가 취향이신 건 아닌지, 어린 소년이 취향이신 건 아닌지. 가 끔 위스번스 놀던과의 말도 안 되는 염문까지 우스개 농담 삼아 지 껄이는 놈들의 말이 들릴 때면 제 얼굴이 더 홧홧해졌다.

사실 에일라 역시 이번에 고가 민족의 딸을 데려오는 발로이드의 태도가 평소와는 달라서, 조금의 희망을 품기도 했었다.

호기심 많은 기사가 지겹도록 에일라의 옆구리를 찔렀다.

"그러니까 시니스 경, 경이 한 번 의중이라도 여쭈는 게 맞지 않습니까?"

"왜 내가."

"그럼 저희가 물어보리오!"

"맞습니다. 시니스 경이 가서 한 번 여쭈어 봐요. 훈련이나 전투에만 관심이 있으셔서 까맣게 잊고 계신 것일지도 모릅니다."

과연 그럴까 싶어 에일라는 아무 말도 하지 못했다.

서른 중반 즈음이 된 에일라 시니스는 이십여 년에 이르도록 마리포사가에 헌신한 라곳에시스의 토박이다. 혹독한 훈련으로 실력을 다져 높은 지휘 기사의 자리까지 오르는 데만 십오 년이 걸렸다. 하지만 조금의 특혜도 받지 않았다고는 하지 못하겠다.

발로이드는 범상한 사내들과는 달리 계집들의 노력을 높이 샀는데, 그 덕에 그의 눈에 더 일찍 띈 것도 같았으니까.

다른 기사들이 그녀를 조르는 게 이상하지 않을 만큼 에일라는 발로이드의 측근으로 인정받았다. 하지만 그녀가 먼저 발로이드에게 의사를 표한 것은 손에 꼽았다. 참모도 아닌 주제에 직언을 한다는 것이 주제넘다 생각하기도 했고, 조언이 필요할 때면 대신 나서는 이들이 여럿 있었기 때문이다.

한 명은 가끔 마리포사 백작 부인이라 놀림받는 위스번스 놀던이라는 앙레디움 출신의 삼십 대 중반쯤 된 사내였다. 인상만큼이나 깐깐한 위스번스는 몹시 논리적인 사람이고 말 가리는 법이 없어서 필요하다면 논쟁도 불사했다.

두 번째로는 키에스 릴이라는 그녀와 엇비슷한 연배의 기사였다. 키에스는 발로이드가 언짢지 않아 하는 적정한 선 안에서 제 할 말을 다 하는데 재주가 있는 자였다. 군사들에게도 가장 다정다감한 기사라 알려져 있다. 발로이드는 주제넘게 말 붙이는 이들을 싫어했지만, 일단 제 귀에 들린 것은 무엇 하나 허투루 흘리지 않았기 때문에 키에스의 농담 같은 간언도 곧잘 먹히곤 했다.

그리고 세 번째로는, 사실 발로이드에게 조언을 할 수 있는 이라고 하기는 좀 모자란 감이 있지만 겁대가리 없이 저 지껄이고 싶은 말을 상스럽게 지껄이는 놈이 하나 있다. 릴 테네스라는 이름의 어느 강도단 간부 출신의 젊은 기사다. 이름이 같다는 이유 탓인지 키에스와 테네스 경은 곧잘 어울리곤 하는 사이였다.

발로이드는 무례한 자들을 관대히 보아 넘기지 않는데 이상하게 테네스 경에게만큼은 무한한 면책을 주었다. 가끔 에일라는 테네스 경에게 질투심을 느끼기도 했다. 대체 저 경박스러운 자가 뭐가 잘나서 발로이드의 편애를 받는지. 그럴 때면 위스번스는 코웃음 치며 '상대할 가치가 없으니 무시하시는 게지.' 하고 대수롭잖게 넘기라 말했다.

뭐, 그렇게나 많은 인사들이 발로이드에게 혼인에 관하여 조언할 수 있다는 말이다. 그런데 난감하게도 이번만큼은 영 사정이 여의치가 않았다. 조언자들이 죄 말문을 닫아 버린 탓이다.

위스번스는 혼인 문제에 관하여만큼은 간섭지 않겠다 선언한 지 오래였다. 그리고 이래도 좋다, 저래도 좋다 하는 키에스는 주군에게 무슨 생각이 있으시겠지 하며 넘겼다. 테네스 경은 작년쯤 혼인은 인생의 무덤 아니냐는 망발을 지껄이고 남부 난지대인 프셰로 파병 나간 상태였다.

테네스 경이야 원래 그런 종자이니 그렇다 치더라도, 위스번스와 키에스까지 나 몰라라할 줄은 몰랐다.

이유가 전혀 짐작되지 않는 건 아니다. 발로이드가 마음에 둔 사람이 있다는 건 알 만한 이들은 한두 번씩이라도 들어 아는 이야기였다.

처음에는 스쳐 나가듯 암시한 게 전부였다. 그러나 어느 순간부터는 당연하다는 듯 '예의 그 여자'가 거론되는 일이 많아졌다. 도저히 그녀에 대해 말하지 않고서는 견딜 수 없다는 듯이.

사랑하는 듯이.

에일라 역시 사랑을 해 보았던 적이 있다. 사랑은 늘 그 결과가 처참하다는 사실을 차치하고, 사람을 충만히 해 주는 것이다. 발로이드가 사랑하는 사람이 있다는 게 몹시 기뻤다.

반면 조금 걱정이 되기도 했다. 발로이드가 여왕처럼 숭상하는 '예의 그 여자'는 아주 오랫동안 발로이드를 곁에서 지켜온 에일라도 본 적 없는 사람이었다.

한 번은 너무나도 궁금해 그녀가 어디에 사는 누구인지 물었던 적이 있었다. 그러나 발로이드는 '글쎄, 그걸 안다면 기다릴 필요도 없었겠지.' 하는 잘 이해가 가지 않는 대꾸로 에일라의 말문을 막히게 했다.

누군가는 꿈속에서 만난 여자가 아니겠느냐는 말을 하기도 했다. 사랑해 마지않는 주군이 오매불망 그리는 상대가 유령인지 사람인지도 알 수 없는 노릇이니, 걱정이 되지 않을 수는 없었다.

쾌청하게 높은 하늘을 올려다본 에일라가 시간을 가늠했다. 정오

였다. 오늘 오전 해가 뜨자마자 발로이드가 호수 변에 자리를 잡는
것을 보았다. 발로이드는 왕왕 볕 좋은 날이면 몇 시간이고 아무것
도 하지 않으며 쉬거나 책을 읽거나 하곤 했으니 아직 그곳에 있을
확률이 높았다.

그녀의 예상처럼 발로이드는 여전히 꼼짝도 않은 채로 하늘을 고
스란히 반사하는 호수 변에 누워 있었다. 읽다 만 책 한 권을 머리맡
에 내려 둔 채로.

"식사도 거르셨습니까?"

긴 의자를 하나 깔고 그늘에 몸을 숨긴 채 미동도 없다. 손가락이
까닥까닥 움직이지 않았다면 잠이 든 줄 알았을 것이다. 마치 그림
같다.

얼마 지나지 않아 성의 없이 내는 무덤덤한 목소리가 되돌아왔다.

"생각 없다."

하얀 상의 위에 입은 가벼운 조끼도 단단한 무골의 자태를 가리지
못했다. 물비린내를 머금은 호수 바람이 크게 불자 검은 바지 자락
이 흔들흔들 거렸다. 팔뚝으로 눈가를 덮어 가리고 있던 발로이드가
입술만 열어 웅얼거렸다.

"볕 가린다. 무슨 일이 있나?"

한 걸음 옆으로 움직여 선 에일라가 조심스레 권했다.

"저어, 그 고가 족들은 정말 그대로 보내실 겁니까?"

"왜?"

"아니, 주군께서 꽤 마음에 들어 하신다 생각했었습니다. 해서……."

약간의 간격을 두고 낮게 웃은 발로이드가 냉랭히 대꾸했다.

"쓸데없는 소리는……."

에일라는 풀이 죽어 고개를 숙였다. 하기야 발로이드는 제도 귀족

가에서 온 혼담도 걷어차 버린 사람이다.

마리포사들은 수 년 전부터 벨루비르하인 2세의 관심사로 떠올랐는데, 그 덕에 제도 귀족들도 이제까지와는 다른 이유로 마리포사가를 각인했다. 로위아 가문이 두 해쯤 전 발로이드에게 보냈던 혼담이 그 증거였다.

로위아가는 중앙 귀족 가문 중 하나였다. 정치적인 입지는 크지 않지만 기사 양성의 체계가 잘 잡혀 있는 것으로 유명하였다. 그런데 발로이드는 그런 중앙 귀족계 가문이 먼저 내민 손을 고민도 없이 거절했다. 그래서 한창 마리포사들이 도마에 올라 헐뜯겼던 적도 있었다.

발로이드에게 오만하고 주제를 모른다는 수식어까지 덧붙여진 것은 그 무렵 즈음일 것이다. 사실 로위아도 마리포사가 고민도 없이 거절하리라는 것은 상상도 하지 못했을 것이다. 마리포사가의 군사들도 깜짝 놀랐을 정도니 말 다 한 셈이다. 그만한 혼담은 이전에도 없었고 앞으로도 없을 것이 자명하였으므로.

사실 로위아가 처음은 아니었다. 벨루비르하인 2세의 관심으로 인해 마리포사의 위상이 높아진 근래에는 만병장이라는 이름이 과언이 아닌 젊은 마리포사 백작을 탐내는 자들이 여럿이었다.

군사력이 일정 부분 힘의 지표를 대신하는 시대. 특히나 남부는 권세가일수록 무력과 사병의 규제를 받으므로 마리포사들은 비천하지만 쓸모 있는 존재였다.

하지만 발로이드의 반응은 한결같았다. 담백한 백안시였다. 그런 주인이니 망한 소수민족 부락의 계집이 눈에 찰 리가 없다 생각은 한다. 하지만 오는 길에 본 발로이드의 눈빛이 평소와 많이 달랐던 탓에 미련이 쉬이 떨어지지가 않았다.

보고 있어도 그립다는 양, 계속 붉은 머리 여자를 흘기던 발로이드는 몇 번이고 먼저 그녀에게 가 말을 걸기도 했다.

"제국령 귀족들이 내키지 않으신다면 다른 민족의 여자라도……. 보니, 생김은 조금 낯설지만 그 여자는 아름답고 신의가 있었던 것으로 기억합니다. 제 사람을 챙기는 데에 직접 발 벗고 나서는 것도 아랑곳 않았고."

"그래도 네가 백 번 더 낫다."

에일라는 느닷없이 되돌아온 대구에 말문이 막혀 침묵했다. 그러고는 자신도 모르게 제 얼굴을 손끝으로 어루만져 보았다. 그런 의미가 아니란 것을 누구보다 잘 알았음에도 불구하고 귀가 발갛게 달았다. 괜히 볼멘 투정이 나왔다.

"가끔 이렇게 주군께서 짓궂게 구시면, 할 말이 없습니다."

"고가의 딸을 잘 예우하라 한 것은 그들 선인과 연고가 있어서다. 쓸데없는 이야기로 내 여가를 망치지 마라."

슬며시 팔을 내린 발로이드는 눈살을 찌푸렸다. 라곳에시스의 호수보다 훨씬 파랗고 아름다운 눈이었다. 에일라는 자연스럽게 시선을 발끝으로 내렸다. 결국 그로도 모자라 언제나처럼 사죄로 끝맺었다.

"주제넘었습니다. 송구합니다, 주군."

가만 그녀를 응시하던 발로이드가 곁에 내려 두었던 책을 치우며 턱짓했다.

"앉아라."

에일라는 조심조심 그의 곁에 엉덩이를 내려앉혔다. 발로이드는 나른한 목소리로 물었다.

"네가 웬일로 그런 걸 묻나. 다른 녀석들이 재미있는 이야기들을 이래저래 떠들던데, 그 녀석들이 네 등을 떠밀었나 보지?"

에일라가 즉각 부정했다.

"아닙니다. 개인적인 마음에……. 주제넘었습니다. 용서하십시오."

"이런 날 좋은 가을에 쓸데없는 고민으로 마음 쓰지 마라."

하지만 어떻게 당신의 혼사를 쓸데없는 고민이라 말하나. 발로이드뿐만 아니라 마리포사들에게는 정말로 중요한 문제였다. 포기하지도 못하고, 그렇다고 마구 떠밀지도 못하는 에일라의 얼굴은 더욱 어둑어둑해졌다. 기색을 알아차린 발로이드가 짧게 웃었다.

"에일라 시니스, 누차 말했지. 그게 네 안 좋은 버릇이다. 얼굴을 감추지 못할 거라면 입 밖으로 내는 것이 더 나아. 릴 테네스, 그 녀석을 본받아."

에일라의 한쪽 눈썹이 슥 올라갔다가 곧 평정을 가장했다.

"지나치십니다. 어떻게 테네스 경 따위를 본받으라고 하십니까. 주군께서는 유달리 테네스 경에게만 관대하십니다."

"부러우면 너도 그놈처럼 건방을 떨어 봐라, 어여삐 봐줄 테니."

에일라는 뚱해지는 기분으로 입술을 오므렸다. 가능할 리가 없었다. 발로이드는 곁에 서는 것만으로도 숨 막히게 대단한 남자였다. 테네스 경이야 정신머리가 살짝 돌아 버린 놈이니 그렇다 치지만, 다른 이들은 그러지 못했다. 에일라도 이렇듯 간혹 서운한 내색을 하는 데에 십여 년이 걸렸다.

강요당한 복종이 아닌, 자연스러운 굴종이었다. 발로이드는 스스로가 지닌 그 힘을 과소평가하는 것처럼 굴었다.

"송구합니다."

"또 뭐가."

"……전부. 오늘도 감히 주제넘은 소리를 했습니다."

"에일라, 듣기 싫은 것이야 맞지만 틀린 말이라고는 않았다. 번번이 네 의견을 꺾지 마라. 그리고 사죄도 필요 없다. 말 난 김에 하나 일러 주마. 만일 네가 잘못을 저질렀다 느껴질 때 최우선으로 선행되어야 하는 것은 대책을 세워 수습하는 것이다. 그리고 반복하지 않는 거지. 내 누님이 내게 가르쳐 주신 것 중 하나야, '충성심을 잃지 않으면서도 자율적으로 생각하는 것' 말이지. 너희는 아직 먼 듯하지만."

에일라는 조금 울적해졌다. 발로이드가 또다시 예의 '그 여자'를 거론한 탓이다. 정작 발로이드는 외려 표정 없이 차분해진 것이 추억에라도 잠긴 모양새였다.

에일라의 우려대로 발로이드는 까마득하게 오랜 옛 기억을 되새김질하고 있었다. 실수에 대한 이야기를 하고 나니 떠오르는 기억이 있는 탓이다. 추억이자 고국에 대한 향수였다.

—너희와 나는 한뜻을 향해 목숨조차 불사할 것을 맹세한 전우다. 만일 너희가 나와 천 리 떨어진 곳에 있을 적, 부득불 급박하여 재량으로 판단해야 할 일이 생긴다면 너희의 판단을 믿어라. 너희의 판단 역시 나의 것이다.

기사의 결정이 주군의 결정이 된다는 논리는 위험천만했다. 하지만 스완은 그 위험성을 경고해 주어도 자애롭게 웃기만 할 뿐이었다. 페이작은 그녀의 아량을 곡해하여 실수를 저지르는 기사들을 볼 때마다 속이 답답하고는 했다.

'멍청한 판단으로 폐가 되는 저놈들을 왜.'

그러나 시간이 흐르며 알게 되었다. 스완은 가신들이 늘 옳은 판단을 할 거라 믿는 것이 아니었다. 오히려 그 반대라, 여왕은 그들의 실수까지 전부 수습할 수 있는 스스로를 믿었던 것이다.

그리 기억을 더듬고 있으니, 문득 고가 부족의 딸이라는 붉은 머리칼의 계집이 떠올랐다. 오래전의 악몽을 배회할 적의 기억도, 그를 동정하며 후생의 사술을 약조하였던 승려도 자연히 떠올랐다.

'고가라……'

—그녀와 함께 다시 태어나기 위해서는 당신의 목숨 또한 담보가 되어야 합니다. ……소생, 내심은 이것이 정말 가능한지도 확신할 수 없습니다. 그럼에도 당신은 이 길에 후회가 없다고 말하시는 겁니까? 여생을 보다 좋은 방향으로 살다 갈 수도 있는 일인데 말입니다.

지난 생애의 마지막, 그와 함께하였던 승려는 정확히는 고가 민족은 아니었다. 그러나 떠돌이로 지내다 고가 부락에 머물며 그곳 사람들과 함께 생활하였던 자였다.

세상을 향한 정처 없는 증오를 붙잡아 주고, 산산조각으로 흩어진 페이작을 진심으로 동정하여 도와준 이었다. 그를 위해 많은 것을 희생해 준 사술사였다.

"에일라, 너는 사술사의 존재를 믿나?"

"아니요. 소문으로밖에 들어 본 적이 없어서……."

"믿어라. 기적을 행하는 자들은 늘 존재하니까."

에일라는 침묵했다. 발로이드가 미신에 취해 있다는 사실에 실망하는 건 아니었다. 다만 그의 근거 없는 믿음 기저에 깔린 시꺼먼 우울이 우려스러울 뿐이다.

발로이드가 중얼거렸다.

"올해도 이렇게 흘러가나."

라곳에시스의 가을은 가슴 휑했다.

한 이파리, 한 이파리 물들었다가 가을비가 내리는 밤이면 후두두 떨어져 삽시간에 져 버린다.

"내 누님은 늘 남토를 바랐다. 남부의 땅에는 무언가 특별한 것이 있지 않을까 하는 바람이 있었지. 너는 북부에 가 본 적이 없겠지."

"예."

"풍경이 많이 다르다."

발로이드가 눈살을 찌푸리자 에일라는 따가운 가을 햇살이 뺨 위로 떨어지는 것을 손사래로 밀어냈다. 그러나 손이 비켜 간 자리, 볕은 여전히 따갑게 내리쬐였다. 발로이드는 무시하고 계속 말했다.

"북부라고 이리 단풍이 들지 않는 건 아니다만 산천초목의 종부터가 다르니."

"⋯⋯."

"⋯⋯벌써 이게 몇 년째인지."

"⋯⋯."

"고가 부족의 생존자들을 보니 문득 그런 생각이 들었다. 내가 실패한 것은 아닌지. 그자의 사술이 내 누님에게까지 닿지 못하고 오로지 내게만 국한된 것이라면 나는 이제 어찌해야 할지. 그녀는 돌아오지 못했고 나 혼자만 반복하는 거라면."

에일라는 발로이드가 전생을 믿는다는 것을 경험으로 알았다. 지휘부 기사들 중에는 자자하게 퍼진 이야기였다.

마리포사가의 군사들은 발로이드가 그런 미신을 이야기할 적이면 몹시 행복해한다는 것을 알아, 침묵으로 받아들였다. 스스로를 오래전의 유물처럼 타자화하는 것도, 그의 여왕이라는 유령 같은 여자를 숭상하는 것도. 가슴에 묵은 이야기를 견디지 못해 흘리는 것처럼 보였기 때문이다.

누군지는 모르겠지만, 그 여자는 그의 세계에선 절대적인 존재다. 모르가나의 황손들조차 우리의 돼지 보듯 하는 발로이드가 유일하게 경의를 다하는 허상이었다.

"제게 하문하신 겁니까?"

"네가 답을 줄 수 있겠나?"

"……송구합니다."

"됐다, 아직은 때가 아닌 것일 테지. 하지만 그녀가 돌아와 내 이름을 듣는다면 반드시 알아차릴 것이다. 너무 늦지 않으면 좋겠어."

발로이드는 많은 이들의 반발과 비판을 한 몸에 받는 불편을 감수하면서까지 페이작이라 개명했다. 그것도 그 여자를 위해서라 하였다. 에일라로서는 존재조차 의문인 여자가 단순히 이름만으로 그를 찾아올 거라는 점이 회의적이었다.

"만남을 약조하셨습니까?"

"아니."

"남부는 넓습니다. 먼 곳에 계시다면 라곳에시스까지 이르는 데에 시일이 걸릴지도 모르겠군요."

흰 뱀의 비늘처럼 반짝이는 윤슬로 뒤덮인 호수를 바라보며 에일라가 답했다.

에일라의 귓등으로 발로이드의 큭큭거리는 웃음소리가 났다. 시원스레 입매를 당긴 발로이드가 전에 없이 크게 웃으며 고개를 절레절레 흔들었다.

"에일라, 내가 고작 이에 마음이 상할까 싶으냐."

"사실입니다. 주군께서도 아시다시피 남부는 몹시 넓고……."

"하도 답답하여 몇 마디 한 것뿐이다."

"……송구합니다."

"바란 바 이루기 위해서라면 몇 년 정도 숨죽이는 것도 길이라 했다."

발로이드는 부드럽게 웃으며 팔베개했다. 선선한 바람이 그들 사이를 스치고 지났다. 그의 붉은 머리칼이 바람결에 아름답게 나부꼈다. 에일라는 감히 그를 빤히 바라보다가 뱉어 묻고 말았다.

"혹 혼인을 않으시는 건 그분과 혼인하려고 그러시는 겁니까?"

또다시 혼인 문제를 거론하였다 하여 화를 낼까 잔뜩 졸아붙은 채였다. 그러나 발로이드는 기분 나쁜 기색 없이 잔잔히 웃었다. 시선은 여전히 하늘을 향한 채였다.

먼 구름에 해가 가려지자 세상이 부드럽게 어두워졌다. 발로이드가 반문했다.

"왜, 내가 세상에 존재하지도 않는 여자와 혼인을 하겠다 고집을 부리느라 이러는 것 같다 말들이 많던가?"

"솔직히 말입니까."

"솔직히 말해 봐라."

"예. 주군을 불신하는 것은 아닙니다만 아직 그 여자를, 그분을 한번도 뵌 적이 없는 데다······."

에일라는 자신이 무례했음을 깨닫고 고개를 조아렸다.

발로이드는 별반 개의치 않는 투였다.

"그렇게 생각하는 녀석들이 있다 해도 이상하지 않지. 하지만 그녀는······."

"······."

"아니, 됐다. 옛이야기는 적당히 하지. 이 이상 미쳤단 이야기를 듣고 싶지는 않으니까."

그렇게 말하는 사람치고 발로이드는 꽤 즐기는 것처럼 보이기도 했다.

"누구도 주군을 미쳤다고 하지 않습니다."

"미친 게 아니면 이게 정상인가?"

그건 아니지만. 에일라는 무어라 답해야 할지 몰라 우물거렸다. 그러자 발로이드가 뜻 모를 웃음을 지으며 부연했다.

"그녀와의 혼인이라니, 억측이다."

"그러면 어째서⋯⋯."

"나는 만일 그녀가 필요하다 말한다면 제국의 유일 태자까지 잡아족쳐 그녀의 침실에 처넣어 줄 용의가 있다. 그게 나의 의무니까. 반대로 만에 하나 그녀가 나를 원한다면 기꺼이 감읍하여 이 한 몸 투신할 터다. 그러나 그녀는 내 누이다. 아마 그런 건 그녀가 바라지 않을 거다. 그러니 헛기대는 품지 마라."

"⋯⋯."

"나는 누님이 필요로 하는 여자를 반려 삼기 위해 기다린다. 마땅한 일이지. 내가 혼인을 하게 된다면 누님이 축복해 주는, 누님이 바라는 여자와 혼인하게 될 거다."

애정이 가득 묻어나는 음성은 정작 그녀를 절실히 갈구하지 않는다 말한다.

그렇게 찾아 헤매는 이유가 제 사람으로 만들고자 함이 아니라니, 에일라로서는 당혹스럽기까지 한 진심이었다.

발로이드의 내밀한 속내는 범인으로서는 이해할 수 없는 것들로 복잡하게 엉켜 있었다. 그를 이해하려 드는 것은 오래전에 포기했지만 에일라는 가끔은 발로이드라는 사람이 정말 궁금했다.

"그 말씀은⋯⋯ 그분이 시키는 혼인이라면 누구와도 하실 수 있다는 말씀입니까?"

슬그머니 상체를 일으킨 발로이드가 턱을 괴었다. 답지 않게 장난스런 미소까지 띤 채였다.

"오늘따라 네가 옛 생각이 나게 하는구나."

"송구합니다."

"네게만 하나 들려 주마. 이건 아무한테도 하지 않은 이야기인데⋯⋯."

에일라의 귀가 저절로 쫑긋 섰다.

"오래전, 누님이 바란 게 아니라 내 욕심으로 혼인을 한 적이 있었다. 변변찮은 나라에서 내 누님에게 혼담을 넣어 온 것이 시작이었지. 왕국과 왕국 간의 정략혼이 오가는 건 그때도 지금처럼 흔한 일이었어. 그들은 적대국은 아니었지만 우호국도 아니었다. 그 시기 나의 누님은 남쪽의 도시와 왕국들과의 전쟁이 지속될 동안 그들과의 관계가 변수가 될 수 있음을 충분히 인지하고 계셨다. 번뇌할 수밖에 없었지. 저들을 먼저 정리를 해야 할지…… 아니면, 우선 청혼을 수락하여 우호 동맹을 맺어야 할지."

"……"

"우리는 그때 남부를 욕심내고 있었으므로 시간이 많지 않았다. 의견은 우호 동맹 쪽으로 기울었지. 귀족들도 그다지 내켜 하지는 않았지만 남부국들과의 전쟁이 당시에는 더 중했으니까."

"……"

"그런데 문제는 이미 내 누님이 혼인을 한 상태였다는 거였다. 아르도니스의 왕자, 나메인. 지금도 잊지 않는 이름이군. 그의 오만 불손한 주제넘음은 과히 상상을 초월했다. 전에 이야기한 적이 있던가. 나는 누님의 부군이었던 자도 좋아하지 않았다고. 사내로서는 괜찮은 구석이 있었다는 것은 인정했지만 지나치게 속내를 감추고 사는 놈이었으니까. 그런데 주제넘은 왕자와 비교하자니 역시 구관이 명관이라고, 그 새까만 국서 놈이 더 낫다 싶더군."

아르도니스, 국서, 왕자 따위의 단어들……. 에일라는 상상도 할 수 없는 이야기였다. 비슷한 이야기를 들은 적이 있지만 영 익숙해지지 않았다. 에일라는 최대한 생각을 비우고 경청했다.

발로이드의 이야기는 계속 이어졌다.

"하지만 당시 상황이 상황이었던지라 누님은 꽤 진지하게 나메인 왕자를 두고 고심했다. 곁에 둘 필요는 없지만 곁에 두지 않으면 귀찮은 종자. 딱 그런 놈이었거든. 그 국서라는 새까만 새끼는 내 누님을 마음에 두고도, 유일하게 법적으로 그녀의 부군으로 인정받은 주제에, 누님의 명이라면 기꺼이 물러나겠다고 할 만큼 멍청한 자식이었다. 사태가 그쯤 되니 국서 놈이 퍽 가련해 보이더군. 아주 재미있었다. 그 일그러지는 낯짝 구경하는 게. 아예 그 참에 새까만 늑대 새끼가 떨어져 나가길 바란 마음도 적잖았다. 하지만 그 문제로 누님의 심기도 많이 불편해졌지."

"저는…… 뭐라 해야 할지……."

"그냥 듣기나 해. 하지만 나는 국서에 대한 호불호의 감정보다도 어떤 오만방자한 새끼가 내 누님에게 번뇌를 주는 그따위 제안을 했는지 한 번 보고 싶었다. 그래서 사절을 자처해 그곳을 방문했다. 감히 여왕에게 국서와 이혼하고 제 자식을 낳으라 지껄이던 아르도니스의 왕자는 젊고 잘생기고 총기가 넘쳤지만 내 누님에 견주기엔 턱없이 모자랐다. 아무리 생각해도 누가 될 것 같은 놈이었단 말이야. 그러다 그녀를 발견했다."

"……누구를 말하시는 겁니까?"

"내 첫 부인."

의외의 이야기에 깜짝 놀란 에일라의 긴 속눈썹이 반사적으로 내리깔렸다. 그 아래 엷은 그림자가 드리워졌다.

발로이드의 나른한 음성이 물처럼 흘렀다.

"그녀는 왕자의 여동생이었다."

헤드리 아르도니스. 발로이드는 오랜만에 그녀의 이름을 입안으로 굴려 보았다.

"……그녀가 지닌 붉은 머리칼이 단박에 나를 사로잡았지. 뒷모습이 아름다웠다. 내 누님처럼 붉은 머리칼이 굽이굽이 떨어져 허리까지 닿더군. 좁다란 어깨를 부러 당당한 체 펴고 홀로 정원에 앉아 있는 모양새는, '과연 일국의 왕녀로다.' 그런 느낌을 주었다. 다가가 말을 붙여 보니 금세 얼굴을 붉히더군. 호박색을 머금은 노란 눈동자는 머리칼과 꽤나 어울렸어."

"그분과 혼인을……."

"뒷모습이 눈 뗄 수 없이 아름다워 나는 몇 번이고 그녀의 등 뒤로 걸었다."

"……."

"소소한 이야기를 나누었지. 그 후로 며칠 왕궁에 머무는 동안 그녀는 내게 정염을 품었다. 나를 사랑한다 말하더군. 나도 그다지 싫지는 않았어. 해서…… 아르도니스의 왕자에게 말했다. 어차피 혼인 동맹이 필요하다면 당시 누님의 측근이라 알려져 있는, 누님과 같은 핏줄인 내가 부마가 되는 것도 괜찮지 않으냐고 말이야. 거절하려던 낌새였던 아르도니스의 왕자는 제 여동생이 내게 반쯤 홀려 있다는 것을 알고 아쉬운 듯 누님에게 했던 청혼을 거두었지. 나는 누님께 청하여 그 여자와 혼인하겠다 하였다. 누님은 그다지 내켜 하지 않았어. 나는 고집을 부렸다. 누님은 결국 내 청을 들어주었지. 자기 사람이 바라는 것엔 아낌없이 관대한 분이셨으니까."

에일라는 참 그들의 관계를 알 수 없다 생각했다. 하지만 한편으로는 다른 궁금증도 샘솟았다. 발로이드가 한 여자에 정착한 모습은 그다지 상상이 가지 않는 종류의 것이었다.

"다행히…… 주군이 바라신 대로 잘된 것이군요."

그러자 발로이드의 입가에 걸려 있던 미소가 씁쓰름하게 어두워졌다.

"잘되었다고는 말하지 못하겠군."

"……."

"확실히…… 나는, 나의 부인이 된 여자와 첫해에는 몹시 행복했다. 처남 되는 자가 나를 거슬렀지만 이유나 과정이야 어찌 되었건 처음은 나쁘지 않았지."

"……."

"하지만 내가 바라 청한 동맹 혼인이었지만 결국은 누님을 위한 마음이었다. 계집 따위에 눈이 멀어서가 아니었어. 그런데 누님은 내가 그 여자를 절절히 한 몸 바쳐 사랑한다 오해라도 한 것인지……. 두 해쯤 지나 아르도니스의 왕자가 왕이 된 후부터 그녀에게 칼을 들이대려 하는데도, 누님은 부마로 지내던 나의 입장을 고려해 인내했다. 이미 당시에 내 부인이었던 여자는 반쯤 미쳐 나를 볼 때마다 나와 누님을 저주하고 있었는데 그것도 모르고."

발로이드는 새삼 오래전의 기억들을 곱씹었다. 당시에는 꽤 커다란 일이라 생각했는데 지금 떠올리니 그저 그런 일이 있었지 하는 정도의 감상뿐이었다. 그는 담담히 거스러미 같은 기억을 솎았다.

"그로 인해 누님이 곤란에 처했다는 것을 알았을 때의 노여움은 정말 황당할 정도였다. 누구에게 분기를 쏟아 내야 할지도 몰랐지. 내 지독한 부인과 그곳의 왕에게 노여워해야 할는지, 아니면 그딴 계집을 부인이라 안아 새끼를 낳은 날 욕해야 하는지."

"……왜 그분께 말하지 않으셨습니까?"

발로이드가 중얼거렸다.

"그녀의 귀가 더러워질 테니까."

"……아."

"누님에게는 내 부인이 나와 그녀를 두고 했던 수많은 이야기들 중 하나도 해 줄 수는 없었지. 하지 않을 거다."

페이작과 혼인했던 헤드리는 아르도니스의 긍지 높은 왕녀였다. 일국의 왕녀로서 아름다움을 추앙받으며 애지중지 자란 탓에 성미 또한 범상치 않았다.

첫 신혼기에는 나름 서로가 만족했다. 사랑이라 착각될 만큼 뜨겁게 서로를 물고 빨고 끌어안으며 열정적으로 시간을 나누었다. 하지만 페이작은 늘 계약된 아르도니스 체류 기간만 채우고 다시 전장으로 떠났다.

그리고 두 번째로 아르도니스의 왕국에 방문한 이듬해, 헤드리는 알아차렸다. 페이작이 온전히 그녀 하나를 위한 사랑을 주지 못할 것이라는 걸. 당연한 일이었다. 그의 생애 전반은 스완과 함께하는 전쟁에 있었으므로.

그 후 헤드리는 잔인하게 돌변했다. 그를 떠나지 못하게 막기 위해 매달리고 거짓을 떠들고 고함을 질렀다.

—가지 마, 가지 말아요. 가지 말라고!

스스로가 무너지는 모양새로 페이작은 이해할 수 없는 말들을 마구 터뜨렸다. 그 탓에 지금까지 그녀에 대해 기억하는 것이라고는 헤드리의 뒷모습이 붉은 백조처럼 아름다웠다는 것과 입술 안의 혀가 독사처럼 매서웠다는 것뿐이다.

—그 계집이 인간인가요? 그 피도 눈물도 없는 계집이 공신 가문인 예이건을 어찌 팽했는지는 아국에서도 손가락질받는 이야기인데! 발두르에는 또 어찌했는데요? 트링거에서 저지른 학살은? 그게 과연 사람이 할 수 있는 짓이에요! 네 다른 형제들은 또 어찌 되었는데? 당신도 그저 그 계집이 휘두르는 것들 중에 하나일 뿐인데 왜

그걸 모르지? 왜 멀쩡한 눈을 달고 제대로 보지 못해! 당신이 이제 믿어야 할 것은 그 계집이 아니라 나라는 걸 왜 몰라! 나와 혼인했잖아, 나를 사랑한다고 했잖아!

열패감인지 질투심인지 구별도 되지 않을 만큼 엉망인 감정을 무작정 비명처럼 쏟아 내고, 스완과 그의 관계에 대한 낭설을 악다구니에 차 소리치고, 여왕의 업적을 깎아내리며 살인귀들이라 손가락질하는 것은 예사였다.

어느 날 술에 취해 무심코 그녀의 머리를 쓸어내리며 '누님처럼 아름다운 붉은 머리'를 칭찬했다. 어쩌면 본심이었다. 헤드리의 적발은 라르칼리아 왕실에서 추앙받는 아름다운 색이었기 때문에.

어쩌면 그것이 실수였는지도 모른다. 헤드리는 그때부터 지레짐작하여 그들을 근친상간의 노예라 힐난하기 시작했다.

물론 당시에 지레짐작이라 하기 뭐한 육체 관계가 스완과 페이작 사이에 수차례 있었던 것은 사실이었다. 그러나 페이작은 인정하지 않았다. 결코 스완과 자신은 남녀의 사랑놀음 따위의 얄팍한 감정으로 이어진 관계가 아니었으므로.

그러나 그 사실을 설명할 길은 없었고, 계집의 투기는 벼랑 끝을 향해 달려갔다. 그로 인해 부마인 페이작에게 아르도니스의 왕궁은 전쟁터보다 살벌한 곳이 되었다.

혼인 전 서약에 페이작은 부마로서 한 해 최소 두 달은 아르도니스 왕궁에서 머물기로 약정되어 있었다. 때문에 그는 그 모든 것을 묵묵히 견뎌 내야 했다. 스스로 택한 부인이다. 그 책임감 하나로 페이작은 참아 넘기려 했다. 그러나 미쳐 날뛰는 여자를 견디며 지내다 보니 제 정신이 미쳐 버릴 지경에 이르더라.

─헤드리, 너는 전부 잘못 알고 있어. 그만해라.

오해하지 말라 아무리 말해도 귀머거리 여자는 들을 줄을 몰랐다. 거듭 전장에서의 문란함에 대한 낭설들을 거들먹대는 계집에게 부레가 끓어올랐다. 페이작도 끝내는 참지 못했다.

—내가 잘못 알고 있다고? 다 장성한 아우를 제 치마폭에 가두어 휘둘러 대는 그 잘난 여왕의 위선은 온 대륙이 알고 있어! 그 계집이 하룻밤 새에 끌어들이는 사내가 한둘이라던가?

—그만하라고.

—하기야 사내에 애가 닳아 전쟁터까지 뛰쳐나가 제 동생까지 잡아먹는 여자 아니야? 당신도 그 끔찍하고 징그러운 집착을…….

—입 안 닥쳐!

일방적이던 헤드리의 폭력은 결국 페이작이 응하면서부터 쌍방의 것이 되었다. 그러나 헤드리는 일생 왕궁에서 수발을 받으며 자란 화초 같은 여자였다. 페이작은 어린 시절부터 검을 잡아 온 라르크의 제일 기사였다. 헤드리가 페이작을 견뎌 낼 리가 없었다.

페이작의 억센 발길질에 걷어차이고 주먹으로 두드려 맞고 내동댕이쳐지면서도 헤드리는 독 오른 말을 멈추지 않았다.

—죽여! 그래, 나도 죽여 버려! 그러면 내 오라비가 너를 죽이고 그 계집을 찢어 죽일 거야! 내 염원이 이루어지겠구나!

폭력적인 방식은 어느새 두 사람의 교류의 한 방식처럼 받아들여졌다.

—네가 자초한 일이다.

결국 최소한의 예의마저 사라졌다. 이성을 잃고 그녀를 엎어뜨려 스완을 상상하며 범하는 불경한 일도 헤아릴 수 없었다. 짐승의 교미와 다를 바 없었다. 경애도, 존중도, 믿음도, 무엇도 없는 서로를 향한 폭력이었다.

―난 당신을 쥐고도 모자라 세상을 욕심내는 그 계집을 매일 밤 저주하고 있어.

페이작은 도저히 이해할 수가 없었다. 상처를 준 것은 자신인데 왜 노여움의 화살이 제 누이에게 돌아가는지.

그리 한바탕의 난장이 지나가고 나면 헤드리는 페이작이 사랑했던 붉은 머리칼을 치렁치렁 늘어뜨린 채 한 시간이고 두 시간이고 실신할 때까지 흐느꼈다. 헐벗은 몸은 온통 상처 투성이었고 피를 본 날도 수두룩했다.

그럴 때면 페이작은 꿈쩍도 못한 채로 그녀가 흐느끼는 소리를 한 시간이고 두 시간이고 들었다. 울음마저 지치고 나면 헤드리는 미친 여자처럼 그의 발을 붙잡고 매달려 사랑을 부르짖었다.

―왜 너는 그 계집밖에 몰라. 왜, 나를 사랑해 주지 않아. 당신은 왜 나를 사랑해 주지 않아요? 나를 사랑한다고 했잖아요.

페이작은 헤드리를 조금은 사랑한다고 생각했다. 세간이 일컫는 눈이 멀어 장님이 되는 사랑은 아닐지언정, 그녀에게 호감을 품었고 그것은 사랑이었으리라 생각했다. 하지만 일을 이 지경으로 만든 것은 말도 안 되는 상대에게 투기를 보여 미친 그녀였다.

―헤드리, 너는 내게 대체 뭘 바라.

―당신을 줘요. 당신을 줘. 나한테 당신을 전부 던져 줘.

정말로 페이작은 그녀가 부인으로 아껴 주는 이상의 무얼 바라는지 이해할 수 없었다. 그녀가 바라는 걸 어찌 줘야 하는지도 알 수 없었다. 그는 스스로를 누구에게 투신하거나 할 수 있는 자가 아니었다. 그는 이미 스완의 것이었다.

라르칼리아 따위 다 죽어 버려, 저주할 테다, 나를 사랑해 줘. 증오와 폭력과 애걸과 혼란의 반복이었다.

그런 식으로 혼인은 약 다섯 해 동안 지속되었다. 헤드리는 한 명의 자식을 낳았고 네 번의 유산을 겪었다. 페이작을 증오한다 소리치면서도 그를 절대 놓지 않는 헤드리의 지옥은 자식이 생기자 페이작의 숨통까지 조였다.

페이작은 강간에 가까운 관계 속에서 잉태된 제 자식이 어미의 손에 어느 만치 무참한 대접을 받는지 알고도 무시했다. 그는 제 자식이 싫었다. 스완과의 자식이 스완을 곤란하게 한 데에 대한 죄책감이라면 헤드리와의 자식은 더러운 관계에서 태어난 무의미한 살붙이였다. 반은 아르도니스의 것이었기 때문에.

그저 보는 것만으로도 부아가 치미는 그런 존재.

—페이, 낯색이 왜 그리 어두우냐?

낡은 막사에서 그를 맞이하는 스완만이 그를 평온하게 해 주는 한 사람이었다. 아르도니스를 떠나 몇 달 만에 조우한 스완의 품에 안기면, 헤드리의 악랄함이 할퀴고 지나간 상처 따위는 금세 잊혔다.

—나메인, 그자가 널 박대라도 하느냐?

—아니, 그냥.

—페이, 그 무지렁이가 만일 네 심기를 거스른다면…… 아니면 그 계집이 문제냐?

—누님, 아니다. 먼 길 달려와 피곤해 그런 것이니 신경 쓰지 마라.

속이 끓고 문드러져도 스완에게는 내색하지 않았다.

스완이 자신과의 사생아의 존재로 인해 속을 앓고 있던 것이 가장 큰 이유였다. 구태여 떠들어 그녀에게 걱정을 더해 주고 싶지 않았다.

얼마 지나지 않아 아르도니스의 왕 나메인이 암암리에 스완을 암살하려 했다는 사실이 드러났다. 하지만 스완은 두 차례의 암살 시도를 묵인했다. 이례적인 일이었다.

나메인의 세 번째 도발이 무위로 돌아갔을 때야 비로소 스완은 반응을 보였다. 그마저도 직접적인 것은 아니었다. 서부의 시친 유목왕 엔호자 죄브를 통해 아르도니스를 압박하는 것이었다. 겉으로는 라르크와 아르도니스의 우호 관계를 유지한 채로.

페이작 그 하나 때문이었다. 뒤늦게 소식을 전해 들은 페이작이 길길이 날뛰며 스완의 막사로 쳐들어갔다. 스완은 평소와 다를 바 없는 깨끗한 눈동자로 그를 돌아보며 빙그레 웃었을 뿐이었다.

—내 목숨을 노리는 자들이 한둘이냐. 나메인 그자의 살수는 어차피 닿지 못할 것이다. 그리고 네가 그 계집을 사랑한다 하니, 가슴 아프게 할 수는 없는 일이지.

어쩌면 헤드리 그 계집의 짓일는지 모른다는 말이 목구멍까지 차올랐다 삼켜졌다. 그 계집이 매일 밤 라르칼리아 따위 다 죽어 버려라 저주한다 하였다. 제 오라비인 왕 나메인에게 매달리지 않으리라는 보장이 없다. 하지만 페이작은 그런 말조차도 하지 못했다.

뿐만 아니라 스완은, 브류나크의 반역에 의하여 제 목숨이 경각에 이르렀을 때 시친의 유목왕인 엔호자 죄브에게 헤드리를 피신시켜 줄 것을 먼저 요청하기도 했다.

그녀는 그런 여자였다. 그러니 어찌 사랑하지 않나. 어찌 존경하지 않을 수가 있나.

페이작은 그녀를 탐하고, 그녀를 욕심내고, 그녀를 쥐고 싶어 하는 수많은 사내들의 욕정을 이해했다. 그녀의 침실로 끌려 들어가는 수많은 남자들을 수긍했다. 그래서 벨바롯트도 받아들일 수 있었다.

아니, 국서를 가장 불쌍한 사내라 동정했던 적도 있었다. 벨바롯트 파사드 브류나크는 공식적으로 그녀를 가진 유일한 남자였으나, 실제로 그가 쥔 것은 국서라는 이름 하나뿐이었으니까.

이슥한 밤, 여왕의 침실에 든 사내가 나오길 기다리며 망연히 침전 앞을 지키던 멍청한 사내를 기억한다. 벨바롯트의 배반이 있기 전까지만 해도, 페이작은 그의 우직함을 조금은 높이 샀더라. 위대한 여자를 사랑한 대가의 아픔을 통감하지는 못하였으나 짐작하는 것만으로도 끔찍하였기에 어떤 면에서는 참 대단한 자라고.

"……내 누님은 만인지상의 사랑을 받아야 마땅한 이다. 그리 태어나 그리 살 수밖에 없었던 여자니까. 내가 독차지하고 싶어 치가 떨리더라도 어쩔 수가 없는 일이지."

에일라는 아득한 기분에 잠겼다.

낯설기만 한 이야기다. 옛 사람들의 이름, 멸망한 옛 왕국의 비화들, 미지의 세계였다. 그러나 그보다 더 두려운 건 발로이드의 세상이 놀라우리만치 그 여자로 가득 차 있다는 것이다.

"……그러면 만일, 그분이 돌아오면 어떻게 하실 겁니까?"

"북부로 돌아가겠지. 누님의 가장 큰 사랑을 받았음에도 가장 배은망덕했던 자들을 단죄하기 위해."

"북부…… 말입니까."

"비록 지금 배반자들에 의해 통치되고 있기는 하지만, 북부는…… 꽤 괜찮은 곳이다. 누님은 그곳을 몹시 사랑했지."

"주군도 돌아가고 싶으십니까?"

별것 아닌 질문이라 생각했는데 발로이드는 의외로 허점을 찔리기라도 한 것처럼 침묵했다.

그는 노르테 홀의 왕좌 앞에 선 여왕과 좌우로 시립해 있던 수많은 여왕의 가신들이 그를 바라보던 어느 봄을 떠올렸다.

여왕의 앞에 새로이 서품을 하사받아 들뜬 청년이었던 자신이 있다. 그녀의 앞에 무릎 꿇는 것은 그리도 영광된 순간이었다.

—스완 세칼리드 라르칼리아, 월계수의 계승자이자 라르크의 여왕으로서 그대에게 공정한 주인이 될 것을 맹세하노라.

제 왼 어깨에 닿던 검의 무게를 기억한다.

—너의 삶, 너의 죽음, 너의 영광, 너의 그 모든 것. 모두 내 손의 것이 되리라. 앞으로 네가 이룩할 그 모든 것은 나의 이름과 함께 가장 높은 곳에 있을 것이다.

누님, 내 귀에서 심장이 뛰어. 평소라면 그런 농지거리를 던졌을 것이었다. 그러나 검 끝이 오른쪽으로 옮겨 가던 그 순간에는 숨조차 쉴 수 없었다. 고개를 조아리고 그녀의 발치를 바라보는 것만이 할 수 있는 전부였다. 그리 힘겨운 훈련을 하고 수많은 영광의 상처를 단 오롯한 성년의 기사가 되었음에도, 그녀의 앞에서는 늘 무기력한 아이였다.

그는 온 힘을 다해 그의 진심을 맹세했다.

—폐하의 뜻대로, 사투르가 귀레 라르크.

나의 모든 것은 당신을 위한 것. '사투르가 귀레 라르크.' 그는 스완을 맹세했다.

발로이드가 입술을 뗀 건 한참의 시간을 흘려보낸 후였다.

"……내 가장 완벽한 기억을 두고 온 땅이다."

가장 완전한 그리움을 덮어 가린 담담한 음성이었다.

"에일라, 나는 누님이 북부를 다시 돌려받겠다 한다면 그리해 줄 것이다. 누님이 남부 황제를 고꾸라뜨리길 바란다면 그리해 줄 것이다. 낭만적인 체 조금 더 징그러운 표현을 빌어 떠들어 보자면, 누님이 바란다면 나는 내 가슴이라도 열어 심장을 뜯어 줄 것이다."

에일라는 무어라 대답해야 할지 알지 못했다.

사랑이라기에는 존경이고, 존경이라기에는 집착 같은 그의 정을 받을 여자는 대체 누구일까. 대체 얼마나 대단하기에 누구에게도 무릎 꿇지 않는 발로이드가 그녀의 존재 자체에 사로잡혔는지 가늠할 도리가 없었다.

"⋯⋯주군은 그런 식으로 늘 스스로를 도구 삼아 오신 겁니까?"

늘 군림하였던 발로이드에게는 걸맞지 않은 물음이었으나, 발로이드는 긍정하였다.

"누님이 버리지 않는 도구란 살아갈 가치가 있다는 말이다. 가장 커다란 영광이지. 나는 너희도 그녀를 사랑했으면 좋겠다. 아니, 어쩔 수 없이 너희도 그리될 테지. 비록 너희는 지금 나를 이해하지 못할 테지만, 언젠가 그녀를 만나고 나면 너희도 조금쯤은 나를 이해하게 될 거다."

"⋯⋯."

"⋯⋯에일라, 그녀는 저것과 같은 여자다."

발로이드는 또렷하게 뜬 눈으로 하늘을 턱짓하며 올려다보았다. 구름이 흘러가고 볕을 가리던 햇살이 강하게 내리쬐었다. 에일라가 조용히 갈무리했다.

"눈이 상하십니다."

발로이드는 이내 편안히 몸을 기대어 누우며 기분 좋은 미소를 지었다.

"오늘은 이야기가 많았구나. 들어가 봐라."

발로이드는 멀어지는 에일라의 뒷모습을 누운 시야로 바라보았다. 남녀를 차별하지 않지만, 여기사는 대부분 얼마 못 버티고 죽거나 검을 내려놓았다. 에일라는 남달랐다. 드물게 버텨 낸 여성 기사 중 한 명이었다.

그래서 그는 에일라를 꽤 좋아했다. 그녀는 이제 그의 가장 충실한 기사가 되어 주었다.

문득, 머잖은 곳에서 자그마한 회색 눈동자가 그를 빼꼼 들여다보는 것이 보였다.

"에일라는 갔다. 언제까지 숨어 엿들을 생각이냐?"

여자라기에는 모자라지만, 어느새 처음보다 훌쩍 자라난 무르익어 가는 계집 아이였다. 레이리스 엘폰느 제일리아르. 이제 십 대 후반쯤 된 소녀는 제일리아르 후작 저에서 데리고 나온 아이다.

늘 에일라의 꽁무니를 따라다니며 바동거리는 그녀를 발로이드는 퍽 예쁘게 보았다. 스완을 따라다닐 적의 자신과 닮아서.

아직 겁이 많고 빼빼 마른 아이가 고물고물 손을 움직였다.

'북부로 가실 건가요?'

발로이드는 쯧 혀를 찼다. 마리포사 백작 저에 살겠다 버티며 아등바등 훈련을 하고 있다는 건 알지만 소심한 아이였다. 에일라보다 나은 기사가 되지는 못할 터이다. 하지만 나른한 추억의 그리움은 그를 관후하게 해 주었다. 아무렴 어떤가 싶어서.

발로이드가 대꾸했다.

"가장 높은 명예를 위해서라면."

못 갈 것도 없고, 못 할 것도 없다.

레이리스는 '가장 높은 명예?'라고 묻는 듯 조금도 이해하지 못한 표정으로 큼직한 재색 눈만 끔뻑거렸다. 제 아비와 오빠보다는 훨씬 깨끗한 눈이었다. 발로이드는 문득 수년 전, 저를 찾아왔던 제일리아르의 아들 란니르를 떠올렸다. 그는 레이리스의 이복 오빠였다.

—처음이자 마지막 청탁입니다. 일가가 지켜 주지 못한 가문의 흠이지만, 잘 부탁드립니다.

귀족들 중 점잖은 편에 속하는 그 청년은, 이제는 제일리아르라는 거대한 가문을 버리고 황궁에 완전히 몸을 던져 벨루비르하인 2세의 서기관 중 한 명이 되었다. 그다지 레이리스나 제일리아르 일가에 대해 깊이 생각한 적이 없던 터라 그 일을 소녀에게 말하지는 않았다.

발로이드는 금세 주눅이 들어 묻지도 홱 뒤돌아 떠나지도 못하는 레이리스를 응시했다. 재색 눈동자가 흘끔흘끔 제자리에서 굴러다녔다.

발로이드가 레이리스를 등져 누우며 툭 뱉어 답해 주었다.

"북부의 가장 높은 업적을 세운 자들만이 가질 수 있는 것이다."

그러고는 누운 채로 손을 저었다. 물러가, 훈련이나 해라. 서성서성 나무 근처를 디디던 레이리스의 고양이 같은 발소리가 조용히 멀어졌다.

느리게 눈을 감았다 뜬 발로이드, 아니 페이작, 이제는 그 스스로도 누구인지 모를 사내는 다시 혼자가 되었다.

작은 가을바람에도 고독은 화드득 불티처럼 일어났다. 허전한 기분에 발로이드는 가늘게 뜬 눈으로 하얀 백작 저의 건물을 응시했다. 그곳은 여전할는지. 그런 생각이 불쑥 든다. 그의 벽안은 붓처럼 미끄러져 호수를, 하늘을 눈 안에 담았다.

얼마나 더 기다려야 하나. 그리 생각하자마자 꾸짖는 듯한 기억이 되살아났다.

—뜻을 위해서라면 몇 년쯤 몸 사리는 것도 주저하지 말아야 하는 법이다. 가시밭길이라도 걷고, 지루한 기다림이라도 견뎌 내라 하였다. 그 끝에는 우리의 이상이 손 내밀어 줄 터이니.

들끓는 심란함을 가라앉힌 발로이드는 허공을 나부끼는 낙엽을 따라 고개를 돌렸다. 낙엽이 떨어진 자리, 남은 것은 새파란 하늘뿐이다. 이리 지상을 굽어 내리는 하늘의 시선을 느낄 적이면 그는 그날을 떠올리곤 했다.

✦

완연하게 무르익었던 가을의 일이다.

페이작은 지친 말을 보채 귀자로 성벽을 넘어, 쉬지 않고 달려 뮈아드로의 왕궁에 입성했다.

발이 급했지만 최소한의 예의는 갖춰야 한다는 궁내부원의 고집에 늘 대충 쓸어 넘기던 머리칼을 말끔히 넘겨 올리고, 불편한 자색 예복을 갖춰 입기까지 했다.

약소하게 대충대충 했다 생각했는데 겉치레만 마무리하고 나니 해가 중천이었다. 페이작은 스완에 관하여라면 인내가 짧았던지라, 그 밖의 왕궁 귀환에 선행되어야 하는 다른 일정들을 죄 무시하고 스완의 침실로 향했다.

문 앞에서 시종이 아뢰었다. 아직 기침하지 않으셨습니다. 그러나 시종의 말과 달리 스완의 방 안에선 아주 작은 인기척 소리가 났다. 다른 이들은 느끼지 못할 미세한 기척이었지만 페이작의 귀신같은 감을 속일 수는 없었다. 페이작이 부러 큰 소리로 외쳤다.

—폐하, 해 다 지겠습니다.

그러자 작게 웃는 소리가 났다. 들어와라. 페이작의 입가에도 미미한 미소가 번졌다.

페이작은 부스스한 붉은 머리칼을 정리하는 스완의 침대 맡에 섰다. 스완은 웬일로 늦게까지 침대를 떠나지 않고 있었다. 차림을 정리하는 그녀를 지켜보던 페이작은 시종에게 야외 정원에 다과를 준비해 놓으라 명했다.

　—오늘 오후쯤에나 도착한다더니…….

　—말이 잘 달려 주었다. 나가자, 누님. 오늘 날씨가 정말 좋으니까.

　—오자마자 웬 다과회냐? 식사는?

　—허기져서 하는 말이 아니야, 날이 정말 좋아 하는 말이다.

　—이 누이가 수마에서 벗어날 시간조차 주지 않다니. 너는 인내를 조금 더 키워야 한다 누누이 말했거늘.

　—용서는 나중에 구하겠다.

　—밉살맞긴…….

　페이작이 넉살 좋게 조르자 스완은 몇 차례 핀잔을 준 후 못 이긴 사람처럼 일어섰다.

　채비를 마친 스완은 전쟁터에서와는 달리 우아한 상아빛이 곱게 물든 긴 드레스를 입은 차림이었다. 길게 붉은 머리칼을 한쪽으로 모아 내리고, 살짝 드러난 어깨에는 백여우 가죽으로 만든 부드러운 숄이 둘러져 있었다. 숄만큼이나 하얀 살결 곳곳에는 상처도 보였다. 전장에서 입은 자랑스러운 영광의 흉터라며 그녀는 전혀 부끄러워하지 않았다.

　페이작은 슬며시 그녀의 어깨를 당겨 안았다.

　그들은 정원에 마련된 고풍스런 야외 테이블에 마주 앉았다.

　잔뜩 귀찮은 얼굴인데, 누님. 아무렴. 웃어라 좀. 네가 곤히 자는 나를 깨우지 않았느냐. 간밤에 얼마나 늦게 잤기에? 누구와 무얼 한 거냐? 아서라, 좋은 시간이나마 보냈다면 억울하지 않았을 터다. 한센이 와서 한바탕 뒤집고 갔어. 체사 말이야? 그 녀석, 잘라 버려.

　그런 시답잖은 안부를 주고받는 것이 평범한 대화의 시작이었다.

시종이 찻물을 따르려 하자 페이작은 손을 저어 그들을 돌려보냈다. 전쟁터에서도 늘 손수 스완의 차며 식사를 챙겼던 페이작이었다. 스완은 자연스럽게 받아들였다.

—엔호자를 만나고 온 일은 어찌 되었나?

찻잎을 한 번 맨입으로 씹어 본 페이작은 곧 만족스럽게 웃으며 주전자를 기울여, 자색 잎사귀 칠이 되어 있는 찻잔에 따뜻한 물을 조로로 따랐다.

—나쁘지 않았다.

—네가 기분 좋게 돌아왔다면 그가 화가 났다는 말이겠군.

—그 녀석이 내 얼굴을 보고 반긴 적이 있기라도 한가. 어차피 오늘 저녁에 다른 녀석들 앞에서 앵무새인 양 그놈과의 대화를 읊어야 하는 나를 조금 동정해. 지금은 편안히 재회를 즐기게 해 주면 안 되겠나? 응? 누님, 가련한 동생을 좀 보살펴 줘.

스완은 낮게 웃으며 찻잔을 들어 올렸다.

턱을 괸 채 그녀를 바라보는 페이작의 눈빛이 편안해졌다. 저와 꼭 닮은 푸른 눈동자가 웃음기를 담은 것을 본 스완이 입술가로 찻잔을 가져가며 농담을 건넸다.

—그리 나밖에 없단 듯 온 충정을 다하고 있으니, 아르도니스의 딸이 내게 투기를 보이는 게 아니냐.

—…….

—아르도니스에는 눈과 귀가 없을 줄 알았느냐. 다툼이 잦다던데? 너희 부부 생활까지 관여할 생각은 없다만.

—그녀는 신경 쓸 것 없어. 어떻게 사람이 늘 사이가 좋을 수만 있겠나. 뭐, 나도 내가 사랑싸움이라는 걸 하게 될 줄 모르기는 했다만.

—내 동생이 사랑싸움이라니. 그다지 상상이 가지 않는걸.

자세히는 알지 못하는 모양새라, 페이작은 한 줌 마음 놓으며 말 없이 고개를 돌렸다. 스완의 벽안이 집요히 그를 따랐다. 그녀가 갸우뚱하며 그를 끝까지 바라보는 것을 곁눈으로 흘기던 페이작이 결국 마주 보고 물었다.

언제까지 그리 뚫어져라 볼 거냐, 누님? 그러자 그녀는 뭇 청년 귀족들을 안달 나게 하는 그 입술로 말했다.

—네 눈이 정말 아름다운 것 같아서 눈을 뗄 수가 있어야지.

스완과 페이작은 몹시 닮은 꼴이었다. 페이작은 웃지 않을 수 없었다. 헤드리의 이야기가 나와 속이 상한 것도 금세 잊었다.

—갑자기 또 무슨⋯⋯. 누님, 너 스스로를 높이기 위해 나를 이용하는 건 그만두라 하지 않았나. 그러지 않아도 누님은 충분히 아름답고 드높다. 그리 말하는 건 너무 속 보인다고. 하여간.

—사실인 것을. 너와 내가 닮은 것이 공교로운 것이지, 아니 그러냐?

—⋯⋯뭐.

—네가 더 낫다. 그 계집에게 너는 과분하지.

페이작은 낡은 웃음을 흘리며 농으로 받아쳤다.

—용모가?

—용모가.

—너무한다, 누님.

닮은 꼴을 마주 보며 자찬하듯 농담을 주고받는 것이 지겨워질 무렵, 그들은 평온한 침묵을 맞이했다. 늦여름의 선선한 바람이 그들 사이를 유유히 스치고 지났다. 사실 그들은 별다른 말을 하지 않더라도, 같이 있다는 것만으로도 마음이 차는 그런 관계였다.

턱을 괸 손가락으로 까딱까딱 관자놀이를 두드리던 페이작은 왕궁의 가장 높은 첨탑 위에 계양된 월계수 문양 기를 바라보았다. 거센 바람에 펄럭대는 하얀 월계수. 흔들렸다가도 바람이 잦아들면 곧 제자리에 늘어진다.

문득 눈을 돌리던 그는 그녀가 끼고 있는 햇볕 쪼이는 바다처럼 푸르스름한 빛을 띤 사파이어 반지를 발견했다.

페이작이 불쑥 물었다.

—누님은 푸른 게 그리도 좋은가?

식어 가는 찻잔을 내려놓은 스완은 순순히 대답했다.

—보기에 좋다.

—왜 물빛의 푸름이냐?

그제야 그녀의 눈에 의아한 기색이 떠올랐다. 페이작이 덧붙여 말했다. 온 백성들이 녹음으로 푸른 대지를 뛰놀게 하고 싶다, 풍요와 같은 푸른 대지를 바란다, 늘상 입버릇처럼 말해 오던 그녀였다. 한데 정작 택한 것은 청아하게 말간 파란 나비라는 게 불현듯 궁금했다.

—여름의 새싹이 돋아 상록으로 물든 대지 역시 푸르다 말하지 않나. 누님이 바라는 것이 그러한 푸른 세상이라고도 내게 말했던 바 있었지. 풍요롭게 물든 상록만큼 아름다운 것이 없다고도 하였고.

그리 묻자, 그녀는 눈꼬리 끝을 살짝 접으며 미소 지었다.

—……그런 푸르름도 분명 아름답다마는.

턱을 괴고 있던 페이작은 느릿느릿 다가오는 스완의 손길을 달게 받았다. 그녀의 손끝에서는 알싸하게 기분 좋은 잉크의 냄새가 났다. 지난밤 내리 펜을 쥐다 오늘 늦잠을 잔 것이 분명했다. 너무 몸 상하게 하지 마라. 그리 말하려는데, 스완이 그의 턱과 **뺨**을 쥔 손에 살짝 힘주어 얼굴을 부드럽게 뒤로 젖혔다.

푸른 늦여름의 하늘이 보였다. 눈구름 한 무리 보이지 않는 눈부신 하늘.

—보렴.

스완의 나붓한 목소리가 귓속으로 스며들었다. 문신처럼 어딘가에 새겨졌다.

—대지의 푸르름은 겨울이 되면 시들거늘, 남부와 북부를 가리지 않은 저 푸르름은 바래지 않는다. 그러니 어찌 저 빛을 사랑하지 않고 견딜 수 있겠느냐.

아, 눈부시다. 그러나 페이작은 눈을 감는 대신 그녀의 손등을 감싸 당겨 입술을 맞추었다. 고개가 입술과 함께 기울어지자, 모처럼 말끔히 넘겨 올렸던 적발이 흘러내렸다. 부드럽게 꾸욱 눌렀다 떨어지는 입술의 감촉에 스완의 입매는 기분 좋은 듯 가늘어졌다.

페이작은 느리게 눈동자만 올려 그녀를 응시했다. 숨기지 못한 낮은 웃음에 목젖이 떨렸다. 제 숨이 그녀의 손바닥 안에 갇힌다.

페이작은 그녀의 작은 손에 뺨을 묻은 채로 눈꺼풀을 닫았다. 커다란 저마저도 때로는 이 몸뚱이에 갇힌 듯 괴롭거늘, 이 작은 여왕의 품에 갇힌 원대한 이상과 열망은 얼마나 갑갑할까.

—……그래, 누님의 말대로네.

깊이 숨을 마신다. 조금 더 깊숙이 그녀를 들이켰다. 그녀의 기분 좋은 향기가 흘렀다. 하늘의 향기가 이러하려는가. 힘든 것, 고단한 것, 슬픈 것 다 잊히고…….

무엇이든 할 수 있을 것만 같은 충의만이 그 자리에 남으니, 그녀는 그의 요람이었다.

그 시절의 페이작은 그녀가 영원할 줄 알았다. 스완이 스스로 죽음을 받아들이는 일 따위 없으리라 믿었다. 그러나 브류나크의 반역과 함께 믿음은 깨어졌고 하늘은 부서졌다. 하지만 부서졌다 한들 하늘은 언제고 그 자리에 있기에 하늘인 법이다.

발로이드는 적적히 흐르는 바람을 만끽하며 다시 한 번 눈부신 하늘을 올려다보았다. 힘없이 늘어졌던 입술이 달싹여 의미 없는 기억을 곱씹었다.

"나의 삶, 나의 죽음, 나의 영광……."

나의 삶, 나의 죽음, 나의 영광…….

나의 삶, 나의 죽음…….

나의 삶…….

불현듯의 욕망이 치밀어 아랫도리에 잠깐 피가 몰렸다. 불경스러운 짓이다. 그는 긴장된 몸에 힘을 풀었다. 불안과 두려움도 함께 풀어헤쳤다. 자신은 되돌아왔다. 지난 일생을 찾아 헤매고 절박하게 매달렸던 고가 족 승려의 사술이 헛것이 아니었다는 증거가 바로 자신이었다. 희원은 반절 이루었다. 남은 것은 그녀가 되돌아와 완성하는 것뿐.

뜨거운 꿈이 꿈틀거린다.

알레타르 달테의 가장 높은 곳에 스완의 왕관을 올리고, 그들이 이루지 못했던 이상을 완성하리라. 라르칼리아의 이야기는 끝나지 않았다. 그들의 이상은 여전히 그 자리에 있다. 그녀가 되돌아온다면 그는 여왕의 기사가 될 것이다. 그녀가 원한다면 이 세상을 전부 무릎 꿇려 줄 것이다.

삶도 죽음도 영광도, 사투르가 귀레 라르크. 오직 나의 라르크를 위하여.

누군가는 제 열망을 끔찍한 집착이라 하였지만 과연 그러한가? 페이작은 손을 들어 하늘을 가려 보았다. 손등 옆으로 조금만 눈을 옮겨도 새파란 창공이 그를 내려다보는 것이 보였다.

'아아, 눈이 부시다.'

스완은 저 하늘처럼 제왕으로 태어나 제왕으로 살아가야 하는 사람이었다. 에일라의 물음은 그렇기 때문에 우문이다. 저토록 먼 여자에게 오롯한 인간의 사랑을 기대하다니. 제게만 향하는 사랑, 바란 적도 없었다. 단지 그녀가 가진 수많은 것들 중 귀한 것, 그 정도로 충분했다. 과분했다.

'네가 없는 이 지옥에서 너를 기다리고 있다, 누님.'

지친 벽안이 호수 위로 괴었다.

수면 위로는 우아한 백조들이 떠다닌다. 어디선가 고니 울음소리, 풀벌레 소리, 물고기들이 수면을 물방개처럼 파닥대는 소리가 들렸다.

이백 년 전의 풍경과 비슷하면서도 다르다. 그는 이곳에서 그녀를 만났다. 온 세상이 절망이었던 풍경 속에서 스완이 찾아와 말했다. 라르칼리아의 이야기는 끝나지 않았다 속삭이며 널브러진 그를 위로했다.

하지만…… 종래에 돌아오지 않는다면 무슨 의미가 있나? 그의 요람은 이백여 년 전 그녀의 품에 두고 왔다. 그녀가 없는 곳은 어디라도 무덤이었다. 무덤에서 잠들리라. 발로이드의 벽안이 무심하게 눈꺼풀에 가려졌다. 그는 나른한 오수에 빠졌다. 달콤한 꿈을 꾸었다. 여왕이 돌아와 승리를 명령하는 꿈이었다.

그리고 사 년 후.

유사 이래 불패하리라 믿어지던 철옹의 요새 올조르가 무너졌다.

BLACK LABEL CLUB 028
마리포사 4

1판 1쇄 발행 2016년 11월 21일
1판 2쇄 발행 2017년 7월 7일

지은이 신여리
펴낸이 신현호
편집부장 김은주
편집 김수민
편집디자인 한방울
영업·관리 김민원 이주형 조인희
물류 이순우 최준혁 김명일

펴낸곳 ㈜디앤씨미디어
출판등록 2002년 5월 1일 제117-90-51792호
주소 서울시 구로구 디지털로 26길 111 JnK디지털타워 503호
대표전화 (02)333-2513 팩스 (02)333-2514
전자우편 dncbooks@naver.com
디앤씨북스 블로그 http://blog.naver.com/dncbooks
디앤씨북스 로맨스 카페 http://cafe.naver.com/dnc2007
블랙 라벨 클럽 트위터 @blacklabel_c

ISBN 979-11-264-3968-3 (04810)
     979-11-264-3647-7 (SET)